本書爲國家社科基金重大招標項目

『近千年來畿輔文化形態與文學研究』（12&ZD165）之階段性成果

津門詩鈔

上

（清）梅成棟 編

王長華 點校

國家圖書館出版社

圖書在版編目（CIP）數據

津門詩鈔：全二冊 /（清）梅成棟編；王長華點校 . -- 北京：國家圖書館出版社，2017.12

ISBN 978-7-5013-6337-7

Ⅰ . ①津… Ⅱ . ①梅… ②王… Ⅲ . ①古典詩歌—詩集—中國—清代 Ⅳ . ① I222.749

中國版本圖書館 CIP 數據核字（2017）第 327851 號

書　　名	津門詩鈔（全二冊）
著　　者	（清）梅成棟編　王長華點校
責任編輯	苗文葉
封面設計	翁　涌

出　　版	國家圖書館出版社（100034　北京市西城區文津街 7 號）（原書目文獻出版社　北京圖書館出版社）
發　　行	010-66114536　66126153　66151313　66175620　66121706（傳真），66126156（門市部）
E - mail	nlcpress@nlc.cn（郵購）
Website	www.nlcpress.com →投稿中心
經　　銷	新華書店
印　　裝	河北三河弘翰印務有限公司
版　　次	2017 年 12 月第 1 版　2017 年 12 月第 1 次印刷

開　　本	880×1230（毫米）　1/32
字　　數	720 千字
印　　張	35

書　　號	ISBN 978-7-5013-6337-7
定　　價	98.00 圓

前　言

梅成棟（一七七六—一八四四），字樹君，號吟齋。天津人。清道光年間曾倡立輔仁學院，主講席十餘年。又曾在天津水西莊與文人名士結成『梅花詩社』，有許多詩作在士林傳誦，是當時天津公認的詩壇領袖，與崔旭、姚元之同出大詩人、著名書畫家張船山（名問陶）門下，因而并稱『張門三才子』。梅成棟勤於著述，有《欲起竹間樓存稿》《四書講義》《管見篇》《吟齋筆存》等，輯有《津門詩鈔》。《津門詩鈔》是嘉道時期天津詩壇一項空前的成果。全書三十卷，采集自元明以來天津的鄉人、官吏以及流寓作家作品，兼及天津府屬各州縣。所據資料，今多散佚，賴有是選，得以保留，厥功甚偉。是編或因人得詩，或借詩存人，共收入天津詩人（含流寓）四百二十六家，詩歌三千餘篇，基本反映了清代前中期天津詩歌的面貌。《津門詩鈔》成書於道光四年（一八二四），其搜羅材料和編訂的過程當延續至道光初年。梅成棟平生留心鄉邦文獻，每『從蛛絲鼠迹間訪求遺稿，遇有零章碎句，隨時掌錄』，因此《詩鈔》是他多年辛勤耕耘結出的碩果。《詩鈔弁詞》云：『津門匯九河之秀，

一

前　言

瀠紆注海，氣之所蓄，必有所鍾。明代甲科輩出。本朝二百餘年，斯文益盛。而詩學淵源，或缺焉未著。非擅此者無人，采輯而表章之者，曩實無人耳。棟自童年癖嗜聲韻，景仰前修。每過市坊，於塵編蠹卷之中，留心搜檢，遇同邑先輩舊稿，輒便鬻回。」由於梅成棟的掇拾辛勞，積年成帙，『前輩風流，略悉梗概』，使得『元明至清道光年間大量津人詩作成爲可能。誠如其《題辭》所云：『鼠齧蟫穿二百年，搜求遺稿出塵烟』『聊爲詩人傳梗概，忍令古本盡荒蕪？』

清代天津詩歌的興盛與其政治經濟地位的不斷提高直接相關。自明永樂二年（一四〇四）在直沽設衛，天津作爲京城門户和水陸要衝之地位日漸顯要，鹽業經濟隨之迅速發展。雍正三年（一七二五）改天津衛爲天津州，九年升爲天津府，轄一州六縣。在行政區劃上，天津的城市建制終告完善，其區位性質由過去單一的京師衛城向具備多元功能的商業港口轉化。與此同時，天津本土文化日漸崛起，在清代形成高峰，并與海內名家頻繁互動，天津詩歌隨之迅速發展，很快具有了一定程度上的自我面目，取得了顯著的成績。通過閱讀《津門詩鈔》，可知曉清代天津詩歌發展之大概。我們從時、空兩個維度入手，看《津門詩鈔》如何反映天津詩歌的發展歷程。空間維度主要是以天津的交通要衝、港口地位爲背景，聚焦南北詩人於此交匯，而形成的與本地詩人的混融，同時兼及本地詩人的創作。清代天津詩歌作爲畿輔詩歌發展的一個典型個案，考察其空間特色，探索其文化成因，從而衡量其在整個畿輔詩歌史上的區域地位，對於理解中國古代詩歌發展的區域規律

和特點不失爲有益的嘗試。作爲後起的詩歌區域，天津詩歌爲何能在康熙朝崛起，并迅速成爲畿輔詩歌的核心區？其內在和外在的驅動力都有哪些？天津詩歌取得了怎樣的成績？這些都值得我們今天去發掘和闡述。

一

在清代天津文化和文學的發展中，世家大族有著不可估量的作用。其特爲突出者，有張、查、金三家。梅成棟《津門詩鈔弁詞》云：『大抵津門詩學，倡其風者，惟遂閒堂張氏爲首；繼之者，則于斯堂查氏也。』《凡例》又云：『集中有屬一家兄弟父子祖孫者，雖其人年代科分先後不同，亦必附於一編，令其家世瞭然，有便考證。』《津門詩鈔弁詞》：『計張氏一門，得詩人十一，而成進士者二；查氏一門，得詩人九，而成進士者三；金氏一門得詩人八，而成進士者二。』因此張、查、金三大家族的創作在清代天津詩歌中占據了顯要的位置，其崛起與傳承的過程代表著天津詩歌發展的基本面貌，以下兩個方面尤其值得注意。

（一）以商業奠基，以園林聚賢

首先，張、查、金三家以張家爲首，據《張霖傳》（本文張、查、金三族人物生平，如無特別說明，均自《大清畿輔先哲傳》各人本傳）等記載，張霖之父張希穩在順治年間因業鹽移居天津，

張霖（一六五八—一七一三），號魯庵。以業鹽起家，由商人仕。張霖頗有理財之能却不愛財，在陝西爲官曾捐資饑民，在福建布政使任上根除藩庫陋習。查氏爲明萬曆年間自江西臨川北遷至宛平（據查日乾《宛平查氏支譜序》），到查日乾（一六六七—一七四一）時，來到鹽商張霖手下，以業鹽爲生。後張霖入獄，雍正年間，查氏則在長蘆鹽運使手下展露了經濟之才。

有了經濟的積纍，兩家均以築園交游爲樂事。張霖在天津築有問津園和一畝園。問津園在天津城東北的錦衣衛橋，是清初天津的文化中心。沈一揆、吳雯等在此均有吟咏之作。《［乾隆］天津府志》卷二十九記載：『中間緣事落職，遂構問津園爲偃息地。』一畝園也在城東北，其中最著名的當屬遂閒堂。『月樹烟廊，奉板輿而周曆；花光草色，雜萊彩以將迎。』景色十分優美。康熙三十至四十年間，這裏曾經聚集了全國最著名的詩人，古文家、史學家和畫家。張霔築有帆齋，建築風格追求自然，有古村舍風味，也是當時文人雅集之地。張霖的曾孫張映辰復興家業，在乾隆三十三年（一七六八）建思源莊，成立詩社，文人再聚。查爲仁『築園於天津城西三里近河之處，曰水西莊』。『莊去京都不滿三百里，大江南北往來冠蓋相屬，一刺之投，輒延款如故。』一時名宿雲集於此。

學界關於水西莊的文人雅集已多有關注，此不贅言。

（二）以風雅居家，以詩書傳世

張家具有較深厚的物質積纍，所以文物收藏宏富，《［乾隆］天津縣志》記載遂閒堂『書法名

畫充溢棟宇」。吳雯即有《題遂閒堂趙松雪畫圖》一詩。查氏「家豪於財而性嗜讀書」,「七略、四庫之書從插滿架」。在水西莊,「縹緗錦軸,法物圖書,金石彝鼎之屬悉充牣其中」。兩家族中也出現了不少具有很高書法和繪畫造詣的人物。張塤善草書,張鯉工書畫,張霔「書得張旭神骨」(《天津府志》)「字畫遒古,逼肖鍾王」(梅成棟語)。張虎拜楷書為阿桂所重,名人碑刻,常令其書寫,當時天津善畫者朱岷、胡峻、惲源浚、徐雲、陳元復,皆與之游。金玉岡「工詩善畫,自成一家。「人得片紙隻字,咸寶惜之」。查為義在丁憂之後為山澤之游,閒坐蘭竹花卉,得趙孟堅、文徵明意,所繪尺幅紙片,人以為寶」[二]。

張、查、金三家幾代傳承,人人善詩,代代有集。張霖,著有《遂閒堂稿》。張霔,著有《帆齋逸稿》《欱乃書屋集》《綠艷亭集》《弋蟲軒集》《星閣集》《秦游集》《讀晉書絕句》等等。張霖次子張坦,有《履閣詩集》和《喚魚亭詩文集》。三子張塤與兄長同年舉人,有《秦游詩草》,二人又有《二張子合稿》。其後人又有張映斗子張虎拜,有《妙香閣詩集》;張映辰子張虎士彙集先人詩作為《遂閒堂詩草》。查日乾撰有《左傳臆說》四卷,《史腴》四卷。日乾長子查為仁有《蔗塘未定稿》,其中內集八卷,外集八卷,另著有《蓮坡詩話》三卷。為仁子善長著有《鐵雲詩稿》。查

[二](清)梅成棟《津門詩鈔》卷九,清道光十二年康簡書齋刊本。

善和著有《東軒詩草》《静喜草堂雜録》，善和子查誠著有《海漚詩鈔》《天游閣詩稿》。爲仁二女

兒查調鳳，以能詩著稱。三女查容端，聰慧工詩，著有《曉鏡閣稿》（亡佚）；五女查綺文，也善

吟咏，三姐妹詩作均見《津門詩鈔》。日乾次子查爲義著有《集堂詩草》。其孫查彬著有《經史匯參》

《湘薌漫録》《采芳隨筆》《小息舫詩草》等。日乾三子查禮著有《銅鼓書堂遺稿》三十二卷和《銅

鼓書堂藏印》四卷。其長子查淳著有《梅舫詩集》《靈渠紀略》三卷。查淳次子查林著有《花農詩鈔》

六卷。

金氏爲浙江會稽人，留寓津門。金大中，尤工詩，古文爲世所傳，有《可亭集》四卷。其子金

玉岡，作詩兩千餘首，有《黄竹山房詩鈔》，女金至元爲查爲仁妻，夫妻唱和成帙，號《松陵集》，

自作詩集爲《芸書閣集》。上述三家，查日乾出於張霖之門，其後張映辰又與查善和交情深厚，金

氏又與查氏結親，遂成爲津門詩歌史上一段佳話。

這三個家族雖然是世代書香，但其中真正通過科舉入仕的族人并不多。大致説來，張坦爲康熙

三十二年（一六九三）舉人，張塤是嘉慶九年（一八○四）舉人，道光三年進士。張虎拜爲乾隆

三十三年舉人，逾年進士。查誠爲乾隆四十二年舉人。家族中更多的後人給人

的印象并不是朝廷體制和儒家思想的馴服者。如天津詩歌第一人張霖『天才不羈，性復慷慨』。張

霆自號秋水道人，取莊周之義。張坦號眉州散人，坦子張鯉號沽上閒鷗，『風懷閒朗，與物無競』。

張琚「生有至性，家貧善娛親，不問生事」。張標爲武生，善彎弓馳馬，但不廢吟咏。查爲仁在被冤之後，「絕志仕進，澹然一無所營」。金玉岡「素慕陶弘景、林和靖之爲人」，「好讀書博覽，不求仕進。……壯歲出游四方，聞佳山水，必至其地」。所以，與本朝官員詩人多寫社會現實，易代感慨和稱頌功德不同，他們的詩歌往往帶有某些廟堂之外的野性，也更加注重詩人自身情緒的表達。

早期有代表性的是帆齋文人張霔（一六五九—一七〇四），他的詩作較多爲友人之間的唱和、個人游歷之感和山林之趣。如《秋槎》其二：

西風蕭瑟起蒹葭，隨意中流一放槎。幻術漫疑浮竹葉，多情猶欲采蓮花。龍魚自古秋爲夜，鷗鷺從來水是家。忽憶當年河伯語，扣舷朗朗誦《南華》。

秋水之美和人生之歡滲透在字裏行間。梅成棟評價其詩「風鵾摩天，春鴻戲海」，就是對其瀟灑不羈的個性、大膽奇特的想象和平暢自然的語言共同形成的縱情恣意的詩作的形象概括。金玉岡的個人風格與張霔接近，但更多閒逸之氣，這位江湖散人在《生日》中寫道：「蝶與莊生兩未真，百年哀樂等浮塵。偶來寄迹原無定，必欲長生亦累人。閒想便成衾底夢，久留終是客中身。不如暫對花前酒，五尺紅葵照眼新。」雖然表現出較爲濃重的虛無感，但更多的還是俯瞰衆生的視角和口

吻，所以并不顯得特別悲涼低落。

中期的水西莊文人中查禮較有代表性。他在出仕前即多與水西文人唱和，而後相繼在廣西、四川、湖南等地爲官，人生經歷頗爲豐富。《春暮散步城東，渡河過香林院，小憩田舍，晚歸》其一：

撥醅新水滿塘坳，瀲灩晴光浸柳梢。三月海螯初上市，一春江燕未歸巢。澄懷豈必常高臥？遠眺無妨出近郊。寂歷紺園人不到，隔墻閒聽梵鐘敲。

詩歌寫景精緻，表情閒適，構思精巧，對仗工整，可以代表當時莊園酬唱文人的一種整體創作傾向。後期詩作語言依然流暢自然，但平定叛亂的戰鬥經歷讓他的詩作增添了更多骨力。如《從軍行》：『相逢莫説從軍苦，書劍争看腐儒腐。分門持籌寧足伍，神來得句榮袞黼。酒酣耳熱還起舞，舞罷歌聲達天府。誰憐鬚髮霜縷縷，歌意低昂音悽楚。』已擺脱了原有的文士氣質。

三大家族中值得注意的還有查、金二家的女性詩人。金至元《芸書閣賸稿》有一些留存的詩作，查家女兒亦有詩作流傳。金至元《夜話和蓮坡主人韵》：『人生大抵游仙枕，已出邯鄲君莫疑。世事浮沉無定著，流光劫火漫尋思。試香午院宜煎茗，鬥墨晴窗好賦詩。終卧牛衣吾不悔，祇憑清課愜心期。』是詩作於查爲仁出獄之後，其中對世事浮沉的感悟和恍若隔夢的描寫，均有男子擔當之

風，『終臥牛衣吾不悔』，恐怕是對查爲仁最大的人生慰藉。

上述可見，世家大族在這個階段天津詩歌的發展中，無疑起到中流砥柱的作用。世家在天津的家族產業積澱與文化積澱，也是推動天津詩歌發展的基礎力量。

二

清代天津的快速發展源自元明兩代所積澱的政治、經濟等因素。元明清三代政府相繼定都北京，給天津帶來了相當多的地緣便利，這也爲天津文化發展提供了條件。

天津『土著者少，流寓者多』，詩歌的崛起，除了得益於當地湧現出的衆多文學家族外，還與此期滯留天津的寓居者有關。據方志載：『津邑邑民，自順治以來，由各省遷入者，約十之八九。』這些外來人口中，文化層次較高者不在少數，他們爲天津文學的發展做出了不可磨滅的貢獻。考察他們的情況，也是討論天津詩歌文化成因的另一個維度。

梅成棟《津門詩鈔》卷二十五載有很多元明時期曾流寓天津的詩人關於『直沽』的吟咏，這些作品能在一定程度上反映出天津城市的歷史發展。天津在元代稱爲『直沽』，作爲港口，不僅是京杭大運河的重要樞紐，更直接面向大海，爲海運的重要港口。『直沽』在元代便是文人熱衷吟咏的對象。如傅若金《直沽口》（其一）：『遠漕通諸島，深流會兩河。鳥依沙樹少，魚傍海潮多。轉

粟春秋入，行舟日夜過。」兵民雜居久，一半解吳歌。」講述直沽口不但有通衢『轉粟春秋入』之用，而且成爲屯糧的重地，逐漸繁榮。王懋德《直沽》則有『東吳轉海輸粳稻，一夕潮來集萬船』之語，直言直沽口熙熙攘攘的繁華之象。而臧夢解的《直沽謠》則生動地反映了海運的風險：『風塵出門即險阻，何況茫茫海如許？去年吳人赴燕薊，北風吹人浪如砥。一時輸粟得官歸，殺馬椎牛宴閭里。今年吳兒求高遷，復禱天妃上海船。北風吹兒墮黑水，始知滇渤皆墓田。』

明代天津又有大發展，其拱衛京城的軍事因素日益凸顯出來。這也反映在明代流寓天津詩人的詩歌中。『近海嚴烽戍，孤城雉堞雄』（曾棨《過直沽》）『市集諸番舶，軍屯列郡田』（王洪《過直沽城》），『孤城近水舟多泊，列戍分耕野盡屯』（邱浚《舟次直沽簡彭彥寶》），『靜海金鉦傳古戍，直沽牙纛駐新軍』（徐石麟《夜發靜海抵直沽》）。這些詩歌的創作與直沽的建城與屯田駐軍直接相關。

與元明兩代相比，清代流寓天津的詩人數量驟增。僅梅成棟《津門詩鈔》中所錄曾游歷或寓居天津的異地詩人就多達八十餘家，其中不乏馳名全國的一流文人學者，如朱彝尊、查慎行、趙執信、汪沆等。他們不但創作了大量詩歌，吟咏天津的名勝古迹、物產風俗等，還與當地的名士、大夫贈答酬唱，探討詩藝，從而推動天津詩壇繁盛一時。當然，促使異地之士游、居天津的原因頗多，其中，交通的便利、園林的興建以及獨特的人文地理環境等無疑是關鍵因素。

清代是天津迅速發展崛起的時期，清代天津的交通與軍事地位都得到了不同程度的強化，而經

濟的繁榮也成爲天津發展的一個重要方面。天津作爲水路入京的必經之地，也是清代長蘆鹽業的中

心，富甲一方的鹽商們在此建造了很多高大氣派的豪宅和景色優美的園林。據方志載，康雍乾時期

的鹽商私家園林多達二十多處，其中較爲著名者，如『海内名流過津者，無不假館，稱爲小玉山雲』

的問津園[二]，以及與揚州馬氏秋玉玲瓏山館、杭州趙氏公幹小山堂并稱清代三大私家園林的水西莊

等。進京述職或參加科考的各地官員、士子等，在天津停留換乘時，往往慕名探訪這些名園。詩文

酬唱無疑是園林内最主要的文化活動。如查氏水西莊，『大江南北才俊凡道出津沽者，一刺投無不

延攬』[二]。朱彝尊、吳雯、姜宸英等文壇名宿皆曾造訪名園，在帆齋、七十二沽草堂等園林内，與園

主龍震、張霖、梁洪等『或一日一聚，或十日一聚，或二日即一聚，或連日夜相聚。聚時即覓題

吟詩，互相删校爲樂』。而其酬唱之作亦被輯録成册，并冠以園名刊世，知名者就有龍震《玉紅草

堂詩集》、張霖《遂閒堂稿》、金玉岡《黄竹山房詩鈔》等。

作爲一個歷史悠久的移民城市，清代天津的城市文化已呈現包容、多元、開放之勢。明初三衛

的官籍名册顯示，調守天津的官、軍來自全國各地，其中爲南方省區的人口占官籍人口的絶大多

[一] 天津地方志編修委員會：《天津通志·舊志點校卷（中）》卷七，南開大學出版社，一九九九年。
[二] 天津地方志編修委員會：《天津通志·舊志點校卷（中）》卷二十一之二，南開大學出版社，一九九九年。

數。所以，天津發展之初就有各種異質文化在這裏混雜、碰撞、融合，處於多元的環境中，士子在此駐留并無寄居他鄉之感。陳衛民曾據《天津縣志》《重修天津府志》《天津縣新志》等文獻進行分析，發現遷入天津的外地人士中，來自江浙等南方地區者占大半[二]。江南士人鍾情於此，自然同天津的地理風貌以及城市的開放性格密切相關。『天津一城，三面臨河，大海在其東南，三角澱繞其西北。』[三]水域之富不亞於江南，是北方名副其實的水鄉澤國。且南方貨物經大運河大量運入，商賈也隨之在此萃集，故天津商業十分發達，城市的熱鬧繁華程度可比肩江南。由此，天津贏得了『小江南』『小揚州』的美譽。查爲仁《采菱曲》曾云：『漫說直沽風景異，有人曾喚小江南。』崔旭《津門百咏·天津城》亦言：『沽上人家千萬戶，繁華風景小揚州。』天津這種充滿江南特色的景觀風貌和經濟情狀無疑對南方人士有極強的吸引力，曾做客於查氏水西莊的武進人朱岷對此感歎道：『分明小幅吳江畫，我欲移家過此生。』這種城市文化是獨具天津性格的，也滋養了天津文學、天津詩歌的獨特個性。

［二］陳衛民：《天津的人口變遷》，天津古籍出版社，二〇〇四年。

［三］（清）吳廷華、（清）汪沆：《天津縣志》卷四，乾隆四年刻本。

以天津詩歌世家爲中心，依托於天津園林、經濟、交通等便利條件，衆多來自外地的流寓、寓賢詩人聚集於天津，進行了經久不衰的系列詩歌切磋互動活動。詩歌互動主要體現爲詩歌雅集和詩人結社。

三

梅成棟編纂《津門詩鈔》時注意到了詩歌雅集，「沽上文壇風雅之事，一盛於國初張魯庵之遂閒堂，再盛於查蓮坡居士之水西莊」，張氏遂閒堂、查氏水西莊是天津詩歌雅集的中心，對天津詩歌的孕育發展起到了舉足輕重的作用。

先説遂閒堂，《津門詩鈔弁詞》：「大抵津門詩學，倡其風者，推遂閒堂張氏爲首。」遂閒堂主人張霖喜延攬天下才士。遂閒堂雅集盛於康熙中後期，海内名士如慈溪姜宸英，秀水朱彝尊，宣城梅文鼎，桐城方舟、方苞，博山趙執信，蒲州吳雯，寧遠沈一揆等出入遂閒堂，與津門才俊互相唱和，除此之外，畫家石濤、王翬，戲曲家洪昇等人亦爲遂閒堂座上賓。《津門詩鈔》按語張霖小傳云：

告養時，築「遂閒堂」「一畝園」「問津園」「思源莊」「篆水樓」諸勝，園亭甲一郡。款接大江南北名流，供帳豐備，館舍精雅，才人雲集。一時前輩如姜西溟、趙秋谷、汪退谷、吳蓮

一三

洋、洪昉思、王石谷、張石松、方百川、靈皋、陸石麟、馬長海、徐芝仙諸公，及同邑諸名宿，文酒之宴無虛日。飛箋刻燭，彬雅之風，翕然丕振。[一]

問津園也是重要的雅集場所，據《天津府志》記載，張霖緣事落職之後，『構問津園爲偃息地，招大江南北名流觴咏其中』[二]。張霖從弟張霔亦喜招攬名流，常與梁洪、龍震、黃謙、李大拙、陳儀、大悲院世高等人相酬唱。張霖、張霔本身皆爲康熙朝天津詩壇著名詩人，在二人的主持下，天津本地詩人和外來流寓詩人常在遂閒堂、一畝園、張霔帆齋、僧智高大悲院、道士王聰香林院等地結社唱和、吟咏亭林。

再説水西莊。康熙末年，天津大鹽商查日乾以雄厚財力在南運河畔建設水西莊，至雍正年間完工。乾隆元年查日乾之子查爲仁（一六九四—一七四九）因參加博學宏詞科考試，結交了很多士人。有數十人與查氏詩文贈答，造訪水西莊者亦有十數人之多。此後參與水西莊雅集者有秀水萬光泰、錢塘汪沆、長洲沈德潛、錢塘厲鶚、仁和杭世駿等二百餘人。水西莊雅集所作詩歌體現出了共同傾

[一]（清）梅成棟《津門詩鈔》卷四，清道光十二年康簡書齋刊本。
[二]（清）史夢蘭《永平詩存》卷二引，吉林大學出版社，二○一二年，第二十二頁。

向，創造了清代天津詩歌創作的繁盛景觀。

張氏遂閒堂、查氏水西莊之外，還有金平『起嶺南軒，拓園亭以館南北之彥』，還出現了張映辰的思源莊、李承緒的寓游園等，都是以雄厚財力爲基礎，修建園林、收藏珍書美物，用以招徠文士，成爲未仕或困頓失意文人暫時的樓息之所。亦有雅集問世。然而，這些文人群體，往往隨著有號召力的主持者故去或財盡而自然散落。

清代天津地區的詩人結社則以梅花詩社爲最著。梅花詩社的宗主是梅成棟，道光五年，他與同學崔旭、李雲楣、陸鈞等人先在十研廬結社，互相唱和。次年，崔旭離開天津，梅成棟帶領其他研廬社成員與喬寓天津的張世光等名流結社於雙槐樹屋，時值梅花盛開，故稱梅花詩社。梅花詩社人員最多時達四十餘人，多在查氏水西莊舊址舉行唱和活動，追懷舊時水西莊盛況，吟咏天津風物。後王崇綬將其輯爲《沽上梅花詩社存稿》，有稿本傳世；另又有《秋吟集》傳世。光緒年間，天津又興起詩星閣詩社，由華世奎（一八六三—一九四一）宣導，聯合孟廣慧、華世銘、高凌雯等人，編印《詩星閣同人試律鈔》，在當時產生一定影響。梅花詩社是清代天津地區詩社的翹楚，此後天津詩壇雖然詩社屢興，亦留下不少詩作，但總的説來，其影響力均未超過鼎盛時期的梅花詩社。

四

清代天津詩歌具有獨特的空間特徵。我們在考察整個近世畿輔文化的時候，發現『南北水陸交通綫周邊更能有效地傳導文化中心的影響力』，清代天津坐擁海運和漕運的雙重便利，成爲畿輔文化發展的熱點地區；另外『地區經濟發展水準越高，越容易受到文化中心的感召』，天津經濟起步於鹽業，再發展爲以港口貿易爲核心的多元經濟的重要城市，其經濟地位在清代穩步上升，城市經濟的發展孕育了以張氏、查氏等爲代表的文化世家，保證了詩歌創作的持續穩步發展，而以詩歌世家爲骨幹與外來的文人進行詩歌雅集和結社活動，更是清代天津詩歌迅速發展的重要原因。一般而言，『地區原有文化底蘊決定接受文化中心影響的程度』，天津屬於後起區域，文化底蘊是其薄弱之處，但『地區政治經濟地位的改變，也會相應改變其與文化中心的互動關係』，沿海貿易的發展使得『天津在清代大幅提高文化地位，由邊緣向中心靠攏』[二]。天津在清代政治經濟地位的顯著上升，帶動了天津詩歌的發展，并且隨著時間的推移，這種趨勢更趨明顯。天津作爲一個地方性區域，由邊緣而趨於中心，吸引大量文人聚攏而來，於是天津薈萃南北，在不同地域文化滋養下形成了獨特

［二］參看王長華《近世畿輔文化的特質及價值》，《光明日報》二〇一五年十一月十二日。

的文化融合景觀。

清代畿輔詩歌以詩人和詩歌文獻的數量而論，熱點地區主要有順天府、保定府、河間府、永平府和天津府五個地區。相比較而言，順天等四府的詩人原籍自産者居多，體現出內陸型文化發展的特徵；而天津詩人則外來者占據很大的比例，較爲封閉，承續原有的地域文化底蘊，較少巨大的起伏和轉折，體現出海洋（或港口）型文化發展的特徵，較爲開放，地域交叉融合的情況甚爲明顯。即以天津詩歌三大世家而論，其實皆來自其他地域。其中張氏、查氏來自畿輔其他地域，金氏則來自南方。張霖原籍永平府，『臨渝城西付家店人。國初地屬撫寧，故稱撫人』。『因子孫僑寓津門，故津志收爲津人』[一]，所以我們看到，張霖和其弟張霔，以及其子、孫、曾孫的詩歌也被史夢蘭收入《永平詩存》。查爲仁的父親查日乾是順天府宛平縣人，按照《津門詩鈔》所記，『原籍江西臨川人，世居天津，寄籍宛平』[二]，後以行鹽致富，遂居於天津。金氏移居天津的初祖是金平，『原籍山陰』，即今之浙江紹興人，『游天津，遂家焉』[三]。由此可見，天津詩歌的基本架構是由外來人口遷移至此而奠定的，來此的原因，或因經商，

［一］（清）史夢蘭《永平詩存》卷二，吉林大學出版社，二〇一一年，第二十二頁。

［二］（清）梅成棟《津門詩鈔》卷七，清道光十二年康簡書齋刊本。

［三］（清）梅成棟《津門詩鈔》卷九，清道光十二年康簡書齋刊本。

或因仕宦，體現了天津作爲後起城市，在文化基因上具有地域交融的特徵。

天津作爲港口，海運和漕運均甚便利，依靠交通便利，與江南地區交流頻繁，成爲天津文化的一個重要特點。天津的詩人有很多是由南方遷徙而來，於此參加雅集或交游，如秀水朱彝尊、萬光泰，錢塘汪沆，長洲沈德潛，錢塘厲鶚，仁和杭世駿等。另外，天津詩歌還受到南方海洋文化的影響。由於海上風波不斷，南方沿海居民普遍信仰『海神娘娘』，故在南方沿海地域，常見媽祖廟。受此影響，天津也建有『天后宮』，最早建廟在元代，《元史·泰定帝本紀》：泰定三年八月，『作天妃宮於海津鎮』。元人張翥有《代祀天妃廟次直沽作》一詩，就是對於官員祭拜『天后』的描寫。清乾隆初錢塘人汪沆做客水西莊，寫下《津門雜事》一百首，第十首云：『天后宮前泊賈船，相呼郎罷禱神筵。穹碑剝蘚從頭讀，署字都無泰定年。』[二]可見天后崇拜一直延續下來。清乾隆間天津人于豹文寫有《天后會》詩，記載了三月二十日及二十二日天津舉行的盛大天后祭祀活動，『澄鮮惠逮鮫人伏，祝頌便聯珠戶傾。壽域枝交桃捧日，華筵香滿巷吹鍚』等句[三]。清代畿輔區域，其餘各府的文化仍屬內陸型農耕文化占主流。天津的海洋文化屬性尤其值得注意，民間信仰受此影響，詩歌創作也一定程度上受

［一］（清）梅成棟《津門詩鈔》卷二十七，清道光十二年康簡書齋刊本。
［二］（清）梅成棟《津門詩鈔》卷十一，清道光十二年康簡書齋刊本。

海洋文化浸潤。如金玉岡《深秋早寒》有句云：「黃雀飛時秋又深，鯉魚吹浪海天昏。」[一]作爲「寄心霞外」的隱逸詩，由「江」「湖」「潭」而至關注於「海」，正是天津近海的空間特色的反映。

從詩歌在本地域的內部空間分布來看，天津亦獨具特色，與畿輔其餘各府多有不同。以《津門詩鈔》所收詩人爲例，其中邑賢二百一十八人，占據了絕大多數。所轄六縣，梅成棟名之曰郡賢，共八十人，其中靜海二十四人，青縣六人，滄州十二人，南皮七人，鹽山六人，慶雲二十五人。除靜海、慶雲兩縣詩人數目超過二十，其餘四縣都在五人左右，寥落不堪。而且除慶雲崔旭詩名略盛，其餘各人均寂寂無名。可見天津詩人集中於城市，詩歌創作也多在城市開展，縣域的詩歌很不發達，這與清代天津的經濟、交通地位重要性的提升過程是一致的。在空間分布上，天津詩歌核心區與經濟核心區大致重疊，港口貿易與詩人聚集、居住形成了同構關係，這與天津海洋型文化特點是大致吻合的。而畿輔地區內陸型文化區域詩歌的空間分布則相對分散，縣域詩歌較爲發達，這又與農耕文化的特點相一致。以永平府爲例，其間活躍的「十餘個文學家族」[二]，分布在樂亭、遷安、昌黎、灤州、撫寧、

[一]（清）梅成棟《津門詩鈔》卷九，清道光十二年康簡書齋刊本。

[二] 永平府文學家族的分布，參見江合友《〈止園詩話〉與清代畿輔區域詩史》，《河北師範大學學報》（哲社版）二〇一四年第四期。

臨渝等縣，雖然樂亭、遷安也表現出明顯的優勢，但總體而言詩人分布較爲分散。而天津的文學家族、

張氏、查氏、金氏都在城市，高度集中在港口貿易核心區，同時也是經濟核心區。清代天津這種詩歌

分布的空間特色，是畿輔區域中其他地方所不具備的，因而尤應引起研究者的注意。

五

《津門詩鈔》編定之後，其刊行過程也經歷了曲折。梅成棟一介寒儒，書稿道光四年編成，并

於四月一日寫好《弁詞》，之後卻一直無力刊行。八年後，在廣東佛山任職的天津人余堂得知此事，

即索要其稿，詳加審閱，爲之出資刊刻。道光十二年，《津門詩鈔》終於在廣州問世，據書中目錄

末尾牌記，爲『粵東省城大南門內西湖街康簡書齋刊』。

余堂在廣東爲梅成棟刊刻《欲起竹間樓存稿》四卷時有這樣一段描述：『堂於先生（指梅成棟）

之詩，尤所癖嗜，凡殘篇斷句，手爲錄存。而先生往往不自愛惜，隨作而隨棄焉。今年春，余爲梓

先生所輯之《津門詩鈔》告竣，因馳書於先生曰：「敢有請者：大集如可付下？名山著作，廣界津

梁，似不必定待五百年後也。」先生迫余請，乃輯其集而郵寄焉。』（余堂《欲起竹間樓存稿序》）余

堂《序》文末寫明在『道光壬辰』，即道光十二年。高凌雯《天津縣新志》亦記載此事：『是集鐫

板之年，即余堂索其詩稿之年。』又云：『成棟與余堂友善。堂在廣東既梓其所輯《津門詩鈔》，復

貽書請鑱其詩稿。』[一]余堂爲梅成棟刊刻《津門詩鈔》之後，該書通行天壤，爲陶樑編纂《國朝畿輔詩傳》奠定了基礎，《詩傳》涉及天津地區的選詩與詩人資料，多有引用。當然，晚清天津的文化進入到中西交融碰撞的新階段，人才輩出，交流活躍，但由於編定在道光初年，《詩鈔》對晚清天津詩壇的成就未能有所反映，不能不説是一大憾事。

作爲區域性的總集，《詩鈔》反映了天津一地的詩歌發展成就，但并未成爲藝術上的範本，因此很少被後人抄録，也未再重刻過。《詩鈔》的版本目前祇有道光十二年廣州康簡書齋刊本一種[三]，本次整理即以之爲底本，加以新式標點。點校過程中，對底本明顯的誤字、避諱字和衍文，徑改；异體字、俗體字除生僻者外，一般予以保留；底本漫漶缺損而未能補足的字，以『□』表示；屬於組詩的，添加其一、其二等字樣，以示區別；底本中遇有正文與目録不符者，依正文整理編排。由於點校者學識所限，點校或有舛誤之處，尚祈方家不吝指正！

王長華
二〇一七年九月

[一] 高凌雯《天津縣新志》卷二十三，民國二十年金鉞刻本。
[二] 《詩鈔》由康簡書齋刊成後，版片藏於思誠書屋，故又有『思誠書屋刊本』之誤。

目録

目録

一

卷二十六 流寓

弁词

津门汇九河之秀，潋纡注海，气之所蓄，必有所锺。明代甲科辈出。本朝二百余年，斯文益盛。而诗学渊源，或缺焉未著。非擅此者无人，采辑而表章之者，曩实无人耳。栋自童年癖嗜声韵，景仰前修。每过市坊，于尘编蠹卷之中，留心搜检，遇同邑先辈旧稿，辄便鬻回。久之，同人往往出所藏，供余抄录，积年成帙。于有明一代，所得无多。我朝自康熙、雍正间，前辈风流，略悉梗概。大抵津门诗学，倡其风者，惟遂闲堂张氏为首；继之者，则于斯堂查氏也。张氏自鲁庵方伯、帆斋舍人，广开馆舍，延接名流。一时往来其家者，若赵秋谷、吴莲洋、姜西溟、汪退谷、方百川、灵皋、洪昉思、张石松、王清淮、马清癡诸先生，而邑先辈则有梁崇此、李大拙、龙东溟、黄六吉、查汉客诸公同时唱和，翕然大振。查氏自莲坡老人筑水西庄馆客，一时有万循初、汪槐堂、陈香泉、高南村、杭大宗、齐次风、朱导江、陈兰雪、陈石汀、周月东、僧高云诸名辈，递主齐盟。又颉颃于张、查间者，有子昇金氏、麓村安氏，宏奖风流，争树坛坫，人皆慕傚。故英华所萃，效亦随之。

一

計張氏一門，得詩人十一，而成進士者二；查氏一門，得詩人九，而成進士者三；金氏一門得詩人八，而成進士者二。禮賢之報，可不謂厚歟？且夫都人士之好尚，一方之風會繫焉。自近時崇尚風雅者之衰也，士大夫適於茲土，罔所棲跡，而士亦少取程焉。操觚之彥，八比外，試帖爲急。不知飣餖陳言，駢蟲儷鳥，制藝言文，未足爲文也；試帖言詩，未足爲詩也。學不汲古，何足致用；士不正性，奚足言情。是亦風會之憂也。棟生也晚，未及仰接耆宿，領其緒論。所見乾隆時詩人，僅周子大迂、金子野田、即康子達夫，曾未一面焉。兼以學識淺薄，名位無聞，未足以振一時之風氣。今年春，同門慶雲崔君念堂來津，傾余篋而觀之。笑曰：「子徒抱殘守缺何爲乎？胡不出而公諸同好？」余韙其言，因取半生所錄，並同時相知之作，彙爲一集。即屬念堂讎校。使覽者知毓秀鍾靈，人才薈萃，典型未遠，庶服古之心有所興起焉。余數十年掇拾心勞，藉手以告其成，亦生平之一快也。
時道光四年甲申四月朔日，天津梅成棟樹君氏，書於欲起竹間樓。

凡 例

一、集中人有科分可稽者，以科分爲先後；其無科分可考者，計其年代之前後人編。

一、集中有屬一家兄弟父子祖孫者，雖其人年代科分先後不同，亦必附於一編，令其家世瞭然，以便考證。集中有已仕、未仕，不別窮達，統以殁者編前，存者編後；一家附於其先人之後者，不在此例。

一、古選自《昭明》起例，已生者不錄。余兹編乃鈔詩，非敢言選詩也，故間人生者，以彰一邑人文之秀，非有黨援阿好之私。

一、集中詩家，有軼事可傳，散見於他書者，必附錄於其詩後，以志景仰。

一、集中詩有題詠忠臣、孝子、義夫、節婦、高人、逸士者，其人有傳紀可採，必爲附入詩後，以光幽潛。

一、詩有關人幃闥，及語涉媟褻，及譏彈時事，雖佳不錄。

凡 例

一

一、集中有其人之學品卓卓當傳，而卷帙散亡，僅得其一二詩，非得意之作者，姑錄入，以存其人，俟後再爲搜輯補録。

一、邑人有殘篇斷句，快炙人口者，俱附録於詩鈔之後，以當詩話，並詳載其人姓名。

一、集中有郡賢一册，所載無多。俟有後賢輯津郡詩鈔者，稍備採録。

一、集中終册有流寓、寓賢，及附見職官數卷，非借才於異地，或因其人之子孫已佔籍津門，或其詩有關於吾鄉名勝、古跡、物產、風俗，或與吾鄉名士、大夫贈答酬唱之作，或其人之功德惠政有洽此邦。存其詩，懷其人，以志甘棠之愛。

一、是編徵求同志，在邑中則得文學繆君星池共位之力，都中則有編修沈雲巢兆澐。校勘則同邑王戢翁翼淳、慶雲同年崔曉林旭之力居多。

一、集中有閨秀一册，採輯甚少。蓋以吾鄉風俗，閨閣以鍼黹女紅爲先，不以染翰操觚爲急。間有工文墨者，多自緘密，不肯炫飾取名，故流傳不盛。

一、集中所輯方外仙釋數家。味含蔬笋，音帶鐘魚。雜風雨於迷離，悟煙雲於飄渺。古來選家所不廢，聊供閱者。世外遐心，塵中清境，亦藝林之一助。

一、津門人文甚夥，採輯難周。以余所見者，必爲録入；所未見者，俟後補入。非有意見，妄存棄取。

題 辭

鼠嚙蟫穿二百年，搜求遺稿出塵煙。題名不比登科録，小傳如標獨行篇。前輩有靈來紙上，舊交無數唔燈前。寒窗料理閒中業，小結枌榆翰墨緣。

敢云此卷少遺珠，聞見非多愧小儒。聊爲詩人傳梗概，忍令古本盡荒蕪？海濱耆宿傷存歿，沾上風流半有無。漫道漁洋長感舊，詞壇振臂望同扶。

津門詩鈔卷一 邑賢

張愚 一首

愚，字若齋。天津人。前明嘉靖壬辰進士。歷官都察院右副都御史、延綏巡撫。著有《蘊古書屋詩文集》。《衛志》：『愚由戶部主事，歷升右都憲。賦性剛直，蒞政明敏。巡撫延綏，嚴飭戎務，邊境乂安，欽賜蟒玉。以勞瘁卒於官。賜諭祭，蔭一子。』

思歸

投老惟耽物外情，青山原有舊時盟。才疏謀國無長策，學薄持身恥近名。貧剩蠹餘書百卷，家遙蝶夢月三更。水雲何日梅花外，結个茅庵了一生。

劉燾 三首

燾，字晴川。天津人。嘉靖戊戌進士。歷官都察院左都御史，兵部左侍郎。著《晴川餘稿》數卷。

《衛志·名臣傳》：『燾由進士授濟南府推官，歷升都察院左都御史兼兵部左侍郎。修河防，立義塚，所至皆有惠聲。屢疏求退。家居惟以耕讀課子弟。生平撰述極多，所著《奏議》若干卷行世。子維成、維垣、維埔，俱知名。』

旋里後言懷示諸子

其一

除却東郊課子耕，歸來無事可關情。桃花芳草春三月，細雨斜風夢五更。好景眼前皆自得，遠謀身後笑徒營。隣翁昨日來相約，白石橋頭聽水聲。

其二

碌碌風塵恨所之，人生投老是間時。看來場圃衰無用，說到功名淡可知。一杖挑花何處醉，半肩荷月偶成詩。潞河且喜無多步，閒學兒童理釣絲。

螺磯祠

一江滾滾恨難平，義斷猇亭百萬兵。豈料弟兄藏怨毒，休言女子欠聰明。杜鵑血盡黃陵廟，蝴蝶魂飛白帝城。西望惠陵真萬里，年年青草傍祠生。

案：若齋先生詩，得之黃藕村家藏手卷。劉公詩得之劉氏家譜。先祖母劉太孺人，其同族也。

二

張海一首

海，其字失考。《縣志·孝友傳》：『張海，天津人。性孝友。母范氏死，廬於墓側，號泣不離，終三年始歸。』

長號見《表孝詩鈔》

盡此眶中泉，滴入埋親地。血是親之餘，誰言人子淚？

倪光薦一首

光薦，字相如。前明舉人，科分無考。歷官通州坐糧廳，加太僕寺卿。《縣志·高恒懋〈倪相如詩序〉》云：『余自總角時，聞之先文端曰：「天津倪相如先生，爲吾郡巨擘。詩古文詞，皆能自出機軸，以與古人相上下。其鄉之先達，以及宦於津門者，莫不歎服。一時造廬而請，屨相錯趾相踵也。」予時心識其言，而未獲見先生也。及先生以卓魯報最，晉職民部，而先文端公亦遊宦京邸，余始得拜見先生於庭。先生公政之暇日，手一編，不輟詠吟。每過先文端公商榷政事外，輒譚詩文，亹亹終日。先文端亦雅好不倦，以故余又得竊聞其緒論，而猶未見先生之詩文爲何等也。洎余寄居津門，先生亦以閩卿在告，門庭相望。先生又以先文端之故，推好於余，余因得讀先生之詩文焉。

文之沈雄博大，爲唐宋而不爲六朝。詩之典華高貴，爲北地而不爲竟陵。余雖未能深窺堂奧，然以觀昔「自出機軸，上下古人」之言，先文端其真知先生者哉！先生年邁古稀，四方踵門而請者不絕，先生應之毫無倦色，則先生亦可謂性情於斯道者矣。」

西山臥佛寺聽古松聲歌

濃雨夜過朝煙涼，花氣引人來禪廊。入耳忽聞波濤狂，仰見虬龍參空翔。高枝盤作春雲黃，低枝拂地清陰長。橫斜都有千尺強，鱗皮脫落腹飽霜。半死未死骨不殭，千百餘年閱滄桑。不知身歷幾興亡，青枝黛色猶蒼蒼。亭午不落朱曦光，中有天風吹海洋。上有仙人騎鳳凰，月明皎皎停霓裳。我坐松下魂迷茫，神遊上遙爲細細吟笙簧，又疑玉佩鳴琮璜。寺僧夜半行郎當，鼉鼕鐘鼓開佛場。古瀬鴻荒。何人種此形昂藏？留作濟人大慈航，慎勿遭厄值吳剛。

李友太四首

友太，字仲白，號大拙。朱函夏爲之傳云：「大拙少而慕義。有王金聲者，自山東攜家赴京，困於天津旅次。同里邢秀才，亦以貧鬻其女。先生一贈金遺之，一贖而嫁之。節婦梅氏歿，無以葬。先生葬之，正書以表其墓。人以是多稱之者。讀書不爲舉業，好古其天性也。常罩精於金石之文。凡篆籀、分隸、碑碣、圖書，一切鼎彝古器，考核品題，摩挲不能去手。臨書無苟筆，結體方嚴，與其人適相肖也。

造次舉步，亦若有繩尺焉，不容改錯。遭婦人於途，却立回身，度已去，乃進。是以避俗成迂，踽行近僻，市中兒姍笑之矣。里人陳玠與爲忘年交。有宋某慕其爲人，欲有所聞遺，而請介於陳子。陳往造之，性喜啜茗。茗熟，接膝清談。聞叩門聲，宋使來餉，卻之甚力。雖陳詞懇款，十受其一，然迥非所欲也。冬月天寒，著短布襖出迎。入其屋，可五六尺許，一榻僅容身，破硯置竈側，禿筆數管，繩束之。晚歲松身鶴立，雙瞳煜煜有神。男三人，女一人。女知書工畫。先生嚴於相攸，既歿，女遂終身不嫁。」

初夏漫書

肯惜爐頭醉百錢，杜鵑聲裏換華顛。才過紅雨飛花日，又到黃雲打麥天。春色年年同逝水，世途步怯深淵。遯身賴有華胥國，一覺南窗自在眠。

賞花作

其一

化工生一花，結構殊苦辛。自趺到須瓣，累積窮微塵。譬之人百骸，闕一非完人。一朝顏色萎，墮落吹繽紛。生之必一年，敗之無半旬。我故特愛惜，以答造化勤。換花試改插，又是一花身。

其二

傳說玉盤盂，聞名頗震耳。今晨齋中花，翛然斷紅紫。一花徑五寸，在佛毫光裏。風度非尋常，

白袷好名士。或似武元后,所選諸女子。狂歌與狂香,乃是酒邊妓。如何辱此花,陽秋不見美。品題到人間,誰爲修花史?

其三

讀書弔古人,我不能問字。著書贈後人,我不能執藝。傍徨兩處心,寂寞一生志。不如來飲酒,看花百日醉。一花纔爛漫,俗眼便驚異。那知後花榮,初花積憔悴。人人作佳傳,竹書不勝記。人人要易名,柳下不勝謚。花亦猶人耳,久開不如墜。

同里張念藝先生贈大拙句云:『蟠泥樓上學潛夫,好古情深老鬢鬚。一度相逢一慚愧,問余新得異書無。』晤大拙令子大讓句云:『大拙先生生大讓,羲之之後復有之。古畫古書讀不盡,家傳豈但是臨池。』

同里王介山先生又樸《李大拙先生傳》云:『大拙先生者,姓李氏,名友太,天津人。生於前明崇禎之五年,鼎革時,年十三歲,故自號曰「逸民」,而隱其身於黃冠。性迂甚,以禮法自繩,不肯少踰尺寸。皆目爲怪,不顧也。嘗過市遇雨,不覺跟蹣趄,已,自咎曰:「誤矣」。仍返始趨,行如故步。其他迂態皆類此。交遊憚之,邇近里閈中,無不引避者。然篤久要,生死不易。友人子雖已顯,拜受如平時。有隨生者,奉其父命來謁,偶忘拜,先生大聲斥責,命跪庭中,將予之夏楚。隨生叩頭謝,久之乃解。極重節義,匹夫匹婦有善行,爲表閭之。尤嗜古物,凡周秦彝器,

津門詩鈔

六

及金石刻、宋元明人書畫，一見即別其真贗，無毫髮爽。然不善治生，又以嗜古，傾易所不急物，以故家日落。而志操益勵，不少衰貶云。乃躬造廬以請，先生則踰垣避，卒不見。先生曰：「吾勝國逸民，豈可見此日之士大夫乎？」余得見先生時，先生年已七十八，目炯炯如寒星，步履健甚，雖少年有不逮焉。生二子，不教，名其長曰狗尾，次曰滑涯，謂不足以繼，而冀倖無爲世用也。一女，知書，工繪事。白描人物，不下李龍眠。然自以女子筆墨不可爲世人見，隨作隨毀，無一存者。後以家貧，作大士像數幅，命蒼頭走京師，鬻以自給。」

《縣志·李孝女傳》云：「名芝圃，字卓庵，處士友太女也。幼穎悟，通《孝經》《列女傳》。母徐氏，名巒，字煙玉。精繪事。女得其傳，尤工寫大士像。性至孝，不忍違親，矢志終身不字。母病，侍藥餌，目不承睫，籲天減算以益母壽。迫歿，痛不欲生。父患疽，女口舐所患者四旬，疾賴以除。五十四歲卒。彌留時，以二親未葬，囑弟讓殮以白衣，君子嘉其知禮。」又案：先生子大讓，工草書，棟聞諸郝石曜先生曰：「大拙先生工畫人物山水，然不爲人作。嘗於讌集揭壁上壂片盈尺，畫千巖萬壑、豆人豆馬，形態如生。爭索之，碎於地，人執一片去。有以絹素求者，弗爲也。工製硯、製墨，老輩猶有藏者。與孝弟堂劉氏、遂閒堂張氏所製，並珍於時。」得其家法，名重一時，亦不輕爲人書。

徐兆慶四首

兆慶，字易齋。順治戊子科舉人，薦舉博學鴻詞，官山西潞安府推官。

案：易齋徵君以負不世才，未捷南宮爲憾。詩規盛唐，氣骨沈雄，英姿颯爽，有褒鄂飛動之勢，嘗於徐晴圖方伯家，見其所書手卷，筆墨縱橫肆宕，得意非竊襲面目者比。工書法，得米南宮神髓。作也。

初秋雜感

其一

一葉驚時到井梧，蕭然天籟賦笙竽。芙蓉欲傍湘江冷，砧杵頻敲月夜孤。旅鬢久拚同古雪，行蹤漫自説樵蘇。平分秋色奚囊裏，何事風流乞鑑湖？

其二

風塵滿目睹飛揚，猶慮元規扇底藏。江海兵戈連蕭氣，東南水旱泣辛霜。匡時盡是天人策，獻賦應推班馬良。伏我一貧堪寄傲，碧梧高月自蒼涼。

其三

涉江踪跡采蘭秋，到處研題景不留。畫裏山川堪作主，醉鄉日月亦封侯。龍文劍氣歌聲咽，雁

塞孤雲笛韻悠。泌水洋洋原可挹，幾回徙倚笑登樓。

其四

颯颯西風雨又綿，秋聲無數到窗前。含愁烏鵲難棲樹，無浪銀河不度船。宋玉多情偏伉俠，向平無累任留連。消閒祇有楸枰可，響入梧桐落葉邊。

公名見於天津《長蘆志選舉》舉人冊第二名，又進士冊第二名。徐兆豐舉順治乙亥科，官戶部山東司郎中，督理宣化鎮糧儲、廣州府知府，當是兄弟。

龍震二十八首

震，字文雷，號東溟，又號由甲。世天津人。著有《玉紅草堂詩集》。文安陳子翽先生儀爲之傳曰：「許身如杜陵野老，與時牴牾，訖無所就，而托於詩。與同邑張笨山相得，歡然無所間，皆喜爲詩歌以自娛。笨山尤稱東溟之詩：疏蕩道逸，司馬子長之文，渾脫瀏灕，公孫大娘之舞劍器也。然東溟實無意爲詩。東溟至性過人，而窮於所遇，無以通其志，引而自疏，又義不忍則激而爲狂，憤而爲僻，幻而爲不近人情，詭而爲使酒罵座，迫而爲孤、爲曠、爲達，要皆非其真也。其以自見，則發而爲詩。其遇窮，故其音悲；其痛深，故其詞婉；其刺冷，故其指微。隱而彰，邇而遠，溫柔而敦厚，纏綿而悱惻，庶幾乎屈子之遺。自康熙甲戌至於癸巳，凡得詩四千餘首。甲戌以前詩，皆

芟去不存，其言曰：「詩也者，志也。自是之後，吾志定矣」。晚乃築別業老夫村，自命曰「玉紅草堂」，題其詩曰《玉紅草》。」

明妃歌

吁嗟明妃，自恃美容。非惜千金，以賂畫工。身歸沙漠，猶思漢庭。吁嗟明妃，何思漢庭。縱入漢庭，墓草不青。

卓文君

相如病，文君奔。千古論之美且嘖，況乎無才無色人，嗚呼！無才無色無情人。

蔡文姬

身離國兮家莫知，身歸國兮子莫隨，欲歸欲住心慘悲，我忽爲之淚垂垂。安能復問千古之上汝爲誰！

十諺錄五首

其一

帝江帝江，四翼六足。雖能歌舞，却無面目。

其二

路旁花，行人難久看。折得歸時花又殘。

其三

鸚鵡人言，使人羨慕。雞犬人言，使人殺戮。

其四

猿愛食父，不忍食子。梟愛食母，不忍食子。使忍食子，焉得梟猿多如此？

其五

鴟鴉夜鳴，如笑如怒。烏鴉夜鳴，如泣如訴。聲本不同，同遭人惡。

不寐

少飲數杯酒，終夜成不寐。二更殘月出，遙遙暗相對。雁過窗影寒，鼠囓屋聲碎。百感輪中腸，輾轉增憔悴。始知人生樂，無如一沈醉。

自欺

世道尚周旋，奔走互參差。嗟予禮法廢，放浪已多時。禮法豈能廢，機詐久在茲。今晨有二事，躊躇不能辭。整冠向西笑，轉身向東悲。悲笑情不關，為之覺自欺。自欺反無過，人心安可知？

長歎

烈火燒頑石，可碎不可爛。利刃斫流泉，可激不可斷。先王立禮法，勉強防人亂。人性本不同，

善惡日相判。刀鋸猶不畏，史册何足憚？代代生聖賢，艱難一長歎。

醉後神遊歌

獨酌復獨酌，獨酌神虛遊。雙足駕羽輪，遙落高山頭。竚立一凝望，煙霧頗深幽。疑有神仙居，

或即是丹邱。却無金銀闕，亦無珠玉樓。園圃倚巖澗，茆茨帶泉流。遠近花開路，光景如新秋。一

逕似曾過，望門竟相投。中有真美人，不作人間羞。斂衣一深拜，語簡情意周。雖少三生緣，茗饌

亦可留。此土妾所主，不屬郡與州。有客采果來，紅綠香滿兜。借此以供客，荒山無珍饈。君子有隱心，能來居此不？予聽未

及對，門外聞鳴牛。客忽促我行，云我苦未休。積苦如不盡，天外何能收？語罷自長嘯，我懷甚逗遛。夜深酒忽醒，

憂。客忽促我行，云我苦未休。積苦如不盡，天外何能收？語罷自長嘯，我懷甚逗遛。夜深酒忽醒，

殘燈風颼颼。

王野鶴道士開園 即今之香林院

閒閒十畝間，道士有所慕。盡除芳草根，獨留蒼松樹。開畦引流泉，往來親指顧。欲種東陵瓜，

不棲南山霧。野老荷鋤至，相逢道平素。身貧當任勞，非爲圖生聚。行且移琴書，誅茅此中住。小

結黃蝶庵，曲通白鶴路。茫茫滄海聲，相去祇數步。豈怕春雨稀？但恐秋濤怒。語罷夕陽下，風鷗亂古渡。隔岸桃李園，紅燈樓上露。

春山行

山山改寒色，遠近綠雲長。去年深雪中，曾爲梅花往。梅花落已盡，春光媚林莽。不倦看花情，千崖攀躋上。香風帶雨來，鳥聲亂泉響。心悅耳目勞，一步一俯仰。人間芳草路，車馬日擾攘。王孫惜春光，可作山中想。

神仙謠

秦皇漢武求神仙，神仙聚泣仙山顛。吾輩爲仙豈得已？葉食草衣苟免死。當年思立尺寸功，人間無門見天子。而今天子降心來，所期於我何有哉？推出白雲鎖蓬萊，窮麟孤鳳聲哀哀。

嗽金鳥

嗽金鳥，食龜腦，若無珍珠還不飽。時時吐金一屑小，明帝宮中爭作寶。

緩緩歸曲

誰作遊子不思家？誰行春陌不看花？看花莫爲花斷腸，思家莫爲家跟蹌。子規鷓鴣雙雙啼，玉

樓紅樹影迷茫。君不見邯鄲少年花間醉，琵琶聲裏昏沈睡。黃金蕩盡不知返，春雨滴殘桃李淚。又不見閨中少婦折柳枝，長亭短亭哭相思。馬上回頭定歸期，何暇更有看花時？吁嗟乎！春不看花花易槁，春不歸家人易老。歸與歸與緩緩行，緩緩看花歸有情。十里五里花相送，千朵萬朵香風生。

好花看遍遊乃止，梁間燕子迎人喜。

飲酒曲

其一

翠樓酒暖氣霏微，玉椀濃香濕舞衣。莫把芳心輕醉死，春花一片不曾飛。

其二

有酒何愁夜寂寥，春燈影裏聽吹簫。任他樓外梨花月，去照揚州廿四橋。

夏日閒居

僻巷清風滿，深林夏日寒。宅雖僅五畝，竹已足千竿。身懶浮雲散，亭高午夢殘。樹間蟬寂寂，門外水漫漫。洗菜童臨渚，鋤瓜人過灘。素書憑石讀，粗飯就松餐。有暑全無覺，何貧不可安？琴樽閒事業，蓑笠野衣冠。歌詠懷康樂，鬚眉媿木蘭。虛名食耳易，古道問心難。磊落頭空白，韶華指一彈。聰明皆陷阱，勳績實危欄。瓦解遊仙枕，冰消承露盤。秋方得地種，酒免向鄰干。若是若

非處，半醒半醉看。

答客

宛委山翁到敝廬，相逢漫問近何如。不饑不飽三餐飯，將信將疑半卷書。心向世間猶有用，交

除方外盡無餘。薄田更喜前年賣，免得時人笑溺沮。

偶成

勉強吟詩自解愁，何嘗借此作交遊？知安命薄渾身懶，聽說才高滿目羞。有句各矜追漢魏，無

官便儗是巢由。風人隱士遍天下，一望朱門盡白頭。

夏日聽友人說峨嵋山雪

故人遁跡峨嵋山，偶思招隱來人間。解衣相對苦炎熱，幾番衹憶峨嵋雪。向我喜說峨嵋陰，積

雪不知幾許深。雙峰日午石欲爍，兩崖草木常蕭森。有時倚杖下高嶺，望見雪光心便冷。豈怪六月

裘可披，長夏堅冰堆萬頃。故人說罷汗尚揮，決然欲向峨嵋歸。君如歸去我當隨，風吹一片涼雲飛。

讀漢書作

踞床衹會罵儒生，逃出鴻門事竟成。呂后幾移劉氏祚，太公拚作楚人羹。斬蛇天子傳奇跡，屠

狗將軍擅大名。四百餘年觀治亂，老瞞新莽最分明。

戲作五平五仄體

深深荒山中，小小草閣裏。幽人何貪眠，見客不肯起。猿啼孤峰雲，鹿飲古澗水。踟躕秋風寒，滿地落柏子。

夜遊神

十丈長人行野中，手握月光騎秋風。千塊陰火出草綠，滾滾圍住長人哭。初猶嗚咽聲漸高，有聲忽叫休嘈嘈。冷影如向長人揖，揖起白骨玲瓏立。云予俱非同時人，下及元宋上嬴秦。讀書學劍蹉跎老，遺編剩史姓名少。空生徒死天不聞，兒孫老盡平荒墳。風雨常剌骷髏節，星日不見狐兔穴。長人點頭心頗哀，掀鬚大叫崩驚雷。願為汝等叩天門，遣龍來迎英雄魂。劃然語罷不知處，曉霜冷壓青松樹。

高唐思歸

其一

故園常整舊茅簷，三徑全荒我不嫌。自種葡萄自釀酒，春秋重捲看花簾。

其二

醉後歌成付阿咸，海門魚蟹老真饞。歸舟懶向洇流泛，欲掛春風無恙帆。

案：張笨山先生《送龍東溟之江寧》詩云：「君已高堂無老親，不妨竟作遠遊身。竹林江上常開宴，楊柳津頭漫愴神。萬里江山鴻雁過，六朝金粉管絃親。孝陵詩句王著好，爲我留心訪此人」。又《懷東溟》詩云：「故人遠客石頭城，難慰相思夜夜情。縱識江南夢中路，江雲江樹不分明」。

錢文端公陳群《香樹齋續集·木門行感舊》詩云：「昔者韓退之，嘲謔師命劉。越州遊汗漫，一笑三年留。少海之津析木尾，七十二沽春漲水。當年下第歸未得，殘書一束曾遊此。遊人踏春油壁車，東風吹入五侯家。販糖賣餅人不識，尋詩獨步手頻叉。偶然月下投古寺，中有幽人坐席地。爲我進酒發清吹，讀我新詩忽垂淚。自言七十無妻兒，出門帶索雙鬢絲。高歌不知白日暮，鼓琴一寫牧犢悲。」注云：「東溟山人龍震，所著有《玉紅草堂詩》。」又云：「高麗流寓抗浪人，姿顏自足多精神。平生然諾重意氣，米家書畫陶家賓。三人相視成莫逆，關市曾規子雲宅。一朝別去走京師，射策東堂便通籍。」注云：「麓村安氏，下氏所珍，頗爲當代所推重。」

麓村安氏，名尚義，字易之，奉天人。善古詩。鑒賞古跡，不爽毫髮。原籍朝鮮，僑居天津。賦性仁厚，施予無倦色。康熙五十年災，饑死載道。尚義創建粥廠南門外，賑之。繼此十餘年不替，全活人無算。天津城池，歲久傾圮。尚義與子歧，願捐貲修築。鹽政莽鵠立代爲題請，奉旨俞允。畿南保障，遂成金湯。

梁洪十七首

洪，字崇此，號芰梁，祖籍山西大同，移家天津。諸生。崇此先生，性孤潔，不樂仕進。書法宗蘇長公，詩格近韋蘇州。與龍山人東溟，同爲遂閒堂張氏上客。趙秋谷、汪退谷兩先生咸推重之。有集曰《嘯竹軒詩草》。詩多散逸。公之女，爲先伯祖嫡配。家有藏所書橫幅，筆致道逸，又類米南宮，即公之作。後復讀《盤山誌》，得先生數詩，存之。

失題

其一

種園得果僅償勞，無奈兒童鳥雀搔。遍插棘針潘笋逕，更鋪魚網蓋櫻桃。

其二

海雨江風浪作堆，時新魚菜逐春回。荻芽抽笋河魨上，楝子開花石首來。

曉晴

家住三沽口，新流直到門。每持碧玉杖，便過綠楊村。芳意春似淺，高寒日未暾。幽懷煙水外，

鶴鹿向人喧。

秋興

佳興閒中得，鬢眉照水淇。
竹林琴案雨，梧葉石床風。
倚杖臨秋渚，舉頭送遠鴻。落霞當葦岸，
搖蕩影玲瓏。

笨山欸乃書屋宴席，龐中朗、陸筠巢、馮貞庵、龍在田、王萊賓、解怡園、梅嶼世公、王野鶴、兄駿承、弟叔敏、右張圖韻

涼秋竹尾拂風霄，弱草繁花笑早凋。朋喜盍簪皆俊彥，展高登會列瓊瑤。飛觴煙舍帆當戶，滌硯雲溪水正潮。賦就紛紛同落葉，南圖健翮望扶搖。

雪後夜望大悲精舍寄世高上人

雪朗天清海鶴盤，氅衣中夜倚林端。水晶宮裏僧初定，漏滴銅蓮風月寒。

簡褚西山

浮水先生自率真，蕭然氣骨老清貧。論文得失憎迴首，閱世榮枯懶告人。書卷中惟存海嶽，風雲外獨向松筠。交游姓字分明記，知己誰當入夢頻？

雜詠

世事爭看歧路羊，窮途誰復哭猖狂？殘杯斷送英雄老，無主梅花古驛香。

同在田笨山過世高上人石室試茶歌

退居老翁茶一瓶，炭中封裹藏石壁。晴堦日暖梅花天，試取開烹延佳客。綠塵翠濤雲滿鐺，散花聚靉風生腋。既覺振枯悅其志，何期苦心嗜成癖。鹿門病客酒全醒，武夷仙人話一席。感君惠分甌蟻餘，春晝破睡南峰碧。

狂書雜言兼示笨山

溪亭煙舍何有暑，風花弄影日亭午。水鶴上天驚晝眠，芭蕉葉大向人舞。揮毫發興偶然得，心手相師物無迕。松下石床長丈餘，瓦盆研墨雙童苦。清陰滿地苔塵虛，十分神氣始展舒。卷袖力捉散皁筆，拂素大書擘窠書。方圓流峙形萬變，牛鬼蛇神各露面。奇醜詭怪外雄強，心正筆正乃稱善。好事張顛早擅名，手操玉管懷藏硯。冰紈霧縠裁爲衣，揮灑淋漓墨花濺。與君同學異所趨，與君同志境自殊。同學同志無遐邇，惟有筆硯同生死。

寄南臺曾庵上人分得巢字

燕市僧如蟻，鵲惟師頂巢。南臺鐺折脚，朔雪廈無茆。半夜分香芋，三津濟苦匏。近聞龍象衆，

蔬笋助寒庖。

海東行

妾家住海東村，白魚為食骨撑門。海畔草腥秋早死，上著單衫下短褲。翦草煮魚供姑膳，鹽泥没脛歸黃昏。吁嗟乎！男兒生長識水性，年年駕海猛如獍。

喜友見過

別離年五六，髮白十分三。不忘棲閒地，還來過草庵。蘭風吹野席，菊露滴秋潭。老友今無幾，臨觴莫惜酣。

帆齋與笨山夜坐

海天一片月，此夕得相親。石影瘦於我，竹梢高過人。世情雲去住，道意水漣淪。清賞各無語，蕭然花外身。

入盤山宿衛公庵

盤盤石路到高峰，繞寺蒼蒼萬粒松。杖底泉聲青霧合，巖邊花氣白雲封。塵襟遠隔離三界，山色才看第一重。最喜僧龕禪榻穩，不眠閒聽上方鐘。

努力一支節。

天成寺

環寺山如堵，參天塔似峰。上盤從此入，高衲未曾逢。積翠煙中薄，空香雨後濃。還期登絕頂，

春日送胡致中遊盤山兼寄青溝和尚

天津華屋橾棟連，走馬鬪雞多少年。紛紛顏色爭相向，中有一士性獨偏。春來忽發遊山想，出錢買車招同黨。昨日出門別相知，笋皮笠子青藜杖。驅車春田戴勝鳴，再三問我山中程。君去看花花正明，煙濕芳草輪無聲。山中有僧眉覆面，亂峰深處應相見。此僧若問滄浪人，海上春寒尚飛霰。

案：崇此先生家有七十二沽草堂，張笨山先生有《草堂詩》云：「七十二沽之草堂，主人爲誰梁芰梁。牽船岸上久已免，居人廛下今可忘。鷗影開門白皎皎，潮聲捲幔青茫茫。高枕更何以自適，海思萬里隨風長。」又《寄贈梁芰梁詩》云：「衣履清華絕點塵，松風水月寄身身。飲非文字終難快，交到煙霞更覺親。居士通禪元佛子，書生能相豈凡人？何時得試彈琴手，一曲和平天下春。」

天津海河西岸有寺曰『紫竹林』，在上園之南，相傳天花和尚焚修其中，梁崇此先生贈之詩云：『萍跡今初定，新修紫竹林。一椽堪掛錫，三徑始關心。花色拈秋影，潮聲落磬音。他年成勝地，若箇不追尋？』《張笨山先生集》中載《天花道兄住錫紫竹庵，秋日攜諸子過訪偶成》云：『荒山

朱同邑三首

同邑，字梁臣，號晴崖。康熙己卯舉人。父承命，由進士授浙江定海令，遷户部員外郎。《縣志·朱承命傳》：『立志嗜學，嘗讀書樓中。時端午，家供角黍，置飴一盂硯側，承命誤蘸墨汁，以爲飴也。』同邑克嗣其業。安溪相國視學畿輔，拔同邑爲八郡冠。己卯舉於鄉。會有詔覆試，通榜舉人皆股栗，同邑獨櫜筆就乾清門試，得上等。八上公車不第，賫志以歿。爲詩雅嗜王、孟、子函夏、紹夏，俱以學行知名。

思隱

何時結屋小滄浪？數畝山田足稻粱。春夜雨聲秋夜月，一生清味在藤床。

初夏

紅藥花無信，清寒四月天。麥蘇三指雨，衣減一層棉。長日詩重録，晴窗石自鎸。故人前有約，

曾住慣，何況似村居？市遠難沽酒，園多可種蔬。野人驚杖履，土壁飾圖書。珍重相期意，高風慎在初。』虞山徐芝山先生詩云：『住錫聞今日，招尋曲徑通。當門雙樹老，照佛一燈紅。泉汲天心月，葵烹爨下桐。鎮山無寶帶，清話海雲紅。』芝山原名曦，後易名蘭。

同買看蓮船。

春日懷拙公

天外諸峰雪未乾，懷人先自古田盤。春風猶記逢挑菜，秋雨相牽托買蘭。周樸巾盂白業足，謝家裙屐翠微寒。何能重聽松窗句，除賦梅花和不難。

朱函夏三十八首

函夏，字乾馭，號陸槎。晴崖先生同邑子。廩貢生。雍正初年舉博學鴻詞，廷試放回。著有《谷齋集》。同邑王句香曰：『恭查硃批上論內，直隸學院孫嘉淦保舉生員八人引見，皆不中上意，內有朱函夏之名。』

案：陸槎先生，家世詩書。祖承命，順治己丑科劉子壯同榜進士，公兄弟同舉鴻博，子法三，又為名孝廉。公性精專，讀書必窮其蘊，遂成名儒。方嚴不苟，造就津邑名彥最多。少隨祖任，遊覽遍江南。胸之所畜，到處必發於詩。沈雄渾厚，根柢盛唐。瀕卒，付其稿於受業汪楫之先生，未梓。又案：公登黃鶴樓詩，是日，某中丞開宴，文士雲集，酒酣賦詩，公時弱冠，居末席，吟至『渚宮秋色惟煙水，大別山光自古今』，合座叫絕，齊為擱筆，一時稱『王子安《滕王閣序》

二四

不是過也。」

戊申九日擬采菊祀三閭大夫《九歌》迎送之曲

神之靈兮獨清，菊之芳兮既盈。動余心兮顧頷，駕飆輪兮往迎。神遵回兮不進，畏霜露兮寒零。

屬巫咸兮達意，余懷袖兮多馨。神不來兮奈何，誰其餉兮落英。　右迎神曲

靈旗翳兮靈風灑，神之來兮冀之野。一縷騰兮香太清，引蘭佩兮翩然下。謂奇服兮不可爲，汝

何取兮慕騷雅。唔中心兮默無言，顧芬芳兮浩盈把。望湘沅兮神以遙，耿離憂兮莫能捨。　右送神曲

誡諸學子

文章猶用兵，一以氣作鼓。筆鋒之所迴，注精石沒羽。壁中最堅處，深入勇可賈。要須潰厥圍，樹幟爲繡虎。諸君學射策，共遊罷相圉。各佩朱極三，參連方齊努。老夫自無狀，率作詞壇主。司者膽已動，指揮左右拒。踴躍始克壯，翶翔終自沮。至竟爲士戲，狃以陽穀豎。徒聞終夜聲，鶤鵝盡失伍。詰朝更蒐乘，周麾必奮武。文陣誓先登，心兵呱振旅。勿令執耳人，將受侏儒侮。

誡子方

式微竟無狀，惡焉懷祖功。世德越百年，發祥奉直公。我朝初定鼎，作睹仰雲龍。已標第一人，

高躅冠南宮，羌爲枋國泪，木天無由通。迨升粉署時，嶒景已匆匆。我方六七歲，見人來滇中。遙傳我祖諭，詩書及早攻。牙籤殊富有，四壁芸香充。開篋認手澤，丹黃密重重。卷卷自抄録，下帷信苦工。祖有小臧獲，讀書頗惺惚。呼來賜膏環，喜氣常融融。蒼頭今有子，黃卷知所崇。肯構無貴賤，克家有汙隆。念之輒憮然，汝曹非稚童。日月不貸人，腹笥枵然空。郭晞誠奴才，衛青本英雄。深爲我祖懼，繩武心忡忡。

卜硯行爲周敦夫賦

見所從來未嘗見，雀臺龍尾沙泥賤。是與日月爭光人，存得不磨石一片。君直先生最爽豪，昂昂警鶴摩雲霄。問目指斥賈秋壑，彗星正出東方高。蒙古矢集馬前墜，孝忠戰死安仁潰。不須更見呂師虁，南宋山河已粉碎。唐石山中變姓名，轉荼坡下淚縱橫。麻衣躡履無人識，阿誰敢迫來燕京。孤臣所欠惟一死，夢炎生亦徒然耳。泣指壁上《曹娥碑》，豈不若汝小女子？笑渠銀冶病民人，朽骨多年化路塵。寧知建陽市上物，庚庚玉理猶鮮新。何緣此硯落君手，異物應爲識者有。想像當年賣卜心，死生窮達堅其守。

和汪甥詠芭蕉

雨剥風抽次第舒，隔窗颭影碧紗虛。儘教開卷休嫌破，都是曾經讀過書。

友人招飲西園

其一

杯至甘從罰，逡巡技已窮。　象棋三局敗，壺箭五枝空。　故態思歌鳳，餘酣想御風。　猶然事揮灑，墨跡蚓蛇同。

其二

動輒蕭然遠，吟多率爾長。　竟將槐作國，疑以酒爲鄉。　夕露無端墜，歸禽有底忙。　金波起東海，聿借半輪光。

登黃鶴樓

其一

回首中原落日斜，望中吳楚浩無涯。　乾坤煙雨三秋客，江漢波濤萬古槎。　曾聞笛弄梅花起，東指滄溟是我家。　憑欄長嘯西風起，更有何人賦鸚鵡，不

其二

經過夏口一登臨，古意盈盈楚客心。　抗手雲中思駕鶴，無人漢上與題襟。　渚宮秋色惟煙水，大別山光自古今。　果有荀懷遇仙侶，峭帆他日此重尋。

三歸臺

滿目泱泱大國風，一堆黃土霸圖空。射肩誰正千秋罪？執耳寧忘九合功。東晉茂宏慚果嬴，南陽諸葛負英雄。行人莫問駢三百，碧瓦朱欄蔓草中。

鄒縣感懷

征車重向嶧山來，記得甘棠祖德栽。三載桐鄉曾有碣，一孫樗散不中材。何時得遂榆枌樂，長路空銜屺岵哀。欲採江花過江水，秋風無數木蘭開。

嶧山

孟廟門前萬粒松，望中山骨翠玲瓏。英靈北面朝尼阜，氣象東來揖岱宗。桐古有根應鳥剝，碑殘無字想苔封。七篇萬襈精華在，擁戴芝蘭最上峰。

徐州

嶧縣南來過此州，紅亭風亭屬吳頭。危城枕岸河歸海，涼雨連雲燕入樓。偶向囊中隱錐穎，不妨皮裏著陽秋。錦衣富貴當年事，我欲題詩弔楚猴。

雨中渡淮

漠漠乘龍洲水邊，煙中一葉渡淮船。特衝寒雨江心驛，去試香茶白乳泉。於道無聞年四十，干

人何事路三千？不須攬鏡塵容瘦，兩鬢秋風意颯然。

滁州

四山秋雨駐平沙，粉堞高低枕水斜。六一文中有豐樂，西山秀處是瑯琊。漸聞幽響泉兼鳥，才見清陰竹映花。慚愧隨人旌旆後，僧藍不敢漫留茶。

中秋客上元作

異鄉況是沉寥天，弟妹拋來里數千。秋不勝悲惟我甚，月須借問爲誰圓。臨江北顧山無盡，繞樹南飛鵲可憐。莫折勞勞亭畔柳，恐驚搖落過流年。

讀《毛詩》有感

其一

溱洧何嘗水不清，贈來芍藥也多情。當歌悅盡時人耳，不道淫哇是鄭聲。

其二

玉臺金粉占時名，照眼穠華艷管城。獨愛不其山上草，欲將箋注問康成。

路旁舟歌

模糊畫鷁蒙塵土，鼃作鯨呿自安堵。大川渺渺知何所？不涉焉能復用汝？沮洳當年水一鄉，司

空憑汝作慈航，拯還鬼錄今無恙，都頌波羅感不忘。四時之序成功退，人事從來有代謝。祇今東海
見桑田，銅狄何妨閱興廢。舟兮何閒閒，我家岸上無寸椽，借舟為居殊晏然，即以無用全其天。

條縣懷古

條侯勳業未全湮，封土依然廟食新。肯以疆場等兒戲，却緣縱理作明神。令嚴獨稱將軍職，運
往難為少主臣。何處遺營雲鳥跡，青青柳色漢時春。

謁董子祠

《儒林傳》內識行藏，髣髴來瞻道貌光。一代遺陵傳下馬。千秋《繁露》衍《公羊》。封侯位
讓平津貴，對策源通泗水長。好在玉杯遺後學，白頭慚愧下帷忙。

將赴景州有作

海內吾何向？懷人起夜闌。老驚名宿少，貧購異書難。遂發山陰興，期追季札歡。扁舟落吾手，
雲水蕩胸寬。

望西淀

久別蓮花淀，今來潑眼新。渚香晴貼翠，風影嫩生鱗。立愛鷺公子，眠宜鷗舍人。含情難久駐，

摘嗅水花頻。

讀諸葛武侯遺文十二韻

龍德元知赤伏棼，泥蟠初意不求聞。阿衡既改耕莘志，《説命》常留出壁文。先儒謂前、後《出師表》，當與《伊訓》《説命》相表裏。梁父五言超管晏，隆中一對起風雲。金刀難向神州礦，鼎足聊從鬼宿分。惟左將軍能具眼，是真名士自超群。胸中經緯蟠文武，言下精英括典墳。已薦鳳雛資羽翼，更令蘭草著芳芬。誠書最欲修身靜，下教常須攻已勤。議論足徵儒氣象，指揮不作霸功勳。木牛才思描餘緒，羽扇清標澈彩雯。終古星芒難泯滅，到今圖陣尚繽紛。可知十倍曹瞞子，《典論》如何敢擬君？

詠史

短刺徒然滅袖中，縱饒鶚薦亦難通。既知碌碌皆餘子，底事沾沾罵死公。鸚鵡才高猶是末，漁陽鼓震一何雄。誰防路粹如羹立，竟自株連到孔融。

客感

鰣生無寸田，雨足胡爲喜？欣欣皆向榮，我亦因人耳。頃自故鄉來，龜坼亘千里。恒暘非一歲，杞憂不能已。客窗未入夢，天笑電光起。坤位雲旗揚，坎方風馬駛。大渙其屯膏，錫因聖天子。盈

盈析木津，庶幾無瑣尾。

客司空第踰月未歸

結夏兼旬綠野堂，案書隨手正偏旁。生憎障眼來雲母，却愛鈎詩饋酒娘。月到天心皆净域，風吹囊口有餘凉。鄴侯一架勾留住，逸興何勞問酉陽？

黃孝子尋親圖

序：孝子黃向堅，不知何許人。由黔入滇，過雞足山北麓，奉二親以還。其始末，惜未之詳。乙丑仲夏，客司空所，見一册子，每頁各有題跋，出自向堅之手。其圖中之景，極險窮危，非等性命於鴻毛，有不如此不容自立於天地之事，奚以至此？乃爲短歌，以紀其略。

其一

惟孝通神明，即能光宇宙。想其神往時，五丁爲左右。　右麻哈葛鏡碕，其峭巖，刻『神留宇宙』四字。

其二

直上千仞尖，空空天冪頂。鳥道闃無人，爾來如是猛。　右關鎖嶺

其三

忽入盤州關，潺潺聞響水。群獠當我前，人耶獰如鬼。　右響水關

其四

不知清浪險，江勢急於馬。踢身上船去，命懸篾絙下。　右清浪衛

其五

不辭踰險阻，所憂惟干戈。貔貅塞我路，白象高峨峨。　右白口坡

其六

側身銅柱畔，躡足鐵橋來。岌岌勢欲動，其下有轟雷。　右盤江

其七

雞鳴杳何許？步步入蛇盤。收晴無妄視，危崖皆倒懸。　右雞鳴關

其八

登岡灑然喜，已到雞足山。白雲近咫尺，努力奉慈顏。　右雞足山

其九

入關左右扶，磴道雨中難。失足一身可，雙親幸勿顛。　右勝武關

其十

昔來經此坊，何知為勝境？今乘大雪歸，萬樹梅花影。　右滇南勝境坊

朱紹夏二首

紹夏，字羲玉，號西盧。函夏弟。廩貢生。與兄齊名，同舉鴻博。

懷周蓮峰

結髮與君友，溫文愜我意。近別且相思，況於杳天際。暮雲春樹間，茫茫莫能跂。但願開府公，迢英才早擢異。向讀韓公集，藍田丞廳記。雅與懷崔君，君殆其儔儷。一舟之桂林，道路阻且長。迢六千里，景物春初芳。山川極美麗，弗覺爲殊方。官署如村落，亦足以相羊。內擢須早還，萊服欣稱觴。

盤山

四正山頭策短筇，亂雲危石踏重重。地天人籟千巖水，上下中盤萬樹松。古寺琴僧空自老，荒臺劍士有誰逢？蕭蕭祇恐風雷起，飛出深潭五百龍。

王介山太史《七憶詩憶朱羲玉》云：『我憶朱元晦，會心在說書。乃於梅福市，獨有子雲居。零露山中蕙，清秋水上蕖。言多人不解，解者又何如？』

又壽朱孝廉梁臣先生詩云：『太史今奏德星聚，乃在天津東郭邊。先生有子又有孫，昔日荀氏

詎爲賢？浩浩長河來千里，中匯津門納洪川。公居其間爲潮海，時騎鯨背凌飛煙。爲憐凡骨一援手，欲往從之心茫然。視桃著花有小實，蓮葉出水亦田田。值此風光長日月，公將上拍洪崖肩。一時賓客齊搔首，縹緲疑到崑崙巔。崑崙高高不可上，況君德業似君年。』

同邑周七峰先生《輓西廬詩》云：『君家兄弟心傾久，彈指論交二十秋。風雨每傷形跡闊，文章雅許芥鍼投。清才似子真堪惜，善病如余更可憂。賴有谷齋人老健，六禽戲好獨從遊』。

津門詩鈔卷二 邑賢

周焯三十七首

焯，字月東，號七峰。世居天津。拔貢生。著《卜硯山房詩鈔》。

案：月東以名諸生貢成均不第，遂棄舉子業，專力於古。工詩，精小篆、八分、摹印。仁和吳公廷華爲之傳曰：『七峰性堅確，凡所注意，輒出全力赴之，坐是貧且病。少時會文友人家。門臨水窪，旁洄中渟，七峰喜其曠，徐步搆思，不覺陷於淖，衆驚出之，自若也。築草堂沽上，即以七峰名。所藏多古帙、名書畫、金石、彝鼎。嘗從野寺得硯污泥中，浴之，則宋謝文節公賣卜硯也。愛以爲寶，遂名其集曰《卜硯山房集》。重然諾，有大節，世皆笑其癡，七峰亦自謂癡，嘗刻一石曰「癡絕」，識者以爲實云』。

贈李眉山先生

先生霞外老，壯即脫塵羈。山水心成癖，行藏世豈知？吟來五字古，到處一鐺隨。祇恐重相訪，

白雲居又移。

題楊竹亭《寒缸聽雪圖》

同雲暗竹窗，夜雪明幽徑。中有未眠客，一燈寒獨映。蕭屑灑松杉，入耳了無競。那許熱中人，山齋一同聽。

初夏

海天春已去，簾捲日初長。掃徑花餘片，抄書字益行。偶閒還曝藥，小倦欲支床。持此消三夏，悠然雲水鄉。

送陳江皋歸錢塘

心傾伯玉三年久，每許蘭言臭味同。忽動滿懷蓴菜思，難迴片席鯉魚風。君歸暫作湖山主，我老真成田舍翁。折取黃花代楊柳，離情秋思兩無窮。

水仙

前身本是洛濱姝，倚石含風態自殊。怪底清心常似水，人間煙火一絲無。

觀音竹

个个能参自在天，此君真意紫林傳。
法身是否休饒舌，但得心空已入禪。

爲子憨上人題畫山水

山深澗自幽，水流不知處。　此中白雲多，定有高僧住。

偶作

不覺微低上又高，手爬不是祇空勞。
何時一倩麻姑爪，恰向中間癢處搔。

病蟬

一枝強引病中行，宿露凝胸更覺清。
最是酸吟聽太苦，凄風黃葉了無情。

罌粟花

米價年來貴似珠，誰拋罌粟滿平蕪？
不知囊有糧多少，能足蒼生一飯無？

龐公隴上行

翠羽集上林，彈射無停響。　幽蘭當周道，刪刈同草莽。
所以明哲士，遺世有遐想。　洶洶季漢間，

群賢爭雄長。豪傑慕功名。庸夫懷爵賞。龍德不終潛，鳳亦罹世網。獨有鹿門翁，鴻軒出雲上。夫耕妻在耘，天地憑偃仰。十畝有餘安，三分笑多攘。景升木偶人，烏足測淵廣？

秋日同江岷山遊香林院有懷野鶴道士

有客扶筇海上來，清秋攜我訪丹臺。船隨沙雁一行渡，門對河流三岔開。行藥道人猶似鶴，題墙詩句半封苔。勝遊忽憶煙霞侶，獨步長廊往復回。

立冬後一日訪子憨、憨堂二上人

居幽忘物候，偶爾叩禪扉。坐見庭槐落，方知秋意非。一鐺雲外煮，雙屧月中揮。縱有榮枯思，潛消何處歸。

得虔州書

喜見南舟又北回，一函遠問貢江來。書中定有傷離句，手把雙魚不忍開。

送陳石汀玠之井陘

君老遊應倦，扃門愜素期。世緣猶未盡，征轡又長垂。山路從紆折，心鄉自坦夷。春風誰解意？青草路旁知。

日暮倚修竹圖

七尺琅玕六幅裙，檀欒徙倚日斜曛。隔溪桃李應相笑，不對名花對此君。

送朱陸槎之粵西

楊葉洲邊梅雨東，江山有助興何窮？二年好句奚囊滿，待子槐花秋雨中。

朱家

彬彬儒雅留東魯，任俠當年猶有君。廣柳車中人貴幸，終身不見季將軍。

弔殷貞女

序：貞女，天津人，適同里邢某。邢母素有穢行，百計逼女，不從，遂沃以沸湯，無完膚。太守劉公聞其事，遣尉詰之，女終無言以死。

其一

一室薰蕕品自分，趨風狂犬謾狺狺。清冰肯受蒼蠅點？貞玉從教灼火焚。冤可大伸終欲茹，肌雖全腐亦常芬。衛安門外添抔土，自此人呼五烈墳。

其二

百計摧蘭不忍聞，終能皦皦出塵氛。男兒幾個甘湯鑊？奇節何關飫典墳。事雪已消通邑憤，傳

成爭讀使君文。須知法網從來大，不肯窮搜狐鹿群。

題洪晉山先生小像

衆采盲人目，繁聲聾人耳。所以據樹瞑，嗒然如喪已。豈知真樂人，林泉有餘旨。拈髭桂香中，

脫帽桐陰裏。秋風石上來，茶煙竹外起。時取美人琴，一寓山水理。音希情已忘，美人亦山水。

雙雛謠

吁嗟！老鴻翮重飛無力，時引雙雛下灘測。大雛矯矯不易群，小亦翩翩矜羽翼。饑來各爲稻粱

謀，一往天南一海北。海北天南去路賒，老鴻日日宿灘沙。望雛不來心忉怛，一聲嘹唳蒼蒹葭。何

日倦飛知所止？常傍老鴻浴秋水。

書《張孝婦傳略》後

其一

不惜冰肌療病身，鸞刀引處感蒼旻。世人莫漫訾愚孝，有智何曾益爾親？

其二

延師無力病翁貧，中壺居然絳帳陳。今日小郎談舊事，瓣香猶祝解圍人。

沈貞女詩八章

其一

幽閒季女，　行賦于歸。　翩翩比翼，　未偶分飛。

其二

修短匪人，　允由天造。　既奪我儀，　胡不我告？

其三

所天惟一，　秉志無貳。　敬達雙親，　俯鑒我志。

其四

兄弟不知，　日恐身殉。　厥志未完，　敢蹈白刃？

其五

詰之卜吉，　往之夫家。　謝彼羅綺，　易爾衰麻。

其六

入室悲摧，　鄰里心惻。　仰見姑嫜，　截然飲泣。

其七

飲泣云何？　痛觸姑感。　子職未終，　聊代我特。

其八

心結青松，行契蒼昊。季氏幽間，守貞以老。

孝子辭五章爲張紫垣作

其一

事驚人，符常理。銀管書之空前史。伊何人？張孝子。

其二

母病劇，盧扁窮。綿延三百六十日，夜夜禱蒼穹。

其三

籲帝乙，祈佛靈。書貝葉，指血零。藏之藏經閣，後世傳爲孝子經。

其四

哀哀母病膏肓中，叩天叩佛兩俱空。孝子苦無計，直欲一身從。

其五

母既殂，名何用！門前坊愈高，孝子心彌痛。

英夢堂相國廉《七峰詩序》云：「周子月東續刻其詩成，余讀之，歎曰：「月東真强項人哉！」

客聞之，笑曰：「子不嘗見月東乎？怐怐一老書生，臞不任衣。子謂之曰『強項』何其闇也？」余

曰：「否！否！子不嘗見前此之學詩者乎？上者附於杜、韓，以撐拒爲竊取；次之附於蘇、陸，以

規仿爲能事。求其自有之性情面目，茫乎不知安在。其不爲此者，輒群然非笑之。學杜、韓者，恒

嗤人爲弱，學蘇、陸者，恒嗤人爲拘。不知其自侈爲雄者，特杜之粗，韓之拗耳。自侈其放者，特

蘇之露，陸之俚耳。其真雄真放，何嘗有一於此哉！余讀月東之詩，如硎溜忽鳴，如籬花自開，清

微蕭遠，自寫其性情所欲言，而一空揎扯規仿之習。然則月東乃傲然掉頭，不肯爲衆人之之，而自

爲其詩者，非強項而何？」客爲之頷首不已。

薦青山人李鍇《周處士傳》云：『月東縱心古處，樸淳亡雕，幾不易與人交，交輒完初終。雅

嗜詩，鈎索深入，窮神遺形，不得不已。嘗吟蟲豸詩，會將之長安，車脂藜，馬首已西向，忽思得

之，便徒步走汪徵君齋，商榷未安字，僕夫譙讓，亦弗顧也。方之唐人周樸，見樵父忽抱之曰：「得

之矣！」人以爲獲盜。樸曰：「我得句耳」。其風差同』。

錢塘汪徵君西灝《七峰詩序》云：『予友周君居天津東郭三里許。予來天津，耳君名。明年，

偕秀水萬循初、宛平查魯存訪其居。門臨官河，老屋數間，草交於簷隙，書聲琅琅從戶中出。比見，

無世俗寒暄語。坐甫定，盡出所藏書畫、金石相評騭，駢談競玩，日暮始散去。後屢至，率如初。

七峰性情坦易，與人交，不設藩籬，邑士汲古咸樂與遊。家故貧，瘠田一區，頻潦勿獲，授徒自給。

束修所入，往往盡舉以償書券。家人告米匱，掉頭而哦，若勿聞，其高致如此。曩在天津，以詩名者：芝梁梁氏、笨山張氏及其兄子逸峰舍人，標奇樹穎，各張一軍。同時僑公寓士，遠近翕然，稱極盛焉。二十年來，聲沈響絕，不可復得。今七峰創詩社里中，里中人爭附之。當年梁君、張君之緒，固藉君以不墜，而總持風雅，領袖後進，俾後之沿波討源者，論天津詩教之振，自君而始。」

同里朱陸槎先生函夏《七峰詩序》云：「余自雍正壬子灘江返棹，始息意遠遊，每與儔侶三四人結文酒之讌。詩不主一格，皆不流於卑；人不必同情，要不詭於正。七峰之爲詩也，含毫婉約，抽緒芊綿，情之所至，將欲濃薰班馬，高摘屈宋。若以簡古澹泊求之，或謙讓未遑。至於落花依草，鍾記室所評，夫豈當之有忝色與？吾不解七峰之詩，何以皖皖然百轉而清也；抑不解七峰之情，何以油油然一往而深也。」

符藥林先生曾《題卜硯山房詩後》云：「一卷攜來開闥看，竹風捲綠玉微瀾。座中炎暑忽消却，知是清詞冰雪寒。」

查爲仁《蓮坡詩話》云：「周月東焯，天津人。賦詩務極研鍊，不肯苟爲雷同，著有《卜硯山房詩》一卷。嘗作詠物詩，推敲一字未就，語人曰：『吾爲此，損眠兩夜矣』。其苦吟如此。又嘗待渡河干，時已昏暮，孤艇獨橫傍厓，絕無人影。因得句云云，且行且誦。後有同渡者，見之匿笑。月東傲兀自喜，夷然不顧。里中人爭傳述之。按《長蘆志》載天津周焯詩甚多，今爲摘録。」

《秋坪新語》載：「天津周煒，號七峰，工詩。嘗夜歸，待渡水邊，煙昏人定，徘徊獨吟。忽得句曰「呼船人不應，水應兩三聲」，不覺狂叫，失足落水，見者匿笑，七峰傲兀自喜，夷然不屑也。其集中有《詠綠珠》句云：「好花多自愛，寧止報齊奴」，亦可覘其寄託矣。」

《隨園詩話》載：「周月東游海潮庵，得謝文節公小方硯，額鑴「橋亭卜卦硯」五字，背有元人程文海銘，周珍重之，抱硯以寢，臨死乃贈查悃叔，一時題者如雲。錢辛楣云：「眼中祇有石丈人，江南更無厮養卒」。紀心齋云：「遠過一片寒陵石，留伴千秋玉帶生」。」

查儉堂中丞《銅鼓書堂集亡友周月東子學上，索題其先人遺冊，援筆應之》：「病自詩中得，人從別後亡。有兒遺墨跡，無業廢珍藏，覓句神如昨，論交死不忘。平生惟剩此，一讀一沾裳。」注云：「所藏書畫彝器，歿後因家貧盡散」。

金芥舟《黃竹山房集破硯》云：「周七峰有佳硯，忽墮爲數片，粘好如一。即作詩銘，自刻於四周，寶之更甚於未破時。易簣時，不授其子，乃贈友人高青疇寶之。七峰、青疇之雅，于此可見，愛爲銘以誌之：「達人之觀，無物不公，忍使玉碎，全不瓦同。玉碎瓦全，有周七峰。此石如鑄，傳必有宗。青疇高氏，墨藏之龍。寶此破石，其筆愈工。雲煙滿紙，鱗甲生風。」注：「青疇名秉，善書。」

吳總憲省欽《白華前稿宋謝文節橋亭卜卦硯歌序》云：「硯歙材，修九寸七分，廣綱之，程文

海銘其兩旁」。又，閔趙元題云：「永樂丙申七月，洪水去橋亭，易爲先生祠，相地得之。天津周
焯月東抱硯且死，屬其子以遺查恂叔太守於粵之太平，同錢少詹載、王比部昶、許穆堂諸人賦詩。」
起云：「松堂沈沈血斑見，主人示我疊山硯。建陽之市紛然閧，獨抱首陽石一片。」又云：「我儕
問石石不言，回視主人慘寒顫。月東處士吾石交，臥褥傳言寄蠻甸。琉璃匣影摩日星，坐使炎州颸
霜霰。今朝啓匣鋪細絟，潑墨研朱日千遍。」

慶雲崔旭《念堂詩話》云：「天津周焯，字月東。詠《白蓮》云：『仙藻濯濯原無染，素襪凌
波更絕塵。淡影自臨秋水照，高情祇許野鷗親。但留本色還君子，何必濃妝及美人？我亦近來消綺
思，風清月白好爲鄰』。」

案：其他佳句如《美人蕉》云：『嫩翻翠袖當瑤席，醉曳紅裙出綠天』。《荷錢》云：『規成
月樣十分好，磨得銅腥半點無』。《春遊》云：『雙鞵不爲尋芳草，一笠偏宜戴落霞』。皆可誦。
王句香云：『文信國玉帶生硯，在邱縣劉崧嵐觀察家。謝皋羽賣卜硯，在天津周月東家。聞卜
硯今已入大內矣。』

陳玠三首

玠，字實人，晚號石汀，又號拙誠老人，歲貢生，工詩善書。

案：石汀老人書學，得之陳香泉太守奕禧，與之神肖。同時善書者張孝廉如鈺、李文學應斗二

公，皆學歐、梁，崇此學蘇，先伯祖秀巖公學米，張念藝、張石松學王右軍、張長史、徐公兆慶學

淳化閣，皆名重一時。石汀老人與李大拙處士、龍山人東溟、梁崇此洪、黄六吉謙，如竹林之游，

風期清尚，絕異時流。詩主淡遠，往往公自手書，棟存録無多。

偶筆

小池清碧冷梧陰，恬静虚明見此心。假使胸間留一物，閒中真樂豈能尋？

昨夕

昨夕雲開月一林，徘徊水閣到更深。負他良夜無佳句，趁興今朝又補吟。

春日憶拙公

青溝有長松，百尺風雲入。遠公別其下，依依手頻執。經許石上翻，定約花間習。胡爲兩年內，

迴無巖信及？飲啄猿鶴思，夢魂峰巒集。近喜早春時，凍雨海田濕。豆苗山之陽，媆青幾回拾。萬

事本浮煙，笑余但羈縶。會持九節杖，更戴曲柄笠。爲君掃雲房，山志同蒐輯。

《縣志·陳應夏傳》云：『應夏，天津人。性友愛，諸弟貧，不能自存，咸贍于家，終其身，

不忍别財異居。家非素豐，樂善不倦。築室趙家場渡口，冬夏施粥及茶。每年河腹既堅，往來者動

患滑撲，應夏於渡口置長板，橫亘兩崖，行人賴之，有徙罪者三，發遣有日，其母與妻質身具糗糧，應夏憫之，爲納贖鐶脫其罪，骨肉以全。子八人，玠工書，爲明經，有聲。

案：陳氏至今書香未絕，子孫蕃衍，家業鼎盛，亦積修所致歟？

胡捷四首

捷，字象三，諸生，著有《讀書軒詩文集》。《縣志‧傳略》云：『胡捷，字象三，天津人。幼穎異，遇書如宿讀。長工於詩，格律秀整，爲姜編修西溟所賞。博學強記，撰述極多，所著有《讀書軒詩文集》若干卷。年四十，無疾終。』

正月九日過海光寺

春郊策馬日初遲，正是沙平草淺時。澗道猶聞冰瑟瑟，溪頭已見柳絲絲。談元入座翻新偈，憶往登樓檢舊詩。紅鶴白松成寂寞，海天寥闊動相思。

憫災

握筆空愁歎，難償濟世心。疲民多菜色，去宰乏棠陰。劫大天應慘，人多地欲沈。媧皇曾補石，漏雨自霪霪。

送湘南師之杭州

船窗如坐碧紗厨，一路江村小畫圖。點點梅花淺淺竹，紅香隨眼到西湖。

榆岱山莊呈查心榖學友

禾穗垂垂夾路齊，午莊相接聽啼雞。拂雲榆柳圍牆曲，罨畫峰巒列戶西。梧院獵風晴似雨，竹窗交翠曉猶迷。山翁習靜開三徑，招隱堪從此共棲。

查心榖《蓮坡詩話》：『胡象三捷，幼有神童名，十歲能詩文，與余同硯席者三十年。其詩清潤和婉，時出性靈。有和余《元旦》詩云：「百歲渾消幾首詩，醉吟愁詠費相思。破正清興還無著，愛閒身少累，媚俗骨無能。」及「山擁白飛上梅花三兩枝。」又有：「高下歸鴻影，紅黃老樹村。」「雲西塞雨，霜吹紅樹秣陵秋。」「貧入愁腸偏曲折，秋來詩骨倍嶙峋」等句。象三爲梅官詹之珩所拔士，與泉亭老人魏燕公尚賓爲忘年交。』

黄謙三十九首

謙，字六吉，號麓磧，別號抑庵，天津衛學生。著有《歷下吟》《太行行草》《桃源日記》。《衛志》：『黄六吉，性曠達，不涉户外事。酷嗜詩，居恒以《少陵集》自隨，遊篋所至輒滿。與張念藝霪、梁崇此洪、僧世高結草堂社，咸推主盟。禧邸耳謙名，以禮延致之。數聘始往。平生篤干友誼，廣

文張爾燕之四川名山縣任，送之滄州，不忍別，竟偕往蜀，家人莫知也。張石松皆，父某罹事於晉，不得歸，數千里往脫之。著有《桃源日記》數卷、詩若干卷，惜未授梓，竟罕存者。」

張節婦輓辭

娟娟弱質，入門而髽。新篁有節，古井無波。

曉發德州

一上德州路，停橈跨寨行。桑麻畔負郭，風雨歇高城。官驛疲郵置，浮橋濟客兵。頻年遊汗漫，不復畏宵征。

曲里店壁和建昌女郎落難韻者頗多，中有成子采鴻寓意甚正，因次其韻

其一

故鄉萬里夢難還，姓氏潛從旅壁傳。馬上殘書讀不得，年年風雨苦啼鵑。

其二

離亂何須問阿嬌？紅顏既賦福難消。憐才誰贖文姬去？起把曹瞞墓土澆。

雨宿平原

風雨平原道，泥深沒馬蹄。層雲迷泰岱，新潦漲前溪。望樹人投宿，謀餐主割雞。北鄰雙妙發，

一唱白銅鞮。

渡灤河

輕篙未下野煙沈，積潦新添灤水深。酒市帘懸楊柳岸，飯棚窗起蓼花潯。蔚藍天外千峰雨，華

注山頭萬木陰。詩就悄然策蹇去，敢於歷下發微吟。

趵突泉

其一

歷下多名勝，無如趵突泉。仙蹤黃鶴遠，御墨白雲鮮。石骨鑿龍髓，珠胎歕玉圓。披襟一小坐，

風雨起涼天。

其二

泉聲溯所自，王屋發源來。迁極濤翻怒，潯深浪突開。逆飛天上雨，橫捲地中雷。何日滌塵慮，

簞瓢坐碧苔。

其三

徑轉溪橋古，連雲一帶樓。一龕回老像，三匝碧山秋。菡萏香人語，松花戀客頭。十洲應未遠，

何必訪丹邱？

其四

拂拭殘碑讀，丹崖處處同。仙翁原浩落，泉氣自鴻濛。檻外斜飛雨，珠淵合孕龍。羨他老道士，

日睡瀑聲中。

過王秋史七十二泉草堂王子家湖上，寓歷下三世

七十二泉上，王郎結草堂。釣突泉西開窗空翠濕，到枕芰荷香。山水容秋史，文章老異鄉。西

湖元舊宅，風雨可相忘。

秋日遊大明湖

歷城十日住，今始到荷鄉。小櫂分萍浪，高臺俯柳塘。南山丹嶂合，北渚綠雲涼。卜日還重過，

開樽醉夕陽。

大明湖同詹父開和中丞張南溟先生韻

其一

畢竟還輸水面亭，湖光瀲瀲接天青。半城山影全移翠，十里荷香不稅丁。檀板漫敲歌水調，釣

竿欲下譜魚經。一時豪飲成河朔，新月遲人渡曲櫺。

其二

乍試金風昨易棉，陰陰七月坐湖天。秋光度水波紋曲，荷蓋盛珠的皪圓。庚亮不來空對月，周郎如至囑調絃。時湘佩未至隔溪彷彿清簫發，且逐餘音一溯沿。

七夕後一日立秋

昨夜雙星已渡河，今年秋色客中過。井闌初見飄梧葉，薄袷誰爲製芰荷。屋對鵲華山雨净，窗删龍籬月光多。西風剛起蘋花末，吹落離人兩淚何。

華不注

華注千年藉甚名，登臨今始愜初情。相離谷口無多路，及到山腰僅並城。楮樹迎秋花半紫，松煙鎖寺影全平。清緣莫信曹邱輩，幽賞惟憑孤興生。

白雪樓

曉出城尋白雪樓，斷煙荒草不堪求。聲名空配華不注，伯仲誰爲王弇州？秋色依然來野徑，雜花尚自覆牆頭。中原才子凋零極，相對時時發旅愁。

課僮刪除庭堦夜便坐月

課僮晚食礪腰鐮，三徑蒿萊任意鋟。秋幔披書聞落葉，山窗息燭坐寒蟾。槐風送客歸孤枕，蛩

語憐人依皽櫓。最是今宵眠未穩，筦篋何處發廉纖？

阮疇生先生落髮，遇於歷下小庵，四壁秋來，讀詩話舊，娓娓不厭，歸而和韻八章，以誌其感

其一

每從東海問波瀾，野寺蕭蕭木葉殘。七十泉邊新白社。廿年方外舊青氈，蓮花龕冷諸天老，薛荔門開秋水寒。往事不堪重作偈，相逢誰復說長安？

其二

問世誰堪第一流？珠光劍氣已全收。天涯潦倒餘青眼，燕市悲歌易白頭。薙髮尚騎文遁馬，結鄰好傍漸離邱。西風易下三秋淚，回首茫茫百感愁。

其三

秋老西山萬樹紅，去年曾住梵王宮。偶隨北澗題黃葉，恰遇新詩寄遠公。上方山僧出公詩共讀姓字已拚千古定，名心早逐萬緣空。揭來且裹袈裟坐，世事浮雲一枕中。

其四

四山楓葉盡書丹，讀史酣歌燭影寒。落落仲連足蹈海，蕭蕭壯士髮衝冠。寺邊鐘鼓聲猶壯，城上蓮花漏已殘。欲拔慧刀割兩斷，英雄本色去還難。

其五

終年漂泊恨難平，伽帽蒲團過一生。秋色無端龍象合，劍芒何事斗牛橫？步兵痛哭窮途得，蘇

子奇文海外成。四十年前餘事業，請君收入大光明。

其六

長安作客久無猜，海上親乘皂帽來。參府新開桑落酒，黃花正匝妙高臺。

雪子張參軍署。登樓人去遺明月，渡海詩來認劫灰。雪子自岳陽樓寄詩來，幾何時而櫬回閩海矣。戊午九月，晤先生於

何似先生天竺老，一聲法鼓送輕雷。

其七

相逢君已入空門，猶把殘詩細細論。七子才名今莫續，三唐風雅久無存。濯纓湖上秋千頃，釣

突泉邊雨一村。偶偈《楞嚴》臨月讀，炎方恐有未招魂。

其八

深巖老壑上方幽，何日誅茅共素修？少室寒螿依古佛，空山落木響高秋。新詩好勒三生石，往

事期歸大願舟。去國離家天莫問，等閒撒手信浮漚。

秋雨

其一

非是淹留慣，卬須我友還。斷雲急過嶺，秋雨夜沈山。論古期于恕，抄詩貴在刪。曰歸應不遠，

終日醉斕斒。

其二

蕭颯空庭怯，呼童竟不應。樹搖風撼屋，窗冷雨窺燈。有地誰移菊？無詩不和僧。來朝晴曳杖，

一向歷山登。

乙丑中秋

皇帝二十年，曰歲爲辛酉。猶記上公車，棘闈月不受。脫藁出場屋，屯田潔桂卣。工部袁楚白

設酒遲予折桂。東明袁杜少，同吟發醉後。次年予移居，海上寄八口。我館中翰家，明月相與偶。

癸亥八月中，負笈萬里走。中秋宿隴州，瓜餅一無有。萬山高蒼蒼，邊月照井臼。何處歌伊梁，一

夜遂白首。甲子西蜀歸，玉京復進取。魯庵張水部，廣庭招快友。樂奏大內曲時大內製班演劇，椀

注天露酒。江南咎冬青，滑縣龍庵叟。四座盡飛揚，主人酌大斗。時登捲雨樓，萬里絕纖垢。倐忽

四年中，庭幃月皆負。今歲客歷城，又是中秋候。司馬張曲江，館我堂之右。談言披素心，古道最

以厚。秋月下鮑山，遲遲度廊牖。剖我青邱瓜，雪我白蓮藕。西湖詹文開，嗚嗚歌擊缶。持杯叫廣文，

天河落蝌蚪。我憶北堂人，起爲明月壽。

出彰義門 以上詩《歷下吟》，以下詩《太行行草》

朝出彰義門，黃沙射人面。古道吹北風，衰柳迎人戰。所有同心人，江南咎元彥。京華走利名，

爾我何傲岸。并轡如促膝，長言發浩歎。軟塵十丈高，西山蔽不見。去去至蘆溝，相勸加餐飯。

良鄉縣

古塔蕭蕭已夕陽，傳即吳天塔黃塵影裏客昂藏。蘆溝水自通渾谷，榆塞山能接太行。酒貫當壚

人面冷，馬嘶殘菊野風香。計程纔過良鄉縣，勉我馳驅古道涼。

慶都謁堯母陵

天心未易破鴻荒，聖母于茲始發祥。祁水源流從此活，慶都風雨至今香。道經祠下松楸古，民

在山中耕鑿忘。我亦當時擊壤輩，願依瞻就詠斜陽。

定州 古中山

曉角吹天白，中山古戰場。將臺空燕壘，滮水落魚梁。官道寒摧柳，嚴城曉閉霜。逢人無限意，

不敢問行藏。

渡滹沱

三年七次渡滹沱，水激沙飛奈若何？山氣欲吹恒岳雨，黃雲先鎖太行阿。長橋百丈寒煙接，古岸千章落木多。從此叩關西北去，參軍劍佩尚峨峨。

入山

不厭西行路，嶙嶙疊疊來。山嵐朝作雨，石骨冷生苔。驢背披裘客，登高作賦才。遙聞香雪發，何處老梅開？

淮陰談兵處

韓子談兵處，吾儕攬轡來。臨河思背水，據石想雄才。易了藏弓業，難留拜將臺。蒯生不負汝，嗟爾自疑猜。

龍窩

拗裏龍窩舊有名，峰峰環匝古先生。空山何處白雲落？敲破寒雲磬一聲。

安肅白菜

我愛安肅菜，黃芽嫩如韭。細理無寒筋，水土之德厚。當其淡碧滋，民色何爾有。濯以清清波，摘以纖纖手。盤殽競芳鮮，一嚼香生口。何物差堪擬？白蓮花下藕。

憶文徵

芸窗真寂靜，可以讀《南華》。和粉描蝴蝶，分題賭菊花。清疑荀令座，影上璧人車。料想餘功課，絃聲雁落沙。

黃祐二首

祐，字履敬，號松山。父訥，伯謙，俱以詩名。雍正己酉科舉人，選江南沙務分府，擢知如皋縣事，再遷南通州直隸州，政有惠聲，以廉愛聞。詩見《天津志》。

別準提庵

一塵不到處，強半屬僧寮。睠此身常愒，行來首屢翹。世緣甘自淺，清興迴難消。何日攜鷗侶，重尋過野橋？

汪槐塘《津門雜詩》題詞

瞿塘春水隋堤樹，半屬楊枝半竹枝。爭似槐塘新樂府，自傳燕筑付紅兒。

案：松山先生父名訥，字敏公，亦工詩。見《弋蟲軒焚餘詩略》有《贈黃敏公》五律云：「來往頻相過，知君意氣清。自然爲逸友，絕不類狂兄。海上家非偶，桃邊硯足耕。幾時坐深柳，一聽讀書聲」。公家葛沽。兄謙，即六吉先生也。所謂『絕不類狂兄』者，即指六吉。松山先生二子，成彥、成章，俱成名孝廉。

黃碩人表叔云：『先君官南通州，以聞曹無可見，特以寬厚和平著名，而於同官不亢不卑，人皆服公之度。攝如皋篆時，多惠政，亦不能詳悉。有巨家，爲婢興訟，亦不知其事緣由，公堂間一二次，親批云：「此婢安詳靜好，洵淑女也。爲擇書香之子以配之。所期望小登科後大登科，能使婢作夫人，庶不負本縣玉成之意。」遂屬雄皋書院山長詢訪之。有童生趙邦華者，寒士也，無妻室，遂作合焉。公薄助之，當堂花燭，以轎馬儀仗導送之，觀者無不感說。』王竹樓先生，名國樑，楚陽名士也，贈公詩有云：「屬邑謳歌遍，捐金士女銘」，即指此事。次年，延趙通州署訓子姪。及旋津，接趙信，已入武庫。」

黃裕四首

裕，字文饒，號問園。諸生。六吉先生從子，松山先生弟。隱居不仕。

述懷十四韻寄韓環園孝廉

靜憶我生緣，此身如寄傳。白髮鏡中長，哀樂眼前變。細雨灑庭除，春風驚幕燕。顧影悲
離群，誰此乳雛眷？我昔賦斷絃，爲我作冰倩。弱蔦依絲蘿，乃遂得賢媛。每以女紅勤，規我
親筆硯。我愧疏慵才，甘自終微賤。維綑廿載餘，蔬布鮮金鈿。何意忽中摧，驚雷與駭電。兒
女啼未休，床第空留戀。辜負生前心，枉自陳薄奠。明月照虛幃，曉風催漏箭。轉側情百端，
何以爲我唁。

題范秋水碧筒小照

荷風桐葉兩扶疏，雅興眞宜水石居。讀罷黃庭無個事，碧筒閒酌月痕初。

自題抱膝長吟小照

大雅蔚如林，沈吟何爲爾？搜景入杳冥，掘奇眺望裏。異境若環生，抱膝酷求似。機神資銷鑠，
得彼安知此？何如效羲皇，泗穆忘研揣。我友繪斯圖，焉知非有指？膏粱口所嗜，而不勤耒耜。文
繡被我躬，而不親麻枲。兀坐深長思，戰厲以不已。我友哂然笑，云胡不自理？物無有不足，道在
求諸己。不觀岱岳松，藝藝凌雲起。亦有爨下桐，守質以爲美。

壬戌夏舟中憶毛琅村

荷氣送行舟，支窗眺晝永。寂寞眼前境，疏密人家影。倦翼息陰枝，丹霞燦陽景。垂垂原隰禾，薰風蕩新穎。雙眸豁寥廓，一身忘浮梗。念我同心人，居不滿二頃。近市少逢迎，澈貧無徵倖。勢焰熱人間，盡於酒腸冷。我懷素絲憂，感君益自警。良晤會有期，秋空月炯炯。

附黃成彥十一首

成彥，字碩人，號約齋，松山先生長子。乾隆庚子舉人，任直隸冀州訓導。

案：公居官未一年，告養家居，奉母以孝稱。生平言行不苟，與朱仰文夫子齊名。閭里重爲典型。教授生徒最衆。卒年七十餘，士林以未竟其用爲惜。

詠史

其一

報惠書傳見性真，望諸君是古純臣。始終不負先王意，戰國高風有幾人。

其二

畢竟英雄義氣深，能將肝膽結同心。請看涕泣行師者，不肯重爲《梁父吟》。

嘉慶辛酉津邑大水

其一

最怕秋來風怒濤，況當驟雨夜騷騷。山妻愁苦翻成羨，君有迎寒舊繭袍。

其二

曲曲愁腸日九迴，儒生生計太灰隤。四圍秋水無餘地，何處堪修避債臺？

隴上口占

隴上高低土數邱，未曾行到淚先流。果然死後能知覺，轉樂團團地下遊。

戊寅嘉平仁圃弟選交河學博

總角肩隨上學堂，聰明較比阿兄強。廿年十易風簷草，童試十次七試兩沾月窟香。甲寅副車。自分蓬茆親筆硯，敢期桃李遍門墙。寒氊一片休嫌冷，趁爾衰顏味最長。

登戊午賢書。

戊寅除夕悼亡

一回懷想一潸然，事值參差憶往年。悲到歲除除不去，憑誰傳語寄黃泉？

自責

謙光德所崇，多言禍之自。況於輕率間，而忘卑牧意。一叫子無然，高呼曰予智。抵掌索解頤，

誰諒前言戲？幸爲膠漆投，疵瑕莫我棄。不爾江河長，斧柯輕一試。尋思汗沾衣，愧無容足地。畏

友終身依，規戒吾所冀。幸以苦口箴，無使過叢積。

貞女詞

序：貞女，餘姚謝氏女，寄居天津。幼字會稽沈紹林，將婚而沈卒。女聞訃，欲以身殉，母與

姊防閑之。姑歿，翁宦于廣東之高州，女別母南行，奉事翁，且以掃姑與婿之墓。

伊惟貞女，冰雪其心。秉禮度義，立範垂箴。之死靡他，斯言自古。豈必結褵，殉之無苦。苦亦如飴，

碪伊何？歸于下土。彼蒼者天，泣涕如雨。霜摧蘭折，痛念委禽。痛念委禽，泣思藁碪。藁

哭望天涯。山川雲隔，草木風悲。椒漿桂酒，布奠莫知。形不化石，死以爲期。死以爲期，誓同白水。

母也天祇，嗟我伯姊。裂胵屠腸，昧雉彼視。趙璧秦環，幸哉無毀。幸哉無毀，誰之永號？廿年鬒

鬓，席草簪蒿。南山之石，北海之濤。海枯石爛，志不可撓。志不可撓，念我姑舅。姑也不存，我

操井臼。白楊蕭蕭，孤墳我守。敢顧私恩，戀我慈母。母兮兒悲，母兮兒哀。死別吞聲，生離不回。

迢迢百越，奔濤怒雷。萬里隻身，腸斷心摧。心摧氣結，腸斷聲咽。水流嗚嗚，載將淚血。觀者飲泣，

霜凄風冽。地久天長，金石不滅。

更夫歎

殘冬狂風終日號，入夜不斷聲騷騷。嚴寒刺骨衣不暖，交手俯背尻益高。洞房深邃豪華子，狐貉輕裘長覆屁。獸炭堆爐鳳燭紅，如遇陽春淪肌髓。蓬戶甕牖亦自藏，墻角支椅缺足床。牛衣破被參差擁，足拳臂曲身未僵。惟有更夫何太苦，側身聳聽譙樓鼓。忍凍循墻擊柝行，踉蹡欲作迴風舞。夜闌剝剝響益繁，聳肩縮背如啼猿。肌膚栗栗聲不絕，時望明星窺天垣。爲活妻孥覓升斗，勞勞敢不如儌狗。但求能慰主人心，豈顧皴裂惜身手。鄰雞次第號天明，前村已有牛羊聲。殘星幾點風漸止，眼光瞥亂心怦怦。矮屋棲身且忍餓，太平無事真堪賀。日色未過八花磚，傳語主人安穩臥。

喜五姪入泮即以勖之 時在冀州

珍重家書助喜欣，吾家阿買張吾軍。微名敢謂文章重，世德應知積累勤。書卷宜將全力赴，儒冠須着好香薰。爾來離別添愁思，爲爾開懷拚一醺。

津門詩鈔卷三邑賢

金璿二十八首

璿，字子衡。

案：子衡詩，見欒飛泉先生《津門詩彙》，未詳其人。棟觀諸作，純以趣勝，而學力足以副之。骨力在龍山人之右，是善學坡公者。津門後學，惟趙雪蘿得續其蹤。

蜂窠老人七十歌

蜂窠老人能慎獨，行年七十目如燭。馬足車塵日僕僕，髀肉愈生神愈足。延年無過先絕慾，老人茲斷不復續。四十餘年常獨宿，情至無情乃云篤。更聞年來工煮粥，五更自持薪一束。水火殷勤會攢簇，大藥誰知在菽粟？醒則惺惺睡則熟，平生夜氣何曾梏。惟有熱腸時中毒，緩急爭向老人告。橋上人聞常捧腹，咄哉老人誠不俗。金錢縱使堆滿屋，可能買得霜髯綠？古人多壽爲華祝，我曰如君方不辱。吁嗟乎，多壽如君方不辱！

東家給錢西家穀，至今一裘不能贖。

酷暑菘園招賞荷花五鼓赴之

避暑如避債，赴席如赴湯。五鼓上微月，一行乘曉涼。綠乾苗望雨，紅近水生香。爲想菘園老，酣眠未起床。

酷暑行

夜半朦朧強就夢，夢中誤入周興甕。摣床大叫奪門走，岑岑尚覺頭顱痛。吁嗟今夕爲何夕，東望妖雲半天赤。毒風扇日日迸火，几席觸人似炮炙。連朝祈雨好官府，蓬頭赤腳走日午。跪拜僕僕汗沾膺，沿街擊破鼕鼕鼓。柳枝插遍河伯廟，黎園度曲開清醮。神龍畏熱潛深淵，牧豎村童空叫笑。早涼正好補夜眠，亭長敲門來要錢。

病中吟

爲是耽吟悔噬臍，那堪病裏賦淒其？子規生就傷心鳥，血濺花枝祇愛啼。

老吏

案牘叢中老，誰憐鞅掌勞？讀書兼讀律，操筆即操刀。景迫求名急，機深斷獄高。桑榆叨一命，何敢羨蕭曹？

老兵

久絕封侯想，邊庭皓首還。流年如箭急，背影學弓彎。故里多新塚，同袍少舊班。兒孫常繞膝，

聽說賀蘭山。

老將

老將諱言老，功名猶力爭。喜人誇善飯，留客話從征。駿馬窗前飼，名刀枕側橫。陣圖閒自覽，

尚冀鎮幽并。

老僧

識破無生路，長生不係禪。電光空際永，心月鏡中圓。尚有皮囊在，還他粥飯緣。騰騰惟任運，

去住兩悠然。

有索畫虎者指寫睡貓以應並題一絕

雲箋命我畫猛虎，凍指爲君寫睡貓。親見夜來擒碩鼠，山君應遜此咆哮。

家園漫興

今春準擬種芳菲，載得名葩作伴歸。未解鳩工爲屋宇，先須搆木駕薔薇。花移別圃和蜂至，雀

鬪疏籬墮地飛。　眼底風光幽興足，　自烹清茗坐苔磯。

秋日崧園即景

詩狂酒伴崧園裏，　蓮影蕉陰就小涼。　黃菜圃連紅葉圃，　白雲鄉在黑甜鄉。　水邊琴韻絲絲滑，　花裏書聲字字香。　無數秋蟲喧石隙，　羨他應候笑他忙。

戲詠榆錢

其一

憑誰鼓鑄作規模？　意匠經營造化爐。　春裏結來春裏散，　免教人笑守錢奴。

其二

小於鵝眼薄於萍，　幾許工夫造得成。　莫謂中心難着貫，　恐人呼作孔方兄。

張廬五，西江孝廉也。　設帳河東未兩月，　忽早起不識一字，　旬餘始稍有知覺。　老年客路，抱此奇疾，　詩以哀之。

二豎欺人虐焰殊，　頓將癡昧易通儒。　夢中彩筆還持去，　座上青氈祇暫鋪。　難向蠹編勘亥豕，　倒從素壁識之無。　天涯病叟同憐恤，　不獨關心是老夫。

題畫虎

前年畫虎皮，見者盡搖首。去年畫虎骨，相顧半可否。今年興致衰，十幅九類狗。索者日有人，贊者亦多口。古人論繪事，第一忌拘扭。吾取怡性情，安知記好醜。腕中倀鬼出，紙上於菟吼。一時意所到，天機任流走。

詠古

其一

讀《書》首《堯典》，展卷疑陶唐。欲試側陋子，何至降英皇。並後與匹敵，此舉實非常。廷臣多聖人，豈盡偕糟糠？觀型用二女，後世誰頡頏？

其二

聖人切救民，忠孝不敢顧。叩馬誰家子，出言少回護。頓令馬上君，一語不能措。哀哀遜國臣，堂堂孟津渡。永謝西山薇，死充頑民數。

其三

人生皆十月，政生稱大期。欲實易贏事，須令歲月移。六國讐報秦，方欲寢其皮。斯事誠曖昧，誰爲加恕詞？因知瑯邪子，亦非牛氏兒。

戲書客況

其一

撇下毛錐放下書，往來祇在此階除。藥欄西去丁香北，七載行將萬里餘。

其二

亦識熊魚未可兼，七年留滯自生嫌。欲抽沈韻閒排悶，展卷偏逢十四鹽。

訪米菘園隱居，兼述疏闊之由

其一

廿里韓莊路，三年景仰心。聲聞傳自昔，斟酌到於今。遇客頻相訪，同人共一音。種花兼養拙，的的出塵襟。

其二

近有蒼頭至，鬚眉入畫圖。囊中攜白鏹，市上易青蚨。我謂誰家叟，人稱米氏奴。寄聲爲問訊，茲語到耶無？

其三

客舍殊蕭瑟，花間獨舉杯。津門音信杳，京國阿咸來。更道菘園老，當今隱逸才。平生詩酒外，

從不近塵埃。

其四

遂有封書寄，聊當一問津。未知拜石者，容我賣鹽人。報道園花滿，休教俗事頻。春光能幾日？
坐待綠成陰。

其五

舍北尋鞍轡，橋東借蹇驢。暫離塵俗地，來叩考槃居。覿面精神爽，升堂鄙吝除。暗香徐入座，
餘馥在琴書。

其六

窗外即菘園，名葩正開繁。草亭中設榻，佳木外爲垣。地僻因花麗，心清任鳥喧。桃源誰謂謊？
真賞在忘言。

强恕草堂漫題

私心忽動皆因己，此念人人盡有之。事合群私公便得，情通一己衆皆宜。先從難處加勉强，更
向臨時力把持。霹靂聲中清夢穩，者回方不負鬚眉。

馬上美人

豈是明妃降契丹？驕驄蹀躞畫中看。湘裙蹙鐙蠻靴瘦，宮袖籠鞭玉笋寒。虢國朝天花夾路，闞

氏縱獵錦成團。歸來蜂蝶還縈繞，剩有溫香滿繡鞍。

沈起麟十一首

起麟，號苑遊。

案：苑遊山人家小有，喜施與，恬退和平，有靖節風。著《誦芬堂詩》，已傳刻。

衡門自可家。

康園水亭即事

此中饒鼓吹，耳畔雜鳴蛙。闢徑通流水，編籬護野花。嫩荷經雨漲，疏柳趁風斜。倘遂棲遲志，

夏日張藝史招集荷亭話舊

其一

雨窗知與一編俱，晴日移樽到水隅。剪燭吟成新句否，聯床話及舊交無。藕花溪畔舟輕渡，豆

葉村邊酒任呼。何日得歸江口望，風前攜客醉錢湖。

其二

經旬何事雨淒其？霽色催人踏淺泥。客到每于花底晤，詩成爭向醉中題。小亭坐處襟偏爽，孤

艇行時葉欲迷。遙望一灣新漲綠，紅香隱約護沙堤。

買棹送家次辰南歸

蕭蕭襆被寄星軺，脈脈離情恨未降。帆掛曉風吹落月，棹分秋水渡澄江。遠山青處勞雙屐，霜

葉紅時醉一缸。此去茗溪何日到？好遺尺素慰寒窗。

送馬伯槐歸越

頻年寄跡在津涯，每值秋風便憶家。酒熟鄉關蕢可摘，詩吟客舍月初斜。篷窗夜聽錢江雨，山

徑行看禹穴花。此去恰當籬菊綻，相邀村老話桑麻。

詠盤山蒲團石

此石名蒲團，時有老僧過。閱歷幾滄桑，阿誰能坐破？

石上松

虬松枝夭矯，覆此蒲團石。風雨作龍吟，禪關慰枯寂。

村居

其一

豈有村居僻，幾同汗漫遊。蓼花紅處濕，豆葉雨邊秋。步緩閒搜句，篘清暫舉甌。更看行饁婦，荷擔下田疇。

其二

天碧望無際，秋高樹色蒼。古槐喧燕雀，荒冢臥牛羊。汲女抛寒縹，歸農話夕陽。年豐多黍稷，婦子足倉箱。

西郊秋雨

曉村秋雨細如絲，幾點吹來落酒卮。漸冷似傳紅葉信，輕寒止許碧梧知。夜分把卷還支枕，漏下挑燈自課詩。最是寂寥眠未穩，瀟瀟客思動淒其。

賀袁儀文學雙子

錦絅深喜二難俱，對浴金盆信足娛。弱質已堪稱合璧，童年應解棄雙繻。試啼我早知英物，取印人爭識異雛。湯餅會須連日舉，不妨重醉步兵廚。

余公尚炳《跋苑遊村居詩》曰：『先生學溯休文，名齊之問。消磨歲月，常閉戶以著詩；謝却

逢迎，偶居鄉以樂志。有田負郭，儒可兼農，何物攖心，入無不得。潘安仁之養拙，庶幾似之；晏平仲之醫塵，吾知免矣。此南村雜詠所由作也。對時成詠，即景肖題。聊且組織煙霞，豈作山林經濟？月來雲破，斷殘照以流暉；寺冷鐘疏，雜清歌而答響。雨過而涼生蝶枕，日斜而樹掛魚罾。或賓至而野菽隨時，或人靜而書聲在野。春漲出鮫龍之勢，滿地江湖；秋成賽雞豚之供，半畝男婦。信乎孫綽之馳神臺嶽，或遙賦而未真；王維之寄興輞川，亦閒吟而未備也。』

《天津人物志》：『沈鵬鳴，字君弢。天津人。居家孝友。父志達，性嗜飲，每食必以酒進。兄怡皋，善病。鵬鳴獨謀滫瀡，兼養兄若嫂，不敢告勞。生平樂施與。康熙四十二年至四十六年，天津頻歲饑歉，鵬鳴出粟爲糜賑之。鄰縣饑民就食者，縛茅棲城根。鵬鳴每晨辨色而起，暗投以錢，不使人知。靜海小村莊有地十餘畝，捐之爲義冢。親族間不能婚娶者，必資助之。他若給槽捨藥諸義行，不可殫述。子起麟，純謹樂善，有父風，鄉里稱之。』

童葵園九首

葵園，號蘭風。

案：蘭風山人居直沽之南，買負郭田數畝，取風人之意，以『閒閒』署其齋。日事吟詠，即以『閒閒』名其集，玉笋山人傅王露爲之序。

閒居

閒居忘語默，寡懷遊所天。箕倨憩竹陰，夕陽輝檻前。飛鳥過庭樹，暮雲交荒煙。萬類俱變態，忘形適自然。云胡役塵事，方寸百慮牽。窒慾無驕侈，富貴何用焉？淡泊以明志，簞瓢等肥鮮。安居以樂道，容膝如華椽。詩史娛歲月，涉獵勝田園。勿爲情所肆，養性得其全。

舟次漢口

漢水孤舟萬里征，一江風月不勝情。詩吟鄉國腸應斷，身在波濤夢亦驚。蠻語喧闐驚夕市，笛聲凄寂度山城。獨憐汀畔閒鷗鷺，來往忘機泛泛輕。

夜風吟

客館侶南容，清吟斷華燭。陡然簾幕颭，怪哉何物觸？握筆側耳聽，驚聞風翻屋。審從北方來，天地佈蕭穆。潮湧狀其雄，馬奔擬其速。星月斂光芒，雲煙回海谷。颼颼吼蒼松，獵獵摧枯木。寒嚴何太嚴，巽令亦云酷。言念戍邊人，此日無衣服。

沽上餞別

海天新漲一杭浮，野樹鳴蟬夾岸稠。村落幾家雲脚下，夕陽一片柳稍頭。碧筒鯨吸酬吟興，紫

管鸞吹送客愁。脈脈離情何處是？半灘紅染蓼花秋。

過朱仙鎮謁岳武穆王廟，見明侍御金公『如何十二金牌召，頓卷三千鐵甲兵』之句，因和其韻

莫怨金牌到拔營，當年辜負誓軍聲。康王早就南都策，秦賊陰謀北伐兵。若使一軍歸汴水，何

能九帝建杭城？獨憐松柏依然在，猶是千秋報國情。

津門重見會稽宋太守

鄉國郊迎憶昔時，春風巖壑媚仙姿。千年又見劉明府，一載旋成柳士師。鑑水雲煙成往事，稽

山猿鶴有遺思。何當東海重相見，悵望甘棠感述詩。

津門九日分賦

海門九日上高臺，野色相思入望來。紅葉千林經雨落，黃花三徑帶霜開。雲連鳳闕秋將去，雁

盡龍沙人未回。有客空憐同作賦，臨邛辜負長卿才。

上留田

上留田，千古哀。弟孤兄不字，輕倫重貨財。勿畏人之言，而今安在哉？荒墳淒白楊，骨埋事不

埋。沈冥慘愀道路側，愁絕西風吹夜臺。獨不見夷齊讓國生不還，泰伯避位走荊蠻。又不見子臧守節

以去國，季札安義欲歸田。輕視萬乘如敝屣，後世皆稱聖與賢。齷齪阿堵何足言。胡爲乎骨肉乖離失所天！跂一足，步不成，失一手，難舉擎。兄弟孔懷孰無情，試聽斗粟釜豆之歌詠，何如鶺鴒嚶其鳴？

寄戚瓶谷學士

名高仙館振雄詞，八斗才華際聖時。鳳詔草成中使取，義文讓徹帝心知。花迎紫綬趨朝早，月映銀臺歸院遲。舉目徒勞瞻碧落，春風拂處憶豐儀。

摘句如：『竹窗聽雨留僧話，荷院敲碁看鶴行』。『菊荒雨院蒼苔老，松冷雲門白日空』。『石徑花深藏白鶴，柳塘煙暖纖黃鸝』。『月色一天同此夜，風光雨地各成秋』。『雲從山暗疑無路，溪繞花明別有春』。『彭澤酒從花下飲，宣城詩向柳邊吟』。『納陰煮茗商花事，習靜焚香讀道書』。『霜月平分松竹徑，夢魂獨繞水雲樓』。『竹侵名酒杯浮綠，花妒酡顏面映紅』。『風霜道路一千里，煙雨樓臺十二層』。『一緘遥達春風座，百感橫生《秋水篇》』。

周人龍八首

人龍，字雲上，號躍滄。世天津人。梅嶼先生式度子。康熙戊子、己丑聯捷進士。歷官山西蒲州府知府、江西督糧道。著《居易堂三周文稿》。詩采於同邑欒飛泉先生立本《津門詩彙》。周衣

亭太史爲兄立傳云：「兄諱人龍，號躍滄。康熙己丑進士。選授山西屯留知縣，調知清源。歷牧忻

州，守蒲郡。丁艱。服闋補授湖北安陸府知府。以蒲州任內卓異，推升江西督糧道。享年六十有四。

兄初就外傳，聰穎絕倫，塾師偶以他事歸，留《四書》題七，約於回日交閱。師去，則衆聚而嬉。師

回，無以應也。師大怒曰：「限明日繳，否則笞之。」兄一夜成七藝，次早交卷，點畫無訛。師大奇之，

歸以其女，即吾嫂梁恭人也。兄之蒞官也，治績冠一時，而大旨歸於愛民。康熙辛丑歲六月，抵屯留。

是時，平潞二郡連旱。兄下車日，大雨足，百姓歡呼曰：「此隨車雨也」。爾後，歲屢豐。偶不雨。

有三嶌山，去城百里，相傳其神司雷雨。徒步往禱，次日又徒步返，從者皆罷。或勸乘騎行，兄曰：「吾

爲民，不言苦也。」晉省耗羨重於他省，捉短封一事，尤爲閭里害。兄惻然曰：「分釐之短，非缺正供，

短封豈可捉乎？其勿行」。邑人弇鄙無文，數十年無叼鄉薦者。兄以朔望日集生童於學官，告以讀書

立品之道。次日，課於庭，授之餐。評騭指駁，一如授徒時。由是士知向學。爾後多以科名顯。壬寅秋，

送於郊。已出境，道傍候者數百人，泣如雨下，攀戀不能舍，則向之被雹村民也。既抵清，教養一如

邑東鄙十三村被雹，捐千金以賑，民無流亡。明年，因公赴省，調知清源，遣人迎眷屬於屯留。士民

治屯時。清邑水患最鉅，一爲汾河，繞城四面，約三十餘里。又，洞渦河在汾河東，嶽峪河在汾河西

南，白石溝經縣城西北，又轉而東，與汾河合。秋雨稍多，諸水齊至，沿河田廬多沒，爲民害者數百

年。兄悉心籌畫，挑渠築堰，邑人賴之。署東有水一區，可十畝，蒔蓮盈沼。爛漫時，與邑中二三賢者，

講學談藝於其旁，邑人愛而敬之曰：「此周公蓮也。」牧忻時，會西鄙未靖，軍需旁午，承辦縣隻駝騾，

養軍需馬千匹，皆報最，同官者師事焉。有善者則曰：「此忻州法也。」蒲郡瀕患黃河，河水遷徙無常，

山陝之民隔河爭地互控，數十年不休。公請於上憲曰：「臨河灘地，莫若以河為界。黃河東遷，山西

地少，即將山西無地之糧，歸於陝西。黃河西遷，陝西地少，即將陝西無地之糧，歸于山西。如此，

則糧隨地起，既無缺於正賦，因地納糧，又無累於民生。現在山陝沿河二千餘里，兩省各有湮沒之地，

飭令沿河州縣，照糧查地，按地過糧。除鹵碱之地，照例題請免糧外，其餘退水之地，招令沿河居民

認糧承種，黃河之消長以漸，十年一次稽查，庶偏枯去而爭訟可息。」至今便之。時又有丁糧歸地之舉，

山右已試行三十餘處，民大稱便，而紳衿富民多不悅，因有奏言，便於無力之丁，不便於有田之家；

便於田土肥沃之家，不便於田土瘠薄之戶。山右丁糧多於他省，攤於田畝，未免有輸納艱難者。世宗

下其議於晉撫。撫檄查，兄抗言曰：「無力之丁，家無寸土，終歲勤苦，糊口維艱，輸納丁糧，實同

剜肉補瘡。補之不能，必至拖欠，欠之愈多，必至流亡。而丁倒累戶，戶倒累甲。是逋欠者在一人，

而受累者在眾姓，不特下累民生，久且上虧國帑。有田之民，雖肥瘠不同，然地肥然後糧多，糧多然

後丁銀之歸入者多；地瘠則糧少，糧少則丁銀之歸入者亦少。是不便於有田之民者甚微，而便於無力

之丁者甚大。若以為不便於有田之民而不可行，豈不便於無力之丁而反可行乎？不便於田土瘠薄之家

而不可行，彼瘠土亦無之赤子將何以堪乎？若云山西丁糧過多，攤於地畝輸納艱難。夫以有力之家輸

納，尚且艱難；彼無力之窮黎輸納，反不艱難乎？今為有地之家計萬全，而不為無力之丁求生路，殊非周急之道，亦失調劑之宜。君子平其政，焉得人人而悅之。」議出，事遂定。督糧署素稱蠹藪，莫可究詰。兄至江右，創立規條，夙弊一清。南撫建三府，為糧道兼巡地，按巡各屬，歲一周。圖圄冤抑，多所平反。襄帷行部，守令憚豐采焉。乙丑病作，告歸而終。兄仁厚性成，尤善獎拔士類。三黨親貧不能讀書者，招於署，延師教課。張君元林者，太原寒士也，為雍正甲辰分校武闈所得榜首，應詔保薦，令神木有聲，歷任河南開封府，識循吏於藥轅中，尤為僅事。乾隆丙申十一月，弟人麒謹志。』

公居官清正，廉隅自飭。幼承家學，至老勿衰。詩皆散失。案：《詩彙》本註云：『表伯周躍先生，由西江糧道謝病回籍，易簀時，出其所作詩稿一編，囑先君子代為選擇，將為鋟刻計。先君子受而存之。閱數歲，校畢付其嗣君冰叔謀鳩匠氏。而冰叔突遘奇疾，竟付祝融。今廿年矣。乾隆癸巳歲，予有《津門詩彙》之選，每慨先生之作不傳，向冰叔之子寂賓言之。寂賓謂其母石及其姑黃有能記誦者，歸錄十首，寄予登之。因歎先生之詩，毀於其子，而傳於其媳其女，亦僅事也。欒立本記。』

即事

三年三度下淮揚，楚水吳山道路長。自是鶯花稱勝地，獨憐風月在他鄉。衣冠冷暖催人老，魚雁浮沈斷客腸。遙望家園何日到？幾經遊歷幾傍徨。

舟中寄衣亭五弟

其一

宦海分飛各一方，西江離緒更茫茫。南看桂嶺雲千疊，北望燕臺樹幾行。一雁天涯春信杳，孤

舟江上晚風涼。年來漂泊同鷗鷺，翹首鵾鵬萬里翔。

其二

猶記京華大被眠，熏籠互奏興怡然。那堪北轍南轅日，更值春雲暮雨天。歧路三千愁白髮，韶

光九十羨青年。應知鞅掌江湖客，一片鄉思載滿船。

春日遣興

《逍遙》讀罷興何窮，簾外鶯聲趁曉風。書到會心無甚解，詩緣寫意不求工。偶逢流水凝神遠，

爲惜芳春放眼空。一笠滄浪堪放棹，桃花深處覓漁翁。

江村晚步

江干寥落少垂楊，麥浪黃花路兩旁。一帶疏籬張雀網，數椽茆屋結蜂房。荒村犬吠衣冠客，蓬

戶鷄鳴薜荔墻。信步行來春色好，恰將野興襯詩腸。

再泊蕪湖

爲愛蕪湖風景幽，一年一度特來遊。千家燈火臨花岸，萬頃煙波傍酒樓。桃李還開新歲景，鳶魚疑向故人投。却憐指日南旋去，不似長江亦北流。

江樓望雨

天光水色漭無窮，誰把乾坤一氣通？上下同流雲作合，陰陽交泰雨爲功。倒垂銀綫沈江底，亂灑明珠落海東。一葦渡波何處去？渾如身在水晶宮。

浙江舟中

扁舟今日過錢塘，屈指西江路正長。萬疊奇峰排兩岸，千層頑石墊中央。船從水面穿山徑，人向山蹊渡水鄉。鼓棹不勝跋涉苦，況兼風雨更蒼茫。

附：公子雲騎尉傳，揚州焦公循撰云：『雲騎尉周公，諱大綸，字理夫。直隸天津縣人。雲騎尉，朝廷襃公殉節贈也。祖式度，以次子中丞貴，贈如其官。父人龍，康熙己丑進士，累官江西糧巡道。公生有大志，不事家人產。幼年讀書，置之曰：「人尚行爾，奈何效章句儒？」尤鄙時藝爲淺近不足學。負性慷慨，睥睨一世，豪傑自許。時翔肘縱步，仰首大言，以爲丈夫功業重大不朽也。由貢生捐州同職，改鹽課大使，分發福建。歷官汭州場鹽課大使。所至稱職，商民感悅。任滿，改

補興化府經歷，調蒲田縣丞。公遊歷海疆凡二十年。公廉儉慎，貧甚，署中無斗石儲。一日炊幾斷，

有訟者持銀錢二百圓求公直其訟。公察其訟本直，斷直之，而歸其錢曰：「我雖貧，豈惜此穢貨！」

其操守如此。然暇則讀書，五經傳註、濂洛關閩諸書，皆可默誦。嘗謂宋儒濂溪先生爲傑出。以貧

故，遣眷屬歸，孑然一官，特立不倚。坐是，上官多賢之，所至有聲。嗣調臺灣府彰化縣縣丞。數

年，公稔知民氣凶頑，時虞失靖，憂慮見色。公狀長八尺餘，豐準、口橫闊、面紫、虬髯，志形於口

直傲無顧忌。會任滿，已解任，行謁觀察，公曰：「民不遜，殆將叛也。消於未成，請

無貽主上憂。」觀察以言張大，不信。適諸羅縣有公事，命公往治，公於是至諸羅，主客民葉伯家。

未幾，賊首林爽文倡衆犯城，既陷彰化，次及諸羅，公憤然曰：「吾亦朝廷官，何坐視城陷？」乃

擢鬚奮入縣署，縣尹適與老幕客相對張皇，見公至，謂公曰：「今無力遏賊勢，死也！死也！」公

張目瞋倒起，睨縣主曰：「賊烏合衆，諸羅民素尚義，城雖孤，以死力守之，未必陷也。且國家建官，

冀能守，非冀能死。坐致民逆，死以塞責，此小丈夫也。」公恨恨出，猶謀所以禦賊計。是夜，賊

衆犯城，公聞之頓足長歎曰：「不信吾言，果至此。」少選，聞在城文武官皆死據縣署。公曰：「至此，

惟死已矣。」徘徊於庭，適賊瞥見公，以告賊首，乃縛去。賊以公居職廉謹，不忍殺而勸之降。公

且罵且諭曰：「爾輩久受國恩，何苦爲滅族事？急自新，盛朝寬大，或可赦也。」語未訖，有賊躍出，

掌公頰，公撫頰大哭曰：「此頭顱，乃爲賊污。」以首觸柱，額裂血淋漓。因之凡數日，罵詈不絕口，

「遂遇害。」

「陳名德，公僕人也。紹興府人。自諸羅縣陷，公被囚，德哭泣不去。德左右未少離。賊怒公罵詈，牽去西門外教場，德翼公脅，公顧曰：「爾尚在此，速去之」。既至，公從容北面謝闕，神色自若，罵賊益厲。賊以刀刺公乳上，德急抱持，公曰：「死則死耳，未可爲賊刃污。」眾刃皆下，德以身蔽公。賊擊德蹶，公乃遇害。德見公之死也，暗嗚叱咤，奪賊手中刃，奮向將臺欲擊，賊刃亂下，德亦支解死。乾隆五十一年十二月十二日事也。」

「葉生，名友伯。廣東嘉應州人。商於諸羅，亦慷慨士也。以公廉正，素好公，公亦往來其家。賊既縛公去，其黨何北海囚公於縣治前。時冬月，公僅衣單布衫，中寒咳嗽，義不飲食。生時遣人探公，具橘餅二枚、湯一盞，冒危至囚所，勸公食。公哂湯，開目視曰：「無再來也。」既被害公屍及陳德屍縱橫狼藉於臺上下，一晝夜莫敢收者。生乃詣屍所拜哭，藁葬於地。逮大兵剿賊後，太守楊公廷樺覓公屍，掘之，皮膚蟻食盡，白骨中惟心具存，赤色炎然。公長子琦，渡海移公柩，生復爲之經理盡善云。」

「琦，公長子也，字璞廷。公生六子，琦、璋、璠、瓚、璨、珣。瓚早卒。琦材質穎異，精力過人。聞公殉難，力貧忍瘁至諸羅，往返萬數千里，踰越險阻，往往撫函露立，哀痛不飲食。渡海遇風，驚悸遘疾，卒於揚州途次。其弟璠，扶父兄柩歸里。賊平，將軍福郡王上公死事狀，詔賜葬祭如例，

予雲騎尉世職，子孫蔭襲。公遇害時，年五十二，琦年三十有八。公既死，義民以死守，諸羅不陷於賊。朝廷嘉其向義，故今更名嘉義縣。歲丁未，天子巡幸天津，俘臺匪至，賊渠何有志者，即害公者也，磔有志時，公子姓咸目睹焉，一時群焉稱快。」

周人驥十首

人驥，字芷囊，號蓮峰，人龍弟。雍正丙午、丁未聯捷進士。歷官禮部主事，四川學政，福建副主考，貴州道監察御史，吏科給事中，廣西右江道，陝西、湖南布政使，浙江、廣東巡撫。著有《香遠堂詩稿》《蓮峰宦稿》《居易堂文合稿》行世。同邑牛次原先生坤立傳云：「周蓮峰中丞公，諱人驥。天津泥沽村人也。公生而岐嶷，卓犖有奇志，資性端重。修眉目，美鬚髯，狀貌甚偉。幼補博士弟子員。淹貫經史，不屑章句，於書無所不讀，爲文如泉涌。中式雍正丙午、丁未進士，授禮部祠祭司額外主事。初視事禮曹，即嫻於政體，諸前輩歎以爲不及，相推爲偉器。蒙憲皇特達之知，以主事加翰林院編修銜、提督四川學政，凡考試利弊，輿剔殆盡。三載中，自青衿主文衡，士林榮之。差竣復命，補禮部精膳司主事。擢儀制司員外郎。典試福建副考官。選授貴州道監察御史。丁母憂。服闋，補廣東道監察御史，轉吏科給事中，巡視南漕。歷任科道，前後三載。時恭逢高廟御極之始，方旁求俊乂，治益求治。公既博通經史，遇事直陳，不邀名，不立異，斟酌古今，言中體

要。有關國計民生者，建白最切。奏上，每蒙嘉納，故名重西臺。授廣西右江道，下車日，有苗民隔省爭山，訟久不決。公爲勘定界址，遂息訟，歡呼而散。柳潯諸郡邑，文風樸陋。每集諸生討論經義，授以讀書臨文之法，不憚勤勞。於是士風丕變。擢湖南按察使，刑家律例，久嫺於胸中，凡輕重得失，出入生死，無不平允，沈冤滯獄，爲之一清。去任日，凡發奸摘伏，計二百案，編彙成帙，題曰《臬楚摘案》，付之剞劂，見者允服。擢陝西布政使，旋調湖南布政使。楚南風土民情，素所熟悉，一切設施，更合機宜。偶值洞庭水漲，瀕湖居民奔走入會城，鵠面鳩形，死在旦夕。公捐廉，分廠煮賑，計口授食，全活無算。調浙江布政使。入覲。以歷任藩臬，著有成效，屢蒙召見，疊沛溫旨，因拜浙江巡撫之命。公撫浙江二年，除漕弊，補積逋。植樹畜以足民，禁左道以厚俗。清理積案，緝獲鉅盜。請公帑修築海塘。發倉穀活窮黎被水者。凡諸惠政，莫不畢舉。以失察前撫鄂公事，致罣吏議革職。未幾，有署廣東巡撫之命，諸大惠政，一如撫浙時。調貴州巡撫，首清錢法，勸植棉麻，以充民用。奏開南明河，利銅運，節經費，避川江之險。且取道甚近，凡黔省民間百貨、絲枲鹽絺之屬，取資於鄰省者，皆因之流通。惟崖壑絕險，會有以糜帑累民爲言者，遂以此革職歸里。旋奉罰修完縣城垣，工未及半卒，年六十有八。公生平清介，才氣過人，職司言責，人謂有名臣之風。三歷封圻，廉潔自矢，未嘗謀身家之利。不與人輕交，無門戶之見。每接僚屬，諮詢民生休戚，風俗好尚，語不及他。凡屬吏賢否，隨事體察，恐其病民也。一切官書，不假手賓佐。盛暑祁寒，躬

親裁決，恐他手失於輕重也。善射、工詩，諸唱和者，皆海內鴻博之士。精於書法，人得片紙隻字，皆寶惜焉。著有《香遠堂詩稿》。

商寶意《越風》載：『宋逢時八月十五夜泛舟洞庭和周蓮峰觀察七古云：「長沙日落湘水流，素雲鱗起東海頭。客來秉燭動遊興，載酒一上沙棠舟。湖平似掌清見底，飛鏡忽向空中投」。又曰：「大珠小珠萬萬顆，玉盤零落誰能收？是時酒闌月正午，狼藉肴核傾觥籌。座中亦有洞簫客，水龍一曲風颼颼」』。

公官侍御時，彈劾不避權要，以直聞。歷任封疆，風裁嚴峻，貪墨者望風解組。清釐夙弊，廢無不興。所蒞之民，畏威懷惠。卒以剛正爲權貴所中，數起數蹶，未竟其用。論者惜之。

送別㮥樹堂表弟歸里

久別蠻煙瘴雨間，孤舟此日送君還。八千路遠無分水，
自柳州至津一水可通。兩紀人歸有亂山。
世事飄萍今古恨，宦場勞攘夢魂閒。故鄉親友如相問，祇道遊人鬢未斑。

錄囚

明刑肩鉅任，三尺凛虛衷。執法談何易，求生計已窮。告哀衣盡赭，對泣淚疑紅。畫地胡爲入？襜帷愧罔功。

和楊大中丞闈中即事

頻慚佳製愧銜官，蕭艾何能溷芷蘭？撞罷鼓鐘無鉅響，嚼殘冰雪有餘寒。未忘華燭三條景，更念青錢萬選難。利器自應脫穎出，漫期學海潤中乾。

送金中權旋吳門

江湖宜少壯，鄉國邈山雲。有句能投我，無言可贈君。聰明當愛護，謠諑漫紛紜。莫負臨歧約，清和望已深。

留行詩

宋君與偕，客久思歸，爰集《歸去來辭》留行

懷歸首事及田園，憂戚而今去復存。事絕有時閒策杖，春來無日不關門。宋喜閉戶讀書。松窗憩息誰情話？雲岫追歡獨酒尊。君反東皋知己少，嗟余遙盼欲何言！

夕郊

夕陽衰柳暗長堤，郊外寒光入望迷。匝路藤枯猶有幹，斷橋冰合已無溪。煙荒山下樵夫路，霜印林中獵馬蹄。幽興獨來仍獨往，一聲長嘯嶺雲低。

湞陽晚眺

荒城四面是山圍，郭外人家隱翠微。積雪白侵遊子鬢，夕陽紅上牧童衣。峰連暮靄千村暗，樹擁寒煙一鳥歸。薄醉吟殘猶徙倚，閒心覺與世情違。

常山過漢順平侯故里

將軍膽氣昔稱奇，伯仲關張立漢基。廟食不存千古後，書生過里一題詩。

抵成都任

丹闕天書五月擎，秋光初入錦官城。十年浪逐青山隊，萬里欣邀絳幄榮。曾向冰廳盟月朗，尚期玉壘挹風清。爲宣文教來南服，肯把迂疏謝老生？

犍爲晚泊

山城寥寂俯江隈，薄暮停舟亂石堆。麋鹿眠時香草合，蝮蛇掛處毒花開。水天清澈無人到，煙霧蒼茫待月來。幾處漁歌供客醉，好隨帆影且傳杯。

次原牛公《記周蓮峰二妾事》云：『崔氏、李氏，周蓮峰中丞公側室也。初，中丞因公革職歸里，旋奉罰修完縣城垣，家資已充帑，工未及半，中丞即謝世。崔、李方盛年，無子，家人有勸其改適者，

二氏誓不從，遂脫簪珥，相與守節，生平相親猶姊妹。時中丞次子婦楊孺人，亦年未三十而寡，有二子，於是合志撫孤。中丞撫黔時，失察屬員虧空，罰令賠償銀兩。本籍僅有舊宅一區，没入於官，家益貧甚，僅賃居草房數間，存身而已。米鹽不知所出。崔、李惟長齋繡佛，絕跡戶庭。所居之室，不入其戶，則寂若無人；入其室，恒見其勤女紅，以之給饘粥，供佛香燭而已。所衣單袗布裙，補綻幾遍，嘗浣濯再再，絕無塵垢。歲時，非中丞至親，莫能覯其面。有時饔飧不繼，竟日一餐，皆處之晏如，無戚戚容。人以爲有士君子安貧樂道之風，不敢以妾婦之諒目之也。親友聞者，莫不異而敬焉。卒年皆七十。」

案：蓮峰先生清操剛正，聞于海內。嘗聞故老云：「公撫浙時，一郡守甚貪墨，公具疏參之。守聞信謁公面乞，口如懸河，自言幼而孤苦，歷官如何艱難，且有八旬老母，言之流涕，至于稽顙見血。公俟其語罷，徐曰：「公休矣！」守出而拜表焉。」其剛毅不惑，皆此類。

周人麒十四首

人麒，字次遊，號晴嶽。人驥從弟。乾隆戊午、己未聯捷進士，欽點庶吉士，授翰林院檢討。著述甚富，載傳中。牛次原先生坤《周太史傳略》云：「衣亭公，姓周氏，諱人麒，衣亭其別號也。天津泥沽村人。公生而端方，舉動如成人。年十二，銳然以勸學自勵。初入塾受書，鍵關夜讀，聲琅琅動四鄰。聞者早識爲遠到器。故少能文，嘗落筆千言立就，文思之縱橫，師友皆驚，謂公性鈍而

學思慮進，蓋好學其天性也。中式乾隆戊午科舉人，明年己未成進士，蒙聖恩，拔置詞垣，充《大清

一統志》纂修官。乙丑五月散館，奉旨授翰林院檢討。維時方崇尚風雅，天子萬幾清晏，每引見詞臣，

分韻賦詩。衣亭公嘗恭進詩篇，雅意清裁，有初唐之風味，以此每邀恩賚。當道諸公與海內鴻博之士，

皆相推重，聲名藉甚，惟公體氣素弱，由少奮學問，不惜精力，故勞而成疾，嗣患痿症，歷久不瘳，

遵例休致歸里，人皆為公惜。卧疴沽村，家雖貧，亦不問家人產，惟閉戶著書而已。於是鄉黨好學之士，

從遊者接踵。公年友也，時守順德，由順德調任天津，暇即過公講道藝。以順

德文風不振，數科無叨鄉薦者，敦聘主龍岡書院講席，公義不獲辭。既抵龍岡，生徒聞公講說，莫不

鼓舞而前。彼處人士固敦實學，公因導以經術，漢唐以來所為文之法。自是肄業者日增，咸知肆力

稽古，為文學藪。太守耿公為之歎曰：「師道立則善人多，吾於先生見之矣。」凡七年中，登賢書者五，

皆出門下，人謂公大有造于龍岡。因勸歸老之思，遂囊書旋里。平居品行清高，學問

有本，生徒日進。年八十，卒於家。性清介，雅量不凡。孝友承家，崇尚風節，老而彌篤。家居益發

憤，刻意經學，淹貫百家，以道義為指歸。暑窗雪案，手未嘗釋卷。用力既勤，沈思既久，能發前人

之所未發。觀其著述，廣集眾論，推見精義，真成大儒云。所著有《檢定唐宋文錄》《解史記約錄》《評

解毛詩簡明錄》《尚書檢明錄》《禮記纂言》《昭明文選約錄》《唐詩類疏》《左傳輯評》、自著《保積

堂館課詩賦》《保積堂四書制藝》若干卷。他如古文雜體，俱有定本。惟《孟子讀法附記》刊行於世。」

辛巳大水感懷十二首

其一

清時萬類荷陶甄，人事無如氣化偏。常仰卿雲歌舜日，忽驚洪水見堯年。搔頭一任彌千里，隻

手誰能障百川？極目河南並河北，悠悠寒浪接長天。

其二

一自黃花著夏槐，朝雲暮雨遞相催。雨傾天漢常時決，雲闢蛟龍總不開。兩月霪霖迷晝夜，千

年老樹拔風雷。棲禽何處沾餘粒？鳴噪紛紛枉告哀。

其三

雲飛雨散已清秋，萬落千村日夜流。沈竈清波床下出，過牆駭浪案頭留。薪芻在在尋高樹，襆

被家家上小舟。訪道何須方外去？人間無處不瀛洲。

其四

人言水涸深秋日，不道深秋水更多。百尺帆檣迷舊路，重華桃李蘸清波。蛇龍得勢偏能舞，鴻

雁無糧竟不過。獨倚衡門披故絮，西風白露奈涼何！

其五

十里晴虹護郭堤，長椿巨石捍鯨鯢。舉頭鳧鶩千山盡，放眼鄽闤萬瓦低。日落兒郎猶畚鍤，風

來婦子亦驚啼。交親多少城居者，惡說城頭水面齊。

其六

雖逢佳節懶題糕，曠野茫茫水沒蒿。滿眼洪流誰送酒？置身乾土即登高。雞豚北舍空相憶，簑笠東菑枉自勞。十畝晚秔皆秕穗，霎沈波底不堪撈。

其七

驚聞怒浪破千家，九月十五夜。夜半風聲萬鼓撾。大木飄揚同雁鶩，饑黎顛倒似魚蝦。號咷震地誰能拯？澎湃兼天詎有涯？兩結田廬臣力竭，可憐頃刻委泥沙。

其八

風定遙村見鏡光，浮尸蔽水更堪傷。琴樽乘溜歸魚網，筐篋隨篙上野航。憂國巖廊多稷契，籌時岳牧盡龔黃。天儲露積倉困滿，聞說城中已備荒。

其九

競傳明府布恩新，十月重開海國春。大地黃流雖浩浩，太倉紅粟尚陳陳。沿門共慶三冬飽，記口空瞻四野均。我是玉皇香案吏，能攜升斗逐饑民。

其十

橫流應不到天邊，翹首程番時四兄撫黔省一黯然。去路常輕千萬里，來書動隔二三年。隄防自

愧無中策，奠定還期有大賢。安得伏波傳遠略，驅回滄海出桑田。

其十一

扶杖閒吟秋水畔，披襟空憶武昌城。簞瓢陋巷風初冷，絲管南樓月正明。時大姪知德化。南望九江天共遠，北流萬派海同平。匡廬旅宦知如此，把酒能忘故國情。

其十二

問字亭前絳帳空，重門深閉坐秋風。知交踪跡疑天外，岡阜崔嵬入鏡中。舊業祇餘塍上水，新詩徒膽氣如虹。三千果有神仙窟，萬里乘槎過海東。

竹床詩爲姪倩張楚山進士賦

其一

破竹爲床樂靜便，虛心高節尚依然。珊瑚玳瑁多相妒，莫遣清風四海傳。

其二

蕭然一榻劈霜根，上有西江舊酒痕。敬拂輕塵安枕席，不教夢裏忘君恩。

案：天津周躍滄兄弟，乃周梅嶼先生子。《天津志》：「桂林相國陳宏謀觀察天津時，爲周公梅嶼立傳云：『君諱式度，字貽方，梅嶼，其別號也。世居津門，祖父皆有潛德。君少孤，值家道中落，思紹先緒，于治生之外，折節讀書。年三十，始補博士弟子員。性甘澹泊，不慕榮進，

而於書無所不讀。盛暑嚴寒，亦手一編不輟。嘗語人曰：「學期有用，士君子讀書，當以克治身心，講求經濟爲要。若風雲月露之詞，偶寄閒情，無關實用，何足尚也。」此其志趣，却春華而采秋實，已異乎世之徒事佔畢、專工詞墨者矣。至於言論風采，倜儻不群，不屑屑爲迂謹狀。取與義，臨財廉，寧人負己，毋己負人。親知有急難，必多方排解，事已不爲德色。見人有片長，即卑幼，亦改容禮之，奬美不啻口出。其事不協理，即面折不少假。故少年後進皆嚴憚君，有不善，惟恐君知之也。門内蕭然，一循禮法。教子弟尤嚴。所諄諄勗勉者，惟在立身行己之要，忠主庇民之大。年六十二卒。累贈中憲大夫。子人龍、人驤，姪人騏，皆爲名進士。長任蒲州守，仲任御史。

論曰：不知其人之祖父，視其子孫；不知其人之子孫，觀其祖父。予不及見贈公梅嶼，而長君人龍、仲君人驤，與予相知有素。予來津門，詢之士論，咸服贈公行義篤學，有古君子風。顧以富于學而嗇于遇，爲贈公惜。吾獨以爲不然。自古爲善讀書之報，不于其身，必于其子孫。惟其積之也厚，則其發之也益盛。贈公生雖不遇於時，而令子連鑣騰達，涖歷清要，治行卓卓，聲著朝端，皆贈公有以啓之。所謂因其子孫，以知祖父也。自今以後，益著匪躬之節，恢宏濟世之才，如木之培而益茂，水之蓄而益深，所以繼贈公之志而垂諸後昆者，且方興未艾焉，則又所謂因其祖父，以知子孫也，予當翹首跂之矣。」

南，字雅原，衣亭太史子。諸生，落拓不偶，削髮爲僧。

叔舅殷爾璽先生歸自江左即席命賦

魚雁稀疏江水邊，崇階握手意欣然。一樽拈韻邀明月，五夜談心憶昔年。南郡曾抒經世策，東

皋擬買種花田。碧霄有路終須奮，會見榮旌拂柳川。

璠，字海村，躍滄先生孫。著有《海村詩草》一卷。

過嚴陵瀨

江行有客夜停船，雲水無邊訪釣仙。我亦不知高尚事，全交但覺子陵賢。

贈終南董山人

海嶽尋常幾度來，閒雲野鶴識靈臺。隱居福地身將老，寄食春城口倦開。草榻不嫌風透壁，石

床但聽雨生苔。蕭然興味渾無事，滿院桃花手自栽。

過桃花嶺

一層雲樹一層山，磴道梯巒雲木間。回首中峰何處是？綠蘿結屈意閒閒。

春日衛源道中

其一

關山阻滯路綿綿，一帶雲巒隔遠天。野水小橋飛柳絮，荒村古店落榆錢。紅塵自古深無底，苦海何人望有邊？堪羨道傍耕種者，力田原可樂餘年。

其二

日暖中原寒氣消，平川遠水似通潮。營巢野鳥成新壘，芟草春農護嫩苗。山色破雲林外見，花香帶露馬前飄。一杯濁酒荒村裏，回首關山千里遥。

春日沽上

杏花村舍水涓涓，綠野平橋接海天。楊柳陌頭三五樹，有人閒放打魚船。

津門詩鈔卷四 邑賢

王又樸 二十三首

又樸，字從先，號介山。世天津人。康熙庚子舉人，雍正癸卯進士，翰林院編修。任河東運判、無爲州同知。著有《詩禮堂文稿》梓行。

案：公幼以古文受知于方望溪先生，許以力追秦漢。與王己山、張曉樓同榜，稱莫逆交。理學名儒，該通經史，文名重于日下，開天津風會之先。詩有淵源。所到之處，政有惠聲。尤精水利，返瀦爲田，江南宿儒多稱之。著詩文稿外，有《讀史》《讀孟》《易翼》諸書勘行。致仕家居，卒年七十餘。崔念堂云：「《四庫全書簡明目録》：《易翼》十二卷，國朝王又樸撰，其説亦以十翼爲主，深以朱子所云不可以孔子之易，爲文王之易者爲非。其所徵引，惟李光地之説爲多，亦不甚墨守《本義》也。」

勸學三十四韻

日計在于寅，辨色須早起。盥沐肅冠裳，徐徐舉步履。入席更從容，置書且不理。危坐涵性情，

返聽及收視。不勝思慮煩，驅除頗難耳。務令心地净，久之如止水。惟虛故能靈，然後爲吾使。展卷誦讀時，含宮並嚼徵。心口眼皆到，尋端以竟委。用志必專一，讀此如無彼。縱使掩卷餘，氣味猶在邇。慎勿生算計，最忌精神死。雒誦在循環，焚膏可繼晷。糟粕非精華，伐毛更洗髓。簡鍊爲揣摩，一旦落于紙。得題勿曰難，操觚忌率爾。不在文短長，貴識題起止。尤當尋去路，切莫忘要旨。層次步驟清，格局已全擬。然後敷厥辭，惟達而已矣。跌宕生波瀾，一氣須到底。胸中有成竹，揮毫自然美。今之所作者，昔所讀者是。好惡異同間，兩兩常相比。苟有所不如，豈不生愧恥？吾願簡中人，皆爲豪傑士。學問道無他，心在腔子裏。放而不知求，記誦奚足恃？持此惜居諸，雅言詩書禮。進鋭必退速，作輟無終始。自得由深造，功夫在寸累。吾非托空言，身歷實如此。甘苦能親嘗，敢以告諸子，書此當座隅，勗哉勿自鄙！

望嶽

巖巖氣象魯齊分，遍雨崇朝此地雲。信有金泥封漢册，空留石碣斷秦文。丈人峰在煙嵐重，盆子營空麋鹿群。最笑村農稱解事，靈祠争説碧霞君。

歸途口號

纔識迷途欲返真，籜冠筇杖出風塵。十年一覺揚州夢，四海單歸六尺身。婚嫁未完兒女債，平

安不厭室家貧。鄉間應有同心侶，認取從前共學人。

抵里

到來鬢髮已蕭蕭，祇有稜嶒骨一條。趣寄庭前薰日草，波聽門外挾風潮。十年不識爲周蝶，今日方疑覆鹿蕉。但借繩床供飽睡，妻兒何用問簞瓢！

近來喜讀《歸田錄》，他日應隨避穀師。遊戲好講元功力，迢遞雲山多悵望，祇從驛路寄新詩。

秋日讀《張光祿公家傳》

寧羌遊戲爲余宗，未之見也，聞其知我，寄贈

同心千里亦相知，慚愧終非對面時。捫蝨有人說景略，籠鵝何處覓義之。遊戲善作擘窠大字。

大義高呼走電霆，城頭刁斗射妖星。當年共作中流柱，此地還留不改亭。張氏家園有亭，顏曰「不改」。易水聲名今更烈，睢陽家譜世同馨。蕭蕭正是悲秋日，讀罷寒風日色青。

過古高陽城志慨

昔聞高陽有才子，元愷八人協治理。近聞高陽有酒徒，叩門求見吾非儒。王霸事業亦等閒，有人常釣富春山。丈夫從來各有志，處爲獨善出行義。得時席上之奇珍，失時江上之沈淪。世間萬物

俱有主，我自爲我聽所取。胡爲勞勞過此中，荒草離離古城空。書劍飄零傷一身，回首年華四十春。出不成出處不處，俯仰身世兩無所。驅車憑弔意惘然，行當歸臥水雲邊。

獨坐

遲遲斜日上階除，不是衡齋是謫居。綠野有人初叱犢，寒廳無事獨翻書。藏經偶或逃秦火，識字誰同辨魯魚？日暮拋燈掩卷後，幾番搔首賦『歸歟』。

春郊

一抹輕雲駘蕩天，探花須及早春前。軟沙印馬蹄痕亂，細柳撩人眼界鮮。遊興偏同方少日，壯懷空憶過來年。半生潦倒終逃酒，輸盡囊中增歲錢。

形影釋

世運轉萬化，衰榮遞相傳。安時以處順，所貴任其天。�麴糵雖逃冥，狂縱即多愆。爲善苟近名，譽盛禍亦連。獨此不動心，到處無糾纏。一切委自然。山木胡自寇？膏火誰爲煎？明者達至理，肆應苟有主，相奉哀飲食人，口腹稱便便。顧盼若自得，失意何迍邅。君子養其大，豈必絕世緣？聊周旋。二君無獨苦，持此自忘年。

吳園即景

別院香初發，春光曉正催。日烘初綻杏，風落早開梅。曲徑藤牽引，高松鶴去來。伊人宛在處，傍水起樓臺。

新豐行

新豐市外記鴻門，斷碣斜立雲昏昏。霸圖得失原於此，英雄遺恨千古存。不殺沛公猶有度，此公天授非無故。坑卒百萬燒咸陽，子女玉帛輦歸路。我聞撫世在得民，以暴易暴孰如秦？漢主成名猶豎子，況說重瞳是楚人。將軍天下歸沛公，美人歌斷馬呼風。撞碎玉斗疽發背，漢王已失楚軍中。君不見：冠軍已殺懷王死，四海豈少赤帝子？項莊一劍事竟成，故鄉富貴終難恃。從來天下者天下人之天下，不可以力求，智計之士徒隱憂。假如高惠之後非文景，平勃未必能安劉。

前出塞五首

其一

男兒不懼死，功成當封侯。上馬出陽關，無事久逗遛。牽襟別妻兒，啼淚誠足羞。生既爲王臣，

其二

昔我祖與父，曾預定鼎功。哈番良勿替，甲糧歲頗豐。效死厚享餘，亦足昭前忠。所以荷金戈，

慷慨笑從戎。

其三

四海全無外，哈蜜爲內臣。忠順固無匹，殘殺亦足嗔。萬里即榻側，乃敢競宵燐。中國馬素飽，

士氣久騰申。聲罪致天誅，豈肯有逡巡。

其四

前隊度樓蘭，後隊至伊水。獵獵捲風旗，凍雲結高壘。兩藏那可到，淒涼入骨髓。冰窟飲馬回，

曉霜墮雙指。

其五

王者應無戰，連年亦有征。出震綏文德，天雨洗甲兵。西陲用兵近十年，雍正改元始罷。昔日

烈士軀，萬死得全生。親戚駭歸來，喜極淚縱橫。

後出塞六首

其一

擊賊勿顧身，戍邊勿邀功。審敵須審勢，要當遏其衝。哀哉一失利，天降此鞫訩。十郡良家子，

慷慨盡從戎。

其二

纔出玉門關，厲風戰兩股。及到巴里坤，凍冽五尺土。白日曳柴薪，終夜走且舞。以此煖四肢，豈曰習勞苦！未及一當敵，肌肉已全腐。縱使得生歸，體殘何可補？

其三

邊兵不足調，旋復及吳越。吳人尚嬉遊，烹茶喫果核。習舟不習騎，何以爭馳突？昔日滿洲兵，今日吳越卒。南風久不競，未戰氣先奪。庶幾將略神，指顧搗賊窟。

其四

聞說武剛車，其制已失考。將軍有神契，朝令夕還造。輦甲裹餱糧，悠悠涉遠道。連環以爲營，難犯如城堡。推來一軍歡，得毋火可燎。壯士期殺敵，胡爲徒自保？

其五

逆虜今犯順，豈足煩王師？兵行貴神速，淹久亦何爲？北軍倚太僕，有兵民不知。太僕范公轉，飼給軍食，故北路民不困。所嗟河隴人，轉輸敢或遲。短運既偏枯，長運亦已疲。先是飼轉各邑，輦出境即已。甘撫以各路皆遞，其地民較勞，請令長運，而三輔擾矣。安得蚩尤死，安居活烝黎。

其六

昔年平青海，斬將卓子山。奇勇效行陣，功著鼎彝間。千金爲治裝，萬金爲治家。出門不復顧，

努力赴天涯。顧金不顧死，一人敵千人。所以李牧將，萬里無胡塵。

弔金穉鶴先生

汨羅何處弔忠魂？一勺清泉千古存。西郭不攻已陷敵，南樓無鑰自開門。監軍箭折元戎令，執法星歸太乙垣。一想風流增壯烈，昭昭白日照槐根。

又，詠《溫泉》詩云：『溫泉未必能除垢，曾記華清洗玉環。』亦爲人稱述。

《長蘆志·文藝傳》：『王又樸《文中子墓》詩序：「墓在靜海縣河西南，舊束城縣之崇德鄉，俗名崇先者也。相傳父老清明日澆奠墓所，然菟絲燕麥動搖春風，而馬鬣不可復識矣。歲丁亥，耕農土中得斷碑，復誌其墓。有金生者增築之，遂歸然成墳。余小試過此，拜墓下，求讀其碑，已半剝落，有慨乎中，賦以弔之：先生卜地是何年？此日聞聲拜墓前。古穴蟻封衰草下，黃昏鴉噪白楊邊。斷碑猶識千秋事，野老還焚一陌錢。大德由來堪不朽，肯教埋沒在風煙。」又，《三岔河口》云：

「千里長河盡，人傳是海門。地當平處坼，水統萬流尊。立浪魚龍怒，奔潮星斗翻。憑凌常落魄，何處覓真源？」』

又，《長蘆志》：『三取書院在天津三岔河口南岸，舊其地有廢祠。康熙五十八年，津邑商士修築崔黃口隄岸，隄尾正處于此，乃建造書院，爲士子課文之所，名曰「三取」。乾隆二十年，盧

一一〇

州同知王又樸呈請清理，與商士捐修學舍十二間，每歲束修膏火諸費，皆由商捐支給。嘉慶六年重加修葺。』

邢琰四首

琰，字芸圃。康熙庚子舉人。《縣志》：『芸圃天性孝友。父客都下，琰授徒奉母，束修所入，悉供甘旨。母病，晝夜侍床簀，衣不解經，蟣蝨盡生。瀕危，琰百計營療，爲不食累日。殁之日，撫棺長號，遂喀血不止，旬月竟以哀毀死。弔其廬者，見淚跡血痕，交漬縿幕之上，無不哀之，稱真孝廉。』

勵志詩

其一

夷齊恥偷生，盜跖竟壽考。修短豈天意？榮枯恒自討。不懷西山清，悠悠可終老。歎息雲中薇，何如不死草？

其二

漢水與湘江，溶溶一月照。默默女兒心，官羽非同調。朝霜黃竹斑，春雨桃花笑。千秋息嬀祠，

卷四

一二一

不傍黄陵廟。

其三

讀書識忠孝，非云鑽故紙。挾一富貴心，開卷皆金紫。巨奸與聖賢，所爭一念起。曠觀莽與操，
皆是讀書子。

其四

嘯聚有大盜，不在草澤中。吮血有鷙獸，不是爪牙雄。高冠擁大詔，攫噬恣無窮。斯文日凋喪，
翳誰振清風？

《秋坪新語》：「天津孝廉邢芸圃，母亡，邢哭過哀，致疾遂亡。適其父在京師，書來，棺尚
未掩，家人對尸讀之，汗出滿面，涔涔然下。後其父之旅舍同伴，見邢白衣冠拜床下。或過土地祠
見與神揖讓相先後。精誠不泯，理或有之也。詩人周七峰作詞誄之，極哀。」周七峰《邢孝廉誄詞》
云：「邢子芸圃哭其母夫人過哀，以疾亡。冬十月，家人將厝之郊，友人周焯悼其有行無年，未竟
所學而歿也，故私文以誄之：「子也無華，脫葉存木。子也善藏，含瑜抱璞。子無可喜，喜者實多。
子今若此，悲者如何。賀乎才鬼，玠也姿仙。子非二子，亦隕天年。古人欺我，静壽鈍全。子痛母亡，
積思成病。骨立血枯，哀發天性。母氏已矣，尚慶嚴君。謂子死孝，子不樂聞。云胡既歿，事多傳
聞？精誠不滅，理或有之。君子語常，他不敢知。平生素履，實緪我思」」。

礨，字止山，號石鄰。康熙癸巳舉人，雍正癸卯進士，甲辰補廷試。官山東鄒平縣知縣。致仕，卒於鄉。

案：止山先生少以文名重于三津，與王介山先生又樸，有『二山』之稱。同成進士，士林榮之。卒之日無嗣。金芥舟輓公詩云：『老木寒鴉感舊群，等閒便有死生分。自嗟身後知誰哭，因向生前倍哭君。』康達夫輓公詩云：『文藻空鄉國，悲風起故林。斯人今已歿，誰更繼高吟？』則先生之生平可想。

題《四時佳興圖》絕句四首

其一

收取春風入畫前，錦韉珠勒鐵連錢。桃花楊柳東風路，多少詩情上繡鞭。

其二

紅塵如此熱腸何，誰向閒中養太和？不是素心人不解，妙蓮香冷碧雲多。

其三

踏屐秋登月下臺，碧梧陰靜小徘徊。遙知鶴夢深閒處，定有琴聲過水來。

其四

紙窗竹閣捲簾看，晴雪初消小畫欄。瘦絕一枝梅應好，伴人清夢五更寒。

王介山先生又樸《七憶》詩有《憶張石粼》詩云：「我憶張平子，家貧達亦然。直多招世忌，

義不受人憐。爭說夷齊瀆，應稱蹻跖賢。哀哉翻覆手，何處問蒼天？

註：石粼，余同年進士，爲鄒平令，忤上官，誣以贓，問配。」

張如�二首

如�，字彝伯，號蘭谷。雍正丙午科舉人。原任正定府武邑縣教諭。著有《蘭谷詩草》。

先君子云：「蘭谷先生工書法，學歐陽率更體格，傳自同邑梁崇此先生。津門前輩學歐書者，

前有李公應斗，後有周公步瀛，皆足楷模後學，而蘭谷書尤最。同邑進士朱公嘉善爲公之壻，朱公

家多藏墨跡，今皆軼失。」

與學子間步溪上，偶然言懷，得長句

一點生機道味融，不從造化問窮通。春溪草長秋猶綠，昨日花開今不紅。人境蕭條塵世外，浮

雲舒捲太虛中。老來何事堪娛目？菊味荷香正好風。

春遊

橋頭沽酒自提壺，來就桑陰聽鳥呼。貪飲數杯甘歲去，一雙蝴蝶落霜鬚。

案：公之祖，順治庚子科舉人，原任四川名山縣知縣，諱國寶，號爾燕。黃六吉、張笨山兩先生，皆受業于門，成名士。《弋蟲軒》有《送爾燕先生之名山任》詩，詳後。公父沙河縣教諭，諱鈞，亦能詩。蓋世有令聞云。

姜森一首

森，字失考。天津人。雍正乙卯科舉人，官知縣。《天津列女志·朱紹夏〈周氏傳〉》云：『周氏，天津甲族，祀忠義祠諱天命者，其叔父也。年二十歸同里姜皓，越八歲而寡，五十五載而終。方皓之歿也，遺子起渭、起濱在抱，氏撫以成立，甘苦備嘗。孫五人，模、諸生；森，雍正乙卯舉人。』

堤頭晚歸

一棹橫秋水，蒼茫渡晚煙。雲陰融岸樹，燈火靜漁船。路怯新橋窄，村憐野潦穿。歸踪徒踽踽，躑躅斷流前。

案：《天津名宦志》：『周天命，武舉，升天津鎮標中軍副將管參將事，唐官屯剿賊陣亡。』又，

《長蘆志》：『周天命，天津人，任天津參將。順治初，土寇作亂，率兵往剿，血戰而死。事平贈恤，入忠義祠，官其弟明命都司經歷。』

孫坦五首

坦，字白昭。乾隆戊午、己未聯捷進士。寄順天籍。

案：公幼慧，八、九歲能詩。相傳上元夜，蒼頭負之觀燈于市，遇父執友某，遮之云：『試吟一詩，容汝去。』即立成云：『莫言新出水，亦向火中栽。一點通心熱，光明對佛開。』大奇之。年十九，捷南宮。及壯，性方正不苟，規步繩趨，人每笑其迂。又案：繆星池嘗云：『白昭先生訓讀於一富家，宿館中者久矣。一日過館僮之室，見其床，問曰：「此汝睡處耶？」曰：「然」。先生大怒曰：「汝奈何夜夜踏我頭？」叱詈不休。蓋室與所居隔一壁，適當首向處也。居停出，謝罪移床，怒稍息。後宰一縣，頗著政聲云。』迂拘皆此類。

閒慨三首

其一

幽棲不受世塵侵，終日鍵關坐竹林。莫逆花中十箇友，知音壁上一張琴。負此詩債還須易，除

却書緣種未深。昨晤遊人歸甚悔，結交無處借黃金。

其二

何處容余此子狂？幽居事事足徜徉。偶然過飲茶須醉，久不聞煎藥亦香。臥雪自憐僵到骨，友梅難與熱爲腸。近來頗怪東林叟，不見攜詩到草堂。

其三

乾坤落落許誰知？放誕風流即我師。謗到高人常護短，情投花鳥亦無私。金蘭譜內香何在？文字禪中腐不離。早識行藏源淡泊，孤亭遠閣總相宜。

春去日

昨日韶光今日非，凝眸事事與心違。熱腸易爲紅消瘦，白眼難看綠又肥。空把榆錢買春住，誰將柳綫繫花飛？多情《別賦》何須詠，暮雨紛紛已送歸。

送別錢香樹

離情爭似柳條柔？説是南歸不可留。兩岸鶯花三月夢，一帆風雨半囊秋。相逢畢竟誰青眼？吾道于今付白鷗。去去有懷君記取，新詩草斷寄江頭。

金相二首

相，字琢章。雍正丙午科解元，丁未聯捷進士。庶吉士、翰林院編修。歷官詹事府右庶子、翰林院侍讀學士。有詩文稿俱軼失，《泛舟詩》見《天津縣志》。

登武昌城

高城空對白蘋洲，黃鶴何從問昔遊？潮汐暗分湘漢水，煙雲寒合洞庭秋。千年騷賦聞湘瑟，三楚雄風入庾樓。羈客蕭涼頻北顧，大隄難繫木蘭舟。

泛舟望海寺至香林院觀衛白二水交會處

停舟碧綺寮，憩跡青華觀。晴煙羃花積，宿靄改延林散。緇廬改新制，榱櫨益璀璨。開門見大河，日夜納漫汗。京西三百里，一氣總輸灌。呼吸走風雷，憑凌倒滄瀚。經營一失宜，黿鼉竄高岸。昏鳥萬檣宿，晨火千家爨。保障有賢臣，園葵敢興歎。

附金世熊四首

世熊，字康侯，號力農，晚號竹坡。琢章先生子。乾隆庚午舉人。歷官河南襄城縣知縣、直隸

案：先生端正廉謹，學品兼重，為一鄉之望。與周蓮峰先生並居京職，同有清正之稱。歷掌文衡，時推得士。

樂亭縣教諭。年八十餘，嘉慶庚午科重賦鹿鳴。著有《竹坡存稿》。

案：公神情雋朗，豐度若仙。學無所不窺，尤工草書，名重一時。筆珊珊如玉骨，不著人間煙火氣。當時津門善書者，如喬公耿甫、金公銓，皆名顯一時，而不及公之超逸。知襄城時，以平反冤獄，活三十餘命，致忤上官，改教職。雖居貧官，蕭然無物累，俸錢隨手贈人。時延良朋作田盤之遊。晚年頗清苦，卒之日，幾無以葬。詩文多散失，此得之湯厚田墅。

步督學吳白華先生見贈原韻

文社追隨憶昔年，雲衢獨步迥超然。故人猶自憐張祿，高誼從來頌呂虔。過眼鶯花成客夢，半生迂拙守書田。幸依絳帳歸鎔冶，參透元機亦解禪。

附原詩：『短夢模糊四十年，江亭香火醉陶然。每勞文論陪吳質，竟許書名敵鄭虔。輩老漸宜親藥裹，官貧容易說歸田。相逢縷述滄塵感，文字緣空不離禪。』

留別李懷芳

白首驚相見，交親老倍親。君今歸故國，我尚逐風塵。往事花頭露，前途鏡裏春。停驂曾幾日，又作別離人。

甲子秋日懷表姪湯厚田星如昆季時應京兆試

其一

一片秋容老，西風正寂寥。　空庭黃葉下，涼思白雲飄。　馬跡塵中沒，雞聲客裏消。　殘年羞短鬢，

何處問漁樵。

其二

此日掄才典，抽毫翦燭吟。　青雲思並足，白髮早關心。　老鶴歸華表，謂熙載表弟。　新鶯囀上林。

好憑沙上雁，扶杖聽佳音。

朱嘉善一首

嘉善，字懷遠，號怡齋。　雍正己酉舉人，乾隆丙辰進士。歷官刑部主事，擢員外郎。

西山晚步

沿溪芳草費幽探，山色青青滴晚嵐。　竹外桃花花外水，水雲深處結蘿庵。

朱繼善一首

繼善，字孝本，號澹寧，別號舒園。　嘉善弟。　乾隆癸酉歲貢生，官河間府肅寧縣訓導。

九月九日袁碧澗邀同登高因留小飲

菊萼飄黃楓葉丹，年光轉眼又秋殘。天空眺遠君多興，地迥登高我竟難。屈指幾回人事變，開懷且盡酒杯乾。漫云冷宦無供給，自有廚中苜蓿盤。

滄寧先生詩才清妙，惜多散軼。嘗見公書小詞《初春書齋偶成調寄杏花天》云：『陽和初變香猶淺，覺裊裊東風力軟。紅梅未盡桃花鮮，杏萼纔生數點。寒仍在下簾未捲，且整理平時書卷。開窗靜護爐香篆，一段韶光自遣。』讀之清趣盎然，非素心人未易道此。

案：公家于永樂二年，與棟家從成祖北來，同遷天津，土居最久。公家世有令德，每遇荒年，軫恤鄉里。至怡齋、滄寧兄弟而科第聯翩，詩書之澤最久，人謂天道報施不爽。

朱恒慶二首

恒慶，字念占，號椿塘。乾隆己卯舉人，壬辰進士。歷官山東鄒平縣知縣、陝西安塞縣知縣。

夜坐

飲罷覺微醺，清吟入夜分。花蘇三徑雨，月破一層雲。小樹生虛籟，蒼苔篆綠紋。落梅何處笛？幽咽隔牆聞。

和惲鐵簫遊水西園結社元韻

石欄花竹散餘芳，勝地披襟就晚涼。繞舍秋蓮含宿露，背溪村樹漏斜陽。無心結社盟鷗鷺，有客吹簫引鳳凰。一抹茶煙遮不斷，月鈎已掛水西廊。

朱兆慶五首

兆慶，字卜工，號午莊，又號桂圃。嘉善子。乾隆丁酉舉人。工草書，與金竹坡先生筆意相似。

案：午莊先生家津門，累葉詩書，科目接踵，再傳而中衰。棟訪其家，詩文不可得，知半歸淹沒，所搜僅此，亦足寄慨。

病起

怕對晚風涼，閒行繞竹床。病多通藥性，臥久澀詩腸。明月侵虛幌，瓶花散異香。餘情惟淡泊，無事可思量。

秋夜客中

小坐宜秋涼，苔陰菊欲黃。貧中惟對酒，悶裏倍思鄉。天凈雲無跡，窗虛月有光。孤懷何處托？歸雁一聲長。

雨後

一雨送秋涼，餘清入草堂。楓林初染色，蓮渚漸無香。何處黃花酒？微醺白玉床。釣竿前日得，獨愛上沙棠。

賣磬

貧來一石不能留，解贈王郎費取酬。莊鳥戀鄉聲自舊，金人辭漢淚常流。半肩荷賣過門消，一葉師襄入海遊。寄語春秋休責備，後來能有此人不？

送金竹坡 一號力崖

好在金夫子，相交二十年。高才同謝朓，飛筆擬張顛。鐸振東山響，琴收太古絃。勸君今且醉，莫負菊花天。

附朱玟十三首

玟，字石香。嘉善曾孫。布衣。著有《石香詩草》二卷。

案：石香家世詩書，幼獨習於弓馬，迄無成就，乃詣力於詩。喜談三唐格律，學極博雅。聞余方輯詩鈔，欣然寄詩二卷。爰登十餘首，以表石香半生積學云。

學詩

幽香隔壁已深沈，況復青鹽淡水尋。每讀長篇驚束手，時聞妙句又興心。精華但得留天地，肝

膽何妨會古今。太息秋蟲增我愧，花前月下尚知吟。

張家灣

寥寥村店聚寒鴉，不見風帆掛錦霞。兩代名園成木末，一灣清水化黃沙。城無佳色雲猶護，人

異書香氣便差。他日誰開千頃碧？好將心地種蓮花。

帳

玉漏宵殘薄霧生，芙蓉夢底鷺鴛驚。香因鼓篋掀簾入，燭為飛花落羃輕。遠枕濃煙停小唱，印

窗微月枉多情。年年促織欺人慣，祇在欄杆四角鳴。

留香

一滴薔薇寶鴨收，美人月下走蓮舟。春吟玉珮梅飄雪，水覆黃雲菊傲秋。拂几衣痕餘鼎篆，掃

花簪影入簾鈎。漫誇荀令三朝座，萬古龍涎魯壁留。

燈扇

玉燭生輝小扇團，美人持重畫冰紈。承恩獨秉心中熱，拋棄真同月樣寒。顛倒一身隨物化，光

明兩面任人看。　出頭非避炎炎日，祇恐流螢處世難。

馬鐙

憑空汝亦利名牽，隔斷葵花望月圓。著腳頓生千里恨，騰身倏作兩心懸。此中雖小參軍幕，塞上輕敲壯士鞭。趲碎征雲勞戰馬，錚錚幾箇入凌煙。

蒼帝造字臺南樂縣文廟迤東

爲尋造字臺，追憶蒼夫子。字義或情生，事多因字起。

鐵佛寺

不見生人氣，應知鐵佛尊。　生人爭叩首，鐵佛終無言。

遇故

君從家中來，諸親俱平安？曾知西塘荷，花時誰人看？

讀秦淮雜詩

其一

玉冷香寒曲上存，千金未肯一銷魂。閉門正恐花相笑，猶待爐煙掩淚痕。

其二

畏涼低語避風櫩，憶昔臨窗漫啓奩。遺恨明珠千斛淚，橫波隔斷水晶簾。

其三

不信湘蘭笑解嘲，誰家今日也吹簫？蝶衣零落半塘水，五夜琴心泣二喬。

其四

離舟誰繫板橋頭？柳影棲鴉碧水流。剩有月明還照舊，廣寒二十四樓秋。

丁時顯十九首

時顯，字名揚，號鵬搏，別號青蜺居士。乾隆乙丑進士。著有《青蜺居士集》一卷。

案：居士捷南宮後，以未入詞林，憤懣致疾，卒於都門。少負雋才，以『青帘楊柳市，黃蝶菜花天』二句得名，人號爲『丁黃蝶』。期許過高，未償所志，歿以青年，士林悼惜。

金芥舟先生《黃竹山房集》中，哭丁名揚舅氏詩最多，如『人間金榜後，天上玉樓成』。又曰『詞賦已成梁苑雪，榮華盡委洛陽塵』。蓋傷其歿於京抵也。又《清明日澆丁名揚舅氏墓》云：『墓門一閉成今古，半生枉爲吟詩苦。有鳥空啼枝上花，有酒空澆墓上土。萬喚千呼聲可憐，斯人一去真不還。知君高臥重泉下，聊當生前一醉眠。』居士詩古體學昌谷，近體學文房，天才峭拔，無製不工云。

子夜歌

其一

泛泛木蘭舟，一篙春水弱。二月柳花香，風吹何處落？

其二

踏上天津橋，風吹桃與李。春水多黃泥，泥多不見底。

其三

惆悵不相逢，相逢倍惆悵。清夜悄無人，風吹榴子帳。

東郊

步出衛城外，行來沿水邊。青帘楊柳市，黃蝶菜花天。胸內無愁思，囊中有酒錢。自將閒杖履，行樂一年年。

張節母詩

無百年常存之形骸，有萬古不磨之氣節。卓哉張母女中傑，禁方三十傳丹訣。廿六賦孤鸞，芙蓉早摧折。堂上孀姑堂下兒，一身經理無怨忤。灼灼青燈動曉星，蕭蕭絡緯鳴寒夜。龐氏無慚躍鯉風，閔家羞說蘆花雪。奉老存孤五十秋，養生送死無虧缺。此日黃泉見故人，相逢一笑無慚色。

題青蛸道人《松泉圖》

道人箕踞長松邊，長松百尺凌雲煙。夜半長松化龍去，旁有萬道飛流泉。老龍得水不在地，道人騎龍飛上天。

燕姬

春窗爛漫花如許，窗內女兒睡初起。繡衾不煖被生寒，斜倚珊瑚倦梳洗。芳菲滿眼容易過，年少拋人去如水。楊花鋪地濕不飛，珠箔空垂三月雨。

題青蛸園中洞庭山石

山欲崩，水欲起，夜半嘈嘈風和雨。老龍擘破洞庭山，紛紛亂石空中語。鬼神叱咤何可止？霹靂一驚三千里。曉起園林競作聲，一片嵯峨飛至此。

夏日園林雜興

其一

三徑無塵雜，幽居反自然。石支雲外骨，苔散雨中錢。笋老仙人杖，瓜圓稚子拳。淵明賦《歸去》，耕讀一年年。

其二

茅庵深樹裏，獨坐晝冥冥。　階下無閒草，床頭有藥經。　松枯留琥珀，石老破空青。　盡日西園裏，

相呼酒一瓶。

其三

何必問崆峒？

何事消炎熱？　詩筒與酒筒。　詩成羅袖綻，酒盡石瓶空。　避世忘花甲，無人註草蟲。　養生原有術，

其四

相對一高吟？

蒲柳晝陰陰，閒居恰素心。　莓苔石徑窄，風雨草堂深。　書濕床頭卷，絃鬆壁上琴。　不嫌魯酒薄，

其五

何事費三徵？

天氣晚來清，闌干獨自憑。　禽移別院樹，犬吠隔籬燈。　疏影平分竹，古香多在藤。　王裒正招隱，

其六

常對一枝桐。

人定月初明，披襟立晚風。　垂簾留燕子，握米散雞翁。　雨霽槐陰合，雲歸石竇空。　道人無箇事，

雨後納凉

楊柳枝頭新月長，水邊亭子晚生凉。半竿豆葉雨初長，一片藕花風亦香。木杓量茶浮鴨綠，沙
瓶沽酒瀉鵝黃。石蘭干外松陰合，恰趁幽眠六尺床。

詠蓮寄杜五蓮友

其一

一池冷翠逗風凉，太華蓮開水亦香。莫向池邊摘蓮子，苦心一寸不堪嘗。

其二

森森花氣空流水，脈脈相思寄晚霜。莫待紅衣都落盡，縱然多子已無香。

送長蘆都轉倪象愷先生歸田

共沐恩波數載中，忍看此日去忽忽。銅魚洲靜萍花合，金鳳山高栗葉紅。應有素琴調夜月，時
聞元鶴下秋空。南山依舊東籬外，重對秋陰菊數叢。

秋月詞

愛月步庭前，冷風響修竹。竹方如我長，竹影高於屋。隔墻好女兒，愛月弄瑤瑟。但聞好聲音，
不見好顏色。

鉢硯歌

老龍震怒風雷惡，老僧咒龍龍歸鉢。誰知龍性不可羈，夜碎石鉢空中飛。鉢底曾留太陰泣，青帝呵霧蒼溟濕。至今爲硯授詞壇，猶帶當年龍氣息。氤氳筆底生雲煙，老龍飛去幾千年。老龍倘思作霖雨，還借波心一勺水。

欒樟五首

樟，字樹堂，號綠起。世武庠。著有《粵遊草》。

案：樹堂先生頗耽文墨，能詩。嘗偕于公豹文、朱公紹夏應古試。學使以公武人，頗以爲怪。及揭卷，閱三公詩賦，深加賞異。公夫婦俱擅吟詠，極閨房唱和之雅。性愛遊，凡歷三楚、百粵，遇名山川，必眺覽留句。嘗過河南襄城，雨中紆道拜漢李膺墓，其風趣如此。公次子立敬，成武孝廉。三子立本，號飛泉，爲名孝廉，輯《津門詩彙》，皆公之教。迄今欒氏書香不絕。

客中七夕 壬戌

魚雁難通滯異鄉，人間天上共茫茫。江湖百道無情水，較比銀河阻更長。

雜容灘河

又剝煙霞進幾重，榕門過後望龍城。花紅杜宇驚初見，色白鱘魚囑早烹。天氣十旬經燠冷，客

途萬里歷陰晴。遠來領略江山盡，好向篷窗細細評。

過興安陡河

歷盡煙波六十程，更衝亂石過郵亭。扁舟依岸桃源出，隨手攀花滿一瓶。

雨中

疏雨江城浥細塵，庭前淑景一時新。孤生竹似真君子，半吐花如小麗人。紅蠣堆來官舍濕，青

山分到客窗勻。羽書近日無多事，且展吟箋慰客身。

秋晚

爽籟發天際，披襟出戶清。碧雲生遠態，黃葉落秋聲。湖海孤蹤意，關山久客情。魚書多日去，

曾否達柴荊？

附欒立本九首

立本，號飛泉。樟子。乾隆癸卯科舉人，著有《愨思錄》《津門詩彙》。

案：飛泉先生天性醇摯，奉母王安人至孝。父母俱能詩，聲律本於家學。教授生徒最盛。守母

制時，著《愨思錄》以表其親，鄉里艷之。子翀，縣文學。公卒後，隨病殂，遂無嗣。棟族姊適翀，

守志終身，以節孝聞。

《慤思録》題詞

墨痕鮮。

其一

剪刀縷暇理殘編，燈火熒熒手自箋。母氏批註詩文，往往逾三鼓。此日不堪披卷讀，傷心猶帶

其二

念我嚴親見背初，熒熒家室漸蕭疏。尸饔賴有高堂母，廿載焦勞不忍書。

其三

況當秋試倍關心，輾轉通宵悵好音。生子不才争似我？慈懷辜負到于今。

其四

楚水吳山去路修，一生適意屬南遊。那知桂節關心淚，盡灑長川向北流！

其五

列鼎生前志已違，空餘餚核薦靈幃。自慚反哺輸烏鳥，得食猶能向母飛。

其六

追維慈範總朦朧，恨殺丹青畫不工。借問登堂舊親好，端嚴可似大家風？

其七

鵑血啼殘強自寬，昨宵有夢更增酸。不知訣別終千古，猶向窗前數問安。

其八

百轉腸迴重有思，焚香虔自禱冥司。黃泉但許依慈母，便作幽魂也不辭。

其九

卜葬年來計始諧，一經擘畫倍傷懷。如何嫡嫡生身母，付與蓬蒿萬古埋？

雲間陸編修伯焜題《愨思錄》云：『孌生立本爲余癸卯分校京闈所得士。其文銜華佩實，饒有樸茂醇摯之氣，知爲宿學。及來謁時，言論舉止，恂恂有孺慕之誠，於是又知其得力於庭訓者素也。既乃出其一編題曰《愨思錄》，首載太安人嘉言懿行，附以《南遊遺草》。披覽之下，太安人之壼範與孌生之至情，均可得而見焉。太安人以次君官先脣封典，他日當絲綸寵錫，以顯榮褒，大如歐陽公所云「蓋有待者」。余將拭目以俟，且操史筆以紀之。』

胡睿烈六首

睿烈，字炅齋。《天津縣·列女志》『劉氏，浙江山陰人，僑居天津。少有淑德，年十九爲同邑胡利溥妻。利溥慕松喬之術，遠遊不返。時妻劉氏年二十，力作養姑舅，長齋終身。有遺腹子

曰忠楨，親撫成立。及長命之遍訪四方，備極艱險終不得。卒年七十四，苦節五十五年。孫睿烈，

天津諸生。」

喜高三孝廉藹重來津門，即席分賦，時上巳前二日

其一

故人不見又三年，海國重逢笑拍肩。芳草綠齊調馬路，春波晴展浴鷗天。未容車轍喧門外，依舊鶯花繞屋邊。太息流光彈指過，幾時歸辦買山錢？

其二

臥碧堆紅色嶄新，由來韋杜最宜春。拂欄最愛惺忪柳，入座都無俗儷人。但乞一觴兼一詠，莫論誰主與誰賓。水嬉尚有湖亭興，小海歌中走馬頻。

正月十四日，查儉堂中丞招集水西莊數帆亭看雪，分賦得風字

昔聞燕山雪花大逾掌，寒威如鏃侵貂豽。揭來歲籥倏三易，每怪玉戲慳天公。昨宵躑躅燈入燈市，歌聲匝地醅春風。五光徘徊耀城郭，笑隨竹馬嬉兒童。搖鞭競走涌泉寺，墜珥爭入靈慈宮。詎知滕六不解事，盡碾璧屑飛長空。黯伯停杯閒侯臥，六街擬約排日連臂出，恣看萬樹晴霞烘。路絕遊人窮。捲簾我愛風色好，爭走西郊不憚裙沾。高臺一眺懷抱豁，遠塍近壠無窪窿。迴視喬

木眩難辨，柳花併入梨花叢。憑欄無語衆籟寂，但見茜衣獨立垂釣翁。何必烈炬千門紅，瑞葉亦足占年豐。片雲不到塵不到，此身恍在三山巔。尊前試聽唱玲瓏，月出上下清輝通，歸鞍寄語休匆匆。

過慶國寺訪子憨上人

乘興來初地，風高海色殷。斜陽一磬度，古道兩松閒。鶴子時依佛，鮫人夜叩關。支郎緣法妙，相對說無還。

過宜亭舊址二首

其一

清絕城西路，繁華幾日春？管絃空燕語，屏障但凝塵。無復傳觴地，猶多看竹人。風流不可問，溪水碧粼粼。

其二

亂石支行徑，蒼煙散客襟。蕭條懷古意，迢遞濟時心。剩草遺荒壘，飛花戀舊林。由來興廢地，自昔感登臨。

徐浩一首

浩，字飛山。乾隆乙卯舉人，壬戌進士，寄籍順天。歷官山西冀寧道。先生幼而通敏，文不加點。英年登第，居官明察，卒無嗣。

案：先生父名安民，雍正丁未進士，禮部主客司主事生。

春晚

薰籠欲撤五更難，小試春衫被體單。淺綠未回楊柳岸，新紅空憶海棠欄。冷傳雁信書猶遠，凍寫魚箋墨未乾。昨夜東風何處雨？關心樓外杏花寒。

平陽徐后山崑《柳崖外編》云：『徐飛山先生諱浩，天津人。為冀寧觀察時，出城拜客，見頹廟廊下有小鐵獅二，頗工巧。問僧，知為前代之物。因思道署儀門左右石鼓上正宜此，命攜置其上而合。夜半，聞院中有撲鬬聲。視之，二獅也。滾進滾出，如絮逐風，或前或後，砰皆中音節。徐叱之，不止。天明始還原處。數夜皆然。仍還諸頹廟。抵晚，窗下聞步履聲。隔窗視之，一女郎也。輕綃細裙，立正廊南，向東西廊環列使婦十餘。又見一童子，年可十五六，白面髮垂地，對女而舞，衆隨之。聞呼曰：「趙小姐，趙小姐。」入後園去。詢園夫，後園無他，有前任趙觀察愛女瘞于山石之下，然僅七齡，不能頎而長也。徐每夜與夫人朝衣冠肅坐以鎮之。趙小姐猶時

時現形，升堂入室，或笑或語，逼生人以冷氣。驚以爆竹，少退，聲住復來。飛山先生有膽量才氣，

學亦上下古今者也，遂向鬼曰：「我，爾之寅伯也，有話可與我談。」小姐肅拜曰：「何以位置我？

夫德耀莊姜，宜置之泉石，助其幽也。虞英源女，應置之洞天，標其爽也。大家逸調，頓之牙廚；

謝韞高談，遲之錦帳。舞凈腕于風前，弄玉厄于霞上。位置既佳，神韻自絕。寅伯何以位置我？」

徐因園中山石旁，搆一精舍，祀以位。時與飛山先生對坐暢談，所談多皇古之事，記其最警二條

云：「問：何以有神通？答：蠅能倒棲，此蠅之神通也。鳥能騰空，此鳥之神通也。役夫一日能

行百餘里，我卻不能，役夫之神通也。凡人以己所能者爲本等，己所不能者爲神通，其實不相遠。」

又云：「常見初學道人，每行人難行之事，謂修行當如是。及其後即自己亦行不去，鮮克有終。

可見順人情可久，逆人情難久也。賢智之人，以難事自律，又以難事責人，故處處有礙。」如此

談者不一。署有婢，頗端淑，素不識字，後趙小姐遂附身，使之言。歷二年而後絕。飛山先生擇

一文士，禮婢而嫁之。柳崖子曰：飛山先生，余師也。先生倜儻豪邁，鬼敢近之，異矣。所談又

何其知道也。又聞其稱飛山先生前世爲蠹精之得道者，徐夫人爲天上水晶球，朱石君先生爲文昌

帝君座前文石，奇之奇矣。是時爲乾隆三十四、五年，余應京兆試，枉路太原，謁飛山先生。先

生曰：「我將公出，知生今晨必至，留一日。」蓋亦趙小姐前夕所言也。朱竹君方伯、朱石君相國，

爲飛山先生之甥，言之甚詳。」

荀鐸一首

鐸，字振時。

燈花

萬古無根種，一枝薄暮開。吐時雖有艷，落後即成灰。

吳日圻一首

日圻，字耤田。

燈前漫興

有客掀髯意氣饒，短檠無焰夜頻挑。鶴因微祿聊居衛，菊有清標合姓陶。一片青氈憐故我，百年白酒笑今朝。抗懷破浪宗生志，付向東流逐晚潮。

趙世烋四首

世烋，字和六。

出都留別五弟

殷勤別席酒盈卮，屈指歸程歲月遲。莫道湘南千里隔，好憑北燕寄新詩。

送補園歸里

披雲猶記日，隔歲五羊城。偶結黔南伴，同聯硯北盟。飲醇真得醉，攻玉愧難瑩。豈免蓴羹憶？

獨衝瘴癘行。波濤青草闊，花柳白堤明。不禁臨歧感，秋風遠寄聲。

齋前新竹

菊花未秀海棠殘，丹桂飄零不耐寒。賴有此君相慰藉，時乘清興一憑欄。

八月五日書所見

村落荒涼村日白，碪杵聲絕風索索。低田積水波浪多，高田蝗過留空柯。野花經霜色還紫，枯

鶩無食飛不起。纍纍流民關外行，兒啼婦怨愴人情。

解良根一首

良根，字淡圃。官河南延津縣縣丞。

玉簪花

芳徑斜抽白露微，瑤華誰爲贈湘妃？橫來翠鬟蟬驚落，界破烏雲燕誤飛。　粉朵三秋留玉股，瓊枝一寸絡明璣。不嫌敲斷銀燈畔，零落餘香滿繡幃。

解秉智二首

秉智，字萬周，號月川。乾隆丁卯舉人，丁丑進士。任甘肅安化縣知縣。

案：公苦於力學，性凝重，有識量。退休後，教子姪，皆登賢書。居鄉以謙厚稱，朱仰文夫子嘗從公受學。壽七十餘。

九日有感

其一

無花無酒過重陽，獨臥寒氈秋夢長。門外白衣人寂寂，天邊歸雁意茫茫。龍山嘉會成千古，槐市生涯滯一方。　冷署又逢佳節至，思親一日九迴腸。

其二

獻策前年滯帝鄉，傷心又度一重陽。淒涼院宇池無菊，落拓功名鬢有霜。詩爲感懷聊寄咏，酒

因酬節勉銜觴。客亭莫話登高事，望眼何曾到北堂？

紀文達公曉嵐遺集《天津解月川先生傳》云：『先生自山西永濟徙天津，今六代矣。先生乾隆

丁卯舉於鄉，壬申會試未售，揀授淶水縣教諭。性故端介，不能隨俗為俯仰。一切世路酬應之禮，

亦落落不欲為。惟殫竭心力，務舉其職而已。幸儒官署閒，故得與諸生晨夕講肄，文風士氣，蒸蒸

日上。丁丑成進士，以知縣用，得涼州府屬之永昌。永昌故衝衢，驛使往來，轉運絡繹。

載，得復原官。乙酉八月，又授慶陽府屬之安化縣，故瘠土也。甫莅任，即早霜傷稼。前署事者報

大吏知輿論多惜公，正供所應有者，纖毫不敢闕；所不應有者，亦不纖毫溢額外。竟坐是罷官。既而

先生仍堅守素志，奏留會城使自效。隨監送新疆開墾戶口，遠至伊犁，來往備極勞瘁。凡奔走五

未明，先生力請於上官，得闔境普賑。丁亥復霜災，視前倍重，蒙恩於正賑之外，加賑兩月。時需

糧多而倉儲少，欲從部價以一石一兩折給。又糧貴而價不足。大吏遂奏請半用賑糧，半用折價，原

有積穀之州縣，則淮以時價采買，每石較部價贏八錢。安化故無積穀，例得采買萬石。有導先生領

采買之價，而以部價給民者。先生毅然不肯，且以奏定之價出示，俾通知。遂結怨于寮友。坐是公

事多齟齬。乃於己丑四月移疾病歸。歸而門庭蕭寂，惟日與兄弟訓課子孫，暇則以棋酒相娛樂，名

其堂曰「友于」。又繪《三荊同株圖》，文士多題詠焉。如是者三十年，林下優遊，不萌一出山之想。

嘉慶三年八月卒，年七十有九。先生子道倬，戊申舉人，以余與先生為同年，乞為傳，余乃敘而論

之曰：「先生之仕宦，亦坎坷矣。而年未五旬，飄然解組，享林泉之樂三十年。兄弟怡怡，終身無間。而子與猶子，皆登第。其所得孰爲多也。聞先生乞歸時，甘肅風氣駸駸華侈，久而遂有監糧之獄，「白首同歸」。則先生之坎坷，其亦天佑善人，使「青山獨往」與？」

附解道亨一首

道亨，字通也，一字通野，又號沽上耋，秉智從子，諸生。

案：解月川先生爲通也立傳云：「其爲人也，爽直誠樸，無委曲，少機變。數歲如成人。能苦讀，好作字，出入於趙董之間，而自成機軸，求書者日不暇給。爲文以清正爲宗，與沽上諸名士遊，詩文益進。十應京兆試不遇，其命也夫。居家以謹厚稱，自尊長以逮臧獲，不聞有訾議之者。其于父母，朝夕餅餌，必加意理之，不敢忽。病則侍湯藥，衣帶不解。父患遺矢症，躬自糞除，有時以手掬之，不以爲穢。閒與諸弟談文章詩字外，作人行事之道，無不諄諄及之。弟咸以師事焉。急人之難，解人之紛，不辭勞而能任怨。授徒盡心誘掖，不事敲撲。卒之日，親友及門哭之者，罔不失聲，固其所也。凡三娶，生子皆不育。是人也，既靳其科名，又促其年壽，終孤其似續，何其窮也夫！朋友作詩以歌之。其一章曰：「憶君痛君死于孝，誰非人子君難效。到頭不改赤子心，斑衣日博雙親笑。自從醫藥侍庭幃，形枯骨立神虛耗。太翁起後令子亡，茫茫天道

爽其報。嗚呼一歌兮悲何深，白頭二老哭黃昏。」其二章曰：

尚嗤阿咸太疏狂，兢兢獨守猶子義。家聲繼武一生心，唾壺擊缺傷淹滯。生不成名身已死，啾啾

燈底幽魂泣。嗚呼二歌兮君季父，仰天長慟哭千縷。」其三章曰：

石麟遲。蒼天竟吝伯道子，空房獨泣黔婁妻。昔年為盼小星照，今年並驚玉樹摧。年去年來人已逝，

逝者長恨無窮期。嗚呼三歌兮悲君後，蘭移蕙叢君知否？」其四章曰：

落紙雲煙濃。酒酣耳熱氣象雄，自稱我是硯田傭。但有鬐字皆絕筆，琳瑯珠玉觸處逢。逢時不敢

舉頭望，拂拂壁上生悲風。嗚呼四歌兮餘故紙，銅章石硯徒然耳。」其五章曰：

和，委心任運甘消磨。萬苦千辛秘一心，飲人自覺醇醪多。任他蟻鬭與螳怒，掀然一笑永無波。

于今道路皆流涕，奈此時衰運塞何！嗚呼五歌兮欽君量，書空咄咄同惆悵。」亂曰：「天道兮難量，

噫嘻命數兮難當。哲人萎兮聲氣隔，正士逝兮朋友傷。思其肝膽兮堅于金石，嗟其遭際兮困于名

場。別衰親及弱弟兮，竟撒手而長去；舍寡妻與穉女兮，胡賫恨而云亡？某等欲搔首而問蒼之

夢夢兮，奪此窮人其何意？更欲瓣香而質神明之赫赫兮，起此錮疾其何方？吾輩其何以社此痛惜

也，君靈其何以竟在渺茫也？君其免夫此生憂戚也，君其待夫來世軒昂也。嗟心交之不長兮，願

異世之莫忘兮。換形體而不異肺腸兮，續金蘭而仍共行藏兮。同聲一哭兮敬奠壹觴，靈其有知兮

歆此椒漿！」」同邑韓荔山先生大炤曰：「通野既歿，其季父月川先生哀其死而為之傳，誌其痛也。

傳而不贊，終以同人輓歌，意在月旦于人耳。噫！通野可以不死矣！」

秋夜聞雁

楚水吳山隔暮煙，一行聯影度霜天。似謀粱稻隨風去，肯抱蒹葭澈夜眠？雲净無煩空避網，月盈不復誤驚弦。乾坤寥廓關河朗，萬里程途在目前。

津門詩鈔卷五邑賢

張霖三首

霖，字汝作，號魯庵，晚自號臥松老衲。廩貢生。歷官兵部車駕司郎中、陝西驛傳道、安徽按察使、福建布政使、署雲南巡撫。告養家居。著有《遂閒堂稿》。

案：魯庵中丞天才不羈，性復慷慨。告養時，築「遂閒堂」「一畝園」「問津園」「思源莊」「篆水樓」諸勝，園亭甲一郡。欵接大江南北名流，供帳豐備，館舍精雅，才人雲集。一時前輩如姜西溟、趙秋谷、汪退谷、吳蓮洋、洪昉思、王石谷、張石松、方百川、靈皋、陸石麟、馬長海、徐芝仙諸公，及同邑諸名宿，文酒之宴無虛日。飛箋刻燭，彬雅之風，翕然丕振。而公家亦才人輩出，科第不絕，足徵重文愛士之報。後惟查蓮坡老人能繼之。

寄懷念藝弟 時在皖江

江上不宜秋，秋容動深省。南岸楓葉丹，北岸荻花冷。天空沒碧雲，雁字排高影。舉頭送鴻雁，

目斷關山迴。豈不羨奮飛？同群苦未整。吳江接楚江，愁思徒耿耿。

公家遭籍沒之後，詩文全經散失，此詩得之公曾孫環極所錄。

瀛津晚煙

萬家炊不止，煙起半天橫。海氣東來合，雲林北望平。風寒疑作雨，月黑早關城。小艇歸何急，

漁燈一路明。

雪後梅花

凍雲初散晚風微，幾樹寒香靜不飛。落落向人多白眼，沈沈無語惜珠璣。骨於傲後何曾瘦，夢

到清時不可肥。兩兩孤清水乳合，一尊相對莫相違。

二詩得之《弋蟲軒詩社草》。

吳天章《蓮洋集》有《張魯庵水部招集一畝居即事》詩云：『誰能無事同犀首？君已辭官似馬

曹。樹杪星辰霜後近，池邊燈火夜深高。』又，《送魯庵之黔西》云：『眼底江山遵驛路，天邊雨雪

計郵程。瘴花開處賓人候，蠻樹交時島吏迎。』又，《寄張汝作兄》云：『慷慨成高隱，艱難就草堂。

買山原所自，高誼不能忘。』

趙秋谷《飴山集・篆水樓夜飲》云：『流波遙作方圓折，明月全收上下弦。客似閒雲信來往，

杯將清漏共留連。」又，《問津園即事》云：「綠樹自隨人遠近，斜陽不隔水西東。槐陰老屋宜清簟，

蓮葉新波待碧筒。」

秋谷又《與王南村話津門昨事感懷》次首云：「人去朱門事事空，堂閒蠟淚帶輕紅。啼烏與喚

園扉日，莫遣笙歌赴夢中。」則當在魯庵因事下獄時也。

津門詩人之留連光景者，至今過思源莊墓園，猶爲感愴，如查次齋《思源莊雅集感懷詩》云：

「好事嘗聞傳掌故，風流今見說思源。墓門種樹垂佳蔭，池水通潮有舊痕。」金金門太守《思源莊念

舊》云：「三月春寒花尚淺，一簾煙重雨初成。」金芥舟先生《過張氏廢園》云：「野禽不見人來慣，

驚上寒梢不住啼。」康達夫先生《思源莊》云：「芍藥池南柳色邊，小橋橫鎖墓門煙。幾時不到思

源望，細雨春深種麥田。」盛衰之際，皆有感乎其言之也。

同邑查恂叔中丞《銅鼓書堂集》有《秋日過張氏一畝園感舊詩》云：「滿目秋光落葉黃，故家

風物感蒼蒼。繁絃急管飄零盡，惟有寒蟬噪夕陽。」「羅綺成叢轉盼空，野花猶作舊時紅。砌邊多少

閒金翠，寂寞荒煙蔓草中。」「三千珠履盡能文，坐上雄談蔚似雲。朱亥侯嬴俱老去，不知誰憶信陵

君？」三詩悱惻纏綿，哀其豪華，比以信陵，可謂兼道其實。

《天津府志》：「霖幼岐嶷，讀書十行俱下。爲詩古文詞，卓然成一家。由歲貢生起家，歷官

福建布政使司。家饒於貲，推解不倦。中間緣事落職，遂構問津園爲偃息地，法書名畫，充溢棟宇。

復招天下名流，觴詠其中，有梅定九、朱竹垞、姜西溟、查夏重、趙秋谷諸前輩，咸主其家。時人擬之月泉吟社，玉山草堂，差不愧云。」

張霖 一百十三首

霖，字帆史，號念藝，一號笨仙，又號笨山，別號秋水道人。魯庵方伯弟。禀貢生，內閣中書。有《帆齋逸稿》《晉史集》《欸乃書屋集》《綠艷亭集》。

小遊仙詩

上元道院看月作

十二瓊樓不掛燈，一壺明月冷於冰。阿誰能擲仙人杖，化作虹橋到廣陵。

其一

昨夜麻姑招我遊，梅花如雪開羅浮。身騎大蝶逐明月，四百三十二峰頭。

其二

多情無奈遇方平，設席松間不放行。一曲雲璈心已醉，還將十二玉壺傾。

其三

桃源深悔問迷津，瑤圃瓊枝別有春。誰許花姑來藝子，修書記謝魏夫人。

答盛西屏夫子客潼關見懷詩

知向關西去，非同淮上吟。鶯花催戰鼓，風雨壯胡琴。曾有論兵志，能無投筆心？廿年功業澹，翹望倍於今。

天門洞

天門之高高何窮？石階萬級升蒼穹。橫空一木勢將墜，飛身直度如輕鴻。洞口陰黑不可測，劈面欲倒生雷風。安懼虎羆藏其下，前導亂張松火紅。舉頭欻豁閶闔開，天門反在洞之中。明兩日月夾左右，海光一帶當其東。虛碧俯仰咫尺間，呼吸相與氣始終。帝闔何必扣？帝座若可通。天地一日一混沌，吾將卜居此洞日日觀洪濛。

胡介眉自柳溪來，戲擬古句

柳溪柳花飛，飄飄逐遊子。大道起迴風，一半落溪水。入水化爲萍，不離水上青。遊子何日歸？萍花不解飛。

送吳天章還蒲州

君昔到海門，動即經年住。今來未匝月，束裝便歸去。結交知無益，來隱或有遇。高高太華峰，

白雲想如故。

與王孟穀

獨客望海寺，強登望海樓。大海望不見，杯視三河流。清濁怒相鬪，日夜無寧休。何似楚江上，一片空明秋。

贈汪令章 自稱關山客，近有室

好識關山客，偏多花鳥情。畫癡香有韻，雲笑媚無聲。聽瑟欹紅閣，吹簫夢碧城。團團望海月，不減洞庭明。

聞李生將遊盤山

十年祇喜讀書人，一朝忽發遊山志。遊山先自何山始？此去盤山二百四。憶我春風躧屬時，杏花開遍無閒枝。滿山歷亂開晴雪，吹面松濤寒不知。別來幾月天已秋，毒熱淫雨阻重遊。七十二庵總名勝，白雲長夢尋青溝。爾去正逢秋氣爽，山空好聽百泉響。李白句攜謝宣城，遠公書寄許都講。碌碌於今胡爲哉？世人幾個憐君才？有峰便是問天處，此山況有舞劍臺。爾雖不慕劍俠名，登時且發長嘯聲。空谷疏林易震動，奔泉鑴石防搖傾。八石五峰皆其概，千古積來惟一翠。嵐氣到地苔濕

天，秋光那得不長對。山水情深賦《遂初》，移書或卜巖中居。古人有志不可及，遊盡名山讀盡書。書亦何能讀之盡？山亦何能遊之盡？遊山讀書過一生，千萬莫學終南隱。

送李大拙處士遠遊

太上遊象外，其次遊山水。其次遊名跡，三遊同一軌。緬邈古高隱，疇能外乎此。今人具古情，乃見李夫子。閉戶將十年，塵事屏弗理。日日但堅坐，元化存內視。性耽金石奧，夢艷丘壑美。曠遊貴寓目，獨處鄙食耳。久製遠遊冠，新編飛雲履。遊具無不具，可以出遊矣。鴻雁天正高，鯉魚風漸起。此遊不自輕，徒步數千里。昨日設樽罍，話別重知己。借問何處遊？歷歷爲屈指：一月遊三晉，雲捲太行徙；一月遊三秦，雪壓太華歸；一月遊三吳，照江梅花喜；一月遊三楚，繞洲芳草蕤。兩京路蕭涼，六朝地華靡。習俗自不同，山水自終始。遊則安所悅，頓則安所止。名跡雖雲多，之子經年遊，慎密非苟爾。昔爲向子平，今爲許道士。學仙乃學隱，吾將悟斯旨。

聽苦瓜上人説黃山歌即送南還兼懷南村宗長

昔逢宗人南村叟，爲遊名山成白首。名山遊多談始快，中有黃山不離口。千語萬語總一奇，形容拮据終難剖。正欲細細問其詳，草草南歸遂分手。七年以來絕消息，黃山亦在無何有。豈云遊者

乏其人？亦乃奇山難乎友。苦瓜上人本奇士，身在廬山住已久。一旦得識黃山奇，反覺廬山面目醜。黃山之奇在何處？爲余快談十八九。其要不過在在瘦，斧劈劍削毫不苟。瘦到絕頂奇乃出，天風撼動山靈守。俯視群峰無不然，芙蓉三十二其母。有時雲氣如水翻，采蓮船欲憑虛走。其下豈有神鰲戴？其上但聞天風吼。惆悵難渡溪逍遙，往來直踏海前後。饕餮煙霞蘊奇秀，睥睨他山盡狃狗。怪師詩畫不猶人，氣象與之同不朽。昔聞南村談黃山，黃山之奇或可扣。今聞吾師談黃山，黃山之奇真乃負。他年奮志下江帆，定遊奇山覓奇偶。吾師吾師且歸矣，南村南村無恙否？

采蓮船、天馬、逍遙溪、前後海，皆黃山景物。

楊部山至

百年幾聚散，一見一悲歌。聲氣久已矣，鬚眉將奈何？風塵賢令暇，貧賤故人多。把手河樓望，依然水篆波。

古意

其一

炎烈莫如火，寒潔莫如雪。鼠向火中產，蛆向雪中結。物腐蟲乃生，斯語今懸絕。

其二

仙與仙弄術，狡獪徒見嗤。仙與凡弄術，瞽聾徒受欺。在世恐機械，在天難炫奇。碌碌多事仙，何不安無為？

大雪中夢遊仙詩

手招大蝴蝶，身騎白鳳凰。上視天蒼蒼，下視雪茫茫。嶽失五點青，煙凝萬里黃。經過羅浮山，但聞梅花香。

古相思辭

郎是天上雲，隨風東西南北遊；妾是杯中水，瀉地東西南北流。雲遊去作何方雨？水流但濕庭下土。土生相思草，恨郎歸不早。雨濕合歡花，忘妾獨在家。

張恬庵索作傳，**余不允，仍應之以長句**

恬翁恬翁古鬚眉，不合時宜一肚皮。方袍竹杖自疏野，望而知為民之遺。少壯結束事干載，受盡顛沛與流離。祇今回想復何恨？獨恨未多讀書詩。古人讀書貴有識，徒炫文藻將焉為？翁能處世不混混，涇渭胸如分水犀。所以逸遁得其地，卜居愛傍楚江湄。不須去飲甘谷水，不須去采商山芝。

天下荒旱有饑日，楚江魚米無貴時。樂饑樂饑饑況免，家餘四壁貧未奇。謀生雖缺十畝田，娛老幸賴三男兒。不教奔走博榮利，但教日夜彈冰絲。一經寄在孤琴中，高名遂使王侯知。韋布今屬俞伯牙，蟬冕都成鍾子期。因而海內慕之者，雅聘千里來不辭。白頭深喜遇知己，不妨遠客天之涯。南國蒼茫漫回首，東海咫尺且尋師。以海爲琴今幾人，於琴我如海測蠡。凡音莫不具古調，古調一得情乃移。若使此音一媚世，豈但下同箏琶卑？翁惜古調如古道，人琴之品兩全之。品雖得全時莫遇，楚江都恐歸遲遲。楚之狂者今誰是？鳳兮鳳兮歌相隨。

晤朱贊皇

一代集唐手，才力吾所欽。讀盡古名句，乃成良匠心。色比七囊錦，聲同百衲琴。大雅寓大巧，痕跡誰能尋？

和梁崇此《感懷》

其一

百悔成一憤，有志不在言。隱忍事磨礪，如鏡無纖昏。然後照天地，魑魅安復存？

其二

劍士偶不遇，終朝醉醺醺。雪恥貴有濟，豈以遲早分？醉看五陵花，醒看五陵雲。

戲題自畫菊

學菊如學陶，不必求其似。祇恐欠蕭疏，見笑隱君子。

送朱錫鬯檢討南歸

夫子官雖罷，相逢無戚顏。久知金馬貴，不及布衣閒。帆近海邊鳥，雲歸湖上山。竹垞高臥穩，那復夢燕關？

坐錫鬯先生舟中，值梅子定九適至

訪泊同來梅處士，樓居不羨羨舟居。脫然無累江天遠，風雨歸帆任著書。

武清投祖夢巖

驅車入武清，門軍詰姓名。可知賢宰治，更慰故人情。麥氣散千畝，棗花香一城。茲來亭咫尺，仿佛有琴聲。

觀石濤上人畫山水歌

石公奇士非畫士，惟奇始能得畫理。理中有法人不知，茫茫元氣一圈子。一圈化作千萬億，煙雲形狀生奇詭。公自拍手叫快絕，洗盡人間俗山水。人間畫師未經見，舌撟不下目光死。公之畫也

不媚人，出乎古法由乎己。古法尚且不能拘，泜泜豈望時人喜？憶我初得見公畫，亦但謂其遊戲耳。

豈料觀其捉筆時，一點不苟乃如此！既於意外得其意，又向是中求不是。儻有痕跡之可尋，猶拾古

人之渣滓。奇氣獨往以獨來，奇筆大落復大起。人間絹素空紛紛，秖畫宋明舊府紙。知公之畫世爲

誰？公但搖頭笑不止。

秋槎

其一

勞勞車馬滿人間，便是帆檣亦未閒。何似枯槎無阻滯，每當秋漲泛潺湲？碧雲冷臥千江雨，紅

葉晴看兩岸山。但得筆床茶竈具，風波以外不相關。

其二

西風蕭瑟起蒹葭，隨意中流一放槎。幻術漫疑浮竹葉，多情猶欲採蓮花。龍魚自古秋爲夜，鷗

鷺從來水是家。忽憶當年河伯語，扣舷朗朗誦《南華》。

其三

入夜秋潮四望平，孤槎泛泛寂無聲。未從碧海波中去，已在銀河水上行。萬籟俱消漁笛起，一

塵不染釣絲清。檝頭衝斷雙飛雁，雪壓蘆花月不明。

呈縣宰董公蔥容

一歲鄉關一度旋，從來未識縣門前。家雖種竹慚非隱，吏解看花望若仙。鶴影不離山月下，琴聲祇在海雲邊。相逢何事先相謝？收遍黃崖二頃田。

萊州刺史吳子方遣使遠接世高赴署，念舊交也，賦以送之，兼寄吳公

退公十月賦長征，道是萊州太守迎。想己民間無訟事，故於世外重交情。鶴當放出雪千里，梅一拈時春滿城。好待攜遊芳野日，雙雙白鹿夾車行。

小遊仙詩

其一

作仙也是作遊人，風馬煙車不起塵。一日看花天上遍，無端反憶世間春。

其二

東過弱水捨魚槎，亦有逃秦數百家。笑與武陵春色別，滿山都是白桃花。

春夜限韻同在田、芰梁、叔敏

綠上春燈影，虛窗映薜蘿。終朝成默對，深夜許狂歌。吠犬城中定，歸鴻月下過。家山連入夢，

托宿白雲多。

晴

細雨初過絶點埃，晴簾高捲倚書臺。雲千萬片白將散，竹兩三竿青欲來。忽向遠樓聞弄笛，早思平渚捉流杯。年來歌嘯春風裡，愧煞閒居作賦才。

寄懷蘇州宋采城山人

洞庭春酒酌來酣，忽憶吳城隱士庵。千里鶯花羞杜牧，十年湖海老何戡。家風雖素還須守，世事多違枉自諳。可記倦遊津水日，時時欲唱《望江南》？

石槽

石槽投宿早，崖畔駐鳴驪。亂石開平野，圓沙送細流。松寒不近蝶，山淺忽聞鳩。一徑蘼蕪綠，攜筇思獨遊。

問津亭子

亭長亭短恨如何，且坐春風發浩歌。爲愛夕陽照杯酒，向西楊柳不栽多。

一六〇

晤贈姜西溟

直道存先輩，真堪作史才。北門艱一晤，東海喜重來。心事春雲散，聲華晚菊開。高歌人莫測，

呼我上繁臺。

泛溪二首

其一

日落村邊路，風涼溪上舟。居人多草食，釣叟幾羊裘。一葉平生志，空江五月秋。客星今寂寞，

煙水共誰遊？

其二

平溪不覺遠，泛泛夕陽邊。漁子罷腥網，篙師正灑船。麥涼風岸柳，花隱水樓煙。綠鷁誰家放？

隨潮競管絃。

原任泰州少府孫茂先軾詩

少府，北海先生冢男

共惜天卿舊典型，參軍上應少微星。悲風劍泣松楸路，冷月簫殘芍藥廳。老友早煩生作傳，孤

兒不待死遺經。白雲一望迷天地，共許招魂向北溟。

望津門晚煙

家在海門住，不知海門煙。遠歸望海門，海門煙中懸。此時日初晚，冪歷蒼蒼然。萬家影出沒，孤城勢蜿蜒。微聞欵乃聲，不辨魚鹽船。自顧襆被狀，風塵多拘攣。殘陽在馬背，煙路阻歸鞭。大海去百里，蜃氣相糾纏。八月起霜風，力勁可破堅。吹煙煙不散，轉鷩如涌泉。邈入雲霧窟，恍遇鴻濛年。秋槎寂無聲，無乃迷張騫。俯仰三危山，或在縹緲邊。振衣不可凌，難比仙人肩。因鼓煙中棹，獨扣煙中舷。雖非煙爲車，行水如行天。星月復何賴？一路漁燈連。客久倦行役，到家勝登仙。

送慧林上人南還，兼寄石濤、輪庵

霜冷蕭蕭黃葦枝，不堪手折送尊師。心空海月悟何早，頭白江天歸已遲。萬恨人間輕惜別，半生世外重交知。清湘客子寒谿老，相見憑君寄遠思。

寄濟南懷世公

吳公昔爲萊州守，邀師千里雪風走。吳公今爲濟南守，邀師千里霜風走。千里霜雪寒不辭，太守舊交難忘師。濟有芙蓉橋，萊有芙蓉池。霜風雪風中，都非芙蓉時。昔曾寄我梅花枝，今當寄我菊花枝。菊花枝梅花枝，太守清風清如斯。贈師豈有買山資？吁嗟乎！吾師豈用買山資！

酬龍在田作《笨仙歌》

我豈不欲仰青雲，睹白日？又豈不欲排金門，歷元闕？仙思茫茫天地間，自歎此身無仙骨。我豈不欲仰青雲，睹白日？又豈不欲排金門，歷元闕？仙思茫茫天地間，自歎此身無仙骨。我號笨仙已十年，笨未至極不能仙。平生欲作《笨仙歌》，十年不就笨奈何！天津龍子聰明資，知我勝於我自知。笨仙心事歷歷寫，一歌使我驚且疑。龍子好擊劍，讀書，賦詩並飲酒。劍仙古已古，書仙今何有？詩仙其誰耶？酒仙君是否？觀君好酒亦非真，粗遠世故全其身。詩書無益劍無用，不如飲酒過千春。觀君飲酒莫辭頻，天上欲爲真酒仙，世間須作真酒人。真酒人，醉亦狂，醒亦狂，天地人我俱歸無何有之鄉。莫似我之心事不能混沌付之於酒觴，被君《笨仙》一歌，歷歷知行藏。

北邙山上行

北邙山上傷心路，松柏摧殘禿無樹。今人掘盡古人墳，墳土隨風入城去。洛城車馬不畏塵，往來城中忘苦辛。功勳未必及古昔，祇有墳墓追古人。古人墳何高，今人墳何卑。時時欲覓古人跡，處處欲覓今人碑。

讀吳天章寄贈松陵陸石麟詩，同南豐梁質人、皖江昝元彥、漢陽王孟穀、宿松朱字綠

名士如雲共酒卮，百年風雅慎交時。座中爭問松陵客，爲見吳郎手寄詩。

伏枕

連朝歸雁急相呼，伏枕懷人信有無。記得梅花江上客，雪窗同看《輞川圖》。

春日雜詩同龍東溟、王野鶴、宋又京、汪槎客、孫君選、查漢客分韻四首，錄二首

其一

我欲聽黃鸝，黃鸝何處啼？春潮一日長，漫過大橋西。岸岸蘼蕪綠，村村楊柳迷。雙柑與斗酒，多少少年攜。

其二

歲歲東海上，殘春始見春。閒吟夢草句，老作看花人。風雨三沽水，輪蹄十丈塵。槎飛仙島近，不問武陵津。

抱甕園偕龍東溟、李霖臣、孫君選、王野鶴作殘春詩，值馬大龕自都至

幾坐津頭春水船，滔滔流水暮春天。偶逢京國飄蓬客，共話山人種杏田。積雨半庭雙海鶴，浮雲千里一風鳶。神仙富貴都休問，且醉桃花酒甕邊。

巫娥

暖翠小屏深疊疊，巫娥斜倚雲花裂。青絲亂雨飛欲光，七十二峰羅空床。魚冠仙佩丹霞裳，鸞

旌倒曳靈風香。天潢老女隔水泣，冷綃霧薄湘玉濕。

絕句

踏踏隨香綠，飛飛避軟紅。雙鳩林外雨，一蝶水邊風。

仙院

十二樓邊九子鈴，垂簾人誦蕊珠經。白鸞紫鳳無消息，鳥啄松釵滿地青。

僧房

燕子龕前蝶影斜，禪床日日學跏趺。莫教天女偷將去，如意瓶開無量花。

飲周家墓下作

有酒便可飲，何必平原君？有土便可澆，何必劉伶墳？白楊風蕭蕭，吹來五陵雲。五陵雲氣出
復沒，人生百年一飄忽。生前杯酒及時樂，餘名豈足潤枯骨？

偶成二首

其一

當年曾伴白雲夫，遊屐吟鞭興不孤。春澗鳴禽閒共聽，秋山歸路醉相扶。風塵老大功名薄，田

圃荒涼心計粗。漫向長安搔首望，青雲一箇舊交無。

其二

西風七月欲飛霜，千里懷人雁一行。寧可聞箛當塞上，莫教吹笛過山陽。餓來方朔還成笑，老

去馮唐祇自傷。手把素書秋竹下，不知辟穀更何方？

懷揚州苦瓜上人

遙傳好事清湘老，大滌堂中隱作家。風雨淮南秋色冷，閉門祇是寫黃花。

贈王紫泉道者

曾拂煙衣上吹臺，白雲隨自大梁來。鬢邊風雨花三朵，眼底功名水一杯。寧可學仙愁有過，莫

教處士歎無才。煉丹真得浮邱訣，何必黃山臥草萊？

空林巢

空林無留葉，落地片片黃。巋然見鳥巢，孤懸林中央。嗟彼巢中鳥，四顧何彷徨。寒風四面來，

衰羽難禁當。思銜地上葉，欲蔽天上霜。落葉銜入巢，依舊隨風揚。

夜讀聲百姓江南詩卷

今夜夜長得消遣，東海草堂詩一卷。江南山水冰雪囊，把吟不倦寒燈剪。北風簾外何其驕，滿

林霜竹聲蕭蕭。恍似皖江孤舟夜，臥聽萬里空江潮。

閒身

四十閒身免逐喧，今年又閉一年門。寒松不蔽雲三徑，苦竹常埋雪滿園。逢舊交遊傷白髮，送

殘日月笑空樽。春風未至雁先至，思繞梅花江上村。

同東溟、漢客聯字

翠尾鳳子飛無聲，半天紫雲垂青城。玉樓小立衣煙輕，撲來短袖團花明。香泉不斷下冷峽，跳

珠走雪鳴琮琤。濕霞欲醉春螺紅，騎羊小兒吹鵝笙。

過退院

風塵攘攘復風波，碌碌歸人扣薜蘿。煙柳迷來官路遠，春花開向草堂多。香分净土久如此，累

到閒身又奈何？放鶴支公合惆悵，碧空萬里盡雲羅。

東來軒分韻得坐字

感士不遇日，大道多轗軻。閒居求苟安，遂已成嬌惰。搔首柴門前，深柳一鶯坐。春風愛好音，吹向誰家墮？虛名竟何用？生計常相左。時還弄毫素，心隨書畫舸。海上足煙波，一竿無不可。豈爲武昌魚，乃鼓瀟湘柁。

輓王有詒

老友能餘幾？傷哉哭到君。一抔成大夢，萬卷葬孤墳。早似鄧伯道，終非楊子雲。誰編高士傳，不使墮清芬？

博雅堂即席作

一葉浮家客，滿溪秋水澄。蘆花寒似雪，愁送渡江僧。

贈人

應笑嵇中散，辛勤論養生。雲邊攜笛去，海上築樓成。水靜珠飛白，天秋鳳語清。飄飄仙意足，敝屣視功名。

送陸信存歸常熟

共歎文星隱，吳中才子還。濯衣太湖水，蠟屐海虞山。秋柳滿天下，寒松萬壑閒。讀書石若在，高臥白雲間。

寄王野鶴四首

其一

有客客長安，而無塵事擾。相對機心人，焉能測其巧？仰視冥鴻飛，愛留雪中爪。一旦落樊籠，稻粱何日飽？

其二

遠遊抱甕子，顛毛已種種。朝上紅螺巘，其力一何勇。暮行烏龍潭，其心一何恐。舊廬胡不歸？歸路風波涌。

其三

遥傳仙觀中，主人最爽塏。素心戀高士，一榻留半載。日聞簫韶聲，彈琴志不改。傳琴如得人，遣之向東海。

其四

書來風林前，林葉書中隱。拂葉讀君書，心事言外隱。北望徒傷神，南遊計未審。早趁梅花天，飽食春江笋。

原批：帆齋詩飄飄具有逸氣，是從太白、輞川兩家吸取得之。

青雨山房詩 按：青雨山房、欵乃書屋。帆齋，乃公家竹林讀書處

三年知欲不窺園，小築新成學閉門。懸榻早如陳仲舉，藏書多似李長源。春雲入座江峰立，秋水當簾海月翻。念我疏狂全未改，竹林難忘舊琴樽。

長江舟中

綠楊小艇曬魚罾，大李將軍繪未能。明月不來人欲醉，一江斜日照巴陵。

送王爾溶還浙

同醉長沙酒一巵，送君不覺動歸思。六橋明月中秋近，是我孤舟北上時。

憶仲莪

柳枝綠遍杏花開，新雨初晴燕子來。聞道詩人東部去，猶騎老馬看殘梅。

吹笛

一枝故長笛，吹向西風裏。腸斷孤舟人，梅花落秋水。

瓜棚秋集，同陸石騏、陳子翺、李省可、查漢客

處處村園秋水平，自憐小院有瓜棚。偶來半是城中客，閒坐都生野外情。 此地琴書聊寄託，誰家庭戶不凄清？一尊記取論交日，萬里霜天白雁橫。

春野

一聲何處曉鶯啼？東野煙消徑尚迷。短褐曾憐衝朔雪，青鞋不避踏春泥。草隨車馬關山遠，柳映漁樵門戶低。 種菜故人心未改，開園還傍石橋西。

聽夜泉

松館鐙寒夜睡遲，流泉聲裏獨支頤。令人忽憶秋江上，明月湘靈鼓瑟時。

幽思

促促復促促，日月雙轉轂。百年遂安樓，幾間白板屋。人生慕榮利，我心同草木。搔首獨踟躕，顧瞻徑之曲。左藝孤生蘭，右藝孤生竹。佳人渺天末，閉門如空谷。

晚過草堂

草堂花已過時看， 紅濕香雲片片寒。 野笛一聲鐘鼓後， 酒船泊處夕陽殘。

春深曲

撲人柳絮新鶯老， 花鬚狼籍蝴蝶飽。 翠樓十二紅欄繞， 白團扇隱歌鬟小。 春雲拂水鏡面平， 野

船弄酒多狂生。

贈陳健夫

其一

筆下千言果有神， 老來一劍尚隨身。 誰知慷慨悲歌士， 便是風流儒雅人。

其二

湖海曾遊幾十霜， 眼中名士半存亡。 吟成一卷懷人集， 頭白西風舊草堂。

秋夜水亭

燈殘月復落， 歷歷愛秋星。 高枕新凉夜， 三更舊水亭。 露深初警鶴， 風定乍流螢。 幾訝虛窗外，

梧桐破曉青。

漢陽雜詩

其一

斜風細雨濕江頭，暑氣全消大火流。

磨就龍賓三四斗，醉來寫盡楚天秋。

其二

江南江北盡秋光，任我孤舟泊大荒。

一首新詩一尊酒，醉來淡墨寫鴛鴦。

舟過晴川

楚江千里起寒煙，客裏思歸又一年。

纔寄新詩懷岳麓，復隨秋色到晴川。

抱城村落方收稻，近

水人家尚採蓮。

已是太平堪鼓腹，絲竿學放五湖船。

王都閫爲難女擇配周守戎

蓮花作幕久專城，常向轅門聽鼓聲。

紅粉豈教都薄命？英雄未有不多情。

紅絲暗繞三生夢先是

周守戎夢紅絲三繞其身，

白壁雙聯百歲盟。我道一時傳勝事，武陵溪口亞夫營。

獨飲黃鶴樓

暮雲江上釣魚船，湖水將平八月天。

頻倒金樽看日落，欲吹鐵笛起龍眠。

十年烽火留遺淚，兩

度登臨歎壯年。不是華州狂道士，畫工莫漫繪圖傳。

遊水西黃檗道場

黃檗遺壇擁翠屏，千年獅象聽談經。山名青獅白象。白雲分出三層屋，分上中下三寺。紅葉
深鋪一個亭。煙雨亭乃青蓮醉吟之所。護郭沙洲秋草綠，隔城煙火遠山青。我來欲結蓮花社，日
向松關醉不醒。

明月歌柬褚澄嵐

天愛明月陰且止，人愛明月眠復起。十箇幽人九愛月，況君更乃月所喜。坐此明月下，吟君明
月詩。咫尺明月空相思，月明明月無已時。

坐弋蟲軒

天豈無涼風？北窗誰能開？坐此弋蟲軒，颯颯東風來。書翻折角處，檢閱生疑猜。每愛陶潛詩，
奚求深解哉！所謂羲皇人，穆穆真仙才。我欲從之遊，暝心空徘徊。

祝劉珍之應孫伯繩

七十年人劉珍之，可杖於鄉與杖國。不惟不杖杖且無，是翁是翁何矍鑠！伯繩稱是少年交，至

今氣骨猶如昨。令我祝之我未能，祝辭豈可憑空作？伯繩東海之雪樵，顏色如童髮如鶴。不自壽己先壽人，我即壽君以壽若。他年攜手崑崙巔，一唱一和空碧落。

玉簪花歌仿六如體

玉簪玉簪簪不凡，花神倩得天工劚。海棠粧就不能戴，細腰時受反帖地銜。綠雲堆裏玉生香，佳人喜插烏雲旁。頭上玉釵玉色藏，更比玉人色有光。問郎花玉孰可憐？郎道不如玉值錢。佳人默默鄙其言，玉簪玉簪雙手撌。何者不堅何者堅？可擲石上與郎看。

土燕

土燕土燕豈無翼？欲飛下地落不得。老鵝老鵝豈無翼？欲飛上天縱無力。不及穿簷野麻雀，上天下地滑如賊。牆頭瓦縫無遺粒，飛飛終日無菜色。燕兮鵝兮休太息，東家張羅西家弋。

題馮貞庵所畫《蜀道難》，送張爾燕先生之名山任

噫嘻咄哉！蜀道之難也，豈遂如斯而已乎？馮子擲筆笑，拉我試遠視。君不見十二峰，連雲之棧相表裏，陰瘞時欲作風雨。又不見九折坂，曲似羊腸薄似紙，捫蘿祇受一人趾。噫嘻咄哉！蜀道之難也，不過如是而已矣！中有行者誰之影？曰乃爾燕先生是。一行六人相依

倚，蕭然去作名山使。名山之邑巔何居？猶向千峰萬峰雲外指。噫嘻咄哉！蜀道之難也，果遂如斯而已乎？爲囑先生暗記取，他日山行行且止。開圖面與蜀山比，何處不似何處似，歸來細細質馮子。

古錢

五銖與半兩，不辨秦與漢。一自失其真，千古成流散。苔色蝕重重，珠光斑燦燦。雖弗與時行，猶弗爲時貫。重固非鼎彝，古制猶可玩。吁嗟乎！不可貴，僅可玩！

李三郎

左顧李太白，右顧楊太真。一醉妃子一醉臣，是真才人真美人。爾雖善醉我不嗔，三郎三郎信可人！

黃雀學畫眉歌

大籠籠畫眉，小籠籠黃鳥。所居雖異籠，猶得相憑眺。憑眺何以慰？時時託音好。好音鳥所私，學之恐草草。聲低不敢高，聲大不敢小。當其婉入神，交交安足道？黃鳥復黃鳥，立心何太矯。聲音殊自天，不殊者翎爪。善養勿自棄，未必樊籠老。但看破籠時，誰先入雲表。

砌墙謠

一人砌墙外，一人砌墙裏。一砌一尺高，相語空叨叨。二砌二尺高，相語露半腰。砌完語不已，一語一屬耳。

自題

其人聿何？不夷不惠。其容聿何？不衫不履。其心聿何？不冷不熱。其文聿何？不經不史。

窗雪吟

一櫺三百片，叩之不肯飛。映讀快心目，反勝晴窗時。窗僻日不到，雖晴奈爾爲！

養雪

小院方方雪鋪白，鎖門袖匙窺從隙。自嘱十日不許開，待他養得堅如石。

讀李處士遺札 號茹蘗

培之易茹蘗，苦名良足副。有生八十餘，鰥寡而孤獨。受命命無權，仰天不敢哭。吾廬任往來，足音於空谷。與人言不妄，懷袖書一束。前月惠我書，書字常三復。嗟世多僞學，因人成碌碌。依徑古佛亡，況彼尼山蠹。欲鑄陽明像，朝夕供茗粥。左配王與羅，右中郎老禿。大儒骨不腐，壯士

眼不肉。筆須有劍鋒，鋒須有茶毒。寧忍男子軀，下同閨中淑？所以萬山阿，思結一茅屋。中供虬

髯公，藥師與紅拂。題曰三俠庵，千古同穆穆。負義人之頭，一歲一享祝。創舉不可磨，老骨不可屬。

斯人既已死，斯願復誰續？

靄

片雲過即雨，天亦何其淫。閉門得所棲，耐此常陰沈。青苔半畝餘，積水可一尋。開欄出鵝鴨，林

爭浴探其深。長鳴而振羽，小大同歡心。縱觀既已怡，時還彈我琴。一彈聲在膝，再彈聲入林。林

竹相與答，山水其空音。

壽舅氏和中朗

甲子今年週可可，鬚眉淡淡如張果。若寫仙人對弈圖，添箇樵夫看是我。

車上牛

耕種固云勞，負重更云苦。使以釁王鐘，血跡尚千古。一死不得所，空自委黃土。黃土果即埋，

猶與勞魂主。豈知所駕車，即以負載汝！既不念汝功，還欲市汝脯。不見車上牛，腹脹聲如鼓。

津門詩鈔卷六邑賢

張霆五十一首

柬馮貞庵

老矣猶稱七步才，一篇和去一篇來。蒼頭不減花郵使，白社今添詩總裁。水國已開新菡萏，故園未闢舊蒿萊。幾時一艇荷香去。傾倒奚囊醉不回。

和贈黃滄虹先生

相逢奇氣何蔥蔥，知有文章老化工。瘦骨支來羸似鶴，長眉履處面如童。輞川碧落千峰外，天祿青然一閣中。自是先生能博古，波瀾誰不歎無窮？

和贈祖武清

使君寧不厭狂名，百里清風結遠情。花縣蝶堪偕吏隱，柳衙蟬亦學琴鳴。能詩何必推光祿？好

酒還須讓步兵。　他日相逢休負約，海門咫尺接蓬瀛。

七夕次日仍雨，褚澄嵐過訪

不來之子不開門，屐齒容君破雨痕。　昨夜空傳逢鵲渡，至今猶自泣湘魂。　乞來巧句方成稿，說

到新涼欲洗樽。　客裏鄉思添也未？草蟲早已咽秋根。

之都別黃六吉

行行送我向都門，回首煙沽水一痕。　曉色似難圓客夢，秋光何處著詩魂？北窗易老湘妃竹，燕

市誰分司馬禪？不久即歸君且至，玉壺重醉蓼花根。

楊村道

今復楊村道上行，閒關能不動幽情？野花一路開無主，水國千帆列作城。　雙燕偶然同客語，數

蟬隨處作秋聲。　漫云馬上渾無事，敲遍西風句未成。

贈介先上人

禁足人間跡已高，況當別院自清騷。　相招入社師猶遠，不飲如余笑比陶。　補綠庵中存鐵限，無

聲琴裏閟秋濤。　談深脫盡禪家習，鐘鼓白雲任爾勞。

和張爾燕先生葛沽贈六吉韻

不用武陵漁父引，先生弟子避秦人。偶因公事成私往，得與桃花預卜鄰。海上無槎乘古雪，詩中有石竊靈津。歸來一路風塵色，回首仙源記未真。

橘

金蓮瓣瓣絳雲封，家在巫山十二峰。香到吳姬手不去，情非陸子袖難容。藉皮尚可圖黃鶴，剖腹誰從化白龍？記得明皇持玩日，蓬萊宮裏合歡濃。

正月十五日劉介錫自鹽山持褚澄嵐手書至

春到平津近海邊，故人書倩故人傳。梅花笑我無端折，明月思君第一圓。鼓吹已勞猶夜夜，詩狂不厭自年年。何時重發津門道，風雪孤舟任往還。

六吉四十

除爾誰能恕我真？三年間不到生辰。久將梅鶴分妻子，今與桃花作主人。擲向春風果未老，斫來白雪蟹初新。詩狂莫負樽前酒，已是垂垂四十身。

贈陳仲昭

耕到石田第幾畦，峰峰影倒夜窗西。半房明月華山客，一枕梅花和靖妻。蝴蝶不知愁夢遠，鶺

鶊應自解枝棲。曉來莫向平林望，萬里淒淒雪正迷。

贈章旬玉

相逢豈可說無因？難得狂言竟率真。兩字定評惟別致，半生作合盡詩人。誰於白雪容高枕？且向蓮花度此身。黃鳥交交何處柳？雙柑斗酒莫辭頻。

同爾燕先生、馮黃二子訪世高上人，便過問津園小飲

不計西行山路繁，且乘閒興泛潺湲。訪高僧去兼爲別，世爲爾翁初識。過野寺歸又到園。礙眼蓬科迷曲徑，隔溪碾子叫秋原。斜陽何處堪留飲？紅葉黃花照一尊。

送爾燕先生之任名山三首并序

子修者，先生之令子也，而相樂如好朋友；六吉者，先生之弟子也，而相愛如賢父子。某不敏，得居乎子弟之間。近三載來，坐春風，沾化雨，與時俱忘，不可名狀。不知情深十年之久如黃子六吉者，又復何似。今年春，先生受名山令。名山者，行難行之蜀道，歷萬里而西也。先生坦然自謂曰：『吾生於山水，家於山水；且志於山水，吟於山水；以之官於山水也固宜。』先生之風，固山高而水長也哉！今得半隱半官，與名山作主人，不惟先生自許可，即及門者，莫不稱可也。

但涯天角海，兩相契闊，未免有情，其何堪此？幸與令子子修以父子而如朋友者也。斯役也，一路青山勸酒，黃葉敲詩、或足以消長途、破岑寂。而某與黃子，白髮在堂，不克附驥遠遊，共尋幽探勝於峨眉巫峽之間，此情尚可言哉！蓋言情之所難言者莫如詩，而先生所雅望予二人者，亦莫如詩。於是黃子以三十韻逐吟一章，不倫不次，十年之概也。某惟得近體三首，雖以誌別，情深一往矣！

其一

何必依依遠別離，宦遊到處即天涯。獨憐白首長征日，正是清秋八月時。蜀道難忘司馬橋，巫山未改少陵詩。攜家借宿層巒上，雞犬雲中信不疑。

其二

惟有先生任此堪，臨邛大半屬煙嵐。老年偏道花成縣，萬里何防路是蠶。自此名山真領受，從前僻性不虛耽。他時若問相思處，蒙頂茶聲月一龕。

其三

此行何日下高車？較里量程看廣輿。白帝經過秋欲半，青城到處菊無餘。天將山水圍官舍，月判煙霞入簿書。聞道邛崍竹可杖，探奇隨意自遶遶。

疑友

口信傳來未敢憑，如君安可去蠶叢？高堂垂老伶仃後，良友離群寂寞中。行止況兼能善病，煙霞從不受醫功。挑燈一夜狐疑甚，天外鴻聲落雨風。

東林先生批云：『六吉應留而反去，子修應去而反留，先生則往也歌，來也哭。人之聚散死生，安可憑也？詩情真藹，情溢乎辭，友道不衰，於君僅見。』

挽李茹蘗處士

贏得飄然一死足，老魂含笑水雲西。百年苦節憑誰誌？兩字窮民生自題。漫恨書中埋白骨，好從夢裏執青藜。那堪重向仙廬問，冷雪淒風鳥不啼。

原批：抵得一篇死傳。

移居新築弋蟲軒

小築功成兩月餘，果然吾亦愛吾廬。一編以外無他業，十載於今有定居。懸畫壁霉從僕懶，蟲軒額乏人書。坐來不禁詩情涌，日照南窗正旭如。

聞某夫人家藏有小青遺照，求一見不得，雖真僞莫憑，情深一往矣

怪煞夫人不姓楊，元元遺照苦珍藏。風流豈在圖真僞？想像偏教意渺茫。桃影一龕魂有待，梨

花半枕夢無香。情癡更比情仇甚，未許王嬙畫裏彰。

金仙觀

十畝環仙境，徘徊未肯還。海風吹麥浪，厨火上榆煙。道士能留客，梢人欲放船。豈知今夜裏，

明月正團團？

送褚澄嵐歸鹽山

有約在滄州。

去去不堪留，英雄乃自由。一杯還故我，萬卷復何求？世短情難古，才高志向秋。別離無足問，

賴以晉風傳。

贈李大拙

大拙乃至巧，終古謂之然。況於筆墨外，常得水雲偏。兩袖多奇石，平生不累仙。相逢無可說，

墨葵

蜀葵多似菊，黑者勝於秋。蝶作漆園吏，花封即墨侯。燕雲何處種？僻地少人求。結子應元圃，

天風細細收。

聞李大拙南遊

千古遨遊客，如君信可當。　乾坤雙雪鬢，風雨一詩囊。　桃葉非無渡，荷花自有鄉。　臨清人近報，

親見布帆揚。

夜色

夜色一楷憑，朋尊興各乘。　槐花香薦酒，蓮子冷侵冰。　客倦肱爲枕，風來扇背燈。　隔林呼皓月，

遙聽美人鷹。

看蓮得竹

看蓮而得竹，風雨一船來。　君子名雙絕，幽人性各胎。　題紅留蟹谷，騎鳳叩仙才。　獨載瀟湘去，

山窗帶月栽。

樊予咸過訪竹下偶贈

昨始稔君字，今來坐綠筠。　詩耽長吉句，兩阻茂陵身。　我尚爲生客，竹如見故人。　清談猶未已，

天外起嶙峋。

之都留別六吉

出門原不慣，況復向長安。一路分禾黍，千村漲水灘。別憐秋月白，客耐雨聲寒。握手無多囑，新筍子細看。

歸來

歸來先看竹，有筍俱成孫。十日俗難浣，一林清可捫。閉門親僕語，抽筆放詩魂。讀罷思山谷，飛鴻送葛村。

又

歸來三四日，竹色亦生香。啓戶逢詩瘦，懷君得月光。山林我輩事，天地幾人狂？無語離情者，西風坐草堂。

贈李培之處士即茹蘗

自以仙廬額，仙哉可樂饑。狂名難得老，傲骨不容肥。東海書爲約，西山飯是薇。閉門秋與臥，風雨哭江妃。

雨中僕持秋海棠至

為惜買花錢，於君愧不賢。醉宜秋夕雨，情引菊花天。僕解主人性，兒分阿母憐。移來窗下植，題句向寒煙。

得《譚友夏合集》

不受苦吟戒，街頭一買詩。偶逢《友夏集》，倏起竟陵思。淳樸許誰派？空靈即我師。奚囊何所得？得爾以充之。

贈梅青公

十載不聞問，相逢已是官。步兵仍酒校，飛將舊詞壇。柳細春風遠，城專戍月寒。皇家久罷戰，羽扇任君攤。

聞道

聞道褚老子，新歸自趙州。故園春後別，津水夢中遊。何事關花鳥？東風笑馬牛。相思誰較苦？不減去年秋。

束世高

未答高僧拜，空將禮法分。一冰難問渡，十日遠聲聞。君自飄如鶴，予方懶似雲。梅花拈瓣瓣，擬向雪龕焚。

聞六吉蜀行

一拆滄州簡，驚君果蜀行。三秋拋母弟，萬里重師生。蓮幕原非意，陽關不及情。漫深雲樹思，去得幾程程？

贈敉公進士

瞥見如相識，何須問洛川？春光雖未盡，花事已非前。殘夢依然蝶，餘香各一天。柳堂慚晤對，讀古負年年。

憶藕絲居

老雨晴難得，居空憶藕絲。數更東道主，屢阻看花期。蕉夢清移枕，苔光綠上墀。閒心耽寂歷，飯罷一枰棋。

瓶中梅影映齋壁上畫梅影，和鍾退谷先生

高格原無二，合來自有神。　誰云千古意，不可一時親。　仍是幻中幻，何分身外身？　偶然題未就，

爭屬會心人。

閣夜聽凌聲

江夜冷無力，潮聲底事來？　若非雲水激，應是雪山頹。　閣小留清聽，更長喚酒杯。　漁舟繫未穩，

燈火亂張縑。

瞿庵冒雨至話舊

暮雨敲門急，知來褚子蘭。　顧瓶問酒可，翻簡索詩看。　文字舌猶在，風塵力已殫。　床頭三尺鐵，

落落向誰彈？

牡丹頌

五雲曉逐牡丹開，芍藥遙傳獻壽杯。　一代君王風雅絕，沈香亭擬柏梁臺。

築欄

方塘引水接長竿，藕重新泥四月寒。　未識今年花盛否，周圍先築柳欄干。

初訪世高同劉黃二子

與客容與踏草鞋，出門未入鳥聲喈。
世高和尚知何處？拄著青藜看打柴。
敢信西方盡此民，鬚眉落落淡無因。
相逢若不稱居士，祇道旛然一老人。
兩甌茶話一爐煙，不近人情不是禪。
簾外西風多智慧，亂吹黃葉到床前。

和小青二首，其八首遭焚，不復記矣

絕句一體，蓋不可不時時學作，以造至唐人聲調之妙。

笨山自云：「聽彈詞千萬語，說古今事元元本本。非不破除人悶，然不如佳人一曲，使人情移。」

殘燈冷雨說窗紗，忽憶喬家憶杜家。兩兩癡情千古絕，夢梅夢柳夢梨花。

零膏剩粉下場頭，百結回腸兩淚收。小閣妝成無一語，對人惟恐說風流。

文安陳子翹先生儀爲《玉虹草堂龍東溟傳》云：「張笨山，名霆。兄爲方伯，門業甲三津，而笨山蕭然無所與，嘗科頭跣履行街衢，或爲車馬客所辟易。居如村舍，自題曰：「帆齋」，又嘗別室於帆齋之右，亦曰：「帆齋」。客徵其故，笨山曰：「吾所居則帆齋也，既爲帆齋，容有常處乎。」此帆齋之義也。」因欷歔太息，人皆怪之，獨東溟心知其意。東溟豪氣機敏，踔厲風發，笨山則蕭散恬泊，如山間林下人，取趣不同，而相得歡然無間。笨山草書全得張顛神骨，詩似青蓮，天馬行

空，不可羈絡。」

《長蘆文學傳》：張霆，字念藝，號笨山。祖籍撫寧，移居天津。幼敏悟，工書，擅詩名。由歲貢生官中書舍人。累試不第，遂閉門著書，止結二三文字交。著有《欸乃書屋》《弋蟲軒》《秦遊》諸集。

吳天章《蓮洋集》有《春初同笨山過退居老人》二首云：「篷遮三月雨，舟載半塘花。浪跡猶如夢，浮生更去家。」又，《笨山舍人忽登太華詩》云：「之子東海來，千里何翩翩。朝停嶽祠下，暮陟三峰巔」。又，《欸乃書屋為笨山作》云：「舍人讀書處，近傍漕河濱。豈效臨淵客？常逢曬網人。冰開魚弄藻，花落鳥鳴春。」

龍東溟震《玉虹草堂集》云：「笨山侍養不仕，抗懷古遠，品性孤逸。年未四十，夢道士手持符曰：「天上召公書《玉真經》」。醒以告人，遂無疾卒。」

按：先生書法逸古蒼勁，人以為寶。城內「無量庵」額三字，係公手書，過者無不仰羨，後為僧換去。

徐序東孝廉大鏞《笨山詩跋》云：「張帆史先生與龍東溟先生交最善，鏞偶閱東溟先生《玉虹草堂詩集》，見其哭帆史先生詩甚夥，并記其交情始末，因得帆史先生之詳，先生，天津人。髫齡時，便善臨鍾王，年未冠，詩名藉甚。由明經授中書舍人，仍鄉試，累不第，遂亦不仕。著詩萬餘首，藏之石匣，曰：「過五十載，當刪定也」。乃年四十六而即逝。委化時，見兩道士迎寫《玉真經》，

遂一笑而亡。先生生於順治之己亥，卒於康熙之甲申。東溟先生慮其無子，恐一生心血淹沒不傳，

曾有句云：「汝兄多子復多孫，五女何能慰汝魂？聞已許將姪作嗣，殘編斷簡可能存？」又云：「不

知生樂死何悲，汝死空教我淚垂。三十年詩付流水，孤吟獨愧老何為！」蓋早知遺稿無人為付剞劂

也。嘉慶己卯之秋，鏞於某姓家購得數冊，率零星割裂，或前後倒亂，方擬為裝池，售主復攜來一

卷，爰重價留之，閱一載之久，為之補綴破缺，校對次序，輯為六頁，亦以表先生吉光片羽云。

棟嘗論津人詩三家，前有帆齋，中有虹亭，後有芥舟。芥舟詩骨之清，如冰壺玉椀，不著塵氛；

虹亭格律清堅，選才宏富；笨山則如風鶴摩天，春鴻戲海。皆自成一家，足供後學之模楷，故編中

入鈔獨多。

按：《弋蟲軒詩》，友人陳子鼎元出所藏《弋蟲軒焚詩重錄略》一卷見示，無姓名，集中與黃

六吉先生唱和詩最多，間有贈世高上人詩，有送張爾燕先生之任名山詩。序云：「六吉者，先生之

弟子，而相愛如賢父子。某不敏，得與夫子弟之間，近三載來，坐春風，沾化雨，與時俱忘」。似

此公與六吉同受業於爾燕者然。又其《贈陳仲昭醉章歌》云：「吾家長史何其顛，醉後濡首掃雲煙」。

又《書花瓣詩》云：「蓮瓣欲書還著粉，張郎今也效何郎」。則此公張姓無疑。查《天津志·黃六

吉傳》略云：與張念藝霆、梁崇此洪、世高僧，結草堂社，咸推主盟。疑此公即念藝。後閱《長蘆

志》，見《張念藝傳》有《弋蟲軒詩》，其為念藝無疑。

按：集中佳句甚多，五言如《詠風》云：「雲流無滯影，花動有餘情。」《聽蟬》云：「調古聲無曲，風高韻自清。」《感成》云：「幽境詩爲史，花林睡作鄉。」《出都》云「雲接峰千里，沙寒水一村。」《詠菊》云：「到汝秋難老，從前花一空。」《和友》云：「送秋辭菊圃，和句到梅村。」又云：「梅支高士骨，樹老野人村。」

張坦二十二首

坦字逸峰，號眉洲散人，更號青雨。魯庵方伯子。康熙癸酉科舉人，官內閣中書。著有《喚魚亭詩稿》。《縣志·人物傳》：「張坦，字逸峰。原籍永平撫寧。祖明宇遷天津，遂家焉。性嗜學，於書無所不讀，博覽窮搜，叩之立應。中康熙癸酉舉人，考授中書舍人。所著有《履閣詩集》及《喚魚亭詩文集》若干卷。幼學詩於王司寇阮亭，學書於趙宮贊執信，其淵源有自云。」《長蘆志·文學傳》：「張坦，字逸峰。父霖，官福建布政使。坦少穎悟好學，癸酉舉人。著有《履閣詩集》。與弟壎同榜，時號『一門雙鳳』。有《二張合稿文集》行世。」

野花

幽徑疏花放，晴林細路明。有香還自惜，在野不須名。遊屐樽攜過，春風候至生。滿園桃李艷，

車馬正縱橫。

金陵歌

昔聞諸葛稱金陵，虎踞龍盤勢崚嶒。歷數六朝幾百祀，中原王業收未能。最憐陳後主，後庭曲堪譜。璧月雲遮瓊樹頹，身墮井中懸一縷。桑田滄海古有之，如此敗亡無須悲。但舉酒一厄，高唱竹枝詞，飛花墮葉寒雲垂。帝王之都不在此，埋金之事似可已。青青楊柳勞勞亭，憑弔無心看流水。我登雨花臺，暮鳥高林來。我遊烏衣巷，冷露荒草降。還留佳麗歌舞中，白馬金羈行春風，珠樓銀燭夜達旦，朗詠晴川爵無算。桃葉渡頭流水紅，王謝風流猶未散。

程高士穆倩見過寺寓

翛翛杖履往來輕，載酒看花逐隊行。門掩舊京千里客，交論古寺百年情。世傳駿骨多歌泣，君借蟲書識姓名。因歎信陵人散後，興亡猶得問侯生。

邢上遲燕峰費先生不至

遙想城南水竹居，滄桑歷遍近何如？興酣載酒難留客，貧到關門秖著書。芳岸飛花閒畫舸，朔風吹雪阻柴車。相逢共躡金山頂，萬里江天一照餘。

訪鄭汝器隱居 名筐

久從谷口想風期，果得登堂慰所思。書法八分追漢魏，人高六代見鬚眉。名花別院逢春早，芳草他鄉去夢遲。欲訪當年歌舞地，石頭城下雨如絲。

訪龔礎安

虎踞關前春可尋，桃花紅處寄高吟。多年爭識詩人意？到此方知隱者心。山枕江流洲渚合，磯撐地軸水雲深。趨庭當日編遺事，客裏相過話古今。

飛來峰

噫嘻果是天竺國，小嶺飛來住此處，飛來何不更飛去？山川靈氣成仙胎，老僧狂語何有哉？上有石笋雲掛角，下有冷泉水抱腳。玲瓏其外虛其中，塵眼對之心一空。靈隱天竺苟無此，一片蠢石頑石耳。昔人驅山用赭鞭，飛來或亦有說焉。念彼國土空諸有，舍彼就此何所取？西湖歌舞連晨昏，昔是靈根今鈍根。噫嘻果是天竺國，小嶺飛來住此處，飛來那得更飛去？

勾留歌 湖心亭有匾曰「勾留處」，范忠貞公撫浙時題

停舟問西湖，此湖勾留今何如？淡妝濃抹原無殊，聽人自取隨所趨。吾來桃柳初回枯，天寒水

碧人影矓。古先生，林處士，君肯同舟沽百壺？一杯一杯紅日晡，招之不去遊何孤。山水有真在虛無，欸乃數聲情縈紆。且攜煙嵐滿袖賦歸與，蓬蓽自寫雲水圖。三竺三峰與之俱，吾將歸湖歸草廬。吁嗟乎！忠貞范大夫！公餘琴鶴來徐徐。高摘香山之句淋漓書，大夫無負於此湖。吁嗟乎！聞命不肯留須臾，令人徒望茫茫閩天之海隅。

遂閒堂十首

家大人備官郎署，捧檄縈懷，歸養晨昏，請告獲予。與公遂初如願，非因泉石抽簪；安仁雅意閒居，豈為賓僚闢徑？將娛厥志，爰構斯堂。月榭煙廊，奉板輿而周歷。花光草色，雜萊彩以將迎。小子某侍鳩杖之芳春，趨鯉庭於暇日。袖中探棗栗，笑撫孫枝；閣上擁縹緗，祇承先緒。洵屬天倫樂事，用廣家慶數章。

其一

潘岳賦閒居，豈為耽冥樂？朝夕定省勤，宦情因以薄。吾翁至孝身，與此同其略。奉養太夫人，承恩返邱壑。為園非侈觀，鳩杖逞瞿鑠。愛日肯斯堂，遂閒名以作。

其二

讀書棄浮名，營園鄙巧匠。名浮心易馳，匠巧目易蕩。豈不事雕飾？但取天機暢。亭與水相涵，

石與欄相讓。瀠瀠復曲曲，爲因亦爲創。碧紗擁萬書，海月歌聲亮。

其三

石不取其奇，亦不取其怪。位置憑匠心，千峰月倒掛。苔色印斕斑，水氣騰沉瀣。此物暱幽崖，

幾同榛莽壞。移來几席間，朝夕對之拜。頓使瀟灑身，醉餘一醒快。

其四

鑿池不在廣，但容勺水清。悠然臨石鏡，大海明月生。綠漪漾文鱗，喜無綸餌驚。坐客可

五六，流觴相與傾。談諧盡幽事，吟詠無俗情。晨昏用以永，酒罷一濯纓。

其五

水石瀠洄中，隨池小構亭。清風四面來，嘐嘐動疏櫺。遠浪渾一碧，眾木攢高青。雖然臨塵市，

不異樓崖扃。耳目一以曠，身心一以寧。此外何所求？丹藥延遐齡。

其六

古人種樹法，推之可樹人。嘉木良足惜，不辭斬荊榛。長養應有候，疏密亦有因。繁香透衣袂，

滿目皆陽春。曲榭環縈屋，不與輪奐倫。萬彙各懷私，吾自全吾真。

其七

詩禮垂千秋，趨庭多暇日。靖節五男兒，不如好紙筆。常恐饜梁肉，遂耽紈袴逸。霜露一燈清，

分寸四時休。簾幕冰雪寒，春和亦惴慄。何以博歡顏？提命無敢失。

其八

壇坫稱雲門，唱和騰風雨。譬如求大木，吾翁從執斧。亭軒恣登眺，典籍爲網罟。落筆驚吐珠，揮翰縱飛羽。寧惟詩酒緣，亦成禮義府。友誼重登堂，人高風亦古。

其九

左手把我衣，右手把我酒。聚我昆與季，疑義時相剖。清露明簷燈，空簷臥牛斗。委懷在素業，歲月不容狃。把酒亦何益？把書靡不有。養志在榮名，焉敢視敝帚。

其十

何地無明月？何處無清風？勞者得其嗇，閒者得其豐。參差展樓閣，遂以奪化工。剝極天倫樂，此樂無終窮。一堂萃四世，萊彩花影重。芳菲滿庭前，多種柏與松。

醉歌行

一壺已盡月出東，百壺月當天之中。月出西山不照酒，酪酊巨觥猶在手。大人先生酒德尊，何人造此覆載恩？天有酒星，地有酒泉，人無酒人，化育不全。河枯海竭無滴水，千古高陽飲乃止。人爲鈍鐵酒爲鋼，日煉淬之生光芒。切戒昏酣遺世事，昏酣反爲酒所棄。君不見，斗酒百篇詩。又

不見，軍令酒杯持。又不見，一石亦醉，滑稽如流澌。飲中何事不可為？屈原自謂醒不迷，枯槁憔

悴沈沙泥。丈夫豪氣得酒養，來朝再候明月上。

秋夜寅齋偶招抱雪、叔才、省雲、赤抒、書宣、穎儒小酌，時叔才南旋賦別，分得年字

小酌秋燈亦偶然，送行詩就當離筵。名傾京國才如海，酒載維揚月滿船。通籍亦知非得意，論
文深喜得忘年。津門煙柳春風暖，遙望征帆北雁還。

題《白雪圖》

昝家兄弟《白雪圖》，見者寒粟生肌膚。茅屋參差老樹枯，中坐數老皆白鬚。外有一老孤筇扶，
却似久出歸來尋故吾。昝子掩涕聲嗚嗚，此為吾親全而歸之地與？康熙庚午江南一月雪，封巖埋
屋松柏折。堂上皤皤八十翁，跌坐召與家人別。乃言：『吾生有明萬曆癸丑年，大雪經旬不開天，
有人送我過溪來翩翩。今日光皎適如前，吾欲不歸何待焉！』噫嘻！來騎玉龍攜縞帶，去跨白鶴
歸瓊田。將毋是藐姑射山中之神仙？我聞醒者不同醉，潔者不取污，仁智樂山水，返是則不樂。
翁之生平可以想見其大略。嗚呼！皇天風雨暗昏朝，雪時萬里纖塵消。昝子視之淒雲慘霧身飄飄
嗚呼！皇天一歲大雪有幾時，昝子視之日日柳絮茅簷眼迷離。曾讀《蓼莪》《岵屺》詩，人子思
親何地何時而無之？君不見青天渺渺生白雲，狄公遙望淚紛紛？又不見雨雪庭幃盼不到，曾子為

作《梁山操》？

佟蔗村以其姬人艷雪自製紗囊見贈，酬以小詩

天巧應從織女分，紗囊繡就笑迴文。黃金散盡身將隱，擬向蓬萊貯白雲。

按：趙秋谷《飴山集》有《贈門人張逸峰坦》詩云：「忘形信杯斝，善謔入風詩。」又，《去天津》

詩云：「臨歧黯無語，忍淚望風埃。」

吳天章《蓮洋集》有《柬張逸峰孝廉》詩云：「履閣藏書一萬卷，今古紛紜自凌緬。題箋花下

倒披薤，吟詩竹裏獨抽繭。」

查心穀《蓮坡詩話》：「康熙乙巳重九，家松晴奕南種菊顧顧齋，招同魯亮儕之裕、徐芝仙蘭、

張眉洲坦、符藥林會宴賞，亮儕和余韻云：「坐擁花城賦好詩，詩成呼酒以酬之。花神解撥詩人興，

細細寒香出眾枝。」後十日，眉洲作展重陽詩，芝仙和之云：「落英何待展秋光？三徑風流未盡荒。

佳會即今爲上九，吾徒終古在高陽。賞心香泛山杯冷，照眼花迎夜雨芳。想見開成當此節，六官稱

慶道勝常。」十月初余又邀諸公賞於澹宜書屋，眉洲句云：「恍疑身入眾香國，共訝秋存小雪時。」

藥林句云：「疏花抱短日，寒綠洗幽媚。」」

張壎七首

壎字聲百。魯庵方伯子，坦弟，同榜舉人。歷官內閣中書。善草書；工詩。著有《二張子合稿文集》《秦游集詩草》。孫映幃，嘉慶甲子舉人，道光癸未進士，湖北知縣。

潼關

巨靈劈山通黃河，河流一綫山罅過。倚山截河築關隘，雄城險絕摧嵯峨。山如削壁河如箭，萬人仰攻一人捍。嗚呼宜守不宜戰，慎勿檄催哥舒翰。

暮春

飛煙無處宿，趁曉落高林。衹道青猶淺，誰堪綠已深？桃花香燕嘴，柳絮亂琴心。多少當年事，縈回感不禁。

前有樽酒行

和氣拂水冰初薄，燕子雙雙來畫閣。眼前萬事付春風，前有一樽且爲樂。人生百年如電影，兒童鬢忽霜華錯。名垂史册亦何爲，吐鳳文章空寂寞。不如一醉臥山村，便勝武陵桃花源。滿胸磊塊澆欲盡，静中得意果忘言。劉伶荷鍤行，畢卓甕頭眠。古人自放君莫笑，君到醉鄉方識此中之趣真恬然。

君子有所思

天壤何寥廓，萬物皆自然。所貴適我願，無用愁憂煎。若使生才必有用，聖賢應不倫庸衆。商山如何復採芝，魯叟伐檀還過宋。行藏在我事在人，人自勞勞我自真。且對梅花同酌酒，莫問人間有屈伸。

送吳蓮洋歸河中

柳絮飛無賴，君歸灞水東。溪臨衫影綠，花踏屐痕紅。此去風生袖，重來詩滿筒。飄飄笑韓衆，空老嶽蓮中。

咸陽畢陌弔古陵墓作

雲黯黯，雪霏霏。北渡渭河寒生衣，攬轡還向咸陽西。十里畢陌墳纍纍，何年墳上鑴豐碑。云是文武成康之所葬，附以元公之墓於其隈。樵采不禁陵戶散，狐狸齧鼠群相迫。數千年事是耶非，茫茫一望生悲哀。我聞文武周公葬於畢，畢在鎬京南杜中。史遷劉向有明據，《皇覽》《晉書》皆符同。畢原本與畢陌別，古之祭者但於鎬與豐。元和修祠在渭北，乾德因之遂以陵墓相追崇。又聞秦之惠文悼武墓，乃在咸陽畢陌依荒叢。世之祀者毋乃謬，安得考古君子折其衷。雪霏霏，雲黯黯，歸來薄暮天色慘。周秦真偽復何如？寂寞丘陵同一覽。

春日遊梁園

石徑當門薜荔長，藥欄隱隱見垂楊。風移蝶翅翻輕粉，花鬭蜂須落淺黃。坐久方知城市遠，烹來惟覺野蔬香。臨池小酌休惆悵，無限春光到草堂。

張琨四首

琨，字元白，逸峰子。直隸州同，封奉直大夫。《長蘆志・孝行傳》：『張琨原籍撫寧，自先世遂為天津人。祖霖，官福建藩司。父坦，舉人，官中書，受業於飴山趙執信。其家有一畝園，廣延一時名宿。後家漸貧，至不能歸先人葬。琨有至性，終其世以娛老親，不復問生事。長子映斗，庠生，承琨志，百計徒跣往撫寧，遷祖母柩至天津合祔焉。次子映辰，忼慨有幹略，歷遊吳楚間，為桐城方苞所器重。歸復恢舊業，立宗祠，修書院，贍族黨，人咸稱其孝義萃於一家。映斗子虎拜，成進士，官宗人府主事，亦以孝聞。賦性誠愨，居官清慎。』

送陳立夫之江左，訪家石麟，題於《秋林送客圖》卷後

友愛如君少，情深內顧憂。救貧無善策，忍淚發孤舟。陟雷羞新遇，陳雷續舊遊。雲煙合草木，觸處漫悲秋。

憶昔

祖德昭垂在皖江，靜中回念倚閒窗。申冤曾解黃金印，下士先傾白玉缸。珠履三千留舊跡，清

歌十載紀新腔。可憐病發經年臥，夜雨殘燈影作雙。

玩此詩，則元白先生猶及見魯庵中丞之盛，然慨歎極矣。

己酉將屆初度排悶

學劍學書總未成，行年六十一狂儋。浮家潦倒天津市，故里荒涼碻石城。文社酒壚曾浪跡，皖

江閩海舊題名。隨先方伯公宦遊安徽、福建。前身應是寒山子，老坐蒲團送此生。

過問津園有感

荏苒韶光去不留，畫橋曲檻已成邱。兒孫誰復承先業？父老相攜感舊遊。紅樹枝頭啼好鳥，碧

溪蘆畔牧耕牛。從來興廢尋常事，欲問當年話不休。

張鯉四首

鯉，一名鯉淥，字禹門，號沽上閒鷗。工畫善詩。其人風懷閒朗，與物無競。累試鬱鬱不得志，

以國學生終。

按：本傳張鯉泝，字禹門，號子魚，別號沽上閒鷗。本楡關人，國初其曾祖希穩遷天津，遂家

焉。善書畫，工詩文。書學趙秋谷贊善，畫法高且園侍郎。幼爲方望溪、查初白諸前輩所器許，因

祖霖任福建藩司，署撫篆被議，不得應京兆試。歿年僅三十九，爲津人所惜。

崑璧師招玩藏畫

此身放浪似雲閒，宜與詩僧數往還。繞寺綠畦聞活水，開簾素壁見真山。林巒秀潤吳淞路，筆

墨清蒼文董閒。靜對不知天已暮，歸時明月滿柴關。

過潘五哲堂亦矗書屋 時哲堂久客京中

巷陌依然過者稀，綠蘿如幕障斜暉。盈堦落蕊春前積，掛壁蝸涎雨後肥。綾刺幾曾容字滅，畫

輪空自逐塵飛。京師原是勞生地，回首幽居志易違。

春日集橫經草堂，分韻得碧字

晴暄烘草作濃碧，辟疆名勝來遊展。入門春色爾許深，文杏夭桃多綽約。酒行到手意不慳，爭

道狂生厭杯杓。爲語曾隨先孝廉，畫船載酒邀賓客。回首於今三十年，風流前輩成消歇。眼前亭樹

尚依然，坐對斜陽憶疇昔。座中有客老而狂，笑指落花浮大白。君看幾日春風吹，枝上穠華亦搖落。

丈夫有酒且須斟，瞬息枯榮何足惜。

張映斗一首

高默村、曹秀藏見訪村中，值小步河干未及延款，賦此見意

偶沿流水去，竟與友人違。聞説雙藤杖，同來叩板扉。癡兒驚古貌，野犬吠深衣。似不厭荒落，徘徊至夕暉。

映斗，字南枃，琯子。逸峰孝廉之孫，歲貢生。性孝友，能承親志，雖貧窶無措，能風雪徒跣，扶祖母柩返葬於津。詩主平淡。以家學教子。虎拜成名進士，公猶及養。

戊子夏日，思源莊落成，同二弟拱之賦

思源莊在盧龍北，祖籍撫寧原有思源莊。今向津湄築草堂。結構豈能如故里？登臨權擬到家鄉。須栽緑竹看新笋，更種黄花待晚香。素願與君何日遂，耦耕隴畔老農桑。

張標一首

標字蔭松。武庠生。繆星池共位曰：『蔭松先生雖業弓馬，而汲古不倦，罔墜家風。汲汲以吟

詠爲樂，老而勿輟。以孝友處家，以忠厚處世。教子靖成名。」

感矣！

自題《對月銜杯小照》

馳逐風塵四十春，良宵佳境快閒身。莫言眼底無知己，影落杯中是故人。

又，詩如：『終日銜杯酒，一編手不離。但看花似錦，那管鬢如絲。世味閒中覺，人情老漸知。近來無箇事，乘醉補疏籬。』其《保陽感舊》云：『舊業已空無片土，新愁百結對孤檠。』亦可

張虎拜三首

虎拜字錫山，號嘯崖。映斗子。乾隆戊子、己丑聯捷進士。歷官內閣中書、宗人府主事、河南學政、乾隆己亥科江西主考。著有《妙香閣詩集》。

按：嘯崖先生幼警敏，性至孝，母死廬墓三年。英年釋褐，居官清慎，善鑒別人才，所取士多騰達。尤工楷書。公相阿文勤公桂最重公之品，凡其家先人碑銘墓誌篆刻，罔非先生所書。卒之前一日，夢入冥府。上坐者五人，冕服嚴肅，未坐一神揖公曰：『須公見替，當即來，』醒以告人。是日入朝回，冠裳未脫，坐逝，并無疾也。公女亦能詩，適同里牛次原坤，己未進士。

任畏齋招飲，讀新春之作

一室蕭閒自嘯歌，喜逢良友慰蹉跎。年光好共新詩永，氣味濃於春酒多。長劍雄心知磊落，高冠古貌自巍峨。風雲會展平生志，他日從君願荷戈。

和篆仙觀察查世叔元韻

短什長吟荷屢頒，開緘驚見錦斕斑。每逢勝地留題遍，自古高人作宦閒。寵遇直登霄漢上，襟懷常契水雲間。殷勤寄語同懷客，好貯詩囊不可刪。

晚翠山房

五載京塵白髩顏，丹青退想寄衡巫。如今掃跡長林下，却對真山看畫圖。

公《菊影詩》云：『禪關瘦衲燈前坐，蓬戶山妻鏡裏粧。』頗有逸致。

張虎士八首

虎士字環極。虎拜從弟。諸生。由實錄館議敘，官奉天府錦縣尉。侍養歸。

按：環極與棟，并田竹溪夢熊、孫瑞郊兆麟文字至交，知其人最深。蓋孝友端謹士也，與人不輕言。嘗手輯其先人五代詩彙爲一集，屬余校勘。後又自鈔錄一過，凡數十萬字，長夏不倦。鈔畢

值太夫人病，晝夜侍床褟，不勝其勞，遂以哭母死。傷哉孝乎！如環極者，豈易得乎哉！棟爲詩哭之。結句云：『不知造物誠何意？是我知心便可憐。』至今思之，猶爲增痛。

流泉

一澗清泠水，潺潺聽未休。人間多曲折，好去赴渠流。

出山海關

千里風沙付等閒，更無鄉夢苦思還。酒酣不合朦朧眼，匹馬徐行飽看山

題魏野堂畫蟹

不住江鄉那得知？江鄉風物是如斯。紅塵滿面君休笑，記得霜清月白時。

正月五日立春得雪，柬孫小航

龍公肯放一冬晴，五日新春試手行。遍地瓊花何瑣屑，昨宵鉤月尚分明。凌寒莫惜銀旛凍，盈

尺須教綠野平。不是尋常空奏瑞，有人約伴欲歸耕。

告養歸里，留別沈城諸子

一笑征衫著體輕，五年勞碌太無名。不知前却心何在，陡覺崎嶇路已平。異地有緣空是夢，歸

車如挽又非情。高堂近日眠應廢，默數西來第幾程。

寄懷孫小航

薄宦苦思歸，恐負林泉約。悵望玉山遥，歸來空索莫。津門二月雪消時，搖曳風多沾酒旗。帶河門北魚千網，環水樓西花萬枝。間步復間步，沽上垂楊路。雕輪畫舫自悠游。可憐不是相知故。六年空度春風香，眼看春去又堂堂。杏花妍媚流鶯語，每到春風憶小航。

口占

半園竹樹擬山家，四月風光興更賒。微雨夜紛晨自霽，不貪餘睡掃藤花。

不寐

不寐成孤坐，開窗夜氣涼。月分金粟影，風散玉簪香。百事心迴結，三生説渺茫，此身同作客，穩睡是家鄉。

環極尊人名映辰，號拱之，重復舊業，家聲一振。亦能詩，與查東軒老人交好。故後，東軒過思源莊弔之云：『最憐芳草埋知己，可惜名園無主人』。

張靖三首

靖字青立。乾隆己酉拔貢，官浙江浦江縣知縣，卒於任。少日以『詩成五子崔黃葉，話到三生杜紫薇』得名，嘗出所著《青立詩草》就余商訂，爰爲存之。

秋日書懷

秋日没石根，閒情獨倚門。黃花籬下酒，紅葉雨中村。且喜琴書共，須知道義存。升沈應有數，底事莫重論。

出山海關喜逢故人

阻我東行轍，稽遲不自由。是雲皆作雨，無水不成流。山勢重關壯，邊聲萬木秋。自逢叔度後，真爾豁雙眸。

懷津門同學諸友

幾人健在舊交知？意愜情孚友即師。壯歲不堪悲已逝，浮名畢竟欲何期。東風柳絮花飛早，春水蘆芽雁到遲。紅豆自開還自謝，更無人解號相思。

摘句如：『橘泉秋老人如玉，涪水，春深雨似煙。』『斜陽柳外垂竿立，又被人呼張志和。』『遍

繞綠苔新雨後，亂堆黃葉著書秋。』皆可誦。先生父蔭松老人，先生祖即禹門名鯉者，其文字淵源爲有自云。

繆星池共位曰：『舅氏張青立先生，少豪放，嘗冬月與友飲於肆，醉歸，月下渡浮梁，誤水爲地，墮河中。同人驚救已無及。忽逆流而行，於二里外上岸，迷離中不知誰拯之也。衆聞信，扶公於寺，衣皆冰。衆環伺，恐其死也。稍甦，索紙筆書句云：「夜半歸來月滿頭，凶成滅頂竟何由？諸君且莫增惆悵，我輩猶堪競上游。」死生危急之間，猶不忘詩，亦奇矣哉！』

津門詩鈔卷七邑賢

查曦十四首

曦字漢客。著有《珠風閣詩草》。許鸛湖侍講爲之序曰：「漢客行詣高卓，襟懷爽朗，沈浸六籍，含英咀華。每往來奇偉卓絕之境，以自廣其胸中之氣。與燕趙間豪俊交遊，不欺然諾，樽酒論文，娓娓不倦。」朱公函夏爲之序曰：「漢客因周子七峰屬予選定，務精而不務多。昔趙秋谷內翰與吳天章徵君，並以詩著名。康熙戊寅、己卯之間，接踵來津。而君以穎異之才，與之周旋，有契於古作者之旨，故詩日進。有《珠風閣前集、後集》行世。」

郊遊

緩步城南郭，回看衞北天。故園春草外，歸雁暮雲邊。海月空相憶，煙花好自憐。獨遊迷去處，惆悵晚風前。

題畫序

陳方來元復，無錫人。山水師王石谷。戊申春，爲作册幅十二，藏之竹笥，近一年矣。己酉秋，攜之采育，晴窗展玩，覺紙上嵐光與西山爽氣爭奇，得詩十二。錄一首。

蒹葭撖撖水漫漫，兩岸霜楓業盡丹。誰爲黃花駕小艇？秋江風雨不知寒。冒雨尋菊。

感舊

當初結社海門邊，半是耆英半少年。玩月共持金谷酒，看花同上木蘭船。祇今剩水殘山路，猶是量晴較雨天。向秀著書嵇阮歿。蕭條竹圃起荒煙。

珠風閣同人雅集

秋庭雨過晚花新，恰喜敲門來故人。至市滿沽元石酒，供盤旋煮白河鱗。樽前索句情如縷，醉後行棋妙入神。安得各無塵事擾，長能相見倍相親？

讀《名山志》，快甚。客以意外筆墨相干溷濁，累日乃已。復理舊籍，賦此解煩

窗間快讀《天臺記》，澗水桃花滿目前。不意一塵從地起，輕輕飛到石梁邊。

試燈日周七峰龍由甲見訪限韻同作

争傳門外試燈新，戚戚誰憐失恃人？蓬徑忽來聯袂客，草堂初掃隔年塵。同期把臂行看月，獨爲思親淚染巾。不是故交遠相訪，滿街簫管不知春。

以鏡照畫上美人

圖成玉女春風面，照入銀花小有天。繞向屏間窺窈窕，又從月裏見嬋娟。吳衣陸帶人如活，寫翠傳紅影可憐。癡絕不知俱是幻，欲分身結兩重緣。

遵化道上

客裏得閒情，看春塞上行。山花明古戍，路柳暗邊城。殿閣前朝寺，村莊舊將營。斯遊一何幸，身值太階平。

薊州道上

秦城漢塞繞重巒，二月山陰雪未乾。沙磧偶然春草綠，罽袍猶覺曉風寒。關前流水雲中落，天外奇峰馬上看。説與僕夫行莫急，但逢佳處且盤桓。

道旁塚

山前好沙水，說是某公墳。某公昔貧賤，祖壟無足云。一旦富且貴，改葬多辛勤。穹碑臨大路，華表干青雲。千金謝地師，萬貫植榆枌。云得真龍穴，生子必超群。某公埋已久，後代名不聞。墓木盡斧斤，墓田人耕耘。

吾聞貽謀者，心德夙所敦。于公無冤獄，乃高大其門竇公嫁孤女，乃發其子孫。未聞恃頑土，親而能顯後昆。吾讀文公禮，青烏非所論。但得平壤土，便可妥幽魂。愚人擇佳壙，踏遍郊與原。棺積纍纍，暴露慘難言。君不見：唐諸陵、宋寢園，一抔之土今何存？當年風水詫至尊。

中秋香林院雅集，同朱陸槎、趙後山、周七峰

仙源再到幾中秋？握手人仍第一流。看罷小山歌桂樹，坐遲明月上簾鈎。談元喜近餐霞客，作賦頻呼即墨侯。慚愧年來蠹編簡，文章端底讓曹劉。

歸里偶題

故園芳草獨歸遲，桃葉成蔭柳影垂。舊燕語闌春已遠，新蟬聲動夏初宜。輕紗細葛裁衣日，小市長廊賣扇時。趁此清和好天氣，且投蓮社一題詩。

遊水西園，同錢幼鄰先生、典三族弟、菊所族姪作

名園百畝水西偏，種樹栽花已有年。勝地近村仍近郭，通衢宜騎復宜船。綠楊陰裏來佳客，紅
藕香中列綺筵。頓使阿儂蕉葉量，爭先醉向竹林邊。

查爲政五首

爲政字漢公。漢客弟。著有《蘭亭詩鈔》。遼海張厚庵廷枚《蘭亭詩鈔序》云：「查子漢公始
以舌耕，不能餬口，遂至潛跡公門。時命不猶，亦屬可憫。至其胸懷磊落，才情不羈，發而爲詩，
浸浸然自成一家。」

天津王介山先生又樸序云：「查子出其詩百餘篇，長吟短詠，多自寫其胸臆，聲調高朗，無不入格。」
周七峰焯序云：「查子漢公，迺天津詩人漢客之昆季行也。童年即以其兄之吟詩是好，家無儋
石之儲而吟哦自若，正所謂窮而後工也。」

朱公函夏序云：「余自幼學詩而不工於詩，曾隨魏景州任之江浙，閱歷名山大川，訪高人逸士
於山巔水涯。後於康熙庚子春，應聖祖仁皇帝詔，教習王府，獲瞻應制詩章殊多，以故余不工於詩
而知詩。既而旋津，日與周子月東互相唱和，一日持《蘭亭詩》索序，余愛其五言如『煙村迷遠樹，
雲水繞晴溪。』『風蟬嘶樹遠，秋水漾天長。』『一雁穿雲去，群帆帶日來』。『荻風吹兩袖，蘆月照孤

襄。」「雪冷梅偏艷，林空鳥不啼。」七言如「雲迷野寺疏鐘遠，日照長河暮靄齊。」「心向靜中禪自定，

詩從淡處意偏長。」「度水鐘鳴曉寺月，爭林鴉噪夕陽煙。」皆挺然秀出之句。」

先叔父愈唐公瑾序云：「余與漢公素以筆墨交相切磋。漢公性耽於詩，偶有所作，就余商訂，

將易簣，自泣其生平嘔出心血，欲付剞劂，延予刪摘。頗多骨力清峭之句，又有一種從容淡遠之致。

亦足以見其性情矣。」

春日同羽士過僧院

此番來古刹，羽客共攜遊。林外聽山鳥，花邊看水鷗。鐘鳴晚寺雨，人醉夕陽樓。莫謾逃禪去，

儒生笑道流。

題廢寺

何代荒涼寺？停驂偶一過。老僧枯木似，破衲補丁多。

野鼠穿廚壁，殘碑臥草坡。踟躕方丈外，古樹影婆娑。

初冬寄夢山上人

庾嶺梅開早，詩情近若何？松關塵慮絕，市井沸聲多。舊社如殘雨，新知在密蘿。溪橋霜月下，

那得共吟哦？

雨中孤悶

半榻爐煙細，攤書臥短床。　新蟬鳴古樹，暮雨暗空廊。

病後嫌衣薄，閒中怕日長。　落花聽不見，祇覺晚風香。

秋日送別

驛路樓頭柳條黃，水流古渡迢迢長。　行人送別西風裏，一聲鴻雁西風起。西風吹樹落葉飄，行

人馬上征鞭搖。　馬蹄紛紛去不住，行人馬上猶回顧。馬嘶悲風聲蕭蕭，送別之人空魂銷。

查爲仁十五首

爲仁一名成斆，字心穀，號蓮坡，又號花海翁。父曰乾，號天行。原江西臨川人，世居天津，

寄籍宛平。中康熙辛卯解元，因事被劾下部獄數年。覆試得雪，賞還舉人，隱居不仕。著有《蔗堂

内集》《外集》《蓮坡詩話》。蓮坡天姿清粹，博學能文。受詩於高雲禪師，旁通今古。自經患難後，

息意名場。尚氣誼，喜結納。所居曰『花影庵』、曰『澹宜書屋』、曰『古懽書屋』，有園在城西曰『水

西莊』。大江南北才人過津門者，一刺之投，無不延款。如萬循初、余懋檣、錢香樹、魯亮儕、劉

雪柯、顧梅東，陳子翿、陳相國元龍、英相國夢堂，無不主於其家。月夕花晨，簪裾滿座，宴遊觴詠，殆無虛日。一時有『庇人孫北海，置驛鄭南陽』之譽。最精賞鑒，縹緗錦軸、法物圖書、金石彝鼎，藏貯極多。其家愛養人才，詩書之澤亦最久。公之子鐵雲侍御，乾隆甲戌進士。孫誠，丁酉舉人。曾孫訥勤，辛酉進士，入詞林。足徵培植斯文之厚。《長蘆志文學傳》…『查爲仁，字蓮坡，著有《蔗堂未定稿》《游盤日記》《蓮坡詩話》。子善和，字東軒，亦工詩，著有《東軒詩稿》。』

按：天津作養斯文，自遂閒堂張氏魯庵方伯之後，嗣其美者，爲于斯堂查氏爲著聞。當時慕效其風者，正有多族。百餘年來，此風衰熄，於今蓋罕有嗣音矣。）

水西閒居 水西莊在天津城西三里，近河。今爲芥園

積潤苔痕綠滿庭，此間又度一清明。擬將舊詠閒中改，無那新愁望裏生。楊柳著煙眠未起，海棠經雨夢初驚。扁舟若許歸湖海，欲問沙鷗共結盟。

賞菊

黃菊窺籬作好秋，五年清夢隔悠悠。何來野老敲門入，卻送霜枝破客愁。直植幾叢當檻列，更刪數朵小瓶留。花開便是重陽節，莫惜風軒洗盞酬。

桃花口

柳色半黃春半露，行人正到桃花渡。桃花渡口水漫漫，桃花渡外春尚寒。春風吹皺桃花水，水

禽兩兩因風起。莫謂桃花猶未開，枝頭抱滿春光來。

小園道中

村園門巷半沾泥，蠟屐來遊日未低。一陣棗花香裂鼻，和風吹過板橋西。

雨中懷高雲老人號紅薑，敕賜文覺禪師

一別逾三日，驅車猶未還。卻愁中道雨，定在四圍山。樓閣驚天近，鶯花笑鬢斑。無由隨杖履，

坐想白雲間。

遊盤山諸作

北倉

二月韶光自不同，日晴沙暖盡融融。河冰初泮浮孤艇，柳意全舒受好風。社鼓聲喧村店北，酒

帘影颭板橋東。縱離沽水無多路，已覺塵囂遠市中。

宿崔黃口

遠戍鳴宵柝，孤村共此廬。但期樽有酒，不計食無魚。紅燭低簷暗，黃茆野市虛。莫嫌荒僻地，聊以稅行車。

大口屯

大口邨臨東海濱即七里海，黃沙漠漠水無痕。祇因燕市多屠販，錯使人呼『打狗屯』。

入山

行來石路漸高低，馬避危橋渡淺溪。樹裏人家時隱見，洲邊芳草半萋迷。身因出世方知散，詩爲尋山著意題。從此不須愁道阻，穿雲入樹好攀躋。

青溝懷拙庵和尚

聞說青溝好，相將渡碧溪。到門山色净，繞屋水聲齊。巖隙穿松鼠，林端叫石雞。老僧何處去？祇有白雲棲。

訪昭然和尚草庵不可得

人事有代謝，彈指成古今。去者日以遠，來者苦相親。緬彼草庵叟，鑿翠居高岑。晚景懸嘉樹，

朝暉晃鳴禽。語默皆入妙，山水曠其心。今來三十載，邈焉斷瑤音。徘徊巖壑裏，仙源不可尋。落日隔暝水，負此春晝深。孤雲飛曠野，雙鶴唳岩陰。相思空延佇，何以豁幽襟？仰天成一嘯，流水鳴前林。

得茶垞弟來詩，訊山中遊事，答之

者番遊屐冠平生，日在山椒松頂行。若問眼前奇絕處，白雲親見腳根生。

催粧詩

其一

十年香靄攬情塵，留得霜華百鍊身。此夕星光盈錦幄，向來春色阻花晨。誰言蔗境甘無比？久識蓮心苦有因。差喜高堂稱具慶，鹿門偕隱莫辭貧。

其二

紅燭雙行照玳筵，鳳簫吹徹下瑤天。璧存敢詡連城貴？珠在還欣合浦圓。賦就桃夭期覺後，迎來鵲駕路爭先。夢中欲乞生花管，待寫春山滿鏡妍。

《賞雨茆屋圖》為吳驥調題

朱樓翠箔春夢破，雨聲到枕憂無那。亦有清歌水閣頭，蕭蕭入夜迥含愁。何如達士十椽屋，不

種繁花種梧竹。就中喧寂兩俱忘，爽氣盈襟抱卷讀。

《隨園詩話》云：「昇平日久，海內殷富，士大夫慕古人顧阿瑛、徐良夫之風，蓄積書史，廣開壇坫。揚州有馬氏秋玉之玲瓏山館，天津有查氏心穀之水西莊，杭州有趙氏公干之小山堂、吳氏尺鳧之瓶花齋，名流宴詠，殆無虛日。許佩璜刺史贈查云：『庇人孫北海，置驛鄭南陽。』其豪可想。此外公卿當事，則有唐公英之在九江，鄂公敏之在西湖，皆以宏獎爲己任。不四十年，風流頓盡。唐公號蝸寄老人，司九江關。懸紙筆墨硯於琵琶亭，有題詩者，命關吏開名以進，公讀其詩，分高下以酬贈之。」

《隨園詩話》又載：「嚴冬友侍讀出都過天津查氏，晤佟進士溶，言其母趙夫人苦節能詩，《祭竈》云：『再拜東厨司命神，聊將清水餞行尊。年年破屋多塵土，須恕夫亡子幼人。』查怐叔言其兄心穀悼亡姬詩，和者甚衆，有佟氏姬人名雪者一絕甚佳，其結句云：『美人自古如名將，不許人間見白頭。』此與宋笠田明府『白髮從無到美人』之句相似。」

友人王任莘藏《雙鳳圖》一册，先外祖朱導江先生題籤。圖繪二女史，鸞裾鳳釵，吹氣欲活。内查蓮坡老人《題雙鳳詞並序》云：「乾隆丙寅三月望，夜夢雙鳳自空而下，棲余屋邊，各唧一玲瓏金色篆字，一貞一福。少頃，擲二字於庭，遂翔去。既覺惺惺，究不知其何徵也？秋八月，偶買一妾。詢其小字，曰『貞』。因呼之曰『貞娘』。丁卯仲春，有友自南來，贈一小鬟，字曰『福』，

呼曰「福娘」。因憶前夢隱符，爲之驚異。豈其投老花叢，情多子野，三生石上，尚有夙因耶？爰倩蘇中顧方來繪爲圖，并繫以詩：「閒情何處覓相思？夢裏吹簫引鳳時。自喜老懷殊不淺，赢他白髮繫紅絲。」「霧鬢釵橫雙鳳凰，分明小字自哺將。也知比翼前生願，便欲溫柔老是鄉。」「玲瓏髻子闘芳妍，顧影含情自可憐。未許人前喚貞字，黃金小篆壓香肩。」「我見猶憐況老奴，旁人莫漫笑狂夫。香奩百福裁成處，富貴神仙勝得無？」「虎頭妙筆爲傳神，臉暈眉峰略似真。一種風懷誰解得？梅花明月證前因。」「色空空色竟如何？豈肯拖泥帶水過。聊借一天花雨散，衆香國裏坐維摩。」末署云：「花海翁查爲仁題，時年五十有四。」英相國廉詩曰：「粉壁紅窗畫不成（花蕊夫人），天風吹下許飛瓊（溫庭筠）。可憐月好風涼夜（白居易），雛鳳清於老鳳聲（李商隱）。」跋：「蓮坡老友，以慧業文心，結南柯因果，一日出此圖索題，余雅能說夢者，因餖飣數語，書以歸之，將毋笑豐干饒舌耶？丁卯小至日，夢堂學弟馮更生書。」吳東壁廷華詩云：「丹鳳諧聲徹紫霄，秦臺次第聽吹簫。若教譜作房中曲，剛稱旋宮六管調。」「是花是影印禪心，天女維摩並入林。空色參成真解脫，也應消瘦鉢中鍼。」屬樊榭鶡詩云：「娉婷影裏見雙身，好夢分明證宿因，瑤水生來千百媚，彩雲飛下一重春。蕙蘭元是含貞性，風月何妨號福人？（楊廉夫晚號江山風月福人）記取辟寒金字上，香籢詩話最鮮新。（先生著有詩話）王崑霞來庭詩云：「玉京仙子醉瑤觴，分跨西池雙鳳凰。足下彩繩看並繫，夢中金簡示聯芳。謫來丙歲兼丁歲，名授貞娘與福娘。花影藍橋符舊約，前身端

的是裴郎。」東江八十贖翁趙蔭穀虹題曰:「子雲飛白署簫齋,鬮茗評花日夕偕。香夢乍回千蝶帳,

上頭初試九雛釵。」「雲鬟倭髻曉妝成,軟語如同睍睆鶯。不比後堂陳女樂,翠娥執簡喚門生。」李

滄嶼元詩云:「與爾情親五十年,每從好夢證姻緣。風波定後身如幻,花影分來性自圓。有色不空

非色相,此心無佛始心禪。懸崖撒手誰能解?且看曇花裏眠。」此外尚有劉文煊之七律二首,余

尚炳之四言五首,陳木齋皋之憶吹簫詞二首,難以備錄,姑識此,聊見風雅之一斑云。

《蓮坡詩話》:「余居北寺九年,二三朋好,時時慰問,或投以吟筒,互相倡和,由是紙墨日多。

其中名作,如沈麟州元滄「青雲早達原非幸,白首論交未是遲」沈艮思青崖:「吟到梅花連月冷,

話深鑪火入灰微。」程廷儀可式「春回小院先啼鳥,香吐寒梅欲染衣。」劉雪柯文煊「事雖千局變,

心共一燈明。」高素臣曰履:「拙匠長饑仍刻鵠,壯夫今老尚雕蟲。」又,「去留躑躅爭枝鳥,行止

飛揚繞苑蟲。」錢修亭陳群「美人悲未嫁,多坐良媒悮。由來情好鍾,愛極翻成妬。」鮑集軒鳳翔「草

蘭香馥尋南鎮,毛笋生鮮買破塘。」許子遜廷鑅「楊柳亂煙春店曉,海棠疏雨小樓寒。」又「紙閣茶

濃煙篆晚,板橋花拂酒旗香。」丁芝田鶴「腸惟嗜酒時偏潤,髩爲吟詩半已斑。」又「蒲團佛笑拈花

影,板屋人融凍雪痕。」王雨楓霖「半生噩夢霓裳曲,此夕王郎斫地歌。」又「衡碑石闕將誰訴?落

涸花枝一任風。」皆一時酬唱之作,堪入《主客圖》也。」

儉堂中丞《銅鼓書堂集·拜心穀兄遺像》句云:「前言在耳猶能述,遺像如生更可悲。」手足

之情如見。

鄭方坤荔鄉《本朝名家詩鈔小傳》云：「查爲仁，字心穀，既罹患難，而導師爲贈道號曰：「蓮坡」，故又稱蓮坡居士。十九舉鄉試第一，是爲康熙之辛卯科，主試者武進司農趙恭毅公也。公故以革銅商事，與執金吾陶和者相水火，欲甘心焉。謂榜首固富人子，且少年，名不出里閈，是奇貨可居，遂鈎致以興大獄。既鍛鍊成，而心穀當死罪，長繫請室。越八年。始邀矜釋。嗚呼！悕矣！心穀固才士，既顛蹶無生理，乃就白雲司葺板屋數間，日讀書習靜其中。高雲上人爲榜曰「花影庵」，七略、四庫、恣意佃漁。結撰爲工，篇章日富，其自序云：「綴毫肺石之上，染煙牢戶之中。」比諸哀雁寒蟬，自擄胸臆。含酸茹歎，詞意欷然。然鏗訇陶冶，實能與古人相頡頏。一時名士，贈答頻煩。張得天尚書至稱爲唐子畏後身，而歎息其有才無命。因憶當心穀下獄之秋，余方髫齔。遠近喧傳，僉謂其不識一丁字。如虞山所嘲一元氏然者。孰知其爲慧業文人，而才藻橫飛若此也哉！心穀既出獄，則結園沽水之西。臨流植椽，閉門疊石。賦夕煙於琴幌吟曉日於書床。而津門爲水陸之衝，去京師十舍而近，冠蓋相錯，賓至如歸。投轄贈鞭，徵詩對酒，許渭符司馬所云「庇人孫北海，置郵鄭南陽。」而高宗山孝廉亦有「東山麗句諧絲竹，北海名賢共酒罇？」，及「甲部攤經丁部史，紅兒記拍雪兒歌」之贈。三復微哦，猶令人想見名士風流，太平盛事。」

查爲義二首

爲義字集堂。曰乾子，爲仁弟。歷官太平府通判。工詩善畫。

按：集堂先生風期清遠，學無不窺。雖席豐履厚，有山人林下之致。善蘭竹花卉，墨筆居多，間著色，亦具簡淡蕭疏之趣。當時天津善畫者，如朱導江先生岷、胡邘江先生峻、惲鐵簫源濬、吳門徐雲、陳西巖元復，皆與公遊，伯仲其間。嘗見先生墨竹一幅，雙竿煙雨，別具逸態，雖梅花道人不是過也。詩情亦閒曠可愛。公孫彬，原名曾印，乾隆甲辰進士，河南信陽州知州。

香林院贈王鍊師野鶴

其一

琳館河壖上，青苔滿院滋。入門同佩景，把袖勝餐芝。月榭吹笙静，風簾搗藥遲。湛園遺墨在，留玩拂蛛絲。

其二

方袍老羽士，獨誦住香林。留客翻雲笈，多年冠玉簪。亂蜂環砌抱，叢柏壓簷陰。即此幽棲好，何勞戲五禽？

天津問津書院始於查公集堂。《長蘆志·盧公見曾〈問津書院碑記〉》云：「天津以百川朝宗之地，而京師左輔，感化最先，輶軒採風者之所首及。顧書院闕焉未興，余竊病之。前太平府通判查君爲義告余曰：「家有廢宅在運署之西南隅，其地高阜而面陽，形家以爲利建學，蓋筮之？」筮從吉。白之總督方公觀承、署鹽院高公恒，均報可。爰庀材鳩工，位其中爲講堂，堂三間，前爲門，後山長書室，而環之以學舍，凡六十有四間，計費白金二千四百有奇。經始於乾隆十六年辛未八月，落成於十七年壬申二月。適吉公慶來視鹽政，爲延名師，立教條。入學鼓篋，宵雅肄三。賓宴禮成，容止有秩。諸生踊門謁請所以名是書院者，爰進而詔之曰：「若濱海，亦知夫海乎？孔子之道猶海也，學者蘄至乎道而止，今之制藝，其津筏也。」余姑導使問焉，而名之以問津云。」

查禮四十首

禮，原名爲禮，又名學禮，字恂叔，號儉堂，一號鐵橋。曰乾子，爲仁弟。歷官户部主事，廣西太平府知府，四川松茂道，四川按察司使、布政司使，湖南巡撫。著《銅鼓書堂詩集》。《長蘆志·人物忠節傳》：「查禮，字恂叔。幼敏於學，十五歲即著詩名，博覽經史。官廣西太平府知府，有惠政，士民爲建生祠。歷遷四川川北道、松茂道。會金川犯順，大兵進剿。禮督運糧餉，帶卒兵擊賊，擒寨首等喇嘛斬之。開修秋坪新道，大輸帑餉，奉旨獎勵之。大兵凱旋，仍留綜理屯政。隨

道。」

節烈四婦歌序

天津舊有三婦合葬焉，一爲譚某妻陳氏，一爲阮某妻諸氏，以烈死；一爲趙某妻裘氏，以節死。

乾隆元年八月十八日，金振妻丁氏無子，視夫含殮畢，旋殉柩側。里人請詣當事，與三節烈並葬，稱

節烈四婦云。君不見文文山作《正氣歌》，津城節烈何其多。父老向予說三婦，往往涕泗爲滂沱。二

婦不受彊暴污，秉貞浩氣還太和。一婦食貧甘苦荼，冰心鐵骨玉爲質，不羨膏粱華腴珍羞羅。凡此棱

棱不可屈，堪比蘇卿持節牧羊坡。三塚纍纍一抔土，丈二碑碣字不磨。碧天霜月何皎潔，羞照人間含

羞妖冶嬌翠娥。聞風起興金氏婦，夫歿無子奈少何。照見古井水無波，泉路匪遙矢靡他。里巷聞之各

酸鼻，莫不心欽足頓手摩挲。嗚呼！從來烈節天所覽，公道在人相護呵。今茲四婦合爲一，各行其志

同香窩。聖世采風重節義，表厥宅里樹婆娑。豈無鬚眉愧柔骨？高風松柏同巍峨。

望海寺

殿角瞳矓寒日明，憑高迢遞見蓬瀛。河分九派門前合，潮送三山檻外迎。煙靄有時浮刹影，霜

天無際徹鐘聲。回瞻宸翰光華著，長使波濤晝夜平。

察使，犖獲兇番噶克朗忠。歷遷湖南巡撫。赴闕謝恩，因積勞瘵發，卒於京。子淳，歷官督糧

二三二

中元登海光寺樓寫望

暑退涼初至，登樓客思清。魚籃橋外密，稻隴寺前平。雲起連潮色，風過帶磬聲。佛香吹不斷，斜日射孤城。

渡子牙河 河西岸即太公祠

逝者如斯晝夜流，蒼茫百里向滄州。渭濱無復西周土，父老翻思北海儔。籠岸煙寒鮭菜艇，沈波月墮釣璜鈎。舟人指點崇祠在，不獨千秋姓氏留。

西沽晚歸

西沽水冷野風疏，艇載茶煙并束書。斜日半林秋柳外，荻花深處賣鱸魚。石橋西畔斷霞浮，豆子阬邊晚市收。獨坐船頭看雁過，數聲啼破海門秋。

正月十日海光寺放魚，用東坡西湖放魚韻

水底拾魚如拾塊，隔冰鞭水如鞭背。冰開水活魚拔泥，一道渾流橫似帶。野翁珍物恣朵頤，便擬攜歸充斫膾。可憐鬣損尾俱紅，更惜麟殘首並碎。呼童驚取全其生，脫命庖厨入淵瀨。駭鹿仍歸豐草間，羈禽重出雕籠外。雲消南郭閒相逐，舊事西湖偶成會。漁人曬網趁斜陽，月吐寒光照東海。

殷貞女哀辭序

女本天津貧家女，幼孤依兄母，年十六嫁為邢文貴妻。邢母趙與文貴逼女倚門。不從，日加捶楚，以沸湯沃之，燔灼其體，體盡潰爛。郡守劉公聞知訊驗。女絕口不言夫姑之惡。欲驗其創不得。未幾死。邑令張公置趙、邢於法，傾城往觀稱快，爰作哀辭。

清且貞兮，白河之流。高城巖巖兮，峙河之洲。有女貧兮，深源之裔。負郭而居兮，甘心疏糲。惟鳩媒之無良兮，棲鸞翼於荊榛。播桑中之餘波兮，將貞者而脅淪。羌惟賣珠以牽蘿兮，知市門之不可倚也。寧焦灼而焚如兮，亦何悔乎九死也。行路為之涕泣兮，鄰里為之輟歡。喜父母之孔邇兮，邑魯恭而郡袁安。嗟守禮之獨嚴兮，愧呈身而謝面。蓼食辛而自知兮，忍中菁之外爓。魂冥冥而長逝兮，從婺女與靈妃。雖髮膚之毀傷兮，完禮義而全歸。嗟輕塵之棲草兮，誰抱貞於空谷！植污泥而不染兮，宛青蓮之馥郁。登荒邱而憑弔兮，慨葬玉之深深。聊陳辭於遺躅兮，庶千載之下得以識匪石之芳心。

天津城南冰泛歌

陸行利用車，水行利用舟。水陸用各異，功力兩不謀。朔風一夜關南至，河水吹高作平地。處處牽船岸上居，乘輿亦見中流濟。漂榆城邊寒月明，石田萬頃霜稜生。晶瑩倒射天影白，七十二沽無水聲。篙工楫師繞堤住，伐木丁丁作床渡。或橫或直俱堅良，不琢不雕守淳素。索綯纍纍煩攜持，

織葦平平任分布。獨行可學企脚眠，並坐何妨交臂聚。綠蟻既新篘，招我同心儔。參差出城闕，共作南郊遊。鹿鹿冰床繞湖側，凌風臥看玻璃色。勁急群鷥鐵箭飛，往來如倩金梭織。須臾忽近招提境，樓閣岧嶤動簾影。怪我初從蛟室來，滿身猶帶珠光冷。舣艫雜遝催，笑語聲喧豗。不知銀漢淺，惟見玉山頹。八蜡祠前鳴社鼓，聳身疑入清虛府。翻喜今年臘日長，不須早喚春風舞。斜洲有落暉，烏鳥東西飛。良時不可失，奚惜秉燭歸？復有輕雷鳴澗壑，瑤天忽散銀花落。此夜馮夷應不眠，舉頭應羨人間樂。人間何事無歡愉？探奇選勝隨所如。他時莫忘冰行路，須記城南舊酒壚。

過水西莊

小築臨春水，風光宛若耶。碧圍三徑柳，紅間一籬花。閒禽向客吟，馴犬迎人喜。剝啄叩柴荊，抱甕入桑麻。

訪周月東秀才

暇日訪高士，扁舟泛綠水。春花依岸開，眠柳因風起。窈若空山中，嗒然忘城市。昔聞周彥倫，俯仰隨行止。歌應門走童子。茶鐺咽松風，塵談嚼宮徵。今君磊落懷，處處同風旨。時或彈素琴，時或憑古几，時或酒盈杯，時或書透紙。玩弄秦漢章，點竄南北史。把卷一室內，戶外常滿履。流連蘊真趣，瀟瀟絕塵滓。幽情堅嘯載籍酣，籌畫萃名理。

寸抱，不逐浮華徒。余敢謂忘形，相對無彼此。茆簷掛斜暉，清興殊未已。醉歌徐返棹，月照波心裏。

五月晦日攬翠軒納涼

避暑無奇策，開樽水竹間。香清紅藕密，波靜白蘋閒。蟬聚聲如雨，林深翠似山。石床斜照外，欹枕聽潺潺。

春暮散步城東，渡河過香林院，小憩田舍，晚歸

其一

撥醅新水滿塘坳，瀲灩晴光浸柳梢。三月海螯初上市，一春江燕未歸巢。澄懷豈必常高臥？遠眺無妨出近郊。寂歷紺園人不到，隔牆閒聽梵鐘敲。

其二

未夏先思籧篨徒，耕樵相對日忘晡。異書盡可懸牛角，長劍休教佩鹿盧。浦口炊煙雲際密，渡頭漁艇暮還呼。何時得就山中宅，自剪荒榛闢芋區。

楊青驛馬上口占

閒雲靉靆野蒼茫，路入煙村客思狂。萬頃桃花千樹柳，一鞭收拾在詩囊。

漢氏成園丞印歌

延陵茂草千秋荒，土中掘得古印章。印文屈曲摹印體，大小篆法殊雲陽。奉園宮人理妝具，上
飯朝朝隨服御。大官送物誰典司？園令食鹽專所務。二十五祠廟祭繁，四時祠祭惟陵園。駿奔趨走
寅夙夜，職卑亦得親脹膰。尚方精鑄龜爲鼻，縮繫何人亡姓字？翁仲爲守並忘年，玉雁金魚同棄置。
當時飛燕啄皇孫，淵默空言望若神。一抔黃土歸耕牧，何如此印同貞珉？摩挲翠色堪人愛，《金石錄》
中惜未載。香簾夜靜生古香，肘後奚須如斗大？

追和心穀伯兄賞菊詩原韻序

丙辰榜後，竟日杜門，心穀兄飲余淡宜書屋。酒闌夜靜，談及丙申秋賞菊唱和諸詩，因出見示。
其中名士騷人雜以瞿曇羽士，亦盛事也。回憶其時，余尚在襁褓，閱今二十年矣。紅友圖題，白駒
過隙，由今追昔，感慨係之。謹依前韻聊自抒懷。

東籬佳色傲霜秋，共想幽人韻獨悠。雅集宜增《高士傳》，殘羹未掃惜花愁。廿年仍此重陽節，
三徑曾誰信宿留？收拾青燈燒蠟燭，今宵對酒不能酬。

房山道上

草枯沙見磧，馬過雪留痕。殘照明山縣，寒雲護小村。玉塘應有米，石寶尚如門。欲就樵人宿，

津門詩鈔

嚴深景易昏。

正月六日，高五雲孝廉、汪西顥徵君、胡文錫秀才、家天來姪集味古廬對雪分賦，得花字

曉看庭霰映窗紗，艷雪爭春潤物華。舊約仍穿三逕入，早梅初放一枝斜。詩人不在功名列，風

味依然處士家。來日無妨同剪勝，諸君誰更筆生花？

送符幼魯主事歸錢塘

東風吹柳碧毵毵，惜別樽前意那堪！儘可吟情同硯北，如何帆影指江南。梨花夜落三更雨，桃

塢春生百尺潭。想到西湖攜屐好，亂峰深處笋抽簪。

三月十七日，汪西顥攜酒招同汪惇士、胡文錫過水西莊，予不果往，簡詩一絕

芳草如雲倦蝶魂，春風幾度拂清罇。愁腸百結花無語，開遍丁香未出門。

水西莊秋日雨中

其一

西莊闢自信安灣，竹筧茆簷屋數間。習静不驚風雨驟，蓼花深處釣翁閒。

二三八

其二

雨趁涼飀透戶櫺，重簾不捲晝冥冥。　焚香掃地無多事，二百籖餘小品經。

其三

碧水迢迢漾淺沙，幾重修竹野人家。　最憐秋滿疏籬外，帶雨斜開扁豆花。

橋煙柳泊輕舠。　歸程莫自嫌蕭瑟，白眼科頭興正豪。

送杭大宗歸仁和

一曲驪歌醉濁醪，南園欲別首頻搔。　從來身價文章重，此去湖山品望高。　滿屋詩書讎永日，六

苔花館獨坐漫成

苔館無人日漸長，年光鼎鼎去何忙！半窗鳥語春初暖，一屋梅花雨後香。　書爲貪看多強記。　酒

因易醉怯頻嘗。　年來自是情懷惡，翰墨緣疏詩思荒。

得許渭符佩璜淮南訃音

回憶題襟日，清言臭若蘭。　初心違捧檄，永別在之官。　有母編遺集，無兒拜冥餐。　尺書前遞去，

病目可曾看？

王生吟序

王生名御天，桐鄉人。父客死天津，生未知所在，聞信徒步走三千里，齧指出血，遍覓於津南城西荒塚間，竟得父骨，遂負以歸。嗚呼！西郊之原，客塚纍纍，其不得首邱者，可勝道哉！豈盡無子者哉！若王生者，可以風矣！

河邊白骨紛如雪，河上旅魂泣霜月。誰人半夜聲悲哀？浙西王生尋父骨。王生家在梧桐鄉，團團父子安耕桑。父兮遠遊子在舍，歷歷不復知存亡。一旦客自津門至，與父同遊鄉各異。問父今年在何地，謂父形骸空壟寄。王生哽絕徐復蘇，麻衣竹杖行崎嶇。角飛城邊盡荒塚，泣尋枯骨春模糊。兒呼兒，割兒指頭血，滴親原上骨。骨朽尚有苔，血深光不滅。千山萬水負骨歸，肌膚慘黑容顏摧。哭父不應，白楊風起聲凄悲。嗚呼！漢王陵、晉溫嶠，伏劍絕裾慚不少。何似王生負骨返松楸，寒食年年一祭掃？

悼亡妻李安人

其一

十六年相共，茲晨影忽孤。凄涼帷畔影，仿佛病中呼。舊物諸般在，遺言一句無。盈堂皆縞素，痛定復長吁。

其二

庭草含愁色，林花帶淚開。還疑經日別，猶望暫時來。藥裹紛難拾，衣襦亂作堆。尤悲小兒女，

驚顧不知哀。

其三

夜枕神無定，春衫淚不乾。倉皇勞客慰，顛頷畏人看。後事惟同穴，前途已蓋棺。老親頻涕淚，

何術與承歡。

誠女

空床長見暗塵浮，嬌女詩成記室愁。臨几正須人教繡，當窗不解自梳頭。今朝門內言誰命，昔

日燈前課最周。七誡無忘勤誦讀，西園回首感松楸。

曝書日，招劉紫仙、高五雲惲哲長、潘廷簡、周月東、吳驥調、陳江皋、陳東麓、朱秋亭、萬

循初集隱書樓，分賦天津古跡，得逆河

大禹疏九河，八支一爲榦。入海復同流，奔騰勢雄悍。石城有故道，風雨久淪漫。或云在浮陽，

長波尚輸灌。經生好聚訟，畫地少成案。千年紙上言，贏我望洋歎。桑經不可續，酈注誰能贊？歷

陽化作湖，長水沒無畔。盈虛理豈無，得失自茲判。復觀《溝洫志》，迎逆字改竄。新莽好讖符，

百度棼絲亂。忌諱到河流，愚陋資笑粲。端居閉一室，塵事脫羈絆。源流溯夏殷，典故考秦漢。鈎盤跡未淹，徒駭身堪按。空憐袁本初，猶憶公孫瓚。即今興水利，稽古得條貫。芻蕘可獻言，廊廟有勝算。平湖通浦溆，斥鹵生葭葦。安能溯洄尋，一辨南北岸？

春夜苔花館聽楊天益彈琴

戚戚復戚戚，空堦夜岑寂。山人抱琴同月來，月光入戶琴聲哀。起如十二峰頭雲乍散，孤猿三叫悲腸斷。止如十八灘頭水潺湲，落雁一聲念離群。我琴無絃桐梓綠，化作孤生巇谷竹。感君慰我良宵愁，更奏人間別離曲。吁嗟乎！山人爾琴誠太悲！慎勿再彈《烏夜啼》！慎勿再彈《雉朝飛》。

送萬循初光泰之陽山

春寒夜靜同剪燭，濁酒一杯歌一曲。曲終未終愁復愁，離情別恨聲斷續。丈夫意氣重慨慷，肯因離別生悲傷？無如萬里客他鄉，五穀無味花不香。同行誰是舊時友？一身一僕劍一口。嶺樹蠻煙路正遙，淚落春風馬回首。

寒食過水西莊雨中作

歲月侵尋歡擲梭，身同泡影感滄波。水西寒食煙猶冷，門外梨花雨正多。悶檢殘書人懶讀，喜

添新漲客須過。可堪載酒呼魚艇，獨把魚竿濕短蓑。

題錢舜舉《明皇幸蜀圖》卷子

其一

延秋門外夜烏啼，翠輦平明已向西。不比驪山遊十月，年年綵仗簇鞍齊。

其二

玉貌驕驪緩更嬌，君王回首尚魂銷。佛堂梨樹逡巡到，可惜南陽路不遙。

其三

汾水秋風旅雁飛，聞歌想亦共沾衣。鈴聞閣道凄凉雨，彈指圖中伴侶非。

其四

天寶繁華一夢中，空將遺傳付陳鴻。金釵錦襪供黃土，愁絕傳神習懶翁。

津門詩鈔卷八 邑賢

查禮三十五首

八月一日，早發萍鄉，江流淺洄，灘石嶙峋，小舟盡倒行二十里，泊矮子橋

磷磷石齒下灘難，半尺清流消漸乾。小艇盡將頭作尾，好山多得背先看。林間樵逕秋聲細，江上漁磯夕照殘。矮子橋邊停棹客，夜深倚枕聽驚湍。

龍頭磯

風土此間惡，中多疾苦民。懸崖連虎穴，遠壑住猺人。髮落黃茅瘴，頭纏白氎巾。陰霾山鬼泣，磯石冷江濱。

冬日灘江舟中

灘江水淺灘聲譁。灘石齒齒如犬牙。山逕盤紆曲似蛇。陰巖紅葉飛作花。澄潭迴溜寒魚蝦，黃

蘆苦竹映白沙。居人茆屋傍水涯，猺女赤腳髻分丫。蠻兒腰鼓爭相撾，笑余萬里遠攜家。

潯州府

青峰幾點帶晴霞，二水爭流捲白沙。繞郭猺人多種桂，近山蠻女半栽茶。斷藤峽口西風急，銅鼓灘頭夕照斜。視權此邦初問俗，春來應及課桑麻。

曉過石門懷古

風起石門舟不遲，沉香浦外早潮時。艑郎指點貪泉處，猶有吳君舊日祠。孤遙控海門山。幾年嶺表愁中過，今此銜杯一解顏。

夏日武義民州牧招同杭大宗編修、全紹衣庶常、胡惠嘉孝廉遊梅氏園，即席分韻，得十五刪

梅氏園林竹石間，忻同舊友叩柴關。侵簾蠻鳥依人下，壓檻洋花負日閒。地迥近連禪院樹，臺

石龍江序

江源發興安縣西南三百蕩大嶺中，西北流二十里至趙家堰，入靈渠。江中有石梁，狀若游龍，長六十丈，水從梁下過，梁脊石紋，宛然鱗甲，因以石龍名江。余尋乳洞過此，攜杖履其上，徘徊久之，真奇觀也。

一江淙淙來，兩山作水口。源發三白蕩，下達秦渠陡。石龍亘江中，撇波舞靈湫。造化何怪奇，宛出斧鑿手。飛躍具神形，見尾不見首。石上流石紋，蒼鱗排九九。龍腹如環橋，怒濤穿腹走。龍脊爲通津，人跡卯至酉。或恐上晴空，雷雨隨其後。倒捲天潢聲，渴瀑破岡阜。

夜過衡山縣舟中對月懷張雲澍司馬

岳色空濛夜色昏，櫂歌聲起客銷魂。煙中燈火臨山縣，樹裏茅茨近水村。小艇載人還載月，寒宵聞雁復聞猿。澳門司馬無消息，愁絕篷窗酒一樽。

午睡

幾竿瘦竹倚牆栽，艷艷蠻花向日開。鳥語數聲書一卷，綠蔭窗裏夢初回。

橫雲峽

群山奔麓如怒馬，截我前途橫曠野。雲中瓣瓣獻青蓮，奇峰高托蠻中天。巨石開劈一綫入，磴道盤旋七十級。風迴峴口冬日殘，鷓鴣一聲人膽寒。崎嶇蹩躄下峴去，鼓興還吟過峴句。

曉雨舟過蒼梧寄姚南青編修

雲水蒼茫塔影浮，牂牁江上放孤舟。斜風細雨嚴關曉，翠竹紅蕉古郡秋。一夕詩成離別淚，十

年書斷往來郵。直沽聞道君初住，鴻爪天涯動舊愁。

感沽上舊遊

沽上題襟亦有年，不堪燈下讀殘編。昔與同人梓有《沽上題襟集》。誰能采得長生藥？同住高山流水邊。

太平紳士部民數百人挐舟不遠千里，追送至南寧，以詩止之

山山水水遠經過，千里同人送逝波。歸奉晨昏情最切，歌余父母愧如何？尋遊有夢來踪少，聚首無期去日多。各返太平安舊業，不須別淚灑滂沱。

王琴德吏部由滇南來川，以詩遙寄，子月六日，偕趙損之中翰抵汶川，留榻行館，作竟夜談，因次原韻以答

其一

拂盧連壘結氈鄉，雪片封山冷夕陽。徼外烏啼邊草白，關前馬踏陣雲黃。短兵西向如飛礮，上將南來定破羌。報道故人聯騎至，盾邊籌筆助疆場。

其二

峻谷蠻江作塹壕，斑斕山勢接天高。裹糧計可爲三覆，掃穴謀須用《六韜》。絕域烽煙征雁避，殘年孤月野狐號。凱旋屈指無多日，古句先期詠《大刀》。

宿雜谷不寐，寄斑斕山軍營諸吟侶

寒夜披裘聽碉聲，逡巡戎馬擁關城。後先將相同衝壘，謂前國阿、前將軍阿、今相國定邊將軍溫。西北旌旗各占營。衰草向陽荒徼路，亂山積雪故交情。邊亭處處餘烽火，待灑吟壇雨洗兵。

宿向陽坪新館

日落停鞭馬倦嘶，風來颯颯滿山蹊。石城帶碉兵堪駐，板屋成營客共棲。沙跡橫屍蠻鬼哭，雪坑驚礮野狐啼。斑斕高峙青天外，賊退碉殘正可梯。

恤蠻篇

春深行徼外，山雪白曜天。沙磧盡戰地，碉砦臨通川。礮擊半凋敗，破碎無完磚。不惟人絕跡，亦且炊少煙。老鴉飛上下，野火燒崖巔。積屍遍溝壑，觸目生慘憐。急呼問蠻長，淚落如湧泉，泣云小金酋，攻圍非一年。掠我倉中粟，踐我溪邊田。我男婦被殺，我牛羊被牽。受困將七月，守義

誓不遷。去臘董軍門，援救師則偏。遠由木坪出，作勢如兩甄。重圍得以解，民命得以全。聞言心悽惻，賞卹支官錢。無罪故恤爾，有罪寧舍旃！

熱耳塞軍營

滿目悲涼地，天寒草未萌。壞碉行避石，空寨度鳴鉦。日淡風逾緊，雲濃雨易成。番番檢礮子，兵集廢春耕。

自熱耳塞移營阿喀木丫

峨峨熱耳已摧平，飛驕紛紛更拔營。月白一天真不夜，燈紅萬帳寂無聲。溪流汩汩隨春去，山色茫茫向客迎。遍歷蜀西奇險境，蠻鄉何日罷刀兵？

聞明守亭於山溪得魚以簡

山雲繚起雨纖纖，春漲溪流出斷巖。聞說得魚清浪裏，腹中曾否獲兵鈐？

約王琴德、王丹仁、趙損之明守亭過行帳小飲

萬馬西來塞草荒，連山積雪少春光。弓刀隊裏藏身健，風雨聲中感話長。羽檄頻催疲轉粟，烽煙高起強傳觴。相逢盡說籌邊事，嘯詠誰堪靖戰場？

首夏守亭招飲行帳，對新移山牡丹花

高架枯松倚斷崖，縈成曲磴小闌斜。戰場早醒繁華夢，絕域偏開富貴花。艷影净於初過雨，香光濃似漸蒸霞。杯殘詩就人同醉，搔首風前咽暮笳。

從軍行

木蘭壩前鳴戍鼓，萬馬西征群發弩。礨石轟轟響震雷，山中鳥獸避無所。健兒撲碙猛於虎，短衣挾槊逞其武。登高攘臂擒賊蠻，九重錫號巴圖魯。金鑾據寨如黠鼠，計窮穿穴潛居土。有死無降固守之，埋頭不出形踽旅。氈廬連壘陣雲濃，烽火燒空驚逆虜。將軍下令督師行，諸將揚威振毛羽。歷險衝寒士卒勞，仰攻俯掠多謀取。殺氣橫霄血地污，橫屍遍野洵難數。沙磧人傳老戰場，此間白骨留今古。舊鬼悲愁新鬼啼，林深夜黑凄風雨。相逢莫說從軍苦，書劍争看腐儒腐。分門持籌寧足舞伍，神來得句榮衮黼。酒酣耳熱還起舞，舞罷歌聲達天府。誰憐鬚髮霜縷縷？歌聲低昂音激楚。峰頭月上光吞吐。

五月五日，夜雨達旦，雨霽，軍營紀事

午日聊聚飲，賦詩應良辰。賓客盡酣醉，別去雨浥巾。氈廬燈又上，長劍倚吟身。檢點無吏事，暫與枕簟親。側聞夜來賊，掠我北山垠。火鎗聲震耳，戈矛走踆踆。營中兵氣寂，天黑不見人。心

驚少思睡，繁雨喧蹄輪。曉起出帳望，濕霧埋荒榛。風吹須臾散，巖岫仍嶙峋。頹然一碉破，云是賊所淪。士卒被殘戮，諸將徒怒嗔。

曉霽軍帳獨坐

昨夜氈廬雨净埃，蠻花曉看趁晴開。浮雲已自山頭去，得句翻從意外來。蘭壩懸軍人磊落，草坡歸路夢徘徊。凉生五月披裘坐，礮石聲喧塞上臺。

軍中送式文抱病回成都

客里驚心白髮催，書生愁聽角聲哀。詩嗟風雨蠻鄉別，人過斑斕病眼開。雲壓敵營騰黑氣，寨連芳草踏青回。帳邊羌笛離情起，驛路迢迢歸去來。

哭杭大宗編修

歎息西湖老，蒼顏十載違。著書隱几臥，理釣倚帆歸。紅樹秋雲冷，荒山夕雨飛。死生今異地，相見夢依稀。

自博和壩至砍竹溝

霜風颯颯雪嶺華，振衣佩劍趨天涯。山山落葉飛已盡，樹梢白子如梅花。塞鴉紅嘴復紅脚，成

群連陣啼啞啞。灘頭汩汩急流響，荒灣敗葦煙橫沙。高峰結寨乏鄰戶，時聞鼉鼓喧蠻家。蕃經插竿

若林立，危碉孤聳參雲霞。三年遍走西陲路，直孤險峻過木丫。土性瘠薄少物產，陸少鹿麋川無鰕。

幾番出入歷艱苦，蒼涼滿目空嗟呀。浮名誤人竟乃爾，生還異域今猶睹。形枯力倦氣尚健，此間覓

句真堪誇。行行我又陟岡去，前軍屯處吹悲笳。

入砍竹溝，歷煙篷塞、草木多諸站，止筰馬作

深溝冷雲合，蕭蕭危碉長。漸入人跡少，萬象增蒼涼。

亂石險非常。蔽天灌木陰，稀見曦日光。小株間大株，幾無路可行。流水潺澗底，陰氣散坡岡。枯

草埋凍雪，叢荊黏嚴霜。死竹梢已禿，森矗宛戟槍。朽株臥橫途，質巨如垣墻。溪惡不可渡，獨木

為橋樑。結屋覆樹皮，聊避風雨狂。曳杖艱履蹈，衝寒十指僵。足蹇喘息急，力乏兩目張。負米多

茂民，紛紛雜蠻娘。婦女混投營，軍中氣不揚。給資驅之去，欲去翻自傷。溫語解其惑，強勉回故鄉。

余方立山頂，列嶂危斜陽。終歲烽火赤，千里征塵黃。

筰馬山營

紆迴筰馬嶺，峻險似環城。地絕豺狼跡，天驕鸛鷮聲。山空堆古雪，徑阻闢新程。輓運洵艱苦，

何時議息兵？

秋日登臥龍關樓，寄懷程魚門銓部

其一

與髯作別六經年，幾度相思玉壘邊。極目錦城雲外棧，驚心丹徼雪中山。時八月，徼外雪已封山。

其二

風流舊社憑君占，烽火餘生獨我延。煙樹千重山萬疊，京華何日醉樽前？

其三

登臨無那數離程，老去無才學請纓。沙草磧荒悲逝侶，謂損之戶部、鑑南大牧，時皆被難。寒葭潭冷憶吟聲。君舊寓寒葭潭。蕭蕭短髮逢場戲，漠漠浮雲逐處生。腸斷邊庭頻灑淚，天涯長望倚關城。

慰忠祠弔西征殉難諸臣序

祠在浣花溪上、工部草堂之西偏，乾隆癸巳秋七月建。祠戶部主事上海趙文哲、刑部主事、滿洲特音布、無錫王日杏、重慶府知府新建吳一嵩、潼州府通判休寧汪時崇、慶州知州承德常紀、漢州知州漢陽徐諗、新繁縣知縣陽湖徐瓚、大竹縣知縣仁和程蔭桂、酆都縣知縣無錫楊夢槎、內江縣

知縣嘉善許椿、布政司照磨臨榆倪鵬、西昌縣丞仁和倪霖、合州吏目宛平羅載堂、秀山縣巡檢臨桂

郭良相、營山典史光州吳鉞、納溪縣典吏東安許濟、秀山縣典史寧河周國衡、候補鹽運同知靈石王

如玉、府同知舒城鍾邦任、直隸州知州會稽吳璜、知州南昌彭元瑋、知縣宛平孫維龍、渭南張世永、

原任越雟通判浦城吳景、納谿縣知縣貴築章世珍。

從來天道本好生，殺機忽自金酉萌，皇用討罪旋加兵。陣圖堂堂旗正正，六

師迅發銜詔令。荷戈帶甲十萬人，丞徒個個稱雄勁。蛾賊負固宛負嵎，破碉獻馘終獻俘。壬辰冬，

獲小金土司澤旺，解京。儹拉小金自號已平攻赤展金川自號，空卡昔嶺雪片靐，巒氛瘴濕苦難耐，

三軍瘵病筋力憊。前敵勢怯後路寬，夾霸羌語猶言劫奪也如雲湧荒界。癸巳之夏六月初，四山暗襲

乘腹虛。提帥陣亡將軍殞，連營兵潰焚穿廬。在事群公忽罹難，後先雜遝賫遐恨。其中二十六文臣，

義不受辱死不憚。屍填溝壑燐火昏，煩冤夜泣千秋魂。朝廷議恤受上賞，蔭及子息邀殊恩。金匱顧

公時秉臬，倡建一祠表臣節。率錢度地誼懇誠，設座設位崇義烈。浣花溪畔草堂邊，春月年年啼血

鵑。雲紆廟貌真嚴肅，砌草風迴卷暮煙。我來卻值公亡夕，六月初十、十一兩日，爲諸公殉難先後

之辰。石火光陰一期隔。兩淚盈襟慟失聲，從頭細向遊人白。徘徊更擬買祀田，蘋蘩歆享籌萬全。

要使靈祠妥毅魄，如山藏玉珠含淵。祠成，無祀田，且恐日久遂廢。余捐廉，檄成都令急置祀田，

以垂永久。嗟余同事不同死，今日衣冠還拜此。隻雞斗酒薦長筵，泉下有靈呼欲起。惜余未死不同

堂，諸公何樂我何傷。生者無緣死者活，芳名百世留餘香。人生吉凶固有命，所遭不幸轉有慶。紅顏盡節臣盡忠，青史流傳書礦行。

風雪中過小直沽山

上下幾千尋，盤旋數十里。人行向雲端，馬行在雪裏。不識山徑高，惟見寒光起。長林白滿溝，空谷響凍水。糧夫員屭來，如蟻轉磨齒。俯驚萬丈阬，一墮駭無底。我方仗興丁，兩肩托生死。皇天本大慈，兵事會當止。

恂叔梓有《沽上題襟集》，及閱《銅鼓書堂集》，見有《沽上題襟集敘》，附錄於此：『友朋之樂，自古以詩而傳，南皮之遊，山陰之會，千載以爲勝談。然旬日流連，相從即別，其易竟也。予拙於賦詠，尤不善閉戶苦吟。數年以來，三五同志，晨夕必俱。酒坐琴言，各相贈答。而余詩亦遂以多，較之昔賢一時之聚，其久暫遲速不啻百倍過之。庚申冬，同志八、九人，取津門唱酬之作。每年簡擇數章，各成一卷，名曰《沽上題襟集》，而此卷一百三首，則予不揣荒學，附於諸君之後者也。少陵云：「把臂有多日，開懷無愧辭。」日則多矣，其敢云無愧乎哉！』

公《銅鼓書堂集》，杭大宗編修爲之序云：『查君儉堂莅蜀之三年，盡裒其已丑以前之作，走使徵序。余戢影邃廬，發書而讀，如見儉堂萬里之外。頭白知交，惟兩人在。儉堂之詩，舍余孰爲元晏

哉！儉堂難兄曰蓮坡先生，耽嗜風雅，狎主齊盟，海內詞人，靡不向風景慕。同時廣陵馬氏，遙遙相望。

余南北往來，兩家園林，必留信宿，親致師摩壘其間。而蓮坡繼以婚姻之好，故余弟畜儉堂，亦不余嗔也。今上龍飛，廷試鴻博之士，得十五人，餘皆報罷。然輦轂人才，於斯為盛。其時水西山莊之實客，亦視前後為最盛。刻燭分題，藏鬮鬥酒，蓮坡應接無倦容。而儉堂甫弱冠，肩隨秦晉，才情騰踔，堆案盈几，喜動家人。而儉堂蠆尾細書，繕詩投贈，意殷摯如其兄。自丙辰至癸亥，首尾八年。一旦余出示一篇，則已驚其夙素。猶憶史館下直，苦吟無俚，餒間來自尺五城南，安成之食，潘園之果，堆以言事罷斥，忍痛別去。常恐前死無相見之期。乃隔廿餘年，余猶幸存，不見蓮坡而兩見儉堂焉。儉堂以戊辰歲官農部郎，尋外擢，單車赴嶺表，取道與余相見於西湖，會余膺羔雁之聘，主講粵秀書院。儉堂自慶遠來，則又相見於五羊城，蓋在壬申夏五。時蓮坡下世未久，見儉堂，且痛蓮坡也。蓮坡與余談藝最洽。儉堂之詩，杼軸性靈，原本忠孝，猶蓮坡之教也。今披其全集，少作已自可傳，而傳儉堂者，尤在服官以後之作。重葺黃文節公祠，探湘灕二水發源處，浚靈渠，修秦郡監史祿遺跡，美政藉藉人口。杜拾遺一代詩史，未歷方州。元道州咨嗟民瘼，治具無所恢張。儉堂身際清時，有猷有為，歸裝載石，清風動林。余不見儉堂而見儉堂之詩，匪惟競爽蓮坡，詩之有用於世，此其明效大驗矣。儉堂具方圓可施之才，今觀察川北，以六條計吏，行且騤騤大用矣。有方召之臣，必有方召之詩，如《江漢》《常

武》者，豈以一官一邑之治，爲足衡量吾儉堂耶？姑就其所已編者而論之如此。蜀道遠在天上，繼見無日，余發種種，猶思揮魯陽之戈，延景桑榆，序儉堂他日未見之詩也。」

儉堂《跋張杞園紀年印存》云：「丁巳秋，予讀書水西莊，朱君導江過訪，持《有相印軒印存》一卷見貽。開閱知爲渠邱張貞杞園所篆。雲垂嶽峙，魚頡鳥胕，有松雪、三橋遺意。古之論摹印者，不貴美麗，專尚樸拙，杞園惟古是師，不趨時好，洵得篆家之三昧也。秦漢來有官私二印。上自帝璽，下及王侯以暨伯長三老等，皆有官印。餘若署記姓名者，皆稱私印。後人踵事增華，品目益廣，遂有按甲子作印者。是編獨歷紀行年開秩之數，亦譜中之一種耳。予昔見新城尚書答荆庵禪人書中稱：荆庵石塔，必屬杞園之手，知爲新城所推重，予竊心冀久之。今得其手刻，毫髮無憾，恍親見奏刀時也，因跋而藏之。」

《題〈秋莊夜雨讀書圖〉卷子》：「予家水西莊，在津城之西十里而近，面臨衡水，背枕郊野，花竹環繞亭榭，一往清曠，於以適志怡情，致足樂也。丁巳七月，秋霖不止，七十二沽之水，雲奔電激，會於三岔之口。昔之支流斷港，絲分而縷析者，無不充塞洋溢，混茫浩淼，合爲一水。於是水西之水，去莊數百步者，竟達於莊之墙下。登數帆臺，一望瀰漫。漁舟客艇，出没於煙波之中，亦一奇觀也。重陽後，予讀書莊内，時餘水未退，殘雨猶零，檐鐸花鈴，互相應答。梧桐之葉，芭蕉之林，蕭疏滴瀝之聲，永夜不絕。而農歌起於前浦，釣笛咽於中洲，驚鳬宿雁，拍拉於叢蒲密葦

中。予於此時，自謂駕求仙之舟，周遊於麟洲翠水之間，不是過也。夫天壤最愁者莫如雨，故張孟

陽有苦雨之作，杜少陵有今雨之思，世間之榮辱得失，莫不感物懷人，驚時序之遷流，傷居處之寂寞。然以之佐三餘

課，擁萬卷書優焉游焉，無擾於中，則於雨也亦宜。昔邢子才以天下無事惟以山

水宴遊爲娛。會霖雨，乃讀《漢書》五日。則雨之助人，亦何可少哉！適朱君崤仲見訪，遂請聚其

景而圖之，他日卧遊，猶覺秋風之襲我襟袂也。」

公長君名淳，字葆之，號篆仙。官江西督糧道、江西按擦使、湖北按察使，改大理寺少卿。性

仁厚闊大，禮賢愛士之風與儉堂同，壽八十九，卒於京。孫咸勤，道光辛巳順天解元。篆仙子森，

號花農，亦能詩。

查善長四首

善長，字樹初，號鐵雲，蓮坡老人長子。乾隆甲戌進士，歷官刑科給事中，巡視天津、瓜儀漕務，

里閈以爲榮。終江西府知府。詩見《長蘆志》。

雨晴登環水樓即景

夜雨酣如夢，惝惝到五更。曉來登水閣，凉意滿秋城。茶葉同人瘦，葦花生遠情。癡雲飛不動，

角角學山行。

青縣道上

閱盡高低路，霜痕復草痕。寒煙平似水，叢樹遠疑村。野店無多席，荒庵總閉門。殘陽衰柳外，指點戌樓存。

家大人水西莊築成命賦敬步原韻

其一

小圃仍依衛水西，趨庭此日快存棲。風來葉裏秋聲細，影落亭前夕照低。三月桃花流曲岸，一行衰柳蔭長堤。清幽不數平泉古，險韻時邀過客題。

其二

別院風光不厭過，花龕朝影伴雞摩。禪參半偈聊存意，屋架三間已覺多。野外爨煙籠樹碧，吟邊酒盞照顏酡。起居喜奉堂前壽，剥啄還來曹與何。

查善和八首

善和字用咸，號東軒。蓮坡老人子，鐵雲侍御弟。著《東軒詩草》。

按：查氏至東軒已中衰。公沈潛多術，學問博雅，效陶朱公致富，重振其業，貲甲一郡。善自韜晦，布衣脫粟。好吟詠，喜陶石簣體。所著甚多，後遭散逸。所錄得諸梅園先生馬世稌所藏廢書中。梅園、東軒，爲中表戚。古體二首，見《長蘆志》。

初夏與顧方來、羅近齋晚登玉皇閣

昔聞古剎城之東，中有高閣凌天風。二客攜手相呼引，足履危梯雙睛瞳。攀援有如猱升木，轉輾不異鳥入籠。須臾山河大地見，如駕鵬翼騰虛空。是時昏黃冰魄湧，金波尚弄海水紅。長河繞郭千里瀉，高城枕水百雄雄。俯視廣廈千萬列，謂是大賈五侯同。吁嗟此身一稊米，蟻穴富貴如轉蓬。登閣足令須彌小，牛角何必相戰攻？持此欲問泰山叟，奚事驅車咨龜蒙？

行宮初竣恭賦

七十二沽古水鄉，東連巨浸波濤長。間有池館開道旁，參天萬柳秋蒼蒼。潞河日下遙相望，舳艫千里啣帆檣。清波一棹隨風揚，濯纓令我思滄浪。天子重念薄海疆，詔疏禹績傾倉箱。視民所在如有傷，翠華親駐臨康莊。百工子來奮錘忙，平蕪不日起畫梁。溫宮窈窕達洞房，曲院掩映通修廊。闌干鏤玉棲鴛鴦，殿閣錯金蹲鳳凰。其西綠竹交琳琅，清颺細細水榭涼。萬絲煙雨垂弱楊，俯瞰十畝方池塘，松濤過耳同笙簧，飛樓仰視雲中翔。中臥古柳山之陽，癰腫何止千歲強。海棠一染天藻

香，有御書『海棠廳』。春風特地驕紅粧。遙憶來年時省方，水葒三月魚龍藏。河伯不敢恣狂狙。徘徊徙倚等望洋，神飛色動空彷徨。扁舟歸去興未央，霜天新月煙蒼茫。

御舸中流飛蓋黃。羽林雲屯鷹隼揚，森立豹尾輝旂常。比來經始雜士商，觀者不禁如堵墻。

書懷

衰病耽禪一味閒，隨緣無事可相關，轉頭禍福甘身賤，屈指存亡喜鬢斑。家在貧猶未貧處，人居材與不材間。未能免俗差堪笑，尚擬《詩》《書》學孔顏。

眺水

海津一夜雨，澤國望中浮。帆近疑侵市，城高早得秋。塵緣悲櫪馬，生計笑沙鷗。我欲乘風去，扁舟破濁流。

雨聲

輕陰細雨作新涼，點滴閒堦引興長。決計明年北窗下，綠蕉斜種兩三行。

雨中同杭藕溪夜話

一榻翛然許暫留，空階夜雨雜更籌。老諳世故機鋒鈍，貧狎人情氣骨遒。同似碁殘思斂手，休

思甑破再回頭。王孫知爲饑驅貫，書劍無端又薄遊。

偶書

其一

朝旭無端又夕陽，壯懷其奈鬢毛蒼。流光自古無情極，斷送英雄上北邙。

其二

春雛草草初成壘，夜合茸茸又作花。我固欲歸君亦去，無如何事是年華？

查誠十三首

誠字衛中，號靜巖，一號海漚，善和子。乾隆丁酉舉人，候選員外郎。著有《海漚詩鈔》。

按：海漚平淡閒易，詩酒自娛，有蓮坡遺風。東軒卒後，家起小園，疊石蒔花，殆無虛日。積書萬卷，無不披覽，所作卷軸之色甚華。然不事生產，貲業半爲人乾沒，未幾蕩然。妾程君，亦能詩，君卒後，猶收拾餘燼，課子讀書，閱歲亦卒。今其宅已易爲常平倉，過者每慨累世清華，一朝零落云。

初抵山房作

紅葉窺軒竹沒欄，郭熙村落巨然巒。撲眉山色看無厭，聒耳灘聲夢亦安。魚不畏人稀網罟，民

多喜獵走豺獾。　殘營廢堡都成市，十里朝墟趁一餐。

見諸兒遊椒山

平橋纖月墮潺湲，林莽深昏水曲彎。　夜半諸兒猶載酒，馬蹄人語過前山。

讀儉堂叔祖《銅鼓書堂遺稿》

讀罷長篇涕淚沱，唾壺一擊一悲歌。　少陵身向蠶叢老，新息魂驚薏苡訛。　百戰場中三史熟，半生詩裏萬山多。　瘴鄉蠻洞英風在，老去應輕甲乙科。

北石渠遇宋禮堂大尹

別後相思詩幾首，九年懶寄一書緘。　吳中弟子行荒業，江上諸侯新晉銜。　斜雨顛風人握手，荒山歧路淚橫衫。　相看祖逖籠鞭去，重攬君須笑不凡。

無題

卐字欄干九曲通，密脾香裊畫簾櫳。　養成狷子擒黃蝶，教熟鸚哥念《國風》。　十五畫眉成八字，初三待月費雙弓。　無人到處偏相見，笑問西園花可紅。

和梅樹君孝廉憶柳八首録六首

其一

賦柳吟成紅豆詩，紅橋處處最相思。

鞭絲帽影斜陽外，添得悲歌幾竹枝。

其二

記得春寒二月天，懶開露眼慣籠煙。

穠桃猶自供脂粉，癡想纖腰尚早眠。

其三

青青楊柳尚名村，隔岸音塵春夢痕。

偶拾道旁枝半折，青溪姑去一簪存。

其四

休尋百囀流鶯夢，夢憶烏啼夜匝三。

往事閒愁思不了，與君一樣夢柯南。

其五

好歸天上白榆旁，却省風災到處防。

八萬二千修月手，要君仔細避吳剛。

其六

飛花飄絮歲蹉跎，使盡風流奈老何。

削跡不須憐瘦影，後來張緒少年多。

哭以文孫

其一

賀生悲死太欺儂，三歲何曾識汝容！喚祖人傳聲漸熟，哭孫我恨涕無從。巢中雛墮迷歸燕，頷下珠亡兀睡龍。昨日寄書猶問訊，可憐晨報墓田封。

其二

未省人間半點愁，床頭可有片言留。行尊一代推宗子，禮殺中殤占小邱。病婦衣前空漬淚，老人夢裏暗回頭。方知道力全無據，悲到宵深囈不休。

查訥勤六首

訥勤字簡庵，號雲舟。嘉慶戊午舉人，辛酉進士，翰林院檢討，終陝西督糧道。海漚孝廉長子。

八里橋途中

其一

雙輪轆轆出京華，柳拂宮堤日已斜。長笛淒清催月上，亂蟬聲裏雜鳴蛙。

其二

煙雲縹緲路迢遙，策馬方過八里橋。長短離亭淺深水，一時和月助魂銷。

家冰如上舍，適晉逾年，昨來自絳州，小聚數日，聞有津門之役，燈下秋雨滴階，涼風入戶，

離思黯然，爲詩送別

十年小別屬神州，燕晉分馳客刺投。蜑距形勞甘負蠡，驥騄途窘任呼牛。水雲闇藹丁沽月，風

雨淒清子夜秋。莫悵驚飇飛落葉，春光指顧不須愁。

舟中對月

誰云河廣亦容刀？尺幅飛帆泝雪濤。爲愛窗開收月色，夜深涼露透宮袍。

舟中寄內

欸乃聲催畫槳移，飛鷗群度夕陽西。閨中未卜行人到，還計今朝待鳳池。

不須兩地共離愁，畫舫還爲津水遊。料得碧窗明月夜，夢魂天際識歸舟。

查昌業五十四首

昌業字立功，號次齋，別號松亭。

按：次齋祖籍海寧，以事譴戍濟南，遇赦家天津。與舅氏金芥舟先生唱和最多。松亭少負雋才，與萬徵君光泰、余徵君懋檣，馳逐文壇，爲英夢堂相國所推許。格調近漁洋而較淒咽，式微自傷故也。所著《篸然館集》未刻。所摘之詩，皆得諸金氏家存手跡。

沽上遊春詞

其一

翩翩遊騎出春堤，　馬上花枝壓帽低。

轉過綠楊人不見，　時聞花裏一長嘶。

其二

酒旆招搖喚人，　踏青歸去盡微醺。

誰家楊柳鞦韆院，　新綠蔭中血色裙。

雨中同杜又陵過杞園主人留飲題壁

其一

春入東鄰草作茵，　風風雨雨趁閒身。

到來一盞梨花酒，　傾倒西園舊友人。

其二

桃花艷艷海棠紅，　燕子來時落絮風。

小向荼蘼香裏醉，　助人吟思雨空濛。

即景

尋芳步步踏青來，柳外何人築釣臺？七十二沽春水活，午雞聲裏野桃開。

小園春日

杏花開後玉梨開，庭砌深閒長綠苔。遲日簾櫳低柳院，過牆蝶抱異香來。

歸與草堂梅花爲芥舟舅氏作

却憶孤山頂上開，香清露冷獨徘徊。半杯濁酒澆荒土，月轉吟魂一箇來。

荷蕩泛月而歸

其一

舟分漁齗出，碧瑤湛湛流。平湖未歸雁，一聲長笛秋。濯足藕塘客，芙蓉亂裏頭。誰知天地外，此身等浮鷗？

其二

行行三十里，日落前湖白。夜氣入花香，美人煙霧隔。臥看水雲盡，翠擎搖空碧。歸興櫓聲中，溪月曳長帛。

秋草

憶昔駐歌舞，芳菲踏晚晴。如何秋色亂，不共夕陽明！驕馬湖邊路，輕帆江上城。萋萋猶似舊，

祇覺太憐生。

秋蛩

行行秋寂寞，薄暮亂蛩多。野店荒籬落，空山老薜蘿。露涼聲斷續，宵靜苦吟哦。吳女寒塘夢，

疑聽《子夜歌》。

十月十三日蚤起促裝北上，途中遇雪感事

十月促行裝，凌晨霜氣蕭。敗葉走空階，朔風響檐竹。強起理衣裳，囊橐成一束。登堂拜華髮，

欲去還躑躅。家人進酒漿，殷勤供薄粥。貧賤多離別，亂絲縈中曲。珍重感妻孥，慰勞到僮僕。秣

馬始出門，堅冰冒輪輻。寒云壓馬耳，肆虐來勝六。幨帷敝不完，撲面生寒粟。軋軋度浮梁，鱗鱗

出林麓。豁然眼界開，光景失迴矚。廣漠折高枝，飛霙沈大陸，雞鳴日旁午，一飯就茅屋。瓦缶當

圍爐，村釀敵醽醁。抱膝忽長吟，回首見銀鹿。破絮聳雙肩，手足爲蜷跼。使我心惻然，欲歌不知

續。呼嗟我此行，所營升斗祿。豈因兒女謀，親老食無肉。自憐弱且愚，不堪服版築。石田不可耕，

盡簡不能讀。蹙蹙風雪中，致爾身無告。舉酒爲澆寒，黽勉前邨宿。

題蔣雲巖先生《斯友堂文集》後序

雲巖先生，明會稽諸生。鼎革後，抱道不仕，隱於柯山之陽。平生著作甚富，手輯明史百餘卷，俱燬於火。其孫伯持搜羅散失，得詩文若干卷付厥。

對酒莫思瘟，當歌莫思哭。世代久陳涅，遺編不可讀。當時兵氣滿關河，血戰元黃坤上六。柯西有客獨歸來，埋頭肯羨荆山玉？開君古錦囊，使我心彷徨。東都澤國南都荒，後車載筆無班揚。阿誰畫轂車，朝馳燕山陽？何人錦韉馬，暮宿金臺旁？金臺旁，多茂草，為鼠為虎滿前道，桃開李謝春明早。河南河北杜鵑春，馬逸龍眠白下門，帝子乘槎去海濱，勝國衣冠餘幾人？伏生傳經不傳史，司馬書成麟再死，一編辛苦采實錄，焚餘書草知何是？嗟我懷思思君子，採澧蘭兮擷湘芷。開篋文孫髮已絲，慷慨為君一誦之。

杞園夜坐

靜是空山裏，山空夜色澄。鐘敲樓上月，人語竹間燈。風靜來花氣，潭明動石稜。茆堂塵不到，應住雪庵僧。

病馬

歷盡崎嶇志未殘，羈金絡月憶長安。十年首藉經秋淡，午夜風霜入耳酸。西去崑崙應計日，北

來沙漠不勝寒。瘦餘猶是千金骨，敢作尋常駑鈍看？

瘦鶴

骨相清癯老更侵，那堪毛羽委秋陰？身經泰岱巢方覆，思入蓬萊力不禁。明月幾回羞見影，瑶琴一度是知音。却憐未遇仙鄉客，短夢華亭歲又深。

擬閨情詩

其一

趙女銀箏別院聞，當窗聽罷獨黃昏。池塘新草和煙淡，露井飛花向月翻。不見鳴環開洞戶，空披軟繡入芳園。斑騅未許牆陰駐，催送人歸早閉門。

其二

赤闌干外柳垂絲，簾額生波下砌時。一見雲英憐最小，重來杜牧悔教遲。玉釵琢就留持贈，鳳紙裁成綴遠思。寄語夭桃須自愛，隨風莫放出牆枝。

其三

經年惜別感春宵，繡被薰籠鎮寂寥。朱邸競傳迎小驄，綠窗誰見試輕綃？洞庭水長魚遊少，江浦沙明雁去遥。消息無端托鳩鳥，賺人清夢自朝朝。

二七二

其四

等閒花草盡風流。未卜瑤琴諧白頭。避客有時還下幕，憶人無日不登樓。巢成紫燕傳新語，夢

破銀塘失舊遊。十斛珍珠求玉笛，月明吹出別離愁。

答僉堂叔病中見寄

倦馬初從日下歸，巷南書札款荊扉。騷人善病知吟苦，遷客多愁感物非。幾度看花孤勝日，三

年問路向斜暉。何當爲掃苔花榻，共臥東軒看鳥飛。

秋日攜酒堤上時方起行殿於東

樹隱河流翠作堆，長堤東望鬱樓臺。白雲時向林端出，黃葉還從天際來。望闕心情杯底見，懷

人詩句醉中裁。爭知此水通江澨，欲障迴瀾瀉綠醅。

凌家莊村居

三間茆屋不遮籬，十畝荒田隔水西。秋雨足時官道廢，高舂落處野禽啼。隴頭驅鴨見歸艇，柳

下鳴榔誰灌畦？便與老農借鋤錛，忍教妻子色凄迷？

小至前四日，叔儉堂招同周元木、萬循初、高季冶、李放亭四徵君、兄堯卿集借舫。用少陵韻

刻燭飛牋次第催，盍簪好共唱酬來。當年世事真流電，終古文章豈劫灰？走馬君聽官舍鼓，探

時我憶嶺頭梅。春明門外冰霜客，且進澆寒酒一杯。

寄金西崑舅

其一

憶昨西園夜坐時，簌簌風動月參差。商量仲雅酬新雨，檢點奚囊補舊詩。籬菊開殘人早別，江

楓落盡水流澌。東華臥雪羊裘冷，剪燭深窗却對誰？

其二

雲根抱屋水澄潭，茗椀香鑪處士庵。深雪庭中邀鶴步，朔風林下閉書龕。買山五岳心同切，索

米長安事未諳。此日梅花消息動，可能無句乞羊曇。

其三

遊子情懷莫更論，銅街日日逐風塵。五城車馬紛難避，雙闕雲煙望未真。歲晚思歸猶躑躅，交

疏干進自逡巡。悲來苦憶西窗竹，呵護頻煩過比鄰。

送宣門叔罷舉赴河南工次

東武傳書近百函，鳳城良覿破愁緘。都來日下停征騎，又望河干送去帆。一第難憑療赤骨，十年不偶耐青衫。明春鯉躍桃花水，莫寫窮途報阿咸。

都門留別四首

萬循初徵君光泰 時方著《算學指南》，並點定余詩

香雨苔花得舊朋，揭來西第共吟燈。一林瘦石看高笋，十樣蠻箋摹古藤。下第窮年探洛數，上乘累月叩南能。夜爐寒火添惆悵，明日別君踏曉冰。

高季野處士

沽水招搖是後期，論交今日倍堪思。傭書終古無長策，問字新年有故知。家世憐君中落後，樓遲似我獨存時。相逢好事休辜負，莫欠城南看雪詩。

叔儉堂農部 今夏補官，別余入都。十月余來京，今又別去

官鼓迢遙戍鼓頻，更端離合轉傷神。往來無候慚陽鳥，寒暑安居羨逸民。空橐易戕青簡策，敝裘難拂玉堦塵。窮途剩有東平在，臘去枯條漸向春。

兄堯卿上舍

謝家群從各天涯，回首鹽官道里賒。兩月浮踪聯借舫，一時離恨上征車。雪泥到處鴻留跡，萍水何年客到家？相約故園歸去好，與君同看隴頭花。

詠雪塑僧

真如頂相總非真，隨意天花見化身。雲窟今為常定客，雪山曾是過來人。大千震旦原無我，三界琉璃始入因。會向峨嵋參白足，登車西去白牛馴。

春郊

帶郭春流曲曲通，平原新碧遠成叢。社前社後桃花雨，村北村南燕子風。遊屐遙來芳草外，酒旗斜颭夕陽中。水西莊畔宮門路，堤柳何人擊玉驄。

西崑舅初度賦呈

小住邱樊老一廛，遺榮早歲自全天，遊山囊重添詩草，乞畫人來得酒錢。別墅堂懸招隱榻，鄰家池引灌花泉。何須更覓丹砂穴，移竹栽松可駐年。

蘇家橋

石溝西去接蘇橋，隱隱風帆出葦蕭。兩岸壚煙千樹柳，幾聲漁唱十分潮。前村薄暮人爭渡，別

路先秋客聽蛩。欲問紅橋何處所，蒼茫無跡認前朝。

苑口晚眺

三港迷離水接煙，趁墟人去晚來天。斷橋雜樹碧雲外，落日亂鳧紅渡邊。野寺無燈聞遠磬，空

山有月見歸船。勞君西指長安近，遷客多應住輞川。

苑口放船曉望蘇橋雲水一帶如圖畫

曉來掘鯉淀西頭，平展江南一幅秋。綠樹中間懸碧瓦，白雲斷處出朱樓。天邊雞犬皆千古，身

外煙霞即十洲。遮莫名園傳水繪，請看圖畫入扁舟。

舟過左溝莊

紅粧脈脈碧波斜，十里香風似若耶。床載琴書高士舫，籬牽瓜豆野人家。水村有約重相過，藕

蕩經年再看花。六月陰晴如轉舍，幾番風雨出蒹葭。

老槐

庇此高堂不記年，南柯未許蟻盤旋。長松老杞堪爲友，弱柳新楎莫並肩。七月看花多俊士，三

階藉蔭有名賢。須知枝葉如雲處，孤幹曾經霜雪堅。

與同學韓景忠話舊

垂髫與君過柳塘，時誇蹻捷上漁梁。同擎密織招蜂去，旋洯河珠到水旁。東海播遷留鄭谷，下

邦戲弄感韋莊。小樓夜雨藏鈎處，可有臨街舊板床？

濟南雜詩六首録一首

仲冬雲水蕩虛屛，懷古人來歷下亭。坐想菰蘆吹獵獵，臥看鴻雁去冥冥。樽罍舊守多名士，筈

筈湖前有客星。如此煙波不深住，更從何處逐流萍。

和兄四孚春日書懷

角飛城下水漫漫，海國春來尚薄寒。爭看千門桃李色，能忘十月雪霜歎。路經秦棧途皆坦，交

得洪崖道未難。不向東山藏遠志，謝公何事久泥蟠？

春晴

玉簫吹徹賣餳天，綺陌風和柳脫綿。花外平橋過腰褭，樹中深院貯鞦韆。踏青多入鴛鴦浦，鬬草輕遺翡翠鈿。斜日登樓凝遠望，含情却避錦連錢。

和高薑田先生雨中對雙桐樹詩

軒外青桐雨洗柯，石床長簟對婆娑。檐邊古色雙株净，檻外泉聲百衲和。瑟瑟交枝聽戛玉，涓涓密葉注懸波。使君高詠誰能繼？翹首龍門古意多。

榜後送兄虞絃姪簹林歸里

大阮風流小阮賢，相攜同上楚江船。功名已被懷鉛誤，姓字羞從賣賦傳。良驥馳驅仍數蹶，候禽辛苦又三年。蘭臺有路終期到，他日相須共著鞭。

陳受明詩來留別，次韻送之

滿地蘆花海國秋，蕭條楊柳驛邊樓。馬來空谷生蒭長，客去河梁落日愁。下第心傷丹桂籍，懷人共上木蘭舟。東南到處多佳勝，回首江南是舊遊。

叔儉堂招同人近圃看荷小飲

出郭看花遠市囂，步兵後乘栽春醪。宰官自昔稱通隱，詞客於今例酒豪。爭把碧筒歌水調，不須紅袖擫檀槽。林塘清宴歸途晚，扶醉登車月已高。

送金西崑舅氏遊山

奚囊有句帶禪薰，瘦骨真同猿鶴群。遁世未隨南郭子，探奇特訪武夷君。覺餘好夢身俱幻，老去名山志倍殷。一兩芒鞋一竹杖，從今踏遍萬峰雲。

秋來多感，聞章絅夫亦臥疴不出，戲簡

閒情愁寄逝東波，瘦比黃花似更過。倦翼省儔鸎笑，枯禪聽彼鈍頑呵。書城有檄驅窮鬼，藥裹無權制病魔。底事感秋同沈約，欲將消息問維摩。

送兄四孚

貧賤誰能不離群？鶺原落蕚白紛紛。東山淚盡十年戍，南浦心懸萬里雲。落日蒲帆成悵望，涼秋邊雁不堪聞。可憐兄弟同為客，衰柳河亭更送君。

家母五十初度，同人褒揚苦節，以詩爲壽，敬答三首

其一

膏澤方蘇涸轍魚，爭知潛德播芳譽。新詩感慨悲歌下，舊事蒼涼涕淚餘。六月風塵懷國夢，五更燈火課兒書。羈魂望斷青門路，苦雨霾雲久覆車。

其二

詔許生還感國恩，遙瞻北極拜楓宸。勞薪歷下迴初轍，短棹飄榆問故津。華髮盈梳身瘦損，霜蘆一筋日酸辛。閒居未遂高衢步，慚愧輕軒御老親。

其三

鴻篇今日重鄉賢，敢望他時太史傳。憂患半生完苦節，詩歌一峽慰餘年。叨裁鳳紙書銀管，勝雪冰桃薦綺筵。珍重琳琅藏古錦，翠珉留付子孫鐫。

津門詩鈔卷九邑賢

金平一首

平，字子昇。原籍山陰，遊天津，遂家焉。著有《致遠堂詩集》四卷。

案：子昇先生起家鹽莢，禮賢右士。與張魯庵方伯、查天行封君，同時以風雅相高。起嶺南軒，拓園亭以館南北之彥。輕財好施，親族樂其睦姻，間里高其任恤，子姓遂以昌大。

次葛沽

十年懷此地，百里未能遊。一夕隨潮至，千門向水流。橋橫村樹靜，蟬響稻秔秋。何日期沮溺，耕煙臥壟頭？

金大中一首

大中，字馭東，號名山。子昇長子。河間府學生。

案：《天津文苑志》：大中少工制藝，數奇不遇。性豪邁忼爽，能急人難，遠近稱之。尤工詩、古文，有《可亭集》四卷，爲世所傳。

公女至元，少才敏，工詩，適查蓮坡解元，一時有雙璧之稱。

直沽眾師歌

丁字沽邊春水生，桃花渡口暮煙平。年年嫁娶漁船裏，不用前溪打槳迎。

金玉岡九十七首

玉岡，字西崑，號芥舟，又號黃竹老人。平孫，大中從子。以布衣終。著有《黃竹山房詩鈔》。

案：芥舟先生高淡性成，沈淵於學，慕陶弘景、林和靖之爲人，寄心霞外。工詩善畫，自成一家。所繪尺幅片紙，人以爲寶。築『杞園』，結『簹筤亭』『黃竹山房』，與張竹房、徐文山、金金門、高薑田兩太守結社聯吟。遊屐遍天下，名山邃谷，絕險鑿幽，俱留題詠。晚遊羅浮，卒於邑前輩鄭公熊佳電白縣署。死有異徵，人謂仙去。所著《黃竹山房詩》三十卷、《田盤記遊草》一卷、《天台雁宕記遊》一卷、《粵遊草》一卷。棟爲輯其遺集，別爲立傳。嘗論沽上詩人，前有張舍人笨山，後有黃竹老人，遙遙相接。天然清氣，獨往獨來。爲宇宙不可沒之人，爲國朝垂必不朽之作者，二

公有焉。先生風期高曠，信義自許。金金門太守謫戍遼東，無人偕往，公慨然同行，因探長白、鴨

綠之勝，積詩一卷而回。嘗遊都門，於驛馬市街間吟曰：『雪嶺界空天際白，無人回首望西山。』

後一叟拍公肩曰：『君得毋仙乎？』蓋英夢堂相國也。相與酒肆，定交而去。

題東坡赤壁圖

臨皋亭畔楚江頭，記得當年壬戌秋。有客吹簫來赤壁，與君載酒出黃州。他時孤鶴猶同夢，終

古何人繼此遊？水月依然塵世換，至今水月屬沙鷗。

梅花絕句

其一

叢篠嘶風向晚寒，暝禽飛去復飛還。破塘野水無人處，獨自低頭一照顏。

其二

間從畫裏寫橫枝，寄想江邨歲暮時。一樹寒花三尺雪，夜深止有凍禽知。

其三

花枝有影水無波，梅影清寒奈爾何。小艇坐移吟望久，前溪落月已無多。

卷九

二八五

登天台山頂

襟袖高臨上界寒，杖頭試撥白雲看。　浮空滄海成杯水，磨洗神州一彈丸。

曉至黃巖

海舟如鳥欲浮空，望見扶桑一點紅。　孤嶂晴開青漢裏，石城曉没白雲中。　松寒未作歸巢鶴，地遠還爲踏雪鴻。　祇是名山緣未了，天涯孤影與誰同？

石梁瀑布

澗户中分四五峰，石梁仰視與天通。　一條雪浪垂青漢，萬壑風雷走白虹。

雪中獨至孤山拜林處士墳

老梅花樹古莓苔，三尺邱墳一碣埋。　我是孤山曾放鶴，此生風雪爲君來。

遊平陽

寒流縈石竇，幽響静中聞。　梅塢數峰雪，松根一杖雲。　茶留僧舍煮，泉自竹溪分。　處處山蘭發，無人氣自芬。

曉過紹興城，出都泗門

故家簾幕舊樓臺，巖壑分明向北開。水市留人嘗酒去，碧山迎我過江來。門遮冷翠家家竹，窗吸空明岸岸苔。怪底當年元九說，謫居猶得住蓬萊。

記刹那耳

小閣臨秋色，疏黃一葉飄。西風下蘿薜，冷雨碎芭蕉。地僻延幽思，窗虛養寂寥。留君供樽酒，應不負持螯。

乙亥七月十六日，屠蘇閣留竹房主人酌酒食蟹，賦詩誌之。雖隙景匆匆，於石火漚泡中，願少

八月八日留竹房小飲

碧花紅穗一枝枝，黯黯秋陰雨似絲。葉底蟲如人歎息，窗閒樹學鬼離奇。百城高擁書盈榻，萬事能忘酒滿巵。漫惜龍池生壁虱，為彈沙上雁來時。時九弟鼓《平沙曲》。

園中養病

杖笠歸來萬里遊，閉門隨分賦三休。愁絲早白非關老，病葉先黃不待秋。枕上黑甜催短夢，杯中滄海寄浮漚。藥罏禪榻西風裡，日伴吟蟲不自由。

園中白鶴其一忽化去，瘞于簀筤亭下湖石之右，以破琴殉其葬，輓之以詩

其一

亭邊親瘞九皋禽，誰痛青霄萬里心！清唳已無聞碧落，遺毛猶自在深林。雲邊信斷空華表，地下相從但破琴。更剪苔花重奠汝，故山猿鳥共沾襟。

其二

西山極目幾回招，白石青苔共寂寥。松月影移陰暗暗，海山魂斷碧迢迢。排雲有夢天何遠，警露無聲夜轉遥。慚愧華陽留片石，鏤銘今古對金焦。

夜泊念坨嘴

犬吠沙村夜，寒潮靜自流。月沈荒岸下，人在小船頭。有客同茶竈，無兒製釣鈎。蟲聲吟愈苦，悽切野田秋。

過青縣

一夜孤篷雨，新潮漲舊痕。野航輕似葉，小縣冷如村。貼水編茅屋，沿堤抱柳根。又隨萍梗伴，暫過酒家門。

四女祠

風急孤篷夜，秋深四女祠。潛同鷗鷺宿，靈有水雲知。歲月荒珠館，星辰冷桂旗。殘碑如幼婦，使我愧鬚眉。

過佟蔗村艷雪樓故居

蔗村津邑名士，樓在西門外芥園之東，今燕廢矣。

樓在西門外芥園之東，今燕廢矣。共沿流水到籬根，鳥雀喧喧最小邨。幾點紅芳遮破屋，滿庭青草閉閒門。縹緗散盡殘書帙，樵牧惟餘舊子孫。艷雪猶名樓已廢，海棠一樹最銷魂。

題周大迂草堂

俯仰乾坤一草堂，小窗真可傲羲皇。塵封古竈常無火，席斷青蒲不滿床。萬卷破書殘映雪，幾枝寒菊瘦迎霜。妻炊瓦釜兒隨課，風過簹瓢亦自香。

簡查松亭

蒙茸花竹繞貧家，庭户寥寥日又斜。燕子不來簾似水，遲君小院踏槐花。

郊行

二月郊原煙雨多，斜風觸處皺微波。家家門外生春水，草綠池塘泛白鵝。

清明

寒食分燈後，家家煙火新。花飛村落雨，草怨墓門春。一滴杯中酒，千秋泉下人。欲澆埋玉處，惟見北邙塵。

憶江南

其一

長堤無限綠楊風，十里蓮香亂粉紅。一曲新聲人不見，畫橈移入藕花中。

其二

城外青山畫不如，嵐光得似美人無。妝樓春曉研青黛，山與修眉一樣塗。

看牡丹不果

錦幃繡被夢初殘，欲訪名花竟杳然。不信生涯寒到此，略沾富貴便無緣。

過佟蔗村舊園

園有冷香亭。主人有妾名艷雪，今已他去。其池臺半為蔬園

舊日樓臺一半空，轆轤宛轉井泉通。冷泉尚浸當年月，艷雪輕飛別院風。細草已聞歌扇綠，名花曾鬥舞衣紅。遊人若問開筵處，指與瓜苗豆葉中。

喜聞張經略廣泗平蕩黔苗

百苗魂魄哭吳鉤，從此西南戰始休。斬首不知三萬級，軍中夜數血骷髏。

哭老婢

裘馬年來盡，貧居處處移。諸奴輕竄去，惟汝苦相隨。帚擁三更雪，爐當六月時。一朝同物化，能不哭成詩？

即事

飛來野鳥不知名，忽向窗前叫一聲。似報山桃紅欲綻，半梢春日雨初晴。

邵公村

何處啼黃鳥，水村二月時。酒旗遮破屋，漁網掛疏籬。數里花相接，九衢塵未知。草堂當此際，常以醉爲期。

破書箱

妻孥休笑我空箱，斷簡殘編歲月長。黠鼠偶窺紅蠟暗，蠹魚恒戀綠芸香。十年窗下頻開看，六尺床邊久秘藏。金革近來零落甚，腐儒相對老山房。

二月念九夜與家人閒話

竹爐火盡散茶煙，擁被春寒聽雨眠。山客吟殘高枕上，家人團聚短檠前。好春香稻長腰米，去

買紅鱗縮項鯿。我欲對花謀一醉，夜深閒話已垂涎。

詠蛙

秧田冉冉綠無窮，車轉清流處處通。鷗散潛登蓮葉上，人來驚入浪花中。日斜爭喚煙村雨，夜

靜聲傳水巷風。誰向池塘閒聽久，鼓吹一部可相同？

廢園

殘日昏昏下破籬，黃藤白草晚萋萋。野禽不見人來慣，驚上寒梢不住啼。

醉行野田

惆悵荒原路，鴉啼廢塚邊。酒濃今日醉，泉冷古人眠。破艇沈春水，遙鐘下暮煙。放歌行獨遠，

野月共淒然。

白羊褥

霜威又向暮天生，新製柔毛萬縷成。三尺素雲鋪夜月，一堆暖雪臥春風。醒疑柳絮成棉後，夢

人梨花落瓣中。幾欲揮刀裁半幅,寒宵分與故人同。

過漂母祠

略開老眼識英雄,胸次曾無一飯功。憐取王孫惟阿母,項王空自號重瞳。

獨游維揚

繁華在昔說維揚,十里珠簾護晚粧。隔扇聽歌金縷膩,沿堤甲古玉鈎涼。月迎細馬誰家去,春人雙蛾各自長。掉臂九衢吟欲遍,更無人與話行藏。

至大通鎮,自秣陵發舟,一路江行,寫懷

潮打金陵二水分,寒濤如雪下江濆。片帆遠掛三山雨,獨鶴閒飛九澤雲。菱葉牽波風細細,葦花吹浪白紛紛。角聲嗚咽孤城晚,客夢悲涼到曉聞。

病餘口占

其一

短籬低屋道人家,沙礫添泉自煮茶。樹影吹圓天欲午,海榴紅著兩三花。

其二

倩得西鄰幼女郎,尋常眉眼舊衣裳。蒲葵小扇松枝火,雲子煨來粒粒香。

病中小飲

杯酒寥寥瘦影寒，山妻強爲具盤餐。錢分子母團圞少，藥論君臣際會難。青鬢自知隨日減，綠

醑聊作及時歡。此身終是支離物，爲爾悲吟自不甘。

豆棚

豆棚低架近瓜田，數尺清陰我獨憐。幾點碎紅新著雨，一方冷綠自成天。犀初生角紋猶淺，蚌

尚含珠粒未圓。料得宮詹嫌此味，秋來時薦野人筵。

玉簪花

琢玉鐫冰思已深，秋園和露挹清芬。鶴翎墮月遙難認，粉蝶沾花兩不分。簾外拈來三寸雪，鏡

中掠斷一窩雲。飛瓊扶醉驂鸞去，昨夜遺簪竟不聞。

夜聞笛

何人吹笛破黃昏？踏月來聽未掩門。恍憶片帆秋水隔，一聲寒雁小江村。

草笠

草絲煙縷幾銖輕，任爾貂蟬滿廟廷。深掩鬒毛千點雪，圓垂天影一遭青。若行赤日塵中道，恍

坐清風水面亭。　釣罷空江頻自照，貴人頭上不曾經。

小樓

風風雨雨清明後，點點梨花欲雪時。三丈小樓一尊酒，月明閒唱踏青詩。

暮春

燕子泥乾杏子酸，暖風吹作暮春天。莫將好事期來日，已爲閒愁負少年。

櫻桃杯

頭須有百文錢。　醉中踏到紅稀處，野水西流綠滿川。

珊瑚爲粒玉爲漿，燭影搖搖漸有光。赤日欲沈波上下，火星飛入月中央。半甌乳汁須憐惜，一點嬌紅不忍嘗。幾度誤將樊素喚，醉時頻接口脂香。

生日

蝶與莊生兩未真，百年哀樂等浮塵。偶來寄跡原無定，必欲長生亦累人。閒想便成衾底夢，久留終是客中身。不如暫對花前酒，五尺紅葵照眼新。

弔殷烈婦鳳娘

墓草蒼凉日又曛，閨閣重語不堪聞。如何華岳千層雪，肯化巫山一片雲。自有松筠歌舊里，莫教桃李傍新墳。年年洲渚生春水，點點蘋花欲薦君。

塵網牽縈，漸違初志，因感舊遊，慨然有作

夜夜煙巒入夢青，書裁元鳥已難憑。一箋奔日知無分，雙鳥穿雲去未能。誰爲破籠飛海鶴，重來聞磬對山僧。結茆直在芙蓉頂，高臥松霞最上層。

姑蘇懷古

寒雨蕭蕭畫角哀，闔閭城上獨徘徊。方看夫婦行成去，轉見君臣傾國來。金虎氣銷空霸業，水犀軍勁到蘇臺。五湖煙景吳宮月，何日扁舟載得迴？

洛中懷古

荊棘茫茫霜月新，銅駝臥處轉傷神。水邊野祭言終驗，雲際嵩呼事未真。幾度看花常負我，一時逐鹿竟何人？天津橋上鵑啼後，叫破中原萬里春。

楚中懷古

故國芳洲草又新，騷魂吟斷楚江春。澧蘭沅芷思公子，峽雨巫雲夢美人。終古微詞誇宋玉，何時哀怨返靈均？賈生更向長沙去，湘水投書共愴神。

金陵懷古

石城王氣沒蒿萊，結綺臨春又劫灰。六代戰酣龍虎地，一人吟上鳳凰臺。大江浩渺寒流去，故壘悲涼野月來。太息蒼生誰再起，年年王謝燕飛迴。

維揚懷古

木鵝浮處不勝愁，黃篾牙檣快此遊。十里珠簾通曲巷，二分明月照揚州。普天戰伐無歸處，永夜笙歌到此留。廢苑流螢飛不去，一星青火墮迷樓。

鄴中懷古

穗帳低垂掩暮雲，笙歌西望可重臨。分香不爲銅臺妓，作賦非誇洛水神。漢室未歸曹父子，魏廷已有晉君臣。三分天意緣何事，卻把中原付此人？

述懷

仰對青天笑不休，青驢席帽自風流。未隨野鶴千年別，且伴孤雲萬里遊。今古浮沈皆付酒，江

山清曠獨登樓。他時更欲蓬瀛去，擬向珊瑚繫釣舟。

深秋早寒

黃雀飛時秋又深，鯉魚吹浪海天昏。寒搜病葉霜催菊，風壓枯籬雨打門。桑落水香村酒熟，木

棉花好布袍溫。貧家一醉猶堪得，注玉傾銀老瓦盆。

自製橘杯

劈破霜林一粒丹，驀然驚散橘中仙。任君玉局金瓤裏，輸我清鐙濁酒前。半殼冷香秋氣苦，滿

浮紅露火珠圓。洞庭有味春長在，不羨瑤觴玳瑁筵。

慕仙

莫待朱顏易白頭，幾年拋擲好春秋。塵緣未滿三千劫，碧海虛傳十二樓。金鼎夜寒煙欲盡，玉

壺春暖雪爭流。空懷九轉長生訣，百役驅人死不休。

彈琴

危坐忘言久，焚香理素琴。自疑枯木裏，中有古人心。情共秋雲遠，聲隨江水深。興來時一曲，不必有知音。

閱《金經》有感

塵網牽綿去未能，望中彼岸幾時登。迷途我是重來客，法界曾爲過去僧。浩浩洪波修寶筏，漫漫長夜撥禪燈。何時解脫諸緣後，火宅寒如澗底冰。

詠初出小草

低叢淺碧未成煙，欲擬西堂夢阿連。微露眉痕藏扇底，略將春色惹裙邊。半鈎蓮步休輕踏，一寸芳心正可憐。小雨如酥風力軟，柔懷幽思共綿綿。

盤山雜詠

小石潭

小結魚龍窟，真成玉女盆。一泓明鏡地，幾點亂雲根。石蓄山川氣，波沈日月魂。星河流足底，俯首踏天門。

天成寺

疊澗重泉落，危橋石上橫。　雙峰開鳥道，萬壑起松聲。　旭日霞爲閣，春雲翠作屛。　六龍應駐蹕，頻欲幸天成。

正法寺

層巒森古翠，時有白雲封。　澗壑最深處，煙霞第幾重？　僧樓一片石，龍臥五株松。　到此塵緣絕，空山叩午鍾。

少林寺

青霄明玉笋，隔嶺見浮屠。　漱石泉初響，穿花徑欲無。　鶴棲雙樹老，雲去一僧孤。　坐眺東峰好，何時共結廬？

中盤寺

碧巘危將墮，寒泉斷不流。　石蹲疑虎豹，僧老類獼猴。　臥雪枯松樹，埋雲破寺樓。　到來毫髮逼，蕭蕭萬山秋。

東竺庵

盤盤入深谷，峰高碧漢低。　董林山種杏，張谷錦爲梨。　紅樹留鶯語，青泥印虎蹄。　有僧選名勝，于此卜幽樓。

云净寺

繞寺明佳果，丹黃鳳卵垂。峰堆美女髻，雪壓老僧眉。渡嶺欄干側，干霄殿閣危。眼看雲盡去，

如坐敬亭時。

東甘澗

孤松云共掩，片石月同圓。箬笠思垂釣，蒲團憶坐禪。編籬斜繞澗，剖竹細通泉。錦堂梨更好，

欲賦已垂涎。

天井石

仙泉藏小竇，一脈古今長。冷比冰壺汁，清含瀣露香。雲濃添石液，月滿瀉天漿。點滴神龍竊，

爲霖濟萬方。

述懷

松風岳雪蕩疏襟，日對幽蘭與素琴。筆底溪山思換酒，囊中詩句惜如金。數聲寒磬清塵夢，一

片孤雲出世心。擬寫《金經》消宿孽，半龕投老向空林。

哭舅氏丁名揚先生 公諱時顯，甫捷南宮，以未入詞垣，懊惱而死

萬事悲狸首，空餘雁塔名。人間金榜後，天上玉樓成。東壁光初暗，西州忍再行。令威應化鶴，

何日返遼城？

過母舅故居

燈火青熒照寢門，片時好夢便三春。窗閒風月悲無主，架上詩書散與人。詞賦已成梁苑雪，榮華盡委洛陽塵。羊曇無限山邱感，一過西州一愴神。

踏燈詞

南鄰北里各娟娟，何處相逢不可憐？祇恐踏殘橋板月，千金一刻美人天。

清明前三日飲塚上

日煖芹芽滿釣濱，風吹淺水欲生鱗。茸茸細草閒爭路，點點疏花冷笑人。半枕濃華金谷夢，一抔新土墓門春。浮生到處堪行樂，笑對重泉酒入唇。

梨花

臨風的的好容華，粉膩珠圍雪滿杈。祇恐斷魂迷柳絮，錯教清夢到梅花。一聲玉笛人何處？幾點芹泥燕有家。好把芳樽澆恨去，板橋春甕正堪賒。

題倪元鎮詩卷後

其一

濁世君偏潔，囊琴避鼓鼙。有山堪畫處，無地可耕時。舟小鷗同遠，香清鶴下遲。五湖閒泛泛，終古兩鷗夷。

其二

有閣藏清秘，纖塵欲到難。養雲金鴨煖，洗玉碧梧寒。氷雪歸詩卷，溪山上筆端。所嗟逢末世，垂老未能安。

再看佟園海棠，枝已半朽

小墳煙草綠茫茫，又向佟家看海棠。樹底重來花未放，簷前依舊燕初忙。吟餘自喜門臨水，坐久何嫌塵滿床。彈指春風二十度，年年來此一徜徉。

黑姑娘廟

小姑那得黑如鴉？匿笑叢祠日又斜。風過自添塵作粉，雲鬆誰插紙爲花？已隨侍女藏青鎖，長奉元君禮碧霞。應哂高唐行雨客，枉將幽夢污清華。

荷包花

石竇新抽紫玉叢，翩翩細葉靜搖風。軟羅密摺兜春露，繡出香囊一串紅。

九日畫菊一枝、酒一尊以寄意

持螯把酒悲無分，老去垂涎自不禁。寫朵黃花畫樽酒，昏燈影裏一人吟。

來牛氏園

長林豐草際，狐嘯鳥呼群。樹老逃繩墨，人間坐水雲。波光搖日落，秋色隔河分。向晚傳清響，衰蟬斷續聞。

七夕有雨

喜聞靈鵲一橋橫，坐對流螢小扇輕。天上尚能期此日，人間何處卜他生？好雲常護機頭石，密雨偏為枕上聲。惆悵歲時星又轉，年年七夕一含情。

偶得

隔簾風細柳毿毿，瓦枕桃笙睡未甘。正是雕籠新浴後，畫眉聲裏夢江南。

正月十二日邀王鹿峰、查松亭、章試可、杜蓮友、小齋賞梅

喜我同情兼比鄰，自應沽酒不辭貧。敢將竹葉邀君子，惟有梅花作主人。堦下亂堆三尺雪，尊中濃著十分春。鄙夫四十慚年少，甘傍寒枝白髮新。

二十三日，于梅花下，設和靖先生像，把酒祀之

看到梅花更憶君，一尊酒弔一枝春。不知千百年餘後，似我同情更幾人？

二十五日，把酒祀亡舅名揚、亡友徐文山詩卷於梅花下

清尊雪卷兩堪憐，我與寒梅共黯然。不分同情藏地下，還邀幽賞到花前。令威應有重歸鶴，徐庶曾聞已得仙。惆悵暗香疏影處，伊人如在夜綿綿。

二月十一夜月松亭留飲西園

月上西園夜，人閒月更孤。胸中萬慮盡，天上片雲無。既展花間席，還行竹裏廚。清光不常好，莫惜酒頻沽。

十九日送徐文山葬永豐里文山名雲，工書畫

送君隨處好，愁說北邙行。水逝人長沒，春歸草尚生。白衣空灑淚，黃土自無情。地下誰同侶，

孤魂嘯月明。

自畫蘆雁三四隻，題絕句一章以寄意

水碧沙明作伴行，一聲聲應一聲聲。　相呼相喚排雲去，恰是誰家好弟兄。

五月十日余四十歲生日爰賦詩以自慰

偶來小住亦流連，惟願知非早十年。　袖手愧無匡世力，舉頭喜有看山緣。　不求勾漏丹砂令，但

乞柴桑白酒錢。　寄語蓬瀛應一笑，要於平地作神仙。

津門詩鈔卷十邑賢

金玉岡六十首

和高薑田老人綱懶詩

俗病須醫懶莫醫原唱有『懶病年深莫可醫』句，此身大與懶相宜。手慵漸少披書日，心遠常多閉戶時。蟻陣正酣眠獨穩，蜂衙已放枕猶支。睡中滋味無人說，祇有南園蝴蝶知。

觀水

閒隨鷗鷺立汀洲，獨把衰顏照碧流。白鳥見人時聚散，破船無主自沈浮。葦花風起灘灘雪，蘋末凉生岸岸秋。好脫塵韉從此去，一航終作五湖遊。

同戴七表弟過水西小築花影庵乃查蓮坡老人別業

半樓寒照半橋冰，攜手危闌最上層。偶立共如臨水鶴，舉頭同是望雲僧。數竿好竹留誰看，一點閒亭任客登。花影已空庵尚在，影中人去更無憑時蓮坡庵主已歿。

清明前二日行邱壠間得句

邱壠橫斜野水濱，年年來此一沾巾。舊墳土作新墳土，未死人悲已死人。青布小旗村店酒，白

楊高樹墓門春。年華有分須行樂，一盞先澆九陌塵。

厚庵表弟惠紗帳寄謝

縠紋含霧竹作風，舒卷如堆幾葉篷。一榻冷雲吹不去，四圍秋水映平空。試呼莊叟應同隱，欲

訪華胥自此通。夢裏題詩塵不到，勞君遠寄碧紗籠。

夏得三河石十餘片，自堆假山一兩處，山成，製詩誌之

幾點他山石，星列小園圃。獨掉巨靈臂，措置心良苦。嵯峨竹樹間，睥睨傲今古。平生邱壑心，

于焉寄庭廡。不獨怡我情，天亦賴汝補。何時石復破？天驚逗秋雨。頹者若崩雲，怒者欲跂扈。下

負如贔屭，上踞如虓虎。相向各礪角，相垂各滴乳。或仰如匏尊，或覆如石鼓。別有肖形者，一夔

僂而俯。斑剝古苔花，風煙自吞吐。他年如化羊，亡去恐無數。從此藩籬間，呼兒常閉戶。

詠竹邊新砌假山，厥形佝僂，因命其名曰老人峰

有石自西來，凌晨觸我屋。蹣跚入我門，以人代其足。掉首不肯行，愛我牆陰竹。兀立叢篁中，

臨風吸寒露。厥貌如老人，肖形亦何酷。有背何時鮐？有頂何年禿？似將聲欬時，吭喉頸復縮。石

寶風颼颼，瞪然若深目。閱彼蠢動者，來去如轉轂。古意入洪濛，古貌自清肅。相對兩忘言，相視

情已屬。寥寥荒園中，與我共幽獨。寄語來襄陽，見之應匍匐。

蘆花

蘆荻花開水國秋，揖風拜雨滿汀洲。有聲凄切同誰語？不禁蕭疏自點頭。晚帶殘霞明雁渚，夜

憐清夢覆漁舟。一灘晴雪吹無際，驚起寒沙數點鷗。

葡萄

垂簾馬乳露華圓，綠玉新鋪數尺天。仰視碧雲最深處，驪龍終日抱珠眠。

戊寅初夏，親故中染疫亡者比比見，弔者幾人，哭者幾人。然弔者、哭者甚多，其有動於中者

誰耶？因自製挽詩，每獨飲時，唱以侑觴，亦如淵明預賦輓詩，以自輓耳。嗚呼！他時人縱哭我，

何若我預哭我之爲得耶

其一

舉世何人暫得閒，先生高枕北邙山。臨風吟嘯還如舊，祇在松聲竹影間。

其二

女手卷兮狸首斑，　癡兒登木唱歌難。

一生閉戶無人問，　此日誰知爾蓋棺？

其三

小窗鶴夢夜沈沈，　碧海青天未可尋。

夜半月明階似水，　更無人出草堂吟。

其四

白髮垂垂遯世翁，　孤猿清嘯鶴臨風。

巢居更在千峰裏，　一杖寒雲萬木中。

其五

萬里孤遊跡已陳，　一瓢一笠苦吟身。

自今猿鳥長相憶，　誰向名山作主人？

其六

寸書點墨惜如金，　嗜好由來自不禁。

付與酸風兼苦雨，　可憐辜負一生心。

其七

寫幅溪山賣亦難，　囊中那得一錢看？

誰憐小榻塵埋處，　身後惟餘墨半丸。

其八

一點春墳月一痕，　棠梨花下漫銷魂。

紙灰風散清明夜，　墓繞狐狸當子孫。

其九

墓門風過雨蕭蕭， 漫向重泉歎寂寥。 十萬貫無纏鶴背，三千首已壯牛腰。

其十

一眉殘月照荒灣， 此地高眠好是閒。 猶有吟魂消不得， 一星青火有無間。

河西塢曉行

又別殘燈去， 青熒一夜情。 林鴉猶未起， 旅客已先行。 不信沙村白， 還疑野月明。 板車殘夢覺，初日照安平。

賈島故里

黯黯吟魂處， 斯人不再聞。 空餘深巷月， 淒斷古城雲。 骨已輕如鶴， 詩難瘦似君。 長安從此去，落葉幾紛紛。

拜賈浪仙墓

獨來賈島墓， 先欲哭昌黎。 佛骨干天怒， 詩才愛子奇。 若非當道遇， 那得後人知？ 終古吟懷在，詩魂瘦不支。

過墳莊訪超覺老僧書贈僧人

萬事無憑兩鬢霜，一庵投老伴空王。九年面壁思嵩岳，半載辭家滯范陽。抱甕丈人分菜圃，授

書童子拜禪床。不嫌破寺荒雲裏，瓦礫堆中是道場。

北正寺看古檜

冷雲堆裏莽林樾，中有雙檜各虬曲。其中一株形倍奇，礧砢遍體桑皮裂。鬱勃雲煙不計年，根

如怒石枝如鐵。一枝一葉森向人，猙毛短竪須髯磔。宛是旌陽舊縛龍，鎖痕黝黑何時滅。蠆鱗張甲

潛欲逃，雷霆呵禁驚電掣。側看一柯屈欲伸，羅剎轉臂生鐵折。臨風作勢若攫挐，老狐宵竄蒼猿逸。

我欲中誅一茅簷，放箇蒲團事禪悅。老袖婆娑翠影寒，仰吸碧雲臥蒼雪。

哭余荆帆先生

荆帆，名懋檜，號楓溪，行八，有《楓溪垂釣圖》

自落楓溪罷釣綸，寒皋獨鶴想精神。冥搜天地吟常苦，飽嚼風霜老更深。肯爲拈鬚商個字，也

應沒齒感斯人。寢門一痛無由得，空對千峰淚滿巾。

煤黑謠序

上房山長溝峪柴廠諸產煤處，居人俱以駝煤爲業。男子面黝，女子重施脂粉，既喜其黑白之偶，

又憫其有猛虎之厄焉。

煤黑樂，煤黑得婦偏如玉。煤黑苦，煤黑遇著西山虎。煤黑方自煤窯回，不見煤黑祇見煤。

向人倍覺雙睛白，軒然一笑齒如雪。煤黑駝煤如駝錢，一煤一錢錢盈千。朝出駝煤鈴郎當，暮歸駝煤鈴郎當。煤婦聞鈴爭理粧，敷粉恨不如曉霜。手持扇鼓迎煤郎，出門擊鼓身低昂。此時黑白為一雙，烏鴉鷺鷥如鴛鴦。燈前不覺煤郎黑，常恐鏡中顏未白。宛如棋子在楸枰，黑白未分相紐劫。昨朝白額下西山，額白還如粉一般。雄吞煤黑如吞墨，墨汁淋漓書太惡。煤黑遇著西山虎，煤黑不樂煤黑苦。

過少林寺

寺門遙對九華峰，不記煙巒第幾層。黛色尚存前代樹，白頭幾換向來僧。看雲久立松間雪，吹火閒燒澗底冰。誰與道人常作伴？相隨自有一枝藤。

張竹房于琴書筆硯中與余頗有夙契，朝夕相對，共坐小亭，靡不竟日，爰賦詩爲贈

蕭然相對有鳴琴，欲語都成弦上音。偶到悟時同一笑，兩忘言處但微吟。寒泉碧澗他年約，瘦竹疏花此日心。共坐小亭天地濶，與君無日不登臨。

留別盤山

茫茫塵土一嗟吁，折腳鐺邊去自遲。臨別重登孤塔拜，再來有約萬峰知。僧雛笑指溪頭路，猿

鳥悲看壁上詩。澗水松風成眷屬，出山還似別家時。

雲棲竹徑

蒼蒼雲栖徑，中有佳竹林。一碧淨如拭，抽玉皆千尋。抱霜多密節，細密散清芬。風過撼筠粉，

竹香人亦聞。下覆青苔黑，石徑杳幽深。白煙滿虛谷，終歲如秋陰。鳴泉出道右，遶竹如流雲。泉

聲與竹籟，時雜鐘魚音。平生看竹興，於此飽幽襟。念我岨嶮輩，曾否見此君？所期客不至，一嘯

誰同群？來往竹林下，日暮猶獨吟。

自黃泥橋渡溪，逾重嶺，於嶺上遙望東南，諸峰聳秀，盡出雲中，是爲雁蕩乎？喜而有作

其一

半嶺松風笠子斜，竹兜遍插野桃花。坐看八九峰如畫，獨訪名山過永嘉。

其二

爲避天風鶴背寒，捲書穩向竹兜眠。閒遊祇在人間世，幾是仙源洞裏天。

大荆有矮石城，臨溪上，城中多武弁，自黃巖水管至大荆一路，兵卒俱修長雄健，非若浙江紹諸

兵黃瘦，有一種乾菜氣，即其雄壯者，不過西北等地學署中一門斗耳。

石子大如髑髏，小如芋栗，俱纍纍可數。過溪約七、八里，至老僧崖。

可千餘丈，低眉偏袒，面壁而立，酷似老僧狀，再近則側手環晴外視，領下綠蘿捲如虬鬚，又如胡

僧。過此山，約行三里許，仰見層崖峭石，突兀巖際，是爲石梁洞。由崖之左，迂松竹，踏石而上，

崖縫中忽有小石門，自石門入，折而右，至石梁洞矣。石梁隆然中起，約有十丈，環於洞門之外。

人心目也。洞中可容百餘人，洞上有泉滴落，泠泠有聲，一、二僧人同一老嫗居住。時寺僧方弄一

去洞不數武，高過於前，如洞之有重戶者。其上扶留女蘿，垂垂下控，如蒼髯老龍飲澗，作攫挐之

勢，亦一奇境也。然自崖下望之，爲蒼翠所掩，無甚異，不若天台石梁，亘天一線，垂虹千尺之豁

鶴而戲，見客，不少接。余持其鉢掬泉飲而去。別石梁洞，折而右去，爲謝公嶺。嶺高里許，盤盤

數曲。嶺外猶山門戶，踰嶺方屬雁山堂奧。余扶僕夫，担夫荷擔，相隨下嶺，度大澗，躡危石，約

里許。左望諸峰，猶少有負土戴茅者，右視澗上樹石，則皆蒼翠一色，群峰俱青削刻露，蒼翠中拔起，

各聳立數千仞，別開天地矣。石徑緣諸峰下，過小石橋，見二、三僧塔高低道左。溪水自澗上瀉落，

聲如殷雷，穿橋去，徘徊者久之。更盤而上，夾徑皆修竹，青煙冥冥，高蔽雲日，於竹林中得古寺

寺曰靈峰，惟佛宇四、五楹，別無僧寮，週以亂石，疊爲短垣。忽有僧名一航者，自寺後洞中出迎。

余向在天台曾遇雁山僧，有信乞致，茲得之，尤欣然。因攜余寺後，登石台，台上有小石亭臨溪壁下。

壁上刊『雁蕩』兩字，字徑丈。與僧共坐石亭中，乃縱眺群峰，如重城百雉，如劍，如槊，如華表。

狀，何可殫述？寺名靈峰，誠不虛也。自靈峰寺後，僧一航導至靈峰，緣壁環崖去，忽一峰寒瘦孤

如芝菌，如旗初展，如笋方抽，如猛獸伏，如鷙鳥起，或如人拱立，或如坐而合掌。其奇幻詭怪之

立青霄，如兩峰合而爲一者，上圜而下開，開處是爲洞口，洞口高數十尺，闊不數丈，自外望之亦

然，洞空之尤異者。繞洞多鶴頂茶，樹皆合抱，花作重樓，照耀山谷間。由洞口拾級而登，凡歷數

百級，始達洞中之深奧。周視石色黝碧，覺洪濛之氣，尚蘊於此。上有乳泉滴落，下石池承之，淙

淙不絕。洞中寬廣，倍於洞口，而其闊亦較石梁爲倍焉。洞內疊石台三層，支板屋於其上。回視洞

外，青天一片，上銳下闊，三峰恰當其間，如大野中望見遠山者。忽嵐氣青鬱，白雲自巖而下，懸

掛洞口，如簾幕然，恍與人世隔絕矣。惟一航居，出山蔬爲食，食餘，洞漸暝黑，僧供一燈於佛前，

溟漠孤焰，熒熒如深林中見青燐一點耳。復經咒喃喃。坐蒲團中，冥然聽之。至夜半，忽聞洪鐘撞

擊，聲自洞外入，余詢僧曰：『近無鄰寺，鐘何至？』，僧曰：『此山虺聲。』乃與僧一航宿。

龍鼻洞

獨到乘龍洞裏天，蒼鱗倒掛鼻珠懸。萬方若有蒼生渴，願乞靈淵一滴泉。

題靈巖寺台

僧居高與鳥同巢，夜夜仙巖礙斗杓。石化冷雲偎翠竹，峰抽春笋上青霄。倒垂絕壁虹千尺，下掛飛泉雪一條。知是洞天最深處，山迴雁陣百靈朝。

別靈巖寺，至澗門，隨溪去，左右皆崇山，多負土戴茅，不似向之刻削矣。約數里，至馬鞍嶺，嶺脊沒入雲中，凡三十六盤。其脊闊尺餘，酷肖馬鞍。踰嶺多重巖邃谷，蹊徑橫斜，四顧蒼然，屢迷不得路。命擔夫登高巔呼叫，聞有樵人應者。隨其聲去，得遇一僧牽牛飲澗中。余詢所來，至其庵。庵曰：『龍湫』。僧曰：『沿溪去，見有異峰，折而入，為瑞鹿庵，挈庵主，可覓大龍湫矣。』別龍湫庵，逆溪流約二、三里，其負土戴茅諸峰，忽如靈壁研山，則皆脫沙而出，峰下松竹鬱然，中露草庵一角，是必瑞鹿矣。命擔夫先往，余緣急往大龍湫，見溪，溪愈壯，皆漫溢大石上，與向歷溪澗迥異。意謂是必源自龍湫來者，乃不待庵主，竟扶僕踏流去。亂石磊磊，爭出清湍中。相去不二三尺，俱可接步。溪漸深，而壁愈高，下喧水石，上冒葛藤，仰之不見日，冥冥然如在深箐重。苔蘚積至尺餘，蒲根皆一寸數十節，似終古無人至者，覺自歷劫以來，熱惱俱從此盡矣。忽聞崖際有大聲相呼招者，余疑不能進，且水將斷，石復無徑可出，乃就壁間短竹攀援，久之始得上。蓋呼者，即瑞鹿庵主前來導余也。巖上閶王鼻，石紋慘惡，斯有是名。巖下自磵底崛起一峰，上稍開，

曰『剪刀峰』。再過，則峰勢斜張，曰『石帆峰』。再折，則卓然孤勢，曰『天柱峰』。一峰凡三變焉。由巖後下，至谷中始驚見大龍湫，自天際掛落，巖如蒼鐵一片，亦自天削下，無疊石斷痕，又斜環如城郭然。曾見前人記云：『崖高五千仞。』乃攜僧共坐石上，仰觀瀑布自崖際吐出，初如白虹，再下爲天風所遏，斜飛如流雲，再下如積雪初傾，再下如白雨驟至，其聲亦類風雨。《清異錄》云：『雁蕩瀑布無聲。』是未到時語耶？第雁蕩瀑布聲，較他處似稍弱耳。瀑下爲大潭，溢而爲溪，潭廣五畝，週環石蒲。谷中爲瀑所濺，常如霧雨，遊者緣懸崖下行，可至瀑之後，望之如在玉壺中。第寒氣襲人，不久立，衣袖盡濕。尤奇異者，仰天一嘯，巖谷俱震，瀑布似畏而少縮者。縮後復憤而起，其勢愈壯矣。乃與僧相嘯爲戲。瀑左爲天柱峰，右爲閻王鼻，瀑上爲龍背，湫之水自此出焉。

觀大龍湫作

寒瀑垂空萬仞懸，白虹吐處有龍眠。飛來陰嶺千秋雪，掛落東甌半壁天。絕頂曾聞惟雁過，名山得到亦仙緣。芒鞋幾破探靈異，不使匡廬足練傳。

至龍湫回，至瑞鹿庵。庵低掩峰下，惟茆棚三楹，週無垣籬。有白雲師獨居龍背四十年，今老尚負重行危壁上，能召致雷雨。』試訪之。天柱師敝衣垢面，忽自竈下出，其客師也，欣然導余往。自瑞鹿右折

『徑陡絕罕至者，昨惟天柱師一登，可令其導而登。有白雲師獨居龍背四十年，今老尚負重行危壁上，能召致雷雨。』試訪之。天柱師敝衣垢面，忽自竈下出，其客師也，欣然導余往。自瑞鹿右折

至後巖，行黃茅中，茅長與身等。行里許，漸歷巖上，徑險仄，闊不盈尺，依稀藤葛間，自此無善步矣。約二里許，凡歷四、五巖，至巖折處，徑忽削絕，隔巖出一樹，以木橫插過巖樹之背，如一橋然，然木非此樹不能架，人非此木不能渡，因憶開闢來，無此樹時，竟不能通人世耶？抑洪濛乍破，即生此樹，以接來人耶？天下事固皆偶然，實不偶然也。又里許，徑復剚削，於壁上有四、五鑿痕，每痕容半跡，聳息以身貼壁過，如此凡三、四處。苟不戒，必粉矣。過此，於巉巉中，始得徑，下視之，向之天柱峰，澗中一立石耳，所歷更在閩王鼻之上。復緣壁約二里許，始達龍背。瀑流水石相格，自峰頭鬥落，喧奔至巖際。巖際結一潭，大屋許，瀑流投潭中，于潭中復激而起，仰射噴出，崖門化爲大龍湫矣。崖際大石障外，惟崖門一處可以下視。崖臨潭口，繞潭叢生異葉及尺許萬年松，俱滑不受足，惟臨崖一古柏可攀，而一俯未及，再視已喪魂，幾墮潭中。僧掖余坐石脫履襪喘定久之，乃喜曰：『我于大龍湫，可謂窮其顚末，無遺憾矣。』白雲庵去龍潭不數武，踞龍背上，純以黃茅結屋二間，反闔扉，戶外插農器一二事于大石上，供瓦香罏、一小破磬。自戶寶望之，內無他物，不識白雲師所在，天柱僧登高巔四叫久，僧曰：『悮矣，師耳重聽。』再試諸險而返。

登龍背兼訪白雲老僧

獨尋靈異上天梯，雲重巒深步步疑。絕壁已無飛鳥過，緣崖喜見掛猿枝。雲中老衲尋難見，潭

底癡龍睡未知。萬仞危巖寒瀑上，風雷鬥處坐移時。

夜返瑞鹿庵，僧出蔬爲食，於佛前支一草榻，以竹簟障佛而宿焉。僧云：「夜來窗外，時有虎卧至曉，叱之便去。」翌日曉，雲霧四塞，欲重過大龍湫，徑嶮滑，不得往，乃與瑞鹿別。僧送雁山茶一斤。

別瑞鹿，冒雨登馬鞍嶺。嶺上谿然晴朗，無點濕，迴視所歷，谷中雲霧盤鬱，想下獨雨也。復過靈巖寺妙聞師欣然出所藏茶，就泉煮嘗，再至龍鼻洞題名。小龍湫在靈巖右最幽嶼處，瀑自巖際懸落千餘尺，垂如玉柱，然非若大龍湫能橫空飛灑凌風夭矯也。當水壯時，瀑聲鼓動，諸峰俱振。蓋此峰螫巖密，天風不易下耳。瀑墮洞中，穿卓筆，過玉女，繞天柱而下。惜不能狀一言，惟強以關荆范寬等筆擬之，亦諸公得意筆也。於龍鼻下面諸峰，有而峰巒又迥異矣。當瀑峰石奇麗，隨遊者一步一變，方俯仰間，巨石一片，上鐫『天開圖畫』字者，名已剝落不可識，意前人對此，其果不能一言狀其奇乎？而亦以圖畫擬耶？是以古今異時，其寄興寄懷，有上下相同如一日者，亦猶此耳。有僧云：「石上字，爲朱晦翁題。」余未之信。夜宿靈巖小閣上，閣半藏巖內，環閣皆鷹隼巢，時有大鳥飛至床下，略不畏人。

夜宿靈巖寺作

老僧棲處約安禪，煮米欣同折腳鐺。片榻共支猿賓裏，小窗祇在鶻巢邊。雲霄下視疑無地，星斗知爲第幾天。三十年來諸夢斷，夜深敢與毒龍眠。閣與龍鼻洞近

至翌日曉，煮棗爲食，吐核時，多異鳥飛下爭食。時與清明日近，恐失鄉中祭掃，于大士前發願，願此生再遊此地，供香資百文，乃與雁山別，妙聞師送余下巖。別去時，余雙履已穿，劈稯葉裹腳行。妙聞復追至，贈余蒲鞋一雙、雁山茶少許、乾柿一餅。復踰謝公嶺，遥望石洞，亦未重往。至老僧巖，自此竟出雁蕩矣。仰望老僧石久之，稽首者再。曰：「此吾師也。」旁有笑者曰：「此頑石耳。」余曰：「惟頑，乃吾師，余第師其頑足矣。」曾聞古德云：「瓦礫不異丈六金身，片片俱能説無上法。況此老僧乎？」石之不動者質也，其所以不動者，吾與石祇是一個。

望老僧巖作

老僧已了石頭禪，願乞吾師一點頑。如此無言如此坐，便能消受白雲間。

至大荆回望雁蕩

小石城下酒壚邊，回首仙山洞裏天。惆悵片雲從此去，何時更與片雲還！

雁蕩者，爲山極頂，有數處，雁常棲此。池中水草滿塞，以竹探之，不能測其底。草上復可履，徑爲枳棘所斷，山中僧經世罕有至者，妙聞惟於數年前，從寧督陳裹糧伐木一登焉。明嘉靖倭亂，凡山中金鐵，俱爲所有，惟能仁寺大釜顯異，不能攜去，凡溫台有勇敢，死倭難者，

於道旁，時有碑記。雁山諸剎初燬於倭，再計耿逆時，由此進兵復災於火，所謂寺多半棚耳，惟能

仁寺稍勝。

雁山壁下題誌多明人，宋人石已大半剝落，題石者又何堪回首？余於龍鼻洞題名，亦雪中偶印

鴻爪耳。雪難留鴻，亦冥冥矣。

夜至清溪題壁

山轎衝雲石徑斜，啼鳩聲裏客天涯。冷煙疏雨清明信，矮屋新泥燕子家。楊柳別來身似絮，杜

鵑開處血為花。故園四月方能到，已熟青門五月瓜。

即景

雨餘開遍小邨花，花底低藏一兩家。何處可通花下徑，斷橋流水自橫斜。

秋葵花

斜倚西風不自持，池邊顧影小低垂。金尊自側無人勸，一寸檀心吐向誰？

題周大迁草龕

一束黃茅覆短簷，大無十笏小於庵。然臍見說金為塢，容膝何如草作龕？倚枕夢隨枝上蝶，閉

門身似繭中蠶。但能放得蒲團地，彌勒還須一處參。

再入盤山

茫茫人事負清緣，不到三盤又幾年。祇恐青山能笑我，這回來更老于前。

夜宿上方呈天如師

小結黃茅不數椽，唐時種柏已千年。一峰掉臂支天上，萬壑虛心拜榻前。雨過春泥留虎跡，雲
生泉竇有龍眠。擬分半座隨師住，煮米長同折腳鐺。

山樓獨坐

天碧雲尤白，山空日愈遲。數峰春雨後，一瓣妙香時。有會期誰說，無言祇自知。小瓶閒
晤對，紅到海棠枝。

山樓夜雨

寒磬初沈後，擁衾睡未能。春深山寺雨，夜坐石樓燈。靜覺松杪語，遙聞澗谷應。一宵清沁耳，
夢冷萬緣冰。

贈童二樹

鳶肩鳩面苦吟身，酒滿丹瓢處處春。　多少名山歸杖底，相逢祇有一詩人。

過房山賈浪仙墓

其一

旅魂何日返，孤塚萬峰寒。　驢背吟偏好，鰲頭占獨難。　未能終老衲，且莫歎微官。　我亦長安客，推敲不遇韓。

其二

石樓村畔路，孤塚倚殘碑。　身後誰埋骨，生前自祭詩。　可無雙鶴弔，曾有一人知。　異世憐同調，停驂去每遲。

重九前夕作

雨雨風風亦自知，此生俱是九秋時。　空餘白髮三千丈，常負黃花一兩枝。　孤鶴近人閒弔影，亂蟲學我苦吟詩。　登高來日惟高枕，誰送陶潛酒滿卮。

哭張止山先生磾 天津人，甲辰進士

其一

伯道無兒漫自愁，免教身後有遺憂。任他細雨清明候，青草茫茫土一邱。

其二

老木寒鴉感舊群，等閒便有死生分。自嗟身後知誰哭，因向生前倍哭君。

送別金門太守 文淳謫戍

清蟬聲細柳蕭蕭，極目輕帆一葉遙。剩有夕陽歸去路，獨攜瘦影過河橋。

過石龍望羅浮 石龍在博羅縣境，為入羅浮捷徑。諺云有約不到羅浮，而余屢約屢不果到，誠如諺云。然山靈亦愚矣，感而賦此

依舊蒲帆去不停，可憐仍負向山程。與君有約空相憶，阻我來遊似不情。海外三山猶欲往，寰中五岳亦知名。如何不使煙霞叟，一到羅浮頂上行。

和查松亭雪僧詩

冰壺欲現出塵姿，一點禪心月滿池。銀海寒生雲作衲，祇園春到玉為枝。冷腸欲訴憑誰語？皓

首空修祇自知。可許袁安爲弟子，雪山深處奉吾師。

自挽詩案：公時在粤東惠來縣署，未幾遂卒

其一

旅櫬荒庵寄此身，阿誰肯送出城闉？哭惟怪鳥如悲我，弔有青蠅不見人。一縷斷魂消不得，百

年惡夢亦非真。那知尺土歸何處？卧聽鐘魚更幾春？

其二

一函枯骨白稜稜，枉費平生愛與憎。露冷蚯蚓吹泉下笛，夜深螢點草間燈。偶然道及衡齋友，了

不相關野寺僧。萬里終歸鄉井夢，夢中兒女喚難應。

其三

浮生修短總堪哀，今古茫茫去復來。一任魚龍吞濁浪，不嫌蟲蟻卧蒼苔。鳥歌薤露臨風咽，花

薦芳筵踏地開。何事伯倫行荷鍤，劇言一死便須埋。

其四

乾坤浩浩任長眠，大塊初歸返自然。漫説壑藏舟不見，可知薪盡火應傳。青蕪自掩無歸客，白

骨今爲過去仙。暮雨蕭蕭寒食候，也應杜宇哭年年。

金永二首

永，字永和，號蓮塘。芥舟先生季子。布衣，著《歸與草堂集》。

按：永和敦孺慕，急家難，不避艱險。芥舟老人卒於粵東，隻身往返萬餘里，奉柩旋葬，歷盡顛危。畫得芥舟遺意，能寫溪山小景，有逸態。

題畫

其一

楓葉初丹黃葦秋，扁舟獨倚釣磯頭。沙平水遠無人過，坐對波心數點鷗。

其二

秋來倍覺憶江鄉，記得攜書上野航。坐待蘆灘諸釣侶，阿誰吹笛隔滄浪。

金勇三首

勇，字果亭。芥舟先生從子。乾隆丙子副榜，終鉅鹿縣訓導。

按：果亭先生少放曠不羈，托於詩酒。而天資超邁，機趣旁流，有石曼卿、唐子畏之風。老來落拓，一官非其志也。詩多流散。

三明寺題壁

古木蕭蕭傍短檻，祇園誰以法門名？香花早散雲旗影，風雨猶傳梵唄聲。半榻支離僧夢穩，一

龕寥落佛燈明。莊嚴自古同灰劫，臺砌秋深草又生。

漳橋書望

落日漳橋望，秋原動黍禾。平蕪歸棹緩，衰柳暮鴉多。遠火明殘戍，疏鐘度晚波。重懷沽上水，

風景近如何？

爲寄公説偈

風來花滿枝，風去花滿地。開落自尋常，吹噓本無事。風上花枝覺風好，風吹花落爲春惱。愛

河苦海自家尋，天若有情天亦老。

金勝五首

勝，字嶺雲。芥舟先生從子，果亭弟。甘肅古浪縣尉。

按：嶺雲先生善畫山水，得芥舟家傳。主于氣韻，秉志冲淡，風格翛然。嘗馳驅營壘之間，軍

書旁午，不廢詩畫。退舍後，橐餘數百金，傾散族人，嘯歌一室，晏如也。

感舊

其一

新詞曾付雪兒歌，聽撥金槽喚奈何。　狂態不堪今日憶，春風衫袖酒痕多。

其二

鶴薦鵑飛逐曉煙，旗亭觀伎是何年？　紫雲散盡巢民老，忽漫聞歌一惘然。

題畫

樹藏修竹竹藏門，門外清流幾派分。　行過板橋人不見，背陰花氣隔牆聞。

爲華麓堂寫《泛湖圖》題句

年來相看鬢堆霜，爲寫秋心一段涼。　會載扁舟如畫裡，五湖煙水任茫茫。

偶憶

記得淮揚道，渾忘第幾橋。　祇今魂夢裡，煙水碧迢迢。

一柳園，無夕不談，無談不暢。　余不能飲，先生爲設一空杯曰：『寄意焉而已。』先生故後，哭以

棟與嶺雲先生雖翁婿，相得似朋友，每過從，話至夜分，猶不放行。迨余遭家難，避居先生家

長句四章。附記於此，以見先生一斑。

「鷗鷺無端痛失群，鶯蘿霜霰墜紛紛。賞音有數惟憐我，知己無多又哭君。在日湖山曾訂約，

從今筆札竟須焚。隴頭誰種梅千樹，留指寒香高士墳。」

「記曾掃榻借前軒，琴酒追陪一柳園。道味清於蘭吐馥，世情淡到菊無言。與人落落交疑冷，

煦我溫溫意最喧。洗竹品花成往事，更誰東海吊虞翻！」

「騎鶴飄然悵所之，閒雲瘦石費相思。人非求異風偏古，行不矜奇世豈知？一騎馳從多壘日，

千金散在罷官時。青山隨筆能消遣，自寫平生磊落姿。」

「虎口歸來自閉關，心清何處不雲山？雪花白處懷風骨，霜葉紅時憶酒顏。出世誰為瓢笠友？

論心猶記竹梅間。七絃掛壁塵空滿，古調思彈淚雨潸。」

金思義三首

思義，號曉巖。乾隆戊子舉人，辛丑進士，陝西宜川縣知縣。

按：公少以時文負重名，陶成後進。及仕宦，嘉慶甲子、丁卯鄉試陝西分房，與曹寅谷先生子

昇同榜同寅，文名並駕，所拔皆秦中之秀。引疾旋里，卒年七十餘。

李烈婦王氏殉夫歌 大興明經李松軒之妻，夫死自殉

蒼鳥啼月霜天老，酸風吹折鴛鴦草。婆女星懸烈婦心，一點熒熒長不槁。李家婦、王家媛，尺帛殉夫夜將半。雪作骨、冰作面，走向黃泉教夫看。並蒂之花不獨榮，連理之木不孤生。鼎可烹、山可傾，歷劫難銷方寸誠。殉夫殉國無殊致，烈魄忠魂共此情。青陵臺，高百尺，臺不在人間，築向人心裏。人為烈婦悲，天為烈婦喜。人生百年終須已，泰山鴻毛決在己。君不見：褚淵生，何如袁粲死？靦顏能幾時？竟抱千秋恥。少此勇斷情，彼獨非男子。

竹床詩序

乙未為張楚山先生賦竹床詩二。秋九月，乃為先生書冊。一落筆間，似有數存，而況其他乎。

其一

先生本是鳳池人，為帝綏猷牧楚民。自有蒲鞭為吏事，何妨竹榻寄閒身？蘆簾起處清風滿，紙帳開時夜月新。遙想南州徐孺子，多應屢宿豫章春。

其二

拂袖歸來鬢有華，一床相伴足為家。攜將江右高眠日，坐對河東照眼花。掃榻正堪招六逸，睡心差勝覓三車。他時載向新城去，肯為無氈更怨嗟。

金驤三首

驤，字野航。芥舟先生從孫，果亭先生子文學。

按：野航直樸率真，不羈世味，以詩酒自娛，世其家風。

和王鹿野見贈原韻

久別嗟猶健，相攜滿座春。青雲誰得路，白髮自增親。零落陶潛菊，淒涼張翰蓴。所欣惟舊雨，沽酒莫辭貧。

贈鹿野

鬢亂知交更幾人，相逢心事不堪論。篝燈夜雨秋蕭瑟，回首芸窗一愴神。

與鹿野小酌詩以慰之

十載饑驅兩地同，祇今相顧尚飄篷。騷人自昔招窮鬼，遷客何須感塞鴻？寒日一林魚市晚，秋容滿地酒缸紅。與君且盡杯中物，老去襟懷頗自雄。

金銓七首

銓，字鈞衡，號野田。芥舟老人族孫。諸生。著有《野田存草》。

按：先生書法鍾王，詩宗陶阮。貧居委巷，罕與人通，崇懷高淡，不慕榮顯。阿雨窗制軍林保都轉長蘆，聞名造訪，凡數顧，始與訂交。李海門符清宰天津，時步訪清談竟日，《贈句》云：『六書褚登善，五字韋蘇州。有道貧何病？無田菊是秋。』風概可想。與康達夫、郝石膧、查次齋、周大迂結社聯吟，人多慕之。卒年七十餘，詩多散失。

述懷

閱遍人情轉自嘲，身何擾擾口諵諵。殘書破硯遊閒業，暑雨寒風寄舊巢。靜裡無難尋樂事，貧中未易得心交。偶然賣字錢盈百，村酒行沽醉遠郊。

簡梅樹君

硯作僧家鉢，隨方結世緣。那知逢歲儉，難得買書錢。遇賞聲名重，醫貧翰墨傳。老來師智永，推許仰高賢。

九日同人郊飲

遼海深秋落葉多，移樽原野共婆娑。憑他繫馬臨高會，不對飛鴻歎逝波。好句滿囊貧裡得，佳晨幾度客中過。茱萸酒盡君彈鋏，一和狂夫醉後歌。

寄芥舟先生

別是初春夏又過，陰陰庭樹鳥慵歌。貧中世慮消難盡，靜裡離愁感更多。沽上傭書今復爾，長安賣畫近如何？倘逢斯道堪容處，願負奚囊出薜蘿。

春郊

佳色自相招，閒吟過石橋。昨朝足春雨，一夜長青笛。岸柳依殘照，墟煙帶晚潮。興闌歸步緩，處處見漁樵。

春日閒居

大道展春色，茅簷氣亦新。青錢方賣字，濁酒暫留賓。香爇爐中火，簾封戶外塵。談言共今計，多半是清貧。

送阿都轉雨窗先生 林保

良辰遇欣賞，無如風雨何。委巷讀書人，曾紆車馬過。使之捐塵勞，庶以養天和。深致澹難忘，扶筇出薜蘿。侵曉踏霜華，沽水生寒波。欲言未能達，離愁空自多。

附金觀智三首

觀智，字若水。原籍會稽，家天津。布衣。著《沽上羈遊草》。

按：若水爲野田先生叔父。爲人寒而有骨。家沽上三十年，與同遊者爲查次齋、周大迂及野田，爲竹林之遊。詩多散佚，乃孫樸亭茂才爲藏一卷。

秋日過查次齋小飲

皓魄當窗净，蕭齋小酌時。語真存至性，人老動秋思。花氣熏簾静，書聲繞座遲。　時次老課子讀書。形骸堪放浪，坦率復何疑？

思歸未遂賦以自傷

功名無分此生休，何事津沽久滯留？空覺簿書勞軼掌，那堪霜雪已盈頭？五更鄉思天邊雁，半世浮生海上鷗。一別故園三十載，關山何日返扁舟？

秋日憶藕蕩讀書樓

小樓幽築大堤邊，每到涼秋喜獨眠。千里湖光來枕上，一痕山影到窗前。藕花香遠人歸浦，竹籟清喧月滿川。此景何堪回首憶？老年倍覺夢魂牽。

按：若水祖名貞吉，字子牧。一生遊覽。樸亭家藏遺集一卷，內有《石城下與劉使君話別》云：

「客路一千里，交情三十年。滔滔大江水，忽忽去人船。別淚今宵盡，鄉心此日懸。獨憐衰鈍士，無計復遷延。」又《老病將歸買舟未遂》云：「杖策秋郊外，扁舟惜未還。瘦僧黃葉寺，孤客白門山。有病憐枯草，多愁望故關。天公非困我，人世總多艱。」氣骨頗高。

又，芥舟先生長子名方，字勉之。《夜雨舟中》句云：「布被橫攤數尺冰，拋書燈火對熒熒。那堪風雨孤篷下，臥聽人家兒女聲？」得客中之真景。人言金氏多才，良不虛也。

津門詩鈔卷十一 邑賢

于揚獻一首

揚獻，字濯溪。諸生。

過明陵

北山林麓掩紅墻，曲折行來輦路荒。錯落金磚摧鴛鴦，參差玉瓦亂鴛鴦。春深階砌埋青草，風過樓臺泣綠楊。幸賴熙朝多曠典，恩封遺蔭薦蒸嘗。

于豹文一百五十五首

豹文，字虹亭。揚獻子。乾隆戊午舉人，壬申進士，未仕，著有《南岡詩草》。

按：虹亭先生短身貌陋，口能自容其拳。天才警敏，目下十行，博通今古，無所不讀。借人書，一覽即歸之，終身成誦。壬申會闈中，三藝已成，又易三藝爲短篇。主試者獲公卷，如得拱璧，登

上選。後歸班，鬱鬱病膝而沒。里人痛惜公奇才未竟，有名士青山之恨。

公族弟靜海于巨樹序公詩云：『歲在著雍困敦之端陽，吾兄虹亭先生遺詩鈔竣，蓋距先生之沒，忽忽六年矣，共計詩一千五百四首，次爲十六卷，繇是斷簡殘編，始有完本，半生心血，弗致銷亡。藏之家塾，貽之後輩，而長逝者恨其或有窮乎？昔漁洋山人訂其兄西樵《考功集》成，備述海內者宿評論之語，以冠簡端，而第自贊一言，以附於末，明其不敢序也。余何人而敢序吾兄之詩？然而不能已於言者，誠以悲從中來，情難自禁也。是以風前月夕，酒闌燈燼之間，凡有所作，余輒得錄而讀之。辛壬病膝，憚口授指畫，以示詩家三昧。卧床經年，猶自口不絕吟，手不停筆，悲歌慷慨，鬱陶莫釋，一往蒼涼，與夫伏枕呼天呻吟欲死之聲，若斷若續。易簀之前，含淚握手而訣余曰：「吾生平詩草，久思繕寫成帙，郵致長洲，就正於年友沈歸愚先生，而刊以問世。今齎志不果。吾弟爲有心人，顧相屬，或者可俟於異日乎？兄則夜臺望之矣。」嗚呼！言猶在耳，琴不成聲，春草池塘，徒增悼歎。而余學亦遂不復進也，將何以報命於地下哉！先生詩凡數變，總期清峻遥深，一歸於情性之正。昔王西樵題《孟山人集》曰：「一從時世矜高唱，誰識襄陽孟浩然？」而先生題《考功集》云：「連珠共信寒於水，獨鶴何心解向人？」微旨所寄，亦可知其詩格之自命矣。爰以鈔錄之顚末，略爲序述，以俟論定。

嗟夫！日月幾何，風流頓盡。弔村落之荒丘，攀墓門之禿樹。讀茲遺編，而不禁潸然出涕也。」

文章

文章本小技，況乃失其真。纖濃逐時好，淡泊誰更陳？人競恥白腹，捫摸空云云。讀書供獺祭，萬卷寧有神？君看六經後，西漢號最醇。鴻裁脫羈靮，匪徒形體存。異代挺韓豪，自爲猶比鄰。

讀朱買臣傳

翁子潦倒士，棲棲困采樵。饑寒憚負荷，行吟慘不驕。往厭溪水深，歸厭巖風饕。遙期五十至，坐起紛鬱陶。一婦俄已去，故人方見招。咄哉三長吏，恩怨何曉曉。

古悲歌

人言鄉井好，而我謂不然。結髮事遠征，萬里共一天。伏波拔大羅，都護勒燕然。丈夫騁長步，寧爲妻子牽？所嗟乏貴托，衛霍多攀緣。封侯困百戰，幕府誰見憐？坐令飛將軍，俯首厮養前。何如歸南山，射獵秋草連？功名勿復道，吾年今已全？

秋圃

寒花媚秋圃，不知桃李春。晚風含微霜，因之久逡巡。影瘦香逾好，幽賞發氤氳。持問越溪女，芳華安足云？

晚眺

積靄被長澤，悵然秋氣深。　四序無停暑，奄忽及茲晨。　自昔有彼美，日夕斑竹林。　思之不可見，

煙波空我心。

雜感八首

其一

余本燕趙士，迂怪世共嗤。　以茲多齟齬，寸心良自知。　側聞聰明子，精魂蕩遺規。　鑿竅者誰與？

二帝空爾為。

其二

義和無停御，長繩安可繫？　冉冉百年中，修短隨所際。　爾精苟內搖，金石有時敝。　達觀幸及壯，

不朽用自勵。

其三

庭前有桃李，艷冶發春姿。　爭妍欣所托，顧盼生光輝。　下士多後悟，哲人重先知。　外榮中已枯，

坐怨秋風吹。

其四

大梁有死友，古誼敦監門。　一朝握兵符，睥睨無兩尊。　傷哉泜水上，刎頸聲自吞。　張陳尚復爾，

孫麗安足論？

其五

新霜有歸雁，飛飛凌大河。非不戀沙磧，秋風卷蓬科。避寒心獨苦，謀食意無他。稻粱知正好，雲羅當奈何。

其六

多泣楊朱子，悽然傷路歧。傴僂匪世途，神理日希微。耽進咎斯積，息鞅庶無疵。腹中勝鱗甲，誰知險與夷？

其七

征鴻來古塞，飛飛渡江潯。我有一書札，因之寄遠音。窈宛二妃駕，日夕湘中深。下女不可貽，雲陰愁暮心。

其八

東海有貧士，終歲一製衣。遺榮諧夙好，行歌無是非。盛服人所指，不稱況貽譏。回視里中兒，裘馬何輕肥。

讀范滂傳

孟博丁漢季，攬轡多苦心。澄清志未就，閹寺相侵尋。生不媿李杜，死與夷齊隣。一朝成決絕，

千載爲傷心。

李鄴侯

鄴侯濩落質，逸翮長翩翾。衣白闒軍中，勉爲圭組牽。佐唐功再造，調護猶稱賢。屢回衡山御，輒云好神仙。史臣工囈語，因之多雕鐫。咄哉藪澤視，相去毋乃懸。世主意叵測，以智幸自全。寥寥辟穀者，尚友當其然。

東方曼倩

曼倩本直諒，滑稽乃爾爲。而忘辟穀時。一笑輕萬乘，金門秉良規。武帝多猜忌，意見終無差。勿因優俳弄，

石守道

徂徠古遺直，一代號詩史。能使奸諛人，讀之顙有泚。睊睊知必報，況乃撩蠆尾。先見仰明復，子禍從此始。

遊水月庵時全真武陽春募葺

大士化人也，水月多因緣。偶然居落伽，變滅風中煙。好事自誰氏，創寺城東偏？罘罳淹歲紀，

俯仰失華鮮。何來痴道士，苦募黃金錢？木魚共朝暮，破衲雜裘旃。赤足冰雪中，午夜聲便聯。坐令布地資，魂礓竹林邊。我見重歎息，此物衆所天。不如搆大廈，千間同衾延。園開給孤獨，匪云福成田。誦經無甘露，說偈無青蓮。而有粗糲食，疲癃各歡然。卻爲聚檀越，舉酒彌勒前。賤子樂復樂，四座俱萬年。

邯鄲才人嫁爲廝養卒婦

妾本小家女，誤承君王顧。一入崇臺宮，光儀隔煙霧。蹉跎竟歲年，歌舞竟誰慕？詔賜廝養卒，眄逐流波，鴛衾宿野鶩。偕老得同心，妾願良已足。榮華能幾時，人生若朝露。

清淚滴紈素。妾雖寡言笑，守身視重璐。何似樛氏女，往來猶客寓。朝事陽翟賈，暮騁秦宮步。昒

涌泉寺廢井歌

銅瓶半墜涸青蒲，土花漠漠寒泉枯。黯慘遥連白玉砌，風箏無語簷牙孤。老僧向我淚沾臆，苦憶前朝神瀵出。一時金帛積如山，道元妙手張顛筆。轉眼於今三百年，鴿王座暗琉璃失。安得大雄疏地脈，銀派珠源重可識。我聞但一笑，休嗟神力遜。瓦棺留遺跡，曾吐青蓮花。伊昔有異僧，咒鉢芬奇葩。如何擲梵夾，堆案空法華。況復化人無定止，琳宮瓊戶猶駢指。如潮如汐非舊觀，即色即空何自始？再造還須象數功，一勺曹溪亦爾耳。我欲從君更下石，禪燈夜靜波瀾死。

病中題鍾馗圖

世間鬼神果有無？盲左乃載桑田巫。昏夜不見白晝見，南面之後空嗟吁。鍾馗曾居鍾南山，蓆帽麻衣多士間。當庭貌陋紅勒帛，階前觸死血朱殷。唐皇病瘧卧寢殿，夢驚二鬼雜神姦。一鬼獰狰一鬼小，怒驅抉目僵堅頑。呼之卻稱前進士，桂花入手還多艱。語罷不覺意悽惻，至今圖畫無歡顏。嗚呼此事真渺茫！大內深沈連洞房。九重虎豹怒相向，么麼何敢潛張皇。細思依然成夢幻，神搖目炫來酣戰。一切變化盡虛無，聰明正直何由見？君不見：唐皇晚嬖楊氏女，月窟霓裳稱絕技。廣陵宵見轉荒唐，申師盡道真仙子。後來更有楊通幽，魂遊三島復十洲。昭陽禍水但孤寢，閬道淋鈴孰並啼？我今卧病七日祝牽牛。乃知前夢總支離，後夢仍同蜀道迷。競言鍾馗多顯赫，君疾見此應脫然。我聞含笑一點額，古心古貌殊清妍。減夜眠，家人取圖中堂懸。所喜閉戶人事絕，坐對髩髾睹雙顴。不須更假驅除力，前輩我生有命傳自昔，擁戈揚盾胡為焉？風流自可憐。

黃雲篇

黃雲橫天風捲沙，鳩鵝力弱聲交加。將軍擁戈夜出塞，陰山路斷迷悲笳。此時軍中鼓聲死，萬馬齊暗風轉駛。鹵兒含笑誇白題，冒頓曾圍漢天子。兵家勝負總難憑，蹴踘還須一將能。試上天山

看片石，磨厓書績累誰登？

燒香曲

鳳蠟停宵麝月黃，玉釵挹露雲鬟香。羅衣欲褪還結束，窗紗半啓風飄揚。侍兒解事焚都梁，博

山煙裊噴蘭芳。遼陽春盡夢何長，郎乎郎乎空斷腸。

拜月曲

簾幕微寒春料峭，銀釭斜背迷清照。麝蘭半掩月昏黃，曲檻迴廊魂悄悄。深閨寂寞夜何長，姮

娥泣露鳴風篁。妾啼妾怨應相惜，裙帶微飄入洞房。

紀變

八月下澣天無雲，斗杓插漢環星辰。霞光如燭西北至，恍疑烈火焚崑崙。今年夏秋苦淫雨，陰

霾靉辦朝與昏。二氣愆伏遞衰旺，蓄洩乖迕憑高雯。或云今宵上帝出，紅雲捧輿繁翔鵾。或云祝融

久匿焰，怒與屛翳揚奇氛。瞽說種種且莫道，五行有志尋其根。今當秋仲白帝出，金爲水母相因循。

四郊澎湃病昏墊，乘勢再振誰能嗔？或者火潛轉一奮，天之示警良已諄。衆聞此言猶河漢，老者捧

腹少者奔。災稷之來若桴鼓，轉盼夜半聞驚喧。黑風吹雲江海立，鵑啼鬼嘯同煩冤。波翻浪湧走平

陸，魚遊釜底絕攀援。布衾漂沒肘拊水，棟折壓股餘頹垣。可憐繞郭半異物，浮屍纍纍忘朝餐。有備無患古所重，不幸言中舌奜捫。作詩戒後當提耳，慎毋遺此空招魂。

秋草

朝來南浦上，客望轉萋迷。無復埋芳徑，依然襯馬蹄。意中流水盡，愁外暮山低。曾送王孫去，秋風滿故蹊。

感懷

四十年來事，淒然暮雨中。飛騰慚去鳥，蕭瑟近衰翁。敢謂詩書誤，羞云篆刻工。寥寥千載上，此意竟誰同？

歸人

歸人渺何處？落日五湖東。舊宅臨秋水，頹垣隱竹叢。閒雲心自遠，倦鳥意還同。生計依場圃，空餘半畝宮。

雨後葺舍

風雨欺貧窶，蕭蕭衹敝廬。苔侵曾不改，茅卷更何如？一哭傷隣婦，羈棲愧老漁。殷勤圬者意，

未忍獨安居。

北窗

一徑入花塢，當窗午氣薰。

林深微漏日，溪暑欲蒸雲。

劇飲非吾事，攤書多異聞。

苔痕與草色，高臥更誰分？

定州覽古四首

陽道州墓

牢落陽司諫，孤墳異代看。

有花聯棣萼，無地著危冠。

酒盡烏臺閉，霜飛吏牘寒。

不知韓吏部，何事重譏彈？

蘇文忠祠

髯公天下士，出守避詞垣。

慶曆文章在，熙寧紹述煩。

官閒虛燕寢，祠古怨溪蘩。

片石仍遺愛，摩挲識舊痕。

衆春園

魏公曾出牧，鎮撫在中山。

暇日邀賓從，名園集珮環。

雲霞依畫棟，虎豹扼雄關。

征虜投壺趣，遙遙千載間。

料敵塔

宋代饒戎馬，雄邊殺氣孤。遙看煙羃羃，似帶血糢糊。歲遠枝撐暗，時清虎豹驅。即今遊覽意，不復問雕弧。

幽棲

幽棲無一事，日夕戀匡床。過眼遺時好，開囊嗅古香。從今須用拙，前此爲誰忙？欲辨何勞辨，休教鬢易霜。

憶遠

臨歧曾握手，一去竟忘歸。白社誰前侶？青山空落暉。艱難逢旅食，辛苦著征衣。猿鶴休輕怨，相期定不違。

無客

閉門無客到，掃徑轉多閒。苔碧窗生暈，蟫紅書有斑。藏名應莫忘，求富任從慳。過眼窺生理，夕陽山外山。

汲井女

轆轤轉盡小蠻腰，霜覆梧桐度冷宵。月魄倒含凝翠黛，鏡花迴照上云翹。身依苔甃何曾誤？夢入銀床不可招。一樣露桃井畔路，宮娥偏覺最嬌嬈。

負薪女

芳心無那對連蜷，伐木丁丁側鬖蟬。惹恨何如翁子傳，斷腸爭奈杜陵篇。袖沾紅杏山前霧，釵傍垂楊雨後煙。月下負薪來往慣，素娥倚桂爲娟娟。

有懷

隴坂迢遙隔暮煙，邇來消息轉悽然。一身作吏逢筭吹，萬里籌邊過酒泉。可是鉛刀無一割，不容馬腹競長鞭。歸來莫負山靈約，松菊依依似往年。

題王西樵《考功集》

清詩句句孟家隣，宗仰誰云但後塵？天遠雲沙供位置，夜深竹露洗精神。連珠共信寒於水，獨鶴何心解向人？篇號長齋無限好，山妻諸弟總難親。

不信

不信吹虀計可捐，宦遊歷後歎身全。季倫枉自呼奴輩，子幼何曾解種田？火入空齋遺故帙，草荒別院憶平泉。華亭鶴唳東門犬，千古傷心涕淚漣。

河決

濁流萬里莽寒雲，紫陌青疇浩不分。浪湧近銜廣武驛，波回遙帶賀蘭軍。宣防莫漫營丹竈，洚

水由來警放勳。　鴻雁哀鳴何處所？其鳩端仰聖明君。

閉門

閉門不羨鶴書頻，魚鳥閒同萬物春。　小草曾嗤謝安石，大招無奈楚靈均。　江湖廊廟誰高下？白髮黃金有故新。　卻笑折腰彭澤宰，歸來始號葛天民。

詠史

祖龍梟鷟古難齊，郡縣無端禍已梯。　採藥欲尋滄海外，築城直過大荒西。　讖成遽爾驚山鬼，運去空教祀寶雞。　爲問滈池君在否？草荒軹道晚妻迷。

偶成

迷陽卻曲欲何之？樗散惟應大木宜。　不怨騷人傷左轉，也知莊叟羨支離。　黃塵碧海須臾事，布轞青鞋指顧期。　南燭可能駐金景，爭教霜鬢一絲絲。

支頤

支頤猶憶少年場，縱酒於今總濫觴。　教伎樓空風細細，落花天遠月茫茫。　《楞嚴》閒譯生疏字，盦鏡羞談時世妝。　白傳可能歌一曲，楊枝雖好已飛香。

古意

海燕飛飛傍玉樓，檀槽無語按涼州。風塵遠道征夫淚，楊柳三春少婦愁。門掩葳蕤還白晝，夢驚屈戍總清秋。金微一去空回首，爭似黃河入塞流。

小園漫興

賦憶蘭成百感生，囊來蹤跡總營營。晚菘早韭尋常味，椎髻蓬頭自在行。素業河邊惟半畝，故人天上有雙旌。閉門幸謝塵中客，二仲頻來犬不驚。

秋柳十首錄三首

其一

淺碧輕黃曉日烘，芳華轉盼又西風。閨人遙憶飛花盡，邊馬初驚跑地空。弄影尚疑三月半，垂條爭奈九秋中。朝來溪畔重回首，樹裏依微認去鴻。

其二

落日秦淮鎖斷煙，六朝往事重悽然。折來南院空流水，種向華林更幾年。秋序頓驚人代速，芳姿翻益淚痕鮮。江關饒有蘭成恨，賦裏重尋《枯樹》篇。

其三

搖曳章臺近酒罏，如塵如夢色模糊。蕭條似媿紅襟燕，冷淡偏宜白項烏。姿致當年寧遽減，風情此日未全辜。高樓繫馬看眉翠，記取狂奴故態無。

書中乾蝴蝶四首錄一首

探花探得浣花箋，謝客芳魂入簡編。展卷尚餘形栩栩，循章長此致翩翩。香尋字裏幽蘭馥，艷逐行間紅藥鮮。逸態依然浮紙上，卻嫌書蠹費鑽研。

春宮怨

春至啼鶯滿，羊車幾日過？緣何芳草色，偏傍玉堦多？

讀《明史》詩一百首並序

自古亡國之史，類成於興朝，語嫌觸忌，實錄爲難。惟我大清發祥遼海，疆域攸殊。世祖皇帝順天人之應，入平寇亂。蓋得天下於逆闖，非得天下於朱氏，與漢之高帝、明之孝陵異世同符，匪唐宋覬覦者比。其於勝朝不獨罔事剪除，所以矜卹之者至優且渥，宗社靈長，有自來矣。聖祖皇帝復於萬幾之暇，特命文學諸臣纂修《明史》，詳加睿定。天語重申，務存實錄。積數十年之久，更

歷兩聖，始克告竣。故能明並皎日，細盡秋毫，大書特書，一無回護，洵前史所未有也。不揣固陋，

竊從授徒餘隙，恭深翻閱，逾歲迺周。前後三百年事，犁然在目。因成七言絕句一百首，用以表章

先民而導揚盛烈。即偶參管蠡，要期發明史意，一切瑣務，有史所不載者，兼采他帙，間爲補入。

雖掛漏尚多，而治亂之源流，賢奸之梗概，略具於斯是，亦讀史之一助云。

其一

鄉號紅羅啓瑞符，　風塵一劍謝追趨。　張陳已事休重問，　鍾阜由來擁帝圖

其二

沙漠晨驅舊祀綿，　遠優崇禮過居延。　更垂遺制高千古，　花蕊無勞聽杜鵑。

其三

帷幄桓桓盛虎臣，　居臨濠泗拱星辰。　退朝宴語天顏霽，　共識南陽有故人。

其四

履聲橐橐彩毫鮮，　廟祀曾勞國史傳。　曉日潼關馳露布，　一時免賀媿青田。

其五

孝陵恩渥首崇儒，　帝訓重申典禮殊。　不獨薦紳羞反面，　並教節義遍東湖。

其六

胡藍遺黨劇連雞，排擊無煩歎噬臍。褒鄂勳名長已矣，最憐遣戍到潛溪。

其七

雄藩並建立恩洪，冢嫡親傳仰至公。逐燕高飛嗟已驗，卻教同氣盡湘東。

其八

維城重寄首王畿，削奪誰云是禍機？力盡齊黃寧有恨，幾曾東市裹朝衣。

其九

幽薊年來苦戰攻，沖人無語泣飛鴻。先皇介弟休輕犯，白袷橫馳萬弩中。

其十

濟南戰血怯高皇，鐵騎晨摧屍半殭。破壁幸乘風驟至，恰如雷雨助昆陽。

其十一

燕旦雄謀蹶未休，金川事去水空流。一時帷幄皆文士，不學嘻嘻博望侯。

其十二

忠良培植幾經時，瓜蔓誅夷悔較遲。莫怨匆匆胎卵盡，吾皇親爲剪連枝。

其十三

讀書真種渺難攀，十族傷心血色殷。

阿弟休言華表柱，先生原不念家山。

其十四

羅剎磯頭落日懸，侍中遺恨滿江天。

更流血影青溪上，風雨年年怨杜鵑。

其十五

擷來秋實盡家丞，調護多煩舊股肱。

卻怪天威仍叵測，有人側目似秋鷹。

其十六

內臣干政始文皇，觴濫當年多中傷。

一任家奴稱有詔，漫勞朝士說《無將》。

其十七

海運艱危不易供，天儲遙給大司農。

平江首事通淮濟，博得功名上景鐘。

其十八

性調緩急別韋弦，道在重光並蓋愆。

休息恰當成祖後，寬文欲據漢文前。

其十九

瞳矓旭日映迴廊，密勿同參帝語詳。

內侍開函齊下拜，沈香盒裏燦銀章。

腋下龍鱗釀禍胎，重看叔父橫燕臺。爲憐甕底埋殘骨，爭及黔中老佛回。遜國事，正史不載，

不敢復贅，茲特旁見。

其二十

南交遞帶似駢枝，椎髻難邀去後思。征戍俄停仰睿斷，非關待詔有捐之。

其二十一

暇日筵開萬歲山，鷁籌遙泛翠微間。侍臣半醉天顏喜，仙舞從教禮數刪。

其二十二

白羽新調劈塞雲，雄姿逸出舊從軍。六師迤邐邊功盛，土木龍旂誤嗣君。

其二十三

三楊夾輔冠三朝，松柏森森老不凋。卻乞中宮寬內豎，似忘冲主正垂髫。

其二十四

周公王振嘗自稱周公輔成王勳績大差池，誤盡官家北狩時。南內龍飛空有恨，臨衢更起報功祠。

其二十五

景皇決策中圄日，少保扶傾外潰時。一自宵人誇翊戴，陰雲千里叫寒鴟。

其二十六

其二十七

錢塘司馬果人豪，　談笑能令黠寇逃。　太息裕陵輕賜劍，　長留怒氣上胥濤。

其二十八

儒將風流郭定襄，　北門虎臥偃西羌。　無端黑水傷懷抱，　回首雲霄泣數行。

其二十九

文達勛庸勒鼎鐘，　奪門功敍轉洶洶。　不緣一語回天聽，　曹石還應用蟄龍。

其三十

一峰疏奏耀龍墀，　萬古綱常儼在茲。　再世有人攻太岳，　應稱吉水是吾師。

其三十一

穿廬加腹景猶新，　戲語無嫌比故人。　貝錦雖工休遽信，　可曾腋足賴袁彬？

其三十二

有明家法禮椒闈，　萬鄭獨隆兩貴妃。　猶有乾綱裁袵席，　不教容易混翬衣。

其三十三

威寧將略震羌渾，　偶近中涓貽眾論。　千載汾陽同此意，　也曾款語悅朝恩。

其三十四

石城謫去渺天涯，望裏浮雲日易遮。　為語橫江賈太傳，從今不必怨長沙。

其三十五

文莊相業無多子，著作平生號最繁。　大杖怒驅空死後，無端排擠到三原。

其三十六

函中祕術手親裁，蔭借椒風炫草萊。　甌卜已堪光象緯，卻勞夜夜望三台。

其三十七

孝廟溫恭重典型，英謀密語共叮嚀。　莫忘毓德勞覃吉，袖裏曾藏嵩里經。

其三十八

主情客意兩相諳，論思休云白髮毿。　從此老臣甘死職，湖山不復憶江南。

其三十九

壽寧驕並武安侯，北地彈章動玉旒。　明主自持三尺法，誰言張氏有私讎？

其四十

御榻彌留顧命新，台衡環侍語重申。　劇憐劉謝匆匆去，無那茶陵是老臣。

其四十一

遠道青驪落照孤，　華容氣節古今無。

中書伴食惟遺老，　不向東山司馬堂名聽鷓鴣。

其四十二

對山俠氣儼青蓮，　勉禮驃騎好友全。

一自渼陂王九思同斥後，　但憑腰鼓慰衰年。

其四十三

楊公奇計清君側，　幹濟當時盡不如。

卻怪晚年甘進取，　漫同寇相附天書。

其四十四

五等榮分曉日暾，　當年捫盜舊開門。

黃衣灑掃由來事，　休語邊功媚至尊。

其四十五

豹房虎圈走風霆，　邊吏如雲閩內庭。

昨日應州新捷至，　至尊親爲斬降丁。

其四十六

文成講學遍諸生，　媒孽無端鈎距精。

我不負師妻倍我，　何人得似冀元亨？

其四十七

發蒙振落遍堂皇，　二被謀成更中傷。

差喜鉛山費相國，　獨持勁節抗寧王。

其四十八

几杖翻教覷御屏， 陸完外應內錢寧。 孝廉劉養正此日懵騰甚， 江漢中宵辨帝星。

其四十九

威武將軍晝夜譁， 江城霧合厭悲笳。 不容樞府旌三捷， 卻聽綸巾入九華。

其五十

空同勁骨奮華年， 晚繫潯陽亦可憐。 怪底許由工竊履， 青蠅白璧總淒然。

其五十一

鶩來羅織訝迍邅， 獄借陽春魑魅連。 湔洗重煩林待用， 雌黃無奈馬東田。《謂中山狼傳》。

其五十二

新都名與相州連， 定策匆匆國本全。 屈指有明三百載， 中書應屬相公賢。

其五十三

祥開興府日初升， 張桂乘時意氣增。 大禮已成還大獄， 怪他毛鷙踰秋鷹。

其五十四

廟謚紛紛辨莫勝， 承天門下淚沾膺。 何如詔遣金牌日， 懿旨先傳嗣泰陵。

其五十五

偶題雁塔至公存，金齒才華孰並論？萬里傷心嚴譴日，白頭猶説泰陵園。

其五十六

姚宋聲華孰與並？鈴山清寂念年情。劇憐枚卜紛紜甚，不及匆匆唱渭城。

其五十七

丹心耿耿迴難磨，後補空悲戰馬多。截竹曾聞師宛洛，有人夢裏撫雲和。

其五十八

青霞怨魄委邊城，欲覓頭顱沙磧橫。差喜季倫西市日，招魂還有舊門生。

其五十九

東樓蔽日曉崔嵬，弧矢橫飛勢半摧。潴室幸逢林御史，並揮餘蔭付蒼苔。

其六十

壇開西苑禮穹窿，碧檻雕甍華蓋同。操技有人干象緯，昨朝新拜大司空。

其六十一

四相青詞迥異倫，直廬簪筆動星辰。昨宵詔起虹龍塚，羨殺文榮語最新。

其六十二

龍圖歿後直臣少，重見剛峰出海南。封事夜陳奴已去，醮壇依舊整金函。

其六十三

揭來奇貨珥豐貂，謀協方王絶內囂。封貢有規忠順至，笑他馬市誤先朝。

其六十四

名獵白麻內降新，黃門抨擊果私人。漫矜新鄭同前輩，卻與南充作後塵。

其六十五

中書作鎮氣崢嶸，十載鈞樞絶送迎。身後元黃遽如許，一生恩怨太分明。

其六十六

鼎鼐頻聞訌內庭，貴溪死去又華亭。張馮比黨猶傾覆，噩夢何人得乍醒？

其六十七

投金政府意倉皇，決勝功宜歸廟堂。間隙早彌李太尉，勛名獨愛郭汾陽。

其六十八

萬里河流閭尾盈，患瀰中葉瀲文生。共驚風雨遺龍首，身後推恩闕易名。

其六十九

神皇晚歲耽遊宴，剝削驚聞遍草萊。一騎黃塵齊下淚，遙知礦使日邊來。

其七十

袚庭恩重罷朝參，章奏紛綸總廢談。好語諸臣且斂喙，官家原自不開函。

其七十一

申時行王錫爵意見任西東，得慰皇心即至公。不是諸臣憂危議，淮陽先已位春宮。

其七十二

奇冤誰辨曒生光，俠氣深憐郭侍郎。爲問蛟門老相國，可曾偃月費參詳？

其七十三

積成禍水隱蕭牆，梃擊倉皇銳莫當。斷獄無人宗社震，幸將調護問高陽。

其七十四

纔驚梃擊又紅丸，選侍牽衣欲語難。不是大言楊給事，定教嗣子掌中看。

其七十五

從厚忽來賈繼春，嘵嘵宮火重逡巡。倉皇入井何人道？奄豎他時更反唇。

其七十六

三案輕翻記黨魁，芝焚蕙歎共疑猜。黃門北寺多鉗網，緹騎俄空御史臺。

其七十七

新成《要典》繼麟經，天語親頒敞御屏。不獨鵷鸞禦魑魅，雲中兼隕少微星。

其七十八

巧牽贓賄陷清流，楊左紛紛犴狴投。推刃依然周之夔阮輩，縉紳也自有牢修。

其七十九

重臣襆被走兼程，繞榻驚呼移帝情。反結預聞飛詔下，一時望斷寶游平。

其八十

銀鐺朝闐撼江天，駕帖呼名黨鍋連。最愛吳中周吏部，笑酬僧意墨痕鮮。

其八十一

勢同炙手效呼嵩，奄豎居然號上公。爲語諸兒勤供奉，姓名自有碧紗籠。

其八十二

東林復社總紛綸，廚顧名高鉤黨新。一網盡歸點將簿，得持清議更何人？

其八十三

吏部趙忠毅文章總憲高忠憲詩，鱗峋風骨儼如斯。清操不改神皇日，皓首偏逢板蕩時。

其八十四

秉謙名與廣微俱，調爕無功日供諛。可是中丞允貞工知子，當年早識價轅駒。

其八十五

龍飛信邸甫童年，手剪兒璫太阿懸。媿殺諸臣同首鼠，翻教常侍困平泉。

其八十六

上虞危論聳經筵，《要典》持焚善類全。七載重陰迷日月，手揮雲霧見青天。

其八十七

劍敕朦朧出尚方，血橫雙島泣危疆。可憐飛語重貽誤，從此無人向白狼。

其八十八

福清罷政倚烏程，片語能令帝意傾。乞得溫綸歸臥後，山中卻愧老書生。

其八十九

中朝水火困樞衡，推轂無人喚莫應。太息長城君自壞，高陽死後更宜興。

其九十

長白真人奮帝圖，龍文彩結煥宸居。紛紛闖獻多名號，紫色蛙聲供掃除。

其九十一

諸臣泄泄半家肥，念載憂勤國事非。鐘簴已移龍馭遠，應憐晉代兩青衣。謂懷愍。

其九十二

節高信國並岩嶤，兩地同歸冠百僚。南渡應推史閣部，北都先數范吳橋。

其九十三

石齋名與念臺清，千載孤臣涕淚瑩。合傳非關班馬意，士林宿號兩先生。

其九十四

中酒心期孰與同？過江人物半冬烘。可憐此日南薰殿，不問軍書問樂工。

其九十五

閹兒遺毒暗江天，樂府新呈《燕子箋》。說起名流成一笑，烏闌筆格更翩翩。

其九十六

坂子磯邊戰血殷，荊襄勁旅撼江關。天教聖主清南服，故遣牆陰鬭觸蠻。

其九十七

黃公自是奇男子，一木難將大厦支。奪駕稱駕從靖南志也有人臣力盡，千年遺恨滿鳩玆。

其九十八

多士稱兵遍近郊，痛深苫塊整弓弰。聖恩不許搜遺黨，蜂蠆何妨大度包。

其九十九

青犢群驅帝業徂，詔存廟祀續前謨。鑾輿更繞思陵樹，淚灑荒原泣玉鳧。

其一百

旌忠典禮逮前朝，定諡疑聞賦大招。泉壤有知應下淚，如天聖制迴雲霄。

天后會四十韻爲期在三月二十日及二十二日

神光縹渺隔滄瀛，士女歡娛解送迎。霧隱七閩潮上下，雲開三島畫分明。翔鷗低映蛟宮水，繡帨遙連赤嵌城。三月二十三日爲天后誕辰，赤嵌城在臺灣。萬古郊禖同享祀世廟時，特諭春秋致祭，一時向若共飛聲。澄鮮惠逮鮫人伏，祝頌便聯珠戶傾。壽域枝交桃捧日，華筵香滿巷吹餳。東皇乍啓催鸞輅，少女微飄展翠旌。戲衍魚龍誰後至，曲傳鐃吹競先鳴。承蜩技妙胸頻按，走索身輕體半程。蓋運竿頭形的的，蓮生足下態盈盈謂寸蹻。粧偷齲齒姿偏麗，鍔閃純鉤目盡瞠有擲刀之戲。前導莊嚴七

寶聚，中權爛漫五花擎。雲梯月殿空濛合，鬼斧神工指顧成。豈是樓臺重晚照？但憑般翟迸心精。大

千眷屬參差見，小有因緣次第縈。高出層霄隣嶱嵲，響和流水助鏗鏘。冶遊試就黃金勒，仙子謫來白

玉京。選妓臨風多媱嬻，修羅揚盾太猙獰。廣眉壓額龍頭困，巨臂連尻豕腹亨。幻憶鵝籠開魄格，變

驚鬼國認花黥。錦欄花名鳳尾蕉名紛前後，芝蓋雲旗儼縱橫。鶴篆翩翩裊玉節，瓊漿馥馥瀉金莖。崆

峒駐蹕鈎陳列，紫府迴車彩仗輕。天后乘輦，儀仗森嚴，制同王者。信有天吳森羽衛，無勞巴女薦湘

蘅。佐觴細拊成君磬，尚食微調子晉笙。焰吐龍銜星照戶，翠騰麟脯露垂罌。元宵興劇由來諡，被褉

懽濃此日並。贈芍那愁波共遠，湔裙差喜雨初晴。蹣跚步自依豚柵，閒掃妝宜對豆棚。游人疊肩躡臂，

雜以鄉中婦女。踏遍香塵應有跡，乞殘新火倍多情。採桑筐寘遺春繭，叱犢鞭停罷曉耕。桃葉渡邊呼

畫舫，外至者，旅舍不能容，則夜宿舟中。棗花簾外頓華纓。偕行翼趁雙飛燕，有夫婦同遊者。辨色

喉憐百囀鶯。觀者半侵晨而起。幾處樓頭窺盼盼，何人陌上喚卿卿。趙家姊艷文鴛競，楊氏姨驕繡隊

呈。傾城出觀，雖大戶亦不能禁。柳桁一旗傾桂釀，藥欄三爵饜侯鯖。游人以醉飽為樂。擁來車戲神

恒眩，望去金支意轉誠。鳳矗光搖浮綵鷁，婆娑影動偃長鯨。春回慈御千塍潤，風避皇威萬國清。測

海定當球共至，更將歌舞答昇平。

　虹亭先生弟峨文，字鎮川。乾隆庚午舉人，歷任山東嘉詳縣、魚臺縣知縣，終直隸蠡縣教諭。

著有《雊翔齋詩草》二卷。

徐金楷四首

金楷，字端叔，號春卿。乾隆戊午科副榜。著有《步青堂餘草》。

按：春卿先生少年英俊，文名推一時，青雲自許，以中副車憤惋而卒。無嗣，取姪午園先生輝爲繼。同邑青蜺居士丁時顯，與公爲文字至交，俱早折。

書馬文毅公《彙草辨疑》後

魯公碑碣光千古，筆鋒奔放丹心吐。勁節崚嶒未易攀，惟公忠烈堪儔伍。桂陽群孽逞咆哮，平踏樞臺列刀斧。索篆遺冠勒使降，嘈嘈沸沸紛如雨。鐵石肝腸那可搖，罵賊聲厲雙睛努。闔室幽囚四載餘，文山《正氣歌》同譜。大筆高題擊笏樓，草書讎校消艱苦。侍人慘怛註簪花，十金一字足揚詡。被縶不屈終殞身，精魂蓬勃鳴鐘鼓。一時百口盡捐軀，從容慷慨聞幾輔。龍章疊沛粵西來，香風脈脈生皋澨。廟貌巍峩祀不衰，淋漓青史欣追數。賸稿猶餘翰墨輝，蛟螭呵護光難腐。至今寶

焰每干霄，雲霞五色迷江浦。

晚泊桃花口紀事

洪流八月猶添漲，輕舠上下隨波浪。晚泊桃花岸口間，驚雷惡雨齊奔放。風吼長空更助威，妖鯨怪鱷恣排漾。燒殘寶炬地天昏，同舟行旅皆惆悵。無端動地起喧呼，乞命祈天聲轉壯。暗中摸索遠難窺，礧礑一耀真魂喪。斷維巨艦上浮橫，直壓吾舟殊不讓。危乎來勢若山崩，四圍浩淼無屏障。陡崖百尺既峻嶒，如此深宵誰得上？或攜襆被走泥中，或奮攀援相棄攘。我聞生死由來總係天，呂梁蜀坂何無恙？平生忠信仗無虧，今日臨危豈懍妄？所嗟存敬遜無心，難空夷險諸塵相。但謹周行坦巨波，應驅颶母離滃汸。衝風果激怒濤開，洄流捩舵走斜偎。艫艟不礙小檣檜，鼓枻凌空亦怪哉。約略中流勢愈乖，迢遞飛驚又幾回？長年三老盡疑猜，誰弄波濤戲吾儕？轉瞬雲收雨電弛，移舟且復沽清醁。平明打鼓乘風去，一嘯南溟振八垓。

貞烈殷氏行

余讀魯泓如小傳曰：『殷氏女年十六，邢氏媾媒，誑其母，娶爲婦。入門以穢行逼焉。母聞之，抱恨死。氏益孤，堅自矢。姑嫂備極慘虐，加以炮烙之刑，終不屈事。聞於府，剖於縣，氏垂斃，究無一言自表。噫！難矣！謚法清白守節曰「貞」，正而固曰「貞」，女稱曰「烈」。氏則可謂貞烈矣！

不稱婦，不予其夫也；系其氏，爲殷姓榮也；削其室，不爲邢姓辱也。」

扶輿正氣凝津水，巴臺十丈雲中起。慘絕千秋殷氏操，西風一哭崩垣壘。十六梳頭麗且莊，芝荷製佩芙蓉裳。楚楚蓁蓁花下蕚，紛紛人說鬱金堂。施衿何意遭囂惡，穿埔穿屋紛相度。擊碎珊瑚心不渝，炙燔任肆千般虐。爆爆炖炖肌盡殘，屹然勁節無盤跚。衆憤徵歌寫幽恨，香風脈脈透琅玕。卓哉太守真英灼，亟遣官司訊帷箔。爛額焦頭衵席間，九死餘生猶婉若。漫爲好語謝長官，鴞羽籧篠終諱卻。八龍蜿蜿扶雲車，幾日升皇別城郭。我聞古來貞烈煥壇墠，惟拼一死全綱維。誰復夜夜深閨月，灑遍殘紅泣子規。歎息氏年方弱小，珠輝玉潔全貞皎。箝口珍談淋烙凶，從容完璞歸青杳。不須哭赴海門潮，不須憤藉新城帉。不須七首貢夫人，不須鳩羽藏清醴。但冀吾生釋罪愆，忍令尊親逢指眺。終始孤芳秘自珍，亭亭凈植出泥沼。淒其一片泣幽明，輕寒五月燕山繞。姓氏從教麗泰華，參天偉節中逵表。郡符一夜到城來，裁詩結伴相喧豗。或欲陳芻瞻外槨，或欲鐫石樹瑤臺。我思風化從來起閨廡，拍案爲呼真節苦。仁厚存心鐵石腸，大白不涅誰能伍？窈忽精魂鬱森碧，蟠天匝地鳴金鼓。輿論蓬蓬塞太虛，廣陵調絕哀言譜。神鏡尤憑司牧賢，寒江月冷香魂吐。青塚煙迷貞不埋，劍花彈放春花腐。含毫灑淚寫幽光，悲歌屢起酬清酤。極目殊恩沛自天，特表芳徽傳萬古。

讀蔣安頤先生傳因紀此歌并序

先生諱嶧，字子巖。浙東山陰人也。幼含慧邁，長擅溫恭。年十七舉秀才，校學使者滇陽許多覽其文，

召進謂曰：『逸常之器也，達則爲珪爲璋，令聞令望，不然鴻其飛乎？螭其游乎？其曠世而獨清者乎？』

由是芳稱愈流，嘉睨載遠。咸寫崔實之作，爭束王符之帶，先生蓋恬然也。明烈皇帝之末，兔舞周京，

蛇垂漢殿。冠裳濟濟，或攟夏馥之形容；衿佩青青，致托杜根之儔保。先生遂誓先墓，絕吏車。練味元澹，

研幾寥廓，殫思六籍，暢厥微旨。然後舉束修之訓，啟待扣之教。僙僙焉，虩虩焉。劉瓛檀橋之館，恍

帶清溪；王通汾曲之堂，翻迴疏屬。裁章礎壁者，未可得而稱也。世祖定鼎初，有勸仕進者。喟然曰：『通

塞，命也；用否，時也。獨善求志，斯固可矣。』乃益盤桓松菊，膏肓泉石。頹壁爲屏，紺厓作几。讀《易》

之處，即號浯溪；固成績水。靈磎合沓，如通勾曲之門；雲術幽修，似俯燭宮之樹。於以寄

徜徉，酬風月，雖屢空晏如，可謂樂道而忘身者矣。卒年九十有四。嗟動遐邇，學士諸公共諡曰：『安

頤先生』，禮也。先生性浮簡，尤篤孝友，雖在妻子，不窺急容。純孚蒸洽，化行間里。李仲元居西蜀，

管幼安在遼東，無以過也。常以明史未就，著述歷年。將光宣室之丹青，香騷人之蘅茝。義例已就，卒

毀於火。束生十志，無復略存。謝監百篇，並從煬毀。今其在者，目録數帙，文集二、三卷而已矣。夫

繡林宗之德行，載勒清文；經鄭泉而流連，寧虛穆頌。非能亮幽居之閟光，亦聊唱瓌潔之曼武云爾。

鯨室珠，荊門玉。含輝韞璞全高躅。雄才屹嵂兮氣拔俗，清聲蘭蕙兮詞飛瀑。遭時不造兮懷綸

毅，力葵茹藿天倫篤。有峰千仞兮溪數曲，風雨檀橋恣講讀。興朝布化兮升遺伏，蒼生霖雨東山卜，長揖故人無我辱。錦函香，奇文綠，陶情鉛槧撫松菊。養天德者九十秋，訂鴻編兮三百軸。嗟羅祝融之虐兮，徒見燼飛而燄逐。螭遊兮真神燭，鑑亡兮慘萬斛。肖潛光兮謚安頤，爲報後昆之式穀。

徐炘八首

炘，號晴圃。金楷從子。乾隆壬子舉人，乙卯會試薦卷，挑中書，軍機章京，升內閣侍讀。歷官江南河庫道，江西、湖南按察使，陝西、山東、福建布政使，署山東、福建巡撫，改官內閣侍讀學士。

嶽麓書院紀事序

嘉慶乙亥三月二日，承善圃觀察治具，招翁鳳西方伯與余赴嶽麓書院，訪袁峴岡侍講，遂同遊嶽麓寺，盡一日之歡。簿書叢雜，未暇以詩紀也。嗣書院諸子賦詩見貽，哀然成帙，詞多溢美，愧未克當。補作七律八章，質諸同遊諸君，即以答賦詩諸子。

其一

萬疊青峰壓綠濤，勝遊逸興托同袍。尋山客集春三月，問渡舟搖水一篙。秀毓楚材饒杞梓，詞

摛藝圃續風騷。懸知屈宋遺徽在，為觸吟情試彩毫。

其二

記訪煙蘿踏紫雯，春山如笑草如薰。源桃紅帶催花雨，宿麥青連渡水雲。静裏光陰存太古，風

前蘭芷吐清芬。下帷知有文星聚，隱隱書聲隔竹間。

其三

四壁晴嵐護講堂，璇題照耀影輝煌。人瞻至聖衣冠肅，地托名儒草木香。馬氏紗帷春靄靄，唐

家玉笋秀行行。宛然觸我前塵夢，禮佛橫經迄未忘。　余向在問津書院肄業六載。

其四

紅塵不到白雲根，古佛南朝寺獨尊。衡岳送青當戶牖，瀟湘飛綠上山門。混茫一氣同閶闔，興

廢千年費討論。殘缺泰和留片石，幾番剔蘚手親捫。

其五

路轉山梯境轉幽，無邊新綠擁危樓。半房山鎖僧寮住，百道泉穿樹杪浮。水上難聞仙鶴語，煙

中應有羽人遊。方壺未必能過此，惜少茅庵結一邱。

其六

名齊山岳仰前賢，古跡微茫落照間。青簡易迷千載事，蒼松猶帶六朝煙。難拚柱杖窮雲壑，尚

抱塵心愧石泉。神往巖頭蟲鳥篆，待攀絕頂細摩研。是日未及觀禹碑。

其七

小息雲房四座春，青山綠酒采蘭辰。天開勝地無今古，客到同心忘主賓。好鳥自調弦外韻，修篁替掃檻邊塵。諸君此會休輕視，觴詠何曾讓昔人？

其八

森森群彥盡英髦，倒峽才思鬱怒濤。豈有珊瑚搜鐵網，漫將金玉飾鉛刀。青雲鵲起期蓬閬，碧海鵬搏藉羽毛。好假詩書爲麴蘗，名山風雨莫辭勞。

附徐基五首

基，字立山。金楷公孫。國學生。著《立山詩草》一卷。

按：立山少困童場，艱於一衿，棄舉業隨尊公午園先生宰江右廬陵縣，引拔士類，多所勛贊，教子姪輩皆成名下。同邑沈存圃先生評其集云：『中有精意，非堆垛以求工者。不盡唐音，却殊宋派，其品故高。』

己巳七月，昌邑途中遇水，以車作舟，行三十里，賦詩紀事

少年尚意氣，到處學遊仙。見險不知止，日暮猶加鞭。破浪江湖裏，獨泛木蘭船。壯志凌山

嶽，雄襟貫百川。古人難行路，我意殊不然。策馬走山左，平坦可安眠。秋雨忽淋漓，墟社成深淵。茫茫圍天住，浩浩渺無邊。征車息古寺，借榻且遷延。寺僧爲我說，前流難尋沿。五龍新決口，柳溝勢相連。五龍、柳溝俱河名。秋蟲聲唧唧，若亦爲予憐。輾轉不成寐，起坐看雲天。朝聚土人謀，不惜杖頭錢。沽酒供一醉，聊作歡喜緣。土人俱踴躍，願共涉淪漣。旋即駕我車，驅之入清泉。或者推其尾，或者挽其前。馬亦奮兩耳，努力渡雲煙。以車代舟筏，居然行之便。途長馬力乏，車內水涓涓。喘息復前征，飄飄到陌阡。僕人長歎息，此行尚勉旃。我唯顧之笑，水下盡原田。並無蛟龍窟，何必畏其顚。吁嗟乎！人世風波險十倍，兀坐尚可被拘牽。似此清流殊不惡，相對長吟《秋水篇》。

曉起

曉起渾無事，茫然負此生。漸隨池硯老，仍逐羽毛輕。久約心方坦，思艱氣自平。他鄉常作客，管子代春耕。

即事

日落天光净，披襟放浪吟。雲邊來鶴影，風裏度蟬音。竹瘦同詩骨，山青繫客心。此衷原不昧，

物欲漫相侵。

庚午中秋書懷

月色明如畫，溶溶照客窗。弄花堪作伴，對影喜成雙。壯志隨時易，雄心借酒降。所思千萬種，全數付滄江。

恨婦詞

天道未可測，人事未可知。豐歉數所定，施報庶無私。山左逢凶歲，我正遊不其。哀鴻鳴四野，窮黎日苦疲。有司勤撫邮，縉紳効驅馳。就食四萬口，開廠日午時。畫地分男女，奔走俱淹遲。城東王氏婦，扶姑抱女兒。冀得三人糧，聊以解朝饑。粟米未到囊，老母已傾欹。側身援以手，幼孩復見遺。肝腸已痛絕，那堪踐踏隨。勢如萬蟄趨，兩肱難護持。輾轉人叢裏，捐軀盡孝慈。可憐三女子，頃刻無完屍。士民長太息，行路淚亦垂。救荒無善策，古人曾言之。天乎彼何辜，所遭竟如斯！此理殊不解，漫成《恨婦詞》。

立山好句如『買書添睡料，識字種愁根。』『古城生蔓草，野店覆空盆。』『披襟風在抱，舉首月當天。』『古今誰大覺？風月有餘清。』皆快人口。

附徐大鏞四首

大鏞,字序東,號蘭生。金楷曾孫,立山子。道光壬午舉人。著有《見真吾齋詩草》。

按:蘭生家世詩書,天資穎異,髫年爲文,秀出班行。早遊黌序,屢試高等,爲杜石樵、吳美存諸學使所器賞。數困京兆,鬱不自聊。集中《妾薄命》《落葉》諸什,情見乎辭。

悶齋獨坐

涼信雨中至,曉來暑漸收。花痕香入硯,人意瘦於秋。室小堪容懶,詩多或卻愁。偸閒能半日,夢已到神洲。

王孝女割臂事父,邑人徵詩,爲賦長句

巾幗何能解禮文?縱然愚孝亦希聞。黃泉有淚應憐女,青史無名待補君。五夜悲風吹幻夢,一剜殘血斷慈雲。誰無父母誰非子?愧煞鬚眉大雅群。

五龜行

鄭君摹古神妙手,爲我琢石作龜鈕。一龜當中四龜馱,玲瓏節角仍樸厚。我聞制器必象物,惟妙惟肖全神出。攜來此石心竊疑,捉刀未免太離奇。龜形上下勢鈎連,安得一氣無拘牽。宇

宙豈有此物狀？鄭君笑言憑意匠。興之所到信手成，磨礱翻個新花樣。石農先生擅淹博，通貫

古今無差錯。鄭君無心作五鼃，馮君石農有心爲考核。先時漳州孫儒理，曾泛琉球親見此。萬

里乘風巨浪奔，忽有一鼃海岸蹲。四小鼃作一鼃趾，蝸動相連無少痕。大鼃欲前示以意，小鼃

昂首無殊跡。居然同體不隔形，世間竟有此奇異。歸向周君檥園言，因之採入《閩小紀》。此

鈕何幸得此徵，安置妥帖非不經。鄭君聞言喜且驚，金繩鐵索手中擎。人巧疑有天工成，援筆

衍作《五鼃行》。

題梅樹君先生《欲起竹間樓詩稿》

人生才力不相下，藝林各各稱雄霸。不有健將立文壇，坐井誰知天地寬？鰤生豈有阿好意？一

説先生頭俯地。憶昔髫年授讀時，已解心傾七字師。一箋一紙藏如寶，到處逢人誇翰藻。爾時我尚

未弱冠，先生英氣方浩瀚。五百人中擁繡虎，此余應童子試時，先生見贈之句。持來爭向同儕舞。

即今捧卷讀琳琅，回首當年已斷腸。春風念載不相惜，盧綸兩鬢霜痕積。高情欲起竹間樓，人與瘦

竹同清秋。著詩盈尺不知倦，百家出入開生面。津沽自昔萃人文，賴有先生扶其輪。一枝玉尺光梓

里，多少詩魂齊不死。時先生輯《津門詩鈔》。我欲焚取心頭香，朝朝供奉長吉囊。我欲斷取珊瑚質，

妝成特架文通筆。教余滿腹煙火人，飽餐仙液換凡身。

蘭生《蘆花詩》好句如：「一痕秋水人何處？九月霜華影共飛。」「光陰竟日拋如我，心緒年來亂似君。」「半塘衰柳枯荷路，一幅寒鴉冷雁圖。」其《秋千》句有云：「春雨一條寒食路，斜陽十里杏花村。」頗傳士林。

蘭生酷愛搜求前輩詩文，嘗得同邑張笨山先生遺草，以重價購之於零星拆裂之中。閉窗燈下，補綴年餘，得成完卷，裝潢六冊，藏以錦帙，亦可謂好古情深，憐才若命者矣。

趙松五首

松，字泰瞻，號雲圃。世居天津。歲貢生。著有《偶存草堂集》。

早春珠鳳閣觀梅雅集

相看總不似陳人，但覺風光繞坐新。
齊向梅花開笑口，杯前各占一枝春。

春日王從先太史回籍西園招飲

勝友今良覿，開樽水一涯。
砌花猶灼灼，林鳥正喈喈。
別久情偏厚，交新語亦諧。
方知敦古道，不愧是吾儕。

春日查慕園水西莊招飲

名園新踐約，策杖午風微。杏萼紅初破，楊枝綠漸肥。尊開依曲逕，詩就出重闈。不減蘭亭意，斜陽未忍歸。

聞水西莊山桃盛開

風入名園春正深，沿溪廊外好行吟。已聞堤柳綠新染，又報山桃紅滿林。載酒豈無前度興，看花竟負去年心。幾時閒共漁郎約，一棹咿啞擬再尋。

弔烈女張懷清

豈不惜沉璧？此心誠許君。仰天已失所，入地復何云？一甕香泉水，千秋烈女墳。風謠知慕義，咸爲播清芬。

《長蘆志》……『張女名懷清，訓導廷錡女。字王某，未嫁而壻死。女潛製素衣，閉門投甕死。合葬於壻墓。』

河間《紀文達公遺集·張烈女詩》序云：『烈女，天津人，未嫁夫死，自溺以殉，乾隆十二年事。追賦此。烈女生時，嘗以木蘭、曹娥自比。』『去年三月二十日，我自天津泛舟出，海雲東北生，烏鳶鳴噪急。舟人收柂驚相呼，惡風白浪來天末。黿鼉盤擲四塞昏，魚龍潑剌長河溢。義和日車不

敢行，六螭飄忽愁相失。三百六十軸，大地疑汨沒。杳杳冥冥中，鬼神泣嗚咽。未測造物心，何事驚倉卒？誰知烈女命，正以斯時畢。吁嗟乎！不爲木蘭，即爲曹娥。憂來傷人淚滂沱，妾身雖未嫁，一言既許安有他。但愁黄泉下，未曾相識其如何！我感其事，爲悲且歌。今夕何夕，愴懷實多。簾幃舒卷，戛戛聲磨。孤燈忽暗毛髮立，精靈彷彿雲中過。悄然神悚不敢坐，空庭颯颯生風波。夜半開門望天地，盲風暗雨如翻河。』

趙大啓一首

大啓，字西田。文學。

商城晚眺

落日天涯近，秋城草木黄。雲開高閣迥，月出野風涼。去國人千里，征南雁數行。吳山連楚水，翹首意茫茫。

附趙治平二首

治平，號曉香。雲圃先生孫。

曉發因村見山雲奇態有作

朝暾初起處，山色映偏真。化境如參佛，奇觀暫許人。千峰千色相，一變一精神。此遇應非偶，

吟鞭指顧頻。

李博士莊觀白蓮即事

白羽風搖面面開，一蓮花上一如來。杖藜老叟殷勤甚，笑指芙蓉是我栽。

張湘二十三首

湘，字楚山，又號礎珊。乾隆癸酉、甲戌聯捷進士。知江西餘干縣事。改教授，秉鐸新城縣。

著有《大雅堂詩集》一卷。

按：公少負儁姿，有文名，書法最工。住邑城西永豐屯，時與汪公舟、紀公春，有永豐屯三小

才子之稱。

題思源莊

其一

重築金吾舊日莊，紅菱白茨護山堂。丁寧河上啣泥燕，還向烏衣覓畫梁。

其二

暮捲珠簾暑氣收，臨河亭子坐來幽。照人一片空明水，風滿垂楊月滿樓。

樓月

小院不貯月，月如一綫長。不解月何意，獨我慳其光。浩然登岑樓，素手攜相將。羅列小兒女，嬉戲笑余旁。人月共皎潔，瓊瑤差足方。掀脣一長嘯，呼婢進霞觴。白墮顏不惡，倒楹盈巨觥。舉杯一吸盡，萬里清蒼茫。仰見明月中，嫦娥笑余狂。年來饑不死，胡乃樂未央。余痴若不聞，顚倒醉郎當。潛鱗不貪餌，天馬不受韁。人生貴適意，何須佩鏗鏘？

輓高孝女

南村先生忠且篤，大兒小兒比鸞鵠。山川靈秀萃一門，有女娟好如雪玉。無端狂焰夜中來，救母不得身已灰。玉骨那隨狂燄盡，依然孺慕相依偎。歷觀千古興亡史，多少不殉君父死。可以無死死殉親，嗟嗟此女愧男子。踞山之鳥何茫茫，衛火無術空斷腸。幅巾何日郴陽道，爲束生芻拜堂皇。

題唐虎臣《山居賣卜圖》

毘陵唐子天下才，讀書萬卷天人該。獨掉一楫橫江來，壯心欲上黃金臺。秋風蕭瑟芙蓉老，功

名僅塞同秋草。不如歸去舊湖山，編茅結葦屋數椽。蔭以修竹環流水，聊寄嘯傲於其間。也同君平學下簾，得錢買酒恣一酣。泉水解燥吻，竹風吹醉顏。灑然骨節都珊珊。吁嗟乎！山居之樂樂如此，人生何必更羨蓬壺仙！

銅硯歌爲吳念湖進士作

序：易州農人耕田，獲古錢盈釜，石硯一，背飾以銅，石佳而製古，不知何代物也。友人吳念湖購得之，余爲作是歌。

鍊銅裹硯古無聞，龍尾鳳咮名紛紛。茲石埋藏幾千春，一旦拂拭標清新。中有五銖同見瘞，蒼茫不解當年意。文具都作蝴蝶飛，土花半蝕蟾蜍輝。野人相顧識不得，延陵公子攜持歸。歸來傳玩歡鳥有，式取松煙瀅磨久。濡染大筆何淋漓，夜夜墨光寒射斗。玉裝錦襲傳不朽，我聞叩門乞一見，端溪果有赤雲現。九原萬古氣氤氳，紫石青銅相吐吞，有如蚌珠璞玉分胚渾。石之潤兮栗而溫，光陸離兮燦星辰。摩挲令我驚心魂，先生寶之壽子孫。

早行張灣道中

羸騎凌晨發，遙山吐月新。平沙寒似雪，遠塔立如人。薄倖悲遊子，高堂念老親。蕭條從此別，

萬里一孤臣。

歲癸巳臘月十日雪夜，訪吳六念湖、朱四藍溪，即攜過崔明府

酒酣逸興發，愛此冰天月。萬頃琉璃堆，一鈎白玉玦。忽憶兩詩豪，夜寒應未歇。被我鶬鶊裘，冰車來踏山陰雪。開門一笑迎，茗飲何清洌。高談興未已，舊雨情脈脈。博陵崔州平，逸才衆所折。冰車轉轆轤，兒童笑手拍。何以王子猷，而今有三客。坐久戀青燈，不覺衣如鐵。良會古人難，今夕安可忽！

題《野田圖》

富貴如朝露，流光似過鳥。所以古之人，但覺灌園好。達哉野田子，聞道亦何早。雅懷擬雲鶴，遐蹤媲綺皓。寫作鹿門圖，甘向野田老。閑開十畝田，皆令種秫稻。手把一張犁，曠然天地小。豈必事耕耘，聊以托懷抱。我昔尚意氣，高情屬縹緲。三年薄宦身，萬里黃塵道。一旦垂翅歸，翻喜謝煩惱。歸途見農夫，揮鋤理荒草。勞逸隨所適，寵辱都不曉。自顧與之較，不知誰拙巧。昔聞先生名，今識先生表。先生隴上時，想見余蹻蹻。

城西門

步出城西門，聊以當娛樂。往來者肩摩，錦衣馬纓絡。亦多識名姓，相視殊落落。悵然返柴門，

黄耳向我躩。遙見主人來，意態何磅礴。似識豢養恩，牽衣不嫌惡。似識余悲酸，盤辟慰寂寞。還坐深歎息，始悟非於昨。養爾不識爾，對之慚且愕。達哉古之人，抱犬臥山閣。聞者詫斯言，先生一大噱。此中有至理，言錯者真錯。

奉陪吳念湖進士訪高琅村廣文，是日大風

序：念湖爲琅村設帳地，於朔風震蕩中，往商其事。憶今之古人哉！爲賦長句。

撲面風沙作勢騰，苦寒念子踏層冰。世間骨肉或如此，今日交遊恐未能。自是情深投縞帶，非緣人共嚼紅綾。高吳先後成進士。何人誤廣《絕交論》，可見延陵季子曾？

和高琅村七夕微雨，用東坡聚星韻，即效其體

君不見：美人如花命如葉，柔情一點紅爐雪。千恩萬愛有時休，翻是神仙情難絕。年年歲歲共今夕，不同瓶沈與簪折。怪煞微雨知應時，每逢此夕無生滅。俗傳淚灑作雨飛，惱被蒼天酷鉗掣。相思相見不須悲，破涕好拭魚子纈。天長地久寧怨違，下視塵凡應不屑。塵凡縱有百年緣，石爛海枯袛一瞥。須臾月上花枝明，嫦娥不妬爭喜悅。盈楷兒女何紛紛，白水金盤一綫鐵。

竹床吟

其一

三年作宦玉亭中餘千古名，曾繼煎茶處士踪陸羽烹茶處。但飲琵琶洲上水，誰憐無袖貯清風？

其二

歸來攜得綠筠床，夏日移陰好趁涼。繞膝諸孫爭笑語，分甘先盡老夫嘗。

其三

竹舍茅籬也賃居，數椽好是野人廬。恰容一榻撐搘穩，趺坐焚香讀道書。

其四

種秫山田手自鋤，新醅差勝市中沽。丁寧稚子村頭望，有客來時酒滿壺。

其五

風味當年已寂寥，而今惟愛酒盈瓢。朦朧一枕華胥夢，仿佛揚州廿四橋。

按：楚山先生性倜儻，風骨崚崚，而疏狂玩世。官餘干時，郡守某公寡廉隅，公薄之。其所謗����，一日，郡守置盛筵招公，酒酣出絹素，謂公曰：『子當為我書矣。』公舉杯大笑曰：『公亦求我書乎？非惟筆之工拙，一槩不應，衡公久矣。然頗愛公書，求之甚諄，公曰：『我書非大醉不工也。』

非公所知，並句讀恐亦非公所識。徒費筆墨，奚爲哉？時同僚滿座，太守顏變頰赤，怒斥公曰：

『我必參子！』公擲杯于地曰：『我三年于此如羈囚，待子參久矣。』拂袖出，囊無一錢。

僅攜一竹床旋里。姚公應龍爲公繪圖，同時題詠甚夥，如吳公人驥曰：『楚山先生磊落人，謫官歸

來窮坎軻。一錢未肯留看囊，一床剩足支高臥。』馮公璋曰：『爲愛閒眠重此君，相將一榻趁歸人。

不教鄉月虛窺戶，盡使山花滿布茵。』金公思義云：『拂袖歸來鬢有華，一床相伴足爲家。』金公銓

云：『時臥北窗下，忘懷聽鳴禽。會逢故人來，分榻酒共斟。』崔公振緒云：『數卷殘書客拂塵，

黑甜一枕紗巾墮。』周公人驥云：『蕭然一榻劈霜筠，上有西江舊酒痕。』徐公瀾云：『自得此床真

閒曠，月夜梅花冷紙帳。』高公喆云：『祇有此床依舊在，伴我閒身無價買。』藝林韻事，至今稱道

勿衰。視今日之但持多金，焜燿閭里者，不勝人往風微之慨。

將赴新城學舍，留贈朱四藍溪，兼呈同社諸子

我識君時君十七，醉眼驚見凌雲筆。至今華過半百，尚須讓子居第一。憶昔共弄秦樓月，吳

歌趙舞清風拂。年去年來鳥若飛，無限風流成倏忽。爾兄我兄玉已埋，傷心同賦鶺鴒哀。憐君愛我

如兄弟，時時歡笑盃復盃。把君新詩飲且豪，爛醉那復惜酕醄。更開三逕招賓客，座中盡是雲霞交。

吳髯長句文中虎念湖，長劍大戟張旗鼓。高公五字如堅城琅村，細意熨貼良工苦。臨風玉樹崔州平

初庵，天然標格腴而清。我何人哉濫其側，猥誦佳句邀垂青。饑來驅我餐苜蓿，依然先生飯不足。盡道瀟灑無俗氛，琅玕之竹多於肉。無肉大嚼已可憐，慎勿更少杯中淥。七月八月天氣和，秋風放盡淀中荷。盪舟中流漾晴波，翠蓋畫槳相婆娑。中有一人衣薜蘿，滿浮大白朱顏酡。醉後起舞望鄉國，空明一片停雲多。新邑去津二百里，茲景不賞真蹉跎。曾得釀酒復採荷，君幸攜來聽狂歌。遲君來兮君不來，名花與我空徘徊。

高琅村邀陪崔初庵市樓小飲

冰河流澌夜有聲，北風吹衣衣生稜。玉樓亭亭高且寒，安得酒陣出奇兵。高子愛我雲霞客，邀余市樓泛濃碧。逸氣如虹四筵驚，坐客千人都辟易。襄陽小兒笑山公，長安市上醉太白。我亦高陽酒徒耳，流水行雲惟所適。曾把芙蓉揖太清，欲覓大藥煉精魄。方丈蓬壺安在哉？何處神仙有窟宅？五十年來一夢醒，六州鑄錯真可惜。飲君大藏醉君酒，玉真仙人吾何有。

將赴新城學舍，高琅村、吳念湖兩進士、同社諸子釀飲賦詩，爲余作餞，即席得長句二

其一

莫唱驪歌折柳枝，此中心緒情誰知？情關舊雨添愁恨，人到中年惜別離。總爲饑驅甘作客，敢辭薄俸患爲師。一竿遲我西沽上，他日重來理釣絲。

其二

風動蒲帆不可留，垂垂楊柳送行舟。坐中名士皆青眼，河上離人已白頭。鳥去故林頻返顧，猿鳴空谷不勝愁。可能一葉來相訪，苜蓿盤餐敵五侯。

先生家藏《沽上題襟畫册·吳太守人驥送楚山先生之新城學博任詩序》云：「先生人間傲吏，天上謫仙。偶以遷謫之臣，重繫堂階之馬。文人失職，淚濕青衫，好友傷離，情深舊雨。宜有贈行之句，以慰望遠之愁。嗟乎！憐才被放，遇合且復由人；梗泛萍飄，聚散全難自主。樹皆秋色，帆送斜陽；水盡離聲，夢依南浦。且盡樽前之醅酸，別意黯然，若泣江上之琵琶，先生休矣。人分一韻，詩各一章。言情則擬陽關，罰例亦如金谷。是爲序。是日與會者有高進士濬谷、馮孝廉玉璋、朱上舍藍溪、崔孝廉初庵、董孝廉青嶽、李上舍淡村、徐孝廉東川、楊上舍贊華、金孝廉曉巖，偕余共十人焉。以「江邊無數柳，落我酒杯中」分韻。」馮公璋句云：「津水秋，津水秋，入思源柳，同人折柳贈君行，離愁一片西風陡。」徐公瀾云：「飄然一去歸幾時，欲別未別水一涯。君不見：七十二沽煙漠漠，明朝何處孤帆落。」念湖得數字滿江紅詞云：「磊落文豪，使作蟲魚記注。歎人世紛紛輕薄，誰堪比數。詩法律嚴雲鳥陣，筆鋒力敵錢塘弩。奈何屈首作經師，新城路。五兩風，西津渡，一樽酒，青山暮。念臨歧握手，君須小住。羨爾情懷原不惡，從今肝膽憑誰吐。勸狂奴故態再休萌，娥眉妬。」前輩風流，於數行遺墨間，令人想見。

茅屋

茅屋築城下，柴門對城塢。屋中有一士，笑傲凌今古。浩蕩胸懷間，不識湫隘苦。比鄰起新宅，連楹未可數。邇來十五年，聞已三易主。更有袁家宅，高樓礙飛羽。一旦阿爺亡，阿兒拆爲土。寥寥高士廬，至今蔽風雨。

劉貞女詩

澄澄潭中水，清洌無泥滓。亭亭山上松，青翠直到死。盈盈太守女，許字淮南士。悠悠五十年，兩不知踪趾。太守云姐謝，兄亡姊嫁矣。生者散如星，死者逝如水。嗟嗟女兒身，煢煢當誰倚？滄海一大壑，碧落殊空闊。羽翮任飛翔，鱗甲從潛躍。茫茫天地間，此女竟無託。殷勤謝老尼，引我到蘭若。亦欲寄空門，素髮未忍剃。三生舊精魂，有情應不磨。雁來亦頻頻，消息總無因。風帆恰相值，吹落津水濱。津邑之賢侯，願爲畢良姻。不惜金錢費，却遭貞女嗔。再拜侯致詞，爲郎述苦辛。木非效連理，杯酒澆孤墳。今幸兩存之，何以東西分？我侯舌雖敝，無媒羞自婚。聞女有寡嫂，招之來具陳。阿嫂大歡喜，攜兒入庵門。相見各悲泣，姑智今何昏。叱兒辦奩去，兒女街頭奔。待郎誓不嫁，郎今已來村。老死尼庵裏，無乃憐親魂。嚬蛾默無言，盈腮有淚痕。東頭市羅襦，西頭市繡裳。南頭市翡翠，北頭市明鐺。雜繒三十四，一一盛篋筐。攜來呼阿母，羅列陳高堂。阿母大

歡喜，却爲小姑忙。拂拭青銅鏡，結構時樣妝。鬢橫玉搔頭，鬟壓金鳳凰。膏沐久不事，又聞脂粉香。青驄導彩輿，喧騰雜笙簧。人言夫壻殊，馬上真昂藏。兩行燈火紅，四鬟居然蒼。觀者如墻堵，歎息淚千行。鴛鴦雙飛去，於止淮之陽。江南賢幕府，動色起傍徨。飛章叩九閽，天子坐明堂。詔下敺崇獎，爲我邦家光。南山伐大石，磨礱樹高坊。坊高三千丈，字大百尺強。金碧爛雲錦，宸藻何輝煌。不須泚筆頌，史臣有褒揚。

《秋坪新語》：『蒲州太守劉登庸，平谷人也。生女秀姑，端慧絕倫。需次京邸時，與山陽孝廉捐道衡程光奎之子允元締姻。未幾允元隨父南歸，音問遂絕。劉罷官，自平谷遷津之北倉。卒，家計日窘，以三百金質其屋，轉僦以居。閱二歲，不克償僦值，遂鬻之。女與庶母、姊、妹、嫂、姪及弟清善八口，徙存於李氏破屋。其四弟崇善館南倉，所入饘粥，不能給。冬無衣，姊妹互相依背坐。逾年崇善死，貧益甚，或二三日不舉火也。夏連雨，屋壞，相聚于屋旁草棚中，雨淋淋下不已。北倉有好義張、趙、翁三人謀救之，知準提庵尼照震頗好善，告以意，尼曰：「此吾志也。」潔一室往迎之，老弱乃扶攜冒雨踏泥來，然無食也。三人復釀于市，得數千，付之。日糴倉米二升，供一餐，不能飽也。無何，女之妹、姪、一姊先後死。居半歲，其庶母與嫂病疫又死。女遂孑然一身矣。幸工鍼黹，藉以餬口。依尼居準提庵者十六年，復移居津城之接引庵，又十四年。外人無得見其面

者。庵中有醮事，婦女紛來，知女名，爭欲識之，女閉戶不聽，人皆敬羨而去。初，女之弟宗善者，入贅武清范甕口李氏，生子永安，八月宗善之楚游，不返。永安既長，歲一輩其母來省視。欲迎之往，女堅不可，曰：「俟過六十，徐議之耳。」而程允元歸後，其父下世，家亦落。每欲北上就婚，其兄不聽。往有傳劉女物故者，勸程別娶，程義不負劉，曰：「即死必酹其墓，然後議。」迤邐坎坷，遷延者三十年。乾隆丁酉春，始附漕艘來，過北倉訪女墓，咸不知。至楊村遇操撥船王福功，北倉人也，問之，曰：「良有，然而苦矣。劉公之歿也，其子壯者遠出不返，婦子幼者多死，惟女第四尚存，曾許字淮上程姓，聞程已古人，而女誓不別嫁，先寓吾倉準提庵，後遷津城尼庵，不知何名矣!」程躍然曰：「予即程某也。謂女已死，此行特欲杯酒澆孤墓耳，今尚在乎？顧訪之，當何從？」曰：「若有啞僕，義人也。女在城時節必往候。前數年，聞庵有嫁女事憤絕。至接引庵，叩門，尼者爲尼姪，乃已。君得導引，宜可達。」程急回訪啞僕，得之，欣然拉程行。至接引庵，叩門，尼照震出。其白原委。尼曰：「子之來，無左驗真耶？偽耶？曩有新選大尹少年喪耦，俾其戚託尼道意。女慍，不食二日，累我謝罪，誓不復言，乃已。不可以重污我貞女耳！」閉門入，程惆悵久之去。至船語其表姪旂丁楊吳增。楊乃約衆以男義女貞，公額成全，連名具呈於運丞，遂移文津令。金公之忠訪之確。遣巡司吳喻尼勸嫁。女以無父母主婚辭。吳曰：「縣父母，真父母也。且女之所以守者，爲程也。程已至，而猶不嫁，將何謂乎？」宗善妻弟文學李文燦聞之，亦來勸，謁金公。公立擇吉，

出數十金付吏備婚嫁資，並目李曰：「可共酌之。」又別出十金，曰：「妝奩細碎，吾輩有必不能詳者，持此補不足可也。」李退，語其姊及尼照震，女聞泫然泣下，於是乃許，衛程親迎于接引庵。是日備彩輿夫馬，具兩姓官衛儀仗，特書「義男貞女」金字牌。執役數百人，時六月之八日。金侯爲潔館，觀者塞途，無不咨嗟歎賞，嘖嘖一詞也。既而金贈以資斧，爲具關文，送之南旋。淮陽吳恒宣作《義貞記傳奇》，以演其事。」天津周太史人麒曰：「以女艱難困苦，祝髮空門，長齋繡佛，其苦節之貞，已不可及。乃猶以父母髮膚不敢毀傷，獨安庸行之常，不染異端之習，其超卓更爲何如哉！而程君年將週甲，誓不輕娶，殷殷以酹墓爲心，修身立命，發情止義，何兩賢之適合耶！然非金侯成人之美，程劉雖賢，亦烏能名顯當時，聲施後世歟？」荊蔭南郡伯如棠爲賦《貞義行》云：『猗嗟夫婦人倫首，男義女貞古無有。彼蒼作合終有時，白首依然成匹偶。岑川程氏家山陽，好客人呼小孟嘗。需次京華名藉甚，殷勤爲子擇齊姜。蒲州太守衣冠族，有女深閨掌中玉。一見傾心縞紵投，百年願把絲羅續。佳兒嬌女甫齠齡，一語纏綿締好盟。銀河有待雙星渡，未屆魚軒百輛迎。從來世事有消歇，富貴榮華如轉睫。雁羽終成南北阻，燕飛竟作東西別。弱冠乘龍願未諧，相思何處問鸞釵？堂前空有宜男祝，牖下曾無季女齋。矯首浮雲暗於邑，迢遙京洛無消息。夜夜思縈寡鵠愁，年年祇抱鰥魚泣。之子伶仃立路隅，蒲東歸櫬返鄉間。家園蕩盡凄涼甚，一僕扶攜到直沽。腸斷同懷諸姊妹，空門寄跡甘憔悴。隻影煢煢繡佛幢，臨妝腦有烏雲在。妾意君心各自留，斷蓬飛絮兩悠悠。任他鄰

女詩紅袖，望我良人矢白頭。苦志貞操神所佑，分明暗室朝曦透。偶逐蒲帆直北行，其中自有機緣湊。縈纜延迴一水濱，征車僕僕擁飛塵。路旁爭說劉貞女，觸撥羈人記憶真。叩門尋訪深深語，罷織停針聽覯縷。莫認浮游蜂蝶踪，須知本是鸞鳳侶。風流令尹畫堂開，五色花封手自裁。豆蔻梢頭春已去，合歡枝上月方來。同心結縭無差異，上如青天下如地，蘋藻思將婦職修，結褵不負先人意。裙布相莊食案邊，一經追憶轉凄然。赤繩繫足三千里，皦日盟心五十年。輕裝結束回南鶿，魚水新歡艷行路。卜築枚皋舊宅邊，親操井臼相依住。唱隨琴瑟有和聲，一日賢名遍楚城。好共青燈酬絡緯，羨伊黃髮鬢難鳴。肩輿迎到黃堂側，舉止幽閒大家則。貞義長昭彤管輝，作歌示我邦人式。」

棟按：貞女南旋時，宰山陽者為金公顯揚，天津人也，為之鳩金贐宅，兼謀餬口之費。故演劇時，有『兩金太爺』之稱。貞女之事始於金，終於金，始於天津地，終於天津人也，亦奇。

張梓蔭二首

梓蔭，字敬之，號春園。楚山先生湘子。乾隆丁酉科舉人，未仕。

按：公主講中州書院，為畢秋帆中丞所契重。公性疏放，以詩酒自豪，有楚山先生遺風。公家詩書之澤甚遠，祖光第，康熙甲午舉人，父湘，甲戌進士，公子巖，嘉慶丁卯舉人。

虎邱

其一

斜風吹雨入船涼，驚破離人午夢長。兩岸雕欄千樹柳，又吟煙景過山塘。

其二

應與湖山有夙因，到來風景尚如新。莫言獨醉無相識，幾樹梅花是故人。

附張巖一首

巖，字魯瞻。楚山先生孫，梓蔭子。嘉慶丁卯舉人。

按：魯瞻貌不踰中人，伉儴有奇氣，不可於意，能面折之。勤苦於學，與棟兩世交游，契分最深。嘗有『落花覆地胭脂雪，芳草黏天翡翠雲』句。數困公車，侘傺以死，不勝玉摧蘭折之痛。

並蒂牡丹

七寶欄杆試舞腰，一般肥瘦影難描。生成交頸春風艷，縮就同心夜月嬌。趙女容顏誇二麗，楊家姊妹許雙挑。尹邢誰謂常相妒，聯袂歸來喜見招。

魯瞻曾述津門前輩《觀子弟入試》詩云：『年少親提玉轆轤，蛾眉爭笑氣豪粗。芙蓉慘淡英雄

老，自合持將擊唾壺。』『三條官燭五更風，回首當年況味同。愛爾平時花樣好，金針看度繡芙蓉。』

二詩豪氣無敵，當時述之猶識其名，今渺不記憶，因錄孝廉詩，爰識於此。

三九八

李玉樹一首

玉樹，字淡邨。詩見《張楚山先生竹床記》。

竹床引

楚山先生令餘干歸，兩袖清風外，惟攜一床而已。縉紳先生相與詠歌其事。余不揣固陋，爲獻一詩。時未識先生，繼於思園識之，遂成莫逆。

海上多奇士，惟君尤昂藏。讀書破萬卷，與古相頡頏。高空翔野鶴，矰繳漫相將。百里非所志，解組旋歸鄉。布帆掛秋風，蕭然剩一床。床以竹爲之，昔曾棲鳳凰。清風高節在，何地不瀟湘？廉吏對空山，竹床在草堂。我未識君面，我欲進君觴。君不見：彭澤縣令陶淵明，慨然歸田躬農桑。北窗日高臥，世代追羲皇。又不見：成都太守趙清獻，飄然一去何徜徉。一琴一鶴隨，琴鶴生輝光。

朱玉鄰一首

玉鄰，字澗庵。詩見《張楚山先生竹床記》。

題吳念湖、金野田合畫竹蘭。時喬五橋在側，因囑書之

幽人各有興，相對寫清芬。孤節依芳草，忘言伴此君。一莖初帶雨，三徑欲生雲。詩罷增惆悵，揮毫囑右軍。

津門詩鈔卷十三邑賢

汪舟四首

舟，字楫之，號木堂。乾隆庚午舉人。著有《桐陰山房稿》。

按：先生於乾隆乙未年大挑一等，引見時，以科分最久，蒙上顧問，分發陝西，需次一年卒。

先生少知力學，童子時，以『柳岸纔登驚白鳥，花村欲入問紅橋』句知名。受詩學於朱陸楂先生函夏。朱公《谷齋集》存先生家，臨終猶以未梓為恨。

題《夢萱圖》

序：圖為香河張孝子荷宇所著。荷宇襁褓失恃，以思慕之誠，形諸夢寐，爰繪為圖。

蒲口題壁

西風颯颯暮雲生，驢背長驅古北平。渡口桃花三十里，半林黃葉作秋聲。

洛鐘應銅山，子母一氣通。嗟乎張孝子，樹靜悲長風。無母何所恃，襁褓罹憫凶。何當見顏色，乃在魂夢中。誠積以相感，天性非虛空。不見覬假者，洋洋接雙瞳。左右亦烏有，思慕無終窮。無形竭其明，無聲竭其聰。思親夢見之，此理將無同。饒舌說慈悲，何處問天龍。

長清曾孝女詩

惟漢有曹娥，殉父溺於水。碑留絕妙詞，至今娥未死。遙遙二千年，流風嗣曾氏。有女名衍倫，少小耽書史。所生眷掌珠，珍於丈夫子。母也嬰沈疴，湯藥必自已。孝女覺獨先，求生在舉趾。哀哀病母床，輾轉不能起。更兼小姪女，獨活意所鄙。所以蕭艾生，烈焰焚蘭芷。死猶抱母尸，生更可知矣。孝爲百行先，慈亦難與比。試問年幾何，正當三五耳。回憶沈瓜人，然否能相儗？流傳藝苑間，姓名芬人齒。

周衣亭先生齋中山茶花用劉后村集中韻

寶珠何忍棄山空，喜托龍門艷一叢。十笏齋中培老榦，百花頭上放殷紅。還憐野卉經霜隕，生笑唐花待火烘。最喜尋芳春不遠，錦囊端欲倩奚僮。

附汪挹芳八首

挹芳，字經圃，號蘭埵，又號夜泉。楫之先生子。諸生。

按：公性平淡，克守先人清業，讀書稽古以終。庭翳花竹，蕭然有隱君子風。

追凉

亭午苦炎熱，鬱鬱如不禁。晚坐高樹下，清風襲我襟。可以息衆慮，可以理素琴。本自不成調，

何恨無知音。

傅崑老應京兆試，秋雨連朝，不勝索居之感

經秋三日雨凄凄，雲去雲來拂樹低。頗有時花開可意，恨無好友倒偏提。病蟬抱葉和煙墮，饑

鳥當簷斂翅棲。蓬戶於今人跡少，鄰童漫爲剗新泥。

石橋晚望

市廛盡歷是晴臯，白石橋頭綠柳條。秋去秋來駒過隙，堤南堤北水平篙。紛紛客艇投遥浦，泛

泛沙鷗下碧濤。記得當年停棹處，不堪指點向兒曹。

夜雨書懷

月黑虛窗暗，宵長秋欲中。　夢回深夜雨，衾薄五更風。　髮短心難壯，才疏途易窮。　法華真諦在，立地萬緣空。

短歌行，與友人飲酒作

昨日之日憂思多，今日之日君當歌。　功名自是少年事，我輩視之浮雲過。　明月當頭正三五，有酒不飲奈月何？陰蟲切切依戶牖，白露皛皛下庭柯。　虬枝上窗狀夭矯，菊影鋪地致婆娑。　白首同人喜相對，瓦盆絕勝金叵羅。　詩人酒人俱千古，豪華富貴同逝波。　從今不作懊惱懷，豈不聞青蓮浣花，皆以奇才名世非高科。

哭女孫淑慧

五十寧非老，孫枝見未嘗。　賴茲聊自慰，念此轉堪傷。　斜日荒荒白，輕雲淡淡黃。　南郊相送罷，一步一凄涼。

茂樹

坐來終日未嘗疲，仰首階前碧萬枝。　鳥去鳥來長不見，蟬鳴蟬歇每先知。　羲輪自轉晴輝隔，微

雨頻過落點遲。此是先人親手植，清陰留到子孫時。

舊書

名批細註宛相連，手澤雖存多未全。午枕輕翻風入牖，雪幃朗誦暖從天。卷藏同載三千里，歲月經消四十年。祕本琅函雖不是，饑寒詎忍質金錢？

鄭熊佳二十首

熊佳，號蓬山。乾隆丙子舉人，庚辰進士，廣東惠來縣知縣，調電白縣知縣。

按：公篤交遊，重文墨，與金芥舟先生契分最深。延館署中，供先生壺榼，恣其眺覽，凡數年不倦。迄卒，營身後事，罔勿周備，一棺約植數百金。逮先生嗣迎柩于粵，大感慟。公之好義皆此類。

與芥舟先生唱和甚多，有《山舟草》一卷，謂蓬山、芥舟合集也。

和金芥舟先生東郊踏青元韻

山郭雲村遶白沙，欲從郊外問煙霞。炎荒儘有無名樹，殘臘偏開別種花。一笑顛狂縱屢絕，七言險仄手頻叉。歸來燈火沿溪上，望見城南賣酒家。

電白署西園疊石偶成

嵯峨兼碌确，意匠備搜求。片石開生面，旁人代點頭。似曾何處見，或向此中遊。漫説蓬瀛遠，憑軒便十洲。

哭金芥舟先生并序

先生祖居會稽，後遷天津，名玉岡，晚年改名舟，又改名介，字西崑，號芥舟。少時家計豐饒，好讀書、飲酒、彈琴、作畫，不樂仕進。及壯，薄遊四方，凡天台、雁蕩、黃山、九華、嵩高、太華、泰岱、天山、西藏，無不探奇搜險，窮其勝而後已。繼又浮南海，至普陀，瞻謁大士像，鬚眉逼現。壬午癸未間，輕身航海，由潘京至姑蘇，往復數見海中龍出，湧浪如山，幾瀕於險。要其志在壯遊，非爲蠅頭利也。歸來，偕夫太守出塞外。固先生篤宗誼，而一生鍾情山水，亦可慨見矣。戊子秋，余銓選粵東，先生因金質夫太守出塞外。由閘河出儀徵，溯大江而南，抵羊城。路遇名勝無弗有作，積日既久，遂成卷帙，名《粵遊草》。己丑至惠來，辛卯又移電白。五年之久，未嘗相離。佳晨令序，月夕花天，無不各有吟詠。余鞅掌簿書，靡暇搦管，每先生首唱，余勉步和，爲《山舟草》。去年冬，余于役會城，三月歸，先生臥疾在床，余戚然憂之，未幾愈。今年春夏之交，屢發屢止，精神稍減。八月十四日，聞先生寓齋有大聲如雷，視之已坦化去。嗚呼！可傷也已！歿前五日，猶吟《絕命詞》

在床褥間，殮後搜得之。詩甚清麗，去來了了，似有前知者。先生與余二十年忘年之友，近十餘年益親密。生平不設城府，好飲酒，慕劉伶、阮籍之爲人，醉則清曠不羈，然冲淡恬和，從未使酒罵座。詩喜放翁，畫倣倪雲林，書法得鍾王遺意。精於考證，一字未得其解，無不遍覽書史，務求詳確。易簀日，猶手一編弗輟也。嗚呼！先生芳行若此，而客死天涯，豈不痛哉！爰賦四章以誌先生顛末云耳。

其一

草草輕裝五嶽遊，無端賫志在羅浮。先生遊羅浮，終未果。詩情似有江山助，畫筆能傳林壑幽。身後遠抛孫若子，生前不解怨兼仇。與君風義兼師友，不禁天涯淚迸流。

其二

無可如何酹一觴，回思杖履更神傷。七年詩酒同官舍，六十形骸委異鄉。從此鶯花無好興，早知琴鶴付斜陽。八千里外吟魂渺，長使憑棺痛斷腸。

其三

一病何期老態增，玉樓歸去月華清。千巖萬壑山陰道，紅樹蒼松薊北城。浙東及盤田，皆先生每歲必遊之地。行處尋常多酒債，醉餘放曠足詩情。竹林老輩全消歇，金門師及樸亭、楓溪、薑田諸前輩。仰企芳型百感生。

其四

忘年昔日早論交，疏泠相親等漆膠。竹笠長安陪酒肆，梅花小舫泊江皋。賓朋半去君猶在，色

相全空影並拋。惆悵空齋秋柳外，不堪夜雨滴林梢。

次顧襄臣韻，簡高濬谷進士喆

與子俱出門，追之及河梁。聞子已早歸，而我還周行。及歸握手語，慘慘神不揚。乃知遭宿疾，

支體傷郎當。願子加珍重，詔序方堂堂。子才洵超卓，千尋木豫章。我嘗資論討，風議直明詳。同

事木門師，期許無相忘。先後各登第，名姓升明光。低回目前事，爾我堪回腸。目前何足道？所貴

晚節香。男兒志氣盛，功業垂邊疆。縱勿圖麟閣，亦應重廟廊。況子堂上人，白髮猶相將。豐城埋

劍氣，光華寧久藏。善保千金軀，雲途萬里長。擬賦遂初後，林壑偕徜徉。

遊夕照寺，贈文柏上人 在都城東南隅

薄遊帝城東，霽景澄圓蓋。蕭蕭萬柳疏，洗出莊嚴界。入門軒宇清，野菊雜蕭艾。文柏慧心人，

留賓倒玉瀣。四座淡無言，宛若芝蘭藹。戞然清磬鳴，飄飄響天籟。

次韻贈王介山先生又樸

欲向沽西再卜鄰，重來鷗鷺益相親。退閒歲月都忘老，略分交情始見真。耆宿衣冠風近古，典

墳著述筆通神。耄年不輟名山業，玉軸牙籤觸手新。

題賀蕭山師《山水清音小照》並送南歸

其一

訪勝山川結契深，欲將登眺索清音。真機忽向絃中語，天籟遙從紙上尋。兩晉風流餘再鼓，一時才俊屬高吟。嚴間定有幽棲侶，搏拊焦桐遇賞心。

其二

白蘋紅蓼碧天秋，一棹飄然返客舟。祇願攜樽聯洛下，不須騎鶴過揚州。芝蘭爭茁傳家美，松菊猶存卜宅幽。他日江山經北固，追隨琴笛共清遊。

送朱秋亭入都

武家臺畔水盈盈，雲樹蒼茫隔去程。雁陣排空三塞冷，烏亭入暮一燈明。人經秋日難爲別，節近黃花易有情。屈指回鞭無幾日，重陽風雨滿津城。

題高薑田太守遺囑詩後 太守名綱，鐵嶺人，且園尚書子，僑寓津門

顏訓崔銘舊制存，更憑詩句賦招魂。一經紹述承先業，百畝荒蕪戒後昆。奇骨那堪埋土壤？遺

書真足上輶軒。於今掩卷還垂淚，恨未相從哭寢門。

題《風月草圖》，送顧晴沙師出守寧夏

其一

東風淡宕草芊緜，不待披圖別恨牽。布德定教春意滿，含生真覺受恩偏。角聲曉落三城外，旆影晴翻五馬前。計日甘霖遍秦隴，被郊禾黍兆豐年。

其二

搴帷行部净無塵，翠織征袍色共新。近水相遭濃濯錦，催花有信軟鋪茵。誰言烏府三秋肅？宛若鱣堂一月春。桃李成蹊吹植遍，幾時載酒得重親？

送金金門師赴北臺効力

茫茫荒塞走風塵，遷謫何堪白髮新。千里草連斜日景，三年霜轉塞垣春。漸看霽色回天上，永憶棠陰樹海濱。行矣東門開祖帳，攀轅多半是貧民。

金芥舟山人以蕻薹菜浸火酒中，味苦色淡，出以飲余，錫名釅醁，作詩紀之

釅醁名佳醞，芳醪昔未聞。俱删西字畔，留待卯時醺。山人謂釅醁酉畔非古。世味杯中見，春

波座上分。菜根嚼已遍，清淡孰如君？

金金門師新成東井書屋，招飲分賦

追陪高會得重叨，綠野堂成泛玉醪。琴笛何妨同子弟，簿書原不礙遊遨。庾樓明月陪清賞，海
國晴煙動素毫。下里詩壇蕪廢久，待公鴻筆振風騷。

別熱水 在電白縣

一規如鑑絕埃塵，洗却炎氛豈厭頻。陽氣居然回黍谷，春風直欲到沂濱。任教冷眼常窺我，猶
有清泉不負人。活水源頭來汨汨，一番浴後一番新。

次答蔚齋送行原韻

地接西園翰墨香，臨池揮灑意非常。換鵝書重山陰道，載鶴人歸硯北堂。不定浮踪隨聚散，無
邊別恨轉蒼涼。暮雲春樹相思切，萬里天涯各一方。

曹雲昇一首

雲昇，字慕庭，號履平。雍正丙午舉人，乾隆丁巳進士。寄籍通州，歷官湖南安化縣、保靖縣

知縣。子召南，乾隆甲午舉人。孫泳，嘉慶甲子舉人。俱登天津籍。著有《芳谷詩草》一卷。

徐飛山舅索梅花詩帖嘲之

寒燈寂寂照清愁，蕭灑詩人小竹樓。為愛梅花歸思苦，空飛清夢到羅浮。

會稽潘汝炯公小傳云：『公生而穎語，年六歲，讀書數行下。父明遠公去世，年十二，居喪如禮。十五補博士弟子員。督學使者，為長洲吳荊山先生，最器賞之。登鄉書出常熟相國蔣文肅、翰林積公善、城相國張文和二公之門。歸班需次。於天津授徒，一時名人多出門下，如山東巡撫徐公績、武定府知府徐公觀孫，其尤顯也。宰安化時，弭盜治民，政聲卓卓。有吳姓弟兄九人，以析產訟而暮夜饋金者，公曰：「吾雖不及古人，然曾讀數行書，豈忘楊氏四知之訓乎？」卻之，判令式好如初，九人感泣。雍正六年，改土歸流，熟苗之黠者，多緣春為奸，欺生苗不識漢文，稍犯法，輒陷以重辟，公超雪數百人。鴻臚寺卿羅公典丁卯分校，公所取士也，中湖南第一名。方公卒於保靖時，徐孺人扶柩攜諸孤，舟行至武昌漢陽關，羅公丁憂歸楚，邂逅登舟，蒲伏柩前，大呼恩師，放聲痛哭，蓋師生之誼篤矣。』

高喆四首

喆字濬谷，號琅村。乾隆庚辰、辛巳聯捷進士，宣化府教授。

按：公天才機警，學復深邃，文名重於一時，出趙鹿泉、王蘭泉兩先生門下。歎賞其文，自謂莫及。目偏眇，流覽絕速，過輒不忘，與邵二雲先生齊名。著作甚多，卒後諸子相繼殂逝，未知流落何所。四詩得諸公書便面。公晚年主講三取書院，裁成後進，必以法律，每成一藝，人盡傳抄，其見重如此。

喜周衣亭太史見過

相期共此亭。

除君誰肯顧？柴戶合常扃。

入世成迂怪，言詩喜性靈。

苔滋春雨綠，院匝舊年青。元草從頭註，

閒居

竹石等閒情。

不逐時人好，無端得隱名。斯文望補救，吾道本和平。霽喜重陰後，花從薄暖生。蝸廬容偃息，

居庸道中

清唱聽霜檜。

寒石自嶕嶢，空山馬跡銷。黃花秋草路，流水夕陽橋。遼堞通邊險，秦垣入海遙。更無烽火警，

竹床引，爲張楚山進士作

先生一齋餘四壁，竹床六尺當戶側。床頭有酒壺自傾，床頭有書手不釋。客來即與拂竹座，客去時復棲床息。問君坐息幾經年，照眼琉璃光欲滴？君言壯歲令餘干，餘干修竹多於椽。衙齋器用半出此，夜寢兀兀支琅玕。平生愛竹本天性，見此忽忽思當年。當年家住沽水西，門前秋水連長堤。蒹葭交橫藻荇亂，安得萬箇栽水湄。平生清興託虛想，今來作吏還鞅掌。淇澳關情那可諼，山林裏足何曾往？知味空參玉版禪，尋幽誰縱丹陽賞？可憐三逕遠跼蹐，剩有一床供偃仰。一床那便得安眠，十日九日空復閒。自從拂袖理歸橇，穩載不愁風浪大。一路名山臥裏遊，三年薄宦夢初破。幻境盧生枕上同，萍踪海客槎邊過。嗟乎此床安可無！窮通壯老與我俱。即今更歷幾年所，物有成毀心難渝。惟心難渝事非偶，先生愛床床亦壽。古來不沒鬱林石，至今如見陶潛柳。絕代風流托興長，爲賢爲逸任平章。定知桃李春風座，不擁皋比擁竹床。 時先生將赴新城學博任。

跋：平生自諸試卷外，未嘗作楷，以藏拙也。茲病十日，手顫顫，一涉行草，便不止，春蚓秋蛇，恐無醜不備矣。不得已，賴心少閒，輒復以頹筆作此。回憶太和殿下，坐小凳，臨小几，寫對策時，忽忽已十餘年。今又出此一場醜也。書罷不禁自笑。

王禄朋九首

禄朋，字翼雲，號秋坪。乾隆己卯舉人，己丑進士，歷官兵部員外郎，山東登州府、兗州府、江西饒州府知府，廣西蒼梧道，雲南迤東道。著有《秋坪吟草》。

按：秋坪先生少負才名，與吳念湖太守齊驅並駕，馳譽一時。工行、楷、篆、隸諸書，爲翁覃溪先生所稱。詩主晚唐，嘗有『生計一篙春水外，宦情三月落花前』之句，爲鄉人所詠。棟嘗求其遺集，苦不得。崔念堂識其嗣君，求索再三，始出所藏。念堂僅抄數首，遽匆匆攜去。念堂以貽余。非念堂，幾無以傳秋坪已。

答翁覃溪學使

序：丁酉九秋，禄朋出守登州，攝郡事者爲北平曹雪坪銘，得與周覽蓬萊閣之勝，及量移東魯，而雪坪即領登郡，因貽以齋額，遂有小蓬萊之號。今守饒州，宋丞相洪文惠公故里也。戊申季冬，覃溪先生按試此邦，適當石經殘字鐫成，語及洪相曾刻石經於會稽蓬萊閣，而小蓬萊之號，先生夙亦有之，且言錢塘黃秋盦易亦有之，不謀而合，亦一奇也。賦長歌以惠示，謹依元韻奉和。

仙閣誰與尋仙盟？我先我後皆雪坪。同上蓬萊踐夙約，顏之齋壁欣同聲。我別東牟守東魯，結構小築軒窗明。東方雲海在胸臆，如凌萬頃波澄泓。會逢秋盦嗜古刻，石經殘字摹盤庚。幾年搜考

得就正，北平宗匠功集成。自今洪都寶四石，何異石鼓留神京。方諸洪相舊鐫刻，事半功倍惟先生。

日殘非殘散者聚，後先輝映尤光晶。今朝恰在文惠里，欣欣桃李爭相榮。不遺樗櫟念桑梓，剪燭心

已馳東瀛。小閣同名亦奇事，登州越州兩地并。洋洋灑灑發閎議，春風披拂來江城。爲臨篆法邀賞

識，自慚小技況未精。示我古墨洵至寶，得見一字勝瑤瑛。安得昕夕侍几席，辨別僞體聆真評。

遊靈巖寺

其一

岱北山無數，層巖此地靈。塔飛千丈白，松湧四圍青。古寺盤空闊，奇峰入杳冥。石橋行過處，

草木動芳馨。

其二

絕頂難攀越，盤來第幾層？到門從二客，入殿對孤僧。福地欣常住，靈山喜乍登。漫言遊興盡，

歸路暮雲增。

晤同年陸耳山學士舟中夜話 松江人，時方居憂。

三年遙判袂，一夕喜談心。日下文名重，雲間孝思深。蘭言風馥馥，燭影夜沈沈。握手難爲別，

幽懷把素琴。

讀覃溪翁學使《石經殘字考》

考古求殘字，尊經勒斷編。西江新石立，東漢舊書傳。論說諸家富，摩抄獨力堅。六經徵碻鑿，一紀費磨研。昔刻分三體，今摹定四篇。事雖洪相半，功已議郎全。再覩熹平跡，重輝乾道鐫。鴻都名自後，太學實居先。缺簡毫釐辨，豐碑丈尺權。黌宮欣璧合，藝圃慶珠聯。欲出張龍圖王玉晉右，能超顧亭林萬季野前。北京推斧藻，南國荷陶甄。石墨高樓客，蓬萊小閣仙。鳳鱗洵兆瑞，桃李共呈妍。寶氣騰齋廡，精光映豆籩。折衝崇實學，六籍正中天。

題慶雨林《水石清娛圖》

欲從峰頂快登臨，且向鳴泉豁素襟。瀟灑果然如海嶽，聽松拜石有同心。

過大姑山

高峰獨聳碧嵯峨，鷁首焚香始可過。七級塔盤千仞壁，一拳山控九江波。崖懸古寺遊人少，逕繞寒雲過雁多。相望小姑剛百里，水中雲髻對雙螺。

少陵臺即事柬嘯崖山長

少陵臨眺舊樓傾，尚有荒臺擅古名。風雨久湮秦相篆，草花空長魯王城。詩亭翠聳雲煙上，講幄香飛檜柏清。今日絳帷霏玉屑，南金聲價動諸生。

將之饒州，留別津門諸友

其一

自是儒生故態寒，不求溫飽但求安。鄉風領略欣徒步，故友追隨喜脫冠。三郡愧稱窮太守，九年追憶舊郎官。西江不似東山近，梓里低回欲去難。

其二

暫寄名園已十旬，耕夫牧豎亦相親。無端又被清風引，有目還看野鳥馴。亭外遠帆忙似我，檻邊黃菊瘦于人。眼前秋水長天去，一曲離琴倍愴神。

吳總憲省欽《白華前稿》有《題王別駕祿朋左手篆書卻寄》：『弩牙所發猿臂舒，盡斂薑芽詫且嫉。天生此手工斷輪，困苦牽攣見神術。入陣能期挾虜雄，當杯豈憚持螯眂？少年習慣成自然，左之右之破天柱。翻疑搦管通彈絃，琵琶譜法試窮詰。曹綱右手興奴左，左者斯優右者絀。大梁布衣王左手，磅礴解衣用專壹。以君書訣參御理，舍拔逐禽百不失。』云云。

吳人驥五首

人驥，字念湖。乾隆乙酉、丙戌聯捷進士，歷官山東，終萊州府知府。

按：公性倜儻，修髯偉幹。工畫竹，旁及詞曲，人號風流太守，又有吳髯之稱。公幼年喜徵逐，

廣交遊。畫則歌場綺席，到處逢迎；夜必讀書，每侵晨，先拈題爲文一首，然後盥沐見客。及登仕籍，慷慨揮霍，好獎引後進。即家居，文酒之讌無虛日，有孔北海風概。家遭回祿，所藏珍秘圖籍，並詩集，盡燬於火，無從採輯。數詩得之欒飛泉先生《津門詩彙》，似非公得意作也。

葛沽道上

海門東望葛沽隄，一路春風入馬蹄。　水上桃花村外柳，紅妝多在畫樓西。

虞美人

引劍當年謝楚王，空餘殘魄弔斜陽。豈緣金粉傾人國？不向春風作漢妝。雛馬數聲長躑躅，美人一去幾興亡。獨憐歌席猶能舞，唱到江東夜月凉。

春日遣興

海棠西畔杏花東，簾外鶯聲趁曉風。書到會心無甚解，詩緣寫意不求工。偶臨流水魚同樂，爲惜芳春酒不空。一笠滄浪堪放棹，幾時江上伴漁翁？

自題畫竹

愧無買犢勤東作，羨煞東風釀雪寒。二月小園春筍瘦，亦堪養作釣魚竿。

竹床引

序：同邑張楚山先生以進士令餘干，既罷官，惟攜一竹床歸。雪後過訪，因爲賦《竹床引》。

楚山先生磊落人，罷官歸來窮坎軻。一錢未肯留看囊，一床剩足支高臥。自言昔日登東山，曾向峰巔踞此坐。想當詞源倒峽時，高浪直衝九江破。名士由來半左遷，到門松菊猶依然。眼前長物但餘此，清風左右生孤寒。那嫌酷暑夏無簟？但苦坐客冬無氈。載來江國四千里，夢老空山又一年。昨夜雪花大於掌，我來訪君沽水上。入門但聞長嘯聲，琅琅似答風竹響。世上未有如公貧，意氣居然籠罩人。天生君才應大用，慎勿坐嘯終其身。

邵玉清四首

玉清，字履潔，號朗巖。乾隆壬午舉人，甲辰探花。丙午山東副主考，己酉、庚戌會試分校，上書房供奉，終國子監司業。

按：公奉母至孝。捷南宮之歲，有人於元旦夢觀天榜，見第三人邵玉清，旁署云孝行可嘉。工楷書，嘗爲母跪書《金剛經》一百本。子梁，諸生，以書名，早歿。菜，登賢書，官知縣。

謁于忠肅公祠

誰將孤注擲挪顏，輕重身持社稷間。鐘室恨餘靈黯黯，夜臺人夢碧斑斑。居奇解破天驕策，返

正偏輸國老奸。較勝鄂王留一事，魂歸猶識舊湖山。

題《綠陰春泛圖》

其一

最愛風光好，江南二月天。波平楊柳岸，人上木蘭船。樹近層樓隱，雲低遠嶂連。勝遊成往事，夢想已多年。

其二

咫尺橫塘路，披圖逸興遙。春深鶯語滑，風軟柳容嬌。欸乃聞柔櫓，依稀渡小橋。雙柑攜酒客，畫裡坐相招。

題顧愚山《寄梅圖》

平蕪遠望碧迢迢，客裡逢春別思饒。天地無心梅數點，關山有路雪初消。馬蹄芳草秦中道，人影斜陽溪上橋。聊寄一枝憑驛使，春風飛渡玉門遙。

李湜五首

湜，字懷芳。乾隆壬申科舉人，撫寧縣教諭，河南閿鄉縣知縣。年八十，計典註以年老。自以

不甘廢棄，赴部呈請引見。仍發河南，以知縣用。未補缺卒。著有《海天書屋詩草》一卷。

按：公性豪放，善談論。嘗自署門帖云：『天津衛八十三齡鐵漢子，侯家後五百餘載舊人家。』

六十有一驪城初度

才作元亭吏，重逢乙未秋。又開新甲子，漸少舊朋儔。人淡難如菊，身閒不是鷗。天空遼海闊，

何處問歸舟？

雨化堂盆菊

不是黃花瘦，渾忘白髮稠。故園三徑廢，寸土一枝秋。有骨存吾傲，無言淡所求。非關偕吏隱，

祇為寄籬羞。

聞張五楚山進士就廣文

不信看花上苑人，也甘辭富且居貧。蒼天許子閒如此，大造知余懶是真。丁過開樽兩季醉，俸

來贖被一床春。冷官清況渾餘事，桃李當風仔細珍。

檢讀壬辰遺卷有感

文歸平淡受知難，十上公車興未闌。寒瘦何曾追孟賈，海潮真是媿蘇韓。馬牛順逆風相反，鑿

枘方圓人莫安。落拓不愁老將至，春花尚許白頭看。

學宮樹李戲題

驪城宮牆地，見桃不見李。種李李廣文，有之自今始。李樹樹桃旁，桃李成知己。從茲秀而實，和露倚雲起。李實廣文去，李生生不已。說與後來人，但取李之子。愛樹不忍傷，種樹人不死。也知樹李不若棠，無如宮牆合樹此。

附李珠光七首

珠光，字夢崖。懷芳先生孫。嘉慶丁卯副貢生，戊辰恩科舉人。著有《夢崖草》。

津門棹歌八首錄二首

其一

西淀煙迷處處蛙，小舟蕩槳韻相斜。荷花雨裡閒拈笛，吹得香風遍水涯。

其二

錦衣橋枕巨門濤，白鷺沙灘曬羽毛。漁唱一聲煙雨霽，半船紅日海風高。

午晴

新晴小立院西廊，數盡歸鴉數雁行。猶憶夢回聞角鼓，一簾微雨杏花香。

夜雨枕上

雲葉風翻淡墨濡，夢魂仿彿到西湖。春窗一夜芭蕉雨，觸動騷人詩思無？

燈下

磨穿袖底爲傭書，燈下裁縫思有餘。身在故園猶似客，不知作客又何如？

病中口占

何處覓生涯？匡床一枕斜。久貧裘盡敝，多病藥難賒。破屋晴飛雪，寒風夜走沙。蹉跎三十載，空負鬢毛華。

對雨

連朝微雨溼黃昏，料峭春寒入酒樽。紅滴杜鵑花上淚，香銷蝴蝶夢中魂。幾株弱柳青飄瓦，一徑新苔綠到門。裁句不知天已霽，月鈎透入碧窗痕。

附李宗城二首

宗城，字小江。夢崖孝廉珠光子。諸生。

按：小江嗜吟詠，有父風。夢崖卒，受學於張公廷選。張卒，爲藏其詩。

有感

夢到華胥夢已過，年來閱歷竟如何？時逢失路英雄少，人有微長責備多。交道幾時真刎頸，世情何處不張羅。青氈家有殘編在，一任飛紅委逝波。

斗室

室小真如斗，人多妙不寒。容身何畏窄，懸罄尚嫌寬。天地此中大，風波世上看。吾廬吾自愛，促膝便相安。

胡振維一首

振維，字帆亭。天津人。見《表孝詩鈔》。

挽沈孝子殉親詩冊

使君仍剖竹，知己自當年。莫作西河痛，應看獨行傳。焚如誰早筮，歸去定生天。一語聊相慰，曾聞季子賢。

邵大業一首

大業，字厚庵。天津人。見《表孝詩鈔》。

挽沈孝子

豺豾驅清風，瘯民教孝始。教孝不徒言，儀型在公子。公子天下才，遙遙采江芷。至性醇又醇，纏綿陟岵屺。萱花摧春榮，長號哀且毀。泣血依空帷，祝融煽堂所。公子劇旁皇，魄動穎爲泚。大呼母勿驚，挺身直嚮邇。撲滅終無期，麻衣倏如燬。衣盡遂及身，爐燎入膚理。可憐毛髮焦，猶呼兒萬死。火烈兒竟亡，兒亡火亦止。吾聞孝子廬，風反焰不起。又聞地涌泉，清流飲而旨。孝悌通神明，往往錫之祉。胡乃占焚如，慘酷真若此。殘魂歸青燐，全神付丹史。但得我母安，何惜我身否。不爲千秋名，祇求一心是。膚體雖毀傷，全受全歸耳。一往得自然，芳踪邁前軌。海內奉人倫，豈獨光梓里？

按：李亭午茂才家藏《表孝詩鈔》一卷。孝子，國初時吳興人，沈姓，號存禮。父爲觀察。母

歿靈帳被火，孝子救之，周身俱爇，火滅而孝子九日後死。其事與吾鄉韓孝子、繆孝子、李孝子相

同。附記於此，以彰奇行。他年續修邑志，可備採錄。

李孝子名長清，棟爲之立傳曰：『李長清，天津人，充鹽運署隷。粗給衣食，事母甚謹。年

四十餘，妻王氏，甫生一子。三日，招戚眷作湯餅會，以室湫隘，院起蘆棚。夜半，火起於廚。李

驚起，出呼救，四鄰畢至。火騰於棚，院如火城。孝子聞母在室中呼，突身入。鄰人牽曳之曰：「入

俱死矣。」李躍地號曰：「天乎！人有立視母死不救者乎！」絕衣騰身入。共見其負母出，甫至天井，

棚塌覆焉，一院作慘碧色。迄撲滅，闔宅俱爇，掘見二屍，焦爛伏地，負母如故。觀者識與不識，

爭爲泣下。嗟乎！忠臣死忠，孝子死孝，根乎天性，非學成也。士大夫讀書覽古，津津談節義甚悉。

一朝臨君父大難，逡巡畏縮，袖手不前，致身敗名虧，貽百世羞者，所學安在！孝子一隷耳，詩書

明訓，知爲何物，乃臨難決然，奮不顧命。此與血濺帝衣，身蹈油沸者，豈有異哉！豈有異哉！方

火熾時，門已不可入。一有力者持鈎破其室後壁，有呻吟聲；掖出，乃其妻也，煙逼垂絕，子猶在

抱中無恙。嗚呼！獨留其嗣，以延其宗，天與孝子寧無意哉！事在嘉慶十七年四月間。』

韓孝子尚未入《縣志》。《秋坪新語》：『津門韓大珮，瓊州都督柯亭公之庶子。都督卒於任，

方四歲。旋里後，遭生母常之喪，哀毀骨立，其篤孝蓋天性也。乾隆甲午四月六日，家遭火變，時

夜已半，大颷驚覺，急呼家人起，自鳴鑼走衢巷呼救。復出城，至其嫡母王夫人家告變，旋奔返。

是時，火灼家祠，閭巷喧騰鼎沸，拉雜崩摧，煙燄蔽天。火中有無人在，不及見，不及聞，亦不暇

問也。既而火稍息，家人俱集，大颷獨不見。衆議嘩然。謂既出門，豈有復入火以死者。其從兄立

三曰：「不然，弟之歸在火起家祠時，得母以救家祠故捐其生耶？」因命人掘之，數處不獲，最後

得諸敗檻下。周身衣俱燼，尸黝如鐵，蒲伏蠖屈，若有所獲者。方移置間，而先人影像與木主，俱

在懷抱中。見者無不慘痛揮涕曰：「真孝子！真孝子！」先是火熾時，有傭嫗在內院，救者曳之出，甫及門，

業已頭焦額爛矣。述大颷見火起時，冒煙突入家祠，呼之不應。俄頃於火光中抱卷軸奔出，甫及門，

忽一火梁從空下，遂遭而踣。第見烈燄旋繞其身，兩足起躍，其慘不可形狀，而上身之護持者如故。

數爲呼救，奈喧聲羹沸，不得聞，遂立而視其死也。死時，孝子年十七。浮槎散人曰：見禍必避，亦有間

士大夫往往托於明哲之保身。彼童子何知，乃親而忘身如此。況夫木主影像較之其親之身，亦有間

矣，輒冒死救取，甘蹈烈燄而不悔。使異日當大任、犯大難，而或有後其君遺其親者哉！惜乎！至

性過人，竟死慘禍，天之報施何如耶？然不慘不足以見其節，則所謂殺身成仁固如是，而見義不爲

者當知所勇矣。」

繆孝子未入志，同邑周南橋先生自邲曰：「繆公文壁者，字煥庭，文學，諱大超公仲子也。幼孤，

事母傅孺人至孝。入塾端坐，誦讀無惰容。年既長，補博士弟子員。思博一第，以彰母節。益攻苦，

數困棘闈，不獲售。乾隆戊寅，繆母下世，煥庭日夜號泣，幾喪明。貧不能葬，至己卯夏四月六日，家人不戒，致薪火起牖前，將及柩，呼水不至，咸傍徨號叫。煥庭大呼曰：「母柩苟焚，焉用生爲！」遂奮身躍火中，俯抱熾薪，烘然出屋，柩得以全，而煥庭已皮膚迸烈，昏絕於地，醫家咸謂不救。入夜煥庭於僵臥中，覺胸膈間若有撫摩之者，越日稍甦。創痕腐五十餘日，乃結痂，鬚眉復生。其後二十五年甲辰，繆母奉旨旌獎入祠。明年煥庭製巨册，書母事跡徵詩。』

樹君氏曰：是三君者，或死或不死，有幸有不幸，要處心立志，其純於孝一也。天道大矣，生以彰孝子之報，死以安孝子之心，亦理之並存不悖者與？

董岱四首

岱，字青岳，號松崖。乾隆己卯舉人，景州學正，湖北荊門州州同、遠安縣知縣。

按：公致仕家居，善著鄉間，享年八十有九，嘉慶己卯重預鹿鳴，五世同堂，里人榮之。

己卯重與鹿鳴筵宴詩以誌幸

其一

解組歸田二十秋，慣扶鳩杖效衢謳。自憐衰老八旬外，虛占科名一甲周。京兆堂前尋指爪，郎

君隊裏預觥籌。回思前度三條燭，試帖新添句費搜。鄉試易表判以詩，自乾隆己卯科始。

其二

廣川薄宦又荆襄，碌碌風塵兩鬢霜。水利民田修職業，短衣匹馬事戎行。督築小江湖塘堰，丙辰創修鄭家潭堤，值教匪據當陽，奉檄率鄉勇巡卡堵禦。撫循不憚千山遠，顛躓俄驚一足傷。因辦撫卹至郿陽，墜馬傷足，告病回籍。未竭菲才酬薦牘，登場草草便收場。

其三

此身已分百無能，強飯空教歲月增。贊序重修愧宗祖，七世祖、八世祖，先後同新介休文廟，從祀鄉賢，事載邑志。余於丙子又捐修津學，並置祭田學田。學田初置立孫曾。有官不赴嗟余子，子啓祥，丙午副榜，戊申舉人，曾任吉林學正，保舉知縣循例侍養。得酒翻愁乏老朋。尚賴山妻同健在，余年八十有四，元配洪氏八十有三。昔年辛苦話寒燈。

其四

溯水師門已斷雲，還從令子瓣香分。己卯梁藹林師、觀補亭師同主秋闈。梁嗣君山舟侍講，先於祀卯重宴鹿鳴，有紀事詩。詩成丁卯書兼盛，美擅東南樂有群。老我軟塵重插腳，看他新桂喜含芬。前賢時彥吾何及？同沐恩光拜聖君。

江南庚午科趙耘菘觀察、姚姬傳比部、天津金竹坡學博，俱重宴鹿鳴，耘菘因敘自康熙庚午至

乾隆庚午、嘉慶丁卯、庚午，重宴鹿鳴者八人，並錄阮吾山少寇《茶餘客話》所紀者十三人，內惟

黃崑圃少宰、翁覃溪閣學順天籍，又施太守奕學漢軍籍，餘多南省人，見耘菘所著《檐曝雜記》。

山舟與耘菘、姬傳，皆江浙名宿，龐眉皓首，輝映一時，洵昇平佳話也。

按：董澹曉孝廉啓祥爲尊公《松崖先生行狀》云：「公歸里後，閉門却掃，課孫曾讀書以自娛，

不交當事。辛酉、丁卯，前邑侯以監賑粥、濬城濠相誣諉，皆以病謝。丙子春，程邑侯倡修學官，

屬府君勸捐，公曰：「昔七世祖曾於明末重修介休文廟，事載邑志。吾今不可不殫竭心力。」於是

紳商樂輸，再閱歲而畢工。又念兩學宮現雖修整，而土脈素城，風雨剝蝕，易致摧殘。又募制錢

一千五百貫生息，以爲歲修之費。乙丑年，立祭田於東郊，並捐義塚地一區，報縣存案。居恒儉於

自奉，人有急難，佽助之不吝。中表劉某，五十未婚，爲完娶綿其嗣。」

津門詩鈔卷十四邑賢

王希曾二十三首

希曾，字省三，號愚山，晚年更號勤齋。乾隆庚辰恩科舉人，歷任河南武安、安陽、魯山，浙江壽昌、秀水知縣，升湖北蘄州知州，署漢陽府知府。著《一梧齋詩草》。

按：公歷宰繁劇，所到皆有治績。能斷大事，發奸懲蠹，無所畏避。孝感大姓活埋饑民十一人，守令憚其事，莫敢發。公署漢陽，立雪斯冤。大府入奏，上以為能。籌辦軍儲，羽書旁午，積勞成疾，卒於廣西象州牧任。士民懷之。公少已廢學，至二十歲，發憤讀書，府試第一，入泮食餼，兩赴鄉闈，一薦一售。課弟啓元入學，嘗主陝州召南書院，及門五人登賢書，前此數十年不發科矣。歷任必振興書院，教誨飲食，視諸生如子弟，故士林尤愾慕云。

武安縣齋雜詠四首

其一

青衫染遍軟紅塵，墨綬初逢洛下春。但使閭閻安厥業，敢期民吏號如神。千聲敲樸徒煩苦，一

日饑寒定有因。寄語鼓山童叟者，爲誰怨讟爲誰親？

其二

斗城睥睨萬峰開，形勝中原一氣回。洛水夾流陰壑動，太行左顧怒濤來。築宮虛擬興王地，高歡避暑官，今無所考。積粟猶傳上將才。粟山相傳秦白起拒趙積粟所。知否清時無險固？繭絲保障重低徊。

其三

紫金樓勢入高寒，公退登臨俯仰寬。春麥青蔥山雪霽，人煙深隱穴居安。燕京直望一千里，晉嶺西橫十八盤。邑與遼州分界處。羽獵鼓笳聞近塞，草間狐兔漫傷殘。

其四

曉衙散罷憩庭柯，一任虛堂鳥雀過。山近俗聲風自昔，歲枵食饉困如何？腐儒豈繫蒼生望？長吏偏憂民隱多。思補有亭勤記取，不教撫字並催科。

相州謁韓魏公畫錦堂，兼呈景翼堂進士堂今爲書院翼堂主講席

偉人不世出，天地留光芒。元氣一以鍾，出以世道昌。有宋重經術，名賢鬱相望。韓范富歐陽，同時登廟廊。經綸扶日月，威德流河湟。魏國大丞相，得君道彌光。兩朝預顧命，三后資匡襄。功

業在天下，節旄歸故鄉。相民若父母，尸祝遍稱狂。築堂志榮遇，翁子何足方。文忠大手筆，記出

光焰長。可謂社稷臣，贊頌非揄揚。少小讀萬遍，喜慕走且僵。摳衣肅瞻拜，翩然思大荒。山雲冉

冉至，疑煥五色章。四聞絃誦聲，後賢宜不忘。

湯陰岳武穆廟

夾馬營空餘王氣，中興天特間精英。十年轉戰和難決，三字寒心獄竟成。白屋曾傳鳴大鵠，公

生時，有大禽至。冬青他日哭燈檠。祠堂獨少西湖樹，風動陰沙怒未平。

寄童二樹山人索畫墨梅長句

世間筆墨最奇絕，天秘其靈不輕擲。得其靈者自愛持，肯與凡夫寫真格？會稽山人號二樹，畫

梅筆吐孤山霧，興酣揮灑滿墻壁，不爾手裂千繭素。銅章初縮來鼓山，鄞臺一識蒼髯顏。丹砂鼎烏

我何有？意欲有請不敢言。士間陡見清容詩，清容十載僕舊知。恨不識君見君畫，見詩我更心神馳。

見君見畫各不同，我欲兼之還問公。吟肩高聳雪花舞，折枝爲作冰霜容。

壬子夏四月，余將偕計北行，再題《一梧齋》册子絕句四首

其一

昔人種柳滿江鄉，秋雨秋風觸斷腸。爭似吾家小梧樹，七年添取北窗涼。

其二

從知綺語亦干訶，淨課頻書般若多。最喜秋階拾墮葉，臨池消遣病維摩。

其三

雲居古寺青梧子，九十山僧話劫灰。此日披圖尋舊夢，題詩應有白公來。

其四

感事三槐莫浪傳，七松高躅逸難攀。驅車又抗塵容去，留下濃陰覆破椽。

乾隆甲寅，余牧象州，柳城李少鶴明府惠寄訂交詩一章並手錄舊作一冊見示，因次來韻答二首

其一

鑿枘不相入，冰炭豈同言？紛紜世俗交，握手笑言溫。奚知古所尚，義比金石敦。卓哉李少鶴，兼喜吏事暇，馳騁翰墨園。吾生求直友，惟遇君季昆。乃兄西園司馬，鄴下舊好也。力欲挽頹奔。載讀訂交詩，味之如蘭蓀。

其二

李侯有佳句，忽憶杜老言。一讀再三歎，大弦何春溫。書不阿時好，古器鬱麗敦。當代有籍湜，袞袞臺省客，下眎真仍昆。奇才屈作吏，著書擬漆園。何當脫塵網，言採澗溪蓀。應使汗流奔。

題鄭玉峰太守《金川從軍詩》卷後

絞輯城頭喧鼙鼓，將軍血戰功難數。淮西文藻紀山遊，塞上風雲宜劍舞。柳江種柳柳垂煙，太守娛賓繫酒船。忽憶往時紅鞑鞡，雪山萬馬夜窺邊。

甲寅九月六十初度

其一

一梧齋裡一繩床，七載江皋鬢有霜。不道行年周甲子，更教遊跡過瀟湘。三刀懶作阿龍夢，八桂來尋范子堂。把酒燈前成一笑，爲誰作戲又逢場？

其二

洛南百里久迴沿，公廨題詩人尚傳。惟願閭閻勤本業，敢將筋力惜衰年？西湖夜月回舟處，南國秋風落葉前。回首升沈無限感，長檠焰照短檠捐。

其三

喧喧絲竹敞華筵，舊事思量獨惘然。灩瀩別纕如昨日，靈和人已憶當年。余於客臘出都，今年五月，途次聞家弟問渠侍御，同邑張嘯崖宗政，相繼殂謝。茱萸插處誰同在？去年九日同人集龍泉寺，問渠尚無恙也。釃酥斜時轉自憐。試檢篋中新樂府，不堪重頌北邙篇。

其四

秋深草色綠還勻，暖意差宜病後身。歸去曾無容膝處，老來猶作折腰人。幸因僻地稀公事，喜見文身盡子民。猺獞之人，椎髻文身。何意更營三畝宅，劍鋩山接海瀛濱。

題鶴道人小照 少鶴自題云：『道人不知何許人？亦不知其年歲，或云住衡山五百年。』

岱嶽雲連衡嶽雲，數聲清唳九天聞。當年幻入臨皋夢，調笑坡公或是君。

三防之役，備極險阻，羅城令孫顧崖別有詩述之詳矣。然彼岨矣，岐有夷之行，此中有心得，不盡在境也，更綴五十六字，為顧崖進一解云。

井陘休說馮明道，太華還羞韓退之。平等觀來寧有閡，物情齊處自無疑。捫參歷井容誰並？踐盡披茅轉自怡。净掃妖氛亦如此，聊將題作障邊詩。

少鶴壯行至潯江，以詩寄別，作二詩送之

其一

近得潯川札，知君指桂林。江流去不轉，離恨與同深。望斷雲帆影，空傳越客吟。挑燈幾回讀，風雨夜沈沈。

作吏甘人後，論文與俗殊。天涯欣執手，吾道未全孤。舊榻榕陰在，清霄鶴夢無。蘋花思共採，

逸興滿江湖。

其二

九節菖蒲，蟠根於石，承以瓷盎，清水注之，置几案間，數年未見有花，今春忽發三十一枝，

纍纍兩叢，如粟粒而小，有香氣，乃古人所不常見者，詩以記之

山邑多公餘，閒情寄花木。攜來數盆蘭，添種數竿竹。乍剪翠毯齊，時引名泉沃。新葉已屢抽，芳莖倏爭馥。青青菖蒲草，

偶移自山麓。位置水石清，紛映几筵綠。

英碎錦攢，密蕊圓珠簇。迴枝浪盈盈，掉尾風謖謖。我聞四方國，黃金布坤軸。色相妙莊嚴，十方

成一屋。天女散空花，如來燦金粟。海上遺纖苗，厥名自然穀。此花母乃是，瑞擬豐年玉。潁濱苗

九花，乃以嘉祥目。今且數十朵，兩叢開又續。安期與洪崖，得食昇真籙。檢閱古今書，延年宜採

服。自念白頭翁，一官猶拘束。神仙渺難憑，敢期非分福？得之亦偶然，歸功在享毒。物常聚所好，

相對渾忘俗。

《一梧齋記》：『一梧齋者，江城客寓之西齋也。余自甲辰牧蘄，繼權漢陽，先後奔走會垣，強

半僦居此舍。丁未左官後，遂挈家居焉。計七年於茲矣。齋前青梧一株，初僅及肩，輒歎宦海茫茫，

如萍無定，待綠葉成陰，未知此身又在何處。因誦白傳「十年結子知誰在」之語，爲一慨。然比歲以

需次北行，旋贗瘡痏，全家寄此，竈突幾不黔，愁呻痛吟，日鬱鬱不自得。時見墻陰嫩碧，颭颭吟風，

則如對忘年小友，令人心境灑然。年來鳳條垂陰，彌綠庭軒，非復拱把之觀矣。回憶七年中，波光電

影，夢境迷離，如歷華嚴一小劫，而欣戚與同者，惟此一梧而已。同里陳子青立作圖齋壁。王子建中

復繪此册，而肘余記其顛末。聊以江上青陰，資爲宦途遊歷云爾。乾隆辛亥七月既望，愚山記。」

《于役三防苗峒記》：『乙卯如月，黔楚有苗民之變，大帥駐辰州，公相駐銅仁勦討。余奉檄赴羅

城之三防寨交界堵禦。凡山之宮羅者，皆坳也。始抵牛鼻，有歸安，都宿二坳，路已崎嶇。然籃輿尚可行。

越縣治而西，有楊梅坳，土人云自此至三防，約二百六十里，實計三百里而遥。黃金嶺以西，皆高山仄嶠，

輿馬不能通，人坐竹兜，以便登躋折旋。有所謂鐵石山者，上聳峭壁，下臨深潭，初無徑行。高下盤曲，

皆在峰巒上跬步間。足垂二分在外，一失跌，則爲潭中魚矣。至冷水坳，路僅一綫，飛淙噴石，聲砰

訇如雷。緣山而下，稍有平窪處匯爲池，瀏然而清。仰視巉巖如削，橫矗排空，上有瀑布千仞，猿猱

在旁，掬水而飲，若悠然自得其樂者。因坐石上觀之，恍到匡廬，天台諸勝境，不復知有苗峒之險矣。

再行數十里，登大小磨盤山，牽挽上下，約皆三十里。至山頂，忽陰雨，四望茫茫，山川草木，皆化爲雲，

直如飛錫躡虛，塵念都消，意取法華緣覺無上法門一證之，余此來，殆有前因耶？信宿咸在苗樓牛欄中，

仲春天氣，猶似隆冬。踰磨盤山，行二十五里，即三防主簿分駐處也。蠻煙瘴雨，冷日愁雲，氣候之陰寒，

水土之惡劣，無有過於此者。由三防而進一百六十里，抵黔省交界處，名曰因峒。山更高，路更險，並

無樹木。由因峒至琴峒，又一百餘里，皆此類也。日行三、四十里，輒覓苗寨而居。中間或駕天橋，或

登雲梯。攀藤而上，牽絙而下。行路之難，生其土者尚怖之，矧余自邦畿來絕徼，不特爲生平所未經，

亦夢寐所不到。土人云此地交三月，瘴氣甚盛，中者必危。今幸邊隘寧貼，苗民涵濡聖化，耕鑿相安。

且距銅仁鎮箪甚遠，即黔苗弗用靈。此地共事文武官弁，皆可倚，鎮撫十有五日，邊境晏然。誦東坡臨城道中退

遂於閏二月九日言旋。天氣晴霽，度大小磨盤及冷水諸坳，高下草樹，了了可數。

之衡山語，履險如夷，不啻生入玉門也。爰就所涉歷者記之。」

附題《一梧齋畫册詩》：『婺源人大理寺卿王友亮蔕蜓：「指日分符漢上過，重尋大樹感婆娑。

當檐一桁花如雪，應比先生兩鬢多。」高密人歸順知州李憲喬少鶴：「寧飲建業水，不食武昌魚。

如何來象郡，却憶武昌居。漢陽有遺愛，爭趨爲結廬。晴川樹歷歷，孤木表一梧。爾時方罷郡，圖

扉還著書。人事浮雲過，俯仰十載餘。此來牧蠻民，豈以楚粵殊？不種柳州柳，自比愚溪愚。我當

如元結，作銘非晤语。獨許王漢陽，可與游柘湖」。石門人兵部侍郎陳萬全梅垞：「鄂渚煙波溯渺漫，

使君高閣倍清寒。自憐疏雨吟長夜，未抵龍門百尺看。」惠民人無爲州同李寶齋監榆：「晴川閣上

經年住，檣燕沙鷗日日過。冀野誰空伯樂馬，山陰新養右軍鵝。梧桐夜雨三年病，楊柳春風萬里波。

爲問純齋老宗匠，借園修禊更如何？」愚山刺史以舊墨一丸見餉，屬書一梧齋字，且云監司劉純齋

先生有修禊第二圖，亦欲作隸，爲寫竟，兼綴一律志別，末句因復及之。」

附王翼淳十二首

翼淳，號句香，晚號戢翁。愚山先生子。國學生。著有《味古齋詩草》二卷。

棟幼時在王蔥山先生壁間見其『人從花外老，春向酒邊回』句，絕愛之。讀其《味古齋稿》又喜其《苦寒》云：『一爐常對通紅火，三月猶多未綠枝。』爲之題詞有『論境各無如意事，攤詩似對賞心花』句，爲崔念堂所取。

漫興四首寄梅樹君

序：憶自甲戌嘉平曁先慈大故，繼而病疴交侵。丁丑三月，次女年已及笄，又復夭謝，感慟之餘，益致委頓。孔北海所云：『憂能傷生』。豈不信然！重九日，力疾過大悲禪院，蒲團僧話，借以遣懷，歸來漫成四律，錄請指正。

其一

憂患餘生患更多，長時示疾學維摩。醫方計日筒堪棄，藥草稱星手不訛。珍攝早經辭麴糵，心情無復事吟哦。今朝有興且乘興，水北精藍試一過。

其二

門對長河背遠皋，西風荻葦響蕭騷。人情倦極惟思靜，世味嘗深敢自高。雲去雲來心與淡，舟
南舟北客殊勞。瞿曇爲講無生旨，從此枯禪我欲逃。

其三

兄弟饑驅聚每慳，匆匆茣節會今年。已衰門戶危如髮，漸老筋骸累尚肩。名利難憑嗟陸海，兒
孫善守是心田。秋深一雨無消息，米價騰騰斛萬錢。

其四

空花解悟萬緣休，如此年華逝水流。風月自閒人臥病，燕鴻無次夢驚秋。欲遊五嶽終遺恨，未
舉三喪詎解憂。每向硯池饒涕淚，辛勤丙舍憶鍾繇。

赤壁 嘉魚南屏山有武侯拜風臺，國朝鄧旭題額曰：『羽扇風生』，並祀昭烈、壯繆、桓侯、
常山

縱橫怒石截江流，萬艦東來一炬收。此地千年存赤壁，誰成二賦在黃州？南屏翠擁風雲合，羽
扇人高管樂儔。笑煞老瞞橫槊處，至今山色爲含羞。

梧州冰井寺，為唐容州刺史元次山遺跡。今歸順刺史李少鶴題壁七言古風一首，墨色猶新，而其人又作古矣。因留一詩其後。寺在大雲山麓。

漫叟昔作冰井銘，少鶴今作冰井詩。冰井之名永不寂，二公落落騎長箕。士生不患千載後，惟賢與賢名相追。大雲山色搖佛頂，寒泉靜照枯僧影。我來不為學參禪，為仰前踪一濡穎。

歸舟和少鶴先生題壁韻

先生詩豪即太白，先生書勁即陽冰。梧州作詩表往哲，戈矛舞壁寒鋒稜。自古直道不容世，造物所忌凡所憎。漫叟當日此荒謫，先生今復死炎蒸。老鳳丹山掩葆羽，翠梧槁盡煙空凝。獨有寒泉照幽魄，神與元老同完貞。此詩他日當深刻，往來爭搨聲淜冰。冰井之旁有隙地，我欲價買託山僧。因樹築祠祀漫叟，以公配食誌服膺。後生非敢妄述作，使知直道猶堪憑。

入硤

云近昭平縣，山重水復洄。到灘風力勁，入硤雨聲寒。客路誠多險，浮生獨寡歡。江湖跡已遍，又向海波寬。

廣州作

花發倚欄干，嫣紅取次看。春來天地外，客忘歲時闌。小閣誰研粉？閒情日染丹。殊方風景異，
底用畫消寒？

題畫

門前七十二沽水，一片煙波兩岸風。不去故鄉尋釣侶，卻來炎海泛征篷。雙紅橋柳圍應長，三
岔河魚箸又空。忽見扁舟圖畫裡，令人傾倒陸龜蒙。七十二沽、大小紅橋，皆吾津地名。

吾邑劉君韻湖騷壇樹幟，文戰爭先。辛巳七夕，以駢四儷六之文，作插竹垂綏之會。廣招同志，
各賦新詩。余苦煩熇，未與斯約，應蟇莊囑，成詩一首

此夕相傳度女牛，卻將瓜果會名流。賦詩人更來袁浦，袁蟇莊潔，淮安人。乞巧文誰似柳州？
銀漢欲教清淚減，丁沽合有瓣香留。自慚拙態兼衰態，難共當筵月一鈎。

題梅樹君詩冊

借君詩卷讀，一讀一神傾。小幅閒花草，深盃古性情。唐衢饒涕淚，杜甫擅歌行。大筆淋漓處，
還將世道擎。

附王際清二首

際清，字曉川，號習靜居士。愚山先生季子。著有《味古齋吟稿》。

蘆花

秋風蘆荻影茫茫，野水飄殘夜有霜。一樣花飛同柳絮，恰無人道汝顛狂。

嫁女偶成

吾女逾笄年，遣嫁不爲早。我髮且蒼蒼，行年已云老。貧家奩具薄，未免山妻惱。如儉腹行文，如老荒赴考。即此荆布飾，囊篋罄如掃。吾女頗賢淑，宜家必稱好。吾壻喜詩書，疏曠出塵表。異日早發達，歡喜俱傾倒。繡襦珍珠簾，末俗以爲寶。

五言有『孤村回遠水，野寺出高原』句，頗快於人口。

殷希文十五首

希文，字憲之，號蘭亭。乾隆壬午科舉人。著有《和樂堂詩鈔》。

鄭公炯爲之傳云：『公六歲時，讀書日數十行。稍長，即好詩，從同邑汪木堂先生學。汪故朱陸

槎先生高弟子。谷齋詩，周衣亭太史序而刻之。先生師事汪八年，因盡得其淵源。年十七，補弟子員。

二十三，舉於鄉。選清豐縣教諭，再借補雞澤縣訓導。先生先世，家比猗頓，祖仗義輕貲，多所存卹。後選

父官邳宿通判，擢司馬，尤慷慨好施。家業中落，公官廣文二十餘年，寒氈清苦，而吟興不衰。

授山西長治縣令，政不紛更，民甚便之。以疾掛冠，明年五月卒。天懷坦白，故爲詩不假雕刻，而自

然意遠。先生長嗣君秉鏞，乾隆壬子鄉榜第三人，官河南南陽府太守，蓋世德之報云。」

泛海

我居東海濱，未識東海狀。八月乘風潮，慨然泛巨舫。初驚浩無涯，漸添魄力壯。晝試鉛九行，

夜憑斗柄望。行次灣河嘴，石尤阻去向。天輪怒激轉，地軸駭奔蕩。船隨浪低昂，人共船俯仰。蹴

破黿鼉宮，聚族與舟抗。奇形紛嚇人，自分魚腹葬。須臾靜鯨波，掛席無礙障。萬頃雲濤堆，一葉

恣奔放。江陵一夜還，何似此快暢！晚泊沒溝營，故人詫孟浪。孝子不臨深，此言君豈忘。我亦垂

堂凛，何敢詡膽量？因事破拘墟，心目殊開曠。

奉和張楚山表舅客保陽夜雨感懷

翳翳客窗燈，瀏瀏夢中雨。唧唧者何人？：語語出肺腑。上言愧子平，貧病多兒女。下言苜蓿盤，不

救北門竇。時少蘇司業，酒錢倩誰與？：我聞長太息，大笑掌爲鼓。人生傀儡場，登降何足數！憶昔靈和殿，

風流至尊許。公於甲戌捷南宮。三載令餘干，絃歌澈江渚。一蹶亦尋常，底事愁萬縷？況復謝階前，玉樹臨風舞。大兒雄騷壇，小兒秀眉宇。彈指三五年，聯翩看鳳舉。廣文俸雖薄，何如傭書苦。莫謂此官賤，向人免傴僂。莫謂此官貧，丁胙佐香醑。官冷飯不足，杜陵乃戲語。我亦就青氈，秋風轉柔櫓。

古杏歌

宮墻有古杏，負質龍天矯。其根嶄頭角，其瘦燦鱗爪。膨脖腹已空，歷落花猶繞。怒盤戟門外，半秀半顛倒。雖非松柏性，久經風霜飽。欲詢何年物，無人記西卯。緬昔講經壇，濃陰伴幽討。茲或其苗裔，流寓此間老。我時謁廟堂，低回窮品藻。有如觀鼎彝，摩挲莫名寶。人生七尺軀，疇能長壽考。猗歟古杏春，千載榮大造。

釁宮古槐歌

宮墻百尺高峨峨，中翳老樹遮羲娥。一槐最古枝無多，膨脖空腹群蜂窠。夏綠森森雲影拖，黃花秋綻疏羅羅。欲尋年代充吟哦，斷碑文字讀易訛。我聞勝朝末葉此地叢妖魔，白晝殺人如刈莎。無端殃及孔與軻，經閣一碬殘斧柯。馬殷陳義懸星河，頸血乃與刃相磨。爾時古槐坦坦過，全生未污賊之戈。神物應爲神護呵，不然何以人罹屠毒兮此保天和？彈指五百年如梭，叨逢聖世慶有那。屢豐人保玉山禾，鳥獸草木無札瘥。我來槐市勤摩挲，低回躑躅繼以歌。槐兮槐兮汝與我，僾仰太

平即邵窩，長此老壽樂云何！

旅思

旅邸日何事？神閒心亦空。蟬聲隔墻柳，花氣入簾風。兩仲不相過，一樽誰與同？悠悠鄉思遠，

時注海門東。

獨坐

薄暮堪清坐，移床向晚風。日殘花影外，秋寄樹聲中。客久心如繫，鄉遙信未通。接羅隨意倒，

直欲學山公。

題南將軍廟 將軍頓邱人，名霽雲。

昔讀昌黎序，曾欽颯爽姿。視身輕若指，履險信如夷。百戰英雄盡，千秋俎豆思。賀蘭今已矣，

誰似此男兒？

雞城晚眺

斗大一危城，憑高野眺清。風將殘雪捲，人帶夕陽行。薄宦謀身拙，思歸望眼橫。東瀛何處是？

魚鱉久關情。

津邸遣懷

悾悾底事滯津門，古寺蕭然旦復昏。鳥語不妨僧語靜，蛙聲常雜雨聲喧。渾忘暑在憑書卷，無奈閒何仗酒樽。最是客懷孤迴處，故園花竹那堪論？

和張寶拙郊遊懷歸

徘徊與子立汀沙，牽我離情亦憶家。杯泛霜螯朋舊酒，鑪敲夜火弟兄茶。一官今飽雞邸雪，千里難尋海國花。幸有東皋供遊目，綠楊深處斷橋斜。

河間旅夜

旅館夜初長，無人伴孤絕。門掩半床燈，風吹一簾雪。

水車

引水何須輓轆轤？笑他抱甕亦勤劬。秋蛇脫骨鴉銜尾，絕妙形容記大蘇。

望昌黎山

渺渺孤舟水四環，曉風盃酒浪花間。船頭數點青如許，知是昌黎百里山。

春雪戲作

玉塵飛處静無譁，料峭春風逼冷衙。戲問兒曹衣厚薄，東風吹遍木棉花。

花神小祠

數椽如斗附垣低，俎豆花神小有祠。最愛留題佳句在，碧雲紅雨耐人思。祠中有『硯池花落磨紅雨，石徑蕉封鎖綠雲』之句。

按：殷氏，天津世族，代有名人。《名宦志》：『殷尚質，嘉靖十四年襲指揮僉事掌衛事，以勤能被薦，進都指揮僉事，歷太原、大同參將。三十二年，督軍解巡撫侯鉞圍，擢遼東副總兵，就近署都僉事，充總兵官。三十五年十月，打來孫以十萬餘騎入廣寧，尚質急率游擊閻懋官等禦之塔兒山。寇先突，懋官營不爲動，乃馳攻尚質，殊死戰，力屈死之，懋官馳救，亦戰死。事聞，詔贈尚質少保左都督，謚忠愍，蔭子立祠。』

按：《明史稿》稱謚忠愍，而《天津衛志》謂謚忠勇，今從《史稿》。

牛克敬十八首

克敬，字聚堂，號眠雲山人。諸生。著有《眠雲山人詩稿》。

按：聚堂父名琳，乾隆丁巳進士，入詞館。聚堂累世縹緗，以名諸生困於棘闈。半生儦儦，見之於詩，盛年以殁。嘗有《書感》句云：「才因自見聞時少，人到無情樂處多。」人皆誦之。又《自歎》句云：「愁催白髮身先老，花隈青霜菊較遲。」其心跡可想。又曰：「浮沉世事歸萍水，慷慨功名入酒盃。」其感愴可見。所著有《臨風》《坐花》《聽雪》《玩月》等集，不下千餘首，七言長句最多。是善學大曆十子者。棟覓聚堂詩久不得。一日寇君蘭皋攜一帙相示，書手甚工，完好如新。問知牛氏寶之，已近六十餘年。寇與牛氏姻親，故得見其藏本，亦可謂文字有緣矣。

秋晚村居

石徑蒼苔落葉封，藜床斜臥夕陽中。連朝病酒情猶壯，一日無詩興不濃。稼納倉箱堪卒歲，園收棗栗可防冬。南溪新得忘機友，差擬詞人陸士龍。

即事

懶坐齋頭書硯銘，啟關撥竹繞溪行。爲燒寶鴨收蓮殼，因訪圍棋話豆棚。殘蝶悠揚依草過，寒鴻嘹唳傍人鳴。秋風總有炎涼態，難向黃花作世情。

漫興

其一

窮通何用苦嗟呀，白袷芒鞋興亦賒。有盡賓筵歸熱客，無邊風月入詩家。青苔浥露嬌於黛，紅葉撩人艷似花。雪淡雲浮情冷落，晚來山角燦明霞。

其二

羲皇風景是吾廬，秋近江南陶隱居。踏遍黃花晴雨後，吟殘紅葉醉眠餘。窗侵水岸全齋冷，心似禪僧一世疏。先達朱門如顧問，生涯笑指類樵漁。

溪居

潺潺溪水繞柴扉，略與塵寰機事違。孤鶩自沈紅日遠，片帆遙指白雲歸。夏畦雨足閒農少，野寺無僧晚磬稀。祇有釣翁明月下，十千沽酒錦鱗肥。

別墅早春

繞舍鳩鳴陌上桑，醉從驕馬踏煙塘。綠楊風捲香芹水，紅杏春歸燕子堂。別墅差同山谷靜，浮雲好是世人忙。陽和高籠溪沙暖，鳧雁濃眠蕙草芳。

和友人寓李處士村舍送別見寄原韻

返照河梁嘶馬愁，遙憐夢斷北山遊。落霞晚別楊朱路，殘雪晴回李白樓。金穴鶴歸紅日遠，劍津龍在碧雲浮。臨歧莫更添惆悵，故國相思總白頭。

杜門

閒居多樂趣，流水供詩情。春酒花溪暖，秋香菊圃清。人心自曲折，世路本寬平。我亦莊周蝶，逍遙過此生。

訓齋允吉夏日見惠新茶

久憶雲英劍外鮮，封緘遙惠向山泉。兔毫帶露當春曉，蘭蕊含香摘雨前。煎處愧無三峽水，品來疑對九華山。清神爽口兼宜暑，習習風生六月天。

對棋局偶吟

可歎楸枰上，閒爭一局雄。不知身世內，尚在有無中。綠洗荷亭雨，紅飄桃檻風。悶傾三五盞，所樂正無窮。

寄祖海上人

其一

吟寂寂松巖夜對燈，鐘聲初罷虎聽經。 不知別後青山裡，身在梅花第幾層？

其二

青松遙對曝經臺，洗鉢泉香野菊開。 秋夜正深說法後，滿山風雨鶴聲來。

步嘯蘇雨餘即景原韻

地近禪林多梵襟，深潭往往怪龍吟。 一團荒草皆經雨，百尺高桐未作琴。 可歎交親萍聚散，不知身世水浮沈。 生平如厭千杯綠，省卻囊中換賦金。

和籟谷四弟近圃韻

酒近高亭悵水流，望中帆影半沈浮。 甘蔗花落風霜裡，野繭絲成槲橡秋。 蟬噪暮煙憐夕景，蝶棲衰草不知愁。 池邊自有鴛鴦樂，雙宿雙飛波際頭。

雨夜王曜華孫虛舟山窗話舊

此夕荒園手重攜，寒窗同聽雨凄凄。 半生名利歸霜鬢，十載光陰送馬蹄。 世路斷難平似水，人

情惟有醉如泥。秋荷未老清波在，欲濯塵纓意已迷。

秋圃寄興

海棠風落桂花天，卯酒烹葵帶露鮮。徐福勝遊三島路，邵平逸興一瓜田。低摩蓬梗愁飄蕩，高摘葫蘆解倒懸。野繭已成紅女恨，爲他人織不遑眠。

再遊近圃

林邊閣子枕河干，把酒重來一再看。帆向渡頭沈落日，雲從城上起層巒。橋迷野水孤舟絕，砧搗荒村古木寒。曲檻高憑蕭寺暮，餘霞輕照醉顏丹。

書舍口占

誰家畫棟燕喃喃？好夢驚殘恨自銜。梅雨一軒滋藥榻，松風滿椀落茶帆。深慚銀甕新醅酒，未換蠒宮舊著衫。惆悵人歸孤館後，月明無語掛西巖。

牛稔文八首

稔文，字用餘，號師竹。乾隆乙酉拔貢生，乙酉舉人。內閣中書，雲南澂江、開化、普洱知府。

終湖南督糧道。

和汪劍潭學博自鋤明月種梅花元韻

其一

愛爾清標竹外斜，種來豈僅爲風華？空山有月留孤影，塵世無人識冷花。且向邨前尋水畔，不妨霜裡傍山涯。荷鋤自具清高意，莫認黄昏處士家。

其二

疏影清光一色新，孤高偶合作比鄰。能於淡處彌求淡，恰到春時自占春。斜正不妨隨我意，栽培何必仗他人？此身應是虛靈種，月窟移來悟夙因。

其三

非同雲雨待犁耕，別有幽香一往情。花影滿身人未倦，霜華墮地月初行。高風唯有今宵好，清夢應從此地成。如水天光如玉樹，孤山斜帶晚煙平。

其四

高人無力起樓臺，自覓辛勤爲愛梅。遠屋雲林移鶴步，一泓銀海散冰苔。恍疑涼夜銜笙訪，也趁疏籬送酒來。雅興自宜白雪詠，對他名下愧仙才。

訪帽園小坐

其一

五五行年滿鬢霜，那堪去日正堂堂。書纔能讀偏吾老，字不成家任筆荒。鳥語漸稠風乍暖，花枝欲軟日初長。莫教退食歸來晚，誤却狂吟一兩行。

其二

偶向清齋賦索居，靜追三五少年餘。乍嘗宦味新茶似，久歷名場鈍硯如。談舊每思從老輩，看花又喜到春初。奚僮怪我三更坐，貪讀半生未見書。

重九攜子姪輩天寧寺看菊

其一

古寺尋秋日欲闌，東山勝概勉追歡。青年但覺花光好，白首方知晚節難。佛舍燈明幢影直，禪房僧靜梵音殘。暢懷不厭回車晚，菊酒新醅佐薄餐。

其二

長安花事到秋闌，珍重人逢此節歡。曾傍錦叢同爛漫，却能霜下歷艱難。喜看汝輩年方壯，幸值吾身老未殘。三作佳遊慰雅興，黃花好把代盤餐。

附牛坤五首

坤，號次原。觀察稔文子。乾隆丙午舉人，嘉慶己未進士，戶部主事，雲南學政，升郎中，保舉京卿。

按：公性倜儻，不拘拘細節，卓朗自喜，雖肆應無窮，而積學不倦。督學雲南時，因尊公宦遊舊地，加意士林，宣幽達滯，殷殷以培養風化爲己任，滇人口碑載道，可謂克紹先緒者矣。嘗以詠簾鈎得名，有句云：『影分玉宇初三月，名傍銀河第九星。』又有『二月河豚八月蟹，故鄉雖好我無家。』之句，爲人所傳。

庚辰四月三次留部有感長律四首

其一

三入農曹宦海寬，長官青眼又彈冠。病蠶作繭抽絲少，拙婢調羹適口難。黍谷春回應自暖，瓊樓高處久知寒。舊時省吏無多在，笑我鮎魚上竹竿。

其二

磨蝎宮中甲子雌，干將補履不如錐。多情小草逢春早，無力寒花得雨遲。握髮有賢能好事，折肱何藥試良醫。月明繞樹憐烏鵲，未解巢成第幾枝。

其三

鶴俸虛靡廿二年，案頭陳牘似韋編。敢云註籍名皆後，祇覺登堂足不前。脈望化空難識字，蟫

桃竊慣未成仙。上林人柳如相見，歲歲春風任起眠。

其四

雞犬淮南事有無，人嗤桑下宿浮屠。歌經屢疊聲難繼，路引分叉跡轉孤。陶令思歸尋菊徑，劉

郎幾度賦元都。堂前洗手羹湯熟，厨下何須問小姑？

懷人

仲子別吾去，於今已八年。天涯一回首，日暮更蒼然。捧檄思毛義，窮官類鄭虔。從容樽酒會，

何日到幽燕？

附牛塤十一首

塤，字静涵。稔文從子。嘉慶戊午舉人，知山西平魯縣事。

自豫旋都重過趙州橋

我來楊柳正飛花，客裡逢春感物華。今日又過橋畔路，麥黃風暖綠陰斜。

憫伎十首

其一

無聊鎮日傍青樓，草草姻緣過不留。似水韻華容易逝，紅顏白髮不勝愁。

其二

過客曾無把臂盟，當年若個悮卿卿？傷心二八如花女，殢雨尤雲了一生。

其三

知他何處是根株，漫說人人盡是夫。話到雙親俱墮淚，憶來真姓已模糊。

其四

朝聞絃板夜聞歌，春草秋花怨若何？雞唱曉風揮手去，往來原自負心多。

其五

弱質何堪暴客侵？玉顏曾不抵黃金。似嫌造物無公道，一樣花枝抱苦心。

其六

劇憐磨折太無端，獨臥茅簷月影殘。病漸添時容漸減，阿娘原不管饑寒。

其七

相逢最易使魂銷，作意撩人體態饒。羞惡未忘真意露，一時雙頰上紅潮。

其八

花月應憐妾命非，荷紅滿地惜芳菲。何如早結鴛鴦侶，碧海長空任爾飛。

其九

個中屬意倍相親，待字年華弱小身。也是世間好兒女，含羞日侍路旁人。

其十

嫁得劉郎勝阮郎，年來枉自說從良。閒情久廢哀重寫，爲爾題詩一斷腸。

《念堂詩話》：『牛孝廉埥事繼母以孝聞。銓福建知縣，親老告近，簽掣山西平魯縣，甚不自得。以聚頭扇索贈，余有句云：「武功開別派，在縣豈蹉跎。」爲其好詩也。』

附牛垚一首

垚，號小竹。國學生。徐州太守翊祖子，稔文從子。

送友

相見何遲別何早，一年一別催人老。天涯遊子昨歸來，今日送君鄢陵道。道旁楊柳不成絲，送盡行人折盡枝。明年柳發仍如故，送去行人不知處。

周光裕四首

光裕，字衣谷，號春帆。乾隆庚寅舉人，乙未召試二等，陝西大荔縣知縣。歷任湖北按察使、山西布政使，署理山西巡撫，內轉鴻臚寺正卿。著有《蓁猗山房詩草》。

喜金曉嚴明府自宜川來晤

總角交難得，彈冠先後時。舊痕衣上酒，新影鬢邊絲。宦久情逾怯，情深遇恨遲。妖氛猶未掃，努力在今茲。

王小竹入都感而賦此

豈料重逢日，徒驚歲月更？罄懸千卷在，匏繫一身輕。結習非前輩，無才是老成。風光津淀好，難禁故園情。

賀董青岳先生己卯重宴鹿鳴

其一

扶鳩選勝到春明，恰報秋風賦鹿鳴。蕊榜重聯千佛會，華筵齊拜萬年觥。群英簇隊看新樣，老將登壇主舊盟。占得科名兼福壽，爭傳佳話冠時榮。

其二

問津曾共讀書堂，風雨回思五十霜。壯歲文章推董子，少時意氣笑周郎。青山合供粉榆樂，白髮還瞻日月光。堪羨桓榮真老健，姓名常帶御爐香。

陳居敬三首

居敬，字惺園。乾隆丁酉科舉人，宣化府西寧縣教諭，江南奉賢縣知縣。著有《映奎堂稿》。

按：惺園先生與先君子金蘭之交，誼敦孝弟。衣冠古樸，謹慎和平，爲一鄉所重。晚膺民社，未竟所施，士論惜之。公父雅亭先生，名風，乾隆庚辰恩科舉人，學品重一時。

將赴西寧旅舍書意

征衣蕭颯逐鳴雞，迢遞關山路向西。苜蓿官寒叨薄俸，桑榆景晚歎卑棲。望雲空切梁公痛，負米聊同仲子悽。膝下竟成千里別，承歡惟有托萊妻。

西寧道上

嶻嵲人道古沙陀，到此疑聞敕勒歌。萬樹參天青似髮，千峰插縣碧于螺。時平不恃長城險，塞遠猶屯戰馬多。峻坂回頭雲疊疊，故園何處問津波？

懷先賢張星燦先生 公名有光，明水部員外郎，甲申盡難，其靈爲神，

節義公推百世師，愧垂青盻號相知。寒厨杞菊頻邀至，冷眼滄桑悵所之。毅魄有靈原不隔，新

詩欲寄豈無詞？雲山千里如相過，薄暮焚香慰我思。

徐瀾二首

瀾，字東川。乾隆戊子舉人，庚子進士。刑部主事，升郎中，總理秋讞，以勞致疾，卒於京邸。

著有《硯北草》。

按：公性沈敏，丰神朗秀。湯厚田嘗云：『津門前輩所羨仰者二人，一爲金竹坡先生，氣骨高

逸，如不食人間煙火；一爲徐公東川，天然名貴，履綦所至，如荀令座席，三日猶香，皆仙品也。』

公官西曹，廉靜不苟，案牘山積，游刃有餘。相國阿文成公、大司寇胡雲坡公咸倚重之，聞歿，深

以爲惜。又，公官京師，敦鄉誼，邑人至者，罔弗延款，情意藹然，有所囑，必力爲謀。待士林誼

尤深，鄉會試售者到京，填三代脚色，備同鄉官印結送之，不俟往求也。

竹床引

序：同邑張楚山先生湘令餘十三年。歸攜一竹床，囑余賦，勉爲轉韻，用博一粲，時乙未秋八月。

楚山先生予所識，餘干作吏今辭職。歸帆千里一身輕，但載竹床架窗北。竹床之竹圓且堅，蒼皮潤節無雕鐫。棕文錯落檀心死，剝膚剝足徒紛然。自得此床真閒曠，月夜梅花冷紙帳。據鞍顧盼復何時？礱鑠老翁臥其上。余本南州一布衣，陳榻未掃將安依。君當爲余分尺席，來往從君扣君扉。

吳念湖太守招集思源莊，餞張楚山先生之新城，分體七古

張侯大才莫高攀，九天唾瀉珠璣圓。禿毫一掃蕉葉黑，淋漓不數君家顛。致身自許青雲路，誰知徒供折腰具。百里弦歌單父琴，三年鵬鳥長沙賦。祇今歸臥如縣匏，石田茅屋荒蓬蒿。大隱非山亦非市，膠庠足以營其巢。秋花照溪溪水紅，蘆蒲瑟瑟搖悲風。林塘野樹松榆暮，亂蟬聲咽天邊鴻。此時坐客慘無色，青衫欲溼酒行急。眼底壺觴不盡歡，他日相思難再得。築亦不擊高漸離，璧亦不餽僖負羈。憐君揮手從此辭，飄然一去歸幾時？欲別未別水之涯，君不見：七十二沽煙漠漠，明朝何處孤帆落？

時乾隆乙未七月，吳人驥繪《思源莊送別圖》，王學海題籤。

按：王學海，號問渠，字觀濤。乾隆壬午舉人，己丑中正榜。由中書荳官御史、軍機章京。字法《十三行》，詩無傳，附記於此。

楊廷烈 一首

廷烈，字贊華，號虛舟。上舍。詩見《沽上題襟集》。

念湖吳君招集思源莊，公餞張楚山先生赴新城，得我字，分體五古

五斗不折腰，五升豈腹果？吾道有汙隆，意行無不可。廣文雖冷官，青氈猶故我。低頭誦經史，日月任瀟灑。閒庭羅松菊，筠管長蜾蠃。退飽首稽盤，出跨欵段馬。即此意已足，寧論知音寡？送君錦衣橋，水碧秋光瀉。臨流酌君酒，香泡秋蓮朵。此水經我廬，浩淼連平野。送君一帆風，直至新城下。他日倘思君，沿流掉輕舸。

姚逢年 四首

逢年，榜名永年，字華山，號蔗田。乾隆辛丑進士，任安徽太平府江防廳同知，署廬州府事，得民心，卒於江南。

步陳江洲弔韓郡伯祠元韻

惆悵西風不忍看，荒祠常對大江寒。孤城獨守言何易，大節能全死正難。遺貌空留千載恨，忠

魂祇顧一心安。憑人説盡興亡事，皖水龍山夕照殘。

江寧回舟

山色波光相對明，中流穩渡片帆輕。宕開萬里清涼界，滌盡浮生冷熱情。隱約荻邊來漁火，依稀村裡聽尨聲。俗塵自笑盈三斗，欲挽銀河一洗清。

皖江舟行

片帆載月渡中流，煙水蒼茫暮靄收。幾點雁聲催客夢，數行衰柳掛清愁。向平有願官偏累，榆景無多志亦休。一領絮袍三畝宅，何時海上狎浮鷗？

舟行遇雨

薄寒侵古岸，風雨夜交加。遠浦愁雲重，孤帆片影斜。病衰難恃藥，官久已無家。不覺重陽近，悠悠感歲華。

附姚承謙五首

承謙，字季光，號嶽峰。逢年子。諸生。

按：季光幼讀書江南，詞華贍雅。賦秋笳詩，爲學使陳荔峰所賞。三赴京兆未售，遂卒。

留別鳩茲

其一

梨花楊柳認前溪，盡日春風逐馬蹄。竹裏杜鵑啼不住，別離人在板橋西。

其二

花木周環十笏居，而今相別意淒如。碧紗窗下蘭燈裏，知有何人夜讀書。

道中紀事

其一

柳岸花汀處處明，鞭絲低漾馬蹄輕。江南江北風光好，添得農歌三兩聲。

其二

桑陰鳩語遍郊疇，人爲桃花小逗留。山外畫樓溪外樹，春風二月到廬州。

塞下曲

刁斗升沈曙色微，將軍出獵雪花飛。仰天欲射關門雁，祇恐征人望信歸。

津門詩鈔卷十五邑賢

沈嶧二十首

嶧，字東巖，號簡庵。乾隆丙午登鄉魁。著有《鶯鳴集》一卷。

按：公三十始讀書，文名噪一時。清癯善病，人有東陽之目。嘗以『桂樹小山招隱士，桃花流水憶秦人。』二句得名。早卒。

見賣芍藥者有感

其一

四月東風尚嫩寒，不教紅紫怨香殘。錦幃絳蠟知無分，贏得春光擔上看。

其二

枝枝帶露不勝愁，小市初逢憶舊遊。南北幸多經眼處，獨憐寒雨過揚州。

其三

何必豐臺縱玉鞭，深紅淺暈總堪憐。偶然步屐由他住，消我風懷又一年。

其四

紅粉纔勻翠袖低，憑將金剪斷香泥。若教馴僊腥羶涴，不及飄零委舊畦。

長日遣悶

其一

繭縛真無解脫方，欠伸聊復倚藤床。夢回喚侶鷗沿瀨，目送尋花蝶過墻。藜杖人稀思舊雨，葛衣風好待新涼。茶甌書帙消長日，差似鐘魚古佛旁。

其二

節序催人又一時，磚花簾影對迷離。生憎俗物隨蠅集，稍喜炎風爲閏遲。楊柳被堤煙淡沲，荻蘆搖水碧參差。年年空負題詩處，瘦盡腰圍祇自知。

四十初度

其一

眼中梨棗記兒時，鹿鹿如今自笑癡。坐遣流光添馬齒，懶將新樣鬥蛾眉。姓名敢望江湖識？草

木真叨雨露私。榮悴不須頻攬鏡，鬢間猶喜未成絲。

其二

悠忽年光四十秋，行藏都與俗沈浮。往來筋力輸黃犢，浩蕩心情愛白鷗。閣下三書難自薦，懷中一刺欲誰投？從今一任多芳草，善病文園本倦遊。

其三

頭顱如許一儒巾，黃菊花前笑此身。但得當歌仍對酒，休論墜溷與飄茵。蝸廬列住聯諸弟，鳩杖同扶視老親。學語兒癡萊婦拙，不妨小隱共清貧。

與齊秋帆次韻

近市門常掩，安閒歲屢遷。瓶空元亮粟，囊乏少陵錢。白石歌良苦，青雲老益堅。試看垂翅鶴，豈受俗人憐？

荊軻

仿佛悲歌日，衣冠落照前。骨甘糜虎豹，魂不返幽燕。激烈千年在，恩讐一笑捐。爲君重舉足，髮指向寒煙。

屈原

芳草忽云晏，胡爲君獨醒。蛾眉愁衆女，幽怨寫湘靈。郢路知何事，哀歌不可聽。《大招》空有作，魂寂楚山青。

李廣

氣壓匈奴壘，魂傳大漠軍。死虛猿臂健，生異虎頭勳。此日悲遺史，當年慘塞雲。英名終古在，李蔡復誰聞！

李白

金馬風流客，滄江放逐臣。霜蹄悲一蹶，仙骨忽千春。白日昭陽晚，青山小謝隣。文章與明月，寂寞爲沾巾。

《板橋雜記》題詞六首

其一

紅粉成灰怨未消，香魂無數哭前朝。低回却憶江南夢，巷裏分明舊板橋。

其二

煙柳含愁斂翠蛾，　長淮流恨咽清歌。　新詞訴盡興亡意，　好向棠梨聽奈何。

其三

金釵紅袖兩茫茫，　誰踏青泥甲夕陽。　腸斷詩成寄幽咽，　不須雁柱十三行。

其四

羅裙都作彩雲飛，　往事何由問板扉。　泉路若聞哀怨曲，　那無紅淚染香衣。

其五

小字書來喚欲鷹，　依稀貌出研繚綾。　曲中舊路能來否？　唱澈秋墳半夜燈。

其六

杜牧風懷宋玉詞，　詩人例許惜蛾眉。　樽前試與秋娘唱，　凄絕雲昏月暗時。

沈峻十首

峻，字存圃。東巖先生弟。乾隆甲午副榜，廣東吳川縣知縣，著有《粵遊小草》《出關入關詩草》。

按：公謫戍新疆，釋還家居，鬻書自給，顏所居曰『隨緣』，自署曰『陶令歸來惟乞米，鄭虔老去尚箋詩。』敦友愛，重氣誼。教子雲巢成進士，登詞垣，人謂循良之報。

簡徐午園烺齋兄弟

其一

坐破繩床懶出門，偶因行藥到前村。客來不見人如玉，小疊紅箋剩墨痕。

其二

玉臺佳句邁黃初。瘦盡東陽恐不如。他日思君當載酒，紫荊花下擁殘書。

嶺南雜詩

其一

幾年蒸鬱奈何天，消受端溪紫玉研。寄遠巧逢千里馬，牽愁多在六篷船。嘉魚佐酒真堪憶，丹

荔生香劇可憐。婆律貝多持獻佛，夜燈初學小乘船。

其二

黃木灣頭驚見日，飛來洞外歡無山。珠蘭香好羞言媚，么鳳聲清總帶蠻。南漢樓臺原夢幻，東

坡詞賦且江關。便應歸領祠官長，叢桂何因得再攀。

其三

群盜寧知釜幬哀，傳呼節相按行來。沿江戰艦吹笳集，幾處軍書插羽回。大抵蕭曹留治譜，不

須表餌炫奇才。自憐命薄猶爲吏，東望滄溟奠一杯。

其四

曾過梅嶺逢梅市，仙尉風流尚有無。幾見吳兒能解水，還聞姹女慣當壚。清齋朝試桃榔麨，小

幔春披蛺蝶圖。南極何因依北斗，東風吹夢到西沽。

秋懷寄東巖兄

其一

銅刻初驚玉管留，看山曾不到羅浮。敢期禽父三年最，恥伴平原十日遊。心爲多愁如怖鴿，事

因無定笑牽牛。謝公哀樂情偏至，莫羨車前擁八騶。

其二

圖南今日付蓬心，葆髮年來雪漸侵。老至轉憐兒女樂，詩龕空負水雲深。孤城夜足風濤響，四

壁秋添蜥蜴吟。莫是長沙容賈誼，月明天遠雁聲沈。

其三

扮榆風景近何如，歲歉頻聞蟹稻虛。倦客病來真止酒，故人別後久無書。一經課罷遺兒業，十

笏堂成奉母居。此志倘酬吾事畢，不妨稗野著新疏。

又如：「可憐謗牘盈三篋，猶爲蒼生策久安」，皆儒者之言。

贈譚子受

山公愛客屢銜杯，幕府何勞阮瑀陪，參佛已知無礙諦，論文真有不羈才。閨中妙侶瑤籤擘，沽

上離情錢笛催。他日逢君何處好，春風攜手步金臺。

附沈兆澐十四首

兆澐，字瑩川，號雲巢。存圃先生子。嘉慶庚午舉人，丁丑進士，翰林院編修。

按：雲巢少負才名，爲學使陳公嵩慶所賞，拔置第一。詩梓入《三輔采風錄》。

塞下曲

征人六月據征鞍，無定河邊曉尚寒。馬上不須回首望，如今薊北是長安。

小遊仙

紫府真人玉局牀，侍臣獨曳藕絲裳。通明昨夜傳宣急，碧落新除沈侍郎。

康達夫先生輓詞

其一

記得詩人丁卯橋，曾披佳句仰清標。何堪未識先生面，空向雲山賦《大招》。

其二

塵世何能識謫仙？一生詩酒興陶然。多應天上芙蓉主，游戲人間六十年。

其三

悲風獵獵映朝暾，欲訪高風悵鹿門。一葉離騷琴幾尺，梅花深處奠吟魂。

和梅樹君寒夜一首

自理殘編一夜中，頭顱如許笑冬烘。空山古調難逢賞，廉吏家風不厭窮。雲徑梅開千樹白，紙窗人對一燈紅。眼前冷淡皆佳趣，却愧吟詩苦未工。

送婁生淦之正定

憐君纔弱歲，千里事長征。風冷溽沱渡，山圍獲鹿城。壯遊原素志，作客識人情。努力前途去，無須別恨生。

張灣道中

策馬荒城外，秋光滿目前。樹多平似薺，山遠淡于煙。場滌嗟年歉，人歸讓雁先。最欣良友共，好句客中聯。

都中送汪小舫之天津

其一

樽前惆悵聽驪歌，小聚匆匆奈別何！二十五年尋舊夢，桃花渡口晚煙多。

其二

鞭絲斜拂淡煙痕，風景江南村又村。一路鶯聲嘱不住，垂楊綠到帶河門。

其三

迢迢七十二沽西，岸上飛花趁馬蹄。我亦客中偏送別，春深怕聽子規嘱。

阜城道中

霽色掛鞭絲，長堤日暮時。淡煙漁父艇，疏柳酒家旗。秋老鴻飛急，途遙馬去遲。故園一回首，千里晚雲垂。

景州早發

草草凌晨發，征途爾許忙。微名競蝸角，歧路繞羊腸。時大水迷途。塔影霧中失，墊花田畔香。前村人語處，煙樹隔茫茫。

和家大人秋懷示兒輩原韻

秋雨灑然至，庭竹滴新綠。涼氣逼重簷，風鐸戛碎玉。幽人喜閉關，郊原罷遠矚。床前酒一樽，架上書幾束。陶然適性情，天懷淡自足。常留千載名，百歲豈憂促？高才任捷足，多榮亦多辱。處世得兩全，和介不隨俗。趨庭詩禮訓，幸承再三告。家風緬南岡，奕世庶能續。

周自邠五首

自邠，字景洛，號大迂。歲貢生。著有《草龕詩集》。

按：公與康達夫、郝石臞、金野田、查次齋諸公，同時唱和。勸人爲詩，五言以高青邱入手，後學往往宗之。余童年輒聞人稱大迂先生，未見其詩也，所錄得之余階升孝廉，惜非先生得意作，姑存之，俟再搜輯。

踏燈詞

上元燈火富豪誇，士女聲喧競麗華。誰解無私一片月？也曾隨我到貧家。

九日登清虛閣

此日無風雨，清虛閣上遊。天寒欺短髮，地闊豁雙眸。萬井魚鱗屋，千帆鷁彩舟。登臨情未已，

不負菊花秋。

綠牡丹

別有名葩出洛中，恰如么鳳繞花叢。嬌生國色聯娟黛，妒殺芳姿一捻紅。尊重不驚蕉葉雨，顏

開獨占柳絲風。休言回首春光老，晚翠煙中態不同。

題畫

桃花紅到野僧庵，雲影山光共蔚藍。水抱綠楊城一角，依稀風景在江南。

遊盤山未果，賦詩寄意，呈金若水先生

咫尺煙霞近，三盤結想濃。溪聲兩澗水，樹色萬株松。勝境空繁夢，仙緣不易逢。何時攀桂月，

長嘯最高峰。

《念堂詩話》云：「周大迂先生自邻，天津人，貌甚陋，刻意爲詩，以右丞爲宗，津門談詩者多宗之。《鯨鏗二集》載《杏花春雨江南》試律一首，中聯云：『一旗沽酒路，兩屐看花人。』又《臈梅》云「林家老婦應無妒，不禁孤山納小妻」。乾隆甲辰，余應童子試，館其家。先生拈題試同寓生，特蒙許可。遂出所批唐詩，指授法律。後至津門，輒以詩相質。殁後，稿亦不傳。先生受詩法於周七峰，亦天津人，有《卜硯山房詩鈔》行世。」

康堯衢十五首

堯衢，字道平，號達夫。歲貢生。所著有《海上樵人稿》十二卷、《津門風物詩》四卷、《雲構詩談》四卷、《節錄女戒》一卷。

按：公舊族，有別墅在城南，曰『康園』，今蕪廢。公少吟詩，博稽今古。於津門詩學絕續之交，力爲講求，厥功甚鉅。孤介伉直，人不可意，面詆之無所避，亦以是坐困。年六十餘卒。余別爲立傳。

過薊門

山色曉蒼蒼，官橋落日黃。鄉心懸馬首，秋色老漁陽。身世愁無賴，飄零道不忘。今宵何處宿，前路已燈光。

懷房楚箴表弟時謫戍

天山聞説近天低，況在天山西復西。鄉淚幾行催塞曲，離思萬里入霜鼙。虛傳角長窮邊馬，實

恨聲聞報夜雞。拭目望君歸未得，玉門關外草萋萋。

山行

驅馬下石梁，落日峰巒碧。山家早閉門，惆悵虎行跡。

沽上竹枝

其一

酒旗風影向人斜，畫意猶存點點霞。醉裏不知村樹盡，尚逢牧豎問桃花。桃花口。

其二

櫺星門外藻流芬，泮水微祥有舊聞。魚化橋邊雙鯉出，至今甲第已如雲。泮池魚化橋，傳有雙

鯉躍出，科名遂盛。

其三

琵琶池上起龍臺，曲曲迴廊近水開。每到紫藤花發處，遊人都問芥園來。芥園。

其四

隔河遙指尹兒灣，殘夢樓傾一水間。黃卷有兒酬素志，青燈不惜老紅顏。佟蔗村弟婦孀居此樓，

教子成進士。

其五

水村西望淀河中，菱芡菰蒲種不同。更買扁舟衝浪去，亂紅香醉藕花風。西淀。

其六

曲沼荒涼慨勝遊，一聯堂上集名流。舍南舍北皆春水，微雨微風入畫樓。曲水園又名康園，廳

聯集句所書。

劉貞女詩

序：平谷劉登庸太守女秀石，許字江南程氏。劉既罷官，程亦中落，兩家不通音問者數十年。秀

石流寓津門尼庵，封髮矢志。乾隆丁酉夏，程附漕舟北上，訪得之。

貞女已六十矣。鳴於官。金明府主其婚，資送南旋。津人義之。周衣亭太史爲之立傳。貞女生，

貞女生時貌俔停，秀石錫嘉名，石以固堅貞。曩許程家子，兩家門第清，中道俱淪落，

婿遠家零丁，吁嗟女兮將何成！一解。貞女苦，無處栖身寄梵宇。親戚憐女貧，邀歸心不許。富家

憐女貧，求聘日旁午。自矢非前盟，終老死牖戶。二解。貞女奇，貞女匪奇，守分安時，尼庵三十載，相倚不披緇；重以啞僕義，行乞不相離。吳水燕山幾千里，死別生離兩不知。三解。貞女泣，貞女至嫁，年將周甲。夫婿不曾婚，邑侯為作合。持贈銀多羅，安排新甋甋。垂老伉儷偕，此生念不及。貞義在人心，觀者塞途歎息聲相接。四解。

清夢在江南。

正月十六日雪

佳節今猶是，雲凝雪意酣。閒庭飄落絮，春酒罷傳柑。燈減千家興，梅輸一笑探。懷人結遙想，

壽內

屈指年來伉儷盟，共謀身計硯田耕。奉親替進焦鐺飯，愛叔曾無櫟釜羹。堪臥牛衣人六秩，曾陪螢火夜三更。膝前諸子稱觴日，不負辛勤過此生。

思源莊 張魯庵塋園

芍藥池南柳色邊，小橋橫鎖墓門煙。幾時不到思源望，細雨春深種麥田。

姜家園

柳樹荷池事已休，外家別業感春遊。惟餘一片荒園地，冷雨寒煙衹牧牛。

輓同邑張止山先生疊甲辰進士

解組心猶壯，談詩老益深。如何雙樹下，不復聽流禽。文藻空鄉國，悲風起故林。斯人今已歿，誰更繼高吟？

摘句如《野遊》云：「杏林人間紅簾酒，麥壠春濃綠野田。」《秋草》云：「南浦空傷魂斷日，西堂徒憶夢來時。」《雁字》云：「霞裁箋好揮無盡，蘆作筆衡力最遒。」《橋上》云：「細雨春帆估客舫，晚煙蕭寺海門鐘。」《京邸》云：「鄉夢老疏蟲語切，客窗秋逼雨聲寒。」五言如：「茗香滋道味，雲意息人心。」「花重可憐色，人爭不朽名。」「三月曉猶雪，一春天正寒。」先生赴京兆試者十二，終不售，晚年益肆於酒。

《念堂詩話》云：「康逵夫堯衢，天津詩人。乾隆乙卯同場矮屋中，談詩良久。後至津門，以詩卷示余，《春日石橋晚步》云：「行吟忘日暮，橋外踏平蕪。水漫東西淀，春生大小沽。好風吹不定，高柳意全蘇。歸路頻回首，斜陽淡欲無。」《九日同郝石矅登芥園樓》云：「即目高樓上，闌干倚大河。歲華秋又老，風雨夜來過。遠色碧山暮，寒聲黃葉多。愁心向朋侶，不醉欲如何！」聲

色臭味俱好。」

崔念堂《津門雜記》云：『康達夫堯衢《曲水園詩》自註云：「余家別業，易姓後名。近南溪，

池蓮開並蒂，時人以爲瑞。次年曾大父暨從祖父偕歿，家遂貧。詩云：「別業家聲舊，津門衆口傳。

春光沿岸柳，異兆滿池蓮。到此拋雙淚，于今過百年。望中空佇立，懷舊夕陽前。」按曲水園在城

東南隅，今仍名康家花園。又，老夫村在閘口下，乃東溟山人龍震別業，今亦廢。」

附康鈞二首

鈞，字掌卿。諸生。道平子。著有《石斧集》。

按：掌卿嗜吟詠，有父風。每試輒高等，未酬其志而歿。

秋暮

瑟瑟寒蘆葉葉舟，西風吹入一醫秋。懸當紅樹斜陽外，掛向涼雲古渡頭。答箸已隨桃葉去，尊

鱸誰共蓼花愁。江干小立情何限，日暮漁人影亂收。

秋蓼

也染燕支古岸頭，零星開到蓼花幽。疏籬月白誰家院，水國風涼幾處秋。簇簇冷紅低曉日，蕭

蕭淺綠傍漁舟。江村小幅徐熙畫，瘦蟹鉗枝在遠洲。

卜維吉三首

維吉，號椒塢，乾隆乙酉科副榜，戊子科舉人。挑取中書，改授國子監學正，升助教，四庫館提調，湖北施南府通判。

按：公少有至性。父緣乾隆十五年承領變賣天津水師營戰船，拖欠銀兩，發配陝西汧陽縣十六年。時家無片椽，依母課讀晝，夜泣思，立志攻苦。早歲成名，官助教，時頗以學品見賞於相國劉文正公統勳。公念父情切，籲求相國乞爲援手。適當金川告平之時，乃代爲陳奏，願捐俸以贖父罪，蒙恩允准。而公實赤貧。同寮爭助金以資所費，遂得旋里，一時津人多有題詠。

内邱夜雨

簾捲涼雲外，秋聲到五更。殘燈挑夢斷，寒雨滴愁生。水鳥來簷宿，泥蛙入戶鳴。萱堂當此夜，倍結望兒情。

贈吳客 時同舟

古渡寒煙起，長河下小舟。樹連青嶂隱，水帶白雲流。貧路知交少，秋宵客子愁。多憐雞黍意，

把酒話滄洲。

晉州即贈念湖學長

策馬津門特地來，沿途翹首望樓臺。沙迷殘照荒城古，柳簇寒煙野店開。半世聲華甘落拓，十年情事委塵埃。知君雅抱多豪興，明月梨花酒一盃。

金坤六首

坤，字一寧，號霽岩。乾隆己亥副榜。

按：公天姿雋朗，少負重名，一時巨公許以遠大。三中乙科，未償所學。性孤介剛方，廉隅甚峻。然奬掖後學，情辭深厚，惟恐不及。家無擔石，悠然自得。教嗣君湘門太守。嘉慶乙丑成進士。早著循聲，頌騰三楚。人謂淵源有自。

和張晴溪先生偶成長句原韻

庭際回廊曲檻斜，檢書空復攬精華。蓬廬雖陋堪邀月，粉蝶何知亦戀花。愛誦《離騷》閒永晝，細參詩句得有專家。追隨且喜依函丈，爲詠陽春興獨賒。

此詩得之《問津書院吟草》。時主講者爲宛平張晴溪先生模。一時人才萃集，風雅丕振。如周

公光裕、佟公大有、徐公瀾、金公思義、張公覺民、俊民、治民兄弟、李公玉溪、查公奕俊、馮公際盛、王公啓科、吳公鳳儀、包公豫觀、牛公遵祖、吳公廷玖、楊公廷瑛、爭自琢磨、互建旗鼓、未數年間、昂霄青雲。獨公鬱鬱未就、人盡惜之。不知昌大之報、乃在奕葉、天意詎可測哉！

白丁香

其一

一片玲瓏花映空，欄邊月下影朦朧。愁心不展梢梢結，盡日無人向晚風。

其二

一枝搖曳暗香浮，洗盡鉛華韻自幽。最是珠簾初捲後，晚妝斜倚玉搔頭。

坐月

有月何曾夜，攤書不覺疲。影寒人意淡，霜重露華滋。身世原無著，行藏祇自知。緬懷彭澤令，寄趣在東籬。

旅夜有懷

空堂倚枕到三更，病擾鄉懷夢不成。千里家書遲旅雁，一聲邊角起孤城。長貧入世真無術，遠

道懷人自有情。事業文章兩寂寞，破窗愁看月華明。

贈巡漕侍御周棟才先生 名元良，後官總憲

金石之交心不變，何曾貴賤交情見。莫言管鮑世無人，給諫高標堪作傳。戊子秋闈初識面，論文許共紅絲硯。及公翔步到天衢，僕猶席帽隨蓬轉。公來送我棘闈前，諄囑名場期鶚薦。豈知射目乃中眉，結契殷懷終勿倦。登堂拜嫂若至親，往往傾尊飫芳饌。歸來教授臥衡門，卅載流光疾于電。京華咫尺等雲霄，尺素雖勤約難踐。喜聞奉職有餘閒，獎掖人才開講院。菁莪樂育答宸衷，退直丹鉛評課卷。諸生奮激果成名，韓柳賢聲動幾甸。今年唧命來津門，糧艘蠢蠢如雲屯。旗丁受約牽輓速，感公厚德逾春溫。瓜期將屆洪水至，九河下注狂流奔。高城半沒村舍毀，十室略有三家存。公率官吏防晝夜，隄防畚鍤如王尊。飛章入告蒙賑恤，災黎幸免爲魚黿。觸忤同寮堅不顧，便宜從事非邀恩。昔公侍御真鐵漢，及此再見排崑崙。風高露白寒雨歇，單騎謁帝依九閽。面奏民隱褫懦吏，務行所學何足論。僕叨厚德無可報，願書嘉績鐫瑤琨。綸扉參贊還教子，即看鸞鵠同飛騫。

郝仁七首

仁，字壽朋，號石矓。諸生。

按：公奉親至孝。詩以樂府擅長。與康達夫、金野田、周大迂諸公同社。抱志未遂。教子芝山成進士，宰河南湯陰縣，迎養署中。壽八十餘卒。

搗衣曲

搗衣復搗衣，搗衣爲潔素。豈無新衣裳，新衣不如故。

哭康達夫

拈毫淚先垂，悲君赴泉路。平生一片心，此後更誰訴？自我與君交，流光四十度。白首訂一言，同心金石固。年來君稍衰，微病安足慮。突聞凶信真，疾趨不成步。入門遙便哭，面貌儼然素。聞君易簀時，猶題斷腸句。達音何用深，道味及時喻。此味與此音，誰復解其故？連朝心抑鬱，神魂若失據。惝怳夢寐間，見君隔煙霧。即之不可得，挽之溘然去。夢回燈火昏，癡坐久如塑。同社八九人，一一歸大暮。我雖延殘喘，了無生人趣。詩成和淚書，鐘鳴天未曙。落月滿屋梁，空庭獨老樹。

過喬五看菊

流水沾村外，秋風落日斜。閒尋幽士宅，來看傲霜花。拋管書方罷，啣盃興又賒。餘芬倘贈我，

相伴老煙霞。

送喬五赴都

朔風吹暮雪，之子去長安。出郭遠相送，臨歧欲別難。單車沙磧迥，荒店夜燈寒。此後遙相憶，孤雲西北看。

城南大悲庵喜晤慶天和尚

津門自金芥舟、查松亭兩先生，紹帆齋、東溟、漢客、月東諸公之後，丕振詩風，吟壇互樹，至乾隆五十餘年之後，其風稍衰。維時遙接其蹤而起者，爲康公達夫、郝公石臞、金公野田、喬氏五橋六橋兄弟、馮公西莊、周公大迁諸人。立社聯吟，講明聲律，維持詩教。一時慕其風者，爭自琢磨，願附其列。絕續之交，厥功甚鉅。

自別西林寺，三乘久不談。那知廿餘載，又見老瞿曇。去住師無著，滄桑我自慚。城南閒卓錫，禪悅好重參。

次和康侶雲花朝之作

二月月之半，年年此日嘉。老知春易去，貧喜酒能賒。九曲幽人宅，侶雲居巷名九掉灣。一枝

山杏花。齋中有李氏築杏館春風之景。非君動高詠，詩思更誰家？

甲寅移居之作，書示馮前村孝廉

卜居在東郭，忽忽近十年。今春復移居，仍此閭巷間。數椽亦無幾，寸心覺稍寬。昨朝微雨來，瀟灑鳴檐端。檐前老桐樹，青翠如琅玕。捲簾一延佇，我心生靜歡。鳥棲無定枝，魚遊無定淵。人生貴適意，何地不翛然。嗟余近七十，蹤跡乃屢遷。回首向西村，自顧殊厚顏。

湯承功五首

承功，字熙載，號贊廷。乾隆己亥舉人，內邱訓導。

按：公詩多自焚，其《詠菊》詩，嘗以『四時花木皆非友，九日風霜却是春』得名，所錄皆令子厚田孝廉所述。

同友人臨河晚眺

開尊臨野市，秋色滿長河。不雨雲猶在，無風水自波。沙鷗機事少，煙柳夕陽多。幸與清溪會，能忘白雪歌。

郊行見桃花

幾樹殘紅映綠池，無言獨自惜芳姿。東風莫便飄零盡，留贈行人一兩枝。

和朱梅巖半畝園小飲元韻

半畝幽棲地，幽人結小園。栽花從梓澤，移石自崑崙。窗靜蜂彈紙，簾開燕入門。武陵何處覓？到此即仙村。

題《菜羹圖》

其一

飲食由來嗜欲深，幽人轉得寄芳心。挑來野菜和根煮，至味還從淡處尋。

其二

十畝菘花隴外芳，田家況味遜膏粱。誰知一入高人手，別有山風野露香。

其斷句有：『吟詩花自落，攜酒月同行。』『露灈松間月，風飄石上雲。』

陳大年七首

大年，原名永齡，號松崖，一號萊峰子。布衣。著有《閒情集》一卷、《松崖草》一卷。

按：松崖鬚眉蒼古，詩樸老如其人。善畫松石、人物，得吳小仙、張平山之遺意。久遊甘陝之間，愛緣幽蹈險，以討山水之樂。卒迍邅不遇，歸老津門，以醫自給。酒壘歌筵，猶清興不衰。年七十餘納姬，生一子。

田家苦

田家老人語，麥熟三月雨。五月滴點無，麥枯歸黃土。更期秋穡成，七月水災普。廩中歲月空，餓死壁間鼠。一年復一年，官租何日補？

河湟聞雁三章章四句

其一

三月塞上降玉霜，梨花開時柳未黃。邊城春老風光異，一片歸心寄雁行。

其二

雁行隊隊出長空，哀音飄飄夢魂中。夢魂有意結鴻伴，祇恐歸飛路不同。

其三

不勞裂帛寄雲程，囑爾先飛到薊城。薊門兄弟如相問，滿道霜花不可行。

費宮人歌

太白東出明夜月，欃槍橫斗精光發。內臣歌舞宴春宵，將軍劍戟沙場沒。龍避長蛇上青天，鼠變猛虎入金闕。此時汾陽剩碑碣，眼中秋雨空流血。欲雪國恥者為誰？宮中有女心如鐵。恨非男子握兵權，但憑短劍補天缺。傷哉天缺人難補，空持短劍尋蛇虎。猛虎長蛇巢穴深，碎肝裂膽殺一鼠。滿腔熱血盡已傾，再無一計復王土。仰天大哭雙眼枯，決意泉下侍明主。大義不是壯士心，獨與龐娥比千古。

春閨

窗前子規嗁不住，風送落花埽不去。花鳥催人眠未眠，空庭簾幙斜陽度。

贈陳少室穎

松竹與梅花，世上稱三友。松竹老節根，梅花百花首。清香發陽春，惜不經年有。不如松竹心，千年堅不朽。少室乃蒼松，青青耐寒久。生涯有硯田，方寸抵千畝。古琴撫無絃，寶劍閒不吼。雪月與風花，長嘯一盃酒。貧乃士之恒，況不露衿肘。所可恃者何？天憐人意厚。蒼松抱天真，綠竹虛心守。相約看梅花，對酌三大斗。

孫鳴鐸十五首

鳴鐸，字木齋。諸生。著有《木齋小草》。

按：公與弟鳴鑾俱能詩，年俱登大耋。自號木齋老人。

秋夜雨

其一

高館淒淒冷畫屏，西風吹雨打疏櫺。挑燈欲展悲秋賦，滴碎殘荷不忍聽。

其二

丹楓零落雁初回，閣外雲陰護綠苔。廿載牢騷今夜恨，和風和雨上心來。

月夜獨步

一天冥霧散，片月出高林。水色明如練，星芒渺似鍼。橋垂人影小，樹暗鳥棲深。舉目多清曠，菘香助我吟。

移居

幾年株守意踟躕，忽見華堂換敝廬。閱盡世人還是我，賣殘先業但存書。愁顏昔共花爭艷，瘦

鬢今隨鶴竝疏。幸有多情明月在，又尋懸罄照空除。

丁巳除夕時年七十有三

忙忙碌碌老來身，又值椒盤薦五辛。一夜即分新舊歲，百年送盡古今人。家無甔石難言活，腹有詩書始足貧。自笑未能全脫俗，也裁紅紙寫宜春。

暮春

海天春早與春遲，人在忙中總不知。忽見桃花零落甚，眼前便是暮春時。

寄張天樞貢士

埽來黃葉已燒殘，爨下餘灰竟日寒。寄語東君知得否？梅花凍倒在闌杆。

過兗州城

蕭條行李欲何遊，今日飄蓬到兗州。不敢題詩向東郡，杜公佳句在南樓。

冬日兗州道上

古道斜陽晚，輪蹄莫暫停。沙旋雙岸樹，風聚一河冰。草盡堤全白，山枯石不青。試尋投宿處，

前路有旗亭。

戊辰書懷

堪歎年來百事休，老年人更欲何求？燈前影對寒梅瘦，夢裏身隨野鶴遊。閱盡風霜鎖傲骨，見多興廢失閒愁。但餘一念貪難捨，尚有新詩日日留。

重陽口占

其一

老來詩思轉頹唐，扶杖東籬怯晚涼。不是黃花開爛漫，幾忘今日是重陽。

其二

對酒吟詩興轉狂，老人幸未負重陽。折來黃菊羞簪鬢，恐惹星星髮上霜。

八十述懷

蹉跎已過杖朝年，閱盡炎涼守益堅。花可耐寒方見賞，人非有骨不能傳。既無福命何須壽，豈爲孤貧轉見憐？此語問天天亦笑，羞逢人說地行仙。

張自波、牛聚堂、張蔭三雅集秋光小築

新晴軟屐趁斜暉，少長攜壺坐翠微。負郭人家依水住，繞堤兒女帶花歸。 詩人自歎青春速，芳樹如傷綠葉稀。幾度停盃懷往事，當年風景已全非。

冬夜獨吟

瓦鑪火冷更添香，玉漏沈沈月轉廊。身老病隨年共至，愁多心與夜爭長。人憐傲骨同梅瘦，自笑衰顏抵菜黃。往日閒情緣底事，一燈空對髮蒼蒼。

下

（清）梅成棟 編

王長華 點校

國家圖書館出版社

津門詩鈔卷十六邑賢

朱光觀一首

先母舅仰文夫子，棟受業師也。乾隆庚子舉人。

勵志詩示從學諸子

天地既生我，天地事已畢。父母既生我，父母事已畢。堂堂七尺軀，何以踐厥實？爾其不自愛，誰其將爾恤？毋矜淩雲才，毋捧畫日筆。無愧天與親，一一在心術。維彼古聖賢，戒欺在幽室。一部四子書，千秋三尺律。繩身非過嚴，不嚴益其疾。持慮非過勞，勿勞敗于逸。玩彼損益文，遷改懲窒吉。慎勿百年勤，終隳一念失。

《仰文夫子家傳》，棟謹撰云：『先生姓朱，諱光觀，仰文其字也。父導江公，諱岷，本江南常州之無錫縣人。以書畫擅絕一時。來遊于津，遂家焉。先生七歲孤，有至性，事寡母孟太孺人極孝。時先慈方九歲，姊弟煢煢，依母居破屋數椽，鬻導江公所遺書畫以糊口。先生穎慧，績學不倦。

時勿能炊，夜守一燈，讀不輟。夏月靈雨穿屋，溽濕遍地，支敗板自障，兩足貯破甕中，手披目覽，數年，顧從者眾，

若忘其苦。年十九補弟子員。次年補增。又次年食餼。遂授徒，獲修儀，上以供母。

太孺人得享甘旨。已而太孺人卒，先生哀毀勿勝，至于咯血，竭力營葬。服闋。乾隆庚子科領鄉薦，

是日，先生往哭于墓上。初，導江公曾贅于山東德州張氏，張孺人殂，遂葬于德。來天津，繼娶孟

太孺人，生先生在暮年，及導江公謝世，家貧路遠，未及合葬。一日先生設祭，對木主歎曰：「生

母、嫡母，同我母也，豈有母骨拋置異鄉，可爲人子者乎？」於是決然尋去。時嚴冬大風雪，先生

徒步赴山東，奔波抵德。訪張氏族人，已無在者。且以事隔四十餘年，無從覓其墓處。先生晝行於

野，夜宿破廟中，逢人輒咨，憂慘形於色。一日至棗林村，遇一老人，咤曰：「汝張姑子耶？怪事！

怪事！汝何由至此？僕年近九十，應死久矣。所不死者，天豈留以待君來耶？僕張氏佃，葬張姑時，

我目覩，猶仿佛識其處。」引至數里外，寒煙枯草，馬鬣杳然。先生仰天號泣，不知所措。老人云：

「速焚紙錢，視風所旋，灰落處當必有兆。」如其言掘焉，未三尺有朱棺見，木雖朽敗，粉書猶可辨

不誤也。先生哭，行路皆泣。謝老人，扶柩歸，合窆父穴。乾隆丁未年，山東饑，流亡來津，道殣

相望，先生罄其資，施粥於邑城之西，就食者如蟻。力不支，聞其風者，踴躍助施，用穀數千石，

全活無算。先生孤介剛方，不苟言笑。其教人也，不專文藝，先氣識，後功名，務敦實行，造就極多。

遊邑庠、登賢書、成進士而茊民社者數十人。居恒儉約，飯脫粟。樂與輕施，無吝無倦。津邑聖廟

告頹，先生倡修殿廡，不日成之。所立善會十餘，則踵而行者，數十年未絕。蓋惟先生積修立行至誠，有以感人，故信從者如此也。嘉慶丁巳十一月，無疾卒，年四十五。《儒行》云：「夙夜強學以待問，懷忠信以待舉，力行以待取，自立有如此者。」夫子何愧焉！

孫瑞郊兆麟曰：「仰文夫子，亦麟受業師也。先生一生好學爲善，事親孝行，實足感動人天。乃不再傳而不祀，族中人亦杳無通問者。豈真如釋氏云：「盡生天上，不留人間耶」？捧讀斯傳，不勝梁木之痛。」

附朱維翰一首

維翰，字憲百。仰文先生子。廩膳生。

按：憲百文思贍富，每試高等。戴可亭相國督學時，天津科試題爲『愛厭妃』，喜憲百文，歎曰：『風華典雅，逼近農山。』拔置第一。屢困京兆，侘傺以死，士林惜之。無嗣。著有《展蕉軒草》。

讀《青蓮集》題詞

才調空今古，飄然憶李生。片言留大將，薄醉賦《清平》。五嶽胸中氣，千秋身後名。浣花最知己，天末繫幽情。

張樹之一首

樹之，字德滋，號津槎。乾隆戊申經魁，官河南魯山縣知縣。著有《津槎集》。

玉貞女詩

吾師古循吏，美錦鄭之僑。膝上有佳兒，少年意興豪。二豎忽來侵，藏在育與膏。一病遂不起，有魂誰爲招。貞女名門媛，鈒鏤煥金貂。父乃觀察公，鄉黨令聞昭。貞女有異質，幽香生蘭皋。或比隱者戴，或比大家曹。或謂謝之才，或謂左之嬌。家門多不幸，靈椿已先凋。萱花雖云茂，白髮復蕭蕭。阿母聞壻死，戒婢言毋諜。貞女竊聞之，哽咽不敢號。羞顏請奔喪，阿母心愈焦。「汝未見壻面，掌珠豈忍拋。女子祇三從，禮經有明條。從死三從無，況汝未同牢。勿彈寡女絲，別有琴瑟調。當思母衰老，當念母劬勞。速歸繡閣去，勿使我心恔。」貞女前致詞：「說禮勿柱膠。壻死服斬衰，名分不可逃。既已膺凶服，出嫁難免嘲。不入別家門，願矢冰雪操。」阿母語忽塞，聽其上立翱。傳呼新婦來，喪家亂嘈嘈。新婦驟下車，有燭不及燒。吉拜向姑嫜，淚下綆縻交。轉身入子舍，相見魂魄銷。與郎百年期，相見祇今朝。布總罽笄髽，素衣易朱綃。歸房不出戶，戶限北山高。數月坐化去，貞魂歸碧霄。是如烈丈夫，氣烈無阻撓。異香從何來？儼如焚芳椒。地下小比肩，攜手天津橋。新鬼與故鬼，嘖嘖羨丰標。化作雙蝴蝶，花間共遊遨。化作雙鴛鴦，水上相浮飄。此

事傳藝林，人人獻長謠。況我弟子行，敢辭心塞茅？風雲月露詩，其詩輕鴻毛。惟有表節烈，落筆

山岳搖。貞女藉傳余，余反幸所遭。

跋云：「貞女，乃天津王秋坪觀察祿朋女。番禺莊栗園先生官天津運同，聘爲次君婦。婚有期矣，

而次君病歿。貞女聞之，請奔喪，母禁之不可，乃吉服往。旋易素服，哭於儀床，悲咽不自勝。觀

者皆哭失聲，聞者亦感動泣下也。使婢告姑嫜曰：『朝夕禮讓，先後爲之。喪次人衆，含殮不復視。』

從此不出戶矣。居數月，無疾坐化去。先生哭貞女，甚於哭子也，爲之徵詩。先生前宰天津，與樹

之有師弟誼，詩先成，先生以爲工，取以壓卷。此嘉慶七年事，迄今已十年矣。樹之宰魯山，簿書

期會之暇，愛看前輩文字。偶閱勞餘山先生文，謂未婚守志者，爲仁之至，義之盡。快論發前人所

未發。因憶及貞女事，檢篋中舊稿尚存，命工刻出，非謂詩工，冀傳其事。惜當時所徵之詩數百首，

先生攜回粵東，未刻同作爲歉耳。嘉慶十七年端陽日，天津張樹之題並書。」

潛山熊象垿序云：「番禺莊相國未遇時，與先大父交好。及官江蘇巡撫，大父官徐州知府，雅

相愛重。相國群從栗園，又官天津運同。從子延裕遊天津，栗園念舊，留署中且二年。歸來述栗園

聘婦有殉節事，而不得其詳。余承乏汝州，天津張津槎官魯山縣。一日出王貞女詩見示，乃秋坪觀

察女，即莊之聘婦，欲求其事而未得者忽得之，甚欣然也。未婚殉身，人皆以爲可以不必援《曾子

問》『某之子有父母之喪，不得嗣爲兄弟，使某致命，女氏許諾而不敢嫁，禮也。壻免喪，女之父

母使人請，壻弗許而後嫁之。」是壻尚在且嫁，况壻已死乎？明羅文莊公謂此事與義理人情皆不合，安有婚姻之約已定，徒以喪故，需之三年之久，舍其夫而嫁人，古人無此荒謬之禮。説見《困知録》。家大人謂嫁之者，仍嫁于其夫，非他族也，不敢過壻家，不敢幸其服之闋之意，故辭之，所謂禮辭也。辭也，非絕之也。發文莊所未盡，禮明則殉身事不爲過。詩中「既已膺凶服，出嫁難免嘲。」直截了當，説禮勃窣窣地。貞女可謂烈而文矣。津槎跋中引勞餘山語。余在河內謁右署張叔舉太守。偶然談及餘山太守，喟然曰：「吾師桑弢甫出餘山先生門下。吾在翰林十餘年，吾師尚有人知之，至於餘山，雖浙人不能舉其姓氏。」乃知才人無名位，即有文妙論，名不出里巷，可勝歎哉！聲聞次山立墓碑，今又梓此詩。余久荒筆硯，焉能爲元宴？謹述過庭時所聞，與單懷舊遊於弁首。」

俱寂之後，忽有能引其說者，見之令人神往。其詩又筆力雄健，引據精博，風行海內無疑。是才人反藉女子以傳，東坡所以致慨于齊魯大臣黃四娘也。津槎勤政愛民，循聲懋著，好表揚人物，爲元吟齋氏曰：「天津風俗，閨門最重節義。尋常士庶之家，輕易無改適者。固國朝化教所先，亦此方水土風氣使然。如卷中所載程德輝、殷鳳娘、張懷清，固卓卓可傳。此外尚有謝貞女、劉貞女、丁貞女、陳貞女，俱未婚矢節，皎然冰霜，光于閭里。」棟爲陳貞女募啓云：「貞女陳氏者，乃津門處士德楷公之季女，乾隆戊子舉人延津令德言公之胞姪女，而雍正乙卯副車署雲南大理太守邵公滋之兒媳也。生長名門，鳳嫺禮則。結縭有日，忽殞所天。聞訃懷冰，相從無地。姑從母訓，效嬰

兒事親之文：，往弔壻門，矢共姜靡他之義。向慈姑而展拜，淚血空零；對群姒以無言，周親聚泣。填環宵撤，榛髾以即靈帷；梡巖親供，蘋薦而屍祭牖。是時也，邵恭人衰年多病，轉側須人。家況清寒，魚菽莫繼。而貞女一心孝奉，五夜倥偬。燒痂捫垢，含辛茹藥之餘；湯液扶持，溽霧清霜之候。歷廿年而不懈，仰十指以承歡。婢媼莫聞其聲，戚族罕識其面。忽於去歲尊嫜溘逝，菅窀奓而力盡重泉；已而諸伯抛分，弔形影而心摧孤立。貧無以養，苦竟誰依？縱奉繡佛以清齋，蒲團奚設？惘厥蓬菴之心，即誦菩提以終老，笋蔬安資？棲跡絕少片椽，糊口真乏半菽。所賴戚里，各抒仁懷。成其松筠之節。用維風化，以勸嬬清。不吝解囊，有同助鉢。謹啓。』

又《長蘆志·梁貞女》：『富國場灶户梁進忠者，負薪河干，有抱女自官船下者，授進忠曰：「此女生八月矣。其父之官，卒於舟，母繼殞，可善撫之。」進忠遂哺以爲女。進忠有長女已嫁，夫家貧不能存活，復歸母家。性悍而險，虐遇女，父母弗能禁。及女年十三，見女貌端好，陰與媒氏謀，將鬻之。女知之忽然曰：「奈何賤置我耶？疇買我，當以屍界之！」姊遂謀絕於袁，母持婚書來。女閉户遙語曰：「吾志已定，欲不義迫我，不知其踪跡，有傳其已死者。姊遂謀絕於袁，母持婚書來。女閉户遙語曰：「吾志已定，欲不義迫我，處今日者，惟死而已。」袁母知其不可奪而返。姊赫然怒揪女髮，加箠掠，鄰之來救者皆罵絕。尋進忠不忍視，毆長女，長女赴水投繯，攪不已，父母愈不敢爭。女受楚毒，無悔怨。年二十八，父脛生疽，危

甚。女割股以進，竟瘥。家人皆不知。是時，姊虐之愈甚，動絕飲食。袁母感女之志，且憐之也，遂迎歸焉。越日，父病，姊亦病。女歸事之如常。父姊相繼歿，女極力營葬之。舅歿，姑老，夫弟幼弱，女殫力鍼黹，償負債，佐饘粥，舉家賴以存活。復迎梁母來同居，袁母年八十四，梁母年七十七，生養死葬，皆從女十指出。姊有子流離，復召而鞠之。為夫弟娶婦，又為姊子娶婦，撫夫弟子紹安為嗣。乾隆四十五年旌。五十六年，女以夫既有後，已志既遂，竟自經死。有司葬之天津西門外五烈墳側。」

戴思灝三首

思灝，字虛舟。布衣。著有《虛舟草》一卷。

按：《今野田先生日録》云：『吾津有老人戴思灝，年八十餘，應童子試，終未售。愛吟詠，學中晚唐人之詩。蔣雄甫出其集一卷，佳句甚多。《綠牡丹》云：「墜樓人去東風冷，青塚魂歸塞月寒。」《白梅》云：「移來冷帶孤山雪，落處飄疑庾嶺雲。」《燈花》云：「頻敲棋子先愁落，試卜金錢好兆開。」皆有致。耄年力學，未博一衿，可憫也！』

佛手柑

氣壓芳蘭色比金，天然纖素出雙林。屈伸象現拈花意，濃淡香傳摩頂心。葉底輕搖雲衲拂，枝

頭微露月燈尋。嫩黃滿盒非仙術，總是薰風海上臨。

虞美人

精魂曾貯楚王宮，垓下芳傳到處紅。此日漢家無宿草，好花今古屬重瞳。

贈吳念湖銅硯七古一首

念湖先生有硯癖，見石即拜拜即取。羅致床頭品玩多，物因好聚非虛語。要求三洞自知難，總有萬錢誰肯與。秋去每憐落葉風，春來空對梨花雨。布穀催耕易水春，老農鑿井獲異珍。文房故物遭淪落，原野蕭條少徒鄰。銅裏寶泓已罕聞，況今銅石兩難分。清泉滌去舊污痕，小朵煙霞拂紫雲。天地有物各有主，不使珍奇棄如土。何人購之贈髯翁，爲感髯翁性嗜古。揮毫細摩右軍書，潑墨生龍跳活虎。寢食與共日摩挲，世間瓦石何足數？昨宵夢到漢王殿，片片鴛鴦色陸離。萬里神馳端水曲，層層鳥目映琉璃。可憐今古心空癡，對此如何不賦詩？明年君又牧民去，人乎！硯乎！使我長相思。

史鑑一首

鑑，字習狐，號鏡湖。歲貢生。

按：鏡湖先生工楷書。性方正，以古道勉後學。內兄高春江孝廉潮，少受業於公。公折紙課書，遂成寫家。師弟相得如父子。公卒無嗣，春江葬之。棟童年讀書朱仰文夫子家。公一見期許，時公寫《四庫全書》，每來必袖筆數枝見賜，勉以學書，至今猶感其意。

搔首獨踟蹰。

雨天即事

睡起渾無事，庭前得自如。　野花三徑滿，村酒一杯餘。　詩逐層雲起，人緣積雨疏。　眼看秋又到，

魯鍔二首

鍔，字健庵，號泓如。布衣。著有《耕心堂刪餘草》一卷。

按：公嘗請學詩於黃竹老人。以『冷煙瘦鎖孤僧寺，春草寒依遠客槎』句得名。

題書室

茅廬不擇地，適意便爲家。　愛貯書連屋，閒鋤草礙花。　琴調清晝永，藥鍊午煙斜。　更喜柴門外，

堪停問字車。

對友

夙喜同青髩，於今歎白頭。江湖一夢老，牛馬半生休。遲暮憐衰草，低回憶故邱。感君情意重，

又復訂重遊。

附高景先一首

無考。

春草

燒殘野火不須憐，二月江南碧似煙。萬里情根初籧篨，六朝舊夢又纏綿。花飄紅雨悲今日，人

對青袍感昔年。我爲春來愁易長，那堪踏遍大堤邊。

沈銓二首

銓，字季掌，號青來。著有《六琴十硯山房詩草》。

按：青來善繪事，著色花卉，得張桂巖所傳，當時重之。

題畫册贈程亦園中翰

其一

萬木飛黄葉，霜風酸客心。　關山無伴侶，驢背自孤吟。

其二

遠人歸有期，幽意轉難慰。　日日問梅花，春回得信未？

高邁倫三首

邁倫，字漱石。　諸生。

按：公草書習山谷真卿，與喬五橋齊名。　詩不多見，得於所書便面，未知是其所作否也。

燕巢軍幕

非關憐翠幕，不是厭朱樓。　故來呈燕頷，報道欲封侯。

摘芙蓉

摘取芙蓉花，莫摘芙蓉葉。　將歸夫壻看，顏色何如妾。

官亭道

細道繞平疇，四處農歌起。回頭不見人，聲在禾麻裏。

華蘭十二首

蘭，字省香，號春浦。乾隆庚子科舉人，四庫館謄錄，官安徽含山、五河、全椒縣知縣，卒於任。善畫。

按：春浦先生與徐公朗齋、齊公秋帆、沈公東巖、張公嘯崖，同時唱和。後官江南，詩經散軼，陳古漁《所知集》刻有公詩。

渡河

一曲流千里，黃河盡向東。帆飛煙樹外，山崒雪濤中。岸遠歸雲白，天低落日紅。船頭長立處，志欲效乘風。

夜過徐州

歌風臺上綠楊秋，雲暗天低泗水流。燈火篷窗蘆葦夜，半帆飛雨下徐州。

江行夜

征帆幅幅認模糊，夜泊紅橋月影孤。一片荻花秋水闊，隔江燈火是蕪湖。

游定夫祠　祠在車轅嶺，定夫講學故處

祠老斷碑橫，名儒游廣平。春風欣滿座，夜雪立三更。講貫尋中派，淵源繼大程。至今過高嶺，

恍聽讀書聲。

自適

新茗半甌人醉後，好香一炷夢醒時。官閒門少膏粱客，家遠書無唱和詩。老屋孤燈披舊畫，寒

床夜雨譜秋棋。登盤小饌餘佳味，聊把來其當肉糜。

江鄉初夏即景

其一

翩翩蝴蝶麥花黃，十里長堤秀女桑。繰出新蠶將飼葉，村村爭祀馬頭娘。

其二

三間茅屋傍江居，樁繫輕舟認老漁。細雨新晴斜日好，柳花橋畔賣鱸魚。

其三

麥風梅雨綠楊煙，正是江南四月天。　一抹粉牆聞笑語，葡萄架底戲鞦韆。

其四

斜陽獨自上江樓，綠是鴛鴦白是鷗。　最愛新荷初放候，沿堤來去木蘭舟。

送寶相山還鄉

送客含山道，沿堤柳色青。　多情花外鳥，無跡水中萍。　鄉夢路千里，歸心草一汀。　夕陽掛帆去，惆悵短長亭。

送陳靜山之杭州

送君芳草路，花落西泠渡。　情遠路迢迢，斜陽半江樹。

自安慶之全椒

蒲帆我又乘風去，江北江南落日時。　一岸荻蘆一岸樹，半船書畫半船詩。　荒岑落雁撐孤塔，野渡寒鴉露古祠。　何處有人吹短笛，無邊煙水月生遲。

馮智九首

智，字坤三，號前村，又號野梅。乾隆庚子舉人。著有《梅墅吟存》一卷。

按：梅墅先生與康達夫、周大迂、金野田諸公，為同社友，唱和之章最多，接武前賢，詩風一振，論者以為猶有七峰、陸槎諸老輩遺緒云。

題康侶雲表兄《春及圖》

寒盡定生春，披圖念此人。性堅惟愛石，吟苦不知貧。雅意間因運，天心許出塵。君看東陌上，桃柳幾枝春。

擬右丞春中園田作

時禽啅晴簷，東皋融殘雪。野叟纏報春，忽已穀雨節。植杖出柴門，耘田自怡悅。好風拂人來，隴歌吟不輟。

題周大迂先生《獨坐圖》

老至倦形役，蕭然世味除。一編吟獨靜，片石坐長舒。憶昔逢良夜，談詩過欹廬。畫圖添寫我，相對更何如？

寄贈雪笠上人

其一

城南普陀寺，近日得詩僧。細讀禪餘詠，從知道味澄。空林寒釀雪，丈室夜挑燈。了澈觀心義，清吟最上乘。

其二

一水環門靜，雙幡照眼開。遙情念齊已，清興結寒梅。謂湘南上人舊集流湘曲，傳燈續善財。堅冰空阻絕，早晚問禪來。

和雪笠庵居詩

石壇松徑夜含香，丈室維摩坐不狂。海畔結庵真寂靜，天涯行腳太匆忙。數間小憩臨秋水。一隙空明透遠光。朝貴那須頻過問，前溪送客惜殘芳。

題解竹巖表弟小照

我有梅村興，丹青寫畫圖。編茆存半畝，種樹得雙株。他日沾微祿，歸田埽敝廬。柴門風雪夜，共話識夷塗。

和郝石臞翁移居之作

賃屋就城郭，一住十年餘。昨聞卜新舍，仍近舊時居。喧囂豈不厭，静者乃魚魚。君看青桐樹，

相伴還扶疏。

清興托槃阿。

過浣煙樓懷蓮洋先生樓爲張方伯故居，蓮洋曾館於此

大雅不復見，危樓尚嵯峨。當年詩酒地，人散空流波。招邀有別駕，風雨無虛過。嗟彼蓮洋老，

不是圓」句，寓言最婉。

按：西莊修髯偉幹。善談論，能説前輩遺事，有晉人風。所詠荷珠詩，有『所遇皆能合，無行

晉，字西莊。梅墅先生弟。國學生。著有《夢陶山人學吟稿》。

附馮晉一首

楊柳路旁春。

服賈真何事？馳驅累爾身。寒家失耕讀，弱冠走風塵。征旃邯鄲道，離亭渤海濱。臨歧共惆悵，

春日送弟

附馮相芬六首

相芬，字石農。坤三先生智子。嘉慶庚午副榜。著有《南遊草》。

旅次戲成

倦極思投宿，狂風起日斜。馬疲輪有角，雪凝地生牙。破店仙人宅，妖姬鬼面花。客心貪少憩，不願聽琵琶。

過恩縣有平原君故里

寥落人煙斗大城，低回公子不勝情。士如肯相纔須得，客到無能尚與行。畢竟囊中收實效，何曾門下盡虛名。買絲欲繡成千古，一例金臺市駿誠。

望泰山

巍巍泰嶽雄山東，拔地直起撐鴻蒙。眼前可望不可即，千巖萬壑懸胸中。我思造化未分始，大罏鼓鑄先陶鎔。女媧煉石地有骨，群山支脈潛相通。作鎮青州俯巨海，餘氣直達蓬萊宮。兩處仙人便來往，駕橋萬丈橫長虹。蒼虯夭矯護翠蓋，隱隱儀仗多青童。七十二代何其陋，封禪培土徒崇隆。東坡先生見海市，樓閣隱現驚奇逢。我今仰瞻百里外，煙雲出沒將毋同，恨吾車馬行匆匆。

次仲興

蘆葦爲墙麥蓋棚，風來四壁盡爭鳴。民多菜色逢荒歲，縣號桃源負美名。繞屋亂墳人鬼聚，噪簷凍雀雪霜清。行來此地逾旬日，總是黃河送客程。

舟中雜詠

傍水人家竹作籬，波平風軟放舟遲。江南殘臘猶如此，想到桃花夾岸時。

平望食銀魚

鶯脰湖，春水生，澄波千畝琉璃明。小魚洋洋銀苗苗，蛛絲密網收晶瑩。疑是自古藍田地，種玉往往有芽萌。一寸二寸浮水面，天工游戲予物情。又疑冰柱久不消，東風作意吹成形。不然龍宮水晶筆，年深破碎堆滿盈。偶隨長流飄蕩出，墨痕兩點爲其睛。呼僮買取供晨饌，鮮美嫩潔腴且清。我來江南四十日，泥螺蟶蚶皆虛名。嗚呼！虎邱山，閶闔城，何嫌平望平。鼓棹今又西湖去，湖邊再訪五嫂羹。

徐通復六首

通復，字體誠。乾隆丙午舉人，內閣中書。

按：公家居不仕，性愛菊，自號菊圃。崇尚高逸，花時偃仰菊中以爲樂。好善樂施，嘗獨力捐修郡學，立恤嫠會，種種義舉甚多。《六十自壽》云：『深恨此生未修到梅花地位，但求轉世仍號爲菊圃主人。』越年遂卒，若讖語云。

紙鳶

獵獵乘時扇碧霄，憑誰振羽快扶搖？偶然傍日人爭仰，莫便拏雲自逞驕。得勢翻嫌一線短，居高尚怨九天遙。愁君騰上鳶肩速，鍛翮罡風欲墮樵。

秋夜聞蟋蟀

切切深更未肯休，階除寂歷雨初收。半庭黃葉月無色，一點昏燈人正愁。爾即有情何善怨？僕原多恨況經秋。年來漸覺難回首，竟夕沈吟欲白頭。

短垣

蕭然數尺稱清貧，聊拒堂前撲棗人。薜荔霜空多得月，薔薇花亞見窺鄰。李生居後猶嫌隔，宋玉登來未厭頻。廿載不堪回首處，棘垣風雨夢中身。

金竹坡先生庚午重宴鹿鳴

耆英堂裏孰居先？獨淪清泠種壽泉年八十一。故里早歸文學掾，秋風重泛孝廉船。傳家先澤藏雕錦尊人翰林學士，娛老生涯剩硯田。同輩半非身健在，天留碩果桂林邊。

題沈存圃丈《雪泥鴻爪卷子》

其一

漫勞昔友慰還嗟，收拾殘編護碧紗。袞袞諸公憐腐草，皤皤一老笑空花。葆真不信無肝鼠，樂育非添有足蛇。紙上知交零落盡，青衫濕透付琵琶。

其二

歷盡艱危苦自禁，迷陽未礙楚狂吟。足非經刖輕和玉，尾到將焦識蔡琴。今日我心寧轉石，當年衆口枉銷金。讀公自註增嗟歎，惆悵秋空氣鬱森。

按：鞠圃種菊，津門一絕，棟嘗爲之賦《鞠圃主人種菊歌》云：「菊圃主人號菊聖，愛菊真以菊爲命。雪裏培根春日分，四時顚倒通花性。忽聞異種產杭州，翩然一笑東南遊。寸芽抱持四千里，護若愛子置胸頭。六月隆隆日如火，手把鴉鏟立花左。深鋤淺築古苔盆，背炙肩燔四體裸。夜半怪雲海上來，驚風驟雨聲隊隊。赤腳冒雨夢中起，淋漓運菊上石臺。百十三種誰

賓主？收拾寒英註寒譜。陰晴風雨未能閒，久亦相安忘其苦。木樨香殘天氣涼，主人盼菊到重

陽。蒼紅艷紫遞開放，配合五色羅書堂。枝枝疏影弄橫斜，主人四面圍寒花。位置霜姿作清供，

竹幾紙帳生煙霞。菊高八尺朵如斗，萬花俯首看花叟。相顧怡然淡不言，古味相償一杯酒。年

年我爲看花行，主人倒屐歡顏生。請吟瘦句酬花意，謂我同多菊性情。我愧無從下筆處，胡爲

君逐陶潛去。從此東籬花事荒，冷煙化作飛飛絮。昨聞返葬杭州墓，此是君曾抱菊路。魂來自

有菊花知，菊解含悲泣秋露。人生癖好每不同，心事學問寓其中。林逋梅花周子蓮，主人千古

並高風。」

楊一崑五首

一崑，字二愚。乾隆戊申科舉人。著有《二愚文稿》《尚書眉詩集》若干卷。

按：公天才警敏，學自成家。時文法尤西堂，詩法徐天池，書法王孟津。人多怪之，因自號無

怪。所起鳳樓書社，造就多人。子恒占，余庚申同年，公教之成進士。

謝貞女詩冊

蕭郎不識面，墳前拜高樹。所以聖賢心，一念遂千古。

題邢野航老人已然亭

其一

郭槖行時多綠陰，那無一日遂成林。茅亭結構惟期樸，似我年來種樹心。

其二

曠懷何有不平鳴，且憩胸中數萬兵。鼓吹一庭明月下，蘆花蕭瑟貯秋聲。

其三

竟日奔波十丈塵，幾能花鳥得相親。莫嫌廊宇無多少，丘壑林泉視主人。

其四

惱人俗眼竟難青，作畫敲詩酒一瓶。滿腹雲煙揮不盡，聊成小幅已然亭。

附楊恒占二首

恒占，字仲鍾，號補拙。無怪先生子。嘉慶庚申舉人，辛未進士，山西襄陵縣知縣。

自題《紅粉催詩圖》

其一

嬌嬈紅粉正催詩，斗室安閒且自嬉。逆水功名應有限，應鄉薦十年，始捷南宮，歸班後，又將

十年。廬山面目止如斯。才緣太鈍多疑懶，情不能忘合是癡。家計書備心兩用，拈毫幾度費吟思。』

其二

一枝争羨杏花春，徒有浮名伴此身。舊日圖書千百卷，先君子惟遺圖書一篋。小星參昂二三人。

俗知難免風塵吏，業未全荒翰墨因。歲月蹉跎傷老大，滿頭華髮白如銀。

按：棟與補拙，鄉同年中情最契。其人多内寵，如夫人者三，而尊配不妒也。嘉慶庚辰年，出其《紅粉催詩圖》，浼余題，書以短古。後又聞其納妾，尊配爲之理妝，因戲作《開面詞》贈之云：『紅絲綠絲結成雙，配合彩縷爲鴛鴦。銀窗日暖蘭房閉，金釵界畫合歡妝。美人面向美人面，端相春顏衡彩綫。朱櫻半啓瓠犀前，柔絲繚繞桃花片。含嚬慼黛嬌復嬌，似就不就迴纖腰。約束雙蛾入修髩，偃月細剪長眉梢。陡覺春腮熱如火，海棠艷吐紅兩朵。背臉露出蟪蟀長，低頭側理雲鬌鬌。素手從容收綫時，戲言如此好花枝。整理汝顏忘我倦，是誰歡喜汝心知。美人下床自窺鏡，靚兒果較生輝映。重點胭脂着綉裙，檀郎笑戲新妝靚。楊郎楊郎聽我言，人生艷福難得全。常看笑面無嗔面，應謝詩人出酒錢。』

余大煒三首

大煒，字耀庭。元平徵君孫，階升孝廉父。入籍天津，廩膳生。卒年三十四。詩多散佚。

悼亡妻徐氏八首錄三首

其一

往事悲來不自持，萬千愁緒亂如絲。可憐比翼乖前路，無復雞鳴戒旦時。

其二

數載勞勞盡是空，此生那得再相逢？也知結念終無益，爭奈難忘德耀風。

其三

弱質何緣遽便亡，零丁幼女索空房。含淒恐被衰親覺，一度吞聲一斷腸。

附余堂八首

堂，字階升，號葺園。大煒子。嘉慶癸酉舉人。著有《思誠書屋吟草》。

按：階升曾祖元平徵君峄詩，入《寓賢》。君少孤，鞠於乃祖千子先生。幼有至性，孝義端謹，力學不倦。與余文字交三十年，情好如一日。君少時，《詠月》云：『靜當風露夜，閒閱古今愁。』為黃春園所稱。戊辰秋日，葬春園後，階升大病幾殆。余日奔波往視，酌其醫藥，數月始痊。蒙贈詩云：『同遊經十載，今日見君心。人愛文章老，誰知意氣深。解推空四壁，然諾重千金。赤骨貧雖在，寒香滿舊林。』

憚如娥畫牡丹如娥，鐵簫先生元孫女，十二齡善畫

慧筆憑教麗彩加，綠雲影裏燦紅霞。鳳毛合字神仙壻，富貴他年似此花。

憶故友黃春園孝廉

琴劍論交密，林塘逐賞頻。高談忘燭燼，薄飲愜醪醇。格老遺文在，墳荒宿草湮。杏花重放後，

春園亡後，其家杏樹經秋再花。旋生遺腹兒，後亦夭殤。無復小園春。

石硯銅盆歌 日來典此二物，以繼饔飧，戲作長歌排悶

石硯手經磨，銅盆面待洗。一朝俱典盡，聊爲易薪米。不是藍田玉化煙，真同饑來煮白石。不

是破鏡飛上天，權作真人餐銅液。吁嗟乎！十餘食指莫成炊，磨穿青鐵復奚爲？衆口嗷嗷徒枵腹，

縱不垢面少光儀。豈意石能言，戴盆且仰訴。「行常倚余爲良田，今仍責我急旦暮。」銅亦發其聲，

激石鳴不平。「主人愛爾憑我浴，我今穢濁誰獨清？」主人微聞笑不止，物情揶揄有如此。暫時各

蒙三斗塵，會當贖爾卜珠還，團圞共濯十斛水。

秋日漫興

其一

蓬廬坐嘯又秋闌，昨夜風吹竹影寒。哀雁一聲殘月墮，吟蛩四壁曉霜溥。書城慣隱孤懷客，愁

國虛懸壯歲冠。酒盞茶鑪閒自遣，且敧苔石看芳蘭。

其二

白衣蒼狗任無端，羞几青燈亦自安。老至世情更變久，貧來交道萬全難。蕭疏木葉空流水，零落秋花尚倚欄。手把一編新著草，冷吟渾忘布衣單。

其三

生憎標榜在風塵，清絕情懷境轉真。但有可傳非易事，果能知己豈多人？西沽柳色三秋月，東浙潮音萬里津。是我半生神往處，駐仙橋外好垂綸。

蘆花和葉筠潭都轉韻

綠煙忽作白紛紛，掩映漁莊路未分。人訝三秋飛柳絮，花驚一夢到梨雲。歌殘黃葉應憐若，吟到華顚欲問君。點染霜痕涼不覺，淡紅影裏逗微曛。

又『迷離舊字憑誰畫？零落寒花聽自飛』。『飛白可憐秋雪冷，軟紅不到點塵無。』皆能自抒懷抱，不粘不脫。

有爲余謀非所謀者慨然有作

此軀遺父母，豈易受人恩。愛我宜惟德，關情豈在言？利圖羞近市，儒行敢踰樊。臥雪懷高士，

清風獨滿門。

慶雲崔念堂旭《題階升集》云：『人好詩亦好，篇篇俱老成。庭幃有餘感，冰雪與同清。昨讀徵君作，深知捧硯情。最難孤露後，努力繼家聲。』當時以爲知言。

于秉鈞三首

秉鈞，字禹和。歲貢生。

按：禹和先生立心制行，一遵孔孟、程朱之學。父早逝，事寡母、長兄維謹。爲文守先輩程律，以明理爲本。躬自刻苦。一姊適何姓，生子女各一而寡，貧無所依。時公方弱冠，慨然迎姊歸。姊曰：『弟貧不自給，姊何忍累以多口。』公泣請益堅，遂全家依焉。公之兄佐人貿易，猶堪分力，未數年卒，一子亦卒。嫂守志甚堅。嫂之母，兇悍人也，逼女嫁。公婉阻，遂遭其辱。嫂無知何，投繯焉。嫗率多人，將肆其毒。公迎門膝立，流涕覆面曰：『阻嫂嫁者，我也，箠楚甘之，毋傷老母。』兇兇者釋杖太息而去。遂鬻宅以葬。從此家益困。公之室，以怨懟忤母意。公歎曰：『古人出妻，不顯其惡，我窮儒，力僅養母耳，未足贍妻子，幸勿相累！』遂離昏。弔影煢煢，不以爲苦。爲母多病，一燈侍榻，先意承志，竟夜扶持，如此數十年。甥男女婚嫁，皆身任之。甥年壯，營生顏裕，甥媳頗以公爲憎，時加聲色。公俟姊卒，始遣之析居。公有從弟，析箸久矣，

病歿，亦遺子女各一，貧如洗。公謂弟妻曰：『汝欲嫁也，我不阻；能守也，我養之。』遂攜幼來依，公繼其子爲兄嗣，撫養教誨，使能成立。其孝友類如此。年五十九卒。危篤中，神識不亂，處分井井，沐浴更衣，弟子環侍，舉手含笑而逝。鄉中無賢愚，莫不尊而呼之曰于先生云。

贈寇露滋蘭皋

寇君古君子，家無擔石儲。一點陽春心，能將萬物舒。精通草木性，日檢活人書。良相與良醫，窮達竟何如？

贈陳位端鼎元

陳君諳性理，業儒求真儒。製品存其芳，爲文芟其蕪。一卷聖賢書，寒門可自娛。辱蒙立雪意，愧余老且愚。

贈蔣雄甫玉虹

蔣君柳下風，處世無其和。禿盡萬枝筆，金石資搜羅。津門留掌故，祕笈藏金科。三日或不食，風雨聞高歌。

津門詩鈔卷十七邑賢

沈士煃二十二首

士煃，字堦三，號秋瀛。乾隆壬子舉人，嘉慶己未進士，歷官山東昌邑縣、福建上杭縣知縣。著有《閩海詩存》。

按：堦三與余髫年共筆硯，同受業於朱仰文夫子。師奇其才，課最嚴，望成大器。堦三少穎慧，日讀百行。弱冠騰文譽，爲邑侯李海門先生所重，釋褐最早。莅官時，好闡揚幽潛，士民懷之。同邑周大迂先生選《趨是集》以唐賢少陵、右丞、襄陽、明高青邱四家爲宗。堦三詩學得其指授，擅長近體，清潔可喜。幼時雅愛溫李，好作無題詩。中年以後，頗變其習。湯厚田嘗愛其「十年客思催花老，一枕春愁付月明」句。

過連城縣

昨日別長汀，今來此暫停。宦途南北轍，人事短長亭。稻熟連村白，山圍一縣青。歲豐民氣靜，

花落滿公庭。

過閩清縣 令蘇君名瀚

瀟灑閩清縣，都無城市喧。　官宜今玉局，地似古桃源。　江靜群漁出，峰高一嶝尊。　山童無箇事，

當午散雞豚。

早發金沙

霞綺散紛紛，凌晨似夕曛。　灘聲猶帶雨，山氣欲成雲。　水驛停宵柝，沙田看早耘。　鳴鉦方理棹，

驚起亂鴉群。

舟中喜晴

棹轉浪花圓，舟移古岸邊。　遠山晴愈瘦，叢樹暖生煙。　水落萍留石，江空燕避船。　一杯還一曲，

清興稱詩天。

早發黃臺

清曉事長征，緣山一問程。　野花隨意坼，山鳥不知名。　石湧龍蛇勢，灘迴風雨聲。　幾回嗟試險，

不道客舟輕。

早發江汜

客寒方擁被，舟子已徵橈。雲薄猶通日，風生欲上潮。遠山青不斷，積霧靄連朝。寂寞無他遣，空江酒一瓢。

過橋孔灘

磊砢疑無路，灣環又一灘。石稜森絕壑，風勢挾奔湍。古有登舟戒，今知行路難。扶危憑眾力，回首地天寬。

丙子孟夏，奉檄赴楚採辦京鉛，邑人士治酒旌額，以寵余行，率成四律留別志愧

其一

半生迂拙負儒冠，强束支離說入官。漸悟登場原傀儡，深慚學步太蹣跚。情歧誰道治民易，弊幻方知曉事難。五載金豐空小住，不知多少怨祈寒。

其二

已分荒陬作棄櫱，恰膺王事促行程。暫拋簿領欣違俗，久住雲山亦有情。父老誰期登樂壽，葍畲莫忘事深耕。竚看薰德胥良善，全賴城鄉幾誠明。

其三

多謝諸君挽去車，慚無惠愛及窮廬。地當孔道難藏拙，官有餘閒再讀書。聊爲瘠民寬手足，羞矜廉吏察淵魚。循良首重培元氣，仍藉名賢善起予。

其四

且盡驪駒酒一觴，敢嗟于役驛途長。但期輪挽無虧餉，敢爲妻孥計宿糧。北去船衝楚水霧，南歸衣帶薊門霜。到家一展松楸壟，轉望杭川是故鄉。

驛舍見菊花

江干黃菊幾枝橫，水驛初逢眼便明。南國峭寒當九月，東籬疏影稱三更。人於客裏偏多感，花到秋深倍有情。酒畔燈前看仔細，怕從風雨問殘英。

黃州城外阻雪

黯黯天容滾滾江，黃州城外泊吳艭。客心愁絕詩難遣，節候寒深酒未降。亂雪因風穿艇戶，凍雲和夢冒篷窗。時平闐闐如村落，不聽山城夜吠尨。

登黃鶴樓

危樓夕照遠山銜，水影山光鏡啓函。人語亂喧連夜市，江風不斷四來帆。仙隨黃鶴去何久，詩

有青蓮句可芟。　今古蒼茫空一望，煙檣如草露纖纖。

過金陵

不見秦淮舊板橋，但聽野市賣鍚簫。鶯花約署宜三月，金粉依稀認六朝。風定露滋梁苑草，月

明江靜石城潮。　何勞玉輦收王氣，虎踞龍蟠餤久銷。

過揚州

江通瓜步落潮平，江北初行第一程。曉日市門春浩浩，畫橋花影水盈盈。人經板渚偏無那，天

到揚州亦有情。　欲問迷樓樓畔路，月明何處玉簫聲？

途中書感

經年于役守孤篷，轉羨居人柳市東。夜雨魚蝦瓜蔓水，朝煙蜂蝶麥花風。盟心空許連城璧，問

舍曾無半畝宮。　多少雲煙供白眼，幾回身世感雞蟲。

憶杭川

最好江南四月天，滿街梅笋不論錢。稻畦雨過聞啼蛤，榕院宵深叫杜鵑。暖日誰家和酒藥，香

風幾縷焙茶煙。　六年簿領匆匆過，回首依稀在目前。

邳宿饑

我行邳宿間，深春氣轉肅。行者少完衣，居者少完屋。徵橇偶一停，岸丐雜號哭。問何以至然，欲語淚如瀆。『地瘠生事微，本自無積蓄。況當去秋潦，高下田如沐。萬頃歸洪波，五穀無一熟。溲簸及糠粃，採摘遍草木。牲雞括已盡，衣械無門鬻。嚴風裂肢膚，空腸聲轉轂。皮骨委支離，垢面儼鶉鷬。哀哀小兒女，誰不念顧復？勢呃思兩全，含悲與他族。爲救眼前饑，剜却心頭肉。春來漸陽和，河隄興版築。稍稍見糧艘，提聞攪官舳。日博數文錢，豆餅充枵腹。有時力不加，間或遭鞭撲。內灶與外鑠，何異陷鋒鏑。幸值達官來，活我一方民，祈求申反覆。官亦計權宜，施餌與施粥。散給日有程，廩支較斗斛。比到饑民口，每人不盈掬。歲歉人命輕，親鄰失婣睦。不必有失德，乾餒起怨讟。未被賑卹恩，積疲已枯髑。』聞言心骨悲，駭汗幾頻蹙。同居覆載中，偏汝罹慘毒。一飯且相賙，聊延登鬼錄。欲以活多人，大權在當軸。出則擁八騶，入則食厚祿。彼亦具人心，豈不慚覆餗。稍安待溥澤，且無淚蒲邀。

過七里灘

上有高山下深谷，中起一灘浪如屋。欲問此灘是何名，舟人搖手顏觳觫。舉頭仰視天無光，舟底石聲如轉轂。一綫長繩天外牽，榜人力盡巉巖麓。騰空作勢似飛猱，走險狂奔儼驚鹿。巖上舟中

兩叫號，半似人聲半鬼哭。力爭駭浪過灘來，共慶重生免魚腹。吁嗟我生命在天，胡爲日與憂患逐？

一棹尊鑪未必非，老守鄉園那知福。

過黃州

哀雁枕邊幽，寒江雨不休。嘔啞數聲櫓，搖夢過黃州。

湖邊廢寺

茫茫何處問金容？剩有山門碧蘚封。一片殘陽半邊樹，更無僧打破樓鐘。

沈樂善三首

樂善，字戩山，號秋雯。乾隆壬子舉人，乙卯進士，授庶吉士，歷官翰林院編修、監察御史、嘉慶庚申科福建副主考、壬戌會試分校禮闈、貴州黎平府知府、貴東道。著有《黔中草》。

按：公幼讀書攻苦，步趨方正，善言論，里人有沈夫子之稱。及仕宦，敦名節，飭廉隅，風操介然。歷官二十年，家無擔石，敝廬如故，從未求田問舍，汲汲勢祿之榮，鄉論以此高之。精於識拔，邱中丞樹棠爲公壬戌所取士。奉諱家居時，凡讀書后進，識與不識，困不造門款論，殷殷獎勸，有古風焉。卒於黔，無嗣。士林悼惜。

夜宿雲母山

一徑緣松腳，巖扉鎖石清。溪雲釀花氣，山雨入泉聲。笋蕨僧人味，壺瓢旅客情。薄眠空翠裏，竹月夜深明。

讀景御史傳

景清碧血類荊卿，天佑凶人事不成。未死已教寒破膽，千秋討賊是書生。

黎平署中

猺猿安淳化，吟情到薜蘿。官閒覺日永，樹老得秋多。巾幘容蕭散，風塵畏網羅。山光安一席，聊醉此行窩。

金紹驤五首

紹驤，字竹村。乾隆壬子舉人，文安縣訓導。著有《竹村吟槀》。

按：竹村書法董香光，得其秀逸。爲人靜默少言，風度閒遠。中年病瘵，自傷沈廢，爲余書詩冊，如《病馬》云：「此日繼教生虎脊，幾人更信是龍文？迎風無力嘶邊月，伏櫪何心踏塞雲？」《病鶴》云：「莫嫌憔悴精神減，依舊清標異衆禽。未了心情依敗絮，無聊蹤跡傍浮萍。」其寄意亦可傷矣。

病中述事

日午猶虛颺下煙，早知囊底已蕭然。敝裘欲典還惆悵，已是寒風釀雪天。

鶴

仙姿合在上清家，飛到人間步已差。愛逐寒雲投遠嶼，閒臨秋水立平沙。祇因警露聲頻唳，不待乘軒品自嘉。向晚獨巢松頂上，肯隨鷗鷺宿蒹葭？

鷺

愛爾霜毛雪羽豐，生涯占盡水田中。碧荷池畔鳴寒雨，紅蓼灘頭立晚風。浪靜不驚攜棹女，月明常伴釣魚翁。忘機一種閒情好，除却沙鷗孰與同？

秋日送友

萬樹起凉飇，離亭酒一卮。可憐人別處，正是雁來時。風雨重陽近，雲山匹馬遲。應知看菊日，兩地動相思。

早發蔡村

五更風露冷，客子最銷魂。馬跡黃沙路，雞聲綠樹村。驛樓殘月小，溪岸曉煙昏。頻聽疏鐘度，

經過野寺門。

張樹萱五首

樹萱，原名炳，字研莊。國學生，由謄錄館任江西布政司理問。

按：研莊爲人疏宕自喜，歌場酒地，徵逐無虛日。與同邑吳念湖太守、王建中茂才，俱善謳歌，

風流傾動一時。

問春

二月輕寒尚擁鑪，冰澌未解雪還鋪。不知江畔春消息，綠到垂楊第幾株？

梨花

重門半掩夜昏黃，認取亭亭淺淡妝。寂寞文君春去矣，冰綃衫子坐銀床。

寄憩園弟

聞說雙青鬢，年來亦漸絲。與君成老大，況我尚奔馳。驛口梅花早，天邊雁信遲。殷勤無復道，

共此好支持。

鈴山草堂嚴分宜讀書處

依然清寂此鈴岡，十二年中舊草堂。妻沒都忘中饋語，客來多與小兒商。豪華已逐雲歸岫，寥落惟看竹映廊。卻怪讀書留故址，也隨名勝表珂鄉。

謁岳忠武祠

黃龍未抵痛英雄，十載樊襄戰血紅。閫外將軍肯惜死？朝中宰相忌成功。久甘西浙為東汴，獨拗南枝背北風。今日一尊澆殿宇，還聽父老話精忠。

蔣玉虹一首

玉虹，字雄甫。廩生。著有《雄甫詩草》《天津志》數十卷、《長蘆志》數十卷、《幽冥錄》十餘卷、《雜體文》數卷。

按：雄甫學問該通，博稽今古。初受學於同邑高濬谷先生喆，再受經於楊無怪先生一崑。風天雪夕，袖一筆一硯，遍覓荒庵野寺間，無論數十里之遠，有願修《天津志》，採輯二十餘年不倦。有殘碑、斷碣、廢鼎、臥鐘，必為掘土挖苔，摩挲辨識，於金石漫漶之餘，且讀且錄，積年既久，

考核精詳。聞津門之忠孝、節烈事、及鴻才逸品之彥，必求遺老，詳詢顛末，爲立傳志。所著詩、古文詞盈簏。卒後，其孫秘不示人，棟求公詩不得，寇君蘭皋口述其除夜一首，姑録之，以存先生之爲人。俟大集流傳，必有能見之者。

除夕述懷

年逾四十半成翁，除夕更深兀坐中。伴我燈花消永夜，惱人爆竹鬧春風。且斟歙枕陶情酒，不送衡門自在窮。憑杖素心消百障，桃符何借一時紅。

陳君鼎元述雄甫《飲河樓得句》云：『大笑驚飛霄漢月，半酣喝退海門潮。』又《北平道中》云：『去路依微村落小，前林濃密大堤灣。』棟少時曾見雄甫《津門救火行》七古極奇肆，隔廿餘年，全不記憶矣。

王昭三首

昭，字建中，號鹿埜。文學。著有《卧隱齋詩草》。

按：鹿埜少負文聲，工填詞，善度曲，與吴念湖太守並有風流之目，金樽檀板之場，跌宕自喜。數困京兆，絶意進取，同劉觀察錫琨遠遊楚北，覽勝湖湘，益肆豪放。

五四四

與埜航夜話

白日又西匿，柴門我獨敲。到家餘客氣，話舊覓童交。天地容吾嬾，饑寒儘世嘲。與君永今夕，莫漫出蓬茅。

約埜航樽酒消夜，比埜航來，而余已入醉鄉酣臥矣。余醒，埜航去。詩以謝罪，且訂後約。

蓬門開處半緣君，有約翻忘迓子雲。短榻暫時稱臥隱，余室額曰臥隱，醉鄉直欲與平分。埜航

無飲不醉，因憶謝方山致漁洋有『醉鄉風味欲平分』，故云。夢回破屋勞仙枕，棹返寒溪冷練裙。明日定移東郭履，黃花白酒共論文。

臥隱齋聯句

四十老友如嘉耦，貧來翻得常聚首。晴窗一榻各箕踞，攤錢狂叫連進酒。鹿埜。

醉時苦少醒苦多，傾壺莫問卯與酉。高歌直作金石聲，不見履穿衣露肘。埜航。

人生何異蟲處褌，擾擾雞蟲信堪醜。放懷且進眼前歡，柳下盜跖同衰朽。鹿埜。

喬耿甫十二首

耿甫，字默公，號五橋，又號沽上僑樵。諸生。著有《僑樵槀》。

按：五橋善草書。沽上自朱導江先生、徐文山諸公後，善書者推金、喬。金謂野田，但金專摹顏、柳，喬則神於《淳化閣帖》，肆放之中，含秀絕之致。能以綿濡墨，作擘窩大字，人以為奇。名馳閩粵間，海外人爭購之。性疏狂，不拘行檢，年六十餘，貧瘠以死，無嗣。

題李氏半舫齋

小屋何妨似小船，醉眠往往夢江天。覺來竹影侵窗暗，疑在蘆花淺水邊。

寄王會川明府 時任天門縣，有政聲

即遠何須惜別離，聞君不愧峴山碑。廿年雲水三千里，早晚衡陽雁到時。

觀尹公壯圖、錢公澧兩侍御遺事

二子豈同調？傳聞姓字香。讜言搖大吏，尸諫動天王。買棹辭丹闕，悲歌過楚鄉。回看京國遠，宦海正茫茫。

懶

偶向舍南立，西風吹颯然。斜陽半村水，高樹一生蟬。近與村夫約，言耕隴上田。侵尋成懶病，搔首愧華顛。

秋日過王大侍御故居感賦

門對城隅落照開，王郎驄馬幾曾來？廿年前事猶能記，小院黃花共舉盃。

秋日懷徐二并陞廣文弟

廣文官舍倚山城，登眺遙憐百感生。繫馬韓侯祠外樹，可堪葉葉作秋聲。

食連展

五月堆盤連展香，田家風味得先嘗。飽餘不讀名山記，臥聽新蟬噪夕陽。

歡春一絕句

風雪衡門老薜蘿，春深春淺待如何？園花岸柳爭晴暖，春到寒家剩幾多？

冬日偶成

土墻茆屋便爲家，一任妻孥笑語譁。寒竹小瓶三五葉，試憑引夢到梅花。

王員外故宅

去年樓上美人多，今年樓下行人過。美人去盡樓空鎖，煙浪重重三汷河。

得鮮鰕值送酒者未至戲成二絕句

其一

認得河干結網家，日供魚舅與魚爺。今朝食品稱佳絕，兼味堆盤生熟鰕。

其二

右軍鵝與大蘇羊，今古相傳翰墨光。聞說剡溪新釀碧，銀瓶未送老夫嘗。

附喬樹勳五首

樹勳，字六橋。諸生。著有《六橋詩鈔》。

按：六橋與兄五橋，俱有才名。五橋以書，六橋以詩，一時津門有二喬之稱。六橋鬖眉含古趣，過者人戲謂之寫意山水，言面貌略具仿佛也。嗜酒，往往醉不知人，睡臥河干大木上，霜華滿髭，過者笑之，自若也。詩多散失。

泛舟遇雨

其一

繫纜呼舟子，西南天氣寒。雷霆行樹杪，雲雨冪河干。酒力他鄉薄，燈花半夜殘。何當風浪定，

移泊石橋灣。

其二

遠聽村人語，雲濤逐岸流。一灣楊柳曙，五月荻蘆秋。世事泱泱水，人情片片鷗。平生書劍在，不必話鄉愁。

淀行口號

身外皆白雲，眼前盡滄海。薄酒不醉人，秋風吹欸乃。

思歸

河干不覺暑，雨過杏花香。雲影下平楚，潮痕帶夕陽。摘瓜秋令近，驅犢牧人忙。去去吾何事，行吟到故鄉。

與汪蘭堦夜話

黃葉落空庭，西風下二更。古人不可作，我輩尚勞生。白眼他年癖，青燈此夜情。還須各努力，且莫賦秋聲。

張廷選十九首

廷選，字冶堂。世天津人。廪貢生，嘉慶戊辰召試二等一名，入文穎館，報滿，選浙江鹽課大使。

按：冶堂少負才名，疏宕不羈，受知於鹽使李怡庵先生如枚，與繆星池、李夢厓爲詩酒交。

志在遠大，屈於下吏，居官未久，鬱鬱而卒。著有《簪花小録》一卷、《西湖雜詠》一卷、《冶堂草》一卷。

遊上房山

嵐光水氣藹難分，高處鐘聲低處聞。滿眼是山山不見，一層紅樹一層雲。

過張氏思源莊墓園

隔斷芳菲六尺垣，竭來空聽鳥聲喧。湖山春至無人管，楊柳一枝青到門。

小齋

門掩潞河邊，蕭齋正午眠。漁歌來枕畔，帆影過窗前。地潤宜花竹，簾低受雨煙。何當開水閣，

潮上看江船。

酒旗

一竿青影出村籬，酒熟蘭陵展布旗。尺幅春風楊柳外，幾家茆屋杏花時。葫蘆巷口人停步，栲栳簝前客有詩。更是岳陽樓畔路，醉仙尋到日遲遲。

虎邱題句

吳山高瞰萬家煙，儘力鋪排錦繡天。爭似西湖風景好，梅花深處一停船。

自述

敢矜傲骨素嶙峋，悔煞風塵擲此身。從此折腰爲升斗，低頭羞見古詩人。

西湖雜詠

其一

湖上輕舟蕩碧霞，小桃花外有人家。緣堤一帶垂垂柳，遮住雷峰夕照斜。

其二

十頃湖波一畫橈，清遊況復近花朝。最憐人是江南柳，淡雨疏煙鎖六橋。

其三

清波如鏡滿池塘，　照見仙人別樣妝。　一縷東風吹面過，　隔船送到玉蘭香。

其四

南屏本是最高峰，　樹木陰森煙雨濃。　知有山僧雲外立，　半空飛下一聲鐘。

其五

樓臺全住水中央，　湖上春風二月涼。　遮莫遊人歌采采，　隄邊新種女兒桑。

其六

阿誰不是夢中人，　又向西湖祈夢頻。　二月杏花八月桂，　階前綠草臥成茵。

其七

祠堂遍種梅千樹，　道是蘇公手自栽。　畢竟詩人遺愛遠，　滿湖士女擁船來。

其八

不知蘇小葬何年，　黃土青山兩泫然。　豈爲青樓標艷質？詩人要藉美人傳。

其九

尅日山河又返新，　誰知君相主和親。　金牌十二忠魂盡，　偏是秦家有後人。

其十

春到西湖暖不波，香風吹處好花多。觀魚那及魚兒樂，三月浮萍六月荷。

其十一

一雙石筍茁平湖，翠影扶搖入畫圖。為問碧雲高插處，不知雲外有峰無？

謁蘇公祠看梅花

玉局千年不曾死，公在西湖有住址。芒鞵竹笠自尋常，髯也超群猶若此。年年湖上報春回，千樹萬樹梅花開。遊人踏遍西湖路，爭向蘇公祠上來。我來謁公兼看花，公含笑貌花凝霞。白白紅紅不知數，公之心血凝精華。公雖無言喜我至，特遣梅花香滿寺。明月當空照錦城，春風一過留香市。飲公之酒食公魚，湖上新開五柳居。更從粉壁見詩句，知公平日之所題。所題盡是梅花詩，字字飛翔龍鳳姿。一味清香不可覓，沁人骨髓縈心脾。醉來更向花中看，大聲呼公公不見。不見坡仙不肯歸，梅花萬點香撲面。遊人但愛梅花紅，祇看梅花不看公。遊船日暮爭歸去，獨我吟詩香雪中。

月下老人歌

老人老人何郎當！終古月下為人忙。袖中紅絲千萬縷，朝朝繁繁雙鴛鴦。鴛鴦自有天然偶，何用老人多藉手？得意不曾配瓣香，失意還將憎多口。我笑老人心太癡，老人笑我無情思。人生誰不

惜伉儷？暗中牽合須主持。我有一言今反詰，世上幾人諧錦瑟？自應名士匹佳人，彩鳳隨鴉誰之失？明妃胡爲出漢關？蕭蕭青塚葬紅顏。文君不早嫁司馬，遂使私奔笑新寡。甄后何不配陳思？玉枕空留身後悲。更有佽儷傷粉黛，寶滔斷絕蘇蘭愛。凄涼燕燕與鶯鶯，比翼分飛西復東。銀河一綫隔千里，天上人間兩相憶。老人曾不一牽絲，空有相思何處寄。我問老人何解說，老人閉口結其舌。忽然抬頭指向天…君能令月時時圓，我亦令人間配偶皆奇緣。

郭敬源二首

敬源，字念紹。廩貢生。

清虛閣九日登高。眎江左五日競渡，嘯吟贈答，俗成舊例。余老矣，倦於登臨，爲良友所迫，眺望竟日，以豁愁顏。歸吟七律二，書示王訪舟

按：念紹爲同邑高澹谷先生之壻，詩得其傳，多清寒自喜之意。有硯癖，嘗赴京兆試，於都肆見一硯，絕愛之，遂傾資斧買焉。幾不能歸，撫玩自若。卒後無嗣，遺集不知流落何所。二詩非公佳構，聊傳其人。

其一

蹀足飄搖百尺樓，危闌倚遍爲遲留。海門淼淼清天外，帆影依依古渡頭。豈有雲山堪放眼？縱無風雨亦驚秋。獨憐南北東西客，望斷飛鴻起暮愁。

其二

層軒四面敞高樓，繞柱清光古意留。沽上人家丁有尾，海邊鹽市馬平頭。坨上積鹽曰鹽馬。三

生鈴語雕甍角，九點煙痕落葉秋。南浦漁舟人唱晚，一聲野笛散閒愁。

陳汝杰二首

汝杰，字東華。諸生。著有《楚遊小草》。

按：東華，余姨表兄，同受業於朱仰文舅氏。年長於余，以弟畜我，而相契最深。弱冠入泮。

爲文孤秀有姿，戞戞深造，不喜時趨。屢試屢躓，憤然捨去。遊於楚者數年，縱覽名勝，其詩益進。

與余唱和甚多。後遭奇疾，廢臥經年，鬱懍以死。時有八旬老父，聞者哀之。其詩盡歸散亡，並筆

墨亦不獲吐氣人間，其遇可謂窮矣。錄其一二小詩，庶幾不没姓氏云爾。

自荊門寄梅樹君表弟

風雪五更徹骨寒，誰憐扶病上征鞍？去年一片離君淚，袍上餘痕尚未乾。

留鬚

更將何事告諸君，長短新鬚半蓋脣。攬鏡自梳還自歎，從今不作少年人。

棟與東華曾秋日同遊西沽，東華得句云：『秋約黃花來蟹市，人隨紅葉上漁船。』且吟且行。

適有魚舟，遂登之，幾失足落水，賴榜人扶救。東華仍吟不輟，風趣如此。

諸遜八首

遜，號竹泉。諸生。著有《竹泉詩草》。

按：竹泉風懷疏宕，人在愚慧之間，人呼諸癡，笑而受之。詼諧善罵，沈酣詩酒，未四十卒。

卒之日得句云：『酒闌昨日事，夢醒過來人。』酒尚溫，氣已絕。繆君星池視其含殮，哭以詩三十首，

內有句云：『於今未必無黃祖，君已狂如禰正平。』蓋言其實。

踏青詞

其一

芳草碧于煙，行來又似氈。致聲同伴者，仔細墜花鈿。

其二

行到垂楊下，紅粧鬭杏花。綠衣何處子，偷眼覷兒家。

其三

郎到春湖邊，流連湖上景。湖水本無香，是奴水面影。

其四

遠山碧四圍，斂入眉痕翠。郎莫愛遠山，歸去恐憔悴。

冶春詞

其一

春風送暖到平湖，無數樓臺映綠蕪。愛此芳菲人不足，碧桃花下醉行厨。

其二

尋春不上酒家樓，拾翠偏宜小徑遊。最是落花深淺處，踏青人去印雙鈎。

猇亭敗

昨夜荆南隕大星，君王懷憤進猇亭。六師壓境軍旗素，一炬連營鬼火青。管樂先時空慮敗，關張此日竟無靈。江流有恨雄圖盡，白帝雲寒付杳冥。

赤壁敗

百萬軍中一槳橫，臨江釃酒劇驕盈。山川準擬全歸握，風火誰知太不情。岸上旌旗空魏壘，煙

中絲管宴吳營。二喬含笑紅燈下，告捷軍書夜入城。

猶記己巳秋闈，與竹泉賦弔古詩。至赤壁結句，竹泉拍案自爲叫絕，至於掀硯墨污其衣。今狂態如昨，而墳已宿草，能無黯然。

毛凌皋二首

凌皋，字一峰，號鶴泉。嘉慶庚申科舉人，辛酉會試，挑取謄錄。著有《鶴泉草》一卷。

按：鶴泉與棟同張船山夫子門下士，原薦於趙笛樓先生未彤，是科詩題『師克在和』，船山師喜其卷中『勝氣曾圍絞，秖情遂小羅』句，謂能切用本經，撥入本房。其人沈默少言，登賢書閱三年，遂卒，船山師深惜其才。

題《罷釣圖》

世路風波不易行，兩人心事話分明。於今暫斂垂綸手，不釣人間僥倖名。

雪夜

朔風獵獵漏遲遲，人下書幃冷不知。夜半雪花深一尺，更誰門外立多時？

按：鶴泉易簀之前，妻朱孺人侍湯藥，禱天求代，先割左腕以進，稍愈復作，又割右腕以進，

卒不起。朱誓以身殉。鶴泉弟秩皋勸嫂撫孤爲重，曲從之。越數年，一子一女先後殤，朱哭之痛，

勢將垂絕。太夫人曰：『我老矣，俟我百年後，汝死不遲。』朱遂留身奉姑，孝順臻至。道光四年

五月二十四日，太夫人病殁，朱周視含殮，哭奠盡禮。取姪爲嗣，處分身後事井然。自縊於姑之柩

旁，年五十。可謂孝義節烈兼備者矣。津人士莫不歎息，爲聯名請旌。邑侯沈公蓮生勘辭云：『查

得已故庚申科舉人候補內廷膳錄毛淩皋之妻朱氏，世傳儒素，性秉幽貞。及笄而賦于歸，宜家致美；

視膳而能盡禮，主饋稱賢。讀佐中宵，竊冀青雲有路，藥調午夜，何期丹竈無靈。痛十年釵鳳分飛，

奚須獨活。念一室杖鳩無奉，聊復偷生。用乃忍涕承歡，克盡菑蘭之養，含辛俯育，惟期瓜瓞之滋。

詎知璋瓦空攜，後先隕折；猶復庭幃相慰，旦夕扶持。廿載柏貞，備凜冰霜之操，一朝萱萎，誓同

泉壤之依。躬含殮以盡誠，麻衣血染；了心懷而畢命，羅帶魂飛。孝義無虧，既協鄉評於蔀屋，烈

貞尤著，宜邀旌典於楓宸。』郡伯林公培厚勘辭云：『朱氏質本柔嘉，性偏節烈。始傷席草，賦寡

鵠而銜悲，繼痛埳蘭，等童烏之早喪。猶幸荻還可啜，占鵠喜於高堂，豈料萱不忘憂，又蛻形於一

室。念宿盟於鴛塚，因赴義而雉經。斯真貞烈可嘉，孝慈兼盡』云云。

馮嘉蘭一首

嘉蘭，字耕竹。布衣。著有《愛竹山房詩草》。

按：耕竹少孤失學，年五十餘始苦刻苦於詩。敦友誼。常積千金，爲人乾沒。後聞負心者貧且死，委骨異鄉，耕竹仍買地葬之，其長厚多此類。卒後，王句香爲哀其集，序而藏之，其和張船山夫子《驛柳》有『可憐人對三秋老，如此銷魂樹一行』句，余最賞之。

趙北口

趙北燕南地，秋風舊板橋。人家煙寂寂，村落水迢迢。估舶依荒岸，漁罾泛暮潮。長堤殘照處，柳色正飄搖。

按：耕竹子鳳超，字桐仙，號古愚。少歿。著有《惜陰山房草》一卷，其《津門櫂歌》云：『桃花口畔最銷魂，哇灑秋針嚙水痕。鰕舍漁莊通菜圃，家家曬網掛籬門。』

其句如：『摘來花片堆情字，又被東風吹亂飛。』又『春風吹透閒皆草，零亂齊開紫芥花。』皆可喜。

鄭樸二首

樸，字笠艇。布衣。著有《哀吟集》一卷。

按：笠艇幼孤失學，中年遊幕南北，始折節讀書，喜爲小詩，以言其志。貌極清癯，而孤潔有

至性。事孀姊盡禮，四十餘年如一日，殁後竭力葬之。老無嗣而鰥，貧甚，嘗絕炊旬日，閉門不屑乞請。有顧公者，義而養之，夜宿章姓家，如是半載。值顧婦死，公歎曰：『窮老依人，乃累及良友，天絕我矣！』遂投河死。先是余求其詩，謙不肯予，死前一日，袖所著投余，不虞其來告別也。聞其死，慘怛累日。

樊宗澄一首

宗澄，字鑑塘。廩膳生。著有《寒竽集》。

常州晚發

霏微細雨暮春天，江柳低垂軟欲眠。一帶紅燈依綠水，靚妝人在畫樓邊。

淮陰

我來惆悵釣臺前，却笑淮陰未遇年。縱使千金酬一飯，英雄早已受人憐。

歸家

幾載江關作客身，歸來今日洗風塵。蓬居莫笑無三逕，亦有黃花作主人。

樊宗浩二首

宗浩，字曉齋。乾隆丙午副貢。著有《硯圃山房遺集》

滴水棚

南遊多異境，茲棚尤奇絕。片石橫山腰，蒼崖忽中裂。上有車馬行，下有蛟龍穴。大壑陰風寒，

流泉聲幽咽。涓涓一滴水，終古常不竭。

醮婦歎

鄰有醮婦，老而無依，一旦遇其故夫之子，呼而不應，遂得瘋疾，日夕長號，感而有作。

黃昏風雨正淒淒，有婦呼兒高復低。哭聲一何苦？呼聲又何悽？出門問鄰叟，鄰叟前致辭。婦

昔少年日，曾詠柏舟詩。撫此藐諸孤，誓將守空幃。一旦易所守，重理嫁時衣。上堂別姑嫜，下堂

棄諸兒。兒啼不放母，長跪牽其裾。母去不復顧，兒啼不可支。出門成潤絕，荏苒十年餘。婦貧夫

又死，孑然無所依。門前見所生，目動心乍悲。呼兒兒不應，記取出門時。一痛復一悔，從此成癡迷。

思兒不可見，呼兒無盡期。我聞此語重歎息，《凱風》之詩信有之。自古母與廟絕，白也母爲伎

也妻。嗚呼！君子立身一有失，萬事瓦裂一如斯。君不見呼兒婦，中夜長號何可追？

彬，字文卿。廩膳生。著有《文卿吟稿》。

按：文卿詠《驛柳》詩有『誰將短笛吹三弄？客共飛花忙一春』句，余絕賞之。其佳句如《獸炭》

云：『未必焚身因齒累，獨含奇氣肯心灰。』又『豈有文章占炳蔚，可憐頭腦近冬烘。』俱有寄托。

放歌

太瘦生！汝既不能學鵾鵬高飛摩雲漢，胡不忼慨焚筆硯？半生碌碌走馬牛，秋風吹老黃塵面。

衣非露肘不知窮，鬢雖未雪年踰冠。贏得頭銜弟子員，屈指四敗文闈戰。年來家事轉紛紜，米鹽也

勞博士算。女苦冬號寒，妻告晨無爨。舊戚頻來促解囊，良朋新劭須告奠。廡下書聲喧亂蛙，兔園

册子堆盈案。敲門纔避客催租，俗子又來評月旦。高軒既過片刻閒，開卷欲讀神已倦。旁觀見之笑

且譏，何不奮飛甘貧賤？我愧無以辭，空教紅過面。惟有案頭玉蟾蜍，替我淚滴常不斷。

壬午畿輔大水，偶出西郊，流民滿道，惻然有作

終歲居城市，未知年饑豐。偶出郭門行，流離滿目中。男婦行絡繹，長號臨北風。面目何黧黑，鶉

衣不敝躬。妻孥尚未散，攜抱扶短筇。向人通里貫，家世昔爲農。今年河伯怒，禾黍游魚龍。欲適樂郊去，

全家赴遼東。關吏不放出，嗷嗷成哀鴻。再復還鄉里，路遠囊已空。一錢乞過客，老幼慟掊膺。嗟彼司牧者，焉識斯人窮？我愧家壁立，更無山鞠藭。安得鄭監門，圖寫流民工。安得香山裘，萬里周帡幪。

英宗

母后垂廉治具張，太阿忽倒任貂璫。北人未敢輕孤注，南面原宜讓上皇。半夜黃袍宵小進，千年碧血老臣亡。應知內苑幽拘苦，建庶先教出鳳陽。

孝宗

水旱全殿宵旰憂，珠厓黛斛罷徵求。元言不采飛仙去，禮器新陳闕里修。周室臣工思補袞，晉家主德誌焚裘。山河收拾金甌固，好付佳兒作冶遊。

擬武夷君《賓雲曲》仿李長吉體

蟾蜍跳月秋宵清，金莖盤冷珍珠傾。風姨剪斷銀雲明，流入星河學水聲。仙子吹簫乘紫鸞，層樓十二青琅玕。一聲吹徹碧海寬，飛香夜墮金粟丹。玉斧吳剛斫不止，寂寞嫦娥乍驚起。喝破青天鋪一紙，萬疊魚鱗散秋水。人間倘有凌風翰，排雲直上游汗漫。逍遙長住白榆岸，星斗如瓜摘夜半。

擬太白《襄陽曲》

漢江波净碧玻璃，攜壺來訪習家池。銅鞮坊傾堆瓦礫，遺聲猶唱襄陽兒。歸去接䍦慣倒著，笑殺山公百不知。黃鶴樓，野鷹臺，人世浮雲幻蒼狗。醉中長嘯天爲開，斜日側落峴山頂。光瑩仿佛黃金罍，此山若教麴糵築。糟邱便擬移家來。水濱綽約遇仙子，明眸笑靨方徘徊。親贈珮環爲酒費，一雙珠換三百杯。酒庫步兵吾舊友，百年先後相追陪。君不見：古稱杜康善造酒，至今邱壠生莓苔。白日不能爲退舍，黃壚再過徒心摧。天有酒星地有酒泉郡，人生不飲真愚哉！清者聖，濁者賢，終身願與相周旋。浮梁樂趣春長駐，莫問朝雲暮雨年。

津門詩鈔卷十八 邑賢

黃新泰二首

新泰，號春園。世天津人。嘉慶甲子舉人，著有《春園文稿》。

按：春園余同硯友，共讀書幾二十年。爲文攻苦，一字嘔心。最工制藝，入名大家之室。詩賦非其專長。貌絕陋而詞鋒犀利，妙談論，偶標雋語，滿座傾靡。所居曰慎獨軒。院有紅杏一株，花時釀飲樹下，各舉古人軼事或名句，以爲笑樂。落英繽紛，語香四溢。春園没後不數年，故宅鬻去。人往風微，此景遂如隔世。

偶作

不會吟詩亦會魔，夢中得句醒時哦。擁毫貴比八州督，濃墨銷于十斛螺。自悔多言慚石丈，人憐學語類鸚哥。書成小幅誰堪寄，閒對梅花唤奈何？

與梅樹君、余階升讀書作

知己三人喜得朋，一窗寒日映疏藤。苦吟各似低眉佛，趺坐真成入定僧。爐火夜灰繁作篆，硯池宿墨結成冰。笑看我輩真癡絕，磨破青氈又幾層。

周梓七首

梓，字尺木，本名世淳。諸生。著有《詩巢存稿》四卷。

按：尺木力追漢魏，一掃輕薄，隱以詩學源流自任。性疏宕，篤交遊，能濟人緩急，傾其家。壯遊南北。

客愁七首錄一首

放舟郭門外，一拜橫山墓。千樹凋松杉，四野走狐兔。石馬泣風楊，白草慘狐露。冢中嘅長眠，孫子守寒素。玉棺海天隔，海天生煙霧。何日得來歸，佳城臥牛處。

夜發菱湖

疏星墜明水，波面點螢火。舟子呼舟行，攬衣舟中坐。秋夜發清興，蟋蟀鳴四野。四野何寥廓，柔櫓聲呷啞。少焉殘月上，嫦娥影婀娜。一見月中人，珠淚盈一把。病體莫禁愁，細檢威蕤鎖。習

習生微飀，乘風且鼓柁。不如不相見，長嘯金風下。

舟行

野鶩飛湖壖，秋深氣潨潨。一月舟中坐，悵然心悒怏。濁露一片迷，空結蜃樓想。櫂歌唱遠浦，雞犬荒原上。村叟斫蘆荻，茆檐話抵掌。何日學歸田，風波任震盪。

久雨

久雨但閉戶，趺坐朝與昏。華屋亦滲漏，墻壁生苔痕。朋好不往來，枯寂飛吟魂。熒熒燭何明，淅淅聲何繁。漢魏三四卷，清酒一二尊。隨分且相安，河決浸高原。蒼天信有極，快覩東方暾。

孝婦養姑行

東鄰有賢女，生長華腴族。少小識禮義，賦性本貞淑。四德本一身，不教紃袴縛。雖未嫻詩書，纖手工織素。是宜匹鴛鴦，豈料群雞鶩。朱輪覆錦帷，十六方于歸。于歸直沽口，海燕誇雙飛。車載千金裝，箱盈一斛珠。帷撒青銅錢，衣被繡羅襦。繞膝有小弟，堂上兩孀姑。結褵情孔嘉，良人困摴蒱。素好詎能改？旦暮呼雉盧。合歡六十日，典質粧奩無。蕩子有覥顏，宵遁遊湘湖。行人去不返，賢女空閨吁。兩姑老且病，小弟門止應。貧家異素封，每易塵生甑。三旬僅九食，努力彌夙興。

清晨理機杼，織布二丈五。遣弟市中賈。得錢備饔飱，子身甘荼苦。養姑以旨蓄，飼弟以餅脯。自奉秕與穅，嫁衣時縫補。爲婦已十年，足未踰庭戶。雪夜績苧麻，秋風響砧杵。手足雖凍皴，猶自嫗綈紵。姑憐使再嫁，投環趨義府。破鏡合有期，烈魄還環堵。素心倍堅貞，斯人敦古處。鄰里口嘖嘖，女伴執步武。門外馬聲嘶，云是行人回。朱纓絡馬頭，黃白充囊垂。上堂拜兩母，兩母呼語兒。『兒自背鄉井，無一音書來。老幼痛失依，全賴閨中妻。一身衣與食，賢婦機中絲。向非婦支持，三口成枯骸。生子弗克養，似續其奚爲？』蕩子愧無言，稽首北堂萱。十載離親闈，一日歸蓬門。幸免喪溝渠，待養資媾婚。再拜閨人側，閨人無德色。『奉姑及撫弟，辛勤乃婦職。隙越未遺羞，差以慰君意。』表彰我輩事，彙筆紀其美。書竟示張子，用俟軒軒采。

乳燕行 梁間巢燕甫出殼，飛去不歸，感而賦此

鷗鶊食其母，母昔食其母。慈烏哺其母，母昔哺其母。仁忍性不同，良莠非其偶。如何乳燕子，羽翼成便走？一去不復來，空巢雌雄守。憶昔營巢時，曉音更痞口。抱卵成五雛，哺子分先後。泉水飲渴吻，小白爲飯糗。風塵養子難，調護心悠久。日防佛奴窺，夜禦毒蛇掊。滿儗弱羽健，一巢相授受。海天一何寬，乳燕配牝牡。父母望子歸，子別緝戶牖。乳燕有家室，轉眴亦抱殼。昔日待親心，今朝汝是母。

易孝子歌

富貴事親易，貧賤事親難。古風渺渺今日寒，孝子不見我心酸。宜陽孝廉鄒曉江，真孝真廉真無雙。一日爲述易孝子，臨川龍溪農人耳。名石字銳宗，少孤奉母氏，事母以孝聞。母死哭哀毀，廬墓終其身。距家十餘里，墓場遙遙隔河干，晨夕奔走雨風裡。孝思一點格皇天，馴虺稀桐異事傳。孝子真性不求稱，表彰幽光我輩權。吁嗟乎！朱門衣食相炫耀，日與妻孥索歡笑。縱不饑餓其親身，衣之食之豈卽孝？空房零落老年人，孤燈獨對誰相弔？宦家其獒爲更多，主人往往襲其貌。孝子不著富貴家，蔀屋茆簷誰則教？天性篤厚赤子心，自然流露非規箴。賢哉易銳宗，足以厲偷風。偷風倘可變，我願執鞭從。歸帆路出羊城去，停舟好訪龍溪農。

高潮二首

潮，字春江。嘉慶癸酉舉人。

按：春江少穎悟能文。髫年應試冠一郡。科歲試無不優等。甫登賢書，年未三十卒，里人惜之。

同梅樹君妹丈過張氏思源莊感賦

此地多名士，蒼涼我輩來。水流花外寺，人上柳邊臺。勝事百年盡，高風一代開。頹垣見竹石，

覓句拂荒苔。

丁丑春闈罷歸途次馬頭

雨餘生薄暖，沙岸上桃紅。　煙絮一村柳，雲帆十里風。　日斜人影外，春去馬蹄中。　吟興隨年減，

空嗟類轉蓬。

朱棠四首

棠，字蔭江，嘉慶癸酉經魁，國史館謄錄，議敘知縣。

按：蔭江爲己亥舉人朱鳳山先生書之子，與弟式璟俱少馳文譽，人比之雙丁、二陸，負一時才望。而蔭江尤端謹沖雅，士林稱其不失口於人，不失色於人。道光丙戌應禮闈試，輿疾歸，遂歿。未酬金榜，遽赴玉樓，鄉黨爭惋惜焉。詩不多賦，觀《送香初》五律四章，亦足見『仁人之言藹如也。』

送王香初明府枚需次山左

其一

仲實別吾去，之官歷下行。　那堪二十載，相與暮朝情。　舊雨今將遠，秋風昨又生。　黯然思往事，

離緒數回縈。

其二

壯志平生在，榮名昔所期。有懷杳何許，此後苦相思。秋水人千里，斜陽酒一巵。臨歧重握手，忍折綠楊枝。

其三

東國比多潦，秋荒困未伸。閻閭同赤子，利濟屬儒臣。邑待賢良急，君當拔擢新。莫辭勤撫字，好答九重仁。

其四

花滿河陽縣，琴橫單父堂。通經資吏治，報國是文章。惠雨懷劉寵，清風羨李常。循良行奏績，引領日相望。

王有慶十首

有慶，字善卅，嘉慶辛酉舉人，覺羅教習。十八年，軍營投効，議敘知縣，選江蘇豐縣知縣。調蘇州元和縣，升泰州知州、太倉州直隸州。道光丙戌，奏派協辦海運事，來駐天津。著有《善舟吟稿》。

按：善舟刺史長身修幹，襟度和雅。少清貧，以文學受知於周棟材、初頤園兩先生。敦孝友，重交遊，加意故舊，多所存恤。莅官以慈惠化民，去後人輒懷之。在泰州時，麥秀雙歧，紳士製聯

頌之曰：『是儒吏，是廉吏，是循吏，名達楓宸，行作公卿大吏；能安民，能養民，能教民，恩周蔀屋，允宜父母斯民。』

甲申除日，接牛次原信，以甲申元旦自嘲詩見寄，作此奉答

其一

散裘不換耐春寒，瘦骨能支興未闌。自昔備書廿下士，豈今作吏歎微官。時當極盛常思返，事到曾經轉慮難。數載分離頻記念，思君不見取書看。

其二

冷榻孤衾似老僧，盈箱案牘亦堪憎。梅因臘盡開將滿，雪到春融積幾層。除日猶傳聽訟鼓，五更不息夜巡燈。年來勉力加餐飯，欲省吾身愧未能。

其三

解事知音憐少子，榮兒六歲，能辨四聲，談心論世對良朋。茅簷曉散將雛雀，老樹寒棲覓食鷹。十載官貧常負債，一生骨傲自磨稜。開箋千里如相見，數首新詩法右丞。

其四

老健知君善養生，笑余世俗太多情。買山漫説離家易，書中有欲棄家之意。浮海誰能去世輕？暮

夜蠅聲須有備，來書有日在蛇蝎堆中之語。中宵蝶夢總難成。江南到處園林好，何日偕來畫舫橫。

留別吳陵

其一

繾綣離歌墨未乾，西風楊柳促征鞍。人因惜別詩情淡，客為傷秋酒興闌。騎竹兒童猶鼓舞，躋

堂父老暫盤桓。來牟遺我原非偶，德薄深慚頌長官。

其二

掌故原應備一方，捐輸採訪眾謀臧。況逢聖治光無外，難得諸賢聚有常。為護芝蘭傷秀草，欣

栽桃李滿宮墻。所期多士掄魁手，月滿銀蟾桂早芳。

其三

六守祠前跡已陳，瓣香曾記祝申申。羌無治行書南國，寧有循聲澈北辰。袖滿清風壯行李，囊

無好句答陽春。嶺梅開後霜華冷，返棹江城訪故人。

留別蘇州

其一

韋白風流望已遙，自將澹泊勵中宵。褚珍笠纛皆粗質，劉曠門庭最寂寥。靜裏幾曾抛禿筆，尊

前從未奏清簫。一年又爲災黎絆，勉訂周官十二條。

其二

敢說中年涉歷深，座間時復置官箴。拊循祗守三章法，臨履惟持一寸心。秋澤雁鴻初得所，春風桃李乍成陰。者番揮手差堪慰，不作當時苦雨吟。

其三

虛堂涼月墮嬋娟，無限離情起暮煙。勝景徘徊餘夢想，行裝檢點有詩篇。看看庭樹添嘉蔭，漸漸村禾兆瑞年。駝嶺他時回首望，吳淞一幅隔江天。

趙埜二十一首

埜，原名夢庚，字堯春，號雪蘿，諸生。

按：雪蘿，津之北倉人，邃學不仕。貌清癯，內介外和，與人無所忤，風期高曠。詩主性情，所著《天籟集》《板扉吟》《蓼蟲集》，奇趣旁出，姿態橫生。慶雲崔念堂嘗稱之曰：『體近歐蘇，時闖玉川之藩。』人謂知音。

洋貨街

洋貨街頭百貨集，穿衣大鏡當門立。入門一揖衆粲然，真成我與我周旋。回家說向妻與子，一

室粲然猶一市。無心總被有心笑，我以無心任顛倒。安得相逢盡是鏡中人，相視而笑了無心。

待月 庚子時年二十

待月月不出，夕露沾我裳。舉頭望銀河，銀河慘無光。攬衣還入室，滅燭強就床。輾轉忽成夢，夢苦更復長。醒後不能憶，但餘悲與傷。倦童睡於地，鳴蟲聲在墙。出門看明月，明月已滿廊。重重花陰碎，清清夜氣涼。對此重徘徊，何自已愁腸。

友人以印譜相贈，報以長句

好音自好太古音，枯木千載乃有神。伯牙不作鍾期死，誰與解者無其人。圖書萬卷擬鄴架，亦如坊肆誇嶙峋。奇精玩雅供客具，人爲木偶徒逡巡。習尚如出一邱貉，秕糠眯目難具陳。搜羅奇字性所癖，雕蟲小技安足論。蒙君責我輕以約，謂成一藝吾亦親。感此益力事刀削，左擁倉籀右說文。心追手摹苦不似，邑徒在漢斯在秦。憶昔邂逅兩傾絕，愧無寸善邀青氈。偶儻論交閱十載，解脫此見無如君。時賢但知填密體，割裂古法惟宜今。維坻有賢芮夫子，忠孝大節吾素欽。敦倫嗜古出天性，正氣流露寄石金。大雅久爲帝司籍，人間片石等貞珉。邑人習見不解重，遺書散逸嗟埋塵。偶屬物色亦聊爾，千金一諾何肫肫。至寶已獲喜無寐，走書相遺夜扣門。

良玉在璞人莫辨，卞和一顧價倍珍。定心無物自免俗，以琴易譜理亦均。仇池幹馬各持重，焚圖碎石煩解紛。何如鄉老胥坦蕩，人我兩忘擾不侵。此譜久作覆瓿具，手爲補綴重完新。凡物貴令得其所，即此已見仁山仁鄉邨，一字仁山。小齋得此光煥發，朝披暮覽寤寐殷。恍若置我鼎彝側，我聞聽矜心躁氣無由存。深思靜悟妙領會，晴窗磨石時一臨。有如操縵學古調，指法變拗難遷馴。江進筆法。洶湧澎湃勢莫禁。物理相感盡如此，我則得譜誰得琴。他時便道逕相訪，海上同調方子春。絕絃入木偷腕力，寸石分刃盤千鈞。特恐仍是無絃操，譜雖知感琴怨深。吁嗟乎！譜雖知感琴怨深，狂言相詆君莫嗔。

此夕 丁巳

此夕有餘適，燈下與影偶。左手一卷詩，右手一杯酒。唇與杯接時，吟詩猶在口。舌根酒味濃，喉間詩味厚。同沁入心脾，不辨孰先後。陶然歸醉鄉，歌呼還擊缶。

河溢即事有述 辛酉年

村人夜半走相呼，水勢直下奔津沽。訛言異說一時作，職司不守昆明湖。汪洋橫溢數百里，洪濤濁浪瀰田廬。須臾東方赤日上，水天不辨光模糊。出沒巨艇泛鳧雁，微茫遠樹翻菰蒲。孤村勢危欲浮動，人如群蟻緣漂荸。高者防守具畚鍤，下者逃竄牽襟裾。老弱負薪壯荷土，鳴鉦伐鼓紛來趨。

堰高過頂水仍怒，力與之敵爭斯須。忽然日色慘不見，濃雲四合風雷俱。電光在天如在水，雨聲不與濤聲殊。外水未殺內水滿，通衢隘巷皆溝渠。人生遇變急生勇，災當切近忘肌膚。淋漓被體尚攘臂，榮潦没骭寧縮趾。蹎者轉側趨者繼，一一無異豕負塗。聲嘶盡嗄面色墨，猶聞共勉無次且。俄頃風定雨腳斷，雲開月到西南隅。既免回憶轉兇懼，咫尺若潰全村魚。附近諸村多失守，扶老襁幼來僦居。日增豈止三百戶，投親覓舊充門閭。驚魂甫定益惘悵，薪遽如桂米如珠。豐年倏忽變饑饉，良民倉猝懷覤覦。一日之間百憂集，白髮曾見此災無？我述此事匪無意，一村即是千村模。九重宵旰切撫恤，據此可繪災黎圖。懷之徑欲謁當路，自傷卑賤終躊躇。詩成自詠仰天歎，彼蒼仁愛民何辜，噫吁嘻！彼蒼仁愛民何辜！儒生輓念徒區區。

秋八月收拾各村禾田余分得宜興埠作五言二首甲子

其一

宜興魚稻鄉，地腴宜禾麥。年年夏秋交，水溢連阡陌。所以春播種，十歲九不獲。茲乃荷天賜，雨暘允時若。麥既小有秋，禾田又藝熟。諸村各分任，此鄉我之責。勤惰課佃人，狡黠防莊客。晨興星猶爛，暮歸路已黑。斗室雜農具，蚊蚤臥不得。夜久群囂寂，起坐自歎息。頻年家計非，廢書事刈割。嗟彼窮鄉農，各自食其力。揆以欲得心，與我亦無別。豈無少匿藏，奚忍遽加罰？巧偷彼

則貪，苛察吾亦虐。況視以彼蒼，有口皆得食。持之苟太急，均平變攘奪。萬事無不然，此理參自昔。

輾轉念不釋，雞鳴窗又白。

其二

築場依埠坡，環抱湢麻水。農人納禾忙，來往一杓耳。日夕地潤生，溝氣四圍起。土膏雜草露，我

諸穢聚村址。粉飾作畫圖，人說村景美。匪徒供臥遊，並願居圖裏。豈知入其中，趨避不停屨。我

讀田家詩，陶韋各妙旨。以彼冲淡心，托此村俗理。大都古人詞，舒寫性情止。亦如巨郭筆，畫雅

不畫俚。我無古人懷，即事任所止。但取野境真，不泥詩家體。誦以問野人，置彼而取此。

八月二十八日自宜興埠至小書巢，初五日還埠，前一夕留別楊六湘曉同硯乙丑

我來小書巢，萬事不掛意。中有素人心，脫略忘猜忌。不見亦猶見，見祇一把臂。大開雕龍口，

細認穿牛鼻。印辨漢魏真，詩決晉唐秘。禪分大小乘，道取參同契。語多互雜沓，暫亦及家累。嗟

我十年來，瑣屑塞肝胃。憶昨大醉夕，快吐俗腸疊。空心三日臥，忽反最初地。如彼始生兒，縮體

待繃繫。如彼新嫁娘，凝睇任調戲。起來猶作惡，對食餲無味。所欣宿垢除，胸膈漾清思。君看壁

上詩，盡是生新字。明朝又將別，燈下重握袂。不惜別離難，正苦鄙吝易。譬之初醒人，旋復遭魘魅。

殷勤定後約，此語君必記。多釀菊花酒，再至先謀醉。

賦小園花木

昨七月，有詠秋花二種，思猶乙乙即來刈禾，比登場佃人且秋耕種麥。讀書之暇，取園中花木，比事屬辭，遙憶而賦之。無問時節，故不敘次，合十二首。丁卯九月初二日識於宜興埠之寄詩廬。

錄八首。

其一

苕苕牽牛花，宛轉上竹籬。到頭無所附，衆蔓相抱持。既結不可解，欲斷不忍施。因憐頃刻花，不期亂如斯。

其二

粲粲金錢花，輪廓一何好。涼風五更來，箇箇脫形巧。花神富有權，撒手猶未了。君看委地餘，許拾不許掃。　右二首七月賦

其三

孤松不盈尺，培養三十年。盤屈出人力，歲久得自然。醜幹學偓僂，怪枝肖蜿蜒。墳土見枯根，漬雨成禿顛。縱使產茯苓，大不逾雷丸。亦令冒女蘿，長可及石卷。每當日色冷，青翠絕可憐。安得縮身小，撫之恣盤桓。

其四

翡翠戲蘭苕，佳麗詩人比。如何蒿艾間，而得羣樓止。樓止復樓止，低昂嗟神似蘇詩低昂枝上雀。未開樓已安，已開樓復起。不惟雙翼張，略亦具頭尾，翩翩態欲活，點點致生翠。南海實産此。祗以世態奢，一簪窮華靡。況是近今風，言之令人恥。新式出優人，閨閣競相擬。我家重儉樸，裳布釵荊杞。摘此即華簪，何心飾旖旎。

其五

新得海棠花，娟娟若好女。蚤起趨往視，昨夜風兼雨。幽懷已愁絕，見我頭不舉。的皪宿淚痕，縱橫折釵股。此意何可忘，忙書入吟楮。坡公儻見之，其許爲佳語。用東坡書簿所畫折枝鄢陵王主第二首韻。

其六

忍冬好名色，其蔓廼左纏。一左無一左，如我處身然。世方競趨進，我獨甘迂邅。同學多不賤，我獨守青氈。采花漬一杯，攀條詠一篇。時遭俗眼白，冀得同心憐。知是至左計，天性拗不還。請

其七

謂造物好奇，有實先有朵。造物不好奇，無花亦有果。尋思此物理，垂首花間坐。老妻抱兒來

丙寅春過嗣繩兒，一笑瓠犀瑳。君胡不釋然，寫照專因我。

其八

野卉不知名，雜出眾草間。當春綴紫英，蓓蕾何鮮妍。一花結一實，一一綠珠懸。實成花復繁，花實相蟬聯。秋陽無私照，纍纍皆朱丹。舉以問社老，目瞠而舌卷。《爾雅》既不註，藥譜亦未傳。杜陵偶見之，無從下解箋。或紅如丹砂，載在《北征》篇。

舊滄州破鐵獅子歌

滄洲廢治瓦礫場，舊有獅子屹中央。半生耳熟無由見，側身空向西南望。故老傳說辭互異，亦如菩薩來東光。或云三代以後物，考其年月殊茫茫。又云近海此作鎮，昔人曾效銅牛禳。更云神龍經此吼，欲鬭雷火下擊唇因亡。我疑祖龍銷兵鑄爲金人十有二，餘者熔作此獸形質麗。自知終是以臆斷，古跡安可任之吾鋪張？癡心每欲核實據，但有見者問之，惟恐其弗詳。任子滄南好奇士，昔年曾至親較量。祇能言其色與狀，陸離光怪高過房。詢以字跡日或有，仰視不見徒傍徨。我今來此詫不意，古物已作僵尸僵。僕夫停驂爲我指點說異事，歲在乙丑五月之交狂風黃。攝之入空擲而下，請看舊跡成穴存其旁。巨頭拋棄五步外，橫視尚可七尺強。尤奇背上寶盆不下千鈞重，位置平穩無低昂。我聞下車自考驗，撫摩戛擊聲鏗鏘。項左有文帶繡澀，二字左讀曰師王。其書不古語亦陋，

想見當年造此乃是傖父行。思以膨亨誇後世，所見尤劣秦始皇。不然自古神物鬼神尚呵護，胡爲風雷屢見戕？頃始見之嗟來晚，不睹完質增悲涼。誰知風伯若有意，預期我至早爲翻轉俾余細考將。

乃悟自來談靈説異多傳會，付之一笑皆荒唐。

雨後平度道中看石，晚宿店坡酒間作

客子犯曉過平度，昨日西風吹暮雨。從此東之少坦途，下下高高石雜土。馬蹄蹴磷車輪膠，礌聲硡磕泥沮洳。沙行偶似冰床平，坎隔旋成浪舟鼓。岡嶺迴環即忽離，村墟掩映翳仍吐。煙消日出四野間，遠山如沐清可數。車前磈礧爭獻奇，似與行人相媚嫵。有磐有碻有坡坨，爲峭爲峒爲嵷嶇。立爲帆幢偃爲蓋，直或昂藏曲或傴。或欹或峙或剡巇，如集如翔如率舞。前揖後拱旁磐折，右赴左奔中拒阻。赤者爲嵊黑者礐，斑者鶌鴣綠鸚鵡。爛白群聚初平羊，遙黃獨臥李廣虎。苔繡皴爲小斧劈，雪凝點作渴筆補州以西雨，以東則雪。叫絕那顧旅人驚，呼停屢受僕夫侮。畫家祇解工遠勢，景在眼前乃不取。冷心得酒邱壑生，油腳昏燈照毫楮。歸家持以示居人，不須饒舌已如睹。

臨潼温泉

此泉何以温，應是山心血。洗身不洗心，枉費山心熱。

宜君道中得句

乳兒畏生客，既畏又屢視。人行澗上山，形神亦如是。

御騾行爲甘泉女郎桂香作

騾夫御騾勝御馬，上坡先上下先下。逢歧故把贏口鬆，遇險偏將騾後打。愛惜熟騾爲性命，馴擾生贏同戲耍。來往甘泉清澗問，路熟識得好紅顏。提燈引我訪佳麗，一夕繞遍甘泉山。甘泉女郎曰桂香，烏帕青衫時世粧。妝成鎮日薰香坐，聽得騾綱通夕忙。我怪騾夫預以報，騾夫叫冤美人笑。聰明既識京華客，能否抛顏一索書？語音宛然是上都，難道兒家不知道。喜得騾夫呼桂姑，終日詩聲出笋輿。聲聲促婢啓銀鎖，檢取濤箋還拂坐。冷硯鏗聞約腕金，凍毫暖借供唇火。一笑燈前爲作歌，即從騾上生文波。騾夫騾夫莫自多，桂香御爾如御騾。

雪蘿意態，如聞林野水，片石孤雲，胸無谿壑，而自然逸遠。門臨白水，草堂數楹，花娟竹秀，日嘯詠其中。工金石篆刻之文，得其鐵筆，如獲秘寶。李石農觀察鑾宣、陳竹香河督鳳翔，官天津時，皆慕名締交，得其石刻爲快。公父乾隆庚寅舉人，名盼，讀書汲古，凡三十年不下床。管幼安木榻皆穿，不是過也。後官陝西府谷縣知縣，致仕，卒於家。

陳靖十首

靖，字青立，號雨峰。布衣，工山水。著有《讀石山房小草》。

按：雨峰山人畫嘗受學於羅克昭，羅學於張宗蒼，張學於黃尊古鼎，黃學於王麓臺原祁，學有淵源。得太蒼之嫡派。所畫千巖萬壑，一樹一邱，無不各入天然妙境。煙姿雨態，清蒼古秀。間繪花卉，蕭疏生動，得白雲外史之神。嘗遊於楚，爲畢秋帆製軍推賞。劉純齋觀察錫賦品公畫在文衡山、沈石田之間。南遊十余年歸，覽江山之秀，學益大進。其人如長松瘦石，落落寡言，屬畫自給，尺幅片紙，爭購不得。所居曰讀石山房，有齋曰振雅軒。棟嘗有句云：『寫幅雲山當臥遊，梅花香繞夢魂幽。怪來紙帳凉於水，一夜西風雪滿樓。』君愛之，爲繪其意於冊，爲里人所稱。

沽上以畫名者，本朝郭崑嵛曾入畫苑，其後如金公芥舟之山水，查公集堂之蘭石，惲公鐵簫之著色花卉。其時先外祖朱導江先生，與胡崧廬嶙同自江南來。先外祖以繪事讓崧廬，而專名於六法。有人索畫，則亂頭粗服，寫科木胍陀以應之，蓋不欲以兼工掩崧廬之長。後嗣音者，先府君蘭竹梅菊，信筆揮灑，而規矩緊嚴，似勝於鄭板橋之偏峰，一時人咸重之。人物則李桐圃綬麐，工秀得龍眠之遺。金嶺雲勝，一邱一壑，繼武黃竹。沈青來銓暨滄州張桂巖賜寧，各極精妙，與雨峰鼎足而三其得雨峰之傳者，又有王訪舟成烈、畢硯農紹棠，皆藝苑之翹楚也。

題畫

生涯贏得雪盈鬚，瓦竈常薰酒半壺。摹取雲林瀟灑意，一痕山影淡如無。

題畫贈畢硯農　時爲歙縣尉

舊雨情深老硯農，官衙無事可從容。寄將一幅離披畫，可似黃山第幾峰。

和畢硯農見贈原韻

其一

回首分襟與子期，雲霄無計可相隨。秋風桃葉江干渡，春水梨花沽上詞。白社三年懷舊雨，青山一幅寄離思。君來笑訪煙霞客，依舊閒吟守故籬。

其二

風霜未改舊顏紅，清減歸裝廉吏風。遠水一船攜瘦鶴，故園三徑有孤桐。才人作宦貧原好，畫手題詩景最工。多少蒼生須子活，豈容沽上作漁翁。

題畫

其一

遠岫重重隔暮煙，鷗波偏送野人船。他年我欲移家去，即此山邊與水邊。

其二

茅廬小築兩三間，　亦有琴書伴我閒。
一局棋殘人去後，　推窗紅滿夕陽山。

其三

青山突兀疊重重，　來往惟支一短筇。
不慣雲嵐常礙眼，　欲窮千里上高峰。

題《黃鶴樓圖》和梅樹君韻

高倚磯頭百尺樓，　仙人弄笛幾千秋。
圖成試詠崔郎句，　江漢波聲筆底流。

題《江城春色圖》和梅樹君韻

一堤煙柳護茆庵，　水繞花城拖蔚藍。
雲裏樓臺雲外岫，　媚人春色似江南。

偶題

荊扉依深竹，　幾樹村容古。
歸鴉已滿林，　泉聲綠秋雨。

王成烈七首

成烈，字訪舟，號倉南小笠，布衣。

按：訪舟學畫於陳公青立，自出手眼，別具面目。好用粗毫濃墨，肆橫盡態而不乖南宗正沠。

閒吟小詩主風趣，多軼其稿。性孤逸，雖家城市，恒闔戶讀書，罕與人交。

舟中即目

其一

秋風秋草水生波，寒雁低飛遠渡河。紅葉半林橫綠樹，晚村倍覺夕陽多。

其二

疏林一帶斷還連，茅屋深藏一兩間。架上豆花籬下竹，天然圖畫與人看。

題畫贈梅樹君表弟

半角秋山景物幽，窗開四面水心樓。樓中絕少尋幽者，添箇幽人在裏頭。

題畫

其一

秋水沒石根，亂雲迷古路。常見此翁來，不知何處去。

其二

瀟瀟一徑竹，曲曲隱茅屋。行盡不見人，但聞聲朗讀。

其三

遮水數層雲，繞亭幾株樹。日日有幽人，亭間立何故。

其四

偶然過溪來，一步山一面。却疑門外山，不似樓中見。

王履謙四首

履謙，字益齋，號香汀。嘉慶庚午、辛未聯捷進士，官河南通許縣知縣。著《遊豫雜詠》一卷。

過張氏花圃

子羽之墓旁，張氏有花塢。距此僅數武，林陬隱衡宇。停輿聊小憩，幽況時一睹。時已婪尾春，春尚貯庭戶。海棠雖漸謝，花事非難補。牡丹東西池，却欣花競吐。大如蒲葵扇，百柄齊撐拄。東風猶未別，稱此態紛舞。魏紫與姚黃，君家名並數。室內別無物，藏書最好古。字參赤綠文，籤排甲乙部。人以書為隣，書與花相伍。既不荒經畬，群芳兼成譜。主人風雅儔，意味頗不腐。笑我風塵吏，鹿鹿驅此土。暫假半日間，領畧煙霞主。詰以種花事，愧不如老圃。

哭喬笙珊夫子四首錄一首

雙手凌霄造鳳樓，京華名宿有誰儔？卅年官秩貧如舊，一硯生涯老未休。典盡衣裘空舊笥，存

將書籍載歸舟。燕臺悵望雲山斷，未得憑棺血涕流。

又，『刊來諫草除時蠹，贈得吟箋蘊古香』亦可誦。

雨行東平州山道中

嘗思世途險，竭蹶怵予衷。及入深山裏，險巇亦竟同。東平六十里，逶迤山爭雄。怪或如虎踞，

碎或如蠶叢。中開紆迴道，蜒蜿一綫通。驅車繞到此，小雨忽濛濛。苔磴經雨滑，石如受磨礱。馬

足畏不前，蹀躞步難工。欲進仄徑偪，欲退歸路窮。悵望頓失據，亂礧迷荒叢。安得振高翮，輕舉

若飛鴻。俄頃下坦道，豁然心宇空。化險以爲夷，伊誰斡旋功。須知平與陂，往復理相融。惟在慎

諸始，乃不礩于終。庶幾居易者，履蹈防厥躬。

禹王臺

大梁西南隅，崇臺屹然峙。聞說元圭在，神禹留故址。憶昔治水時，聖躬九州履。山撐與泥橇，

勞勞靡所已。足跡滿天下，圭奚獨留此。想因河洛區，中原據勝址。龍蟠嵩山環，虎踞崿邑邐。二

語見《天祿閣外史》。特爲留寶圭，黃流鎮萬里。存之作砥柱，金堤無傾圮。微禹吾其魚，至今梁

民喜。惜未陟其巔，細爲訪源委。器存耶亡耶，試詢采風史。

劉熙敬三首

熙敬，字嘯山，郡廩生。

按：嘯山慨直仗義，雖貧無立錐，見人緩急，能力救之。與朋友勸善規過，侃侃無回護，人亦以此重之。

送別徐蘭生孝廉之山右

其一

折柳丁沽愴別魂，征途一帶艷陽痕。長吟買盡春三月，指點雲山到雁門。

其二

鶯谷同遷萬里春，壺關化雨一番新。三更罷講挑燈候，惟有詩書是故人。

題梅樹君元配金孺人問梅遺照

羅浮夢醒萬緣休，難解冰魂世外愁。一縷幽香埋不住，幻為清影畫中留。

繆共位二十四首

共位，字星池，諸生。著有《青棠書屋詩稿》一卷。

按：星池少失怙恃，讀書最晚。天資通敏，一歲而畢七經。篤交遊，敦友愛，性清疏不羈，往往與俗勿諧，不顧也。數困名場，嶔崎歷落之氣，往往發之於詩。行文多奇思，不拘拘行墨。

題張船山太守詩稿

其一

家近峨嵋萬仞青，蠶叢西去路冥冥。浣花溪傍青蓮水，始信生才地有靈。

其二

眼前風月即詩才，格律無憑我自開。奇氣蟠胸奇語出，一枝健筆破空來。

過稽侍中祠

綠樹陰陰愴客情，荒祠猶認侍中名。夕陽一帶紅牆影，猶是當年血染成。

輓諸竹泉絕句三十首錄六首

其一

澹泊親朋音問稀，況君生出不生歸。料來門巷清於水，冷落寒家白板扉。

其二

傲骨稜稜與世殊，主人忘客客忘吾。而今蒿里荒煙外，曾有青蠅弔也無？

其三

東風昨夜子規啼，夢裏尋君路欲迷。醒後方知成永訣，半窗殘月影棲棲。

其四

新詩幾度又逢春，好句相傳似寫真。深淺落花依舊在，更無人詠踏青人。諸有『踏青人去印雙

鈎』句。

其五

英雄埋沒已堪傷，海上無端等看羊。竹老柯亭風雨暗，知音那有蔡中郎。

其六

見說無魚爲水清，生前議論太縱橫。於今未必無黃祖，君已狂如禰正平。

即事

稅宅居何定？清愁記不全。子癡妨廢學，妻病遂逃禪。已事傷弓鳥，前籌上水船。酒酣時一笑，

不醉亦徒然。

大雪懷梅樹君時赴北平奔喪，扶柩道上

大雪無邊壓古邨，扶棺人正返津門。冰花萬丈征人夢，前是樹君夢行萬里冰天，遂遭大故，草

属三冬孽子魂。

跋躓關河新涕淚，淒涼途路冷乾坤。餘生可定還鄉里，殘蹬麻衣瘦骨存。

輓張冶堂廷選時卒於浙江鹽課大使任

江上浮槎去住輕，功名草草夢初成。微官豈遂風雲志？薄俸聊抒菽水情。義氣不知誰可讓，聰明難與命相爭。生前黑白經心判，一局殘棋尚在枰。

鉅鹿懷古

刎頸情兼父子情，購金秦氏久知名。富家有女爭憐婿，豪士逢時各起兵。里畔依然桑葉綠，泜邊空弔水波清。角哀竟爲良朋死，俠客于今尚結盟。

與郭小陶縱談詩以暢之四首錄一首

追憶平生物我緣，聚如花月散如煙。蜂因課食纔成蜜，蠶豈須衣亦作綿。形尚非真何論影，規今無定況於圓。史家盡遇春秋筆，赫赫傳人或不傳。

讀《明史》十首錄八首

其一

誰道金陵王氣空？漢高以後一英雄。中原馳逐收全局，近代章程慕古風。漫學商湯傳太甲，那

知重耳逐懷公？西山老佛無封樹，南望江天恨不窮。

其二

月暗溏沱戰力酣，肯教保保擅奇男。王封不分功成帝，北斗何妨夜向南。燕地經營新事業，孝陵悽慘舊峰嵐。三吾一語平生誤，回首金川永抱慙。

其三

武定佳名改樂安，劍鋒犀利水波寒。先型曲沃傳心易，家學周公繼志難。鐵鉉無衣油凜烈，銅缸有火血闌干。重泉道衍如相遇，王不出頭法力殘。

其四

清曉倉皇點禁兵，轟傳天子欲親征。星辰搖動臣無氣，土木淒涼血有聲。不是唐宗戡塞北，辱於漢祖困平城。邊營若夢徵欽鬼，應怨南朝誤此生。

其五

西內蠻煙入想頻，桃花結子詫爲神。重逢漢室傳鈎弋，竟遇楊家字太真。前鑒有車偏共乘，後宮無夢可征麟。茂陵賫恨仍同穴，安樂堂空慘不春。

其六

寧王甲冑色飛揚，鎮國將軍出豹房。一例親征非薛祿，數行露布奏南康。火攻獻捷周公瑾，水

戰成功武穆王。憑吊當年陳友諒，鄱陽湖景尚茫茫。

其七

爭名結習未銷沈，遂使庸流取禍深。爲尚清談誤典午，難將理學救徽欽。人方逐逐張羅網，我反營營作羽禽。讀罷前朝高士傳，千秋遺恨在東林。

其八

中興氣象太從容，一樣長星對酒鍾。輔弼昏昏惟指鹿，功名草草說從龍。三江界畫傳堪守，六代消亡此最庸。鴻業居然如敗絮，英雄竟讓宋高宗。

題同邑于虹亭先生《南岡詩草》

聰明有本學有源，發而爲詩皆名言。字亘長城古意存，使我讀竟欲尋苦無垠。但覺破空清氣相吐吞，中有奇形異彩精靈光怪隨放奔。神女之針不見紉，錕鋙之刀不見痕。在一邑則一邑尊，乃無負乎三江五湖九河之水赴津門。

打雁行爲梅樹君作

序：津門四面環水，雁來往往棲止。射利之徒用火器傷之，驚飛滿天，慘不忍聞，每死輒無算。梅樹君爲請於縣，嚴禁之，此患遂絕。因賦之。

津門環城水爲淀，冬月紛紛聚鴻雁。惡人潛將殺機辦，佛浪機火器名發水之畔。死者遍野生者散，生者猶爲死者喚。星黑風高逢夜半，雲中哀鳴心膽戰。杞婦哭夫聲一片，仲卿哭妻聲淒斷。長平坑後趙民亂，兄弟失行誰弔唁？慘淡之音空裏現，縱有忍人聞不慣。日死數千與數萬，此數何可以長算？仁者無術惟浩歎。孝廉梅君剛且健。一紙仁言投于縣，不戢火器令何慢？大干憲典恐爲患，邑令聞之顏色變。速行禁止勉爲善，從此陽鳥得自便。此是道光甲申十月案。

王枚四首

枚，字仲實，號香初。道光辛巳科舉人。實錄館議敘，分發山東，署諸城縣知縣。

按：香初，人閒靜，善言論，詩清婉有致。

癸未春，將即需次，留別鎖院二絕句

其一

弩末功名兩鬢霜，敢將得失論文章？而今我是辭巢燕，不再銜泥向書梁。

其二

須知矮星亦前緣，秋月春風領略全。二十五年纔一嫁，將登車去復留連。

半程旅舍，見辛巳夏題壁舊句，和者已滿，感而再賦

風塵閱歷幾山川，輪鐵消磨歲月遷。客裏光陰纔一瞬，壁間詩句又三年。行程自記都如夢，驛

館重來亦有緣。却喜和章盈粉壁，天涯知已重流連。

山中夜行

役車伊軋遠聞聲，石逕盤紆載燧行。目斷寒星深樹暝，心驚野火半山明。避人狐兔衝林過，拔地岡巒傷馬生。吠犬聲中山驛近，數家燈火已嚴更。

附王權三首

按：虎卿，仲實明府之弟，與兄並有詩才，極壎箎唱和之雅。

權，字彥通，號虎卿。嘉慶丁卯副榜。

和香初仲兄寄途中雜詩原韻

長清道中

其一

別來單葛換重裘，詩到吳門得意收。却笑一揮十萬盡，又騎羸鶴過揚州。

其二

離情千尺比春潭，歷下山青水又藍。怪煞鵲華橋上雁，隔年飛不到東南。去臘有專函寄東，茲

接正月底來書，知尚未遞到。

山中夜行

莫厭車輪馬足聲，江天有約買舟行。乍離案牘神應遠，再歷湖山眼更清。東土新歌賢令尹，吳

娘還識舊書生。遙思客路吟詩夜，我正挑燈坐到明。

孫兆麟二首

兆麟，字瑞郊，諸生。

按：瑞郊與棟，總角受業於朱仰文夫子。天資俊朗，學力精粹，年幾五旬未獲一雋。其《感懷》

句云：『廿年人盡鞭先着，十上書仍說未行。』遇亦可慨。

塞下曲

極目渾無際，邊陰入戍樓。草埋弓月道，河出木刀溝。幕遠煙逾直，旗翻雪未收。仍聞投筆者，

已拜冠軍侯。

小遊仙詞

已向名山結靜緣，偶乘明月弄漁船。一枝鐵笛滄江上，驚起魚龍夜不眠。

袁浩三首

浩，字養源，工書善醫，著有《懷古齋學詩草》。

與馮桐山夜話，歸途即目

縱談無嫌猜，形骸欣脫略。夜闌緩步歸，沈寥天宇廓。長衢寂無人，秋城響寒柝。忽過豪門旁，墻下如囊橐。氣息微有聞，瞥見足驚愕。審視一野僧，趺坐獨寞寞。棱笠覆垂眉，敝衲一身著。世有飛錫山，堪解四禪縛。胡爲來此間，簷風逼顙落。冀得螢浮屠，豪門欣有托。豈知豪門子，原自恣揮霍。朝傾纏頭貨，暮取樗蒱樂。委身聲色場，頗覺勞酬酢。斯時醉已眠，高臥芙蓉幕。

卜宅

卜宅城西地，居然近市塵。到門惟舊識，出户認新鄰。書外無他物，人應笑我貧。借居雖陋巷，聊可貯吾身。

過查氏水西莊故址

斷井頹垣剩野塘，故家風景劇蒼涼。夕陽鴉背今猶昔，不見題詩查儉堂。「鴉背夕陽留不住」，儉堂中丞舊句。

邢元植七首

元植，字野航，處士。

按：邢山人，工畫山水。性喜遊，遇佳勝處，輒留連經數月。築若野園，顏所居曰『岸舟』，吟嘯其中。慕同邑金芥舟先生之為人。晚避居于津南之邢家埕，耕以自食。著《綠柳山房詩草》。

偶作

享此已歡忻。每聞賢士家，煙火常不見。

日日秫米粥，兩餐無更變。多賴香山詩，滋味勝珍膳。朝夕供吾食，性定無他羨。慵鄙逢凶年，

除夕

曉曉不善退。夫以婦代辭，婦以夫出對。索債人去遠，夫婦相詬誶。

爆竹不勝繁，家家除殘穢。更兼索債者，處處敲門碎。聲與爆相敵，人共犬同吠。此穢最難除，

東里大夫祠

刑乃國之典，伏罪不爲濫。市恩生奸宄，遺害禍良善。大夫治以猛，聖人獨稱羨。諄諄必曰中，恐爲後人煽。腐儒亂用寬，不知何所見。

答友

癖性生成遊性偏，蕭條襆被已三年。愁來還是看山去，醉後無非抱月眠。詩苦每驚增白髮，畫多無處換青錢。故人若問心何似，難了煙霞一段緣。

灣頭邨

十年未到此邨幽，柳自青青水自流。記得主人曾有約，茆亭結在蓼花溝。

遊山

少不登山老奈何，五旬遊興不虛過。竹筇半折憑身健，草屩纔穿得力多。浴手泉邊常煮茗，問

水村雜興

樵石上每聞歌，行來偶憩松根下，萬鳥聲喧逐睡魔。

清齋疑對大江頭，每到斜陽景漸幽。六七里遙人曬網，兩三門外月停舟。荒蘆半沒高沙屋，衰

柳多圍古寺樓。漁父高歌入煙去，無邊沙雁落芳洲。

摘句如『文章讀去無非舊，世事經來盡是新。』『籬下有花能獨賞，瓶中無酒得長醒。』皆有致。

杜兆斗四首

兆斗，字味拙，處士。著有《酣夢山房詩草》。

渡易水

易水蕭蕭岸草黃，悲歌人自去咸陽。龍驚白帝千年後，虹吐青天一道長。擊筑當時留古調，鳴橈今日渡輕航。壯心如在英雄死，對此寒流欲斷腸。

啜茗

雨前雀舌采新茶，石鼎寒泉煮露芽。一卷道書林下讀，竹煙驚散滿林鴉。

柳

我亦同秋老，相看柳色黃。西風自寥落，殘月掛蒼涼。綠岸蟬千樹，紅橋雨數行。獨憐征戍意，攀折欲沾裳。

睡起

竟日坐無事，窗前色已暮。枕上一迷離，秋燈落寒炷。我有七尺軀，枵然五石瓠。文章祇虛名，昂藏困如故。昔聞班定遠，不作揚雄賦。賈生王佐才，鬱鬱長沙傅。憤來學荊卿，寶劍干將鑄。行歌燕市中，十年無人顧。天地何寥寥，雙翼未能翥。江水何盈盈，方舟不能渡。含愁懷遠人，裁成一尺素。願借長風吹，殷勤寄將去。去去何所之？遠人無定處。雲山縹緲間，當有吾知遇。

劉維祺九首

維祺，字介圃，諸生，著有《晉遊集》一卷，《延夢錄》四卷。

按：介圃攻苦，於文造詣極深。爲同邑黃碩人先生成彥高弟，與黃春園新泰相頡頏。文幽峭絕類王墻東。數困名場，絕意進取，隨弟宦遊秦晉之間，以琴酒自娛。教從子韻湖、聲于俱成名下。所著《延夢錄》，爲時所傳。棟與介圃爲文字至交。喜縱談今古，最慕晉人嵇、阮風味，故嘗以劉伯倫目之。

自太原赴大同途中作

二月尚如冬，關山更幾重？春寒欺病體，夕照戀高峰。曠野無新樹，孤村有暮鐘。微吟羸馬上，

天地一寒蛩。

酒後度曲

白髮較前多，人生歡幾何！三盃爲樂國，一曲當悲歌。富貴尋常事，榮華瞬息過。間中真趣在，不必怨蹉跎。

自嘲

無寵無驚寄此身，半生嘗慣是艱辛。逢遊山水才傷病，遇買詩書始恨貧。好友多疏緣作客，中懷易感不因春。年來一事真堪笑，故我依然白髮新。

寧武即事兼懷夢齡姪

自別前村樹，獨居天一涯。有詩都補壁，無夢不歸家。四月猶飛雪，三春未見花。登高舒望眼，山外夕陽斜。

接家書

官衙尺帛易郵傳，連日窗前展素箋。書少問安惟告急，貧當樂歲亦凶年。翻嫌厚積皆書笥，難得豐收是硯田。無術謀身原憲似，季倫應復笑黃泉。

春日山居

寄跡深山裏，幽居似太初。不知塵世事，但讀古人書。風暖茶煙靜，窗閒日影徐。未知春幾許，草色到階除。

清明

清明遊女走香車，欲去尋芳日已斜。翁仲無言都傲我，也曾觀遍洛陽花。

晚眺

好景隨時得，閒行趁晚晴。無風雲亦活，有水月添明。息影寒禽去，登高遠客情。思鄉聊北望，天際海煙橫。

春日池上

春晝微陰好，臨池午睡餘。柳嬌時顧影，花落偶驚魚。止水如斯靜，煩襟到此除。蕭然吾素志，不必賦閒居。

劉錫二十一首

錫，字夢齡，號韻湖。維祺從子。候補縣尉。著有《寫梅閣詩草》二卷、《題畫詩》一卷。

按：韻湖生而聰穎，天姿清粹，長身玉立，幼便能文，超拔不俗。工行草書，善畫梅，兼通音律，笛賦琴心，罔不絕妙。性任俠，推解不倦。袁玉堂遺戍西行，韻湖病垂危，猶典衣裝遺人餽贐。伉儷甚篤，年未三十喪偶，遂義不娶，卒年三十四，無嗣。乃弟錞捷南宮之日，即韻湖赴大羅之時，故溫東川哭之詩云：「嗜飲長庚鯨化早，看花小宋馬歸遲。」蓋紀實也。

《韻湖傳略》云：「幼從外祖周方伯光裕及尊公悟川宦遊秦楚，往來名山大川，胸臆開拓，才思縱橫。所著《寫梅閣集》，或淒如曉風殘月，或韻如芳草嬌花，或幽如古樹荒臺，或幻如長峰怪嶺，真足雄視一時。」

少華道上

驅車少華道，農事課雞豚。　布穀一聲喚，槐花黃滿邨。　斜陽明水面，遠樹護山根。　渾忘風塵苦，高吟曉至昏。

靈石道中

有水山皆活，無塵景即新。　長堤千里樹，小渡一船人。　日曉峰描黛，溪清柳照顰，仙鄰如可結，願住武陵津。

五月廿一日寧武紀災

五月午後風怒吼，黑雲如墨穿城走。冰雹亂下雨暴來，雨點初來大如手。始疑海市蛟龍豪，錯落亂把珍珠抛。繼疑銀河岸決水倒瀉，自上而下滾波濤。雷聲轟轟電光紫，蛇龍震怒鬪不已。翻盆傾注無移時，四圍山水驟發矣。勢如十萬火牛踏連營，捲風掣電咆哮奔騰走不停。聲如海漲颶風至，千船萬船齊鳴鉦。既能摧石復拔木，滿城天翻與地覆。可憐東郭居下流，霎聞十萬人聲哭。人聲不及水聲高，滿耳但聞水滔滔。峻墻大廈皆飄蕩，闤闠旋成魚龍巢。一浪未平一浪起，一樓相繼一樓圮。滔天巨勢人難防，排闥盡作隨波鯉。斯時我正居寧武，乍聞慘變心恇恇。言者咋舌聞者驚，何堪當時身遭苦？須臾水勢退荒疇，千百家無片瓦留。月明夜靜東門路，新墳舊墳鬼聲哭啾啾。

寧化道上

沙起亂雲隈，迎風過嶺來。春深雪雜雨，山遠樹疑苔。泉夾雙峰落，花爭四月開。登高翹首處，柳外半樓臺。

同羅膺三登寧化山頂望蘆芽諸山

望山之妙如望水，一層未已一層起；層層不已各爭奇，十萬亂劍青天倚。當空飛下一朵青蓮花，遠有窵泖近蘆芽；槃薄亙貫數百里，紫峰黃華面面遮。攀援猿嘯峰，躐躋蛇盤洞，屈曲蟻穿珠，展

轉蜃緣縫。南昌公子數搖手，彳亍不敢向高走，攀藤附葛獨尋奇，風吹白雲亂入口。怪石坳垤路蜿蜒，一登再登登絕巔，四面煙雲生足下，萬山青翠落胸前。諸峰知有人高望，層巒疊嶂爭相向。崭崭各逞奇詭形，公然不覺天在上。若避祖龍鞭，蹲踞藏伏相鈎連。若被巨靈鬭，凌空十丈斬然碧。又若煅煉女媧爐，斑斑駮駮元黃紫青朱；材者用去頑者在，至今晦明煙霧蒸空虛。吾聞盤古開胚渾，鑱劓錐鋸鬭石根。若謂俶詭不可據，何以林木澗壑見匠心之巧，嵌奇突兀留斧鑿之痕？倏然風起景頓變，雲霧滂濞飛如箭。惟見紅日圓滾黃金盆，青山厚裏白玉練。是有真仙靈，吾欲嘗其胡麻與青精。果否生神怪，吾欲看其飛騰幻化技狡獪。天不答而冥冥，山不應而青青，但聞千林萬壑風濤聲。天公嫌我太饒舌，罡風倒吹令我別。狂嘯一聲山下來，幾點夕陽山凹凸。

寧化署中偶成

荷酒攜書下小庭，窗間霽色正新晴。一年訟牘多臨帖，四面青山半當城。紅杏夢酣春弄笛，綠楊風細曉看耕。無端閒恨難消處，避暑宮前蔓草生。城南有煬帝避暑舊宮。

送友之寧武

楊柳花，飛如雪，日日江亭送離別。既傷離別復傷春，可憐柳條君莫折。雲樹蒼蒼白日涼，欲別不別心旁皇。無計留君奈若何？挽君之袂進君觴。惜君別，人生朝露從來說。留君坐，聽我歌，

恐君重來白髮多。君不見塞外沙石滿地走，六月雪花大如斗。

春暮，同諸友攜尊城北寺中看牡丹，歸遲，幾爲司門所阻

大呼諸公隨我走，城北牡丹開如斗。況逢如此好風日，閉置不出何酸醜。諸公較我興愈豪，一時衣冠聚八九。僧來迎客灑掃忙，雲作圍屏竹作帚。對此名花量宜宏，一枝花賞一斗酒。諸公豪氣如長虹，一吸百川鯨鯢吼。盡注汾酒入酒尊，欲取浮圖作瓿甄。我量雖狹心頗雄，惟有牡丹憐我癡，妙舞迎風亂點首。生平愛酒復愛花，祇願花酒常相守。彌勒尊者笑我狂，向我捧腹大開口。鳩摩羅什嗔我頑，怒目獰猙光黝黝。況此名花窺我笑，敢將大醉辭吐嘔。流連花酒不願歸，忘却城頭漏催久。重關直俟雞鳴開，鐵門未許詩人扣。諸人相視成大笑，無計能將秦關誘。鎖鑰聲驚門忽開，胥吏相將迎道右。道是不知諸長官，昏夜未能辨某某。入門我更問司門，再來看花還開否？急命駕車各爭驅，御人精神亦抖擻。

晚眺

日落衆山晦，乘閒登古原。夕陽紅半樹，暝色暗孤邨。臨水風生竹，隨人月到門。偶然遇田叟，坐石話黃昏。

題黃筠軒先生小照

楊柳春深花亂飛，有客持竿坐釣磯。斜風細雨不歸去，柳絮楊花落滿衣。夕陽影裏煙光暮，波紋漾漾垂綸處。情同魚鳥共忘機，身似閒鷗自來去。先生之志寄江湖，別有深意知者疏。若謂祇爭魚得失，先生豈真是釣徒？先生鼓掌笑不已，點頭許我爲知己。千點桃花尺半魚，同向春江釣煙水。

喜雪歌

誰將大帚向天掃？亂掃天花飛素縞。散漫交錯無移時，山川失色乾坤老。始如昆明臺上春風來，紛紛藉藉飛劫灰。又如倚天長劍脫鋒穎，萬仞鐵花飄空冷。元陰晦冥記空桑，銀雲四垂光茫茫。可憐千里一色白，歡樂疾苦雲泥隔。君不見深屋重簾活火紅，圍爐擁妓酕醄濃。又不見祖衣露寢高臥者，下無寸氈上無瓦。臥者亦何高！樂者亦何豪！二者不可見，一時但聞萬民歡聲嘈。天公有意憐赤子，不雨珠玉利莫比。試看茅屋編户中，十萬僵農一齊起。墨濃磨兮酒滿斝，志吾喜兮發長吟。因知道旁車轂下，應無負薪痛哭人。

謁淮陰侯墓

王可封，不可求，封得真王斫去頭。古今多少豪傑士，七尺半爲虛名休。如何國士稱無雙，亦屬昧昧無遠謀。況君絳灌羞與伍，等而下之不足數。焉知身後躡足人，疑嫌不由凌折取。君生疑，

友生忌，危則用之安則棄。公不負人人負公，功成竟無立身地。我今過嶺前，來拜君侯墓。愛君復惜君，瓣香展誠慕。吁嗟乎！英雄高塚尚巍巍，呂雉骸骨今何處？

過雁門

擾攘風塵客，搖鞭過漢關。白沙春水渡，紅樹夕陽山。途短輕裝減，天長贏馬閒。孤村煙幾縷，遙雜暮雲間。

望華山

萬古蒼然黛色濃，嶄嶄仙掌削芙蓉。飛來雨氣倏成雪，除卻雲蹤都是峰。可許乖崖分一半，欲從元仲踏千重。我來不敢拾紅葉，恐向懷中化冷龍。

車中吟

序：丁丑春，自秦之楚。長道無聊，凡有見聞，輒歸吟詠，無題可名，名曰車中吟。

其一

朝渡伊水河，暮上白沙坡。闊落林木絕，蕭蕭黃草多。狂飈起天半，沙石走巖阿。白日黯不見，陰氣相盪磨。格磔笑山鬼，威蕤生女蘿。不必逢窮途，嗣宗喚奈何。嗟嗟行路者，胡為向此過。

老牛旋石磨，小犢飲溪水。老牛愛犢深，時時側目視。犢亦愛老牛，對母雙豎耳。意曰母勞瘁，胡不且休止。母曰食主粟，力盡繼以死。小犢淚涔涔，跪前鞭不起。老牛怒且悲，角牴舌復舐。

其二

汝陽題壁

我愁自西來，掛在東山樹。樹枯愁不開，隨風成煙霧。霧濃愁益深，明月照我心。明月自今古，魂夢未忘家，辭家已十日。朝渡函谷關，暮上龍門山。山上有白雲，搖曳清虛門。豈不懷故岫，蕭蕭風雨寒。雲兮汝奈何，使我心悲酸。行行重行行，一步一回首。莫折洛陽花，莫飲魯陽酒。酒氣醉我心，花刺傷我手。豈沽儒者名，貧愈自待厚。我聞黃鶴樓，建立大江濱。高出與雲齊，登之望無垠。所謀不必遂，且作眺遊身。囊攜碧玉笛，橫吹江城春。一曲恐未了，煙波愁殺人。

太行山中

路自顛叢心自平，盤盤石磴誦詩行。人無壯志難忘險，山有奇峰始得名。何處更看紅日近，至今猶見紫雲生！回頭不辨塵間世，煙霧蒼茫空澗聲。

曉發

一覺不知曙，興人催促起。曉色透笭籬，襆被籧燈裏。惝怳驅車出，野風寒入髓。宿煙濃似錦，

曉月薄于紙。殘夢猶在衾，問程已數里。霜重箭箍寒，聳肩袖掩耳。客路酒旗親，一竿露沙觜。

題吳惠棠《邵存詩集》

一別東陽兩度春，冰壺玉樹憶丰神。能言肺腹才知己，自古聰明是恨人。昭諫文章悲抑鬱，杜

陵詩卷慰沈淪。不須更下窮途淚，陸海潘江已問津。

山行曉成

東方一綫紅，頓覺萬壑曉。馬蹏不住催，車輪度林杪。峰迴路轉出山前，鷓鴣一聲村影小。

附劉鐸二首

鐸，字聲于，號甌田。韻湖之弟。嘉慶己卯鄉魁，道光癸未進士。著有《甌田初槀》。

秋雨

雲上青山外，陰陰沒夕陽。水深三寸雨，秋劇幾分涼。葉落空堦寂，蛩吟午夜長。可知開霽後，

砧杵數家忙。

春日同韻湖兄小飲

薔薇四面曳藤梢，一架香雲弄玉簫。春得鶯花纔有興，人非詩酒竟無聊。斜陽影逐溪煙暖，村雨聲收燕語嬌。暫放形骸人莫笑，謝庭風味本逍遙。

王廷樾六首

廷樾，字藹人，本名汝楫，字作舟，諸生。

按：藹人性孤逸，刻苦自立，一介不輕取與。貌寒陋而品誼絕高，所歷坎坷，人不堪憂，處之泊如也。嘗館於一家居停嫌其衣冠敝垢，將不終局。良朋請易之，堅持不可，遂謝去。至不能炊，無憾色。雖古賢繩樞肘見之風，何以異之。其詩頗具超逸之致。

送春

其一

紅香滿逕惜芳菲，幾樹閒庭掛落暉。底事綠柳千萬縷，繫留不住任春歸。

其二

昨夜東風分外增，飛紅無力墮層層。多情最是湘江水，直送桃花到武陵。

春思

春深庭院寂無譁，竹影移窗日漸斜。

蝴蝶自驚紈扇影，雙雙飛去過鄰家。

老伎

未了青樓夢，相思總是癡。　新聲猶在耳，舊恨未離眉，白髮花間落。　紅顏月滿虧，夜深商婦淚，

祇有四絃知。

偶成

一望銀河浸影微，淡雲風送住還飛。　夜深恐有遲歸燕，月上疏窗未掩扉。

夏日雨中漫成

侵曉簾開乍倚樓，無端詩思最關愁。　白楊樹外蕭蕭雨，未到西風已作秋。

李芳田二首

芳田，字甸之，布衣。

按：甸之父名炎，乾隆庚子舉人，宰陝西涇陽縣，升任知州。甸之少為貴遊，一擲萬錢，不事

舉業。中年落拓，遊大江南北，浪跡二十年，喜為章句。所覽名勝，輒流連光景，發為詩歌，往往

有奇句，與一時名士畸人，唱酬甚夥。

月蝕詩道光六年四月望夜，月蝕，既感之而賦

晦顯原無定，今宵月尚然。珠胎才半缺，鏡面已翻懸。詎意光明夜，旋成混沌天。任他風露冷，

坐待五更圓。

冰床

冰床安臥處，河路走平川。却笑山難倚，居然榻可眠。廣寒魂夢裏，銀漢斗牛邊。回首江湖險，

風波十四年。

旬之乃詩人郝石臞老人之甥孫，嘗述石臞《秋海棠詩》云：「涼月移嬌影，西風動弱枝。可憐

傾國色，未及早春時。腸斷却誰語？花開空自悲。聊將一杯酒，與爾話秋思。」前采石臞詩，未得之，

故附記於此。又，旬之於其家墓門上書聯云：「莫求棺槨之美，但全身體髮膚入土中，人人無非厚

葬；休信風水者言，惟積德行陰功於世上，處處盡是佳城。」

王樹門七首

樹門名失攷。

按：同邑張青立先生《漫抄》云：『王子樹門，津門舊族也。其《遊秦晉草》中，悲壯淋漓，

偉句不可枚舉，如《次陘山驛》云：「官槐驛路秋聲滿，野草官墻夕照聞。」《安邑途中》云：「陶

唐田井三千載，夏后提封四百年。」《過驪山》云：「豐樹夕陽連渭水，灞陵秋色近長安。」《華清宮》

云：「一自飛塵驚玉輦，遂教湯殿掩金沙。」等句，皆可誦。』所載詩甚多，惜不詳其名。嘻！津邑

二百餘年來，湮没奇士多矣，僅一樹門也哉！

風陵渡河宿潼關

擊楫黄河夜度關，滿川明月滿城山。帝王都會藩籬處，秦晉封疆指顧間。烽火不驚金鎖固，魚

龍潛伏水波閒。五更官燭消紅盡，千里鄉心逐夢還。

春雨分韻

盡日霏霏盡夜長，隔簾草色帶泥香。春城薄暮千家暗，邊地重陰二月凉。池水細生新鴨綠，柳

條輕染淡鵝黄。驚心物候悲遊子，雲樹蒼茫憶故鄉。

登代州譙樓

其一

舜廟空山石磴迂，趙王城堞久榛蕪。雲間峻嶺飛狐隘，天外奇峰過雁孤。邊略至今思李牧，河

聲終古笑扶蘇。雄圖霸業銷沈盡，黯淡秋陰下野烏。

其二

一自陳豨據朔方，漢家始闢雁門疆。金笳細柳調征馬，玉椀蒲萄醉戰場。周衛功勳餘故壘，李

程營陣付斜陽。燕支塞遠人千古，青塚魂歸夜月涼。

其三

漫言魏晉與齊梁，近代君儲宋繼唐。武德奇功宗李段，太平名將說曹楊。三州舊壘黃雲暗，九

字豐碑碧蘚荒。盛世不須防禦險，邊陲無警地無疆。

其四

古柏蕭蕭望晉陵，殘唐帝業一人興。沙陀龍起回青海，朔漠鷹揚振白登。百戰軍中遺宿恨，三

垂岡上見風稜。于今絕塞餘抔土，落日荒原蔓草藤。

其五

山外浮雲雲外山，不關興廢事循環。雨昏雁塞荒煙斷，草沒龍沙秋景閒。卜肆君平何處問，登

樓王粲幾時還？白楊原上西風急，旅恨鄉心鬢欲斑。

又如《遊曲江》云：『雲樓珠翠空流水，御苑芙蓉剩夕陽』《客中感懷》云：『三晉雲山鄉夢遠，

五陵裘馬故人稀。』皆有七子遺音。

家集

梅履端八首

先君子，字雅邨，號三渠釣叟，晚自號拙石老人，布衣。舅氏中年學畫，遂成絕藝。竹法文與可，蘭法鄭所南，梅法梅花道人。尺幅片紙，爭購為寶。遊跡半海內，卒不遇，甥王成烈填諱。

遣懷

時乖何所託，老屋且埋頭。　盡有書中味，能消靜裏愁。　竹寒雙屐雨，菊瘦一瓶秋。　往事條條悟，休言志未酬。

閒步

閒來著屐步長堤，柳簇花深逕欲迷。　詩在眼前吟不得，雨鳩喚過水塘西。

窗間梅花

瓷瓶閒插小梅花，移映書窗月影斜。　骨格雖寒風味古，自宜相賞在貧家。

獨酌

獨酌復獨歎，歎此一生愁。少年成孤露，負重爲馬牛。中歲命迍邅，東西紛營投。徒以供人役，何嘗遂我求。瘠田無半畝，寸硯資秋收。破屋無半椽，賃宅等浮舟。多男信多累，教養無時休。諸孫依次長，哺乳聲啾啾。人誇子孫福，我躭子孫憂。豈不作達觀，聊此寄泡漚。孫女摘菊來，將花簪白頭。嬉笑爲開顏，對之傾一甌。

鎮江道中

客途車馬殆，所畏是黃昏。溪影斜陽樹，墟煙遠陌邨。簪花人映竹，扶杖曳依門。對此懷鄉土，歸家玩幼孫。

題畫菊

西風蕭颯動寒林，耐盡清寒秋氣深。却笑繁華都落魄，讓他遍地點黃金。

郊外偶步時在鎮江

綠樹家家黃鳥鳴，水村風景近清明。春來春去花開落，人哭人歌草死生。過眼興亡原是夢，委心榮辱豈關情。躭閒不爲尋僧話，竹外荒庵偶一行。

遊花隱庵

竹密無行逕，桂花香滿樓。自憐孤客意，惟愛古庵秋。何日偕僧隱，長貧對佛愁。石欄閒坐久，松翠落茶甌。

周尺木爲先君子著《拙石老人歌》云：『拙石老人性孤潔，不愛家居走風雪。老而益壯向山遊，窮且益堅磨硯鐵。九州巖壑半登攀，三晉碑版曾鈎探。晚年復稅長安駕，舊友難逢庚子山。黃塵十丈飛入海，金臺五色韜文彩。美玉有時儕砥硞，魚目如何雜珠琲。長鳴轅下陟良駒，五都市上無方觚。真眼不來牝牡外，奇材誰拔雲泥途。故園三逕荒松菊，健筆一枝賣蘭竹。罇盈自喜酒學陶，囊空不顧金羞陸。手揮蘭竹皆仙品，碎石零花綴苔錦。墨氣吐成旃檀香，一手揮毫一手飲。畫就神飛脫敧裝，天邊角元光觺觺。慨余濩落同瓦缶，逢君擲筆貽瓊玖。有情相對醉餘逸興開吟眸。人間倪黃度瀟灑，我儀圖之進一斗。高林明月老人來，仙風玉骨何皚皚。饒他萬卉爭凡艷，歲寒自有羅浮梅。增長歎，

先君子《友蘭圖》云：『奕世相傳翰墨尊，南昌仙尉舊兒孫。畫中逸品詩中伯，名士真難在一門。』

《隱仙庵得句》云：『獨酌一盃就竹影，閒吟雙展入梅花。』爲時所賞。

船山師題先君子《望華山》云：『一峰天外矗五指，日邊擎嘗在金陵。』

《登岱嶽》云：『雲根雪坼陰崖黑，石上松留太古青。』

梅嶺四首

嶺，字庚仙，號剛峰，別號鶴窗，諸生。

按：剛峰製藝胎息大家，困於名場。著《自鏡閣詩草》，李海門先生符清宰天津，最蒙推賞。

題王訪舟畫

丈夫以墨爲遊戲，夜半忽聞山鬼泣。造化在胸筆在手，鞭驅峰巒風雨集。晴日芸窗寫畫圖，淋漓墨瀋紙模糊。草木精靈石之魂，眼看變化在須臾。吁嗟顧陸不可再，此事誰能傾儕輩？天根月窟探幽奇，碎雨零雲穿紙背。君家妙筆擅江東，右軍翰墨奪天工。豈惟六書世罕匹，畫法不與前人同。邇來太倉鐘人傑，五嶽三山留真訣。誰知沽水有宗風，世人未敢名優劣。尺幅寫就共傳觀，六月江天掛壁寒。安得畫出匡廬千尺雪，著我棕鞵箬笠看飛湍。

重有感

銷盡雄心閱歷多，不堪重唱莫愁歌。管城誰借三千筆，寫遍人間可奈何？

自歎

七度槐黄志未償，始知雲路遠茫茫。前身應是衡文客，曾把文章錯校量。

題《蕭參軍小照》

西川名士秦淮客，四十鬚眉森如戟。年來漸覺面龐非，少小丰姿殊堪憶。我今披君之畫圖，芒鞵倒趿頭不梳。長松蜿蜒千尺落天際，丹樓碧檻雲模糊。中有一美女，抱琴獨不語。凝睇送飛花，花落如紅雨。花落春深三月天，緑溝春水響涓涓。琴聲半逐泉聲起，一曲流水爲君傳。今君作吏來燕地，三年寄跡同蕭寺。春深江國繫遐思，故園花柳爲誰媚。二分明月小揚州，玉管金箏畫鷁頭。春漲一篙津水闊，片帆又向畫圖收。

津門詩鈔卷二十閨秀

程德輝二首

德輝，天津人，父鑰，適孫洪，殉節死。

《秋坪新語》載：『程德輝其先紹興人，鑰之女也，從其父來天津，家焉。幼沈敏，書一二過，輒成誦。嘗取殘燭藏之，以佐夜讀。既長，明麗絕倫，而幽閒貞靜，出自性生。雖工於詞翰，秘不示人。隨父客懷慶，得故人子孫洪，亦津人也，見其文秀翩翩，遂妻之。初婚之夕，夢吟「梨花空自落」之句，意以為不詳。久之，洪客夷門，歲或一二返。相莊一室往復古今，嚴師友不翅也。已而，洪病殁，無子。程誓死相從，滴水不入口。既而起曰：「夫子未有子，我再死，誰為繼嗣者？是絕吾夫也。」於是復強飲食。方洪之未殮也，與程依父居懷慶。至是以舅在津，宜奉養，遂返津門。朝夕進甘旨，無不先意承志。綱紀家政，咸有禮法，舅若忘無子也者，鄉黨翕然稱之。後六年，洪弟明生子紹賢，程以為己子。踰年夢夫來迎，乃作書告舅，自明從死之志。其略曰：

「兒生不辰，壞墻齎恨，藐若寡鵠，上累椿庭，始以白首無期，黃泉可卜。顧殤子不嗣，恐若敖餒，而昔人言就死易，立孤難，兒何人斯，敢圖其易哉？今幸螟蛉類我，勿遺夫以伯道之憾；菽水承歡，漫致親有史雲之憂。羹湯洗手，恩酬愛日，分合常依。獨是生者託奉色笑于彤幃，死者誰驅螻蟻于黃壤。舉案挽鹿之謂何，而竟以幽明異視哉！況梨花空落，夢讖初婚，命薄自天，分應早謝。倘欲未亡人同穴，俟白首而後，不且貽夫子泉臺有懸望之鰥耶？興言及斯，食息都廢。所願慈幃鞏同山岳，兒雖九泉埋骨，三生含笑矣。」遂闔戶雉經，時年三十有三也。其夕室中白氣丈觸窗而出，一鳥赤如火，迴翔戶內，良久乃去。生平所爲詩甚多，卒前一日，盡焚之，存者《雨霽》

《幽蘭》等數章而已。」

雨霽

雨餘晴自好，暮色藹林端。斜景淡相媚，小窗空復寒。花明如欲語，鳩逐不成歡。滿徑蒼苔滑，含情獨倚欄。

幽蘭

紉佩相參欲怨誰？國香原不要人知。祇應空谷佳人共，翠袖天寒日暮時。

浮槎散人曰：「人樂則願生，苦則思死。節完嗣立，奉舅終身，誰復捨身爲快哉？乃從容就義，

視死如歸。視夫一時激烈，慷慨捐軀者，不尤爲難之難歟！正誼明道，古大賢事也，猗歟巾幗，日月爭光矣！」

按：德輝父善詩，余物色其集，數年不得。《天津縣人物志・流寓》載其傳，附記於此，聊傳其人：「程鑰，字北堅，晚年更字果庵。浙江山陰人。年十六來天津，遂家焉。少孤，事母以孝著。長而博極群籍，撰有《斑管錄》七十餘種、《豹隱齋詩文集》若干卷。生平好施濟，遇匱乏者，雖旅邸，傾囊贈之。從兄無子者，代之置姬侍，親爲奉養。客粵西，有挈妻子而病於逆旅者，鑰爲資給之，幾數年。有女名德輝，以節烈著。

許雪棠一首

雪棠，字失攷。

《蓮坡詩話》云：『余有別業在曲州。庭前海棠，忽於十月間雪中盛開。大尹張若巖，桐城者宿也，賦七律一首，甚佳。和者雖多，津門閨秀許雪堂爲最。許過時不嫁，工詩文，閟不示人，傳播人間者，惟此詩而已。』汪西顥《津門雜事詩》有云：『不櫛書生不畫眉，傳來艷絕海棠詩。若教玉秤稱才子，壓倒樓頭舊婉兒。』正指雪棠也。

雪中海棠和韻

移從香國種無雙，幾見凌寒意不降。日映輕紅嬌帶淚，風扶弱質笑迎窗。朱門舊許宜春睡，冷院新看伴玉缸。却恨杜公無好句，空教十月渡寒江。

吟齋氏曰：「才而不嫁，與學而不仕者何異？雪棠非具過人之識，烏能協不字之貞如是！若雪堂者，謂巾幗中之子陵也可。」

趙恭人一首

恭人，佟莘湄太守鍈配。著有《殘夢樓草》。

《蓮坡詩話》：「平樂太守佟鍈妻趙恭人，早寡，依兒公鋐僑居天津。生平作詩甚富，不輕示人，而絕無脂粉之態。其《祀竈》詩云：「再拜東厨司命神，聊將清水餞行樽。年年破屋多塵土，須恕夫亡子幼人。」爲世傳誦。所居樓曰殘夢，因號殘夢主人。」

題《邊塞圖》

黃沙漠漠迴無垠，萬古關河不度春。今見畫圖腸欲斷，可知當日戍邊人。

按：佟氏樂浪人，世家閥閱，其僑寓天津者，蔗村最著，一門風雅。蔗村妾名艷雪，亦有詩名，

所居曰艷雪樓。今雖園林蕪沒，人猶指其遺址曰佟家樓。金芥舟先生詩云：「小墳煙草綠茫茫，又向佟家看海棠。」即謂此也。

《蓮坡詩話》：「辛丑仲春，余遭炊臼之痛，同人和《悼亡詩》甚多。中有佟蔗村姬人艷雪七絕更佳，其結句云：「美人自古如名將，不許人間見白頭。」用意新異。」

欒安人王氏五首

安人，天津詩人欒樹堂先生樟妻，飛泉先生立本之母。著《南遊草》。

舟行

曉風捲雨透窗紗，雨板垕排悶倍加。獨坐舟床無個事，隔將簾隙辨山花。

詠岸上土牛

兩岸成群斷復連，不牽韁索不耕田。生來自合中央築，用去難從逝水捐。赤夏炎蒸寧喘月，洪濤澎湃自防川。牧童短笛知何處，留得長堤伴柳眠。

食鱸魚

四顋鱸魚躍錦鱗,聲聞遠地作奇珍。烹來不過尋常味,莫把虛名誑北人。

除夕

欲舒梅蕋臘將過,惆悵鄉關可奈何。舟子不知人意醉,滿江來往唱吳歌。

虎邱

舟泊吳江岸,乘春玩虎邱。懸崖通小徑,密樹隱高樓。劍石痕猶在,墳池血尚留。相傳池血,

巒飛泉先生《愨思錄》載《安人行畧》曰:『母姓王氏,世居靜海縣。外曾祖諱壁,康熙丁卯科武亞元。外祖諱麟,乾隆丙辰恩科副榜。徙居天津。外祖母牛孺人,靜海進士諱天宿公胞妹。母秉性寬和,慈祥溫厚,無偏倚私曲之見。自言生平無他學,祇是朱子格言,未敢一句忽過。生平雖善詩,恒不欲人知。曰:「婦道無成,何敢操觚染翰,與文人學士爭名?」于歸之前,居南城內,城樓中火藥忽灼,黑煙如甕,人家墻壁俱飛,舉家狂奔,母倉卒出戶。旋自止曰:「蹂躪中,吾豈可以以身與耶?」入室閉門,負墻而立。俄有石壞窗入,著榻而陷,母堅立不動。越日火始息,亦竟無恙。吾父壯年頗嗜吟詠,每與親朋相酬,然於母之能詩未及知也。後於棄紙中得《剌窗詩》一首

云：「蓬窗何用碧紗籠，聊度金針一望通。寄語小蟲休漫入，此間止許透清風。」固詰之，始知爲

母作。族姑某室徙遠方久矣，一日偕其季子來，出數百金託父代營生理，父急爲收之，已折百金，

有伊戚李某者陰唆之，蓋因父曾鄙其人，而峻絕之也。姑果變，遽索厚資，父爲覓一塵居焉。貨甫聚，

姑遂大肆窘辱。每晨興輒詈或身殭地，髮蓬蓬若死人。其從子尤狠悖，一語不周，則頭

相觸索食，非母手治，則傾覆之。時祖母臥病，日須十餘餐，母方在妊，夏酷暑，母日營饌餌，侍

祖母，且周旋姑，而姑之虐戾益甚，父漸不能堪，歷數月完其貲而去。母已焦勞積爲終身

之病。辛酉歲，吾父謝舉子業，客柳州。有言粵省山川之險者，母憂思成絕句云：「寒夜淒淒夢不

成，關山險阻憶長征。却憐兒女無愁思，枕側惟聞鼾睡聲。」父適粵，久無音信，母歷艱辛，嘗作

長律《書懷》云：「匆匆百粵去，鹿鹿遠驅馳。途險勞相念，家貧止自持。但求平是福，偏遇事多歧。

區畫親難倚，經營子不知。逃亡奴婢盡，傾倒住居移。爲病女工輟，因貧兒課遲。門庭真寂寞，里

巷任凌欺。路遠魚書斷，心懸噩夢奇。三年曾有約，一日豈忘思。惟祝康寧返，從容話別離。」父

自粵歸，課不孝等讀書最嚴，時加鞭責，母爲勸救，遂致詆訶，母心傷之。見壁畫織屨婦，因題一

絕云：「十指緝麻屨在旁，想求活計爲兒郎。世間痛癢非關母，何苦勞勞晝夜忙。」父見之，怒少

解。張廣文廷錡女名懷清，幼字王室，年將及笄，忽聞壻歿，女變色入廚，自投于甕。父見之，訛傳氣猶未

絕，母曰：「此不必救，以成其志可也。」俄言已死。母曰：「得之矣。」爲詩以弔之曰：「嗚呼張

氏女，未婚夫已殤。綱常存血性，節烈凜冰霜。氣稟乾坤正，名傳遠近香。舍生取大義，青史可增光。』外祖下世之明年，母將除服，作詩二首以誌慟。詩曰：『一脫麻衣淚與并，斬衰降作一年輕。即今換服依常禮，脈脈衷情何日更！』又云：『除服親丁二十人，哀哉獨我倍傷神。生前鍾愛嗟九甚，何忍今朝與眾均。』從堂姑行二，適于，常饔飧不繼，母時餒問。一日姑來曰：『吾承嫂惠多矣，然每賜必當吾匱，是誰告之耶？』吾母泫然曰：『子不見吾常使寬兒往戲乎？暗捫爾寵耳，寵冷故知不飯。』姑聞而泣。父如秦，母課不孝等，作《勉學詩》曰：『閉戶讀書常自拘，心田嗟爾任荒蕪。文章也覺多爲貴，筆墨翻憐有若無。孫子家貧猶映雪，路公身牧尚編蒲。困中勤勉皆通顯，過隙光陰未可辜。』丙戌年，不孝敬爲武昌衛千總，母南遊居武昌館署，《聞雁思鄉詩》曰：『回雁排行叫碧天，忽驚兒女隔終年。倚門空悵音書渺，遙指鄉關在日邊。』庚子年六月十五日，母病痢五六日，自知不起，即屏藥餌曰：『吾逾七旬，三子無白丁，一女爲太守婦，濟濟五孫，吾願足矣。』病篤時，天熱甚，孫女輩爲啓窗簾納風，搖手止之曰：『外供竈神，捲此則臥相向，非敬也。』口不能言。午後，呼不孝本執筆，口述云：『問予何故得奇殃？百藥全無救我方。若使輪迴真有數，一生勤儉訴冥王。』遂絕筆。』

按：安人懿行甚多，茲特截錄十之一二。長子名立寬，庠生。次子，名立敬，壬午科武舉，衛千總。三子名立本，乾隆癸卯舉人。女適同邑江濤，任廣西思恩府知府。

《長蘆節孝志》:『王氏靜海人,副榜麟女。幼穎慧端靜,精女工,博綜眾藝,而性喜文。五歲時,聞兄輩讀書,即往竊聽,父問曰:「女讀書何爲?」對曰:「學作好人耳。」授以經,過目輒成誦。一日譙樓火,瓦石飛迸,家人皆狂奔。呼之走,甫出戶曰:「倉卒蹂躪中,吾女子豈可以身與耶?」返閉戶。有巨石壞窗入,不爲動。長適生員樂樟。姑歿,厝於郊。夫粵遊不得歸,氏乃日刻半餐之貲納撲滿,盈則埋之。積得若干錢,買地以葬。吟詠甚夥,不存稿,惟《南遊草》一卷行世,如「夜靜風鳴竹,春寒雨笑花」之句,膾炙人口。』

金至元九首

至元,字載振,一字含英。解元查爲仁妻。著《芸書閣集》。

《天津列女志·陳公鵬年金氏傳》云:『名至元,字含英。府學生大中女,適天津查氏。夙嫺內則,不苟訾笑。性極孝,事父母及舅姑皆得其歡。幼讀書,通大義,穎慧絕人。女紅之外,書算琴管,無不精妙入神。尤工於詩,著有《芸書閣集》二卷,清拔孤秀,不染粉黛習氣。平素閟不示人,既歿,世爭誦之,濟南趙宮贊執信爲序,以傳。』

按:含英詩人金子昇平孫女,查蓮坡居士配。幼穎悟嗜學,閨秀中秉家傳,已能詩。蓮坡以事下請室,九年出,始成婚禮。琴瑟綦諧,歿後遍徵題吟,佟蔗村先生姬人艷雪挽句云:『美人自古

如名將，不許人間見白頭」，爲士林所豔稱，梓入《蓮坡詩話》並《隨園詩話》。與蓮坡唱和成帙，

號《松陵集》，見欒飛泉先生《津門詩彙》。

春日

午窗寂歷聽嚦鶯，澹沱春光畫不成。坐擁熏爐寒尚峭，旋移花塢雨初晴。鈎簾乳燕多尋壘，隔

巷吹簫已賣餳。忽見侍兒來插柳，始知節物近清明。

過草亭作

屈曲草亭入，蕭疏遠市嘩。畫欄斜抱石，翠幌薄籠紗。境僻蝸黏壁，林香蝶報衙。此間塵事少，

一卷補《楞伽》。

古意

倚熏籠兮倦繡，日遲遲兮春晝。步庭除兮延佇，折花枝兮獨齅。鶯百囀兮將闌，柳飛花兮欲殘。

恨流光兮難綰，掩羅袖兮汍瀾。

春盡日

九十春光劇可憐，難追羲馭夕陽邊。桃花不識東風換，猶弄妖紅幾朵妍。

重過水西園

一番雨過釀輕寒，七月南塘水半竿。　最是重來好風景，秋光如染隔林看。

初夏

柳葉毵毵覆屋低，綠陰初滿小軒西。　沿堤碧草茸茸長，坐樹黃鶯恰恰嗁。　須識人生皆有定，自來物理本難齊。　紅閨久誦斑姬誡，未敢拈毫着意題。

催粧詩次韻

其一

句好如仙絕點塵，青蓮原是謫來身。　詩傳彩扇歌偕老，籍記丹臺署侍晨。《松陵集注》執蓋侍晨仙官貴侶。　四照花開融瑞色，九微燈颭締良因。　牽蘿補屋休嫌陋，得貯珠璣敢道貧。

其二

百和香濃結綺筵，雲璈如奏大羅天。　龍泉那肯豐城掩，冰彩依然桂殿圓。　此日授綏休論晚，他時委畚計當先。　試看歐碧輕紅種，留取春光分外妍。

夜話和蓮坡主人韻

人生大抵遊仙枕，已出邯鄲君莫疑。　世事浮沈無定著，流光劫火漫尋思。　試香午院宜煎茗，鬪

墨晴窗好賦詩。終臥牛衣吾不悔，祇憑清課愜心期。

查調鳳二首

調鳳，字鳴祥，蓮坡老人爲仁次女。

按：于斯堂查氏，一門風雅，累業縹緗。閨閣之秀，咸工文翰。自含英金夫人提唱於先，以後蘭房嗣響，率多詠絮之風，他族罕有及者。

水西山莊落成，家嚴慈遊賞，命賦，敬步原韻

其一

草草新成小水西，疏籬茅屋稱安棲。無多山水供人賞，有點煙雲著樹低。曲院詩篇吟滿壁，半園花竹抱長堤。老年但得怡情地，隨處皆堪自品題。

其二

邃館蕭閒帶雪過，深深落葉曉風摩。庭虛遮莫遊人少，禪定何妨轉語多。郊外寒光宜野趣，酒邊白髮帶微酡。開筵此日歸來晚，還喜嘉賓有范何。

查容端二首

容端，字淑正，蓮坡老人第三女。

水西莊落成，敬步家大人原韻

其一

小圃新成復向西，一家逸興愛幽棲。竹煙半隱迴廊曲，花影斜看偃月低。渡口遠帆凝碧水，門前疏柳臥長堤。分明寫出雲林意，展卷雲泉盡可題。

其二

勝地欣聞尚未過，披圖曾不賞描摩。數椽亭閣春風貯，半畝林塘秋水多。裒屐詩成人未散，壺觴酒釀頗常酡。園成正值懸弧慶，月白如茲良夜何。

查綺文二首

綺文，字麗言，蓮坡老人第五女。

水西莊落成，敬步家大人原韻

其一

潑墨圖成小水西，此中清遠足幽棲。數間竹屋臨溪靜，半架蘿陰覆檻低。玉骨含香藏暖窖，冰魂瀉影罨長堤。卷開便是登臨處，親拭花箋著意題。

其二

枕溪溪畔每相過，月地花天費揣摩。一片煙霞流水外，四時亭館好風多。鳥穿垂柳聲如剪，春入夭桃色半酡。今日擬將和靖宅，玉梅清韻更如何。

水西莊落成，應堂上命題，敬步原韻

嚴月瑤二首

月瑤，字閬娟，蓮坡老人長君鐵雲給諫之配。

其一

結構初成野水西，閒門風景可依棲。繞檐凍雀聲如碎，隔岸村帘影自低。寒吐玉梅香入屋，煙含霜柳遠橫堤。看花猶記當年事，攬翠軒頭捉筆題余家舊有攬翠軒。

其二

悵未追隨別墅過，相看圖畫費心摩。一園好景池塘曲，滿壁高賢詩句多。璧月乍明痕似練，金樽半瀉頰微酡。更欣眉壽如松柏，添取風光興若何。

宋貞娘二首

貞娘，字草亭，蓮坡老人侍女。

奉主人命，吟小水西莊，時乾隆丁卯長至月中浣之一日

其一

園東草樹接園西，小築亭臺合靜棲。池竹斜行穿石罅，盆梅橫出壓窗低。暖簷花匠薰新窖，凍網漁人曬午堤。遙憶主人吟玩處，詩應無地不堪題。

其二

得過林亭且共過，敢云天女伴維摩。青山白石人難老，紅樹霜天景更多。盃桑落晚來酡。願君樂事同無量，不向人間較若何。半枕黃粱醒後覺，一

以上詩俱見《澹宜書屋六詠詩冊》，友人王任庵所收藏。

按：《蓮坡詩集》載有杜麗春，江西吉水縣人，父某世襲指揮，明萬曆間攜女過津，舟次被溺，女謁碧霞元君，受職琅苑，攝天津水府事。康熙丙申年十月，青城道士董守素扶乩，仙降自言始末，見案上有蓮坡賞菊詩，因和二律云：「瞬息春風瞬息秋，塵寰猶認歲悠悠。無知花草自開落，底事心情易喜愁？紅粉已消肌玉冷，青春難挽鬢絲留。何如早覓還丹訣，逝水年華尚可酬。」「説與詩人莫費猜，閒中親見轉輪來。薜荔逞艷繞堪種，槿樹旋枯不復栽。有限精神休浪擲，無情烏兔遞相催。春蘭秋菊尋常物，須看蟠桃池上開。」又，趙瓊英《和蓮坡賞菊詩》云：「讌賞詩傳帝里秋，江流如綫恨悠悠。海棠開後從凝望，籬菊逢時更惹愁。錦纜牽霞辭我去，金鞍踏月向誰留？浣花箋紙書頻寫，數盡飛鴻復一酬。」「吳云燕樹儘疑猜，耽入詩壇不省來。佳句空縈千里夢，仙葩誰徙上林栽。鸚哥簾底將伊喚，杜宇枝頭向客催。莫負維揚好明月，瓊花一朵未全開。」亦見《蓮坡詩集》，無註，不知瓊英爲何許人？

金烈婦二首

烈婦章氏，金允恭妻。夫疾，割股二次。夫卒，自縊獲救。未幾，絕粒死。

見雁

其一

此身孤寄似浮雲，忍見泥金舊嫁裠。春雁又來人不返，一天淚雨哭離群。

其二

未知鴻雁為誰來，嘹唳聲中百種哀。祇恐有書將不去，雙飛何日到泉臺。

《金烈婦殉夫傳略》云：「嗚呼！人之有奇節者，特有奇氣；抱奇氣者，始完奇行。是在男子為難，況求之巾幗中哉！棟聞金烈婦事，不禁心為之悲，涕為之墮也。道光壬午十一月二十日，會飲於外氏，酒間談古節義事。內兄金麗江忽嘅然太息曰：「我家有奇人，湮沒近五十年矣，惜無有文而傳之者。余家十二叔，名允恭，年二十聘章氏，南皮縣人，嫻禮則，通文墨，與叔情好綦篤。生一女，名小玉。未幾，叔病瘵危篤，章侍之辛勤備至，醫巫俱無驗。一日流涕跪大士前，割右臂肉，雜藥瀡以進，叔飲之而愈。叔生母陳察知之，泫然告叔曰：『兒活矣，幸善調攝，汝妻割肉啖汝矣。』叔聞之泣，歸室問章，驗視不可。強之，解裹相示，創痕訌潰，覽之驚怛，病又作，加劇。章悲悼，又割左臂以進，卒不起。含殮之日，哀哭踊擗，悶絕移時。抵暮，託言浴，遣婢嫗抱女出，自縊於室。族人來弔，見寢戶闔，怪之，窺窗得狀，驚呼。有言弗救以成其志者。姑不可，以首觸扉，痛欲俱死。叔有嫡兄破門解救，甫蘇，顧問左右曰：『孰解我者？』曰：『阿家大爺。』曰：『夫兄迫於母命，義故當救耳。』自是晝夜防閑之。迄葬盡禮，以奉其姑。居半載，姑勸歸寧，以寬其哀。歸南皮數日，女病殤，復返於金。一日立中庭，聞雁聲，仰天歎曰：『雁有歸時，人無返日，我何生為！』賦詩

粘壁間，諦而視之，血淚如雨。遂不食，六日死。』嗚呼！視死如歸，從容就義，此古偉男子之所爲，竟出於紅閨弱質耶！聞氏娛婿柔婉，而輕捷能跨獰馬。性明悟，無書不覽。父孝廉也，官江南某州刺史，薄書錢穀，佐之綜理甚悉。父歿扶柩歸，次旅店中。盜十餘人夜來劫，氏居樓上，叱問盜曰：『汝等利吾財物耳。勿犯吾母，行囊盡以予汝。』舉數箱，樓上擲下之，盜閧然去。臨事毅然得決捨之義，與不顧破甑者同，此何等器識耶！得非人奇，必其氣奇，氣奇故其節奇耶？古來之虧名辱節者，類由奄奄無氣之所致，其視章氏何如哉？』

棟因書金烈婦，又有感於趙烈婦，尤女子中之奇絕者也。天津東沽村民張起，趕車爲生，外出，母爲人傭，妻趙氏獨居，一子甫繦褓。嘉慶十一年十二月念九日夜，氏爲人勒斃，鄰告其姑，往視見屍遍身戕傷，一剪刀在旁，訊之同院張守亮云：『是夜外出，不知也。』覓其孫，人言在同村田科家，田科者，兇狡無賴之尤者也。兄田會亦無賴，憑科之焰，肆虐一村。姑往伊家察問，會妻云：『早見兒嗁於岸，憐而哺之，不知誰氏子也？姥來甚善，可便攜去。』姑問伊媳死狀，田兄弟瞋目叱曰：『活汝家幼兒不謝，誰知爾婦死耶？』姑抱兒歸，迄無端緒。十二年二月，張起歸，欲鳴之官，許布二疋錢五千，竝爲代娶一室，張允之，有成說矣。氏舅許獨不可，拉張起入城，鳴縣宰往驗，拘張守亮、田會、田科、雲仰泉質訊，雲已逸去，許指名田科爲兇手，宰難之，許曰：『兒

地保雲仰泉阻之曰：『事無主名，鳴官徒累無辜，且汝有何貲斧持訟耶？』田科兄弟恐累及之，托

在科家，科又浼雲寢訟，非科而誰？」科悍不承訊。守亮云：「此事或雲仰泉知之，小人不知也。」

行文捕仰泉，數月無跡，將科收禁，餘押帶，已成游案。科之兄田會憫弟在獄，赴都察院控冤，時

英煦齋夫子和奉旨來鞫。公初訊，固疑科之兇頑，而極口稱冤，又少確證，因熟思問田會曰：「幼

兒孰得之河岸者？」曰：「小人子得祥早出溺，見兒嗁於岸，抱歸。」公曰：「爾子年幾何？」曰：

「十餘齡矣。」公喜曰：「得之矣。」拘田得祥至，隔別訊之，食以菓餌，曰：「此案汝父與叔俱承

矣，爾曷詳言之？」得詳曰：「此事胥我叔所爲。叔與張起有隙，起婦有姿，偵起出，飲張守亮以

酒曰：『夜啓門，事諧謝汝。』是夜五更，叔歸，身帶血跡，告父曰：『我已殺張起婦矣，父大懼，

適張守亮來與叔耳語，移時去，旋抱幼兒來，付我母，其詳乞問張守亮。』嚴鞫之，亮曰：「小人

開門，科入婦室。婦業屨燈下，科調之，咱以利，婦怒詈科，推按欲行強污，婦大聲呼，科持剪刀

威嚇，詈愈亟，遂連戳之，血湧愈喊，科提其兒付我曰：『伊不從，速擲諸河。』小人擲之，婦慘

呼益亟，科命取繩，適壁有車繩，遂環其頸勒斃，科拖其屍，踢而擲之冰上。科去，小人懼，往科

家商之。復拖屍回置諸室中。此實情也。』眾皆讋服，而科獨堅執，公加熬問，或哭，或笑，或叫

罵萬端。會雲仰泉自關東捕獲，質之，所供同。公毅然申奏曰：「此案田科起意圖姦斃命，張守亮

貪賄加功，而該犯狡展，凶頑殊甚。祈速正典刑，以慰烈魄。」奏下，田科梟示，守亮擬絞，氏旌獎。

郡民稱快。嗚呼！氏之烈也！聞勘驗時嚴冬單衣，百結如鶉，床間堆敗絮纍纍。貧屏若此，驟遭兇

暴。誘以利，劫以威，以爲無有不從者。乃動以賄不污，戕其軀不污，殺其子不污，而又祝公之仁也。

以死殉，抑何偉哉！葬氏之日，甲者遠近數千人，莫不唏噓泣下，歎氏之烈，

道光四年五月，同年毛一峰孝廉配朱氏殉姑，棟爲具牘請旌獎略云：『孝烈孀媛毛朱氏者，本

縣嘉慶庚申舉人、內廷膳録毛凌皐之妻，處士朱浩之女也。秉懷淑慎，賢名早著於娛親；賦性幽

閒，禮則更聞於作婦。儒門淡泊，頗高荊布之風；貧室辛勤，足辦齏鹽之素。欽讀書之可貴，五

夜分燈；樂孝享之多儀，三餐敬饋。既博高堂之愛，復聯閨族之歡。無何孝廉中年觀癠，伏枕長

呻；孀人湯液扶持，湔㨾摜垢。股凡再割，爭知莫救其生，禱有千番，豈料難回其命。當是時也，

淚漬寢帷之血，情摧縣愓之聲。孀人心懷皎日，誓赴義於重泉；志殉所天，務捐身以同穴。家人

莫不垂泣，親串爲之酸心；囑相伴以殘年，更因夫弟哀留，謂撫孤之事重。低回

周親之請見。無奈蒼蒼者偏摧所愛，呱呱者相繼而殤。形隻影單，淒絕一場春夢；風悽雨慘，蕭

然廿載寒冰。氏之所遇，可謂窮哉；斯時欲遽踐夫前言，恐重傷乎母意。姑含荼而茹蘗，轉愉色

以和顏。論者謂氏之孝也。倘從此殁世，嵩簪已可副所期於靈四；即畢生鬌譽，未足酬素志於賢

攬涕，謹遵萱草之言；憔悴哺兒，甘抱蘭心之痛。從此清齋茹素，強笑承歡。如母女之相依，絕

雄乎？詎於本年五月二十四日，孝廉母倪安人病殁。孀人椎心一痛，久切摧肝；絶粒三朝，深悲

刺骨。然猶躬親含殮，附於身者罔勿周手製壺觴哭於靈而伏莫起。任苦口以無聞，知冰腸之早決。

嗚呼！青綾三尺，霜殘貞女之花，碧血千年，月冷常娥之石。此即烈士無此從容，通儒遜茲詳審者矣。蓋氏完其節，完其孝，百行無虧；殉其夫，殉其姑，一誠不泯。某等風聞既確，月旦非誣。理合恭詞，具情陳請云云。」

許氏三首

氏詩，見《津門詩彙》，未詳家世。

題畫

細草幽香滿路生，仙源景物逼人清。桃花爛熳江村午，時聽雞鳴一兩聲。

閒居

砧聲催暖散棲鴉，庭院風清帶柳斜。春酒熟時天氣好，滿園開遍蜀葵花。

尋春

芳草蒙茸小徑通，人家多在綠楊東。花香引入前溪去，一片碧桃隔水紅。

丐婦一首

姓氏無攷。

題南門城壁

滴滴青衫浥淚痕，不堪回首舊朱門。相將賸有伶仃女，行過前村又後村。

《秋坪新語》載：「乾隆乙酉，天津有婦人攜一幼女，行乞于市。年三十許，衣甚襤褸，而舉止嫺雅，有大家風。其女約五六歲，亦娟潔。人叩其姓氏、里居，不肯言，但眉痕慘黛，淚落連珠而已。久之，題一絕句於城南門上，不知所往，一時和者甚眾，詩曰：「滴滴青衫濕淚痕，不堪回首舊朱門。相將賸有伶仃女，行過前村又後村。」讀者悲之，卒莫知其爲何如人。」

佛女一首

女，天津人。棟爲之記云：「佛女者，津邑望族，以詩書世其家。父善畫，筆墨爲生。母氏朱好善茹素，姓女時，夢大士持金環一，授諸懷曰：「寶之，此孤環也，世無其偶。」已而生女。幼明慧，甫三齡，日已識數百字。長而玉貌花韻，秀骨珊珊，望類仙人，皎然若冰雪。兩親珍愛深至。性嗜潔，誓不嫁。親强之，女曰：「兒非敢梗親命也。」女之嫁，猶男子之仕也，士不

盡仕，女豈盡嫁乎？親不見仕者乎？熱中屈己，奴顏婢膝，所甘未償所苦。兒有異性，不樂與

俗人居。且親老矣，兒無兄弟，適人後。堂上益寂寥無歡。曷留

兒繡佛相伴，娛二老餘年乎？」親重違其意，姑且聽之。里人間名者麕至，胥擯勿許。喜讀書，

父故愛積書，家藏多卷，女靡不披覽。久而能文，最工詩。治父母晨夕二炊外，輒閉戶謳吟，

拈題選韻，評論今古，積成卷軸，秘自緘藏，不肯炫示。嘗有句云：「新詩草就無人贈，閒向

梅花窗下吟。」其風旨可想。已而，兩親先後病殂，女湯液扶持，燒痂漱垢，衡酸茹泣，含殮絞

衾，罔勿慎備，縗麻臨葬，哀踊盡禮。里人觀者唏噓泣下，歎有子者勿如也。終喪後，女曰：「余

事畢矣，行將自料理耳。」父始稍有所積，摒擋既罄，難以存活，遂賣繡自給，親舊罕睹其面。

家留一乳媼，持所繡出鬻，人爭購之，恐不能得。所刺花鳥如生，間刺所自爲詩句，視所資足

數日餐，惟緤經趺坐，焚香垂簾而已。棟重女之名，浼媼以詩囊求刺，兼丐詩句，女曰：「梅

孝廉老於諸癝久矣，勿留其值。我爲繡之。」得絕句二，喜過望。一日，女晨起靚粧，闔

取所著詩卷爇火焚之。徐謂媼曰：「我去矣，家什盡以付汝，幸瘞我兩親旁。」語畢端坐逝，閭

室聞旃檀氣。嘻！其在女子，則屯之六二，而協不字之貞者也。即方諸男子，其蠱之上九，不

事王侯，而高尚其志者歟！

紀㲿文九首

㲿文，字蘊山，文安紀秋槎先生女。適靜海人乾隆己酉拔貢生李煌。著有《近月亭詩鈔》。

按：蘊山父官湖北，蘊山隨父遍遊江山之勝。秉父教，能詩，與夫孟檀，極閨房唱和之雅。

詩囊

其一

紡得春雲一綫長，包羅風月入絲囊。他年補袞朝天上，探取明霞五色章。

其二

驢背尋詩竹杖挑，天涯吟遍路迢迢。定知風雪梅花裏，獨負寒香過灞橋。

詠史

其一

六經灰燼恨難平，禍首端由李客卿。黃犬東門何足歎，九原含愧是荀生。

其二

鄖塢焚身義所當，何緣太息有中郎？謗書應乏南狐筆，還笑株連到子長。

其三

百戰誰令道濟亡，石頭城上劇倉皇。長城自壞無多日，戎馬紛紛向建康。

其四

洗氏奇謀竹帛垂，可憐巾幗勝男兒。休誇江統文才好，盡是南朝脂粉姿。

其五

漁陽金鼓起塵煙，水綠山青儘可憐。拋却玉環難兩顧，皇心始信九齡賢。

其六

東南花石日紛紛，艮嶽高峰半入雲。斷送風光真可惜，至今猶恨二陵君。

其七

零丁洋裏歎零丁，丞相詩篇不忍聽。還有遺民懷故國，一甌麥飯拜冬青。

其八

底事齊黃建議多，屍謀弗善起干戈。捐軀信有芳名在，十族沈冤可奈何！

銅雀臺

高臺聳翠出木杪，畫閣朱樓在雲表。魏王此日營菟裘，隱囊繡榻珠翠繞。珠翠繞膝宛轉歌，雙

蛾皓齒流盼多。君王尋歡興未已，落月西逝如金波。一從典午滄桑改，分香賣履人難待。炎精當塗俱消沈，祇有鄴中荒臺在。荒臺在眼霸業空，斜風細雨上牧童。美人一代化塵土，空餘疑塚埋奸雄。

《郡賢集》內未及博採閨秀，得玘文詩，附載於此。

趙酉姑一首

酉姑，詩人趙雪蘿野女。幼敏慧，數歲能讀《千字文》《續千字文》《毛詩》《古樂府》，皆成誦。好吟詠，有父風。未聘，卒于家，雪蘿惜之。

灌花詩

美人葬處花，其香益芳烈。所以灌漑方，未可蒙不潔。

張筠二首

筠，字竹方。文學繆星池共位配。詩人張青立先生靖女。

按：竹方少知書，躭文墨。歸星池後，舉古評今，閨閣中，如良友。青立先生無子，選授浙江浦江令，隨之任。未幾歿，隨從雨散，筠綜理雜務，親視含殮，隻身三千里扶父柩返葬。孤舟往返

錢塘江中，大風雪，幾遭覆溺，毅然不懼。亦釵裷中奇士也。嘗繪《長江風雨圖》，津人遍有題詠。

藕花亭坐月亭在浦江縣署中

一亭花影晚風涼，竹裏流螢碧有光。爲愛濃香貪坐久，月華冷到水中央。

雪夜渡錢塘江

四圍山裏三更雪，萬頃波中一點燈。到岸不堪回首望，江天寒氣已交凝。

金沅十二首

棟嫡室金孺人，字芷汀，號問梅女史。天津人，金芥舟先生從孫女。

按：孺人幼未學，歸余後，始讀書爲文，著《問梅草》一卷。性婉順，通禮則，奉尊嫜以孝，得先姚朱太君歡，葬姑後隨亡。余悼亡詩，有「良友交情知己淚，丈夫風格女兒身。」蓋道其實。

霜葉四首

其一

霜落淮南秋色深，綠雲消瘦失濃陰。無邊春夢拋流水，一片秋心在晚林。蘆雪乍涼辭遠浦，梅

花相約守孤岑。丹黄染遍江村路，有客停車對此吟。

其二

東風回首惜年華，送盡流鶯伴暮鴉。自感多愁猶戀樹，人憐薄命竟同花。秋深古驛瀟瀟雨，影亂空山漠漠霞。密處不如空處好，數枝紅到野僧家。

其三

才轉山腰一抹痕，西陽偏映酒家門。已同柳絮輕飛影，猶認桃花再返魂。寒蝶忽來橋北路，鱸魚聽賣水南村。漫言老樹無顔色，耐盡炎涼晚節存。

其四

江干楓稻井邊桐，深淺胭脂畫不同。已分飄零衰草外，倍添憔悴晚煙中。繁陰空惜三春綠，冷艷猶爭二月紅。老去濃華惟自信，此生原未借春風。

梅花四首

其一

流水空山夢渺茫，玉樓十二舞霓裳。飛來白雪魂原冷，墮向紅塵姓亦香。有筆難描空外影，幾人肯愛古時粧？紛紛桃李休相妒，不借春風祇自芳。

其二

瘦影蕭疏劇可憐，一枝寫出妙明天。開能爲我何妨淡，修到如君定是仙。道意自含雲水外，春心獨抱雪霜前。紙窗幾夜相思苦，撩撥詩情未得眠。

其三

竹籬茅舍好風姿，嫁與寒家品更奇。清瘦自來惟本色，孤高原不解逢時。花中甚少同心侶，世外難求稱意詩。寂寞久甘空谷隱，芬芳何必有人知。

其四

悟徹前因與後因，淡雲明月此花身。品緣太潔應消福，色不能嬌爲遠塵。暖日忽逢三徑雪，寒山偶吐一枝春。最憐濁世無眞賞，或把飛仙當美人。

病中不寐

清秋伏枕睡難成，瘦骨生寒覺被輕。觸緒不堪懷往事，閑愁竟是欠前生。燈搖菊帳昏昏影，雨打蕉窗碎碎聲。小榻誰憐人臥病，百回輾轉數殘更。

曉起

碧窗輕捲透春寒，料峭東風翠袖單。昨夜海棠經雨放，一枝紅玉壓欄杆。

病中留題小像擬畫《問梅圖》

其一

空留片影掛帷前，幻影空花更幾時。料得人生豈百年。一縷殘香半杯酒，淒涼是汝後時緣。

其二

是卿是我兩心知，幻影空花更幾時。對汝自憐還自歎，他年人歎亦如斯。

亡妻病篤時，吟此二絕句。臨危，諄囑爲繪遺照代題之。隔十年，始煩李君桐圃爲摹《問梅圖》，一時題詠甚夥。余階升孝廉詩云：「十載蘭窗夢裏魂，依然荊布舊丰神。未知冰雪三分瘦，人似梅花花似人。」「蕙帷風颭夜迢迢，菱鏡臺前黛影銷。花爲並頭偏早謝，難將辛苦畫中描。」葉筠潭督轉題云：「羅浮仙夢證瑤京，修到今生定幾生？自是難教塵世住，步虛容易返墉城。」「春風長篁繫悲思，憔悴潘郎感鬢絲。猶喜苔花能璧合，浮雲唱和有柔之。」澹音王孺人縕徽云：「祇合羅浮證夙因，縞衣約略是前身。分明一枕遊仙夢，謫向塵寰幾度春？」「翠帷蕭索晚風寒，月地雲階路杳漫。夢醒紙帳人何在？難遣一炷爐香裊裊，素琴幽怨不成彈。」郭小陶配宋小琴云：「嫁作林家婦，清寒直到今。抬來應解語，相對自沈吟。」「半生幽香爲返魂。」郭穉山配王佩蘭云：「一縷香魂幻後身，梅花應減舊精神。月明草閣今猶昔，不復清光照玉人。」「半生清苦著清詞，手搦寒香費索思。幾度問花花不語，料應花也斷腸時。」崔念堂同門憶秦娥詞云：「長

離別，壁間遺掛花間月。花間月，拈花細間，百端淒咽。箇中消息憑誰說？牛衣舊恨渾難絕。渾難絕，

殘香冷酒，伴君幽潔。」繼配夢秋女史高菊窗題云：「浮雲難解去來因，隔世閒緣到此身。盞酒瓶

花晨夕供，替君常作瓣香人。」「紅塵來早與來遲，共此虀鹽命可知。卿愛梅花儂愛菊，一般清瘦不

宜時。」余爲跋其卷末云：「紙閣蘆簾宛目前，芳魂果否幻爲煙。繪圖僅了生前願，痛隔埋香已十年。」

「冷蕊幽芳豈化身，欲呼小影問前塵，似卿結子酸心者。自有梅花更幾人？」「幾多憔悴鬢成絲，冷

暖年來祇自知。蔽塚蓬蒿今又綠，斷腸花謝已多時。」

天津詩話

紀文達公《灤陽消夏錄》：「天津孟生文熺，有儁才，張石鄰先生最愛之。一日掃墓歸，遇孟

於路旁酒市，見其壁上新寫一詩曰：「東風剪剪漾春衣，信步尋芳信步歸。紅映桃花人一笑，綠遮

楊柳燕雙飛。徘徊曲徑憐香草，惆悵喬林掛落暉。記取今朝延佇處，酒樓西畔是柴扉。」詰其所以，

諱不言。固詰之，始云：「適於道側，見麗女，其容絕代，故坐此，冀其再出。」張問其處，孟手指之。

張大駭曰：「是某家墳院，荒廢久矣，安得有是？」同往尋之，果見馬鬣蓬科，杳無人跡。」

《蓮坡詩話》：「天津城南，地勢窪下，夏潦汪洋彌望，冬則冰膠如鏡，居民以凌床往來，其

行如飛。魯存弟邀同人作冰泛之遊。魯存得長歌一篇，內有句云：「晶瑩倒射天影白，七十二沽無

水聲。」極爲儕輩推許。」西顥有句云：「到處回頭都是岸，從今托足不須波。」頗足禪味。姜西溟

編修遊天津時，曾有冰車詩。

近日，辛文學濤，亦有冰床詩云：「蘆絮身邊雪，梅花夢裏情。」爲凌謙齋邑侯所許。

表兄陳東華汝杰云：「天津顧孝廉贊，字襄臣。攻苦於學。幼有句云：「敝裘典去朝爲爨，殘燭移來夜讀書。」後宰山西長治縣，詩無存。」

袁潔《蠡莊詩話》載：「香雪王廷椿，天津諸生，鄉闈屢薦不售，以縣貳分發山東。行尨風雅，云：「落花片片委蒼苔，幾度鶯聲喚不回。莫怪東君情太促，明年還送好春來」又《詠罌粟花》云：「未誇南國雙弓米，先借東君十日糧。」」

《送春》云：「落花片片委蒼苔，幾度鶯聲喚不回。莫怪東君情太促，明年還送好春來」又《詠罌粟花》

天津武孝廉沈毓德，其兄爲仇所毆。孝廉聞之，持刀赴救，得生。仇勢衆，環數十人刺之，孝廉潰圍出，衆復圍之，自背後刺而死。事在嘉慶庚午年，棟哀之，爲賦《義弟行》：「橋北喧聲喧不止，衆手毆兄兄欲死。壯哉有弟氣縱橫，隻手握刀飛出城。觀者如山齊道好，弟救兄來人盡倒。義弟驅賊賊亦凶，作勢團團聚似蜂。萬手撥刀刀更緊，梨花落處寒芒滾。鼠子爭看不敢前，紛紛竄走避如煙。一賊高呼勾以鈎，長竿齊舉如長矛。可憐力盡英雄蹶，猛虎無端遭鼠齧，玉山委地英風高，雖死猶然手握刀。千秋義烈何凜凜，令人涕淚增同袍。君不見：羊角哀，范巨卿，異姓猶敦手足情。此道于今久不行，有人謂子過輕生。嗚呼！吾聞兄弟之仇不返兵。」

陳荔峰學使《三輔采風錄》：「《塞下曲》天津楊廷詔云：「簫勻布楊和，休歌企喻歌。暖風

融白雪，春水下金河。柳色關前嫩，梅花笛裏多。無勞老蒲類，萬里更橫戈。」天津王雄云：

覓封侯去國遙，少年衣錦玉花嬌。皋蘭秋静無刁斗，日向平原看射雕。」沈潤田兆霈云：「青剛嶺

頭風亂吹，黃花川下水流時。勤兒身手殊輕利，獵馬牽來衹驛騎。」姚承謙《秋笛》云：「何處秋

笳拍始成？臨邊景色共悽清。氈廬匝野西風利，鐵甲環山夜月明。調迴鄉關增別恨，曲終天地變秋

聲。驚心大有隨陽雁，不待參橫盡遠征。」王雄《小遊仙詞》云：「十二層城護曲闌，瓊花開遍不勝寒。

朝朝點筆鈔唐韻，疑是人間吳彩鸞。」「答鳳鞭鸞上紫臺，此身原是散仙才。醉中檢得元都印，擲向

張星換酒來。」高欣齋仰之云：「銅芝縹緲結祥煙，絳帔黃絁控鶴還。碧奈花開忉利市，紫霞宮近

夜摩天。」沈潤田兆霈云：「枝上清霜凍玉鸞，窗前明月浸瑤壇。素娥青女私嘲笑，不道仙家似此寒。」

「瓊宮內法已潛修，喜跨斑龍汗漫遊。閒煞銅螭鎖春畫，碧桃花下小紅樓。」楊廷詔云：「金榜璇樓

署玉虛，落花如雨溼瓊居。五雲閣史蕭閒甚，素腕教臨碧落書。」

「多情送客縈征轡，無意隨風點畫紗。」俱得宋元人遺意，著有《一得錄詩草》。

及門李靜亭和春，嘉慶丙子舉人。詩愛劍南一路，其《雪天》句云：「破窗一縷香風入，應有

梅花雪裏開。」頗有清致。又如：「閱歷每從難處悟，功名半是苦中成。」又如：「屋外黑雲生一角，

水晶簾動雨聲來。」皆可喜。其《秋曉》句云：「小艇幾家吹荻火，寒星數點上漁燈。」其《楊花》云：

静亭初受業於故友黃春園新泰，黃故後，始從余。其《過春園慎獨軒》云：「吞聲又過草堂西，

紙閣淒涼月色低。書榻依然塵跡滿，秋花零落鳥空啼。』其《哭春園子黃鍾麟》云：『茫茫天道竟難論，乍聽凶言淚暗吞。祇道祥麟應有種，那知靈草竟無根？墓前飣餖從茲絕，架上詩書不再存。回憶寒氈開講日，泫然一慟報師恩。』二詩俱有淒咽之音。

及門董茂才懷新《蘆花詩》云：『九月霜痕落秋水，一年花事老西風。』爲學使杜石樵先生所賞。

詩工香奩，愛明人王次回《疑雨集》。

李靜亭《過芥園》絕句云：『朱門靜鎖對寒流，一片蟬聲古院秋。風日蕭閒人跡少，綠楊空抱水邊樓。』

及門金樸亭茂才淳，詩筆爽健，其《重陽前四日，李靜亭過書齋夜話》云：『冷巷相過有故人，蕭然一介笑吾身。應時才短難投俗，插架書多不濟貧。往事話餘燈影碧，清詞吟就月痕新。十年賴是知心侶，猶向寒窗氣味親。』《贈車指南孝廉》云：『三年風雨訂交遊，相契幽懷冷若秋。骨格我慚林外鶴，襟懷君擬水中鷗。淡于松菊情方古，嗜在詩書味始投。一硯共磨窗下久，何時同步鳳池頭。』其《秋夜和余過雙樹軒原韻》云：『身外謀何益？蕭齋且靜居。漸嘗書味永，翻笑世情疏。燈暗秋涼後，茶香夢醒餘。百年原一瞬，長歎竟何如？』樸亭留心文獻，凡邑前輩之殘編賸稿，無不收存。有時，余有遺忘，問之，輒能記憶，或即鈔錄，以待采輯，亦後學中有心人也。余少年著詩話一卷，久爲人攜去，茫不記憶，幸樸亭鈔有副本，及今歲輯詩鈔，頗得其用，亦樸亭力也。

樸亭又爲及門陸蓮圃圖書便面二絕句云:「浮雲流水悟今生,多少衷懷寄短情。無可奈何翻舊業,

茶煙燈影道心清。」「東城小住復西遷,風雨蕭齋倏五年。記得夜深寒雪白,小窗燈火理殘編。」二

詩亦輕脫有致。

張也癡茂才延祐《自感》句云:「愁中覓句吟常苦,客久思家夢轉無。」思最沈摯。客金陵十

餘年,境亦潦倒。其《送王香雪之楚》句云:「鴉噪斜陽殘樹外,馬嘶秋柳大河濱。」亦雄曠可喜。

故友蔣雄甫茂才玉虹著《幽冥錄》十餘卷,采輯鬼神報應事甚博,以寓勸懲。嘗有笑其迂誕者,

輒毅然爭之曰:「《大易》言『知鬼神之情狀』,是鬼神不惟有情,並有其狀,聖言豈欺妄者?」

公七歲上塾,讀《三字經》,至『孝於親』句,舉筆書其旁曰:「人不如此,便非人。」師重之。

爲諸生,敦孝友,博洽多聞。撰輯邑志若干卷,藏於家。嘗云:「天津城南地窪,舊多水患,邑前

輩某公詩曰:『兩行新種將軍樹,十里初開太史河。』則在乾隆中年宋觀察宗元開墾南鄉稻田時也,

似是于虹亭先生句。」

楊茂才慎恭弱冠《詠紙鳶》句云:「明知片紙因風起,偏有多人仰面看。」最有思致。所著《醉

六吟草》,五絕甚佳,余爲摘其雜詩數首,如『獨立孤村頭,即目欣所遇。勞勞遠行人,走入風塵去。』

『浮雲本無根,彌天握何術?一滴亦難哉,猶詡山川出。』『十年宦吳越,十年宦齊晉。斂盡天下才,

卓異標聲聞。』『避熱上山來,畏寒下山去。上山與下山,同此一條路。』『東家善種麥,西家善種花。

紛紛城中人，到處誇西家。」「吐出千萬絲，蜘蛛何巧弄？那知成功時，祇作網羅用」「豪家棄粱肉，乞兒眼所見。乞兒號饑寒，豪家不肯看。」「天無十日晴，亦無十日雨。人無百年歡，豈有百年苦？」「耕田蹄欲脫，駕車喘不息。勞勞無已時，猶惹屠刀逼。」「對客彈素琴，宮商亦屢換。四座悄無言，臨風獨三歎。」節短音長，寄托不少。

其《漫述》一首云：「暖風潛入座，幽士夢初回。靜室客全散，閒庭花適開。倚窗偶吟嘯，鳴鳥不疑猜。真意於茲寄，呼童啓舊醅。」其《無題》句云：「警鶴露聲和淚滴，困人天氣抱愁眠。」又「砌平鋪蘚色，院小聚花香。陋巷無人訪，閒身覺日長。久晴方苦熱，微雨頓生涼。遙聽農歌起，憑軒喜欲狂。」又如「靜掩蓬扉滌硯塵，蕭然琴几一閒身。清癯自是書生相，笑煞飛而食肉人。」俱可誦。

津門詩鈔卷二十一 郡賢

靜海

陳耀二首

耀，字德孚。靜海人。嘉靖乙酉、丙戌聯捷進士，歷任刑部主事、山西冀寧道、河南廉使、大同巡撫。

《天津府志》：『耀弱冠舉於鄉，未婚，明年登進士。生而穎異，十歲工文，日記千言。爲文暢朗有古氣。歷升刑部員外郎中，勘斷明決，尚書唐龍常謂諸司曰：「獄必經陳郎中手，無枉縱也。」恤刑河南數十年，疑獄一語立剖，老吏吐舌，以神明呼之。太宰張孚敬兼經筵，重耀文學，令編摩《進講語錄》，多用諷諫語。尋升湖廣副使，復除冀南兵備。以詿誤謫萊州府同知，復累升山西督糧參政。時邊餉缺乏，耀轉運有方，不至告匱。再升河南按察使，政簡刑清，民爲之謠曰：「前有鄭廉後陳廉，同起靜海並清中原。」會推大同巡撫、僉都御史。』

静海大水

一自凋殘三十秋，眼中風物不勝愁。千村萬落如江海，不見人煙見水流。

窮民歎

破屋葺蓬茅，麻衫鬢髮焦。到門惟有水，顧地絕無毛。野菜和根煮，生柴帶葉燒。已看貧到骨，無計避征徭。

蕭汝默一首

汝默，字潛齋。静海人。嘉靖庚子舉人，丁未進士。

表周孝子

慕孝頻臨孝子廬，可憐貧士敝齋疏。傳家獨訂新城禮，輯錄閒翻舊讀書。幾載交遊期附鳳，宵聯榻勝焚魚。知君點點思親淚，灑向《長江暮雨圖》。

元默一首

默，字中象。静海人。萬曆戊午、已未聯捷進士，初仕河南懷慶府推官，行取吏科給事中，終

河南巡撫。

《明史‧列傳》：『元默，字中象。靜海人。萬曆四十七年進士。除懷慶推官，擢吏科給事中。魏忠賢焰方熾，以鄉里欲招致之，默謝不可。言路承忠賢意，刻罷歸。崇禎初復官，歷遷太常卿。六年春，以僉都御史巡撫河南。流賊由均州犯河內，默率左良玉、湯九州、李卑、鄧玘兵待境上，復率九州乘雪夜薄吳城賊營，大破之。嵩、洛以北各城數十，賊避勿敢攻。時陳奇瑜既失李自成於車箱峽，默自汝州移駐盧氏，檄良玉、九州各陳兵要害，得稍寧者數月。當是時，賊勢張，良玉等承督師檄守備尚固。默諸將斬獲多賊，賊多趨秦、楚境。已，分為三，自潁州犯鳳陽皇陵，中州所在告急。八年夏，默被逮去，久之得釋歸。八年卒。』《靜海縣志‧名臣傳》：『默任推官，擢給諫，以不附逆瑄回籍。崇禎時復起，為吏部給事中。時有巨奸陳雲漢假名屯田，增賦害民，合縣束手無策，默獨經畫多方，以紓其害，勞怨不恤，士民尸祝。歷太常，旋推河南巡撫。清忠亮節，公舉崇祀鄉賢。』

村居即事

寒雲漠漠月初彎，村舍無人戶早關。十二樓中愁積雪，不知人在賀蘭山。

邊維新二首

維新，字鉉鑑。靜海人。萬曆庚子舉人，鞏縣知縣。《靜海縣志‧介節傳》：『公性耿介，有節操。

知鞏縣，廷無冤獄，野無追呼，鞏人戴之。後擢邠州知州，以痼疾告歸。時要人欲致之爲聲援，歙以大用，不應。每謂諸子曰：「余欲使汝輩爲清白吏子孫，冰山安可恃乎？」封文林郎，崇祀鞏縣名宦。』

抵鞏縣寄里門親友

分袂南來感歲華，風塵極目阻天涯。故人寥落琴爲友，宦況蕭條夢是家。別緒漫隨春草亂，離懷時傍暮雲斜。鱗鴻兩地傳相憶，何日門迎長者車？

飲邑西浣園聞蟬

隔林蟬韻似催詩，謝汝殷勤勸酒卮。飲到夕陽還斷續，吟空明月共清奇。傳來秋意生庭樹，曳得殘聲過別枝。幾度飛觴人盡醉，又聞蟲語代淒其。

王正志一首

王正志一首

正志，字逢源。静海人。天啓甲子舉人，戊辰進士，任延綏巡撫。《畿輔通志·忠臣傳》：『王正志，静海人，崇禎進士。順治初以都御史巡撫延綏，軍政修明，邊境乂安。姜壤叛，正志檄諸將固守，參將王永彊開門延賊，正志死之。贈左都御史，廕一子。』

燕山雜詠

病起愁容減，長貧不問錢。看花紅滿袖，削草綠生煙。拭劍杯前壯，繙書倦後眠。自慚成懶癖，未許受人憐。

李枝長一首

枝長，字失考。靜海人。順治甲午舉人，戊戌進士，官潼關衛教授，宜賓縣知縣。

官貧

本是宦情拙，敢因苜蓿嫌。家貧難放利，官冷易為廉。佐食無魚設，烹茶有渭添。曾聞尼父訓，飲水自安恬。

宮夢仁二首

夢仁，字待考。靜海人。康熙己酉科亞魁，庚戌會元，癸丑二甲五名，授翰林院庶吉士，終禮部尚書。

甲辰出都酬贈行諸子

八月秋如水，清風迓素商。木業辭庭柯，孤雁日南翔。渺渺征途子，隔歲謁天閶。天閶高以遠，

顧言還故鄉。同好三五輩，念我空昂藏。人年難滿百，況值別離長。置酒城西隅，綺筵鳴珮璁。手奉金屈巵，相勸累十觴。蘭釭何熒熒，歌聲更激揚。愴焉情未極，月出夜已央。驪駒列戶外，僕夫當路旁。揖君前致語，攬彎復停裝。陸生曾入洛，司馬尚游梁。胡不戀闕廷，而乃懷榆枋。譬彼蛾眉姿，少小務明妝。得侍昭陽者，惟恐進君王。譬彼華文鳥，熠耀山之岡。矰繳布於阿，引項縱四方。窮達會有時，卷舒安其常。顧盼發慷慨，遲暮詎云傷。歸矣草堂隈，望望燕雲黃。應期保令名，努力愛景光。

長安秋月篇

碧梧宮井葉初飛，桂影扶疏香正稀。西山返照峰紋紫，北闕繩河浪影微。廣寒迢遞彩云幕，海嶠金波未盈勺。常儀眠遲含幽思，玉杵与霜擣靈藥。朱邸紅樓紛夕讌，四顧玲瓏水晶現。霓裳羽舞互爭妍，九枝燈火相映遍。流光卻射長安城，長安一片冰輪橫。黃戶蝦鬚捲澄潔，千門雉堞多崢嶸。邊馬行嘶出塞秋，閨中錦字盼雙鉤。仙客應乘牛渚棹，才人擬上庾公樓。芸臺闃寂清如水，藜杖常燃堪對峙。倚樹還將兔魄窺，攤書時作龍吟比。芙蓉仗外照參差，插漢莖盤掌露移。至尊垂拱厘宵旰，風風尹日日其咎。愛爾娟娟懸清夜，親披章牘不遑暇。早朝晏罷修令名，鬱章之駕望舒迂。手握乾符瘴霧清，太陰效職分效明。但願君心常似月，八荒普照乾坤亨。

高爾儼二十一首

爾儼，字岱輿。静海人。崇禎庚辰探花及第，歷官光禄大夫、太子少保、内院大學士，謚文端。

《天津府志》：『爾儼，字中孚。崇禎十三年進士及第，授編修。入國朝，累遷吏部尚書、宏文院大學士。秉銓四載，奉公守法，時論歸之。所著有《西銘衍義》《孝經釋略》諸書。卒贈少保，謚文端。』

寄趙子凝

初時馬首分春色，又遣秋風動別思。此意憑人傳不得，却教明月與君知。

絶句

梨花庭院月娟娟，梅蕊枝頭雪宛然。風韻一般看欲錯，不知春在阿誰邊。

古意

人去遼陽妾未行，朦朧欲到怯孤城。無端夢裏誰驚破，却是金釵落枕聲。

閨思

翠翹欲上又還休，舊事思量一段愁。記得雙眉剛畫却，喚郎爲整玉搔頭。

明妃

理罷新粧出漢城，蛾眉顰蹙倍嬌生。　當時錯怨毛延壽，豈有丹青畫得成？

元日同顥侯、致虛諸昆弟過子一齋中

春風纔度臘初收，此日聯鑣作勝游。　名輩滿前皆舊識，無人為覓孟江州。

秋夜

雨韻經秋碎，風聲入夜清。　凄涼惟一燭，冷落恰三更。　几硯餘閒況，關河動別情。　此時不寂寞，愁緒正縱橫。

送倪相如先生之任營邱 天津人，名光薦

難將好雨挽干旄，一片濃雲似別情。　靉靆幾層遮望眼，廉纖祇自送春聲。　淵明祿薄原如寄，司馬才優豈市名。　百里可能煩臥治，瑯琊從此播餘清。

春陰

春陰深院閉門時，憑几焚香有所思。　黯淡小窗敲凍雪，零星黃雀抱寒枝。　尋芳無計非關懶，說夢憑誰總是痴。　獨座不堪閒悵悵，幾回強讀少陵詩。

雨後遊浣園觀奕，晚棹而歸

驟雨過秋林，河漢爲傾倒。雨歇碧天空，微雲澹縹緲。興高不畏濕，緩步沙洲道。遙望綠叢陰，物象皆可了。深林一徑微，輕風亂啼鳥。轉曲不見人，但聞新蟬繞。稍前樹作屏，堂上二三老。棋聲落清寂，蕭散人語杳。開樽後院宜，薄潤晴偏好。鬱蔥帶雨痕，殘陽明樹杪。交枝覆堂陰，暑氣静如掃。攜酒上琴臺，脫幘觀林表。俯眺碧流暗，孤帆宿歸早。酒酣出林岡，樵歌來幽窈。晚煙歸棹急，明月落川皎。

呂公歌行

東瀛之水何蒼蒼！雲煙葱鬱澹微茫，凛然皎月寒秋霜。中有司李才具長，玉皇香案謫仙郎，初來佐職帝南鄉。手懸明鏡夜有光，妖魅潛形狐兔藏，老猾對之如負芒。水晶宮裏澤且長，春來雨露湛汪洋。田間老叟康且强，捧腹植杖遥相將。歡然對語田疇旁，賢哉我公不可忘。

高恒懋一首

恒懋，字勵昌，號乾甫。少保爾儼子。康熙辛卯舉人，已卯進士，官奉天教授。有《山雨樓文稿》行世。《天津府志·孝友傳》：『恒懋總角即善屬文。侍少保京邸。世祖論公卿子入侍，將備輔弼方

面之選，少保以姪恒豫失恃，撫愛若己出，恒懋承父志，遂以恒豫應焉。辛卯，恒懋舉鄉薦。少保公卒，朝廷恩廕一子，恒懋復讓恒豫。己卯舉進士，以祖老須養，遂改大寧教諭，奉天教授。』

同友人過華藏庵

長夏蕭疏倦倚樓，相將蘭若慰沈浮。午鐘敲醒十年夢，溪水流殘半世愁。塔影斜侵竹院冷，茶煙不斷白雲流。徘徊竟日風塵外，話到無生意未休。

高緝睿二十三首

緝睿，字堯臣，號鏡庭。少保爾儼孫，恒懋子。廩生，西城兵馬司指揮，歷官福建布政使司。有《崇古堂詩》行世。《天津府志・循吏傳》：『堯臣為文有奇思，善詩及古文詞，不作常語。居官輦下時，知多無賴，其尤者置諸法，都城肅然。有貧民欲鬻其妻，誑以奸，鞫得實，杖之，賑以錢布。民有不能殮者，丐所親弗應，訟於官，緝睿以酷暑，即賜以棺瘞，命急殮之，遠近無不傳誦。』

自三韓歸靜海山行有感

芙蓉千疊勢逶迤，行逐春光去欲遲。水落雲根風送響，煙浮柳岸綠垂絲。人家半在青巒外，芳

草平臨夕照時。　路入鄉園聊計日，到來客思轉迷離。

憶浣園梅花

疏窗殘雪夜悠悠，小苑梅花憶舊遊。　短笛幾人吹塞曲，停杯有客動鄉愁。　寒煙淡鎖光凝戶，斜月低垂香滿樓。　近日關河無驛使，一枝誰寄慰淹留？

黃河

直分銀漢下滄州，浪說崑崙是盡頭。　摩盪九區開禹甸，縱橫五嶽奠金甌。　洪濤坼岸風雲壯，雪浪排空日月浮。　若使龍門長不鑿，朝宗也自向東流。

登西嶽廟萬壽閣望太華

傑閣憑虛白帝闉，登臨金體見嶙峋。　蓮花高潔真名士，玉女輕盈是美人。　羅列諸峰臣百二，盡收八水奠三秦。　久知仙掌凝金液，慚愧書生不問津。

冬夜書懷

篝燈培火坐更闌，短榻微吟強自寬。　未悉世情多快論，不干己事悔旁觀。　青蔬白飯尋常有，煙艇漁簑寤寐安。　我本忘機隨造物，憂天杞老總無端。

正月二日書事

其一

濃云重霧釀春寒， 冷雨無情滴夜闌。 撥悶圍爐群酌酒， 昨宵賸得五辛盤。

其二

雙燒蓮炬倍分明， 油煠餛飩豆煮羹。 近日兒曹來萬里， 團團閒話到三更。

其三

説奇説怪説神仙， 妄志齊諧各粲然。 但得耳根不寂寞， 何妨鄒衍再談天？

其四

遠遊攜得袖中珍， 松雪山川仲穆人。 鄭重歲時看一過， 不教容易惹浮塵。

其五

酒罷焚香喚點茶， 江流新汲煮蘭芽。 要他醒睡濃煎飲， 客夢連宵苦憶家。

其六

寶篆摩挲二十春， 辟邪覆斗仿先秦。 籀斯新印誰傳得， 我愛江南垢道人。

其七

愁損精神病損顏， 十分減卻八分頑。 猶存年少煙霞癖， 啓户欣看四面山。

斗帳垂鉤深貯香，薄醞小倦臥匡床。拈書引睡無心檢，卻是《南華》第二章。

謁杜少陵草堂

杜陵老子闢洪濛，樂奏鈞天凡響空。草堂之下頻稽首，泰山之上無嵂嵸。崔顥題詩黃鶴樓，古人有句且不留。燕雀自著佛頭糞，班門之斧何足問。先生詩聖比尼山，蘇黃范陸配曾顏。十哲自應推何李，濟南太倉七十子。紛然雜起漢諸儒，羽翼金石推程朱。竟陵學人等荀卿，淺識未能窺大成。近代更出三千士，人各有是有不是。我亦鑽研二十年，就裏高深幾喟然。先生念我老專壹，夢中或賜江郎筆。殫思畢力無怠荒，不求入室願登堂。

驚老

壯歲先驚老，年加更若何？病憐涉世早，貧悔浪遊多。紫府仙難遇，丹砂事半訛。敢云同棄置，疏賤足恩波。

憶故鄉

去歲渾如昨，居諸旅夢間。雁行愁落日，馬首戀家山。時易春將半，花開客未還。故園歸去好，明月滿秦關。

錦江舟中

其一

上灘宜散步，倚岸數游魚。　小圃花容折，僧房壁許書。　青帘村酒肆，修竹野人居。　牧笛來何處，

騎牛涉碧渠。

其二

千里俱蕭索，村雞喜乍鳴。　桑麻粗種植，廬舍小經營。　分水群安磴，修渠各聚泓。　戎州凋敝甚，

孤蝶枕江聲。

其三

小醉三杯酒，閑情一局棋。　驚濤翔白鷺，深樹坐黃鸝。　琢句鬚空斷，封侯骨欠奇。　夢蕉偏得鹿，

終是古人癡。

戎州感興

其一

孤城斗大石如林，蜀日無多竹樹侵。　不定蠻煙原慘淡，常飛瘴雨自蕭森。　五更苦憶當年事，萬

里難傳故國音。　野寺寒鐘天際落，客愁喚起淚沾襟。

其二

畫鼓三聲散早衙，公庭無事聚群鴉。荊榛礙路叢叢出，虎豹窺人處處譁。婦子偶存撐戶口，干

戈飽歷廢桑麻。春風也自來邊徼，小苑寒梅解放花。

其三

水亭結構愛臨碕，面面窗開擁翠微。繞砌閒花多解語，近人白鷺總忘機。消除褊性看流水，洗

滌塵襟對落暉。耽祿自慚無寸補，素餐真與素心違。

其四

南溪舊俗尚豪雄，畫棟雕樑映碧空。一自點蒼傳堠火，獨留洱水耐春風。夔龍事業荒煙裏，螺

黛峰巒冷雨中。惟有合江樓上月，清輝還與昔年同。

桐城張相國跋公詩云：『遊筇所到，探幽尋勝，煙雲林壑，盡入筆端，領異標新，絕似陸魯望諸詩。』

同邑勵少司寇杜訥跋云：『興會所至，抒寫山川，流連景物，綽有悠然自得之趣，無一粉飾餖

飣字句澗其筆端。』

高荀僑八首

荀僑，字毅齋。文端公曾孫。康熙乙未進士，翰林院撿討，兵部郎中。

題楊覺庵小像

高柳寒花映碧苔，　青溪曲處斷塵埃。

披圖一笑如相識，　似向蘇門晤對來。

送鮑冠亭令吳興

條條楊柳正西風，　直接江頭楓樹紅。

驄馬使君多韻事，　詩題先詠陸龜蒙。

卜梅谿納姬戲贈

其一

紈扇交風玉簟清，　抱衾人是許飛瓊。

君家金屋原多麗，　珠箔潛聽淺笑聲。

其二

饒燈影裏絳紗籠，　塞北胭脂上頰紅。

卸卻雲鬟羞問夜，　畏人斜靠錦屏風。

其三

五銖絲細紫霞襦，　香汗懵騰透雪膚。

深閣無人親掃黛，　暗拋星眼看檀奴。

其四

紅情綠意蕩芳魂，　一捻香脂囓臂痕。

袖裏玉簫春笋滑，　鳳仙花露搗金盆。

春日

畢竟山家勝事兼，名花取次放茆簷。愛他柳色朝含翠，偃臥呼童捲布簾。

高澤泓六首

澤泓，字靜涵。文瑞公爾儼元孫。康熙壬辰進士，候補主事。

滄屺姪婦率諸孫隨任金山縣，臨行拜別，賦此勉之

系本出名門，家風敦太古。嗟此十餘年，操勞難悉數。夫膺百里封，天意酬辛苦。再拜欲登程，臨行爲致語。世態薄秋雲，炎涼爾目睹。相夫著賢聲，揚眉繩祖武。外事非所干，中饋爾爲主。飲食盡民膏，毋望舊雞黍。戒旦古稱賢，勸贊非小補。官身家事疏，課兒還賴汝。盡禮敬嚴師，動止閑規矩。繼續振前輝，芳聲布寰宇。

立秋

年華驚過半，碌碌復空忙。小菊臨窗綠，殘荷墜露香。無才甘守拙，學忍是微長。且盡今宵酒，羅衣透體涼。

鄉居夜坐

地僻無更漏，宵深獨坐時。月明來柏院，風細度梅枝。小閣紅爐火，新春綠酒巵。村雞聲漸起，就枕未嫌遲。

二月望後四日村居詩

荒村閒歲月，庭院寂無聲。門斷衣冠客，人同鷗鷺盟。殘梅零碎雪，倦鳥戀新晴。東作方興日，農夫祝歲成。

小園 時年七十有五

茅屋疏籬草創成，扶笻朝暮任遊行。敢言身具煙霞骨，天許閒人寄別情。境誰言醉即休。辛負風清與月白，勞勞終日爲生謀。

貧居

無顏壯士愧床頭，自古黃金不可求。貸米候炊難耐午，典衣未贖怯經秋。詩情更覺貧來減，愁

丁丑除夕

寒盡驚心歲易馳，幡然鬢髮竟如斯。久無鼎俎承先祀，贏得屠蘇醉淺巵。柳眼皆知迎日暖，梅

花亦解笑人癡。滿城爆竹門常靜，珍重今宵一首詩。

牛天宿三首

天宿，字戴薇，號青延。靜海人。康熙丁卯舉人，癸未進士。廣西柳州府融縣知縣，吏部主事，河南同知。著有《謙受堂詩草》。

雪夜遣懷

其一

善世奇方祇閉門，無邊心事向誰論？逢人競厭鬚眉古，到處虛推行輩尊。送臘可無瓶內酒，迎年自有柵中豚。老夫卒歲惟需此，別樣經營任子孫。

其二

白髮高堂正九旬，猶能起拜不扶人。一官蹭蹬憐兒老，百口經營歎婦貧。隔別雲山悲往歲，團圞觴豆愛良辰。懸金如斗尋常事，萊舞庭前富貴真。

其三

愛文習氣與年增，團坐諸孫共一燈。辨字老如知路馬，開宗儀比放參僧。詩緣抱病閒三日，酒

為衝寒加半升。自笑書癡癡到底，百無求處百無能。

牛思任二首

思任，字鉅膺，號伊仲。康熙甲午、乙未聯捷進士。歷官江西南城縣、河南尉氏縣知縣。

和高毅齋重陽後十日，同元允修遊西山，喜遇阿雲舉作

官散多暇日，秋光牽我情。鬱彼西山側，峰嵐互縱橫。重陽去未遠，天地亦寥清。折簡招名流，攜壺出鳳城。杳杳翠微巔，沈沈落雁聲。芸閣香案吏，異境恰相逢。把袂尋幽討，偏覺步履輕。漱齒青石澗，摩崖自記名。登高乘酒興，一嘯谷風生。真源何處是？為我問崆峒。

恭賦御製岸柳溪聲月照階

簾鈎初卷御屏香，水殿偏宜納晚凉。樹影千層含雨露，泉聲十里奏笙簧。華簷高並銀蟾冷，素魄斜生玉陛光。遙憶宸襟欣對景，揮毫酬月五雲章。

牛思凝十首

思凝，字方巖。乾隆丙辰舉人，乙丑進士，由山東知縣任貴州正安州、普安州知州，黎平府同

知，太定府知府。著有《謙受堂詩草》。

仲夏望四更得月

每逢月望望月出，但見蠻煙不見月。屈指朦朧十二旬，自分此生與月別。況值長夏氣炎蒸，仰見彤雲如積雪。夜深無語坐闌干，不若夢中遊廣寒。欹枕翩然來赤壁，攜酒與魚上激湍。扁舟一葉，仿佛東武坐團圞。正欲舉觴灘聲急，醒聞鼠嚙坡仙集。卧呼家僮速驅之，明月隨人排闥入。故鄉見月衹尋常，誰解更闌看月光？曉得黔中今夜月，也應見月九迴腸。

楠木行

離宮方興作，穹棟恣採伐。天使揮汗走，蜀山倏已兀。巨木塞江行，斧斤猶未歇。深箐搜不足，西入夜郎窟。我來鶴州岑，聞此正疑猜。忽見大楠木，乃在黃連臺。匠者去不顧，再至空徘徊。鳥道一綫通，天際競崔嵬。以茲轉輸難，拋荒埒樗材。歲久根已坯，仆於谿之隈。琅瑠礙人行，樵竪相折摧。老幹四十圍，霜皮還不頹。吁嗟乎！天家待爾供御爐，爾豈辭榮愛僻居，相須胡爲相遇疏，誰顛倒之長唏噓？翹首問天天無言，茫茫煙霧眇愁余。

仲冬山行紀事

其一

凌晨驅馬過西楓，四面嵐光積翠中。蠻鳥不知冬過半，尚依黃葉叫秋風。

其二

峻嶺寒煙三兩家，天風吹動草堂斜。行人正苦重裘薄，袒臂苗孃汲水花。

其三

遙望平岡一抹紅，天餘秋色向寒風。誰將萬顆珊瑚豆，拋在深深碧綠中？

其四

老樹凌霜葉未凋，儼如松柏勵清標。爭知蠻女懷春約，解向山間贈翠翹。

者那山行 從普安赴鄉

暮起炊煙一縷斜，萬重深樹有人家。崎嶇撥草尋荒徑，踏遍山山黃玉花。

昭通道中

三年踏遍夜郎溪，又向滇南聽曉雞。秋水乍漂紅葉冷，寒山自繞白雲低。人逢曠野初開眼，

馬到平沙欲放啼。萬里飄蓬燕市客，故鄉風景動棲迷。過威寧，已交雲南界，平沙衰草，大類

北省。

古櫟歌

序：擢白山中有櫟樹，一幹甚古，出枝倒垂入地，又生根株，望之若瓜瓣然，奇而歌之。

水西接大荒，襄爲安氏窟。一自苗疆開，率首依化日。童婦入編户，草木皆含茁。獨有箐之櫟，恣態近狂獝。霜皮五十圍，高與丈咫匹。禿頹不起幹，而非經斧鑕。凌頂抽嫩條，垂垂皆下出。排列若鬼造，均不毫釐失。入地復生根，根株結爲一。異哉瓜蔓形，撼之聲瑟瑟。古有向南枝，誓不北屈膝。爾意何所嫉？羞與天日暱。首尾自團聚，成此混沌質。

送李云卜同門

十年蘭譜秘魚箋，東武初攀翰墨仙。國手醫余張仲景，醇醪醉汝李青蓮。夾香書舍留詩草，半月山房列綺筵。回首衹今成往事，當時同在大羅天。

杜依中一十一首

依中，字遯公，號致虛，静海人。明諸生。著有《雨花詩集》。昆山徐立齋先生文元《雨花詩集敘》：『杜徵君依中，前延安守龍墀公之文孫。生而穎異。十六、七，文聲大噪，補諸生，每

科歲試，輒冠一軍。當有明之末，公嘗叩闕陳書，所獻十七策，皆關天下大計，利害鑿鑿。懷廟嗟異，手署紙尾曰：「賈陸重生。」銳意欲大用之，爲當塗所沮。公以此賢名震天下。甲申以後，乃棄功名，縱情邱壑。公忠義剛正，篤於彝倫。目擊不平，以危言繩之，爲人敬憚。國初召用遺才，陳百史相國薦公宿儒高行，公以疾力辭者三，竟不應。故稱徵君。

董思白曰：「讀《花雨集》，真如幽燕老將，如許沈雄。」

陳百史曰：「詞成廉鍔，英發十指。」

吳次尾曰：「讀邃公詩作，知北地之才，不獨崆峒。」

熊次侯曰：「公不獨以詩名海內，余造其廬，輒作隆中之想。」

王或庵曰：「含酸茹苦，其時其地然也，故說詩必論世。」

陳子翱曰：「十年殘故壘，一劍老風塵。」何等骨力。「新法已經殘海內，清談自是誤蒼生。」何等深遠！真拾遺後身。」

祭竈

亂後值今夕，清香訴竈神。十年殘故壘，一劍老風塵。啼笑皆成過，妻孥亦厭貧。蒼蒼煩寄問，何以拯愁人？

遊華藏庵

百年塵劫裏，過眼一風燈。解脫人皆佛，清閒我亦僧。升沈原有故，夢覺果何憑？借得蒲團力，消磨障幾層？

春日言懷，用少陵《秦州雜詠》韻鈔四首

人方曳杖至，我已看花迴。鳥語逐風去，雷聲送雨來。民窮無計食，河斷仗誰開？時黃河已阻。滿眼滄桑淚，聞猿處處哀。　其八

閒來無俗事，潑墨寫蘭亭。太息心全熱，高狂眼半青。猶逢洗耳世，未隕故人星。門外多春色，呼僮步野坰。　其九

雲氣生虛際，園林花正繁。譚兵尊渭水，遯世憶桃源。斷井疑非路，荒煙間有村。人情多冷暖，誰叩小蓬門。　其十

志豈隨人老，蹉跎兵火間。黎民思樂土，盜賊滿深山。攬轡登車去，高風薄祿還。林幽無跡至，石蘚綠斑斑。　其十五

舟次河北自飲

好月隨舟轉，相看醉影斜。雄心非藉酒，清淚豈聞笳？城廢連年水，民荒何處家？同人各努力，莫待鬢毛華。

偶成

窮有千年恨，詩無一字工。心存生死外，身老亂離中。劍氣衝星動，琴聲帶月空。交遊零落盡，賴得夢魂通。

夏日村居

今古紛紜未易評，松間石上暫移情。驅愁任我排棋陳，破恨同人共酒兵。新法已經殘海內，清談自是誤蒼生。近來司馬多征戰，曾否當年細柳營？

壬午應歲辟都門外遇警

西山遠望隱嵯峨，匹馬蕭蕭聽野歌。抱膝尚嫌十畝累，出門已覺一囊多。浮名礙眼聊如此，老態驚心可奈何。惆悵豺狼當道立，青天白日敢橫戈。

和黃石齋《洗心詩》

一片荒涼萬里沙，詩書誰是鄭侯家？空知民困黃河急，愁看天文北斗斜。雲暗深山龍喚雨，香來古寺鹿銜花。當前過去渾如夢，半榻松風聽《法華》。

杜其旋六首

其旋，字考之，號雪窗。依中子。諸生。著有《詠雲齋詩集》。長洲韓元少先生菼《詠雲齋詩集》敘云：『公優於德行，不爲世用，退而肆意於鶯花棋酒之間。故其爲詩也，和平澹遠之中，寄托感慨，雖未能嗣音開室，而格律神髓擬諸李從一傳，差相仿佛。公中子蔚遊吾門，因得晤公於家，具大儒氣象。別後十年，而公乃下世。余以辛未北征過津門，弔而哭之，因讀遺集而爲之序。』

燕山朱崙《雪窗先生傳》云：『雪窗守致虛公家學，善屬文，爲同里高岱輿先生所稱。浮沈諸生間，意不自得。築小屋三楹，雜植花竹、槐棗數株，一琴一簫，酒巵茶簏，閉户哦詩。古琴一、古陶壺一，葬以爲殉。引鏡自照而歿。臨終語諸子曰：殯我中庭花竹間，每夕以薄酒酌我。』

夏日詠懷

野草自萋萋，間來一杖藜。泉飛疑海近，雲擁覺天低。此日傷饑饉，何年罷鼓鼙？桃源無覓處，

夢入武陵谿。

夜坐有感

焚香生静悟，揮筆寫蘭箋。未許人前哭，寧甘世上憐。貪書疑解病，縱酒似忘年。嗟我風塵久，

棲遲憶乳泉。

夜坐

干戈何日定？不敢易言家。客思憐征雁，鄉心泣晚笳。消愁花力薄，破悶酒功賒。夜永柴門静，

相看燈影斜。

閒居

閒居宜嘯卧，何日不三餘？竹雨滴心碎，松風入夢疏。愁思元亮酒，病廢鄭侯書。晚眺平沙外，

閒雲覆草廬。

和黃石齋先生

野墅容吾樂，蟲吟入夢時。疏狂非縱酒，悲憤始鳴詩。遠遯謀三窟，幽棲借一枝。伯牙琴碎後，

無復望心知。

早起

鶴唳空庭自覺清，依稀遠寺遞鐘聲。看來世態金能語，説到人情劍欲鳴。遍地風煙吹鬢濕，一天霜雪上衣輕。此時別有關心事，惆悵中原未罷兵。

杜正灼三十一首

正灼，字蔭宇，號叔華。致虛徵君之裔。歲貢生。著有《臥鵬樓詩草》。

按：公五言古體，神骨蒼勁，直接陳伯玉。近體得王孟之髓。七言近體，清微高古。絕似宋元人手筆。詩品之逸，幽香冷韻，其氣如梅，與吾邑金芥舟、張念藝兩先生，可稱異曲同工。

述志詩四首

其一

山陰多殘雪，河水流浩浩。東風一夜還，綠滿原頭草。我來復幾時？睊言傷懷抱。龍變在丈夫，致身苦不早，桃李媚韶陽，逢時以爲寶。師事黃石公，焉用栖遲老？

其二

綆短難爲汲，燭短難爲明。栖栖陋巷士，爲善無近名。順風呼自急，要津推挽並。季孟累世貴，

金張奕葉榮。不見賦鵩者，一言擠公卿。所以海底珠，沈耀寂無聲。

其三

槿花開已落，孤松或不凋。遙遙千載人，菀枯藐一朝。君子大居易，韞櫝多良璧。歎老而嗟卑，際際誠何益？

其四

孤鶴海上來，戛然唳清音。朝食田間稻，暮宿水中雲。瓦雀得其巢，翩翩鳴簷際。主人倉困多，昏飽宵復繼。清濁本殊途，貴賤忽更例。乃知羽毛微，要亦承時勢。矧彼淡泊人，規矩守其真。無鹽登齊輦，西子長負薪。市馬不市骨，相人空相面。布裙無美姝，布袍無俊彥。家世少朱輪，囊錐難自薦。

詠史

臧孫不爲知，苟變不成貪。區區皮相輩，豈足辨奸賢？邇來卜夜長，剪燭觀遺史。千載莽紛紜，鉛淚如水滴。爲龍與爲虺，用舍樞其機。自非功名著，誰知烈士微？

宋村行

吾生辛苦真有債，求禍辭福嗟自賣。渠渠夏屋不肯住，思棹小舟弄輕快。時當六月天正晴，人煙

四望如圖畫。無端風雨海東來，龍飛霆走恣光怪。檣楫傾摧艇欲糜，襦袴淋漓氣空噎。永朝永夕饑腸鳴，大似滹沱甚矣憊。宋村主人厥姓寧，賢哉高義復高興。暖湯剪紙趣燈火，臨厓扶我出泥濘。蓬頭一揖素不識，酒漿滿斗盤羅釘。昔似囚牢今大賓，風流意態恣傾罄。我老豈如粥飯僧，冷炙殘杯感亦增。進食王孫不望報，不知所報其奚能？佩無瓊玖可畀予，題詩聊亦記吾曾。燈前讀罷忽狂叫，事類彭衙杜少陵。

雁來

疏雨滴將斷，孤燈耿不明。　羈人正無寐，歸雁起寒聲。

雪後即事

濕雲如夢寐，積雪未飄殘。　小蹇探梅去，詩人骨本寒。

弄孫

弄孫知老近，我乃弄元曾。　卻憶衣斑日，龍鐘感倍增。

問雨

霽色射東窗，禽聲亂高柳。　昨宵風雨多，打折花枝否？

坐嘯

劃然寫隱憂，　狂與蘇門擬。　齒豁不成聲，　空驚梁燕起。

對畫

鳥道真無地，　桃源自有天。　溪山如可借，　舉室上漁船。

題文安紀可亭詩後

束髮耽佳句，　清新老更多。　曉風殘月調，　惟許雪兒歌。　幼識荊州面，　悠然過卅春。　荒墳翁仲立，

何處訪詩人？

柳

一樹煙絲萬縷情，　才留鸝語又蟬聲。　何須疏影霏涼露，　想到秋風意已驚。

旅情

一樹鶯啼又過春，　空齋仍閉未歸身。　經年細憶家間事，　半數生辰半忌辰。

時雨時止排悶

樹礙低窗月不明，　雨餘蒿莠繞門生。　時將好語來簷側，　信道山禽不世情。

春行

人家如織水東西，草碧雲晴入望迷。春冷未成紅映綠，樹梢先有好禽啼。

雜詠

人生容易負東風，經歲空枝數日紅。更立片時真痛語，歡場即在可憐中。

舟行

扁舟西上路逶遲，一路風絲帶雨絲。惆悵將秋河畔柳，更無青眼似前時。

半醉

寂寂三家聚，茫茫百感俱。生涯看寶劍，心事問冰壺。村迥難爲夜，林深易得晡。壯懷來半醉，年未入桑榆。

春夜宴集答諸知己

詩手推元白，清流接綺園。溪花供酒令，山月冷琴言。禮樂知吾短，聲華世正喧。不才兼病懶，遂欲老邱樊。

登禪閣

團蒲追舊約，病起強憑欄。秋色青山遠，人煙白雨寒。蝸中鬮蠻觸，炊裏記邯鄲。花影空華偈，楞伽靜處看。

聞鐘

山寺遠盤盤，鐘聲向晚寒。春容留雨外，斷續落雲端。初月人憑閣，扁舟客泊灘。各懷千里思，回首感瀰漫。

寒食日欲尋張承厚以阻風不果

欲覓張三影，風濤怯水深。柳橋塵漠漠，花市靄沈沈。興至誰酬酒？愁來獨寄琴。詰朝應接膝，不用夢相尋。

逆旅題壁

悔不衡門臥，孤征天一涯。斷虹何處雨？野水滿村花。鄉國尋時夢，舟車是處家。桑麻十畝在，別汝負春華。

過故司寇勵公信天別業

謝公池館鎖殘春，下馬披尋一愴神。風約山桃空暈頰，露垂水柳自含顰。祇從簪組辭華屋，無

復笙歌簇畫輪。舊燕重來門客散，西州痛哭更何人？

寒食日感懷和元敬符表兄

寒食鶯花事事妍，卻從登眺一悽然。短籬雨重桃初坼，小榭風多柳再眠。雞肋功名虛左券，羊

腸世路怯先鞭。此情真是難消遣，更起劉伶問醉禪。

村行

詩骨清寒減舊圍，騎驢郊外擷芳菲。落花門巷雞公唱，暖絮園林燕子飛。月夜呼烏胸塊壘，雪

天射鹿夢依稀。　春風三十無媒客，擊劍傭書事總非。

天津秋望

風煙莽互接幽燕，立馬回看興颯然。秋老津南波撼地，日斜冀北草粘天。三杯對菊輸元亮，一

鏃飛書憶仲連。　紅樹離離節又晚，自慚瓠落度流年。

披衣夜坐

散懶江湖一布袍，飄然浪跡比輕舠。流年似水迴瀾少，世事如棋不劫高。木落空牆風颯颯，月沈深院犬嗷嗷。元龍老去無名士，百尺樓頭若個豪？

杜剛二首

剛，字近齋，號鳳山，別號泮宮。正灼從子。乾隆癸卯舉人，嘉慶丙辰進士，奉天錦州府教授。著有《以文軒詩集》。

己酉下第留別劉永安

鄉心直接海門東，垂翼何須歎技窮。雁塔無名同蹀足，鵬程有路未摶風。匡床舊雨三年外，樽酒新詩一夜中。此別天涯同努力，來年猶可看花紅。

乙卯下第

罷罷歸來歎路難，吹簫市上海風寒。無才亦灑劉蕡淚，有志空彈貢禹冠。季子金裘拚我擲，左徒面目怯人看。皋比愧擁談經座，退鷁何稱息羽翰。

附杜昌言一十八首

昌言，字諤堂。歲貢生。著有《浣花樓詩集》。

和于説巖書中乾蝴蝶

其一

金谷繁華事已空，年來蹤跡壁魚同。即看褪粉蒲編上，轉憶探花蘚逕中。消受三生書味永，沈潛千載夢魂通。卻愁展卷還飛去，珍重開帷一片風。

其二

楄腹纖鬚兩兩牽，芸臺老去轉遽然。嗅香陸子辭條上，採艷蕭郎意蕊邊。好伴丹良拚乾死，相逢脈望証遊仙。阿嬌小字真堪贈，贏得黃金屋裏眠。

其三

殘香冷落舊籬根，高臥蓬廬獨閉門。仿佛林間寒葉影，依稀臺下腐衣痕。幅裁粉本媵王畫，紙染桃花謝女魂。自是文園多勝境，笑他紅雨數家村。

其四

昔日花郎今墨兵，可憐風度太憨生。似耽吟詠髭全斷，不曝詩書腹自橫。紙上飄飄家萬里，帷

中梱梱夜三更。竭來洗卻狂奴謗，枯槁何妨若性成。

説嚴又索和再以四律酬之

其一

春駒拋卻賞花天，拼命相期文字緣。謝逸幾年埋藝苑，莊生一夢入芸編。蛾眉合伴才人老，墨

襠渾疑妙筆傳。記取都官席上句，輕隨書幌劇堪憐。

其二

兔園想爲倦遊來，尋艷尋香興已摧。自有浪猜觯麥朽，也當錯認紙錢灰。翅慵若宿行間草，魂

斷寧探譜上梅。破爛詩書真誤爾，春風桃李向誰開？

其三

峽中鬼蝶舊知名，一死還將姓字爭。何必開編隨蠹走，徒然鑽紙共蠅營。丰姿不減韓郎少，憔

悴應知魏子輕。倘若當年變金玉，貧兒暴富是儒生。

其四

不趁蓮香鬟髮馨，卻來篋底伴枯螢。似將倦眼看千古，合是癡魂醉六經。花草連篇真有托，文

章爲友已忘形。此身漫説空埋没，留取芳心照汗青。

旅病偶吟

其一

忍嗽雙弓不療饑，鵝籠附去浣征衣。　江州草木儔驅使，別有迴腸詠自歸。

其二

年來蟻鬪作牛鳴，病骨逢秋夢亦驚。　杯底吞蛇應有誤，憑誰一語破愁城。

其三

欲著袈裟証上禪，周妻何肉苦相牽。　幾時打破風幡諦，枯坐蒲團誦妙蓮。

其四

彈鋏匆匆已爛柯，班門有斧不堪磨。　可憐嫁衛人垂老，蠟炬灰時淚更多。

其五

優鳳慚居劣豹先，眼中看慣祖生鞭。　黃金臺畔斜陽路，不踏槐花已六年。

其六

伴我龕燈不耐挑，心旗摩壘正搖搖。　鯉魚風起音書斷，一掬新愁傍夜潮。

其七

笑面如靴唾自甘，依然平地起狂瀾。　箭張酒趙粗豪甚，世路羊腸可是難。

其八

漫說經年壓綫遲，嫁衣辛苦短檠知。子才饒舌嘲箕斗，拈起天花付阿誰？

其九

吳簫吹徹又三秋，枰友相逢不掉頭。飯顆山前新舊雨，可曾一灑仲宣樓？

其十

孤進還丹米粒無，賣黿販鼠太區區。西涯投老才名減，擬向江干聽鷓鴣。

勵廷儀二十一首

廷儀，字令園，號南湖。靜海人。文恪公杜訥子。康熙庚辰進士，歷官刑部尚書，諡文恭。著有《雙清閣詩稿》。大學士張公廷玉爲之序。《靜海縣志・名臣傳》：『南湖由進士入翰林，父子相繼直內廷二十餘年，誠敬慎密，累遷內閣學士，兼禮部侍郎。世宗憲皇帝御極，授翰林掌院學士，大功大典，多所贊勷。累遷刑部尚書十年，咸推明允，御書『秩慎平恕』額賜襃之。加太子少傅，晉吏部尚書，仍掌司寇。前後陳奏，悉關大體。遇事無鉅細，一本小心。而廷議侃侃，不避怨，不辭勞，公直自矢。與人交，胸無城府。每薦士類，惟賢與能。年六十四卒，祭葬如例，奉特恩加祭一次，諡文恭。』

公父杜訥，字近公。其先浙江人，祖弘，遷静海，家焉。年十九為諸生，學問淵通，尤工書法。以繕寫《世祖實錄》敘勞，除福寧州同知。未赴，賜食六品俸，入直内廷。尋舉博學鴻詞，授翰林院編修。累遷刑部右侍郎。出入禁闥二十餘年，小心慎密，前後疏奏，多所建白。卒諡文恪。雍正九年追贈禮部尚書，祀賢良祠。

升天行

浮邱跨白鳳，招邀玉女扉。海山復何有？仙閣高巍巍。飲我以流霞，衣我以羽衣。王喬顧之笑，此樂世所稀。朝騎黄麟遊，暮倚青鸞飛。千載但瞬息，令威姑一歸。城郭雖如舊，人間常苦饑。

陽春曲

睡鴨鑪熏噴鈿車，海棠障錦醉琵琶。金鈴小犬能遲客，雪色鸚哥解喚茶。花榭酣春眉月曉，水亭試舞甲煎燎。阿侯睡去柳依依，流鶯囀過人悄悄。

憶昔

憶昔生長城市間，蓄眼未識青山面。聞説林巒愜素心，眠食那遑希一見。巖壑邇近如故人，信宿欲去增留戀。於今日走邊山路，年年半在山中住。嶺煙嶂雨枕上看，翠巘晴峰馬首聚。揭來停驂八月中，

卻對霜林千萬樹。丹黃青綠畫不如，變態極妍窮旦暮。不謂落葉風偏早，轉息之間山色老。昨夜才誇錦繡堆，枯株今已空如掃。朱顏未幾二毛新，青山爛熳依舊春。春去秋來山不改，看山爭似昔年人。

熱河紀事十首，次陳乾齋撫軍元韻

其一

蜿蜒環翠嶺，高下建宮垣。拱極千山伏，朝宗萬壑尊。邊陲天遠亘，民物日孳蕃。總被陽和澤，
冬泉水自溫。

其二

地占佳山水，離宮闢一隅。花繁憐溜暖，穀稔喜田腴。宵旰祇民事，官曹必汝俞。孰云萬方遠，
呼吸念肥癯。

其三

風土敦龐地，天教界兩京。湖山據勝景，圖繪錫嘉名。花比蜀中錦，鳥欺隴上鸚。幾回登島嶼，
不復羨崑瀛。

其四

好景帝開先，從遊踰十年。鹿鳴窺舞鶴，魚躍狎飛鳶。船舫迴蘭棹，驊騮立錦韉。會邀天一眄，

津門詩鈔

七〇四

萬象解登仙。

其五

屋斜無定向，隨意築林邱。城市千峰逼，山村萬井稠。有居仍逆旅，無客是閒遊。伏暑崇朝雨，

凄然敵九秋。

其六

物萃東南美，人無入塞情。歌樓終日在，市酒得泉清。野菌家家食，山花處處生。此間洵樂土，

羈緒罷懸旌。

其七

清切依山殿，宏文啓別廬。溪雲霑硯席，巖翠滴衣裾。既愜煙霞性，重棲鸞鳳居。自慚還自喜，

故舊得應徐。

其八

數來山厭熟，屢僦愛居新。行闕羅群彥，晨星數舊臣。合圍規樹影，刺眼歎花身。珥筆人垂老，

重番扈北巡。

其九

雲歸山雨足，風泛藥苗香。退食從容候，時鮮次第嘗。南榮施翠箔，北戶展書床。一卷真消受，

酬唱日相催。

其十

入覲憐耆舊，恩深避暑來。劉盧敦夙好，殿閣喜追陪。賜食聯茵坐，看花並馬回。微嫌詩思健，

翛然六月凉。

題座主姜西溟夫子書冊後

千金懸腕運鋒豪，遺跡重披格愈高。筆陣幾能埋巨闕，墨林何苦御鉛刀？傳燈弟子將三紀，學

字師門已二毛。自歎人書今並老，但遵古法教兒曹。

甲辰除夕和鄒愼齋編修元韻

輕寒料峭日初長，餞臘迎春盡此觴。拙宦老夫門似水，耽吟佳客夜思鄉。數枝花報東風暖，一

夕閒酬終歲忙。誰道辛盤無俊味，黃柑分賜剖清香。

題楊石湖少司馬泛月小照

澄波一片溶溶月，未抵胸中萬頃寬。欲向蓬窗親海馬，無須香餌插魚竿。詩瓢茗椀閒中得，浪

蕊浮花座上看。漫說湖鄉無限好，濟川舟楫泛湖難。

過蘆溝橋

風沙暫借水雲收，滿眼煙巒憶舊游。紅杏綠楊村店酒，疏林蕭寺野塘秋。塵心自絕青山面，佳

日空拋古陌頭。爭得昔年驢背好，一鞭吟興渡蘆溝。

踏青詞

其一

花映春山柳映堤，鞦韆架在畫橋西。高樓深鎖誰家院？聽得黃鸝鎮日啼。

其二

小閣輕寒掩繡幃，熏籠猶自怯春衣。多情不及南窗燕，也向妝臺故故飛。

題杜紫綸小照

其一

樊川才美比璠瑜，旅食金門貌轉癯。間對落花思往事，十年情緒似今無。

其二

譜出新聲楊柳枝，姓名吹向九重知。長安花好連鑣看，莫憶江南夢雨時。

按：公父文恪杜訥，生平遭逢之奇，與高澹人、方敏恪二公相同。阮吾山司寇《茶餘客話》載……

『三殿三門禁圖。勵文恪六十外,以恩貢給事史局,議敘四川州同。將之官,會殿門易額,史官翰林書皆不合式,人薦書匾,稱旨,授編修。至七十二歲開坊,歷刑部侍郎,贈尚書,予諡。子文恭廷儀,強仕入詞館,十年不遷。後洊升刑部尚書,予諡。孫宗萬,十七歲入翰林,亦官刑部侍郎。又宗萬子守謙,亦入翰林。』

《錢香樹先生詩集‧白海棠詩序》云:『靜海勵文恭公家居時手植也。壬子九月公櫬歸里,花復開,色白如雪,見者異之,繪圖傳都下。』

又《茶餘客話》載:『康熙庚辰科,仁和翁嵩年本房得張廷玉大學士、勵廷儀刑部尚書。』

王句香云:『杜訥本姓厲,冒靜海杜氏入籍,由實錄館授州同,後以書內殿額,入南書房供奉。舉鴻博一說,則未之考。南湖先生書法,繼武文恪。奏明歸宗,仁廟於厲字旁加力字,後遂姓勵。』

尤敦鄉誼,雖官至尚書,同郡人至都者,即負販菜傭,延見坐談,有所謀,必代擘畫,乏資則傾助,各如其意以去。一日有鎮標兩兵,目投文兵部,批迴遲,未領取,往求微助。正坐談,而大司馬適來,兵目暫避內室,先生即司馬代索批迴。司馬重公之高誼,於批迴外,加一札致津帥。二兵銷差,內傳名賞外委,則司馬為之關說也。一時佳話,少時曾聞之於老輩云。』

又南湖先生子宗萬,少年入翰林,任山西學政。又為山西觀風正俗使,性豪放,一變家風。宗萬子守謙,亦少年入翰林,放雲南試差,不待揭曉回京,自後遂不錄用。

士，字譽斯，號一瓢子。靜海人。《念堂詩話》載：『靜海毛譽斯士，負異稟，浪游於外，至於乞食，終身不娶。著有《睡生閒筆》。其改香山食櫻桃詩戲占云：「元劉對手擅詩名，漫把佳章幾字更。可笑粗才不自量，欲收白老作門生。」又句云：「村村佛殿古，任我作行窩。」』

讀放翁和淵明乞食詩有感

事經閱歷語方新，約略說來恐未真。乞食須留僕輩和，先生豈是箇中人？

《秋坪新語》載：『一瓢子，畸士，亦高人也。隨所遊歷，祇將一瓢，故咸稱爲一瓢子云。而天才聰穎，風骨岸異。經史子集，一覽不再讀。或有叩及，隨所舉似，窮源溯委，貫串該洽，風雨集而江河流也。幼應童子試，學使業録入邑庠，覆試到偶遲，大被申飭。以聞報晚對，而申飭倍屬。一瓢子慨然曰：「某不急要者秀才。」學使大怒，立行扣除。皆代爲愧惜，而自處之泰然。自是絕意功名矣。時已聘某氏女，呼其父而語之曰：「我將遨遊四海，雲無定蹤，其何可誤人終身，別爲擇適可也。」於是浮江漢，杭兩浙，陟巴蜀，越甘陝，歷甌閩，下豫章。所過名山大川，無不窮探其勝。初不賫糧，托一瓢以糊口。或數日不得食，而氣色溫潤，光采充溢，絕無饑渴態。他無枕藉，惟寓目於竹素碑版文字以自娛。父卒，奔喪歸，以不獲親含殮，蓋其天全而性定也。

爲終身之憾，仍著白衣冠。或怪之，曰：「服以章身，亦以章其可章耳。予不入城市，不見官府，掛瓢於樹，尚嫌有聲。身之隱矣。文將焉用？何妨我行我意，以申有懷之慕哉！」言者謝而去。

四十以後，流寓正定間。偶宿古廟，有數乞人至，蹴之去，略無忤，起而結跏台畔，吟詩自若。時大寒，群乞意其必死，平旦視之，帽已霜覆，而面色紅潤，無寒栗，由是奇之。訓蒙平山之蒲北村茹姓數年，鍵戶不出，村人希睹其面。館餐一以槃素，不責繁文，不受修脯。衣竟歲不易，亦不浣。門人爲製新者，必棄其舊敝乃衣之。嘗問先生欲何書籍可代購也？曰：「典墳邱索，半由僞作，而坊肆所有，大抵皆吾棄餘，雖欲覓之，其何從而覓之。」乃已。所在縉紳先生，欽如山斗，爭先睹爲快。乃求一面，往往不可得。惟靈壽傅鴻漸，雅相往來。傅，沈靜貞毅人也，以故意氣契合。嘗爲《評靖節集》以寓志，所著述甚夥，而好自焚其稿。欲以書籍求點評者，潛置案頭。不問所從來，旬日已畢。乘其不見而藏之，不然則取焚之矣。平山商擬瑚得所評班范兩漢書，手筆突出前人，見者轉相鈔閱，珍逾球圖。他所譔著，正定王氏鈔存獨多。鴻漸嘗鈔其詩、古文全集，先生囑曰：「名山其人，蓋棺乃定，勿令他人見也。」淵默沖謙而不務名又如此。遊靈壽、平山年最久。愛楸山幽邃深窅，殆有終焉之志。今約其年，蓋七十餘耳。一時識與不識，無不知有一瓢子云。

浮槎散人曰：『一瓢子，可謂有道之士也乎！觀夫饑渴自若，霜雪不侵，非有道烏至此。然索

隱行怪，聖人弗貴，即其絕嗜欲，篤孺慕，歷窮約困頓，沈潛淵默，所謂至人無名者，殆庶幾乎？若夫淵洽廣博，以著文章自娛，又其餘事矣。號曰一瓢，毋亦簞瓢陋巷，不改其樂者歟！」

吟齋氏曰：「觀其一衿被黜，不甘呵斥，殆所謂皎然自命，不辱其身者也。故寧徜徉終身，任情自適。其內度之於心，計已熟矣。謂以其才，掇金紫不難，然即登廊巖，何時能免此呵斥者？奚如青山白雲，優游千古乎？嘻高矣！」

高肇培八首

肇培，字翼風，號嶧峰。靜海人。乾隆己亥舉人。著有《菜香齋詩草》。

按：嶧峰天資俊邁，恃才傲物。爲邑豪所中，被黜。益放肆，落魄以終。

紀事詩 貞女王氏，靜海唐官屯民女也。字獨流某氏子。夫於乾隆戊戌九月溺水死，女以身殉，投水甕中。時年十六歲。

九月西風波浪惡，有客北來言鑿鑿。獨流市上弄潮兒，倏忽隕滅風掃籜。樂府空傳《無渡河》，麗玉箜篌不復作。吾鄉河之湄，有女方及笄。夜半甕中死，視死真如飴。前死者夫後死婦，是耶非耶爲怨耦。夫以不戒隕厥身，妻以靡他貞厥守。憶昔此女十二齡，就食夫家迫阿母。俯首依稀拜姑

嬋，覿面然疑奉箕帚。兩髦已墮碧波潯，化石山頭非我心。年來久已共牢食，同穴何必生同衾。獨憐牽挽來鄉里，未得相隨一處死。爲渠三賦《柏舟》篇，天祇胡不諒人祇？朔風淅瀝冰膠舟，甕底餘波聲啾啾。請將甕水傾河水，因風直向東北流。流到良人身死處，新鬼舊鬼同抱憂。不願爲韓家塚邊連理樹，不願爲徐州城外燕子樓，願得明年三月桃花發，化作比目相夷猶。書生那得如椽力，邑史搜羅聊載筆。欲知赴節在何年？乾隆戊戌仲冬初三日。

無題絕句

其一

道蘊青紗學解圍，牆東舊路未全非。重門洞闢人何處？惟有空庭蝙蝠飛。

其二

蘭香似解幽人恨，萱草難忘壯士憂。多少淚痕消不得，結成片血在心頭。

其三

品概須爭第一流，輕塵弱草亦千秋。昭君青冢文姬拍，不及徐州燕子樓。

其四

萬卷牙籤兩石弓，書生投筆即從戎。功成不取封侯印，惟向人間覓次翁。

嚴先生

桐江東去任瀰漫，獨臥羊裘耐歲寒。煙水孤蹤雙鳥翼，興亡滿眼一漁竿。故人還憶劉文叔，後起應推管幼安。何日登臺酬樽酒，祇今望斷澧中蘭。

陶徵士

披草歸來露滿身，更堪九食度三旬。孤雲自昔曾爲令，流水於今不是秦。疏柳數行天外影，黃花幾點箇中人。山阿托體秋風杳，誰見東籬漉葛巾？

孟山人

鴻毛軒冕振風騷，四十餘年已二毛。詩入梅香驢背穩，窗含松影鹿門高。洞庭五字休相問，千里潯陽興自豪。摩詰齊名嫌未允，依稀人說鬱輪袍。

施德寧二首

德寧，字靜遠，號致園。靜海人。乾隆丙午副榜，甲寅舉人。著有《致園詩草》。

題彈琴圖

伯牙遇鐘期，乃目爲知音。訂交古良難，況復到而今。當軒玩此畫，感我生平心。非分不可倖，

逍遥由此身。攜我一樽酒，抱我七弦琴。徙倚山之側，遨遊水之濱。飛泉望雲際，匹練掛如銀。群峰列天表，玉笋何森森。寫作巍巍曲，彈作洋洋吟。和鳴俟同調，豈徒娛泉林？

題《對弈圖》

天净山氣佳，林閒雲意懶。二叟對一枰，興趣何蕭散。侍側垂髫人，衣帶亦輕緩。終局幾千年，柯爛都不管。思昔巴邱橘，剖破鬚眉展。青城索玉塵，蠅語差可辨。俄化雙龍飛，一去不復返。蹤跡留壁間，令我穆然遠。

楊繼曾二首

繼曾，字目軒。静海人。增廣生。著有《拂雲軒詩草拾遺》。

別陳漢老

舊友非萍水，新交衹泛常。官貧君自得，用拙我何傷。傲吏寧嫌老，詩家不礙狂。相親不相惜，暫別亦難忘。

送戚朗巖

識君何太遲，送君何太速。相見縱非遙，我心終戀戀。交接尚知音，奚事矜粱肉。車笠可同遊，違言飛與伏。君行躋高臺，我行履蓽屋。且訂忘情交，他年同把菊。

津門詩鈔卷二十二郡賢

青縣

李乾淑 一首

乾淑，字清仲。青縣人。恩貢生。《青縣志·文學傳》：「乾淑十二歲就童子試，輒冠其軍。文宗左滄嶼先生光斗稱爲才子第一，聘閱卷。緣制藝過奇，數困棘圍。著有《白華詩稿》。

再入山中偕友人飲

不向山椒久，翻疑主也賓。遙溪水咽石，隔岸鳥窺人。樵徑行將隱，漁歌唱欲新。習池醉未已，倒著白綸巾。

姚思虞 一首

思虞，字失考。青縣人。萬曆壬子舉人，臨洮府同知。《青縣志·政事傳》：「思虞以舉人授蘭陽縣知縣，值流寇屢犯，曾炮斃渠魁，孤城保全。鄰封有大疑獄，上臺每委推勘，

咸服明決，讞語精確。巡撫李以公博學能文，委修兩河文獻。」

同王直卿起部、孫莫之、徐青來兩山人謁盤古祠

古宮深積翠，尋討欲忘還。四壁雲難破，千巒秀可攀。碑殘全沒地，樹老盡參天。行矣君休問，

神遊太古前。

馬鳴蕭十首

鳴蕭，字和鑾，號子乾，又號乾若。青縣人。順治丁亥進士，歷官浙江湖州府推官、辛卯科鄉

試同考官、工部都水司主事、提督蕪湖關抽分、工部營繕司員外郎。著有《惕齋詩草》一卷。

按：乾若先生任事勤敏，官主政時，監修乾清官，暴身烈日中，上見憫之，賜以御用雨蓋，工

竣，賜表裏銀馬有差。任蕪湖鈔關，溢額二萬一千六百餘兩，部題紀錄，商民懷之，立去思碑。任

員外三年，告歸，優游林泉，不言榮祿，惟嗜吟詠，人服其清尚。

詠懷五首

其一

投劾去南畝，羲皇人北窗。相將重彝鼎，何敢問旌幢。淡蕩雲中樹，委蛇天際艭。悠然別有得，

一壑與長江。

其二

空谷得高士，棲遲守敝幃。鳴禽饒夕氣，流水靜朝暉。評史存疑信，尊經識指歸。客來深柳下，相對製荷衣。

其三

小臥不成睡，掩關檢舊題。調饑田百畝，扶病藥千畦。虛牖雲來往，閒階鳥嘯啼。黃花姿正好，愛客且相攜。

其四

靜坐冥生事，麃麃麋鹿群。江山元邃穆，風雨自紛紜。遠馭傳三略，長林驚一軍。春晴已昨日，得酒便成醺。

其五

肥遯壑邱異，獨醒十畝間。深雲逐杖履，小鳥弄閒關。谷口月初上，嚴陵漁未還。桃源何處所？經歲水潺潺。

聞説

疏慵祇合抱雲根，多病那堪更耐煩。丹壑關情空偃臥，綠蘿何意自偏翻？神疲早厭茶鐺沸，形

老惟餘藥裹存。　聞説神仙不曾見，森茫卻笑武陵源。

惕齋用東坡韻八首録二首

其一

四時無休歇，過去那堪數？二氣自升降，天地亦何語？獨坐望雲煙，波鳥時高舉。爲憐衰謝人，白髮剩幾縷？支離歎此身，短節難爲拄。況復人間世，霜雪雜風雨。故園棗栗熟，剥落動盈筥。不定若飛蓬，飄歘及黃土。隱几澹無營，鑿邱倘相許。

其二

野處逢歲稔，延賞因時適。君子不素餐，饘粥猶戰栗。微尚夙有心，粒食無陳乞。煙霞滿石室。魂夢頗云安，肯教魚鳥逸。俯仰易爲陳，遑論處與出。寥寥此天地，語笑或可必。

案：二詩頗似霜紅龕意徑。

早春用僧齊己韻

柳岸冰初解，數聲雁北還。青波縈古渡，黃鳥囀深山。春草春風裏，一詩一酒間。是非都不問，興至但開顏。

故園

將詩尋古意，呼酒散幽情。日逐黃塵遠，風吹綠水明。地偏堪獨坐，人老慎多營。好在故園裏，行耽野鳥聲。

馬仲琛六首

仲琛，字佩韋。馬工部鳴蕭之孫。歲貢生，鄉飲大賓，官奉天府開原縣訓導。著有《樂儀堂稿》。

案：佩韋五言清淡，得乃祖風味。

詠懷三首錄二首

其一

落落謝塵寰，遂意寄空谷。地偏心愈遠，物外愜幽獨。山光凝竹窗，雲影帶茅屋。耽此雲山趣，世路任反覆。或當松徑間，或傍花陰宿。愛謝復愛陶，好句供我讀。一唱三歎息，朗朗振林麓。

其二

晝永冥生事，北窗睡起初。性自耽幽寂，時亦嗟索居。野客解余意，抱琴過草廬。聆彼山水音，疏散我心娛。殷勤謀諸婦，斗酒對庭除。相與恣笑談，清意正徐徐。

讀書閒夜

獨無外物牽，況復門深閉。晚景斂殘霞，光寒日初洩。寥寥空齋中，把卷消寒夜。燃燈對古人，古今一冷熱。人生天地間，百年一夢結。孤影伴殘編，幽心趣自別。

詠懷四首錄二首

其一

大道無隱現，取攜惟所尚。真趣非外得，心遠神自曠。緬彼太虛化，聲色且萬狀。觸境皆妙緒，

天地無盡藏，俯仰興悠悠。澹爾袪群妄，吾性並吾情，近在青苔上。

其二

我生原杳杳，挺然鑄此形。大冶陶萬物，我亦邀仙靈。有才貴適用，何取窮一經？邊庭羽檄馳，

秦塞聚飛蠅。皎皎白日麗，天際陰霏興。何不擁長弨，直入斗間橫。一掃風塵色，萬里浮雲平。終

軍當弱歲，長嘯效明廷。竊慕古人志，無路請長纓。

江干晚步

落日滿寒流，波光蕩野渡。渡頭晚不喧，來此一散步。依違對野雲，明滅看遠樹。時逢物外人，

七二二

行吟發奇句，因之傍水隈。談笑已忘慮，握手又成別，明月照歸路。

劉天義十首

天義，字戒庵。青縣人。歲貢生。

南皮詠古六首

其一

百雉巖城峙，千秋古縣雄。河流猶衛水，土俗忽齊風。邑在春秋爲齊境。比户絃歌盛，原田菽麥豐。相傳多勝跡，蒐訪興無窮。

其二

斷獄推京兆，依經議絶群。何疑故太子，足服大將軍，威信懷前政，荒涼剩舊墳。有誰攜絮酒，一酹日斜曛。城外東隅有漢雋不疑墓。

其三

城北朝京路，南皮北門額曰朝京。當塗射雉鄉。在南皮射雉，一日獲三十六頭，見陳壽《魏志·武帝紀》。心原工弋纂，智亦任機張。詭遇矜多獲，雄才喜擅場。所嗟陵谷異，傳説幾荒唐。或誤以射雉爲齊桓事。

其四

前日之遊樂，人猶説子桓。一時誇燕友，魏文帝燕友臺遺址在城內。此地共追歡。瓜李銷天暑，
文章耐歲寒。詞林多繼起，可續賦騷壇。

其五

何人多好事，貧富使爭喧。巧取萊蕪甑，來形金谷園。南皮城有石崇宅，明人更造爲范丹居之
説，以與之對。財爲奴輩利，名祇黨人尊。奢儉同奄忽，空留後代論。

其六

偃蹇聞張我，時來賈相門。無求驢背穩，難屈布衣尊。張我，唐時人，見人無貴賤，惟自稱我，
人因目爲張我。賈相即耽也。名紙誠多事，歸鞭稍避喧。寧知同魏勃，代掃夜初昏。

杜林將軍墓 在鎮西北里許，相傳墓地即陣亡處

出遊至西原，攜友相散步。頹然見荒邱，云是將軍墓。翁仲漫弗存，豐碑無尋處。芻牧來羊牛，孔穴
走狐兔。生前位將軍，墓自崇制度。而此殊草草，竊疑傳聞誤。友人顧而嘻，嗤我實膠固。今人際昇平，
得備飾終具。元黃龍戰時，原隰哀誰顧。矧彼武勇人，馬革夙所慕。碧血灑戰場，暴骨心何懼？家國同銷亡，
紀載闕竹素。僅餘故遺民，姓名相傳付。偶至田隴間，憑弔日將暮。軼事重流連，低回不忍去。直道存人心，

非事逐好惡。禮失尚野求，口碑即掌故。不見多生祠，勒石遍道路。里老昧莫知，誰爲甘棠樹？

題同野堂二首

其一

榜題同野識吾廬，野趣天然亦自如。小座時邀風浩蕩，短垣不隔樹扶疏。家資一硯難投筆，酒載雙鷗那借書？慚愧吾門二三子，一區漫比子雲居。

其二

野堂真作野人居，長物惟多兩簏書。窗草不除生意在，門扉常掩舊交疏。長卿賣賦文難似，劉向傳經學弗如。詎爲名高甘隱逸，菲材本合處蓬廬。

李潤圃夫子分訓廣昌詩以奉懷

三年薄宦近如何？每值西風悵望多。聞道官厨猶苜蓿，所欣邊士亦絃歌。成文應勒飛狐嶺，覓句常臨拒馬河。偶過燕秦來去路，知將劍術笑荆軻。師兼工武技。

李成謨八首

成謨，字爾嘉。青縣人。道光乙酉拔貢生。

案：爾嘉受學於曲阜孔峻峰昭辰，詩才清妙，每試高等，爲學使毛公式郇所器。

題高寄泉孝廉《柳橋晴絮圖》

序：寄泉，名璿潢。寶坻人。癸未下第，鬱不自得，繪《柳橋圖》，徵人題詠。

其一

東風蹴起軟紅塵，多少看花得意人。試問青青楊柳樹，者番旖旎爲誰春？

其二

仿佛風光似灞橋，行人到此幾魂消。高車駟馬重過日，好認臨風碧玉條。

其三

梅花飛過柳花香，漫把飄零惹恨長。宛跨蹇驢來踏雪，教人錯喚孟襄陽。

其四

浮生蹤跡半如萍，愁向勞勞問舊亭。借得香山好詩句，大家唱作渭城聽。

其五

離情一語一躊躇，況復將情入畫圖。此去三沽風景好，夕陽飛絮亂平蕪。

其六

行行幾欲歎途窮，下第情懷似酒中。寄語劉蕢休懊惱，鰣生幾度哭秋風。

其七

眼前風物又殘秋，蘆絮渾如柳絮稠。想像紅橋佳麗地，詩人合住小揚州。

其八

自慚不是謫仙才，敢問騷壇奪槊來。黃鶴樓高搋不得，我今去詠鳳凰臺。

滄州

王公弼二首

公弼，字直卿，號梅和，滄州人。萬曆丙辰進士，本朝戶部侍郎、督察院都御史。著有《景慶堂詩文選》。

朗吟樓 在滄州

仙人黃鶴舞婆娑，飲吸長鯨醉踏歌。乾坤何處著雙眼？乘風偶爾來滄波。滄波江上看明月，劍星夜半寒光發。飛劍長空落鴻影，斷蛟剚兒戲溟渤。爲問靈砂果可傳，願借仙人丹九還。仙人得道寸心裏，

點石恐誤三千年。瓊臺紫府尋洞宅，如此樓居高百尺。大笑不知宇宙寬，朗吟樓下多漁船。烹鮮浮白醉神仙，醉後詩狂欲上天。上天下地何所有？醉夢醒時仍問酒。閒來樓上對仙跡，仙乎仙乎吾與友。

朗吟樓呂祖祠

丹梯插碧枕河流，可是仙人居好樓？雲住乍疑蓬島近，月明還憶楚江秋。洞庭西放雙鳧去，滄海今隨一劍遊。夜靜波澄聽唳鶴，醉驚珠斗豁吟眸。

《秋坪新語》：滄州王侍郎公弼，其太翁歿後乃生。既貴，思慕不已。公故善扶鸞帝鸞，有扣必應。一日欲乞帝追寫其太翁像。乩書曰：『吾固不解此，然念子孝思之誠，當覓道元來爲之，子但懸筆几上，研濃墨於几，伸紙焚香，閉戶靜伺，室中無留一人，隔戶聽之，筆停不動，可開視也。』公敬如神教，屏息以俟，食頃聞紙沙沙起落，疾於風雨，久之無聲。亟啟扉入，筆忽落所寫真面上，遂墨污一點。蓋啟扉少速，有收領一筆未完也。公亦不知其似否，持視太夫人。一見泣拜，謂爲神肖。其畫僅一頭面，寥寥數筆，無多煊染也，至今仍收藏王氏子孫家。

戴明説九首

明説，字道默，號巌犖，晚號定圃。滄州人。崇禎甲戌進士，本朝官至戶部尚書。工詩善

畫，著有《定圃詩集》。《詩觀》及《百家詩鈔》俱入選。魏憲云：『巖舉詩淵乎其神，蔚乎其彩，

如王新齋初見新建時，冠則有虞，服則老萊，攝衣上座，儼若懷葛間人。』陳遇堯爲作傳云：『曾

拜教孫鐘元先生門，以閒邪存誠之義相質。』先生歎曰：『定圃入眼出手，皆有確據，可謂脚踏

實地矣。博學能悟，公餘苦心風雅，爲詩與王覺斯、吳駿公、范箕生齊名，兼善書畫，特受世

廟之知，賜銀圖章，勒米芾畫禪，煙巒如覿；明說克傳，圖章用錫。』著述有《六朝》及《明歷

朝詩家》兩集、《唐詩類苑選》《篆書正》《禮記提綱廣注》等書，晚年有《定圃近集》《鄒鹿合編》

《偶見錄》。

龔芝麓尚書云：『高者極蒼旻，深者入重淵，沈鬱精堅，匪古勿法，而孤心刻畫，正恨古不

見我。』

吳天章《蓮洋集・題滄州戴尚書竹》云：湖州太守貧方善，協律郎官老更工。惟有尚書最尊寵，

閒中寫出葛陂龍。

《天津府志・儒林傳》：戴明說，滄州人，初官太僕寺卿，丁艱歸，盡屏聲色，閉戶治心，

力究《大易》『閒邪存誠』之旨，與黃岡曹本榮簡討，時相印證。又延容城孫徵君於家，授《傳

習錄》，身體實踐，務爲有體有用之學。其共切劘者，有明經陳奉敕，諸生趙時泰，一時如王

廷鏈、李玉鼎、王滋、孫晏曇等，皆從講焉。遠近稱曰定圃先生云。仕至戶部尚書，封太子少保。

十一月風

身世驚風裏，客心向夜闌。黃河東海下，白日薊門寒。歲短詩書大，年加故舊殘。忽憐陰積雪，漢幟可能乾。

謫豫州別高中孚太宰

風雪驅孤客，單車出上林。於君誰苦口？如我亦甘心。河洛徵求急，江湖戰氣深。憂思懸癙寐，星迸夜沈沈。

西沽小住

長風搖海氣，日在大河西。詩老驚駝背，途窮妬雁泥。柳營村牧避，桃口曉沙迷，誰寄文房夢？河間認舊溪。

天津

十載津門路，歸憐古道斜。日平三面海，人雜五方家。蝴蝶荒耕壁，蛟龍怒戰艖。猶留遺老在，聚米話囊沙。

滄州故里

生聚十年事，悲涼一邑孤。田圈思茂草，齷滯困長蘆。門巷干戈異，鷹鸇風雨呼。昇平應有望，

攜醞待山隅。

題王西樵年丈小像

鹿砦今將問，能封草徑無？嶽搖驚句老，月定愛禪枯。爾我千秋外，曹劉一代孤。平山遺落照，莫誤洗桐圖。

五月即事

薊門積旱畫沙鳴，憔悴榴花不肯明。脾濕今難親酒氣，魂勞昨已厭茶聲。旌旗柳帳千笳月，雞犬桃源一笛晴。隋苑唐堤何處是？曲江野老歎蓬瀛。

又送張虎別中翰

半樵鐵樹香山裏，一釣晴雲滄水西。短劍荒山哀鼠盜，孤舟涼雨病荊妻。鬢緣心拙三江老，天許文窮五嶽棲。為擬歸來秋滿帳，元經綠綺正堪攜。

題顧夫人蘭卷

孤根耿耿護陽春，許伴三間問鬼神。多少鬚眉不敢畫，香煙清照管夫人。

戴王綸二首

王綸，字經碧，號一齋。明說長子。康熙乙未榜眼，翰林院編修，江西糧驛道。《天津府志》：『一齋工文善書，歸里後，每晨起，書《心經》一通，人爭寶之。晚年詩益進，能畫蘭。』

滄州鐵獅歌

誰填蓬渤金博山？乾坤冶轕陰陽煎。狻猊日走五百里，鎔鐵一蹲瀛州水。西海格狸東海鯨，千載臣服濤浪清。金鋪綴日蜃樓市，魚沫秦橋鞭石處。茂陵心事本豪雄，望仙城苑起秋風。青天蓋高黃地厚，玉壺擊碎伏驥瘦。滄溟禹穴探靈書，髀肉復生重趑趄。誰效雲中騎白驢，嗚呼！誰效雲中騎白驢？

朗吟樓九日登高

候氣協陽律，披襟憶遠遊。貞元旬甲子，運會毓春秋。青鳥天中噭，雲旗象外悠。傳經存古道，攜酒上高樓。菱芡煙霞迥，管絃松竹幽。茱囊繫繡臂，菊實茹丹邱。鳳嶺何人眺，龍沙逐水流。紫桃園裏摘，玉杵月中求。孺子功難並，黃公履可收。何年吹鐵笛？長嘯跨山頭。

吕纘祖一首

纘祖，字峻發，號修祉。滄州人。順治丙戌榜眼及第。歷官編修、國子監司業、文院侍講學士。

案：學士博學工書。夜視，兩目炯炯有光。少年文學大蘇，晚年歸於平淡。有《几園集》若干卷。

過僧舍

林端梵影插秋天，正在長流夾岸邊。散步莫疑因病酒，偶來非是爲逃禪。塵門不禁貧人履，僧榻偏酣高士眠。簷際松風波底月，久忘身世隔塵煙。

劉慶藻一首

慶藻，字虛中，號佑申。滄州人。順治乙未進士，任江南虹縣知縣，事跡載郡志。

九日謝郭道人送菊

窮秋九月荷葉黃，北風驅雁天雨霜。老翁悶坐空齋裏，無花無酒對重陽。南園道士解人意，移來數種堪佐觴。質酒黃公博一醉，主人脫卻舊鶉鶉。滿堂坎坎擊鼍鼓，楊妃亂醉西施舞。爾皆絕代之佳人，齊捧瑤觴向我舉。寄語阿嬌莫嬌妬，風雨颯颯愁日暮。茂陵司馬正苦貧，好將黃金買詞賦。

劉果實一首

果實，字師退，號提因。佑申公子。康熙己未進士，官編修。

秋日城西訪友

葡萄熟後已無瓜，楊柳蕭疏村徑斜。一樹當窗門靜掩，豆花紅處是君家。

《天津府志·義行傳》：『劉果實，字師退，號提因居士。滄州人。進士慶藻子。讀書十行俱下，一過成誦。十三補諸生，十七舉於鄉，二十一成進士，翰林院編修。性孝友，父没，遺産盡讓於兄。妻亡不再娶，每曰：「夫死改適爲喪節，妻亡再娶，獨非失義耶？」子弘烈，康熙丁酉舉人。』

趙秋谷《飴山集·懷舊詩序》云：滄州劉果實提因，與余同康熙己未榜，其於世味了無繫戀，竟不娶，其前身蓋高僧也。詩文恢詭雄辯，菲薄迂儒，不可以法度求之。

紀文達公《如是我聞》：『滄州劉太史果實襟懷夷曠，有晉人風。與飴山老人、蓮洋山人皆友善，而意趣各殊。晚歲家居以授徒自給，然必孤貧之士乃容。執贄修脯皆無幾，簞瓢屢空，晏如也。嘗買米斗餘，貯罌中，食月餘不繼，意甚怪之，忽聞簷際語曰：「僕是天狐，慕公雅操，日日私益之耳，勿訝也。」劉詰曰：「君意誠善，然君必不耕，此粟何來？吾不飲盜泉也，後勿復爾。」狐歎息而去。」

案：提因先生五歲受書，目數行，覆閱成誦。弱冠時，督學王公奇其文，有趙大洲，顧東橋之目。既與

講經史，博洽淹貫，題試院堂楹曰：「瀛海人材真第一，燕臺國士更無雙。」踰年乙卯登賢書，韓公慕廬歎爲曠代逸才。已未成進士十八名，授庶常。旋丁外艱，服闋授編修。父易簣囑曰：「吾不憂子以貧易節，惟憂子以直賈禍。」公憶遺訓，解組歸里。年三十餘，元配王氏故，遺子一、女二，終身不復娶。安溪李公撫直隸，修幣聘曰：「首善千里，德行文學，無愧先賢者，先生一人而已。」迎至署，講先後天累日，安溪公出書策一函投諸火曰：「此素著易講，聞公論至高，愧庸未不足存，當更著之。」欲薦公，公力辭，贈餽不受。鄉居四十年，安貧守道，課後進以正，不欲其乇獵蠱術。文章直追兩漢，著《檀弓》《公穀》及《南華》諸評選。諸集梓行。

李之嶧 一十二首

之嶧，號恬齋。滄州人。雍正癸卯進士。歷官潞安府同知。有《秦役草》《旋晉草》《即山房》

登龍尾山

皋蘭西遶掉修尾，搖曳欲蕩黃河水。銀川百里白雲外，金城萬戶蒼煙裏。渤海有客探奇來，躡屐層巒決雙眥。同遊好事爲開樽，更上危樓向西指。五泉噴玉澗聲寒，綠楊紅杏間白李。和風吹面神欲飛，樹杪青帘風蕩起。方畦翠擁麥增波，細路紅迷桃綻蘂。西望亂峰雪色解，晶笋插天難逼視。

況經返照映遥空，廣寒宮闕琉璃世。醉裏不知臨絶塞，滿目鶯花屆上巳。

車道嶺

車道嶺，何迢迢，四十里上鬱岧嶤。劃然長嘯陟絶巘，一川煙樹等蓬蒿。人家穴處隱窅潭，危峰細路見歸樵。杏雨柳煙青色動，深山四月如花朝。

秤鈎灣發清凉山

秤鈎灣畔又脂車，亂峰東望帶朝霞。深溝邃壑路盤折，幾縷炊煙穴處家。暮春紅杏未見花，溪中素石兼白沙，跨溪古木一橋斜。四十里外定安縣，山城午市人語譁。清凉山在白雲外，留客宿宿月初華。

自白水發涇州途中漫興

白水東來風光別，青嶂兩岸如屏列。紅桃白李競鬭春，麥隴增波泉鳴咽。綠陰深處鳥聲幽，似與勞人宛轉說：九十春光已過矣，屈指欲屆端陽節。勸君行樂須及時，無故而憂何爲之？君不見：回中山青鸞，杳靄白雲間。紫茸花發香滿巖，王母一去何時還？百年幾度春光好，鶯花過眼春已老。勸君行樂須及時，對景不樂終爲癡。願君酌酒並作歌，及時不樂奈老何！

咸陽道中

咸陽古道塵撲面，過眼韶光驚掣電。去時宿麥猶含隴，歸來蒲葦已揮劍。路旁何代冢，累累高可辨。遙想當年松楸林，翁仲石馬俉陳遍。今日犁爲田，油油麥浪風翻燕。牧兒樵子塚上臥，香風習習野花燦。

渡渭河

渡渭河，宿雨曉風水增波。桃花零亂梨花多，芳春一瞬若擲梭。若擲梭，可奈何！當年造舟曾爲梁，悲歌幾度變滄桑。歷周而秦而漢唐，干戈禮樂互興亡。我今渡此復三歎，後人不見前人面。後人亦復等前人，渭水東流去如箭。

渭南發赤水

渭北春樹鬱森森，萬里橋頭萬里心。太寧宮裏曉鐘音，喚起遊人發浩吟。發浩吟，懷古意河深！樂遊原上春光晚，梨花雪盡桃粉減。阿房焦土麥青青，今日朝歌昔簫管。

赤水曉經華州

殘月朦朧煙樹低，赤水橋邊草萋萋。竹間野寺竹雞啼，知是當年古西溪。五公別墅松

已老，車中遙望華峰曉。磅礴間氣鬱蒼蒼，森然茂樹帶修篁。古來賢達不可數，路人艷稱

郭汾陽。

望華嶽

少華崒嵂已可愛，太華更在白雲外。參差亂樹欲迷天，況經初日氣靉靆。遙憶靈秀間鍾奇，萬

壑千峰呈詭態。身未及歷神已飛，籃輿應在谷口待。欲陟玉女摘明星，通天箭括一門在。千秋人共

歎昌黎，我今莫被山靈怪。更欲洗耳並洗心，靜聽松濤答石瀨。

潼關渡河

東北中條若龍蟠，西南華嶽如鵬奮。中穿一水是黃河，斬然天塹分秦晉。山光洽我情，河聲滌我耳。函關紫氣曾東來，關河極目望中收，倏

造物何所吝？行人不復動旅愁，俯仰各欲抒所蘊。

五千言乃傳尹喜。迄今經過緬遺徽，衆妙之門從此啓。

南關曉發，經分水嶺，小憩雷音寺

入山百里山益邃，分水嶺分水爲二。其北瀉入盤陀村，其南直注雷音寺。雷音寺在山之椒，

下臨深澗沸激濤。我欲結個山半亭，滿巖花樹風蕭騷。溪號愚翁亭稱醉，千古風流破相類。潞州

司馬今何如？雙眉具有煙霞氣。每過此地輒駐驪，有雲可臥不可儔。何必王官谷裏始休休，千年同契柳與歐。

河岸樹

河中寒泉流，河岸樹垂泣。當日托根非不牢，日削月朘遂孤立。語不及終崩崖壁，命委泥沙悔何益？

案：恬齋先生遊山諸詩，靈氣盤空，脫去凡骨自成一家，直欲上奪唐賢之席。集中美不勝收，姑擇數首，當祥麟一角。後來紹其美者，惟南皮張公大復，或可把臂入林。

呂鍾蓮一首

鍾蓮，字範溪。滄州人。歲貢生。著有《德輝堂集》。

小庭閒詠

寂寞盼閒庭，庭花紅已老。落紅飄綠苔，歷亂無人掃。四壁靜無聲，鳥飛惟自好。飛飛逐落花，衍上牆頭草。

王桐八首

桐,字毓東,號怡園,一號澹圃。滄州人。歲貢生。

擬子夜四時歌八首

春歌

其一

春風太無賴,吹我庭前花。不將所歡人,吹來到儂家。

其二

階前桃李枝,芳時成寂寞。自起下簾帷,不忍見零落。

夏歌

其一

歡來到門前,自起促華饌。煩熱不復知,遺卻白團扇。

其二

與郎上小閣,池水近窗前。君看池中花,盡是並頭蓮。

秋歌

其一

倚欄看華月，秋來月皓皓。笑指嫦娥孤，本是人間好。

其二

置酒郎不飲，俯首愁欲眠。有何未足處，此時月正圓。

冬歌

其一

雪裏兩株梅，一心共作花。時時香不飲，此時郎即誇。

其二

君愛桃李花，祇解春來盛。獨抱歲寒心，此時松柏性。

李廷敬一十四首

廷敬，字寧圃，號味莊。滄州人。乾隆召試，欽賜舉人，乙未進士，歷官常州、江寧知府，上海道，江蘇按察使。著有《平遠山房詩鈔》。

秦郵

萬頃湖光秋水平，文游臺下暮雲橫。詞高鮑庾無前輩，圖寫蘇秦有後生。明月何時還麗社，寒

潮終古落盂城。山山晚照思無盡，又聽遙天一雁聲。

楊州

一堤楊柳鎮銷魂，簫鼓常縻月二分。舊苑流螢行處有，寥天歸鶴幾人聞？煙霏白舫潮初上，薛

繡紅橋日又曛。路入淮南多古意，嶔崎已見隔江雲。

紅橋感舊

月暗蓬窗夜寂寥，平山煙樹接紅橋。十年誰識曾遊客，剩對寒松憶六朝。

潤州

射虎亭荒漫寂寥，城傳鐵甕日岩嶢。雲歸北顧餘蕭寺，月涌西津落晚潮。勝事每愁聞鼓角，游

人祇解話金焦。何當海嶽煙雲筆，細對江山畫六朝。

晉陵

楚越干戈瞥眼空，此邦仁讓有高風。蓉湖水咽延陵墓，梅嶺春藏泰伯宮。陵谷暗隨人代變，雲

山應許古今同。不緣萬里舟難繫，擬向桃溪學釣翁。

姑蘇

金湯規畫古無倫，破楚門高復向秦。松柏纔封埋劍地，河山已委浣紗人。千年城郭飛黃鵠，十里笙歌漾紫鱗。不識會稽爲郡後，鴟夷何處復沾巾？

張嘯崖舍人思源莊莊在津門

其一

客路渺何極？幽居喜乍尋。水雲三畝宅，堂構百年心。谿徑隨欄曲，房櫳隱樹深。真慚遊跡少，咫尺未登臨。

其二

竹杪垂雲樹，舟中款月堂。故人隔煙市，旅夢入江鄉。蔣徑憑誰剪？陶籬恐就荒。歸心還鬱鬱，把酒對方塘。

北倉夜泊

澄鮮秋水接東溟，遠浦潮迴夜有聲。晴雨未知雲太幻，滄桑一照月無情。漁人艇自爲村落，野

戍樓還颺斾旌。催放扁舟沽酒去，笙歌遙認柳邊城。

泊濟寧，訪吳曉山太守故居不可得，感而有作

凍雲壓水水欲冰，風窗颯颯搖寒燈。一樽魯酒照蒼髯，將飲不飲輩几憑。君不見：屠沽治鐵紛崛起，畫閣如雲門列戟。又不見：賢豪福澤不相屬，彭澤歸來酒不足。飄飄仙骨延陵季，結客平生盡英異。推解常忘來日難，雄談不畏達官忌。伯道無兒益達觀，太冲有女偏爲累。誰信三年作郡歸，未謀八口立錐地。我來繫纜訪柴桑，鄭公何處留故鄉？東衢郅氏西雍伯，答非所問空斷腸。文章憎命古如此，樂天永叔堪屈指。管城清瘦毛穎禿，倚棹寒吟聊復爾。

珠海閘竹枝五首録二首

其一

蘆荻蕭蕭秋暮天，鄰人相喚剌湖船。攜將脆白千枝藕，換取溫柔萬朵棉。

其二

野花如露上釵頭，貧女臨風亦識愁。欲向柁樓行復止，似聞夫婿在鄰舟。

宿遷候關

勞人今忽似雲間，小舫徐移竹樹間。風涌人聲喧野市，舟排雁齒抱嚴關。驟寒魚伏白蘋水，殘

照鳥爭紅葉山。過眼林泉堪入畫，每行沾處一開顏。

魏工隨埽歌爲康茂園方伯賦

河流未到東海頭，奪汴與泗兼淮流。百年洶洶向東走，明嘉靖後，河口東移。意欲穿湖奪清口。去年決睢州，今年決淮安。若非廟算精任使，數郡或恐隨奔淪。河堤使者今方伯，十載治河尤稱職。西春三月水勢狂，千里直下難周防。防河屹立當河衝，埽決挺身隨埽下。飄然踏水若踏空，水若壁立身居中。是時倒捲海風急，百萬魚龍水頭立。隨流巨木飄若萍，兩臂屹立如半壁。惟公治河眞河神，入水不溺身常蹲。右手揮扇扇如輪，左手挽木如千鈞。忽然身隨潮頭湧，仍立岸頭顏不動。金堤千尺尚欲奔，屹立不動惟公身。口吞雲夢可八九，一滴不入黃流渾。昔聞漢王尊，勇決善治河。距水三尺當衝波，白馬三老曾謳歌。兩公勳積前人少，一立金堤一隨埽。就中難易若較量，今方伯勝昔京兆。

葉汝蘭六首

汝蘭，字香浦，號退庵，滄州人。乾隆丁酉科拔貢，四庫館議敘，中書科中書，歷官廣東廣州同知、瓊州知府、督糧道，以親老，內用戶部廣西司郎中。

卷二十二

七四五

接絳州家信，知仲田弟保舉堪勝知府，遂成七律四首

其一

阿弟真能上考書，開緘百慮一時攄。使君喜見頭銜換，國士應非賞識虛。早歲名場憐善病，中年宦海感離居。而今總作煙云過，已結連床聽雨廬。

其二

明春屈指杏花前，雁羽乘風一日還。椿蔭倘能移就日，萊衣佇待舞隨肩。言歸幸藉瞻天路，失恃當悲墮地年。早把一樽澆墓道，憑傳佳耗到重泉。

其三

憶從寸草謝春溫，姜被同眠弟與昆。我甫婉孌寧自信，汝猶襁褓更無論。雲霄詎意能聯步，雨露何期屢沛恩。且借鶺鴒一枝穩，圖南都付北溟鯤。

其四

廿載循聲遠近知，上游冰鑑本無私。早傳潘岳花爲縣，行望張堪麥有歧。作吏但能清若水，承歡莫慮酒盈巵。老兄勉效慈烏養，定見嚴親百歲時。

古藤書屋落成，茹古香、姚秋農兩先生見贈以詩，依韻酬之

其一

寄跡蠻陬十八年，故園回首路綿綿。望雲欲補南陔詠，戀闕長依北斗邊。豈謂歸來成小築，何妨客至借高眠。古香學士曾來此留宿。不須錯擬揚雄宅，略似張融岸上船。

其二

詩人曾此建騷壇，一代風流屬筆端。寓宅即朱竹垞先生故居。又見曹劉樹旗幟，合教屈宋作衙官。趨庭佇遂斑衣願，掛壁先欣斗室寬。吟興倘能詩一續，橫窗莫負老梅寒。

張賜寧六首

賜寧，字桂巖，號坤一。由貢士考職議敘分發南河，歷任寶應、甘泉主簿，江都、丹徒縣丞，通州州判。

案：公工繪事，遊京師，與羅兩峰山人聘齊名。紀文達公昀、法大司成式善深契重之。尤篤友于，蓄諸弟姪終其身。晚年罷官，僑居揚州，傳畫法於其長子百祿。著有《黃花吟館詩集》，散失無存，因其姪百揆抄錄數首存之。

紅橋夜泛，用溫飛卿蘭塘詞韻

湖草沈沈魚喋喋，丹桂引風鼓蘭枻。琉璃翡翠倒晴光，珠斗葳蕤雜雲葉。晶瑩荷露珍珠圓，芙

蓉夢繞藕絲纏。彩炬光分黛痕淺，歌聲輕滑頰頰鮮。東船西船一回首，纖纖嫩玉擎卮酒。相勸殷勤

莫暫停，青青月照當年柳。

灤邸七夕看巧雲作

娟娟月影碧雲環，淡淡銀潢半隱山。不見雙星清夜迥，鵲橋疑在翠微間。

春日遊湖

繞郭青山翡翠叢，軟琉璃上坐春風。更憐十里堤邊路，嫩草鋪來襯落紅。

靈隱道上

翠濤萬沜瀁長松，幽崦橫茅復幾重。不解清泉何處注，深山送出午時鐘。

花朝後十日，由真州放船至金陵，大江中流偶占

新柳如雲接遠天，參差綠滿大江邊。凌晨掛席披襟望，山色隨人欲上船。

爲林廣泉畫《瀑布圖》

劈空直下三千丈，透壁穿雲幾萬重。旋向人間滋畎畝，終歸滄海護蛟龍。

朱煌一首

煌，字勿軒。滄州人。嘉慶甲子科舉人。

移居

家近溽沱稍復西，小園地僻草萋萋。綠楊煙裏村如畫，丹棗林中徑欲迷。比屋編茅六七舍，當門種菜兩三畦。等閒且注幽居賦，馹馬橋邊懶再題。

王國維二首

國維，字一樵。滄州人。道光辛巳科舉人。

草

西風晚照最蒼茫，往日紆青又變黃。檢點庭前舊書帶，莫因秋雨化迷陽。

和戈德庵主政蕭家橋晚眺韻

聞道老黃河，此焉當其衝。土名老黃河。近海想奔放，遺跡尚禹功。長橋自何年，南北亙飛虹。禾黍連村墟，匝野青濛濛。遠水凈天色，一綫入遙空。慷慨懷伊人，翹首歎豪雄。不見萬里橋，相如留奇踪。以彼未遇時，傑士亦云窮。還來題橋柱，駟馬何雍容。人生貴勵志，今古將毋同。

煙柳被長堤，曲折束奔洪。我來一登眺，浩歌凌清風。蕩然開胸臆，俯仰豁雙瞳。

南皮

李騰鵬一首

騰鵬，字時遠，號槐亭，南皮人。明萬曆丁卯舉人，官江南鳳陽府通判，著有《墨鳴集》八卷、《蛩鳴樂府》二卷、選集《明詩統》四十二卷。《南皮縣志·文苑傳》：「槐亭少穎邁，爲文奇麗橫溢，變化百端。抑且氣宇軒昂，有高世絕塵之概。隆慶丁卯舉於鄉，凡七上公車不第。因闊地城西日小隱，亭日澹然，吟嘯自適，若將終身。親知勉之，始仕爲潞安節推，燭奸決獄，咸稱明允。遷鳳陽別駕，委疏漕河，殫厥心力，以勞瘁卒於官。鵬才高藝苑，長於詩詞，善草書，工點染。所選集《明詩統》，搜羅幾遍，鑒別尤精，迄今傳布海內，一代詞宗非佞也。曾創修《南皮縣志》，身後散軼。」《秋坪新語》云：「邑先輩李槐亭先生嘗感太監馮保事，賦《馮瑠行》，方援筆構思，几上墨忽膈剝作聲，賓友聞其奇，咸來觀，墨猶鳴不已，良久乃寂。偶以他事作答，即用前墨，殊無聲。及操觚復續前

篇，又咋咋鳴。故平生所爲詩集，以「墨鳴」名焉。所賦《馮瑠行》，風格不減長慶，所謂言者無罪，聞者足戒也。」

馮瑠行

序：萬曆癸未，予以計偕至京，適有旨收巨瑠馮保，籍其家，都人歡呼。一日飲友人齋，賓客雜遝，內一校尉蓋有事于籍產之役者，因道馮怙寵豪奢狀，四座傾聽，聽罷咨嗟。予感正德中，諸君子各詠元明宮、馬嵬廟之作，因述爲長篇，以垂將來。

四座且停聲，聽歌《馮瑠行》。當朝寺人誰最盛？惟有馮瑠竊國柄。保護未必似覃吉，文章亦不及蕭敬。祇緣天子在冲年，狐媚鷗張得擅權。炙手手可熱，氣焰欲熏天。衛霍勳名應莫比，金張枉自稱戚里。黃閣三公但受成，銓部唯唯仰風旨。餽獻一或不當意，都護九邊憑易置。摧山轉海瞬息間，排良擠善尋常事。勢分威嚴擬至尊，等閒誰敢爲通閽。重寶欲充馮相第，厚賂先來徐氏門。問君徐氏爲誰者？都人共號徐樵野。樵野早年爲屠酤，以罪戍邊居行伍。反覆世事誰能料？一旦崢嶸據顯要。依社憑城難灌熏，招權納賄日紛紛。自恃狡獪足謀智，忽在人間忽入雲。雲間宮闕入多年，不待持麻敕使宣。夜裏金吾不敢問，天明意氣揚揚還。厮養常騎內厩馬，長鬚擅用水衡錢。馮

瑯有弟稱馮五，性侈揮金如糞土。董家郿塢未足多，鄧氏銅陵何足數？散列通衢開甲第，朱門複道森疏蔽。霍納游檀擬內庭，臨春結綺非佳麗。運來錦石萬夫僵，載將大木千牛敝。別有深州稱梓里，參差樓觀中天起。城外田園絕四鄰，城裏商廛遍九市。日長炎炎轉恣肆，閭里誰人敢忤視？姻婭黃緣濫縉紳，假子莊奴辱長吏。長吏低顏還諛詞，貨利重結延歲時。年來貨利心亦厭，不惜黃金惜翠眉。朝進美人價值千，向暮官職得美遷。暮進美人價無算，明朝驟見皆級換。吳姬越女艷花叢，曲戶交窗宛轉通。黃昏院院歌鐘起，四時之序長春風。舊姬見慣意嫌頻，新人寵愛一番新。閨房多少皆幽閉，五五三三娥黛顰。新人恃寵競豪華，衣剪春雲裳剪霞。夜夜陽臺七寶帳，朝朝韋杜七香車。自是豪門得春早，結伴須乘風日好。或調鸚鵡傍雕籠，或向曲闌閒鬥草。鬥草尋花日未足，夜裏餘歡燭下續。琵琶按譜換新聲，厭唱梨園舊法曲。朝來嫮酒嬌不起，日射綺疏春夢裏。侍婢潛行不敢喧，金盆屢進薔薇水。薔薇洛水已頻更，日午凝妝尚未成。麟脯駝峰不下咽，海錯山珍先解醒。醒未解仍復醉，醉來再逞藏鉤戲。妬寵爭憐未肯休，愈到妝殘添嫵媚。無奈主人性最睲，雕鞍又去宿誰家？別有妖童矜婉變，檢將玉色鬥天斜。自矜富貴古無有，自謂天長共地久。倚伏乘除頃刻間，世事從來反覆手。天象重重示顯怒，聖主英明亦漸悟。柱史糾彈九月鷹，雷霆震擊三窟兔。錦衣校尉氣如虎，被命窮搜亂風雨。入門瞠目屢驚嗟，知是人間是洞府？可憐美人何所奔？淚眼愁眉各喪魂。誰是感恩墜樓女？葉零星散類驚豚。庫藏連雲旋啟鑰，蟒玉層層光爛爍。睛琭猶將綴褻衣，溺

器妝成金錯落。希世更多珍器玩，內家見之亦驚歎。人巧天工兩奇絕，眴目奪睛色璀璨。冰山萬仞

一時傾，徧滿皇都歌誦聲。當陽天子信神武，億萬斯年皇路清。嗚呼！億萬斯年皇路清！

白汝霖一首

汝霖，號既霑，南皮人，歲貢生。

村居

三家落落亦成村，盡日凝然坐小軒。避燕移床泥滿地，灌荷注水葉盈盆。茶翻細浪湯仍嫩，香

裊餘絲火尚溫。一首新詩敲未就，自吟自詠到黃昏。

張大復三十二首

大復，原名景運，字靜旃，改名大復，號春岨，拔貢生。南皮人。太平縣知縣，遷安縣學博。

著有《因樹山房詩鈔》《秋坪新語》。

《念堂詩話》云：『南皮張靜旃，以詩自雄。五言如「荒雞醒客夢，殘月逐人行。」「萬山隨地涌，

一水抱城流。」七言如「作宰原來非熱客，出山依舊是閒雲。」俱老到。所著《因樹山房詩》，有吳

白華、洪稚存、張船山諸公評語。」

延慶寺看牡丹

百寶欄邊憶舊家，梵王前殿散殘霞。憑教飛盡深紅片，終是人間富貴花。

爲李載園孝廉符清題《西川海棠圖》圖爲伶人陳銀作

細腰千載説橫陳，俗艷休争別樣春。可是霓裳泥沉醉，華清宮外月如銀。

覺生寺大鐘

巍巍覺生寺，隆隆帶岡阜。巖巖百尺閣，巨鍾赫獅紐。垂疑懸崖高，壓恐裂坤厚。陰陽侈爐炭，

成此事非偶。千石誇上林，無射鑄周后。當時驕世人，見兹或驚走。姚師初監製，大冶廣翕受。萬佛勒

淨名，學士揮巨手。鐘爲姚廣孝監造，其上佛經，傳是沈度筆。金剛自不壞，寧煩巨靈守？我來重摩挲，

歷劫已云久。閲人恒河沙，更憶千載後。晨夕演梵唄，蒲牢發巨吼。曾聞避白虎，幾載金緘口。大界

浩茫茫，紅塵紛雜糅。群愚蔽其聰，聾瞶待善叩。兹鍾固云巨，安能徧九有？空憐萬鈞姿，寸莛等任咎。

即色而即空，不淨亦不垢。須彌山納芥，大千孔藏藕。徑欲掃聲聞，默養無量壽。

石夫人歌 太平縣城東五龍山，下臨橫湖。相傳昔人久客海上，其妻登望，遂化爲石，因名

五龍何岧嶤，蒼翠鎖鬌鬌。上有石夫人，亭亭白雲間。白雲影落橫湖水，照見衣裳明鏡裏。當時擁袂

泣無聲，地久天長扶不起。風疏石髮森綠苔，雲羅靜斂菱花開。盈盈漫道不能語，環珮凌霄疑下來。石夫人，

爾何苦？縈縈同化七子女。攜其子女七人一時同化。奚不奮飛歸樂土？陵谷變遷經幾時，不轉貞心自今古。

我思鞭山到海東，喚爾良人轉飛蓬。山頭之石復人化，笑臉相對朝霞紅。碧虛攜手共飛去，一洗萬古煩冤空。

霧鬢煙鬟竟難改，青冥迴立年年在。待夫君兮何時還，日送雲帆向滄海。石夫人，恨休歇，精衛銜石女化蟬。

宇宙由來常多闕，望夫之山更何人，與爾迢迢競突兀？天荒地老同此心，泣向姮娥訴明月。

舟過山陰

雲容水態逼秋清，迤邐青山入越城。十里迴塘樓兩岸，夕陽無數畫船行。

關索嶺

翠壁千尋合，青天一綫開。行人隔雲路，飛瀑破空來。不逐迴車客，翻思作賦才。赤霞看蔚起，

奇境入天台。

蘇小小墓

西泠終古水潺潺，此地蕭條閟玉顏。水珮風裳原絕代，野花蔓草自人間。窗紗夢斷梅時雨，柳色春空湖上山。留有蒼蒼松柏在，同心漫托月如環。

燐火行 良鄉道中所見

赤焰騰騰綠焰墜，上不在天，下不在地，惝怳閃爍，似有人至，儵東儵西無定形，乍明乍滅如奔星。陰風倒吹光愈熾，黯黯影射幽林青。咄爾燐兮胡為乎來哉？毋乃古戰場，此地壓陣黑雲摧；殺人如麻不知數，千年恨血沈莓苔；化為冤燐出遊戲，霍曶弓刀戞觸聲喧豗。我聞牛馬骨，亦有光熠燿。風雨晦冥夜，熻爚同一照。為人為物誰復知，但見滿地炎炎肆騰掉，赤烏當陽，爝火何光？然犀照水，妖魔遁藏。沉沉永夜陰氣盛，老魅敢爾呈精芒。新鬼故鬼不可辨，聚木搏沙雨絲散。祇餘萬古不死心，追逐游光，魂逞怪變。樗桑枝外天雞號，眾星亂落明星高，東溟生曉白，薄霧沉林皋。迷離一片，燐火不見。

臨清懷謝山人茂秦

休嗤優孟嘉隆際，自有聲華天地間。一代詩名成七子，千秋知己獨雙鬟。竹枝詞已迷新曲，寶塔灣猶認故山。豈少薦雄文似者，當時終是布衣還。

岳武穆王墓二十韻

一代人無敵，千秋業不終。南枝餘積恨，古墓表精忠，地占湖山舊，人欽氣象雄。群奸交縛外，鐵鑄四奸像。冢嗣一邱中。左即岳雲墓。當日傳麻札，崇朝破鐵驄，兀术惟救死，張魏敢論功。遂欲黃龍抵，同傾琥珀紅。捷書三輔望，金令兩河空。豈意天心棄，由來宋祚窮。金牌飛亟亟，手詔忘匆匆。有恨沉三矢，何心返二宮。一人貪據位，群小暢交訌。甘任城爲壞，非關帝不聰。兵多翻借寇，鳥在竟藏弓。萬口冤難白，全家禍已蒙。哀銜群父老，氣奪舊元戎。奇獄莫須有，高墳空自崇。於今蕭禋祀，終古颯悲風。鑄鐵寧知錯，分尸亦罔恫。墓前有分尸檜。人心非盡死，天道若無公。湖上騎驢客，忠良事不同。

夏日漫興

其一

溫風蒸與膩相兼，襯襯形容亦自嫌。裸豈不恭聊爾爾，熱非求附亦炎炎。劉褌有願慚浮蟻，莊蝶何心覓黑甜？余不飲，亦不晝臥。遮莫晚涼遲獨坐，槐花如雨撲疏簾。

其二

陰陰竹樹間榴芳，盡日無人一草堂。暑炅坐忘臨帖久，身閒翻覺種花忙。趨炎爭奈腸如雪，忍

事還捫腹似囊。多少紅塵逐長道，十年前已笑郎當。

其三

不同騎省賦閒居，休道羲皇上古如。愛樹呼童頻逐雀，臨池伴影靜觀魚。苔生怕惹人投足，市近何妨我讀書。坐到簷端明月上，縱橫花影印階除。

其四

驚風挾雨忽蕭蕭，風細仍看雨勢驕。密葉爭喧一蟬急，飛流倒注萬蛩跳。不嫌餘潤霑衫葛，卻恐連陰敗黍苗。聞道長河添雪浪，莫教永夜更狂飈。

辛酉六月感事二首

其一

驚聞西北水連空，正及穰穰稼穡同。共恨豬龍翻厚地，永定河俗名豬龍河。可能瓠子待秋風。何人先事籌三策，計口災黎役萬工。時堵築漫口，以工代賑。祇恐寒冰歌栗烈，嗷嗷中澤起哀鴻。

其二

蒼皇何處覓輕槎？妻女呼天子喚爺。但看馬牛紛入市，災民紛紛驅牲畜。可知雞犬亦無家。國門驚見飛鴻集，京師寺宇，災民遍集。內帑先聞急賑加。指日龍門看底績，蒼黔飄泊已無涯。

潞河舟中

風浪去悠悠，天將水共流。遙村孤樹沒，殘照亂帆秋。往事十年夢，浮生一葉舟。機心慚未盡，飛不下群鷗。

鐵公祠 祠明兵部尚書鉉。

噫嚱乎！鐵尚書，真鐵漢。保濟南，敵靖難。燕軍薄，守且戰。城堅如鐵不可撼。燕軍憤怒掘水灌，刀截魚龍鱗甲斷。巨礮轟城城欲摧，太祖高皇位當面。燕人內惡縮手回，出奇一擊紛鼠竄。寧意蒼蒼局忽變，篡者居然膺帝眷。尚書一旦繫械來，立罵不屈烹以炭。須臾鐵身黑如鐵，身黑成鐵骨愈鍊。鐵杖挾持使對面，沸釜怒噴手糜爛。鐵身轉背旋若風，死猶爲厲驚雷電，我謁公祠湖北壖，欲采湖蘋向公薦。凜凜英風四百載，鐵心不逐滄桑換。吁嗟乎？鐵尚書，真鐵漢。

庭前鳳仙花，冬初猶開，而衰紅慘綠，悽艷動人矣，爰賦茲篇

秋雲瘦漏秋梧碧，美人夜抱綠煙泣。霧冷苔沉鳳不來，玉階一片啼紅濕。齊女叫空月滿天，莎雞弄風破晴煙。金盆如火搗麗日，鸚嘴飛上十三弦。火藏金伏速飛鳥，鈴沉替戾疏星晶。剩有青陵臺畔魂，翩翩獨傍花枝裊。瘦影玲嬌寒自立，唾餘紺碧誰能拾？不惜紅芳爲晚開，可憐一夜繁霜入。

從侄芝仙爲貧出遊，以詩見投，即用其韻

願子竟終始。

事莫先孝親，行莫貴有恥。賤莫過辱身，哀莫大心死。特立天地間，不在取青紫。落落侄阿仙，庶可語此理。少爲貴公子，頗喜弄文史，所遭仍不偶，榮華一彈指。寧夏守從兄楚垣，侄父也，以事籍没，謫戍黑龍江。隨父謫卜魁，困苦奉甘旨。妻子甘遠抛，六年塞垣裏。生養死則葬，歸櫬四千里。重任荷仔肩，子身而已矣。比年更饑驅，京洛走不已。叩門言辭拙，義不忘素履。其身寒如冰，其心淡如水。其意恐辱親，其志在修己。愁時吟新詩，沉鬱力透紙。饑來字難煮，又將戒行李。飛不定北南，雲樹勞我企。茫茫六合中，誰是真名士？遇合自一時，萬里風雲起。短歌當驪駒，

費宮人刺虎歌

宮人殺賊如殺虎，半夜燈前血飛雨。宮人刺虎乃刺狗，一寸丹心恨萬古。當時帝后殉國家，六宮鼠竄紛亂麻。連袂争投玉河水，潔身已自殊凡葩。費家女子志奇絶，報主不徒爲主節。深心貴主托穠華，一意擒王誅闖賊。誰知别配一隻虎，可憐辜負滿腔血。給人一醉顔如花，報國三尺刀如雪。直入虎穴殲虎子，不共賊生共賊死。男兒殉身功無成，漸離荆卿徒冷齒。秦氏之休趙家娥，貫日精誠類如此。吁嗟乎！費宮人！位不及充華尊，力不敵賁育倫。一時公卿多獻身，紛紛迎降盡將軍。

慷慨行其志，忠烈出幗巾。姓氏昭青史，里居竟不聞。傳是天津人。令我懷古思酸辛，吁嗟乎！費

宮人！

秋詠四首，次陳荔峰學士韻

其一

何似莊生曉夢邊，菜籬黃老感流年。穿花幾泛三霄露，依草還飛八月天。瘦影搦來疑落月，故

枝飛上憶春眠。新寒紈扇休相撲，繡向羅衣欲化仙。秋蝶

其二

哀吟漸是授衣時，白露凉風黯自知。斷續遙天思婦杵，低迷斜月豆花籬。擁將絮薄人孤坐，咽

到更深緒萬絲。階下玲瓏誰劃襪，半爲惆悵半尋思。秋蛩

其三

誰捲寒蘆吹曉昏？饒他壯士亦驚魂。一聲毳帳月當午，萬里龍沙霜有痕。瑟鼓清湘愁帝子，笛

翻黃鶴怨王孫。何如落盡征夫淚，霑灑刀弓滿塞門。秋笳

其四

故撩幽人靜不眠，瀟湘吹徹月方圓。魚龍潛躍三秋浪，鸂鶒驚飛萬里天。銀漢橫空微有影，碧

虛如水浩無煙。妙高臺上人同倚，想像風流五百年。　秋笛

龍公路　明泰昌元年，大同兵備武陵龍公某鑿

石勢詰屈山巃嵸，奔流貫注相撞衝。馬足蹩躠石齒中，晴空一道凌白虹。失腳偶落幾千丈，龍公路險如蟠龍。蟠龍蟠蟠轉無數，龍背行人走朝暮。祇見穿雲渡水來，不見乘風擘天去。當年錐鑱役萬工，青玉峽劈龍騰空。劃開混沌飛霹靂，直以人力迴天功。譬之蜀道非五丁，秦塞不與人煙通。一時之勞萬世利，爭躋龍路稱龍公。龍公一往人難駐，駭浪驚風滿高樹。一鞭斜照獨徘徊，誰知有此龍公路。

上陽武

亦足稱天險，樓煩此問程。馬隨磐石轉，人逐亂流行。市遠聊成聚，山頑不辨名。幸能陪二妙，辛苦慰西征。

謁忠武祠弔周將軍遇吉

其一

鸞弧誰使授天狼？跳盪仍看戰褁創。幾載東南摧賊膽，援河南大破闖獻，招降安世王、整世王

等賊。援山東生擒賊朱連、李青山等，獻俘於闕下。一時關塞落星芒。不辭援絕長城壞，翻恨身同

故國亡。將軍以甲申二月二十二日殉城，逾月明亡。生氣干霄凜如在，雲旗猶爲掃欃槍。

其二

飛餤盈城白晝昏，全家若個與招魂。書生抗節堅交道，謂幕客賈三元。先軫喪元生不忝，公死四日，標下

王允懟不聽出戰，以土實城門，公憤曰：「如此，是死城矣。」兵備

財官侯郊義歛公，面如生。睢陽嚼齒死猶存。賊初得公，以禮勸降，公大罵，賊怒恨，遂磔死。英

風不逐河流散，怒涌層岡護墓門。公墓在郡東山麓，往往河流衝齧，一夜風怒雷吼，墓前涌出二小

山，水遂外徙，此乾隆乙巳年七月十九夜事。

節烈劉夫人墓歌 周忠武公配

總鎮衙中震大鼓，夫人牆頭箭如雨。一發一瘞紛奰貐，救援不來心獨苦。力竭飛焰照天宇，萬

古長留一抔土。一抔土，孤岧嶤，當時氣與雲天高。將軍被矢如蝟毛，夫人射賊亦伏弨。闔門縱火

志益豪，肯使一人沽賊刀。君不見：錦繳善戰高凉洗，唾夫負國馮妻李。鄧艾入陰平，守將馮遬不

爲備，歸與妻圍爐，李怪問，邀曰：『兵至，吾直降耳。』李唾其面曰：『負國如此，吾將何面目

共立耶？』邀降，遂自縊。能兵不聞爲國死，徒死誰加賊一矢？巾幗英雄那有此，撐拄乾坤照青史。

我來謁墓城東偏，繡旗仿佛迴風煙。大書節烈綽楔鐫，忠武之祠恰比肩。在墓左數武。將軍高墳屹

東阡，隔城遙望雄祁連。與茲不崩亦不騫，對峙熊耳當中天。嗚呼！笑伊化鶴歸千年！

夷齊廟古松

我昔遊晉祠，周柏瞻嶙峋。前一偃蓋松，排空卻橫陳。柏直穿白雲，松曲走電輪。當時託奇觀，

欲去還逡巡。茲松態離奇，怪變尤絕倫。拔地不竟丈，斗下垂其身。倒走欲及根，奮爪而張鱗。一

折忽上去，怒尾捎青雯。翠鬣陰蔽歊，蚪卵實結蘋。不知所種年，毋乃先封秦。觀其狀則屈，蓄其

勢則伸。殆如夷齊傳，獨行無比鄰。不學周頑民，不作周嘉賓。一諫不得當，去去稱逸民。其身甘

屈蟄，其志高絕塵。樹木而樹人，萬古相依因。我來重摩挲，頑懦同一振。颯然風雨來，如在黃虞春。

落星石十六韻 在北平郡庠

何代星精落，拳然此一方。卧苔仍礧砢，懸象本輝光。淪謫千秋感，堅貞歷劫忘。墜來猶射斗，

叱去豈成羊？隕宋知奚似，支機未可量。怪疑蹲虎豹，變不共滄桑。卻想九天外，流輝萬丈長。台

階鄰輔弼，奎壁接文昌。照合通南極，高原近太陽。幾年沉下土，閟彩向平罡。《三國志·田疇傳》：

『舊北平郡治在平岡道，出盧龍，達於柳城。』岡亦作罡。礪角曾經否？埋塵轉可傷。波凌憶河漢，

榆白感風霜。已隔三霄路，還依數仞墙。夢應迷太白，奇或拜元章。迥異昆明岸，難歸帝座傍。秋

風懷五丈，化石亦光芒。

紀文達公《灤陽續録》云：南皮張浮槎，名景運，即著《秋坪新語》者。有一子，早亡，其

婦縊以殉。縊壁上有其子小像，高尺餘，眉目如生。其跡似畫非畫，似墨非墨。婦固不解畫，又

無人能爲追寫，且寢室亦非人所能到。是時，親黨畢集，均莫測所自來。張氏、紀氏爲世姻，紀

氏之女適張者數十人，張氏之女適紀者亦數十人，衆目同觀，咸詫爲異。余謂此烈婦精誠之至極，

不爲異也。蓋神之所注，氣即聚焉；氣之所聚，神亦凝焉；神氣凝聚，象即生焉；象之所麗，跡

即著焉。生者之神氣動乎此，亡者之神氣應乎彼。兩相翕合，遂結此形。故曰：「緣心生象。」

又曰：「至誠則金石爲開也。」浮槎録其事跡，徵士大夫之歌詠。余擬爲一詩，而其理精微，筆

力不足以闡發，凡易數稿，皆不自愜，至今耿耿于心。姑録于此，以昭幽明之感。詩則期諸異日

焉。」

按：大復《因樹山房詩》，張船山夫子跋云：「春嵒先生曠懷逸氣，高出一時。其爲詩跌宕深穩，

神味淵永。至于弔古詠懷，雄放之筆，沉鍊之氣，句如鐵，篇如鑄之處，殊覺有此題竟不可無此詩

也。奇絕！奇絕！」夫子以詩雄視一時，而推獎如此，定非阿諛。

洪稚存先生跋云：「氣如怒馬之奔，筆如牛弩之勁，蘊蓄深厚，美兼以長。」

張恪六首

恪，字佩庚。南皮人。嘉慶戊辰科舉人。著有《防躁軒詩草》。

按：佩庚少負文譽，每試輒冠其曹，曾以《秋蝶詩》見知于陳荔峰學使。其句曰：「年華回首苦一聯詩。」余最愛佩庚「世事無常新舊雨，故人何處短長亭？」句，令人情深一往。

時沈雲巢太史與同優等，戲呼為張年華。佩庚自鐫其印曰：「十年辛

春無價，花事關心鬢有霜。」

諸同人招飲沽上彙芳園，即席呈梅樹君

其一

萬綠叢中捲幔紗，酒星聚會隱仙家。客無代步多寒士，座有名香吐異花。觴詠最宜城市外，栖遲恰近水雲涯。秋風亦愛園亭好，吹起河干一片霞。

其二

洗盞重斟琥珀紅，何人低唱玉玲瓏？全刪邊幅真名士，尚有風情老樂工。新喜詩壇開北地，能添秋色仗西風。寫生座賴王摩詰，人地都應入畫中。

時王訪舟能畫，欲繪為雅集圖。

喜雨

枯旱愁春盡，嗷嗷雁屢鳴。快逢三日雨，歡合四鄰聲。悅目花枝長，寬心米價平。腐儒兩餐足，

環顧恰多情。

哭潘藹林一桂

其一

忽傳凶信到三津，客裏驚心倍愴神。十載篇章同考訂，百年事業竟沉淪。無緣何爲生斯世，不第豈應喪此身？寡婦孤兒已慘絕，慈幃尚有白頭人。

其二

如此清才竟喪亡，荒齋誰與壯門墻。三科應試曾爲伴，一桂標名竟不祥。貧有熱腸賢弟子，幻留真面舊文章。蠱書細註三橋印，觸目何能不斷腸？

其三

一賦傳觀電母琴，潘以《電母琴賦》受知于杜石樵學使，拔置第一名。幾番涕淚感知音。斯才似可居芸館，之子何曾入杏林？死若修文無俗筆，生非虛度有清吟。泉臺不必重悲咽，號汝潘江慰汝心。

張炳墀十首

炳墀，原名愷，字子諒。恪弟。諸生。官永平府教諭。按：子諒賦才既美，天性清尚，不屑濫

交，嘗語葉曉江云：『我佩庚家兄務廣結納，殊不快人意。我在津門相交，惟一梅樹君耳，他何知哉！』蒙其傾愛如此，余實愧之。甲申之冬，以所著詩草見寄，並贈句云：『聞君操選政，七邑費旁求。我有詩盈卷，偕梅寄隴頭。得師從一字，作想竟千秋。或有零金在，披沙幸細搜。』喜其卷中頗有淋漓大作。録之，非阿好也。

雋不疑墓

寒煙衰草城南路，細讀殘碑識古墳。禁暴官為京兆尹，知音人是大將軍。寧辭冰玉違權貴，肯把車旗悮嗣君？我為墓田頻護惜，不教松柏縱樵斤。

董廣川故里

矗矗蟠煙卧里門，先賢曾此托音塵。大廷論治留三策，漢代傳經第一人。目不窺園真刻苦，書名繁露自翻新。伯才管晏休相擬，遊夏高風邁等倫。

雨霽

久雨初開霽，炎蒸忽爽然。風傳秋信息，日印樹團圓。鋤草清心地，培花養性天。墻頭雙粉蝶，相對共翩躚。

岳忠武墨莊石刻軸，陸枚叔屬韻

金戈鐵馬戰場聲，八百曾摧十萬兵。偶有餘閒時染翰，須知名將本儒生。軍容遠出張韓上，墨妙應教米蔡驚。片石流傳人寶惜，牙籤錦軸護瑤瓊。

袁紹墓冀州城北

能謀寡斷少成功，州牧威權擬上公。末路勳名歸滅裂，少年氣概自英雄。春濃官渡花千樹，秋老祁連月一弓。憑弔已無華表在，時聞樵牧唱西風。

哭潘鄉林一桂南皮人，己卯科舉人

其一

幾回搔首重悽然，如此才華不永年。天上修文應有分，人間享壽竟無緣。消除福氣登科早，藉甚聲名衆口傳。剩有知交數行淚，可能拋灑到重泉。

其二

祚薄丁單事可憂，泉臺賷恨定難休。膝前孺子猶黃口，堂上雙親已白頭。半世文章成畫餅，十年家計累清修。遺孤從此無庭訓，誰與傳經續遠謀？

其三

日昨緘書到鬲津，郵筒檢點墨痕新。經時不見纔三月，知我如君有幾人？已分存亡原定數，怪來妖折竟何因？參苓絕少回生效，便爾驂鸞脫世塵。

其四

憶昔馳驅翰墨場，峨嵋曾築小山房。歲丙子，與藥林及蘇眉巖同肄業于小峨嵋山房。潘江蘇海為三友，崔曉林先生謂眉巖為蘇海，藥林為潘江。秋雨春風共一堂。榻上圖書消歲月，園中花木共平章。于今君死眉巖去，落日殘暉照屋梁。

其五

彼蒼豈果喪斯人，消息傳來倘未真。壯志難酬慳一第，盛年誰靳到三旬。門墻冷落生徒散，緦帳悽涼涕淚新。把酒臨風空告奠，欲從何處為招魂？

張端誠四首

端誠，號硯溪。南皮人。乾隆甲辰進士，歷官江蘇按察司，內用順天府丞。

西園即事

端居人跡少，檻外日初長。春雨不成點，桃花紅過墻。閒雲停作片，虛室靜生香。自笑從前拙，

輪蹄爲底忙。

和崔曉林孝廉憶天津

彈指津門歲月流，當時文戰富春秋。一灣綠水呼漁艇，幾處青簾認酒樓。薄倖漫疑同杜牧，受知初得識荊州羅南川先生。而今白髮蕭蕭日，聽唱陽春感昔遊。

題慶雲崔道源先生《寒宵煮豆圖》遺照，應曉林囑

一卷畫圖憑。

其一

爐薰疑然掌，天寒類剖冰。豆同羊棗嗜，人以孟宗稱。候火湯千沸，凝霜月半稜。含悲寫先德，

其二

五夜一燈寒，爐煙尚未殘。秋風無定樹，菽水有餘歡。庸行談何易，婉容畫恐難。蓼莪長已矣，留待後人看。

丙戌禮闈後，念堂自都中攜來硯溪先生詩一卷，內多佳句，如『人家煙雨外，鳥道石橋西。』『峰勢隨雲活，鐘聲過澗遲。』『遠煙迷磴石，細雨見蘆溝。』『孤雲生絕巘，飛鳥戀斜陽。』俱有唐音。

其《香界寺贈興上人》云：『老僧年八十，貌似古松寒。自道無憂慮，悠然得静觀。我猶嬰世網，

念不脱悲歡。欲學無生法，仍求惠遠安。』樸老有致。其《送念堂》詩云：『賓主剛三月，胡爲馬

首東？鬚眉同賈島，詩句似崔峒。涿鹿征駄穩，津門水驛通。到家如有賦，風便寄來鴻。』《送念堂》

即類念堂之詩。自注：友人見閬仙小照云：『酷似崔念堂』云。

附張丙震四首

丙震，字乾輝，號鑑庵，又號岸樵。南皮人。乾隆辛丑進士，兵部員外郎，寶慶府、嚴州府知

府。著有《悟蘭室詩草》。吳穀人錫麒《張公傳略》云：『抱負素奇，嘗鐫私印，取李供奉「天生

我才必有用」之句，塾師見而異之。守嚴州，以簡静治之，案牘不留，苞苴盡絕。有「百姓喚菩薩，

吏胥活餓殺」之謠。無他嗜好，惟究心六書，能辨金石真贋。年五十有七卒於官。』

次張管城聞碁韻

落拓天涯似轉更，秋闌月影入懷輕。身無長物心何累，奕到傳神子有聲。琴鶴北軒閑太守，圖

書東壁老經生。與君同作蕭閑侶，勝負尋常未許驚。

進湖口

行雲已過古潭州，江上雙橈不暫留。一夜清風真愛客，月涼飛過洞庭秋。

題家穆庵都轉《湖樓論畫圖》

天公老筆如范寬，隨手佈置皆雲煙。孫郎本自湖海人，獨具一莊石室下。興來折簡邀佳賓，窗櫺盡拓無纖塵。都籃載茶榼載酒，牛腰卷軸仍隨身。倪黃已往荊關遠，妙跡居然紛在眼。浮嵐暖翠忽當風，眩綠迴紅恣開卷。是時風日殊清妍，屏開十頃琉璃天。案頭粉本樓外嶺，疑有雲氣相鈎連。我家都轉賞鑒精，入手可辨宋元明。家藏墨寶比金薤，論畫豈復拘神形？座中看我同讀此，略識朱繇非道子。酒酣戲語愁主人，豪奪巧偷亦免矣。主人好事真絕奇，作圖邀客同作詩。不知此圖更歷三百年，何人攜向江山勝處爭品題？

鄉林

且把江湖酒，消將日月梭。文章成怒罵，世事入高歌。官富親朋集，家貧陌路多。老心平似水，本自不生波。

鹽山

楊文卿三首

文卿，字鷗海。鹽山人。嘉靖辛卯擧人，初授稷山縣知縣，升南京都察院經歷。所著有《鷗海集》《秣陵吟》行世。天津郡志：「文卿淹貫經史，邃于詩學。邑初無志，志自文卿始。」明許言詩《詩人鷗海楊先生墓志》云：「州大夫張公曰鹽山，蓋有楊鷗海云。鷗海故令稷山，是時承齋梁公未解也，鷗海輒識承齋公，列爲異等。已果發解，登進士，既貴，稱鷗海公不替，嘗檄鹽山令，訊鷗海：「公歿也，優其後，泯也，彰其名。」其庶幾稱厚道哉。是時河南許言詩令鹽山，廉鷗海公故實，蓋十得一二焉。乃拊手歎曰：「夫今不傳，誰爲白鷗海者！」遂以張公所資錙銖易石，樹于墓表曰：公名文卿，字子質。其先灤州人也，徙居鹽山者名和，和生軏，軏生公。公幼穎異，無童心，十五爲庠士，再十年擧于鄉。當是時已厭博士家言，冥搜奇索，志氣凌代。以故不合春官式，累擧輒不第，鷗海亦不以一第芥蒂也。乃其性則純孝，暇則較諸士而上下之，錄其特異，誘掖其不及。於是稷山士無不才者，先後以科第稱，是鷗海首事也。嘉靖乙酉，以校士入棘闈，山時，詞訟簿書若泉溢而流，豪奸大猾槁振而落也。顧獨重文藝，暇則較諸士而上下之，錄其特異，誘掖其不及。於是稷山士無不才者，先後以科第稱，是鷗海首事也。嘉靖乙酉，以校士入棘闈，一時同事者飲酒賦詩，鷗海搦管摛辭，則雷電馳，旁若無人，人亦歎服欣羨，莫能措手。及放榜，

鷗海得士爲最著，則愈益推轂鷗海公。已轉南都經憲。鷗海素癖山水，乃振袂揚眉，自快曰：「吾不喜遷官，喜得南都，得縱吾詩魔也。」至則遍僻極陬，凡佳山水莫不攜酒操觚遊，遊即題詠，墨跡殆遍焉。是時大中丞公翁與人少許可，獨重朱射陂詩，後鷗海至，射陂名不無少減。人亦謂「金陵佳麗，以雄稱二，君一品題，增色矣。」今觀其所爲詩，如曰：「瀚海雲飛心共遠，中條山色眼同春。」「二水分帆懸夕照，九衢煙樹帶晴嵐。」即王摩詰、李太白不過也。如「夾路笙簧山鳥弄，向人顰笑野花開。」「莵園繚繞朱門別，鴛瓦參差碧殿高。」則于鵠、許渾可並駕也。《山行》云：「二月欲盡春事微，紅樓紫蕨眼中稀。半吐未吐野花發，欲鳴不鳴山鳥飛。」此皆非時所尚，鷗海乃能造其閫域，宜其絕塵于拘方之外也。不得公暇下山去，坐受天風吹客衣。」長鞭直破煙霏霏。雙屐每衝石齒齒，鳥巢南枝。奈何舍老親在外乎！作書寄鄉園舊好而歿。歿于嘉靖三十七年八月，壽五十二，無嗣，貧不能歸。至四十三年獲歸，會梁公督儲天津，賻之，始克葬。」鷗海以思親故得疾，疾且不起。則歎曰：「代馬依北風，越鳥巢南枝。時方期大用，

舊滄州鐵獅

草埋金馬沒銅駝，到處遺踪麥秀歌。鑄鐵何人成錯誤？長年見汝欲摩挲。吼風泣雨繁愁劇，負燕冠鴉受侮多。我意轉銷作農器，買牛耕稼夕陽坡。

讀書福泉寺

竹帛相攜訪道林，暫依未敢結同心。日浮香篆生蘭佩，風遞琴絃雜梵音。掃徑不妨三益入，隔

牆習聽一蟬吟。揮毫擬作《長門賦》，獨自悲歌不賣金。

謁王忠肅祠

遺像巖巖並華嵩，高勳舊德百年空。九天劍履標儀正，三路山川控制雄。汗簡有聲懸白日，荒

祠無力戰秋風。墓碑南峙莓苔古，讀罷長吟落照紅。

褚爽一十七首

爽，字西山，號澄嵐。鹽山人。諸生。工詩善畫。著有《南村草》。天津張霑《弋蟲軒集·題

褚澄嵐山水詩》云：『山光具遠致，遠處見澄嵐。一派空靈意，都爲性所耽。有峰皆六六，無徑不

三三。指顧云何事，彈琴宜澗南。』慶雲崔曉林云：『《南村草》百餘首，蓋褚歿後，其婿趙兩爲

觀城令，屬竹西老人李璿點定刻行。趙跋云：「公十科不獲售，嘗遨遊齊、趙、瀛、渤間，領袖群英」

名噪一時。晚居南村，藝黍種豆，隨感成詩，曰《南村草》。」

按：澄嵐先生畫品極高，數來天津，主遂閒堂張氏，與笨山先生多有唱和，至今張氏猶有藏收

墨跡，蓋與徐芝仙、張西巖相頡頏云。

澄嵐先生父號笠叟，亦一時名流，能敦實行。吳天章《蓮洋集》有《奉題笠叟褚先生行實後，兼示令嗣澄嵐》云：「丈夫墮地氣魁梧，豈但鬖鬖頗有鬚。山澤老來臞轉甚，百年想見列仙儒。」「銘字爭傳九節藤，太山晚歲必親登。祗難封禪無遺稿，不使求書到茂陵。」「肯將升斗便違親，八節灘頭自在身。快意一經傳累葉，遠過五柳後無人。」「一官飄泊悵全非，辛苦孤兒何所歸？不忍脊令傷地下，仕風獨有謝宏微。」

「季野風流備四時，期生又得謝公知。獨憐論士輪江左，依舊荒齋倒接䍦。」「祖德家風述未休，一廬宛爾識蝸牛。殷勤更不忘先友，尤愛慈明似柳州。」《蓮洋集》爲《褚澄嵐題畫》三首云：「萬古青蒼黛色濃，溪橋橫亘水淙淙。眼前好箇讀書處，知是天台第幾峰？」「生平結想國清寺，未得超然度石梁。日把寒山詩一卷，問君何處肉芝香？」「寒巖寂厤願經行，招隱難期世外情。念爾金華緣分在，龍門傳後褚先生。」

南村雜詩

其一

薄田百餘畝，茅屋三四椽。去去不復顧，遊屐從所遷。屢上賈生策，帝閽遠若天。荏苒五十載，霜雪盈我顛。太息返故廬，衡宇已非前。族黨喜相過，大半皆少年。相對不相識，話舊各茫然。人生重經濟，豈遂躭高眠？奈此駑駘質，進退總迍邅。悔不早秉耒，力耕原上田。

其二

東風吹未已，青青柳向榮。時攜雙黃柑，聽此林間鶯。村酒雖淡薄，多飲醉亦成。偃臥恣所觀，海雲時縱橫。僕僕風塵士，薄暮尚遄征。

其三

凌晨驅牝牛，就食向南谷。牛飽我已饑，還歸餟糜粥。粥罷就枕眠，心閒睡亦熟。覺來茗一盃，重取《離騷》讀。

秋杪寄及門趙鶴齋炯

一自居南村，遂與故人別。每因念舊遊，使我心如結。遙遙候雁飛，唧唧寒蛩咽。秋懷益淒惻，況過菊花節。葭水隔伊人，清吟霏白雪。褰裳欲從之，病久足已蹩。落葉滿柴門，窮巷無車轍。草草百年身，咄咄三寸舌。盱目望停雲，幽情不可說。

贈馮五雲

我向瀛州來，垂鬑今白首。論交五十年，惟君最耐久。憶昔試長安，邂逅一握手。相期各有心，君邁我獨否。高翔破青冥，縮符分齊右。沂水淡且薄，飲之如醇酒。折腰曾不慣，一官棄如帚。歸來臥北窗，時或課南畝。我來一再過，常剪林宗韭。請看貴遊人，幾攜平生友。況余老且貧，猶與

諸生偶。感君千古心，酌君以大斗。

有所思

其一

我思在黃農，渾噩俗獨厚。飲食安耕鑿，器用無雕鏤。廷生指佞草，野有華封祝。曾不辨士農，何自分貧富。邈哉太古風，漢唐何能遘？

其二

我思在圖書，象數無文字。四聖遞有作，遂爲六經始。嬴秦作卜筮，漢書言災異。附會滋詭譎，術數生趨避。豈知河洛心，至理原簡易。

其三

我思在澗瀍，疆理自畫然。八家同一井，千耦共一川。鄉舉而里選，孝弟與力田。一自闢阡陌，漸至啓戀遷。限田議不行，徒歎賈生賢。

其四

我思在周魯，斯文照今古。大綱標其三，常性列其五。纂修與定刪，述作推鼻祖。文字日以煩，遂爲道德蠹。《論語》數千言，孰能踰其矩？

其五

我思在李杜，實爲風雅主。唐室重科名，何意棄勿取？供奉與拾遺，祇自傷貧窶。嗟哉功名士，要亦有天數。摩詰鬱輪袍，終與令名迕。

和天津黃六吉詩

我亦因詩瘦，癡情負墨香。背人翻舊帙，引月坐秋光。家計貧爲素，羈身老更狂。永懷同調者，得句步西堂。

春日放舟游天津張氏問津園即事

百事花前好，千愁醉後輕。不知春已暮，卻喜月方明。鼓枻迴潮穩，酣歌宿鷺驚。仙舟幸得附，到處有逢迎。

和答張笨山

平生詩酒興，人眼幾能兼？對影盃邀月，裁歌響振檐。古人思太白，今日見文潛。酬唱無塵跡，粗疏我自嫌。

賦別張笨山

六年津海客，心事已全非。赤紱原無分，白頭知所歸。雨零開藥圃，水長坐漁磯。他日茆簷下，高軒肯扣扉。

村居雜詠

怕向城中住，歸來愛此村。誅茆旋葺屋，編枳遂成門。愁爲安貧減，身緣避地尊。攤書獨自喜，燒燭坐黃昏。

登塘口山

萬樹夾微徑，參差綠到巔。披雲山洞出，穿竇石泉懸。蝶舞花間影，鴉鳴竹外煙。塵緣苦未了，惆悵過長川。

夜

寂寥坐聽短長更，肝膽從前悔浪傾。露下草香蛩共語，床頭金盡劍空橫。歲華自逐流雲度，皓月猶隨老眼明。裳製芰荷遲未就，隔鄰已送搗衣聲。

趙炯三首

炯，字子藏，號鶴齋。鹽山人。康熙辛未進士，官廣西來賓縣知縣。著有《香魚山房詩草》。

天津張笨山《弋蟲軒詩集》有《用趙鶴齋韻贈褚瞿巷令郎長源詩》云：「策塞天津道，攜來故國詩。多因阿父老，未得遂棲遲。桃李三春夢，風塵一劍知。歸來秬阮輩，細雨說相思。」

崔曉林《念堂詩話》云：「鹽山趙鶴齋先生炯，號半僧老人。康熙進士。能詩，工草書。嘗館於吾邑劉氏。《縣志》載其詩。」又嘗修《鹽山志》。李靜山存其《七十七歲手書詩草》一冊，有云「不放盂空真達者，能留春駐是神仙。逢世拙來存傲骨，吟詩老去澹名心。」《自嘲》云：「萬事何能足，隴然一病夫。為農遭歲旱，學古恥書奴。好雨狂風妒，高秋老命蘇。揮毫時自笑，臣法二王無？」皆能獨抒胸臆。」

春耕者

好春當二月，膏雨潤新阡。花放疏林裏，人耕落照前。野雲常到地，遠水欲成煙。多少梁園客，棲棲覺汝賢。

拜臥菴舅氏墓，託楊在用修理

片石欹猶在，孤墳漸欲無。生前高自命，地下近誰呼？才大令詩伯，神依古大夫。墓近楊元藜

先生，公之志也。吾衰難似舅，此道久荒蕪。

磁州懷楊元藜先生同鄉

安陽橋下水湯湯，野渡敲冰到滏陽。此日廢官來粵嶺，當年良牧憶同鄉。名傳河朔祠猶在，家

冠平津業已荒。賴有諸孫看鵲起，雄文入薦繼前芳。

趙東元三首

東元，字旭林。鹽山人。歲貢生，官井陘訓導。著有《洛川草》《陘山草》。

范文正

致主陳堯舜，培風在治安。異懷悲呂許，同志有歐韓。海嶽高深並，龍鸞羽翼看。天章上言處，

歷歷寸心丹。

歐陽文忠

道繼昌黎後，文追太史前。立朝明大節，守郡著遺編。入網皆英俊，同懷半古賢。真成三不朽，

翻以醉翁傳。

蘇文定

少小功名盛，同懷慶彙連。臨文獨滄宕，考古更精研。報國東隅失，歸休潁水邊。風期良可挹，

不藉父兄傳。

趙董五首

董，字醇菴，號桂巖。鹽山人。康熙己卯舉人。著有《修書樓詩草》。

水李鋪曉發

四野雞聲發，驛亭人度關。輕鞭搖落月，疲馬踏荒山。情寄遙天外，詩成亂石間。可憐霜後樹，

映得鬢毛斑。

延陵掛劍臺

有臺名掛劍，坡路仰清風。樹老寒煙裏，碑殘蔓草中。寸心元不死，千古自相通。歎想賢公子，

嗟今鮮始終。

李元度下第詩以慰之

飄泊經年客，來尋下第人。憐君泣白璧，嗟我走紅塵。落落都無合，冥冥或有因。困窮原我輩，

何必衹酸辛？

冬夜馬上

匹馬衝寒帶月行，星臨四野悄無聲。林間露氣侵鞭濕，空裏流霜撲面生。傲骨由來偏耐冷，詩魂到處便留情。宵殘野曠天如幕，驟喜紅霞海上橫。

苦濘

應知斯世漫輕遊，堪笑征人苦未休。踏雪小溪身帶病，衝泥瘦馬步多愁。石橋欹仄冰偏滑，野澗迴環水亂流。拚把風霜都歷盡，好將世味一囊收。

趙思二首

思，字五疇，號補堂。鹽山人。諸生。著有《嶀湳集》。按：補堂集取東南多山水之意。乾隆甲戌自序云：『時年八十有九，一生遊覽名山川甚多。』

餞郝坦中北歸

明日揚帆去，孤舟一水輕。野花分早暮，山氣辨陰晴。遣興仍須酒，乘風或晚行。計程五月半，安穩到高城。

寄内

五更殘月夢回初，幾許離情憶故廬。歲歉先償新結債，兒痴代守舊藏書。村居草創三分陋，先業荒蕪半就墟。應念遠人懸望處，堂前杖履近何如？

慶雲

州鶴，字友松。慶雲人。明歲貢生，官天長縣知縣。《慶雲文學志傳》：『持正不阿，人勿敢犯。體恤民隱，如慈父母愛子。能文章，著有《天長縣志》《慶雲縣志》。』

楊州鶴三首

登長城嶺望頻河灘

一上荒城眼界賒，寒雲衰草浩無涯。河邊水落群灘小，天外風高一雁斜。紅減野棠驚落葉，白殘渚葦正飛花。清時卻喜無他事，日向煙波理釣艖。

地藏寺

坐久空門興倍清，沉沉法鼓兩三聲。老槐綴子翻新雨，蕎麥開花趁晚晴。避近偶聆塵外語，依稀不似世間情。從今我欲閒來往，惠遠無勞更送迎。

過無棣古城

不見當年丁令威，纍纍高郭帶斜暉。春深廢堞妖狐走，秋暮平壕野雉飛。百畝桑田更舊主，幾家村落敞新扉。西風禾黍郊原外，多少寒鴉接翅歸。

陳喜一首

喜，號瀛海。慶雲人。官金華副將。府縣志有傳。

偕杜子濂少參遊雙龍洞，用趙松雪韻

山城迤邐帶朝暉，攜客探幽意未歸。鐵騎度峰千鏡列，銀箏鳴水一虹飛。尺航臥人真仙宅，斗帳深屯老魅圍。欲捉雙龍看龍鼻，怒鱗吹雪滿征衣。

陳士雅一首

士雅，字伯彥。喜子。順治八年選貢。《縣志》略云：『究心理學，不以夷險易操。詩宗唐人，草書得旭、素之體。』

再北上

輕舟蕩漾客驚心，俯仰情多酒慢斟。風送天邊群雁過，月明水底一龍吟。重遊梁苑知才淺，獨對滄波念歲深。潦倒十年何所就，臨流中夜理瑤琴。

陳良弼五首

良弼，字夢築，號喦叟。歲貢生。慶雲人。銓內邱縣訓導，未赴。有手書詩稿藏於家。縣志有傳。

蠟梅

越羅衫子鬱金裳，傲雪凌霜宮樣妝。怪得來從真蠟國，芳名合號小黃香。

簡河春眺

夾岸桃花照眼明，杖藜曳屐一身輕。愁心寄與東流水，誰復乘風破浪行？

送季宣弟之京

其一

平明上馬意遲遲，一曲驪歌付酒卮。擬到龍門通姓字，懷中應有閬仙詩。

其二

白雲碧樹兩茫茫，匹馬關山望帝鄉。但去莫愁甘旨缺，長安豈少范雎陽。

過李仙都墓

憶昔松巖摧玉芝，素車白馬不勝悲。祇令楩柟埋荒草，誰爲君刊第二碑？

陳良翰三首

良翰，字季宣。良弼弟。康熙丙寅拔貢生。有手書詩草藏於家。府、縣志有傳。

按：季宣善書，工詩文，學政熊公伯龍丞賞之。

次李濯江贈別韻

君尚留燕市，我歸瀛海東。連床頻對雨，一散忽飄風。別恨隨津水，遙音寄塞鴻。臨歧情不禁，去住此心同。

送王方鄴歸里

燕市相逢玉露寒，梁園千里共征鞍。六朝門第推江左，七子才名盛建安。霜雪關河經歲暮，鶯

花風雨又春殘。登樓賦就先歸去，樽酒離亭欲別難。

留別諸友

知己相逢足笑歌，客中歲月易消磨。一燈風雨連牀話，萬疊雲山並馬過。青眼相看情自洽，紅
亭分手恨偏多。謾云不灑臨歧淚，已自遙添漳水波。

胡惟一一首

惟一，字貞生。慶雲人。拔貢生。詩載縣志，有《藥餘草》。

石佛寺

百寶光明照水濱，法輪東轉說前因。曹溪自有諸天路，塵劫仍逢不壞身。精聚龍華荒歲月，錫
飛鶴麓喜嶙峋。而今存否王居士，我欲蒲團一問津。

劉元宰二首

元宰，字襄哉，號拙菴。慶雲人。諸生。府、縣志有傳。有《慎餘堂草》。

按：黃公叔琳《拙菴劉公墓誌》云：『日以吟詠爲樂，皆抒寫性靈，不事雕飾，卒年九十九歲。』

秋日書懷

寄身天地內，願逐百年遊。磊落平生事，蹉跎歲月秋。荒煙迷大野，孤棹入洪流。說向人間世，堪同萬古愁。

懷徐恭士夫子

春風吹處水痕香，滄海龍門倒影長。儒雅當年師宋玉，文章千古認歐陽，傳經有客隨藜杖，載酒何人問草堂？傲煞青蓮天下士，荊州無地吐詩狂。

按：子遜十歲能草書，名聞日下，墨跡留傳至今，人猶寶之。

劉敏一首

敏，字子遜。元宰子。歲貢生。府、縣志有傳。有《意葊小草》。

戊午冬夜感懷

黑雲黯黯起長空，極目蕭條此夜中。天際鴉鳴昏見月，庭邊樹吼暗搖風。漫言星宿纏天狗，試看寰區集塞鴻。仰首蒼穹垂聽否，乾坤到處說兵戎。

胡淳一首

淳，字葛民，號厚菴。慶雲人。雍正丙辰進士，銓蒙自知縣。《縣志·文學傳》：『性疏曠，不飾邊幅。鍵戶讀書，積十餘年而成進士，鄰邑爭延致之，及門多登高第。』

繩還繩

斜柯三丈不可登，誰躡其杪如猱升？諦而視之兒倒繃，背題字曰繩還繩。問何以故心懾騰，恍然忽悟蹶然興。束縛阿紫當日曾，舊事過眼如風燈。誰期狹路遭其朋！吁嗟乎！人妖異路炭與冰，爾胡肆暴毒侵凌，使銜怨恨伺隙乘！吁嗟乎！無爲禍首茲可懲！

紀文達公的《如是我聞》：『慶雲、鹽山間，有夜過墟墓者，爲群狐所遮，裸體反接，倒懸樹杪。天曉，人始見之，掇梯解下，視背上大書三字曰「繩還繩」，莫喻其意，久乃悟。二十年前，曾捕一狐，倒懸之，今修怨也。胡厚菴先生仿西涯新樂府中，有《繩還繩》一篇，即此事也。』

鄧懋四首

懋，字修五，號黃庭。慶雲人。廩生。

按：修五幼孤，力學不倦，工書。乾隆丙午，例貢成均，老病不能赴考，尋卒，詩散佚。其祖父鏻，從王公餘佑遊，見《五公山人集》。

和韓馨園廣文賞春韻

粥香餳白杏花天，百五清明又一年。老去無能爲踢踘，興來猶欲看鞦韆。聽鶯柳陌塵隨屐，沽酒芳村杖掛錢。寄語春遊同志侶，好從晴晝過前川。

題蘇羨烏《河陰草》

其一

河流夾岸兩蒼茫，中有人同荇杜芳。得句高吟雲水外，忘機鷗鳥共相羊。

其二

懷人賦物興無窮，一縷吟情入化工。爲問瓣香知遠近，峨眉山在翠微中。

贈崔紫極罷官歸里

行盡江程又陸程，歸來兩袖好風輕。雲山滿壁皆堪賞，瑣屑何心擬向平。

馮福星二首

福星，字聚五。諸生。慶雲人。有《囊草》。

辛巳九日自天津赴都

逆旅重陽節，登高一望家。　心隨南去雁，目斷故園花。　雨濕單衣重，風吹破帽斜。　津門從此別，回首是天涯。

寫懷

一燈苦守耐窗寒，白首羞從鏡裏看。　六十餘年文字債，至今償得不曾完。

解培坦三首

培坦，字築巖。慶雲人。諸生。有《鬲南詩草》。

秋夜感懷

竟日無佳緒，清宵更若何？　條鳴窗紙裂，壁鬪鼠聲多。　衾薄天難曉，時乖性不阿。　可堪飄泊久，夢寐總風波。

十載

十載無家客，風塵欲白頭。漸離燕市築，王粲楚江樓。賣賦金難剩，傭書筆未投。昂藏丈夫志，且付釣詩鈎。

睡醒

八尺桃笙午睡遲，夢醒花影好敲詩。東陵瓜鎮心頭渴，最是浮生自在時。

劉煦一首

煦，字曦若，號魯齋。敏孫。乾隆辛卯進士，歷任順天府教授，昌邑縣知縣。《縣志》傳略云：『知昌邑，士民多蒙其惠。解組後，教授鄉里，從遊甚眾。善行書，作墨蘭，有逸致。』

去昌邑口占

數處離筵送遠行，慚無遺澤副輿情。清樽未飲心先醉，別緒頻牽淚欲傾。自是俗淳多古處，可堪吏拙負群生。避賢有願今方遂，幾度停鞭繾綣此誠。

王孫蘭一首

孫蘭，字紫畹。諸生。慶雲人。有《晴雨軒詩草》。

即事

舍南舍北盡清渠，半種來牟半種蔬。踏罷桔槔無一事，綠楊影裏自翻書。

劉廣恕四首

廣恕，字可亭，號耐泉。乾隆丁未進士第二人，官工部都水司員外郎。有《如心堂吟草》。

按：可亭先生制藝稱專家，丁未會試，闈中得公卷，大奇之，已擬會元，有謂直隸無會元者，遂移置第二，然公之文名已噪天下。居官清正，居家孝友，足以表率士林，不以名第之甲乙爲輕重也。

贈別石東菴

芳草天涯慰旅愁，如何南浦有歸舟！君悲十載歌長鋏，我愧三冬擁弊裘。縱飲誰憐步兵酒，多情獨上仲宣樓。欲知別後相思恨，千里滔滔濟水流。

次李雅堂雨中偶成韻

其一

空齋積雨全消暑，正擬清樽趁晚涼。　古調忽傳騷客怨，狂歌便醉玉醪香。　蝸粘墻壁真枯寂，鴻

踏東西更渺茫。　落拓天涯疑故我，至今魂夢繞霓裳。

其二

垂髫搦管愧能文，幾度圍橋鼓大昕。　獻璞敢隨和氏泣，焦桐曾感蔡邕聞。　美人共抱芳時恨，愁

緒誰憐夜雨紛？　卻憶琅槐一樽酒，縱橫意氣尚凌雲。

出都寄懷諸同人

敝車羸馬正途窮，偏覺雙眸四望空。　未免有情懷舊雨，不堪回首向寒風。　黃粱夢斷紅塵裏，蒼

鬢人歸白社中。　他日燕南勞問訊，太平時節信天翁。

劉因矩三首

因矩，字絜方，號雪村。廣恕弟。歲貢生。

不寐

寒夜不成寐，披衣起立頻。　秋風吹敗草，明月照愁人。　文字工何益，詩書老更親。　白頭今已矣，

是地可栖身。

自歎

自幼長爲客，艱難直到今。窮年成底事，積淚滿衣襟。身似孤篷轉，心隨落日沉。何當終了卻，山水覓知音。

村館冬夜

窮冬爲客日，眼看又黄昏。蕭瑟風留樹，清寒月到門。犬聲來遠巷，人語静荒村。幽寂憑誰破，新醪試一温。

劉東里十六首

東里，字也僑。慶雲人。乾隆癸卯舉人，試用山東，署博山、費縣知縣。

重建顔魯公祠即題碑陰 時署費縣

誓擬麾戈掃逆氛，獨將風烈動天聞。當時祗説難爲弟，卻有平原不愧君。

附：碑陰文：『唐書紀李希烈反，四俟誘顔文忠公降，公叱曰：「汝知有駡安禄山而死者顔杲卿乎？乃吾兄也。」是魯公忠烈，顔忠節公實先之。宋楊君元永爲文忠公請建祠而不及中節公，其故何哉？然

費之人不知始於何時，亦附忠節公於祠，謂之雙忠，良有以也。因重建魯公祠，綴以俚句而記之。」

丙寅秋過諸滿顏魯公故里

蔓草斜陽弔故居，平原一旅戰功餘。如何勳業成閒事，祇解爭傳紙背書？

秋柳四首録二首

其一

幾日長條杏院東，餞紅送綠又西風。舞殘腰力疑隋苑，淡盡眉痕憶漢宮。橋畔維舟牽客恨，堤邊透月欠春工。年年何事堪惆悵，祇在寒煙瘦雨中。

其二

陌頭幾縷淡煙橫，又感登樓少婦驚。涼月郵亭楊子驛，西風甲帳亞夫營。鶯迷寒食春前夢，蟬曳殘陽恨裏聲。回想依依江上路，綠橋金勒尚分明。

落花四首録二首

其一

如許繁華少主張，猶將餘媚艷春陽。每羞孫壽折腰舞，慣作徐妃半面妝。不共流鶯啼自在，偏同飛絮鬬輕狂。可憐幾片隨流水，無復枝頭往日香。

其二

絕代才華遇賞難，相憐多是際春殘。降來帝子愁湘渚，嫁去明妃怯繡鞍。自古紅顏偏易妬，祇

今青眼又誰看？零香碎艷還珍護，留共仙霞露並餐。

題王松巖畫山水

十里春江寫碧痕，疏林遠岫夕陽村。山人不解繁華事，過盡韶光獨掩門。

抵蘭州

十八坡前過九溝，華林山下認蘭州。如何盡說封侯路，獨讓班超是虎頭？

題《蠶箔圖》

女桑採滿趁花晨，眠起三三亦太頻。到得成絲身便老，一生辛苦爲他人。

即事漫成

譽毀悠悠何足辭，呼牛呼馬姑聽之。還金不有賢同舍，屈煞當年直不疑。

重過壺口故關

驅馬壺關道，踟躕動客情。日依寒塞晚，風傍亂雲生。野鳥如相識，山村不記名。感懷千古事，

獨有舊秦城。

費邑城南公餘小憩

見説城南好，來停使者車。塵音清野寺，古俗見人家。岸斷通樵路，溪香落澗花。歸遲欣有月，

不借護燈紗。

蒙陰道中

歲晚蒙陰道，崎嶇翠靄間。野泉流廢路，黃葉染秋山。村酒留人醉，清風送客還。寒雲遙望處，

疑是穆陵關。

嶠函懷古

兩峰高矗鬱蒼蒼，舊説山河百二強。天轉星辰迎夏后，山排風雨扈周王。神皋東據西都賦，鬼

哭今留古戰場。欲弔興亡千載事，淡煙衰草又斜陽。

五十述懷

流光彈指信堪憐，碌碌名場又幾年。漸老欲籌歸隱地，雖貧猶辦買書錢。怕聽衙鼓敲清夢，喜

訪山僧話舊禪。莫怪晚來頗好道，浮雲多見是虛緣。

送友人入都戲贈

先生此去步仙蹤，好醜端因悅己容。齊國本非求贋鼎，葉公偏不好真龍。由他畫餅嗤名士，恃

我談禪有正宗。自古文章兼有命，漫將時樣卜違從。

自陳喜以下十餘人，多得之同門崔曉林旭所刻《慶雲詩鈔》。采輯之功，已不爲小。乃且自悔

當日授梓之速，前後次第，復加更訂，茲俱照列。其一門詩，即爲附錄於後。

按：同門崔曉林旭《慶雲詩鈔》注云：『先高祖康熙中再修縣志，《天津府志》有傳。』

崔允貞一首

允貞，字介石，號訥菴。慶雲人。歲貢生。李百源《介石崔君墓誌》云：『幼負異姿，性躭博洽。

兄郡丞公官秦中，君代理簿書。覽勝所歷，奚囊恒滿。彙其藏稿數帙，令予校閱，足以傳世。』

總題慶雲八景

疏煙微雨棣城紛，棣城煙雨。春際月沽生水紋。月沽春漲。夜靜鬲河橫野渡，鬲河夜泊。曉封

杏岸障浮雲。杏岸曉云。鍾敲東嶽晨光爛，東嶽晨鐘。笛弄西山日暮聞。西山暮笛。雁和漁歌聲亂

處，雁灘漁歌。會看岡上見龍雯。龍岡晴嵐。

崔大本四首

大本，字道源，號溪亭。允貞曾孫。增廣生。劉可亭先生廣恕云：『舅氏道源先生，詩才明秀，素不多作。曉林表弟刻《慶雲詩鈔》，余爲錄四首入鈔，並塡諱。』

按：道源先生七歲而孤，事母至孝。没後，曉林爲尊人淁許大江繪《寒宵煮豆圖》，一時多題詠。南皮張硯溪端城少京兆詩云：『秋風無定樹，菽水有餘歡。庸行談何易，婉容畫恐難。』蓋道其實。曉林、時林並登賢書，曉林賢嗣光弟、光笏並膺鄉舉，一門輝映。人謂孝德所致。

遊華不注山

閒遊山下路，緩步到禪林。院落新花發，庭階古木深。石橋橫野水，香閣映遥岑。塵外逢僧話，悠然起遠心。

田家

茅廬臨水近，樹裏隱蓬門。閒坐聽蟬噪，新晴見屐痕。牧童吹竹笛，饁婦餉壺飱。太古風猶在，牛羊散野村。

秋夜

秋來暑退漸清涼，一夕微風透葛裳。明月當窗人靜坐，晚風帶露入簾香。

晚晴

雨過荒村卻有情，一灣清水送蛙聲。披襟閒步蒼苔望，月上林梢正晚晴。

崔旭二十九首

旭，字曉林，號念堂。大本長子。嘉慶庚申科舉人。著有《念堂詩草》十二卷、《念堂詩話》《津門雜記》《津門百詠》《讀書隨筆》各數卷，《慶雲詩鈔》一卷。

按：曉林與棟同出張船山夫子門下。爲人靜細平淡，沉潛于學，出入百家，詩格清嚴雅正。船山師重之，嘗曰：『此我之崔不雕也。』故念堂寄師詩云：『呼我崔黃葉，幽居似直塘。』棟于丁丑年寄之句云：『一編詩草逢人說，沽上爭傳崔慶雲。』道光甲申來寓津門，見過之日，適有人送瓶梅一枝，余有句云：『詩傳黃葉三津滿，人與梅花一日來。』爲人所傳。

過西沽

一路通春水，春風漾綠波。過橋人影亂，夾岸櫓聲多。客子匆匆去，漁家緩緩過。壚頭新酒熟，

未暇醉顏酡。

津門春望

河流曲似九迴腸，城郭彎環水一方。接岸帆檣連渤澥，泥人簫鼓比維揚。大堤夜雨蘼蕪綠，小陌春風豆蔻香。四十年前遊賞地，幾回惆悵立斜陽。

寄天津梅樹君同門

京兆當時同領薦，蘇門紛遝集群彥。姚、龔、瞿、查各宦達，苦吟賤子仍貧賤。奈何似君抱奇才，亦十餘年北文戰。君如野鶴居郡國，我類井蛙處鄉縣。君能鏗鏗說遺經，我惟草草磨破硯。君初頹畔見髭生，我已鏡中看髮變。豈獨窮達判鵬鴳，塌翅定亦分鴻燕。雲水蒼茫大小沽，煙波浩渺東西淀。筆端收拾入吟卷，遠道相隔無由見。可笑詩名等畫餅，堪歎年光如激箭。付書兒輩報知交，君其勉旃吾已倦。

梅吟齋同門邀看海棠，明日有作，却寄

名花綽約如靜女，窈窕幽閨祇深處。畫樓綺閣隔重重，想望風流但延佇。名花縹緲如飛仙，有時向我來翩翩。恍惚引入天台路，世人會與仙有緣。作客津門春欲暮，尋花不見花開處。故人招我

來西園，嫣然一笑海棠樹。迴欄小閣映風姿，正是將開未開時。懶慢無心睡初起，娉婷自惜嫁偏遲。

嬌紅滴滴嬌無那，嬌影在地不忍唾。詩人權作花主人，舉手應為詩人賀。詩情花態兩銷魂，半日行痕與坐痕。夢到昨朝曾到處，春雨春風深閉門。

過天津悼劉韻湖

其一

浮生識面竟無期，幾度聽人說項斯。命駕何曾千里遠，來遊真悔一年遲。百篇遺藁傳何益，三尺孤墳弔豈知？欲向荒郊酹盃酒，春風野草正離離。

其二

風流裙屐雜屠沽，此輩何堪為作奴。卻想生前雙眼白，轉憐曙後一星孤。遺一女。交情灑落存書札，墨跡淋漓剩畫圖。手寫梅花曾寄我，當君遺照對狂呼。

懷梅樹君

秋風搖落大河濱，索漠臨風憶子真。世有君才甘硯食，天教我輩老吟身。百年如意無多事，四海知心不數人。幾許相思同衛水，滔滔日夜向天津。

燒酒

粟貴生齒繁，糜穀更燒酒。一燒穀數石，麴用麥幾斗。乾柴動盈車，工食飽游手。若作三月糧，可養人八九。養老及娛賓，此禮傳已久。奈何無賴徒，朝朝常濡首，漸染及齊民，提壺邀儕偶。寧使炊無米，爭雄醉朋友。此毒中愚氓，豪點爲利藪。薪米止此數，一半歸腐朽。焉得價不昂，貧者難餬口。念此爲感傷，痛斷掃愁帚。所補固涓滴，此意庶無咎。

歃壺

制器奪天工，陶人巧合土。形類塞口瓶，狀侔細腰鼓。銳上長比檠，豐下圓如斛。豕腹脹且團，鵝項直難俯。頂疑混沌鑿，心訝比干剖。有如藕出泥，中斷竅可數。又若剝蓮蓬，子抽空見腹。孔露蜂仰窠，穴攢蟻開戶。一口能翕受，衆竅恣噴吐。敧器注方盈，漏卮洩難杜。盛夏天氣熱，赤日燒園圃。花苗旱欲枯，蔬芽屈未努。舉瓢猛易傷，抱甕拙尤苦。園丁捷水來，持柄爲酌取。滿腹貯清泉，覆手成甘雨。高傾細灑珠，密灑膩潑乳。挹注桶兩三，沾濡畦四五。坐看醍醐灌，頓使沉痾愈。參差掩映間，新綠爭媚嫵。膏澤天縱屯，造化器能補。俯仰暫隨人，出納終自主。勺合不自私，盆盎差爲伍。功成身自退，待用澤仍普。此物足珍重，圖形續博古。

聞船山夫子凶問

其一

忽得江東信，流傳倘未真。天如有此事，吾竟仰何人？詩酒難償債，功名未了因。峨眉山上月，萬古爲傳神。

其二

半世誰相賞？猖狂祇自吟。時人多俗目，夫子是知音。乖隔五年別，悲凉千古心。成連終不至，慟哭欲燒琴。

閒居雜興

世態寧禁冷眼看，磨驢笑我自團團。身如無累貧原好，事到因人易亦難。青史一編供涕笑，黃粱千載偶悲歡。高津河漲秋風起，且領兒曹把釣竿。

題《鐵船詩鈔》 方元鷗著

孤燈夜雨讀新編，一見傾心憶往年。淡泊宦情惟縱酒，蒼茫身事卻歸禪。學如用武真無地，詩到窮人竟有天。博得文章名後世，千秋寂寞讓君傳。

憶舊

浮生如此太匆匆，往事思量昨夢同。春雨騎驢村樹綠，秋霜擘蟹酒燈紅。詩成草色花香裏，人醉歌聲笛韻中。忽憶舊遊消散盡，歡場回首歎西風。

丁丑春闈報罷出京作

為戀清時隱未能，可堪祿命薄如冰。三場又逐英年入，九榜頻看故友登。空有文章說遼海，最難慟哭別昭陵。明春花發長安陌，老態龍鐘恐又增。

棟與曉林同出船山夫子門，時同薦者十餘人，不數年，皆就貴顯，稱得士最盛。憶戊辰春闈，謁吾師，師曰：『及門諸人，皆就騰達，鬱鬱未遇，惟念堂與子兩詩人耳。』吁嗟久之。故棟寄崔君句云：『同受船山夫子恩，座間曾歎兩詩人。虛名竟折書生福，潦倒名場十六春。』嗚呼！又逾十年，吾師于甲戌下世，返葬遂寧，吾與念堂亦竟頹然老矣。讀念堂出都詩，又何以為情耶？

津門百詠錄十四首

其一

往日鑾輿曾此臨，津東勝地柳成林。宮門深閉花千樹，應抱春風望幸心。柳墅行宮在海河岸邊。

其二

芥園高傍衛河旁，樓閣參差映綠楊。曾是當年詩酒地，行人猶說水西莊。芥園向傳爲水西莊，乃查蓮坡別業。

其三

幾家茅屋各西東，想見桃花照水紅。剩有一灣春水碧，桃花何處笑春風。桃花口。

其四

滿林桃杏壓黃柑，紫蟹香秔飽食堪。最是海濱風味好，葛沽原號小江南。葛沽。

其五

大悲舊院幾重修，朱記竹垞初碑可尚留。欲向窰窪尋故跡，蘆花野水四圍秋。大悲院。

其六

大覺菴前野徑斜，千畦錦繡燦朝霞。遊人漫說豐臺好，百畝風開芍藥花。大覺菴。

其七

玉山遺韻昔猶存，過往名流每到門。近日風流消歇盡，更無人辟問津園。問津園，張方伯魯別業。

其八

墓前石碣一行分，憑弔城西烈女墳。雪虐風饕松柏樹，敢將蔓草比羅裙。西門外向有四烈墳，謂裘、金、諸、丁也，載在邑誌。自葬殷烈婦後，名曰五烈墳。今自嘉慶年間，又添葬梁、謝、趙三貞烈，後呼爲八烈墳。

其九

天津科第好文風，二百年來運大通。癸未春闈尤鼎盛，五人一榜捷南宮。津門科第自有明以來，已聯翩而發，其最盛者，乾隆己未捷南宮者四人，爲沈公弘模，周公人驥，王公緯，張公文運；嘉慶辛未捷南宮者三人，爲楊公恒占、王公履謙、王公鳳翥，至道光癸未同會榜者五人，爲梁公寶常、王公用賓、張公映幃、郝公善、劉公鏵。

其十

津門名勝足詩家，沽上題襟事已賒。前輩風流搖落後，獨留清韻在梅花。津門詩風最著，國初有張笨山、龍東溟、黃六吉、梁芰梁諸公，繼有周月東、朱陸槎、王介山、查蓮坡、金芥舟、于虹亭、張楚山諸公，至乾隆末年，尚有周大迁、康達夫、郝石臞、金野田諸公，今尚有同門友梅樹君在。

其十一

一紙端能博白鵝，流傳墨跡五橋多。野田蒼勁金聲老，風韻應須讓竹坡。喬耿甫、金鈞衡、鄭

金聲、金世熊，俱以善書稱。

其十二

墨竹昔稱吳念湖，雅村健筆近來無。訪舟青立工山水，迥與尋常畫史殊。

津門畫手，向推查集堂之竹蘭，金芥舟之山水，自吳念湖太守繼其風後，擅竹蘭者，惟梅樹君

尊公雅村先生爲最，而陳公青立、王公訪舟之山水，俱得南宗正派。

其十三

水患年來多難民，紛紛蒙袂聚三津。捐金爲粥延殘命，四廠分沾五萬人。

道光壬午、癸未二年水患，饑民就食來津，侯公肇安倡義捐金煮賑，四門立廠，每日男婦五萬餘人。

其十四

結社同防回祿災，登時撲滅剩殘灰。鑼聲幾道如軍令，什伍争先奮勇來。

津門防火災最慎，設立水局數十處，遇有被災之家，信鑼一鳴，救者數千人登時赴集，各分隊

伍，如御敵然。

崔暘七首

暘，字時林，號月沽。旭弟。嘉慶己卯舉人。著有《月沽詩草》。

按：時林與兄曉林，俱有才名，數困鄉闈，詩多落寞之感，中年以後，始登賢書。

饑民行

蒙袂復輯屨，饑民臥道旁。不食問幾日，欲語淚千行。去年河水漲，河西秋稼傷。嚴冬寒且饑，老幼多死亡。殘喘延至春，乞食來此方。昨日過朱門，爪牙如虎狼。今朝叩蓬戶，十家九絕糧。命已懸旦夕，恨不死故鄉。低頭不復語，面目色淒涼。欲救無寸柄，徘徊空斷腸。

聞曙林弟北上

聞說畿南去，連宵意未安。憐渠爲客早，似我別家難。無棣荒城遠，滹沱古渡寒。老萊衣在笥，歸日好承歡。

人定

人定垂簾坐，風清月亦清。宵深秋氣到，靜極道心生。僻處忘名利，耽吟適性情。孳孳爲善者，何必待雞鳴？

檢篋中舊物悼亡室楊氏

兒女從卿死，衣裳一篋留。偶然尋舊跡，頓覺觸新愁。物在人何往？心傷淚自流。再來疑有日，

檢點爲藏收。

村居即事

似覺幽棲好，年來寄遠村。　寒蟬吟古木，野水抱秋園。　風入開書卷，花殘帶日痕。　欲尋高隱處，此地即衡門。

館中憶亡女

骨肉情難割，春來憶更悲。　牽衣將別日，向母問還期。　已入重泉下，終無再見時。　歸家應益恨，誰誦《木蘭詩》？五歲殤，能誦此詩。

梅樹君先生索余吟草，作此奉寄

悲哉秋氣最愁余，鬲水津門歎索居。　命駕豈同千里遠，別君竟過十年餘。　堯臣得句人爭誦，亭伯傷時恨未舒。　此日先生高月旦，新詩也欲問何如。

時林詩清寒得郊島之神，與乃兄可謂同枝之籍、湜。　其他佳句如「三秋悲又過，萬卷笑徒忙。」「雁鳴無月夜，燈暗欲風天。」「雪後風生樹，雲開月滿樓。」「路遠村偏少，天寒雪正深。」俱極淡遠。

崔晨 十一首

晨，字曙林。旭弟。著有《柳橋詩草》一卷。

按：曙林讀書不多，而性嗜吟詠，自鐫其印曰『布衣崔三』，所著《柳橋詩》，五言清堅，不讓乃兄。

詠白丁香

不識丁香發，盈盈一樹霜。素同春月影，淡學美人妝。柳色須爭翠，桃花暗讓芳。今朝蝴蝶夢，可問白雲鄉。

城樓晚眺

初夏閒無事，偶登城上樓。雲從東海起，河背夕陽流。綠樹煙初合，紅橋網未收。憑欄開眼界，疑是夢中遊。

書懷

閉戶清吟接古歡，囊中祇有一錢看。詩能出俗原非易，人到安貧亦大難。累世傳家留舊硯，幾年謀食棄儒冠。我生三十仍飄泊，可但心如梅子酸。

旅況

行路難如此，家貧可奈何！有村憐樹少，無馬恨泥多。荒店思求飲，斜陽問渡河。前程知不遠，遙聽弄船歌。

訪家華甫

此地尋同姓，河邊獨一家。徑隨高岸曲，門對夕陽斜。簾外生秋草，簷前煮晚茶。問君竟何有？濃淡幾盆花。

鹽山早發

霧氣隱城郭，水光沿路明。一天無月色，徧地是蛙聲。寺遠鍾初動，泥深客早行。前村在何處？隔樹有雞鳴。

秋日晚行

此地亦堪憐，西風八月天。人來斜日外，秋冷野林邊。老樹已無葉，深枝尚有蟬。愁聲聞過耳，回首但荒煙。

秋夜懷念堂家兄

愁心思遠客，分手各他鄉。聞雁疑書到，經秋歎葉黃。砧聲千戶急，月色一村涼。遙憶當今夕，

思家淚滿裳。

村景

偶步村邊路，詩情忽在西。夕陽秋巷杵，茅屋晚天雞。紅葉花盈樹，黃芽菜滿畦。眼前成小景，

隔水有鳥蹄。

過新開口

野水迷人眼，路難如上天。遙村知有岸，此地竟無船！遠望多愁樹，愁看起暮煙。不知何處宿，

旅況亦堪憐！

小村

夕陽聞犬吠，近水見籬門。一樹飛殘葉，三家聚小村。場空餘鳥在，廟廢有鍾存。又是驚心處，

秋煙帶晚痕。

崔光第三首

光第，字振甫，號洗厓。旭長子。嘉慶乙卯舉人。

按：振甫應童試，《塞下曲》最爲陳荔峰學使所賞，拔置第一。與乃弟俱有詩名。

塞下曲

其一

塞下經秋早，霜飛八月天。笳聲鳴五夜，烽火入三邊。戰馬追風立，征人帶甲眠。還家如有夢，應計歷多年。

其二

朔風吹大漠，寒色入邊城。白草交河接，黃雲瀚海平。秦關終夜閉，漢月至今明。千里傳刁斗，惟聞出塞聲。

其三

天山多積雪，邊地祇生寒。苦戰寧辭瘁，征衣自怯單。風霜持漢節，寢食據雕鞍。今喜盧龍塞，桑麻萬里寬。

崔光篼四首

光篼，字雅甫。旭子。諸生。

按：雅甫髫年出口成句，得之天授，船山夫子見其詩，寄書獎之，呼爲小詩人。少長，遂不多作，曉林勗之云：『莫負老船獎許意，封題呼爾「小詩人」。』

蘆花和朱虹舫學士韻

其一

潦清波碧水平鋪，荻繞篷窗客夢孤。秋氣蕭蕭聲不斷，鷗群片片影全無。零星偶露叉魚火，點綴新成落雁圖。幾陣西風涼似雨，輕舠載酒泛晴湖。

其二

飄飄如絮糁江船，作被蒙頭曉尚眠。霜落全迷秋士鬢，風吹齊上旅人鞭。者番花事拋流水，無限心情付逝川。擬問潯陽留客處，琵琶遺曲已千年。

其三

長堤遠岸臥紛紛，鷺隱圓沙色不分。幾處紅橋明夕照，數行白雁點涼雲。蕭條況味偏憐我，冷落年華欲問君。獨立蒼茫煙水外，一帆寒影送斜曛。

其四

桃花荻笋景全非，一片寒雲拂釣磯。宿霧淡煙秋月上，斷橋淺水夜霜飛。蕭蕭戰壘輕舟過，點點漁村短棹依。信有伊人今在否，遙知零落白蓮衣。

崔光笏五首

光笏，字正甫，號蕙田。旭季子。道光壬午舉人。著有《蕙田草》。

按：蕙田年二十登賢書，侍尊甫客津門，以年家子，常過從談藝。慶雲一邑，而崔氏一門父子兄弟耕芳聯萼，成孝廉者四人，論者謂道源先生孝行之報，亦藝林之美談也。

早行

野店無更鼓，烏啼夜欲闌。　遠鍾催客起，斜月照人寒。　樹密知村近，沙平覺路寬。　行行天欲曙，曉日出林端。

津門早泊

一夜津門宿，揚帆趁曉風。　水煙連岸白，海日照船紅。　北郭人聲外，西沽柳色中。　棹歌聽不盡，安穩送烏篷。

過舊滄州

昔日清池縣，今來感客情。　坡陀餘古廟，瓦礫滿空城。　路僻行人少，碑殘野草生。　幾家寒郭外，時有午雞鳴。

鹽山道中

猶記來時路，辭家月再圓。客心懷故里，秋色上歸鞭。野稼綠無地，高林青到天。前村知不遠，幾縷上炊煙。

旅懷

久坐如僧定，書簾晝不開。日藏雲影去，秋逐雨聲來。失意仍他縣，遭時愧儁才。故園歸未得，閣筆一徘徊。

蕙田《詠蘆花》句云：『霜冷欲留歸雁住，月明可隱釣船無？』又，『半江寒雨秋如夢，一岸輕霜夜不飛。』皆清空有味。

王句香云：『諸崔詩，格律俱穩，清儁有致，不媿家風。』

同郡詩話

《念堂詩話》載津郡人詩最多，附錄之，以爲同郡詩話云

表兄劉可亭先生廣恕，未第時有句云：『常恨勞勞耕硯北，逢年不及上農夫。』又，『十年況味愁中盡，八口團圞夢裏多。』情詞悽惻，杜明府群玉極稱之。後官都中，招杜飲，酬以詩云：『詩因味好常能記，酒爲情多更易醺。』

慶雲劉文曦若煦，未第時，有《屋漏詩》，記半律云：「矮小三間起草堂，半爲書室半閨房。

營巢已自憐鳩拙，封穴那能逐蟻忙？」

陳季宣良翰，慶雲康熙中名士也。《旅懷》云：「長安何事此栖遲，伏枕長懷越客思。千里白雲遙望處，一簾明月夢回時。」半律頗近隨州。余題其卷云：「百年舊跡思前輩，一代知音屬後生。」

又，慶雲王紫畹先生孫蘭《崮山詩》云：「山色明初日，天風下梵聲。」《宿良王莊》云：「柝聲敲月落，水氣逼人寒。」《述懷》云：「白首水雲居，孤高任所如。雨荒三徑草，日上半床書。料理丁年志，渾忘丙穴魚。兒曹應怪我，底事棄耕漁？」《偶步》云：「平林纔著葉，遠水又鳴蛙。」所著《晴雨軒草》。旭自弱冠與先生交，至今二十年，年已七十，吾邑前輩講此道者，爲碩果僅存矣。先生子健圃雄、逸園雋，皆能詩。

又，明萬曆間，慶雲拔貢楊羽墀州鶴修邑志，邑宰柯公一泉序而刻之。楊公學問博雅，詩亦老健，《藝文志》載十八首。《鬲津河》云：「一聲水笛銀河净，兩岸漁歌花縣秋。」《閒眺》云：「河

邊水落群灘小，天外風高一雁斜。』《地藏寺》云：『老槐綴子翻新雨，蕎麥開花趁晚晴。』《無棣古城》云：『春深廢堞妖狐走，秋暮平壕野雉飛。』《觀瀾樓》云：『古今不改山川秀，天地能容我輩狂。』

又有陳彥伯士雅，胡貞生惟一二公詩，陳爲金華副將喜子，胡爲進士澹菴清伯父。

又，胡貞生能八分書，陳季宣善行書，劉子遜先生尤善草書，名噪一時。詩刻數首，有云：『幾株殘杏抱村紅，陌上遊人坐晚風。漫道斜陽疲馬力，宛然身在畫圖中。』

又，解媚蒼鎬錄其先人築巖先生詩，問序于余，卷中贈某云：『醉神張旭墨，吟苦浪仙驢。懷古金臺上，風煙吊望諸。』又，《途中》云：『鹵田稀樹木，野鳥自飛鳴。』皆雅健可喜。余題云：『開卷不能讀，秋窗淚自彈。時流知我少，老輩似君難。寂寞空遺草，淒涼竟蓋棺。論文猶昨日，已作古人看。』余好近老成，如先生及周大迁、康達夫、勞敬思、王紫畹，皆年過一倍，而以詩交好，故不禁情之深也。

又，解紫垣先生《送伯父之江南詩》：『杖履從此別，輕車離故關。春風嘶去馬，遲日照蒼顏。金斗標城竣，巢湖擁浪閒。登臨思小阮，情逐野雲還。』弟東陽先生，吾友韻圃先人也。有《和蘇

步耿柳枝詞全韻》其《元韻》云：『開春葉葉接遙村，玉笛吹來總斷魂。豈是無端眉懶放，妝樓舞榭易黃昏。』

又，慶雲劉君升堂自南中歸，得詩一卷，示余，有《大雨登望江樓見懷七古》長篇特佳。《晚泊》云：『寂寂寒山月，清光傍水涯。荒村生野霧，歸雁落平沙。綠樹停舟處，紅燈賣酒家。何人吹短笛？一曲落梅花。』《揚州憶舊》云：『楓冷吳江客路遲，笛聲雁影雨絲絲。重來又入揚州夢，不似春風被酒時。』『一曲紅橋隱釣船，數行楊柳尚含煙。隔溪又聽吳孃曲，自別江南已二年。』《憶家》云：『香瓜棗子皆搖落，正是蘋婆上市時。』《平山堂》云：『堪笑文名屬江孔，更無才調繼歐蘇。』五言如：『狼山數點紫，鴉舅一林丹。』皆佳句也。後改名楓宸，又改名庚。

王健圃句云：『暝色來天地，猶為數里行。』『風寒知水近，夜白覺霜清。』神力完足。又，『秋隨風葉盡，寒逐水雲生。』《悼亡》云：『遊興竟從今日絕，離愁那似此番長？』情至語也。

王逸圃，健圃弟也。在津門有句云：『一天涼雨賣黃花』，余戲呼為王黃花。

又，鹽山張孝廉詮攝篆鞏縣，時楚寇平，歸兵過境，舊有兵棚，折價取給民間。張除之，作《兵棚行》云：『西南民力已告竭，拆屋作薪茅俱缺。我既無千間萬間之廣廈爲爾庇家室，又無千幅萬幅之長幛爲爾流離覆風雪。剥剥髑髏架我幕，無乃幃幄腥污鬼眼血。私册誰註殃民例？猾吏延禍何其烈！劉寵不選造蘖錢，兵棚之價那忍折！嗚呼兵棚爲爾永斷絶！』竟忤當路，以事離任。又有《驛豆》《飼貓魚》諸篇，皆此類也。邑民保留，不許。爲刻《東周詩草》一卷。

慶雲劉守戎揮戰歿秦中，樂陵有薛君名偘者，輓之云：『人稱南八是男兒。』守戎行八，用典尤切。

魏禹平坤《倚晴閣詩鈔》有《偶得玻璃眼鏡二，以一贈鄧公遴，爲詩報謝，依韻答之》一首。鄧名鑄，吾邑修五先生懋之祖父，從五公山人學。魏號水村，康熙時名士。陳其年序其詩，又入《別裁集》。

陳宗師嵩慶，乙丑歲試，獎勵古學，門人張咸五以《塞下曲》取闔屬第二。光第兒應童子試，亦以《塞下曲》冠一郡。張句有『關塞阻歸夢，風霜老別顏。驛路笳聲苦，沙場馬步艱。旅雁征人淚，

秋笳老將心』。」光第詩原批云：「風骨甚遒，體裁亦密。」及刻所取詩爲《三輔采風錄》，他作多就

刪改，惟王健圃『皋蘭秋静無刀斗，日向平原看射雕。』立言得體。

張頌亭，名咸五。近體頗入格。《柳絮》云：「暖風盈小院，春思繞晴窗。」『院静望如雪，風微香入簾。」渾融淡雅，詠物上乘。《雨聲》云：「三更蟋蟀騷人夢，一院芭蕉旅客心。」《秋夜病中》云：「滿院啼螿身是客，一窗冷雨夜如年。」從余遊五年。

門人趙虎文，字炳嚴。鹽山人。《送王静山歸阜平》云：「鬼谷留遺事，棋盤萬古傳。送君還故里，令我憶先賢。野曠雲橫樹，風寒雪滿天。登城西望處，恨不逐歸鞭。」

趙豹文，字蔚嚴。炳嚴兄。和余《秋海棠》云：「露冷三更侵睡影，風凉一夜結情根。」

《五公山人集》有《贈慶雲胡聖與十歲工草書》詩。後閱《天津府志·節孝》有胡點妻。點爲諸生，早亡，即聖與也。重修邑志，遂採詩入藝文，以傳其人。

慶雲前輩詩，胡貞生、陳季宣兩先生七律頗有家數，他如劉子遜之草書，釋隆菴之大字，皆可存者。陳彥伯、陳季宣、鄧公遜諸公，皆堪羽翼。厥後鄧黃庭、劉魯齋兩先生，往往留人屏幛間。又聞周殿阿善畫蘆雁，胡澹菴清、厚菴淳，皆名進士，工時藝，未聞其能詩也。又，姚逢原資治善卜，姚重華際唐精韻學，王夢錫元弼善講《四書》，王其長發祥，皆博雅能文。

天津北三十里地名桃花口，揭徯斯《楊柳謠》云『販魚桃花口』是也。明楊夢山巍，亦有《桃花口》詩，《天津志》俱未載。

又，南皮張佩庚孝廉恪，工詩。爲諸生時，見賞於學使陳荔峰先生。甲戌八月，忽寄書並詩十二首，有句云：『不逢崔顥恨如何！』『未曾一刺到崔駰。』又，『君爲渤海吟壇長，不數江南崔不雕。』其見許如此。佩庚有《防躁軒詩鈔》，五言如：『秋光三尺水，暮色滿城煙。』『衣冠寒士古，談笑老農真。』七言如『世事無常新舊雨，故人何處短長亭。』『書千百卷閒中福，竹兩三竿世外交。』俱大有意境。

《秋坪新語》載靜海文學呂惟精妻某氏，風雅善吟詠。葉敬亭進士治，與文學交最善，頻聞誦

其細君所作，嘗爲余述《戲詠長煙筒詩》一絕云：『者筒長煙袋，妝臺放不開。伸時窗紙破，鈎進月光來。』風趣盆然。

陳學使荔峰督學順天時，輯《三輔采風錄》。慶雲張冠庭《塞下曲》云：『七月飛霜八月雪，怒馬如龍四蹄熱。十八五五帶腰刀，綉澀胭脂戰場血。材官曠騎空紛紛，眼前誰是飛將軍？金微道遠玉關暗，美人夢隔燕山雲。夜夜天南看北斗，狼煙不動銷烽久。閒却當年射雕手，尊前且醉蒲桃酒。』慶雲王名簹云：『隴頭聽流水，水咽不得止。少年結袄衣，內顧心獨喜。烽煙久銷歇，塞外無壁壘。更番出屯邊，受命聽驅使。努力向前去，毋媿羽林子。』泣賦《兵車行》，薄俗殊可鄙。白崖高無極，榆幕同邐迤。回首望關門，天高幕雲紫。』慶雲張咸五《秋笛》云：『邊外朔風哀，邊笳動地來。幾聲催落葉，一夜遍荒臺。漠北馬頻駐，江南雁却回。關前有衰草，暗接白龍堆。』王名簹《秋蝶》云：『小名仍喚玉腰奴，心悵南園遍綠蕪。狂似酒懷三日減，瘦憐花影一枝扶。翻飛故欲穿墻去，冷淡還能入夢無？留得後堂春色在，江州榻本試新雛。』張芝郁《秋笛》云：『橫玉叫雲夕，楓林迥自秋。西風驚獨客，明月滿高樓。旅思多如此，空煙淡不收。調高諸籟寂，餘怨入江頭。』

青縣黃中榜《小遊仙》云：「自參瓊笈得真詮，不向邯鄲市上眠。消受黃粱纔一夢，樗桑椹熟已多年。」「自是天孫感宿因，支機親贈指迷津。從今歲歲乘槎去，不訪成都賣卜人。」

鹽山門人張江峰，館于東沽，詩中有句云：「出門惟見水，掃徑不逢人。」「人稀難問路，野曠不逢春。」「風簾春看燕，海屋夜聽潮。」「海近求魚便，庭空得月多。」「頭顱到白無多日，眼色能青有幾人？」

又，鹽山李霽峰裕霈有句云：「白雲開似我，紅葉冷于人。」「婢能談藥性，僕解敬詩人。」「病多詩漸少，夜短夢偏長。」「雀喧無葉樹，人碎有魚冰。」袁玉堂云：「有新致。」

學使陳公考古，光第兒《塞下曲》用「探馬」字，批云：『《元史有探馬赤卒，乃蒙古峭騎之稱，不可入詩。』按：《元史‧兵志》有探馬赤軍。探馬赤，蒙古語，謂諸部族爲探馬也。唐顧非熊有「探馬一條塵」句。江爲《塞下曲》有「雪路時聞探馬歸」句。

張江峰有聯云：「久客家隨夢，深秋夜似年。」上句尤沉着。

鹽山趙五疇思著有《崍浦集》，蓋遊浙閩所作，取東南多山水之意也。有聯云：「犬吠孤村裏，

人呼古渡頭。」「風雨三秋夜，雲山萬里程。」「昏明窗上月，斷續樹間聲。」

爲學蓮花塵事靜，時來法雨滌朱顏。」

滄州白蘭芳先生，工岐黃，留心內典。年近八旬，貌癯而神足。其《秋晚》云：「秋深終日閉

柴關，素性清痴適自間。明月團團隨意滿，好風脉脉稱心還。識超舍利觀空海，夢斷須彌憶舊山。

又，鹽山諸生劉曾塽，攜子村居，同患癯疾。《志慨》一律云：「寥落今生事，天涯一病身。世儒

多建白，吾道獨艱辛。燈影昏成霧，兒童哭向人。愁懷空自解，未敢達雙親。」情深筆健，所造未可量也。

又，滄州劉雲衢，性躭吟詠。《宿楊柳青古刹》有聯云：「殿深群鼠嘯，人靜一燈微。」《過邊

務廢園》云：「草徑蕭條滿碧臺，寒雲秋色暗相催。荒嵩滿地酸風起，疏柳搖空淡月來。林鳥不隨

歌舞散，野花曾傍綺羅開。古來興廢盡如此，幾度銷沈共此哀。」又，《雜興》云：「但能藏酒如蘇婦，

安得生兒似仲謀。」《讀史》云：「絳帳元亨多恨事，賣繒屠狗得奇人。」

又，李霽峰《偶成》云：「新有知音舊有盟，逍遥正好樂生平。樽中酒薄重開甕，花下棋殘再整枰。處世莫言須富貴，讀書豈盡爲功名？從來不少賢豪士，高卧林邱面百城。」

又，滄州孫懋園德有著《春草軒草》，寄余評點。其《津門竹枝詞》有云：「秋風泛泛動秋蒲，冷意蕭疏入畫圖。欸乃一聲漁唱晚，滿天明月照西沽。」自是雅音。

又，張佩庚《栽竹詩》：「入我胸中應快意，出人頭地亦虛心。」

津門詩鈔卷二十五流寓

元人

成始終一首

見顧星橋《梁溪詩鈔》。

發桃花口直沽舟中述懷

直沽洋裏白沙村，百丈牽船日未昏。楊柳人家翻海燕，桃花春水上河鰌。養高無計尋韋曲，援

臧夢解一首

以下俱見《天津縣志》。

老何妨覓謝墩。祇待干戈平定了，草堂歸隱獨山門。

直沽謠

雜遝東入海，歸來幾人在？紛紛道路覓亨衢，笑我蓬門絕冠蓋。虎不食，堂上肉；狼不驚，里中婦。風塵出門即險阻，何況茫茫海如許？去年吳人赴燕薊，北風吹人浪如砥。一時輪粟得官歸，殺馬椎牛宴閭里。今年吳兒求高遷，復禱天妃上海船。北風吹兒墮黑水，始知溟渤皆墓田。勸君陸行莫忘萊州道，水行莫忘沙門島。豺狼當路蛟龍爭，寧論他人致身早？君不見：賈胡剖腹葬明珠，後來無人鑒覆車。明年五月南風起，更有行人問直沽。

袁枚一首

直沽口

二水赴滄海，客行殊未休。長堤連古戍，歸棹起輕鷗。雨重雲光濕，天低樹色浮。京塵今已洗，從此問菟裘。

黃鎮成一首

直沽行

直沽客，作客江南又江北。自從兵甲滿中原，道路艱難來不得。今年却趁直沽船，黑洋大海波

連天。順風半月到閩海，祇與七州通貿買。嗚呼！江南江北不可通，祇有海船來海中。海中多風少賊徒，未知明年來得無？

傅若金二首

直沽口

其一

遠漕通諸島，深流會兩河。鳥依沙樹少，魚傍海潮多。轉粟春秋入，行舟日夜過。兵民雜居久，一半解吳歌。

其二

海戍沙爲堡，人家葦織簾。使收通漕米，兵捕入京鹽。蟹憶霜時賤，蚊愁夏夜添。南人倚船坐，閒愛草纖纖。

王懋德一首

直沽

極目滄溟浸碧天，蓬萊樓閣遠相連。東吳轉海輸秔稻，一夕潮來集萬船。

張翥一首

代祀天妃廟次直沽作

曉日三叉口，連檣集萬艘。普天均雨露，大海靜波濤。入廟靈風肅，焚香瑞氣高。使臣三奠畢，喜色滿宮袍。

明人

宋訥一首

直沽舟中

旅思搖搖嗜晝眠，舟人報是直沽前。夕陽晚飯烹魚釜，秋水蒲帆賣蟹船。詩有白鷗沙上興，書無青鳥海東傳。老爲聲利閒驅遣，少讀《南華》四五篇。

瞿佑一首

次直沽

長川波浪去漫漫，直指東南送客還。潮水四時來海上，天河一派落人間。掛帆商舶秋風順，曬網漁翁夕照閒。暫倚船窗高處望，青螺數點見前山。

直沽

野濼天低水，人家見兩三。雁聲連漠北，魚味勝江南。雪擁蘆芽短，寒禁柳眼纖。持竿吾欲往，

挫宦爾何堪？

曾棨一首

過直沽

近海嚴烽戍，孤城雄堞雄。河流千派合，舟楫萬方通。島嶼鯨波外，樓臺蜃氣中。春來疑是錦，

煙綠曉霜紅。

王洪一首

過直沽城

水出漁陽地，山橫薊北天。高樓瞰海日，遠嶼入江煙。市集諸番舶，軍屯列郡田。風高擊刁斗，

露重濕旌旐。匪獨關河壯，由來節概全。精兵亘雲朔，勁騎控幽燕。大漠黃塵外，三韓落照前。將

持定懷策，不用繞朝鞭。

邱濬一首

舟次直沽簡彭彥寶

潞河澄澈衛河渾，二水交流下海門。直北迴看龍闕迴，極東遙望蜃樓昏。孤城近水舟多泊，列成分耕野盡屯。我有好懷無處寫，欲沽樽酒對君論。

李東陽十首

拱北遙岑 直沽八景

百尺高樓拱帝庭，北山秋望入空冥。太行西帶煙城碧，碣石東連海樹青。吟客放懷朝柱笏，使遊翹首夜占星。監司正屬埋輪地，一夜朝天夢幾醒。

鎮東晴旭

五夜城頭聽早雞，海東紅日上雲梯。飛鳥曉颭珠簾影，舞燕晴翻畫棟泥。千里帆檣天遠近，萬家村市屋高低。客來不用愁風雨，無限風光入品題。

安西煙樹

安西門外碧參差，綠樹層煙曉更宜。縹緲不知天盡處，霏微疑是雨來時。林間暝色聞香杳，野外寒光見日遲。睡起鈎簾看午霽，一川花鳥正離離。

定南禾風

層軒南向坐薰風，極目平疇遠近同。萬里黃雲吹不斷，一天翠浪捲還空。阜財正借驅煩力，飽士新成偃武功。殿閣微凉天上句，擬將餘興續坡翁。

吳粳萬艘

盛朝供奉出三吳，白粲千鐘轉舳艫。欸乃歌連明月夜，參差帆指紫雲衢。萬年壯麗留幾甸，千里清香上御厨。聖主憂勤先稼穡，子來應未有稽逋。

天驥連營

龍媒首在渥洼川，寄牧三沽近九天。目瑩月精懸夾鏡，毛分雲錦動連錢。千金骨市燕昭日，九逸歌成漢武年。好把車攻獻真主，周宣不廢四時田。

百沽平潮

海門晴雪浸金鰲，百道沽來涌暗濤。望極遠空知岸闊，臥欹殘夢覺船高。遙疑夢澤相吞吐，不似胥江狂怒號。時有海舟隨上下，往來沙口不辭勞。

海門夜月

海門東望極空明，月裏山河影乍晴。萬里滄波天一色，數聲靈籟夜三更。水晶宮浸魚龍冷，白玉城高鶴鶴輕。不用扁舟泛寥闊，已看奇絕冠平生。

舟次直沽與寶慶謝太守

二水斜通海，孤村合抱城。夜窗明月過，春浦暗潮生。憂國身將遠，還家夢不驚。留歡有親舊，羈旅見真情。

過天津

玉帛都來萬國朝，梯航南去接天遙。千家市遠晨分集，兩岸河平夜退潮。貢賦舊通滄海運，星辰還象洛陽橋。何由四塞襟喉地，重鎮還須借使軺。

謝遷一首

楊柳青

直沽南頭楊柳青，昔時楊柳今凋零。霜風滿地散黃葉，河邊寂寞雙郵亭。人道垂楊縮離別，北往南來競攀折。我來袖手憐枯枝，躑躅臨河駐旌節。五雲迴首懷漢宮，丹楓轉眼經霜空。梅李冬實豈佳味，垂涎奔走嗤狂童。陽回萬物自生色，斡旋造物慚無力。百年心跡歲寒同，却憶南山舊松柏。

何景明一首

送杭憲副備兵天津

天津橋北望京樓，金鼓東行節使舟。日月畫懸滄海樹，龍蛇春壓九河流。百年貢篚通南極，萬里旌旄屬上游。莫笑譚兵樽俎上，書生元不爲封侯。

汪必東一首

天津歌

壯燕遊兮癯楚人，乘天風兮泊天津。渺渺兮不可以極目，但見波光凌亂，一望四際如搖銀。左

黃河之一綫兮，分遠近於崑崙。右帝橋之金水兮，自西山而潞濱，滄瀛溟渤，合沓澎湃，日夕東注而不舍兮，有如天河下上，轂轉而環循。逆潮汐以漲岸兮，高百尺之嶙峋。商舶浮海兮杳杳，漁舟聚沽兮鱗鱗。楚艘吳艦，檣簇樹而帆排雲兮，仍仍而頻頻。或瞻星於月夕，或號風於雨晨。或包茅而裹玉，或彈冠而搢紳。皆揚衡而含笑，言振步於京塵。仰天樞於北辰兮，陋星橋於西洛。顧瀛洲之在瞻兮，邇蓬萊於東閣。遊吾魂兮汗漫，采童謠兮村落。恨野詞兮莠稗，媿翰香兮蘭藥。景皇風而波立，搜枯腸而吟噫。安得排峰涮海之筆硯兮，繼大雅而有作。

徐中行一首

九月八日登天津城樓遲謝茂秦山人、李于鱗比部賦

搖落千山客思哀，城樓面面海雲開。漁陽秋色三邊近，碣石悲風萬里來。南北烽煙聊對酒，古今懷抱此登臺。明朝更有龍山約，羌笛胡笳莫漫催。

李三才一首

送友之天津

送子維舟潞水濱，沙光柳色弄晴春。向來朋輩驚誰在，此去琴樽祇獨親。何事牙籌煩傲吏，却

教黃鳥怨騷人。殷勤斗酒應辭醉，不爲陽關淚滿巾。

申用懋一首

登天津拱北樓

樓閣居然表翠微，開樽春色净煙霏。峰排萬堞窗中吐，浪蹴千帆樹杪飛。不禁天風吹墮幘，何來雲氣上征衣。瞻天莫謂長安遠，直北關河是帝畿。

徐石麟四首

夜發靜海抵直沽

禾黍高低弄夕曛，檣燈零亂破黃昏。樹蒸夜氣三分雨，帆掛秋風一葉雲。靜海金鉦傳古戍，直沽牙闠駐新軍。援遼已竭東南力，何日辰韓始策勳？

直沽櫂歌

按：朱竹垞《明詩綜》載此三首，曰無名氏。《縣志》載入徐公作，未知何據？姑從之。

其一

天妃廟對直沽開，津鼓連船柳下催。釀酒未終舟子報，柁樓黃蝶早飛來。舟人以黃蝶卜神來饗。

其二

雲帆十幅下津門，日落潮平不見痕。葦甸茫茫何處宿，一燈明滅見漁村。

其三

靃靡楊柳綠依依，檣燕檣烏立又飛，賺得南人鄉思緩，白魚紫蟹四時肥。

清人

朱彝尊四首

驄馬行送任御史視鹺長蘆

春明門東驄馬嘶，奚官新鑿碧玉蹄。紫茸鞦韉錦障泥，使者衣繡行長堤。寒花露草煙淒淒，千樹萬樹楊柳低。津門此去三百里，來朝定指西沽西。長蘆鹽筴通青齊，君今乘驄按左海，章綬不殊還會稽。我歌驄馬行，君騎驄馬去。明年策馬來春明，應記今朝送行處。

八月十五日夜，集天津曹武備斌官舍，分韻得床字

北里商歌倚笛床，層樓秋色轉蒼凉。關河西望猶千里，烏鵲南飛更幾行。冷露自零叢桂樹，深杯無奈鬱金香。習池不改山容興，倒載還同舊葛疆。

雲中客舍，曹武備自天津以銀魚筐蟹見寄，賦謝二首

其一

千里三沽使，傾筐異味傳。霜螯初入手，臘月更須憐。重馬愁官吏，香秔憶野田。江鄉好風物，
罷酒數歸年。

其二

水族殊鄉至，明燈夜不孤。雪花寒意減，玉盌近看無。反厭流匙滑，宜將剩酒沽。遙憐垂釣客，
白首向江湖。

邵長蘅四首

天津張魯庵水部招飲一畝居，群賢畢集，斐然有作

其一

我病索居久，招尋有數君。名流煩折簡，水部況能文。散帙烏皮几，臨池白練帬。淹留歡竟日，
屋角靄餘曛。

其二

坐愛林泉勝，爲園一畝餘。礐危仍綴菊，澗仄亦遊魚。老樹侵霜禿，寒籐掛石疏。到來幽興集，

誰更憶吾廬。

其三

此會帝京少，故人蒼鬢多。醉醒渾感慨，出處各蹉跎。味憶江瑤柱，杯行鸚鵡螺。酒酣誰斫地，吾亦欲悲歌。

其四

華燈高樹亂，石氣晚來青。正喜看人飲，誰言愛獨醒？余病肺，止酒。緫緫急街鼓，睞睞下寒星。明日還來過，新詩許更聽。

余繩一首

天津晚眺

秋原鳴絡緯，落日照黃花。渡口喧津樹，漁舟動遠沙。草深常鬭鵲，簷際尚留爪。河渚中流穩，孤城雨後斜。

沈一揆五首

大悲院次馮序珍韻

水落津門隔上方，千秋寒玉尚如僵。沙浮古渡晴吹雪，鹵積平疇暖似霜。放下春愁心更闊，拈

來花片指還香。相看直是廬山社，欲就松陰結草堂。

集張氏問津園分賦，時余有楚行

其一

小築池亭傍北郊，雙扉時許故人敲。庭前不種閒花草，手植雙松待鶴巢。

其二

垂楊四面小窗低，春到枝頭綠未齊。冰泮玉河新水漲，一灣直過草堂西。

其三

宛洛分泥栽芍藥，海門引水種芙蕖。李家樓閣吳家樹，誰道君園尚不如？

其四

半篙春水一扁舟，祇載斜陽不載愁。我到瀟湘還妬汝，綠楊堤畔控驊騮。

查慎行四首

白廟

一院槎枒樹，居僧守鵲巢。俗貧稀賽社，瓦缺祇編茅。暗處蟲絲結，塵邊鼠跡交。漁人來寄網，

時有一船梢。

天津關用薛文清舊韻

地勢東來一掌平，忽開官閣起崢嶸。風腥小市知魚賤，客過嚴關喜篋輕。暮雨暗添丁字水，春陰低壓直沽城。雲帆轉海非難事，誰念東南物力傾。

天津別姜西溟次韻

同是春風失意時，送君真是拙言詞。杜陵旅食經年久，熙甫才名一第遲。青鏡從渠增算髮，白身輸客賭殘棋。老來別緒兼友，那得并刀翦亂絲？

桃花寺

已過桃花口，再問桃花寺。獨客叩門來，老僧方坐睡。欲知春淺深，但看花開未。

曹鑑平一首

舟次天津

春月辭家出，津門入夏過。從知燕市近，還見海雲多。萬堞臨高阜，千帆蕩濁河。幾回哀雁度，鄉思更如何？

周綸一首

天津夜泊，次季友韻，寄方回赤城

搖落悲秋擬問天，夜鐘岑寂纜行船。銀河無路看垂盡，碧月長空照自圓。京洛弟兄憑短札，鄉

園風物憶殘年。津河一綫通瀛海，遮莫仙山隔暮煙。

張志奇八首

三水中分津門八景

風帆葉葉下津門，亂水縱橫海氣昏。合處那從辨源委，分流終自見清渾。

七臺環向

幾輔巖疆有駐師，七臺碁布自崴儀。時清無復驚烽火，盡日靈風捲畫旗。

溟波浴日

海門東望拱神京，萬里鯨波靜不驚。極浦方看騰紫氣，樹頭條已掛金鉦。

洋艘駢津

一水淼茫浪拍天，吳儂畫舫蛋人船。聖朝何意通蠻貨，祇爲觀光近日邊。

浮梁馳渡

萬國輪蹄盡此經，方舟鐵鎖壯金城。

澤梁無禁行人歇，閒聽關門鼓角聲。

廣厦舟屯

亭亭依岸艤龍舸，碧瓦參差照綠波。

玉輦不來春樹長，遊鱗爭比舊時多。

南原樵影

城中鴛瓦碧粼粼，極目平原遠市塵。

古徑寒林樵擔出，分明摩詰畫中人。

西淀漁歌

瀰漫野水集漁舟，網得銀鱗發棹謳。

斜日微風吹過岸，一聲聲出白蘋洲。

錢陳群四首

夏日遊查氏水西園，次海昌師相原韻

其一

長河北下獨當門，笭箵先生署此園。

是日停車逢夏五，年時繫艇正黃昏。閒情未要鳴騶進，小

坐惟聞乳雀喧。　最愛公餘成往復，　藥欄曲徑一開樽。

其二

將去心情欲少留，海天景物望中收。　百年那得千場會，一飲真當三日休。　桃李無言成過眼，水雲有約話從頭。　舊遊緩步尋詩地，歷歷猶能記某邱。

奉使津門過龍山人震玉虹草堂感舊

逝水風流不可尋，幾回立馬淚沾巾。　野航恰受惟攜鶴，古寺同遊爲拂琴。　斗酒未澆高士墓，停雲猶識故人心。　宋纖已老重樓在，清節應標獨行林。

孫孝子尋親骸詩

汾州屬縣有汾陽，嗟哉孝子孫懋昌。　六歲失恃何郎當，父滯津水如秋蓬。　旋死於客遺道旁，其葬之鄉人痛父亡。　日夜啼哭走且殭。　走尋父骸跋而望，枯骨遍地春草長。　仰天不見如瞽盲，又歸叩其鄉人張。　云有津人古萬蒼，爾往詢之庶得詳。　千里徒步跣踏霜，一步一跌一稽顙。　萬蒼日何容易詳，城西官地古北邙。　汝父昔葬破廟旁，瘞時淺土覆滿筐。　今也水浸流浪浪，懋昌一哭欲斷棺容車廂。　今也縈縈如瓜瓢，瘞時近腸，始識其處不易方。　時當王政舉瘞藏，官於此者蕭令章。　近前數棺小者殤，最後一棺骸骨黃。　嚙

臂取血血交注，以血沁骨如沁霜。天乎吾父非渺茫，朝辭津水歸太行。孝之至誠敦天綱，鬼神布護昭其光。作詩紀事明倫常，買繩理竿表里坊。

胡作柄一首

題吳中林《查氏九烈辯》

勝國王氣猝沉湮，欃槍閃爍紛紅巾。九門不守懷宗死，屈膝逆賊多名臣。綱常已倒節操冷，誰其主持撑天垠。不謂乾坤鬱正氣，乃在窈窕閨中人。查氏閨中有偉烈，五女四婦知大節。塚婦謂我宜捐軀，查國英妻周氏。介婦欣然同永訣。查國才妻張氏。詎料四女正年少，周氏女二姑，張氏女三姑、四姑，暨國才妹所生女黃三姑。約之姑母甘夭折。姑母為國才妹黃。更有側室及廉媼，誓登鬼籙心如鐵。國才妾廉氏，廉媼，妾之母也。就中幼女與側室，奄奄一息命未畢。四姑廉氏已死一晝夜矣，復甦。天意命瞻聖世光，繈者九人死者七。七人已死二人生，生死雖殊志則一。海內喧傳七烈事，吾愛延陵能據實。千古所爭在頃刻，頃刻即判貞與忒。水心之輩豈無心，宛轉低回成國賊。猗歟鬌髻勝鬚眉，一時了然無回惑。直欲抗論古丈夫，雎陽常山與信國。

張晉生一首

輓貞婦殷氏鳳娘

君不見：百尺樓中身一擲，又不見：望夫山頭化爲石。從來貞節亦有人，殷氏心跡光竹帛。命
不逢辰自幼孤，秉性端莊家清白。結褵誤中媒氏賺，姑趙淫穢苦促迫。里中憤懣氣不平，作爲歌謠
傳街陌。太守劉公素精明，遴員委婉核其真。絕口不言夫姑惡，含冤隱忍屈莫伸。弱質村閨正氣存，
不愛繁華便貪生。折磨縱苦身何玷，矢志靡他命亦輕。越日身死畢此志，舍生取義邁等倫。十七春
光隨逝水，魂依杜宇潛悲辛。賴有賢明張明府，秦鏡高懸盡得情。觀者如堵共稱快，從今草木亦知
名。天乎蒼蒼日月黃，如何私照激烈旁。凜若冰霜潔如雪，特申大義明綱常。昔年殉節慕衣冠，今
日完名巾幗香。噫！人生百歲皆有死，此婦獨與天地相久長。

陳元龍四首

查翁天行新築一園曰水西莊，辱招遊賞，停舟竟日賦謝

其一

眾流歸海下津門，攬勝名區萃一園。林木千章藏曲折，煙波萬頃變朝昏。棹歌帆影穿雲度，田

舍村墟擊壤喧。山徑登高叢菊滿，茱萸重插爲開樽。

其二

停舟話舊暫淹留，把臂相看兩白頭。湖海寓公成大隱，冰霜勞客遂三休。徵歌曲罷聞吳詠，投轄情殷滯衞流。坐倚軒窗還惜別，鳳城不遠有丹邱。

坐攬翠軒與天行述舊

其一

乘興三沽路，秋帆下白波。高風循蕙畹，令德表松柯。韋杜名家著，羊求舊侶多。莫嫌俱白髮，把酒共長歌。

其二

憶昔干戈日，君家祖德長。閨房明大節，冰雪凜清光。七烈聲名遠，崇禎甲申國變，君祖母周氏、叔祖母張氏共烈者九人，甦者二人，前輩陳檢討維崧、姜編修宸英爲賦七烈詩甚富。千秋鼎俎香。承平懷世澤，回首感蒼茫。

江羽青一首

天津

茫茫滄海路，此日悵浮家。縹緲凌蛟窟，虛疑入斗槎。天空潮似馬，船到市如車。惟有關門倅，

辛勤問藁牙。

顧永年一首

壬申七月十三日津門旅舍生子善長

旅店荒荒宿，朝來舉一兒。暫時差撥悶，過後轉繁思。辛苦烏哺始，艱難褓負隨。家書四千里，含淚報親知。

顧琮二首

寓居海潮庵

其一

古寺空廊靜，涼秋悵瑟居。奚奴鋤徑草，野客餽園蔬。尋水朝看稻，披帷夜讀書。由來四方志，隨處即吾廬。

其二

地僻人來少，清秋客自吟。將軍同逸興，車馬到荒林。廚冷茶煙細，階空木葉深。城隅三兩戶，薄暮動疏砧。

段如蕙一首

陪莽使君祀海神廟恭紀十二韻

睿德三靈協，符功九有同。懷柔先岳瀆，秩望遍西東。祝册傳中使，親牲職巨公。旌旗明海上，精鋩吹諜晴空。越宿齋方暮，牽牛夜正中。內香擎寶炷，沉璧奠河宗。俎豆容儀古，衣冠贊拜隆。精英昭祀典，豐潔報神功。余忝趨承後，叨陪禮數崇。愧無明信達，敢望悃誠通。瑞獻風颷息，祥呈歲事豐。神人共嘉悅，歸報未央宮。

章琦一首

天津

海氣忽吞城，朝來破浪行。到門舟上下，繞軸水縱橫。天意歸秋色，鄉心隔雁聲。載歌欸乃曲，別浦暮煙生。

沈儼一首

題環水樓在鹽使署中

百尺烏臺俯碧湍，登臨每向靜中看。怒濤聲振疑排闥，駭浪飛花欲繞欄。地近滄溟思煮海，時

逢熙皞慶安瀾。波臣退舍皆膏壤，一望平疇眼界寬。

曾符一首

天津城西觀水

高下人家住水村，屋山都傍夕陽昏。七旬憂潦成秋潦，百里津門接海門。霜柳露茅橫渡口，風帆沙鳥亂城根。不堪回首瀛洲遠，望斷荒原沒漲痕。

胡忠楨一首

過西沽戍臺

客路蒼茫外，殘陽隱堞樓。崇基接大野，孤影鎮長流。海氣蛟龍靜，人煙草木稠。太平無戍角，牧笛入清秋。

田同之一首

放舟三會口

西風吹落日，解纜出津門。龍捲秋雲黑，鷗翻海浪昏。三汊分水色，萬櫓急雷奔。吟望蓬窗下，

茫茫泝大源。

張坦熊一首

春早渡西沽浮橋即目

農起方興作，鳴驪出郭聯。馬蹄波影上，人語曙光前。蓑笠東菑雨，筊簹西浦煙。太平原有象，休說長官賢。

楊灝一首

謁怡親賢王祠恭賦

九派安流三岔河，賢王祠外泛輕波。恩承憲廟千秋祭，功在津門五穗禾。旗捲南帆輪玉粒，靈依北闕佩金珂。一厄拜手椒漿奠，難忘當年提命多。

博爾和一首

天津賑卹行

乾隆二年夏之半，時雨稍違聖憂旱。捐租鳳詔頻下頒，復求賑卹勤宵旰。欲溥甘霖潤枯槁，敬

宿齋宮誠致禱。宮懸雅奏撤咸英，大官御膳辭珍好。七省軍儲飛轉舳，截散天庾百萬斛。喜氣歡聲宇宙盈，大地生民全比屋。入秋汔水溢河流，更頒府藏修村塾。巷戶堅完釜有糧，荒年更比豐年足。小臣奉命出京師，監理漕儲適睹之。不知普遍承恩者，此生何以報無私。

王士正一首

送吳僧秋皋之津門

愛君殘雪句，宛似碧雲篇。原注：上人有句云：『烏啼殘雪樹，人語夕陽山』。獨向中峰住，深參不二禪。直沽春水岸，通潞夕陽船。乞食王城去，遙聞祖右肩。

趙方頤二首

五月二日游懷園有作

其一

野岸潮初長，輕舟似浴鳧。到門風舶艀，入竹鳥提壺。古蔓緣牆上，圓荷接檻鋪。居然三伏過，蒼翠滿菰蒲。

其二

褪帶眠磐石，扶闌過峭岑。野翁參奕旨，童子發華音。日炙絺衣重，風和酒盞深。晚來雲雨黑，歸棹莫侵尋。

惲源濬一首

玉皇閣春望

海色通群象，晴雲旦夕浮。高城千雉出，遠渚一帆收。星散空陳跡，鶯啼感昔遊。津河芳樹密，日暮起離愁。

朱奎揚四首

戊午夏秋之交，霪雨爲患，河洞四溢，津門地當下衝，受淹偏重，與丁巳秋潦相埒，爰誌憫災四章

其一

利盡漁鹽説水鄉，力田何事每逢荒？漏天十日懸蛟室，破峽千尋瀉呂梁。未雨拙謀殘牖户，逾年驚睹兩滄桑。金穰火旱原無據，莫漫踟蹰問彼蒼。

其二

非緣萬壑未安流，南北爭趨匯下游。是處窪田同仰釜，去年陸地早行舟。占文寧謂偏私畢，辨土難期大有秋。涼德小臣慚負職，海疆雨屢九重憂。

其三

一片波光望渺然，巨區撮壤可能填。頓消地力無毛土，群仰天儲續爨煙。八載神功空禹跡，九河霸術擴齊田。祇今疏瀹如堪倣，敢憚胼胝説距川。

其四

滔滔四野歎淪胥，帝澤汪洋更有餘。截粟畿南籌緩急，先奉截漕數十萬于津倉，以備需用。商通關左劑盈虛。偏災疊歲何堪命，大賚回天奠厥居。慶爾生逢聖明世，不教羸弱轉溝渠。

施士鑑一首

西沽

停潴郡西畔，渤澥水東隅。橫帶五千淀，遙連七十沽。上游收漆洳，南泊瀉葫蘆。合作朝宗勢，平成溯禹謨。

俞啓文

九日泛舟直沽

不爲登高去，翻成破浪行。帆從雲際落，舟向樹頭撐。萍梗心無定，風波夢亦驚。故園在何處，菊酒總關情。

童國松一首

葛沽看桃花

人面相看渾欲醉，不須沽酒借朱顏。布帆一片雲如錦，島上來尋度索山。

李源一首

寄湘南上人海光寺

草色黏天碧四圍，粥魚聲裏掩雙扉。茶香禪榻無人到，齋罷經臺有鴿飛。一逕落花初入定，半窗明月可忘機。三間我憶葡萄屋，細葉陰陰結翠微。

武宏彥一首

辛丑中元同人泛舟觀燈

暑散河邊爽，潮來岸更平。波光涵月色，海氣淡雲情。緩緩搖輕櫓，迢迢上太清。長空秋色遠，天水永無聲。

武啓圖一首

丁巳秋夜天津防汛與同事勘工

行行相與到津頭，兩岸垂楊映水浮。暑色漸消開靜境，河源可探定同遊。一時清氣通閶闔，永夜精誠貫斗牛。歲月不妨隨俯仰，冰輪先照海天秋。

以上五十五家，除元人成始終外，下俱仍《天津縣志》，故未立傳。此後寓賢共四十八家，俱重采摭，爰立傳以別之。

津門詩鈔卷二十六流寓

佟鉉二首

鉉，字蔗村，又號空谷山人。漢軍。《天津縣志·傳略》云：「鉉，字蔗村，已而道人，其別號也。長白人。父某，官河南布政使。兄弟六人，皆通籍仕路。鉉以國學生，例授別駕，不願謁選，絕意華腴，卜居天津城西，門臨流水，榜其居曰「滄浪考槃」。布衣葛屨，忘其爲貴介也。性嗜山水，耽吟詠，早年詩學蘇陸，一變而入大歷貞元之室。」

冬日過海光寺

斜徑紆徐指梵宮，板橋村落畫難同。微冰積凍溪頭雪，枯樹狂號野外風。十里籃輿冬日暖，孤城蕭寺海天空。到來爲覓湯休話，人在茶煙窗影中。

過張魯庵方伯一畝園感舊

金谷全非昔日春，不堪惆悵駐征輪。鴛鴦空自縈新草，鸚鵡猶聞喚舊人。風月依然誰作主，池亭如故獨傷神。畫欄設有檀床在，笛枕琴囊滿簟塵。

《蓮坡詩話》云：『空谷山人佟蔗村鋐，家世顯貴，不樂仕進。僑居天津尹兒灣，以詩酒自娛。有妾亦能詩，蔗村築樓居之，名曰艷雪。蔗村詩各體擅長，而尤精五言。一日傅閬林王露請假南旋，路由津門。余邀張眉洲坦及蔗村同遊王氏依綠園，蔗村詩云：「折簡呼溪叟，攜童上野航。閒情拋筆硯，老興逐杯觴。短棹辭塵境，名園問醉鄉。到門秋正好，花竹滿軒廊。許傍文星座，雄談酒共傳。柳搖秋水浪，花醉夕陽天。修竹寒高館，殘荷對綺筵。丹青圖畫集，人似飲中仙。新月初浮水，潮平影似鈎。溪邊猶鬭酒，燭下未登舟。風露吹衣冷，星河入夜流。小留鷗鳥狎，鉅是戀糟邱。」』

佟鋏四首

鋏，字莘湄。鋐弟。官知府。著有《沓渚詩集》八卷，梓行。

按：莘湄先生學力深厚，詩入中唐之室，長於詠古，集中如《比干墓》《太昊陵》《泰伯廟》諸作，卓卓可傳。與嶺南三家陳元孝諸詩人唱和最多。余以百文得先生集于書肆中，愛而藏之，嘗恨《雅

暮登天津城樓

向夕樓虛倚，茫茫望漸迷。鳥遲平野闊，雲下暮天低。市燭春爲夜，船燈星在堤。無窮京國客，憶路待鳴雞。

聞雁寄所思

幾聲雲裏雁，又復向南飛。人滿三年別，家惟一夢歸。悲將霜入鬢，淚向月沾衣。空憶閨中貌，應知今亦非。

蝗災行

已卯夏五月，久旱蝗生羽。五日育子汙萊間，十日食苗將及土。嚕哤北渡天津水，天津水闊全無阻。京城朝啓不見天，飛蝗四野如風雨。野人無食復無襦，身上行衣不蔽股。老死溝中少四方，顛連直爲飛蝗苦。小兒誰家棄道旁，抱頸向人呼父母。愚夫求活須奧生，遣妻更作他人婦。值此凶年可奈何！那識催科更如虎。晝夜捉人執笞箠，怒語公庭少庾釜。百户凋殘一人存，豈有金錢輸官府？深宮九門門九閽，漸漸傳聞驚聖主。下詔即免今年租，復使太倉散紅腐。太倉纔半散已周，尚

餘粟粒無人取。死喪流亡日日多，食粟之人無幾許。

大梁送別家三兄之津門

人間那有此離衷，入洛機雲姜被同。羈旅尚嫌無故舊，弟兄何事又西東？鞭捎紅葉平原外，帆

閃黃河落日中。引領津門千里遠，一行鴻雁斷秋風。

其津門別兄句云『離心一行雁，愁緒萬重雲。』亦佳。

佟鉞一首

鉞，字秉虔，一字鈍三，鋐兄。官陝西葭州知州。有《爾爾齋詩存》，見《熙朝雅頌集》。

秋日同郎涵白郁南州遊津門之宜亭

策馬城西去，遙從古渡頭。小畦藏路僻，深柳抱亭幽。海接天津闊，雲歸大野浮。登樓一長望，

風起荻花秋。

馬長海四首

長海，字匯川，號清癯，又號婁山農。海州人。漢軍那蘭氏。初僑寓天津，後移居滄州，以布

衣終。著有《雷溪草堂詩集》四卷，梓行。

《熙朝雅頌集》：清癯性高逸，生於勳舊，高爵厚祿，其所自有，乃以布衣終。

李鐵君鍇《馬山人傳》畧云：山人冲遠任真趣，囊括一切，了無容心。遇佳客，每罄罍談，再扣之，則忘之矣。杖笠有所如，行輒遺之，不覺也。博古多識，辨金石器，往往而中。酷嗜畫，當意則傾篋購之。嘗襲裘往弔所親劉氏，貧不辦，山人濟之，解其裘。歸途見未見書，買之，解其衣，由是中寒疾，乃夷然伏枕曰：『獲多矣』。其落落任放如此。

鄂文端公爾泰《馬山人詩序》云：胸際浩浩，不知有王公大人，亦不知山農石隱，蓋嶄然不滓之懷，魁傑崛宕，檀秀孕奇，發于流峙之間，球鍠激韻，露生以靈，冲襟以曠，有自得其爲匯川者。

宗室塞公爾赫跋其集曰：先生身後無長物，惟有遺稿若干卷，懼其散失，而寧郡王殿下乃收而付之梓，西林相國爲序。李隱君眉山嘗贈詩云：『二月清寒擁鹿皮，人間獨少馬清癯。夜來竈底無煙火，自詠梅花絕調詩。』爲世所推重如此。

按：匯川先生與滄州劉果實、天津查漢客同時交好。查氏藏公墨跡最多。書法道逸，鐵畫銀鈎。王清淮文潛公寓天津時，多與唱和。

友人葉曉江孝廉齋壁懸橫看書二詩，乃清癯手跡，云得之查漢客先生家藏，後附王清淮詩四首，詩格秀逸。

亦文潛手跡也，爰爲采錄，以見老輩風流云。

次見訪東園韻

跋：漢客先生謬題荒野，情見乎詞，不虛王裴柳市之感也。王清淮詩近孟襄陽，不博藍田曲江之賞，棲棲不及襄陽矣，惟君憐之，清淮之幸也。統求教正。

其一

茅堂遙背鳳凰城，常向花間曳杖行。紅散芙蕖新水碧，翠侵衣屨曉山清。望雲每喜幽人駕，種柳誰希處士名。白髮相看樽酒綠，津門重憶昔年情。

其二

閒居荒野謝塵氛，世事年來絕不聞。潞水清流村外樹，香山翠滴檻前雲。窗書萬卷隨僧借，畦稻三餐許鶴分。更喜君憐王粲老，謂清淮。當期呼取共論文。

柬滄州劉思退先生

其一

海澤鹽耕覺晏如，農家亦自有三餘。缺墻密補淇泉竹，敗絮閒抄竺國書。豈謂登龍能繡虎，自非緣木強求魚。真靈位業原無分，烏目仙人號慧車。

其二

儒修梵行未能如，渤海吟詩十載餘。世重三都元晏序，人輕兩傳馬遷書。桐花若許眠么鳳，仙字容當飽蠹魚。野僻窮居今白拜，誰憐下澤少游車？

王文潛四首

文潛，號清淮。廣東南海人。布衣。

《國朝別裁集》：清淮流寓吳中，落拓不偶，詩成隨手散去，他人襲之，亦不知爲已作也。客死，同人葬于虎邱之半塘。詩一首，從友人册子中録出。《丙申歲春留別松蘿》：「驛路梅開春正芳，歸心偶動問輕航。經年半醉湖田上，何日重攜虎阜旁？煙水夢魂千里月，乾坤吟嘯一頭霜。同懷莫訝輕離別，難遣羅浮業盡荒。」

按：公久寓天津，與查漢客、張笨山、龍東溪公締交。工畫寫意，人物、花鳥、樹石，古逸天趣，在黃瘦瓢、苦瓜和尚之間。余在郝石矔老人家見其畫册十二葉，娟娟古秀，無不絕妙。先君子摹仿數幅，歎其超絕。然性孤峭，不諧於俗。富貴者索其畫，往往出重賞不能得。卒困餓以没，亦可慘已。

丙戌春日送馬匯川移居滄州，奉次秋木先生原韻

其一

昔爲華省客，今作苦吟人。掃跡千官隊，還山百卷新。深杯消世累，高唱縱天真。惆悵甘泉樹，花開誰與春？

其二

浮生適意耳，是處可爲家。相見楊雄宅，行看潘岳花。鳩啼梅雨急，燕舞柳風斜。歸夢隨君去，春雲遍水涯。

其三

垂白躭文事，於君愧不如。早蕪諸謝體，再逼右軍書。誰謂年方壯，飄然賦遂初。明堂知有作，爲問子雲居。

其四

鶯花二月暖，宛似洛陽時。對酒不能飲，明朝空有思。卜期心惻惻，攬轡語遲遲。莫爲神仙誤，山中祇看棋。

四詩見于葉曉江家壁，帖在馬山人詩後，乃其自書。詩格古淡，逼似王孟。山人評，不妄也。

宋繩武十首

繩武，字文修，號鷲山。鳩江人。著有《和平集》，梓行。

案：鷲山詩一卷，得之馮石農家，遺其名。據石農云：『邑前輩言鷲山久客天津，與佟蔗村、莘湄兄弟相唱和，詩境清淳，長於詠古。』後于友人家得其《和平集》一卷，証之石農藏本，其詩具在，然後知鷲山名繩武，其集有錢塘沈方舟先生用濟爲序。

西湖感舊

典衣不惜醉春朝，無限春山似見招。隔柳聞鶯來小艇，賣花隨蝶過平橋。錢王舊業潮空射，忠武荒祠恨未消。多少遊人爭賈酒，偏從蘇小墓前澆。

江樓

峰影當窗立，濤聲直上樓。潮生千里夢，帆落一江秋。多病耽高臥，長吟寄遠愁。地偏人事少，日日狎沙鷗。

晚宿

遠山銜落日，老樹暗荒村。下馬欲投宿，揮鞭頻叩門。燈光出茅屋，人影亂黃昏。野老相延入，

殷勤酒一樽。

夷齊墓

義不食周粟，登山採白雲。三仁空抱恨，二子獨存殷。兄弟同時盡，君臣此地分。年年春雨後，薇蕨長高墳。

清明

白日黃泉感慨同，一年一度拜東風。古人淚盡今人哭，新鬼錢多故鬼窮。芳草綠迷碑碣外，桃花紅落酒杯中。若教死後空相弔，何似生前飲不空？

過武城

蒼茫古邑枕長河，千里驅車試一過。古道有人由坦白，荒城無處聽絃歌。民逢饑歲炊煙少，客到窮途慨歎多。猶有聖賢遺跡在，殘碑風雨任銷磨。

黿社湖早發

湖堤一望暗驚魂，草長年年舊綠痕。曉日漸生天外樹，殘星半落水中村。幾家煙火人猶在，千里江淮勢欲吞。從古東南多水患，賈生無策上金門。

偕佟莘湄入都

海門秋水正茫茫，　野草全枯柳更黃。　烏鵲啼殘千樹月，　塞鴻衝破一天霜。　村邊問酒心先醉，　馬

上還家夢不長。　莫向西風頻下淚，　長安原是別離鄉。

招屈亭

洞庭南岸望荊門，　千古離騷酒一罇。　無地可埋空弔水，　有天難問祇招魂。　三閭墓在江魚腹，　《九

辯》歌沉楚國冤。　遷客憐才頻墮淚，　瀟湘潮落盡啼痕。

閨詞

眾草綠已齊，　繁花紅不歇。　美人醉春風，　春心化蝴蝶。

徐蘭一首

蘭，字芬若，號芝仙。　江南常熟人。　著《出塞詩鈔》。《天津縣志・寓賢傳》：芝仙以詩名吳越間。　中年走長安，　王公貴人爭延致之。　間遊天津，遂占籍焉。　生平工集唐，《打鬼》《蒙古象棋》等六歌，　尤爲世所傳誦，　新城尚書極爲賞譽。　後卒於津。　王司寇《漁洋詩話》：虞山徐芬若，　詩格雄健，　有《出居庸關》詩『馬後桃花』云云，　此尤膾

炙人口者也。芬若又有《蒙古象棋》《打鬼》等六歌，皆集前人句爲之，組織天然，滅盡鍼綫之跡，

刻《出塞詩鈔》內。

送人出居庸關

憑山伏海古邊州，旆影風翻見戍樓。馬後桃花馬前雪，出關爭得不回頭。

查蓮坡《詩話》：徐芬若從軍沙漠，路經青塚，徘徊竟日，囑虞黄尊古鼎繪其圖以歸。都下

名士，競賦詩詠之。竟陵唐赤子建中詩曰：『咄哉徐君真好奇，邀客爲作青塚詩。自言

邊地盡飛狐，青塚猶在邊西陲。世人但聞圖經説，我昔從軍親見之。前臨黑水後祁連，黄沙千里胡

馬迷。其地萬古無春風，但見白草長離離。一抔獨戴中華土，青青之色長不萎。我時往拜值寒食，

繫馬塚前古柳枝，此柳亦疑漢宮物，枝枝葉葉皆南垂。下有無名之石獸，上有無主之荒祠。獸腹依

稀青塚字，刻畫認是唐人爲。祠中絡繹獻桐酪，碧眼倒地呼閼氏。至今牧兒不敢上，飛鳥絶聲馬不

嘶。却爲奇跡人罕見，擅場畫手黄生宜。請看慘淡經營處，山川粉墨無參差。按圖一一爲指點，百

口稱快含嗟咨。有客引滿前致問，先生圖斯焉取斯？嗚呼噫嘻！先生之意客豈知！男子有才女有色，

往往自愛如山難。王嬙本是良家子，對鏡顧影常矜持。一朝選入深宮裏，風流不數西家施。誰知承

恩亦在貌，君王莫辨妍與媸。媸逢寵幸妍棄置，妾辭遠嫁呼韓邪。所以喟然越席起，仰天不復揮涕

湅。五鼎生烹主父肉，馬革死裹伏波屍。古之烈士多如此，高山河水當怨誰！此意天地爲感動，墳草四時迴春姿。徐君之才滿一石，白首著書十指胝。新詩句句在人口，清如珊瑚敲玻璃。可憐三載飢臣朔，文章酷召命數奇。雖從王門掌書記，時平不須投毛錐。非無要路與捷徑，丈夫致身羞以資。正如明妃恃其貌，倔強不肯賂畫師。人生遭遇有不一，侘傺豈即非良時。假使明妃宮中死，安得香名流天涯？披圖知君心獨苦，別有塊壘非蛾眉。不見杜陵《詠懷》生長明妃村，乃與庾信、宋玉、蜀主、諸葛同傷悲。」

吳雯二十一首

雯，字天章，號蓮洋。先世遼陽人，父官山西蒲州，遂家焉，康熙戊午己未詔舉博學宏詞，在舉中。著有《蓮洋詩鈔》。新城王大司寇序其集云：吳生家永樂，讀書奉母，耕牧河山之陽。家苦貧，數數出遊，走燕、趙、齊、魯、梁、宋、吳、越之墟。所至與仁賢遊處，歸而有詩數百篇，古澹宏肆，得古作者精意，自成一家言，灼然可傳。

黃崑圃先生叔琳《序》略云：徵君詩，骨力清拔，波瀾老成，五言得唐人三昧，在右丞、襄陽之間。其奇逸之致則太白、長吉也。

沈歸愚先生德潛《序》略云：徵君詩，不使才，不逞博，不尚聲華，不求娟好，而清峻微遠，

自露天真。

陳檢討維崧《序》云：才性英奇，辭鋒卓犖。楯邊磨墨，彌工變徵之聲；驛裏題詩，大有陽春之調。

漁洋《墓誌》云：詔鴻博，海內名士鱗集闕下，君獨耽寂守素，不與他走健僕，囊巨軸，宛顏低眉，望門求知，門有雀羅，余以是益重之。臨朐馮相國知君名，以扇索其詩，大書二絕句答，其坦率如此。

按：蓮洋與天津張魯庵方伯交莫逆，館於其家。與姜公西溟、趙公秋谷，邑前輩中，如黃六吉、梁崇此、李大拙、龍東溟，文酒盤桓，唱詠無虛日。

前輩傳聞蓮洋與魯庵言志曰：『我家中條山下，環以玉溪之水，儻買圃鄭谷之口，構草堂十餘間，有樓眺遠，有亭納爽，有屋貯書，院種竹數百挺、黃梅數十株，面雷首、肘太華，徜徉終老足矣。』魯庵笑不言。居數年，吳告別，張不留，比抵門，見廬舍頓改，皆張公為構植，一如其所述，故漁洋《墓誌》云：『君晚訪舊天津。』又云：『君詩一刻於吳中，再刻於都，三刻於天津。』蓋謂此云。

為天津張魯庵水部書扇

神仙窟宅稱武夷，珍味南天推荔枝。幾回夢中著屐齒，徒爾海畔增朵頤。先生奇福世希有，尋常到處緣相隨。白雲遠窮蒼翠窟，纈囊細剝輕紅肌。岩洞側身霧杳冥，醍醐入口漿淋漓。縈余潦倒處藪澤，

久食茂叔何由肥？側聞佟談益縞往，恨不幔亭高據盈筐持。先生聞言轉大笑，何不歸去丹臺石室飲靈芝？

同保歲寒心。

之津門遂留送陸天濤

去住皆鴻爪，淋漓酒滿襟。車來瞻海氣，南下憶江陰。日暖魚蝦市，霜高橘柚林。相思各珍重，

張魯庵水部招集一畝居即事

一載京華坐寂寥，天涯琴酒尚蘭皋。誰能無事同犀首，君已辭官似馬曹。樹杪星辰霜後近，池

邊燈火夜深高。醉來客悵封侯夢，斜插蓮花照寶刀。

過大悲院訪世高上人

一鳥下蒼煙，當門海日圓。廚香貽笋蕨，_{時水部移茗饌往寺。}港白憶蒲蓮。待索環中趣，仍求

世外緣。拈花方一笑，剛到早梅邊。

贈天津黃六吉謙

十年令望歎無雙，親見風流意益降。的有公才比東漢，更開詩派振西江。青春索句王孫草，遲

日攤書玉女窗。最感天涯知己在，莫辭沉醉續蘭缸。

之葛沽舟中雜詩

其一

曉日籠蓯近直沽，遙遙帆影出平蕪。眼前芳草衡湘色，衹少春山叫鷓鴣。

其二

雲母窗開水上樓，依依楊柳送行舟。無端載酒彈箏過，都捲珠簾看不休。

其三

短蒲沙帶退潮痕，花裏樓臺柳外村。暫歇吹簫倚雙槳，閒看絲網摘河豚。

其四

海上人家沙上居，長河東下又分渠。紛紛曬網斜陽裏，可有仙人孫賣魚。

春日同旦復、元彥、笨山、叔敏過退居老人

其一

海畔寒猶此，春風不易來。偶過雙樹底，喜見一花開。飽客伊蒲饌，攢眉柳瘦杯。默然參半偈，同聽語如雷。

其二

却憶江南路，裙腰草色斜。篷遮三月雨，舟載半塘花。浪跡猶如夢，浮生更去家。低回三十載，隨處惜年華。

簡梁崇此

青嶼連朝雪尚凝，林塘草樹禿如僧。春風似過神鼇力，頓解長河五尺冰。

水村

林葉蕭蕭欲暮天，人家煙火夕陽邊。寒瓜引蔓垂茅屋，野水生波入稻田。漁網懸來晴樹外，釣車牽過晚洲前。圓沙鷗鷺忘機甚，隊隊菰蒲自在眠。

送姜西溟南歸

其一

之子江南去，河冰苦未開。榜人遲畫鷁，苑牧候龍媒。舊好日以遠，素心期再來。水鄉春較早，相望甬東梅。

其二

世態悠悠甚，君猶古性情。風前頻酌酒，花裏再吹笙。入道即無事，忘機何所爭？試看希有鳥，

原出紫霄行。　高誼不能忘。

其三

漸覺聞名謝，交遊喜日疏。爲君置杯酒，不醉復何如？驛路誰知己，名山好著書。相尋鑒湖曲，

爲我饌鱸魚。

贈梅勿齋天津人

我愛梅夫子，高懷無古今。著書已白首，舉世誰知音。偶以觀流水，因之彈素琴。茫茫煙海曲，

千樹碧桃深。

嘯竹軒爲梁崇此作

近海苦無竹，君移何處陰。爲看清影好，不覺落花深。掩映琴書色，消融去住心。琅玕方結實，

迅發鳳凰音。

寄張汝作兄霖

最愛王官谷，勞勞托興長。人家瀼西宅，風景輞川莊。慷慨成高隱，艱難就草堂。買山原所自，

其一

落雁風高正對門，秋懷玉女洗頭盆。迢迢東海重攜手，坐識當年子尾鐏。

其二

小別匆匆已一年，相逢又近菊花天。到門先訪讀書處，篆水樓西暫泊船。

趙執信一十六首

執信，字秋谷。山東益都縣人。康熙己未進士，官宮贊。著有《飴山詩集・文集》。

按：飴山以非日觀演劇罷官，遨遊南北。嘗主天津張方伯家，魯庵公子逸峰從之學書，與吳徵君天章同時。其《涓流集》古詩有，『走訪吳先生，因識張公子。能爲詩人作主人，此士定知不凡矣。』

又，《去天津留別魯庵》句云：『經歲忘歸客，今朝獨去身。可憐相送者，一一最相親。』又聞故老言，秋谷先生嘗歲暮薄遊津西之楊柳青，忽慨然謂同遊曰：『日久須歸家矣。』同遊怪之，秋谷曰：『受恩深處便爲家，歸遂閒堂耳。』

天津喜晤老友吳天章兼贈所主張君

走訪吳先生，因識張公子。能爲詩人作主人，此士定知不凡矣。況復接座來，觸事皆可喜。開

軒解衣裳，留客披圖史。海氣曖曖橫度除，古色斑斑盈案几。杯盤既雜陳，談辨遂蜂起。剔抉六義微，錯互八法旨。門外喧閩南北塵，共洗清心照秋水。老我數年來，袖手復掩耳。謗多固可畏，才盡亦可恥。胡然此相見，馬逸不能止。蓮洋詩格如蓮花，引我亭亭出泥滓。請君高詠結交行，和我狂歌從此始。

贈門人張逸峰坦，因呈其尊人魯庵，且以爲別四首

其一

攜手望秋旻，此行欣識君。誰知滄海月，近接太山雲。雅意黃花澹，浮踪白雁分。空懇向衰暮，何以答殷勤。

其二

憶與尊君友，重逢念載遙。甘輪才不世，豈謂謗同招。對酒海空闊，吟詩秋寂寥。眼中賢子在，愧我豈無聊。魯庵亦罷官家居。

其三

書舍靜偏宜，邀歡爾許時。忘形信杯斝，善謔入風詩。退禿欺傖父，新妝玩雪兒。殘秋足風雨，別路不堪思。

其四

努力家門重，清時事業優。潛鱗且寒水，健翮有高秋。青紫君如拾，方蓬我可求。相期各珍重，鶴背與螭頭。

篆水樓夜飲

遊日偏宜傍海天，高樓夜上更悠然。流波遙作方圓折，明月全收上下弦。客似閒雲信來往，杯將清漏共留連。主人肯借匡床臥，坐遣蓬壺到枕邊。

問津園即事

閒園有約幾回空，逸興無端趁海風。綠樹自隨人遠近，斜陽不隔水西東。槐陰老屋宜清簟，蓮葉新陂待碧筒。便與諸君常倒載，兒童一任笑山公。

聞魯庵自河北移竹種于垂虹榭後，奉題十八韻

愛君池上榭，六月如寒廳。連朝坐新雨，倒盡雙玉瓶。猶嫌未濃陰，不蔽白日形。衛水二千里，水濱竹青青。深跳魚響清泠。四圍雜樹色，參差翠成屏。小山當戶矗，孤雲蔼亭亭。微風香池荷，叢積霧雨，新籜抽雷霆。一舸衣帶流，千竿鳳凰翎。遂使尋丈姿，入此方寸庭。君真好事者，迴幹

動地靈。嶱巘起嶔岑，排空生杳冥。淒淒高士廬，縹緲仙人扃。正賴琅玕佳，一洗魚肉腥。潦倒王子猷，長日煩居停。追涼應更數，嘯詠或可聽。娟娟海天月，照人易飄零。與君即稅阮，但醉不用醒。

與王南村及陸生萊臣安期，話津門昨事，感懷四首 去年俱客于彼

其一

荷香淡泊月無情，金谷樓危逼太清。誰向九天傳一笑，人間始信有傾城。

其二

人去朱門事事空，堂間蠟淚帶輕紅。啼烏與喚團扉月，莫遣笙歌赴夢中。

其三

地當滄海易揚塵，世半交遊但愴神。從此令人輕郭解，黃金散盡不關身。

其四

怕逢酒伴說歡場，花月參差又一鄉。君去江頭見陽雁，應憐猶帶北來霜。

玩詩意，似在遂閒堂遭故籍没以後，故言之愴楚。按：魯庵先生輕財好士，是其所長，而任俠豪奢，終以致禍。非令德克長，未易至今日尚詩書不墜也。

得天津書，知滄州同年劉師退健在師退幼學禪觀

童稚親情五十年，浮沉蹤跡兩茫然。經過初見霜生鬢，相望常如月在川。貧在原思兼抱病，醒

多蘇晉本逃禪。海山他日相攜手，何必求歸兜率天。

書又云：『王南村自知亡日，沐浴具衣冠拜母，無病而逝。』

迷漫欲界隔仙都，老向煙霞憶舊遊。贏得翛然揮手去，得如輔嗣守門無。

懷舊詩十首人各一小傳，録二首

滄州劉果實提因，與余同康熙己未榜，榜下相見，長余四歲。後同入翰林，相與如同氣，並以

疏狂爲時所嫌。居數月假歸。甲子授編修，明年被謫去，遂不出。提因貌白皙秀異，行動如鶴，坐

必跏趺。幼精內典，其于世味了無所繫戀。三十喪妻，竟不復娶，其前身蓋高僧也。詩文恢詭雄辨，

菲薄迂儒，不可以法度求之。余于甲申冬過其家，滄酒其飲，詞色古淡，使人意消，余甚愧之，近

聞尚無恙。

翛然野鶴姿，不著世塵垢。借問何處來，夕陽一回首。三年出遊戲，璞玉偶然剖。畢世歸沉冥，

落月不可取。拂衣尚朱顏，扃户遂黃耇。隱居大小間，道在夷惠後。昔傍集靈臺，歲星曜爲友。近訪華陽洞，壺公沃以酒。嘲弄人盡亡，酣放吾何有。相待净居天，無言開笑口。

蒲州吳雯蓮洋，拙于時藝，困躓場屋中。體貌粗醜，衣冠垢敝，或經歲不盥浴，人咸笑之。而詩才特超妙。余嘗比之溫飛卿云。與漁村同薦，既試報罷。其父故與阮翁同年，始入都，以詩謁阮翁心折，極口爲延譽。而其性迂僻寡合，遂淪棄終身。與余甫一見，如舊相識。余好用馮氏法攻人之短，惟蓮洋不以爲忤。其作字用馮法，粗知間架，然不能工也。晚相值于津門，出詩卷見示曰：『曩之所攻，悉删改矣。』乃知其非名輩所及也。屬余論定，請俟異日。蓋其時正逢阮翁之怒不敢闌入詩壇故耳。又數年，蓮洋卒于家，卒後其集聞送新城，阮翁爲作墓誌，且删定其集。迄今將二十年矣，而未行於世。意其時，阮翁耄而多忘，未幾遂亡，未及歸諸吳氏耶？若然，池北藏書，散失殆盡，《蓮洋集》從可知矣！

築室中條山，招手玉女峰。黃河繞門前，滌盪萬古胸。埋頭試牘中，啼號羞秋蟲。風騷適榛蕪，揮刃侔神工。脱棄范陸習，踐履岑高蹤。貌似溫方城，才與遇並同。詩老性護前，于君禮獨隆。貴遊負販豪，交臂來趨風。聲名天可假，時命人能窮。護落王官谷，穿塚連司空。遺文寄硯北，飄散

如萍蓬。追維平生言，使我心忡忡。虛疑玉溪底，匣劍藏芙蓉。終當沉大網，大索蛟龍宮。當飴山在日，吳集猶未行，故有此慨也。

雷曉峰《漁磯漫鈔》云：「蕊枝者，天津西郭妓也。秋谷于康熙辛巳之秋客津門，寒夕濃陰，紅燈深屋，翩然而來，明艷奪目，相與為詩品題。時蕊枝適有所避徙，兩遇之情殊厚。會趙東歸，遽再至，則已為有力者所主。乃相期于他所，敘舊傷離，數語而別。猶持趙前所書便面，容色憔悴，非復囊態。先是有向趙者曰：「蕊枝何如？」答曰：「新荷出水，飛鳥依人。」聞者莫不惝怳自失。及是，趙又自失矣。為二絕句云：「烏鵲秋前報好音，人間不信月終沉。如何兩度臨滄海，不見輕泥蘸客襟！」「照水閒花偏有艷，先霜病葉已難支。三年好在青春夢，悔作重尋杜牧之。」其便面《留別·蝶戀花》詞云：「秋老家山紅萬疊，何意淹留，斷送重陽節。醉裏情懷空自結，彎環低盡湘簾月。　總為相逢教惜別。明日風帆，亂落霜林葉。暮雨迷離天外歇，寒花付與紛紛蝶。」」

按：秋谷晚年放浪，好北里遊。

津門詩鈔卷二十七寓賢

趙永齡四首

永齡，字待互，號後山。里居失考。

讀查氏心穀《無題詩集》

其一

亞字欄杆丁字簾，畫樓人靜雨如煙。　怪他江令才無敵，又費南朝十幅箋。

其二

走馬蘭臺意緒慵，玉溪一集耐人評。　叢臺南國春如許，酒市誰疑阮步兵。周李商自序語。

其三

當時韓渥盛香奩，檀板紅芽次第傳。　塞北銷魂漢宮女，江南愁煞李龜年。

其四

海寧文字振江河，集集都強畫壁歌。又誦梧桐疏雨句，姹君才子一門多。

按：東壁久居天津，與蓮坡查氏昆季結文酒之交。邑侯朱公奎揚聘修《天津縣志》。

吳廷華五首

廷華，字東壁，號中林。浙江仁和人。進士，官內翰。著有《漂榆集》。

閏重九集香雨山房看菊分賦，得七言古體一首

古人飲興應時發，春秋佳日醉兀兀。陶令愛惜重九名，白傅更誇閏九月。自我放艇直沽東，不及孟嘉落帽風。白衣空致王刺史，綺筵辜負韓魏公。香雨先生遊汗漫，都門傾蓋秋過半。瀕行珍重訂後期，閏秋行集商飆館。昨過澹宜晚停車，入座共醉黃菊花。二難高雅方飽茹，一之已甚望敢奢。朝來折簡更治具，爲申前約作快聚。洋花周匝二千枝，滄產搜羅廿三務。趙珣熙寧酒課，惟滄州二十三務。朋簪一一皆素心，飲致不翅深杯深。醉侯達伯席相接，大戶錄事人如林。始把清尊各徐引，好整以暇戒步窘。未幾剔燭鬧聲作，射覆分曹殊域畛。酒兵錯落紛戰爭，握機布壘縱復橫。鄭昭宋聾互相誚，齊強楚霸頃刻更。雲間少年謂染香子更跅弛，將將將兵雜旗鼓。諸豪群起思中之，

出奇恃有左右拒。老夫偃蹇愧醒狂，隨衆高把北斗槳。好花在覆強欲攫，自顧雙鬢羞蒼蒼。酒酣人倦夜漸永，殘月堂西漏花影。離席前請作止爵，天際一聲塞鴻冷。忽聞人語雙扉開，長公方自城南回。復呼大斗洗更酌，四座仍若春轟雷。停杯爲說水西地，霜葉一株破林出。藕花池沼方流紅，不獨高軒能攬翠。攬翠軒數帆臺，皆水西莊最勝處。座客聞語興欲飛，謂此佳樹北海稀。請繼黃花作勝賞，寒山詩意群依依。一笑強扶殘醉起，樹頭已掛初日暈。揭來徙倚數帆臺，大河猶泛登高水。

宋《河渠志》：『九月登高，水至。』

次日遊水西莊作二十二韻

勝賞不辭晝夜卜，出城尚帶酒氣宿。迷離醉眼豁然明，樹影行行泛清淥。停車急叩水西莊，入門掃盡塵萬斛。籬落周遭百畝強，三分亭臺七林麓。呀者爲池突者邱，花徑盤困若轉軸。一回一顧出生面，不厭山重與水複。園林勝處草堂開，如據上游俯群族。秀野橫通攬翠軒，無數秋光上修竹。登樓帆影接地來，剪霧排雲千百幅。臨流還憶藕花時，香氣回環紅一簇。惟有山南地更幽，水田習靜登新穀。茅庵一架倚綠陰，棟宇天然綴曲木。我來高坐彌勒龕，降盡野狐睡蛇伏。興酣回首問丹楓，如火一株高壓屋。孤清肯擬二月花，恰好東籬伴黃菊。低回末已日又沉，候月舫邊光煜煜。重傾五斗醒解酲，紫蟹朱鱗出水澳。昨宵飲興笑依然，酒兵頓若新括鏃。佳辰原是小重陽，良會遠逾

古金谷。獨憐詩力近頹唐，唱和松林筆欲禿。乘醉歸來夜色深，雪白蘆花風謖謖。

染香子

序：蘇州陸蔡，少孤苦貧，幾致淪落，蓮坡昆弟置之家塾，一年通文翰，所作染香齋詩，清雋可觀。李白採瑤草，葛洪譜靈芝。佳植固自超，終賴識拔奇。二查風雅壇，筆陣樹大旗。得子極珍賞，勉使就師資。二十習書卷，一年風華滋。隨分作揮霍，都是絕妙詞。聰明淨冰雪，拂拭光羽儀。少年意氣佳，名輩不難追。漸染登古香，高接青松枝。珍重大賢門，努力答厚期。庶幾百年身，不負雲間兒。

義贏行

高沙嶺頭霧四塞，北風森森殘月黑。野店有客挾重貲，跨贏出門未辨色。長鞭策贏贏不行，贏有戒心難自明。荒雞聲裡強就道，暗中忽有金鐵聲。客素能兵力稱最，不料危機伏意外。抽刀擊賊身忽顛，賊鋒已中客要害。囊貲席捲剩客屍，客屍臥雪紛淋漓。陰房鬼火慘林木，舊鬼歡迎新鬼哭。新鬼哭，人不聞，義贏怨氣欲遏雲。衛主愧乏侍中血，口不能語心如焚。報讎須向賊巢去，恐爲賊拘不敢遽。道旁四顧重躊躇，忽記昨宵曾宿處。回頭走撞宿處門，主人驚起燈燭昏。開門認得前客騎，胡乃背主獨反奔。懷疑姑令暫入廊，廊下尚存昨棧豆。贏方滴淚堅不食，怒嘶不翅獅子吼。朝

來吼聲驚四鄰，對贏無策相咨詢。就中鄉老號有識，知贏當有怨欲伸。謂贏此豆爾且嚙，爾冤我當為爾雪。轉呼同伴走前途，途遇客屍認模糊。先是客家夢客報，尋踪至此逢鄉老。入邑急啓大令知，大令已若神之告。懸賞大索不旬日，爲客獲盜歸其貲。家人語贏贏得意，飽食欲隨客入地。一時圍皂控勒嚴，雙睛尚灑臨歧淚。嗚呼噫嘻此義贏！與人一心久不磨。昔聞蘆臺有義犬，與贏毋乃稱同科。老夫執筆重大義，敢擬玉臺龍友之雅歌。

志局爲學使者校士地，其西積水成窪，廣可里許，長堤中亘通以平橋，與同人遊而樂之，分賦

得十一隊二十四韻

海津城隅闢草萊，呀窣乃作衆水匯。規圓明鏡豁然開，溶溶眼波泛青睞。平堤中亘彩虹長，小橋低架靈鼉背。城中如此水凡五，皆濁獨清絕點穢。何人曾借龍門鑿，一時竟偃雞鳴塒。此地雲漢最末流，天一精氣滋大塊。七十二沽水潛盤，九十九淀流汪濊。更從新邑濬文瀾，校士場開潤筆采。我來剛値使節移，劇知講肆非馬隊。昨朝入局出輿圖，海志水經搜紀載。此一沾漑。間來擲筆涉成趣，臨崖小立呼儕輩。一泓靜影天宇涵，四面微風藻紋碎。有時疊浪作屑霏，如瀉龍池珠百琲。有時輕靄隔岸橫，女牀方丈依稀在。朝暉夕陰晴雨宜，里許清波千萬態。吾儂家住金牛湖，水染青螺山點黛。更憶清河功甫家，白洋地水淵泉沴。地在艮山城西，張功甫故園

也。較此疇分輕與軒，敢謂潢汙不足採。況看風水簇成文，掩映騷壇雲霾霧。淵映堂邊溯風雅，洗硯池頭效采繢。獨惜幽情地最偏，賞奇不足邀襊襪。作詩聊以誌勝區，嗚咽水聲若長慨。

汪沆四十七首

沆，字西顥，號槐塘，錢塘人，舉博學鴻詞，邑侯朱公奎揚聘修郡志。

按：西顥與萬徵君光泰、吳內翰廷華、劉雪柯文煊主于斯堂，查氏最久。著《津門雜事百首》，杭大宗先生爲之序云：「直沽七十二水發源于狐奴釃渠，豬野，環沆數縣。吾友汪君西顥滯淫是邦，載離寒暑。有南湖賢令君，以爲之囊橐，而甲乎幾旬。以形勝計，亦一大都會也。其南與河通，北瀕大海，菱葦嬴蟹之利，蒐討有藉。有水西查氏，以恣其游息，而酬唱不孤。參稽地乘，溢爲聲詩，意主于揚厲風騷，表章士女，正習俗之譌，著土風之異，蓋以詩傳事，非以事爲詩也。津門地非阻僻，當前修既往，墜簡就湮之會，其緒積數百年而未出。西顥一客卿耳，一旦抽妍騁秘，抉發之而無餘，豈非談藝者之權輿，省方者之惇史乎？」

津門雜事百首録四十七首

其一

桃花寺外桃花樹，春去猶迎爨輅開。莫訝天公機杼巧，紅雲要護翠華來。聖祖仁皇帝御製《前

過浙江桃花已放，今回鑾至津門，復見桃花盛開，調寄《點絳唇詞》：『再見桃花，津門紅映依然好。桃花寺在城

回鑾纔到，疑似兩春報。錦纜仙舟，星夜眄辰曉。情飄渺，艷陽時嫋，不是垂楊老。』

北二十里。

其二

下杜鶯花二月稠，白頭父老感宸遊。承恩不獨黃衣貴，親拜天廚出鳳舟。天津為三輔重地，屢

邀駐蹕。康熙四十四年，聖祖南巡，舟次陽青驛，道旁士民咸賜食。

其三

朱欄粉堞切雲端，如練河流繞郭蟠。兩字衛安頒睿藻，從今不類賽淮安。天津城歲久傾圮，雍

正三年重葺，西門『衛安』，乃憲廟欽定名。前明衛城，永樂間，工部尚書黃福、平江伯陳瑄等築，

時稱賽淮安城。

其四

天津名自長陵錫，三衛新軍駐羽旄。卻怪後人多傳會，紛紛耳食是耶非。明成祖永樂二年，設

天津三衛，始有天津名。按：天津本關名，在良鄉北，或云永樂設衛後，因將天津關名移直沽。《靜

海志》云：『《金史》有天津河，故名。成祖駐蹕於此，因名。姚廣孝謂女宿上有天津九星，占應

小直沽，以此得名。』

其五

海津作鎮劇蒼凉，七姓殘元始啓疆。爲問咬兒同朵罕，阿誰數典不曾忘。

置海津鎮于直沽。舊志稱天津初止七姓，李咬兒、祇朵罕，皆設衛時所徙官籍。《元史》：『延祐三年，

其六

豆子䴚邊夜射魚，潮痕初上柳風疏。千年劉格荌夷後，金鏃猶耕出廢墟。《地里今釋》：『豆

子䴚今鹹水沽。』《隋書》：『豆子䴚負海帶河，地形深阻。大業七年，劉霸道聚衆于此。』《方輿紀

要》：『大業十二年，賊帥格謙據豆子䴚，稱燕王，王世充擊斬之。』

其七

帕手鞾刀意氣雄，小侯祇愛説從戎。百年文教成鄒魯，繞郭書聲燈火中。明三衛子弟並習武備，

設有武學。國朝改府設縣以後，人文蔚興。

其八

藍田雨過稻花香，吠蛤聲中趁夕陽。喚作小江南也稱，僧衣一帶抱迴塘。藍田在城南五里。康

熙間，總兵藍理所開水田也。河渠圩岸，周數十里，名浙閩農人課種其間，得田二百餘頃，車戽之

聲，相聞遍野，士人號爲小江南云，今蕪。

其九

櫺楯頻垂度土功，嘉禾雙穗報年豐。議勳自合崇禋祀，不爲天潢私剪桐。賢王祠在三岔河口香林苑側，中祀怡親王，雍正十三年奉敕建。先是三年，賢王承旨查修畿輔水利，奏開滄州、青縣減水二河，並各建滾水石壩，由是衛河入直沽者，其勢少殺。四年，復奉命營田天津賀家口、何家圈、白唐口、葛沽、泥沽等處，共營成稻田六百二十三頃八十七畝，逾年所營稻田或一莖三穗、雙穗不等，特疏進呈。

其十

天后宮前泊賈船，相呼郎罷禱神筵。穹碑剔蘚從頭讀，署字都無泰定年。《元史泰定帝本紀》：『泰定三年八月，作天妃宮于海津鎮。』此天津立廟之始。

其十一

秋草離離魚化橋，科名盛事記前朝。一枝仙桂重攀掇，赤鯉蘭舟潑刺跳。魚化橋在舊衛學泮池上，明成化乙酉，有雙鯉躍過，是年劉鈺、衛林同領鄉薦，故名。雍正丙午，金庶子相入都秋試，途次有鯉躍入舟中，是年登解第一。

其十二

中春積雪一灘明，好趁東風蕩槳行。試問熬波人在否，暝禽啼上角飛城。《水經注·趙記》：『石

勒使王述煮鹽于角飛城，即漂榆故城，在天津府東。』

其十三

浣俗亭開十畝池，傍池雜樹帶花移。軟紅百丈都拋卻，清絕吾家金部詩。汪必東，崇陽人。正德十一年，由戶部郎中出任天津戶部分司，構有浣俗亭，賦詩云：『十畝清池一墁臺，病夫親與剪蒿萊。泉通海汲應難涸，樹帶花移亦漸開。小借江南留客坐，遠疑林下伴人來。方亭曲檻雖無補，也稱繁曹浣俗埃。』

其十四

道人降筆小游戲，六草三真妙入神。不用石榴皮作字，家家屏帳墨痕新。張某，江南人，寓天津，扶鸞得虎卧老人，自言工八法，流傳真跡甚多。

其十五

少海東環斥鹵區，空倉翔貴米如珠。殊恩特詔弛洋禁，齊樹雙桅出大沽。天津地界少海，左盛京，右登萊。邑介南北之濱，雨暘偶愆，每恃二處米石接濟。乾隆元年，狼山鎮以閩粵大洋，請嚴偷運之禁。時部議內港近地，仍不在禁例。而天津少海，未有明文，山海關將軍等，概行查禁。二年夏旱秋霖，兩麥歉收，前制府李敏達公及總鎮黃公，准天津朱南湖使君暫通海運條議，先後具題，奉旨俞允，民賴以生。

其十六

宜亭如笠倚斜陽，堤上青青柳萬行。爲囑行人莫攀折，長條多是召公棠。

康熙間朱觀察士傑建，繞亭夾植楊柳，行者忘暑，今廢。宜亭在城西演武場月

提上，

其十七

幽蘭夕萎芸書閣，缺月秋寒殘夢樓。留得玉臺詩本在，不教謝女擅風流。《芸書詩集》，予友

查蓮坡室人金氏遺稿也。金諱至元，字含英。詩格清拔孤秀，不墮脂粉習氣。濟南趙秋谷官贊爲序

以傳。平樂府知府佟鎂配趙氏，二十六而寡，獨處一樓，惟耽吟詠，有《祀竈》及《題邊塞圖》二詩，

爲世所傳，晚號殘夢主人，因以名樓。

其十八

柳棉脫盡水初肥，雁齒紅橋指錦衣。七尺烏篷三尺篠，樹愔愔的坐忘歸。金吾橋，舊錦衣衛橋

也，在香林苑側，垂楊接岸，遊人多釣于此。

其十九

惹煙籠月影檀欒，繡野籤前竹萬竿。寄語錦綳來歲脫，莫忘燒笋鬭春盤。津門少竹，水西莊繡

野籤前後栽竹數畝，蓊鬱深翠，不減江南。

其二十

重紅複翠接村畦，比屋都居花太醫。劇愛小園蜂蝶鬧，籃輿日日掛偏提。 小園，村名，在城西，

與大園相鄰，人多藝花爲業。

其二十一

秋漲黏天迥不分，青蒲獵獵水沄沄。一坏知屬陽侯護，翦斷銀濤四烈墳。 秋霖浹旬，積潦彌望，

獨四烈墳孤峙水中不没。四烈者，謂陳、諸、裘、金四氏也。

其二十二

花天月地關觥籌，占盡風流紅墜樓。今日重尋園一畝，燕泥無賴浣簾鈎。 紅墜樓，在一畝園，

魯庵張氏別墅。

其二十三

樓頭艷雪瑩于玉，每課新詩到日西。不及尚書有盼盼，白楊作柱背燈啼。 佟鋐，字蔗村，長白

人，家世貴顯，獨脱屣軒冕，放情山水間，僑居津門西郭外。妾趙氏，字艷雪，色藝兼擅，築樓貯之，

名艷雪樓。鋐早年詩學蘇陸，一變而入大歷、貞元之室，惜稿散失無傳矣。

其二十四

入室漁洋詩弟子，六歌聲價六街喧。誰教渴葬棠梨下，腸斷西風温序魂。 徐蘭，字芝仙，紹

興人，後家常熟。暮年緣事謫死天津，著有《出塞詩》及集《唐蒙古象棋》等六歌，極爲新城尚
書賞譽。

其二十五

誰似七峰居士好，堆林金薤觸琳瑯。橋亭卜硯新藏弄，玉帶生呼錦雁行。周月東焯，號七峰。
藏有橋亭卜卦硯，修一尺餘，廣五寸，宋謝文節公物，背程雪樓銘。

其二十六

吾愛詩人張笨山，帆齋高臥屋三間。阿兄枉自稱豪舉，垂老何曾得遂閒？張笨山，名霆，字念
藝，工詩古文，帆齋，其讀書處。兄霖，字汝作，官福建布政，園亭聲伎之盛，甲于津門，構有問
津園及遂閒堂，晚年被劾破家。

其二十七

千年魚腹恨難消，想像金支踏暮潮。回首麗春松兩樹，夜深風雨撼靈濤。明江西盧杜氏女，名
麗春，隨父宦遊過天津，墮水死。女工詩，生時于卧閣前手植稚松二株，既歿，母思女不實，因呼
松爲麗春。士人言女死後，時出水面，華裾織社，如世所畫洛神狀。後又降乩，自言始末甚詳，并
留《海天詞》十首、《和蓮坡賞菊》二首。

其二十八

湘公禪藻清無敵，語帶煙霞自卷舒。壓架葡萄延舊綠，草堂人去渺愁余。 釋湘南，名成衡，嘉興人，工詩畫，著有《一笠集》，葡萄草堂在寺西偏。

其二十九

臥松閣畔秋蚤絮，慎雅堂前暮雨繁。欲喚詩人魂不起，笛聲淒絕老夫村。 慎雅堂，芰梁梁氏舊宅。老夫村，舊名寧圃，後爲東溟龍氏別墅，三君皆津門詩人。今得見者，惟龍氏《玉紅草堂集》。

其三十

摹印昔年數李老，窺輣融匭析秋毫。有時謝客還自秘，不是解人不奏刀。 李劍，字所其，號勉庵，文安人，流寓天津，工摹印，性孤介，有不當意者，雖千金，不應也。

其三十一

東海聖人矜獨步，磨丹漬墨秀才村。縱教桂子落墳上，仍是清門一品孫。 相傳曩時，海下無讀書者，數十年來，補得博士弟子員者，惟鄭某一人，俗稱曰東海聖人。

其三十二

麻衣如雪泣松楸，丙舍天寒睫血流。墓外雙頭荷早謝，鄰人猶指舊虛舟。 宋蕢山，名真儒，江

南薰湖人，僑居天津，親死，廬墓三年，過者無日不聞哀號也。墓前池內，荷開并蒂，人謂孝感所致。虛舟，墓旁屋名。

其三十三

鶴去緱山杳不還，乘雲知控紫煙班。聳肩舊說清吟苦，抱甕園中獨閉關。道士王聰，字玉笈，號野鶴，住香林院，能詩畫，抱甕園、若樓居、玉笈山房，並在苑中。

其三十四

吳老彈碁品第一，柳朱繪事技殊工。黃圖他日編方技，掌錄人才半寓公。吳來儀，江南人；柳維新，浙江人；朱錫鬯，江南人，皆流寓天津以老。

其三十五

門外河流燕尾叉，門前楊柳萬行斜。拾遺分取雲孫住，從此村呼小浣花。浣花村，在城西五里，前臨大河，今杜氏所居。

其三十六

宋元墨妙貯千幀，溢目古香散客襟。沽水草堂風日好，自攤《書譜》硬黃臨。沽水草堂，麓村安氏別墅，今廢。麓村蓄書畫極富，《唐孫過庭書譜》墨跡，以三千金購得之，重摹上石，神氣不失絫黍，陳香泉太守爲書釋文一卷，附鍥其後。

其三十七

出郭嬉春花事繁，康園才過又懷園。二分修竹三分水，畢竟終推攬翠軒。

號水西莊，中有攬翠軒、枕溪廊、數帆臺、候月舫、繡野筱、碧海浮螺亭、藕香榭、花影庵諸勝，

康園在城外東南隅，今歸牛氏，名南溪。懷園，王氏別業，城東五里。

其三十八

吳綾灑遍湛園墨姜編修宸英，越紵歌殘秋谷詞趙官贊。更有蓮洋老徵士吳雯，垂虹榭上日題詩

垂虹榭，在張氏一畝園。張氏傾貲結客，前輩若梅定九、朱竹垞、查初白、朱字綠及姜、趙、吳諸公，

咸主其家，時人有小玉山之目。

其三十九

潯泓七井何年坎，擔水人憐頳兩肩。爭似楊家岑畔住，煮茶日汲馬蹄泉。

井、兩山井、雙眼井、鎮署井、普濟庵井，城中七井也，俱廢。馬蹄泉，在楊家岑沙陵旁，深尺許，

周二丈餘，甘美可飲。異泉井、甜水井、文

其四十

宋分北秀與南能，不見瀛壖傳一燈。除卻草堂開白社，緇廬半是啞羊僧。

芰梁、佟蔗村、龍東溟、張念藝、黃六吉諸前輩共結草堂詩社。大悲院，釋世高與梁

其四十一

自昔名園關盛衰，兔葵燕麥重徘徊。李家臺閣吳家樹，過眼風花付劫灰。『李家樓閣吳家樹，誰道君園尚不如！』沈通政一揆《過問津園》句。

其四十二

不櫛書生不畫眉，傳來艷絕海棠詩。若教玉秤稱才子，壓倒樓頭舊婉兒。閨秀許雪棠，過時不嫁。工詩文，秘不示人，傳播人間者，惟《十月海棠》二首而已。

其四十三

仿佛魚梁競渡喧，行人爭入帶河門。市樓次第明燈上，飛盡群鴉煙水昏。天津城，東西北三面瀕河，各建浮橋。『帶河』，北門名。

其四十四

青竹幾叢夸庾信，芳蘭夾徑擬羅含。城中不少連雲第，可有清閒似屋南？蓮坡冢季新闢小園于道南，顏曰『屋南小築』，夕膳晨羞，以賦白華之養。午晴樓、花香石潤之堂、送青軒、小丹梯、玉笠亭、若查讀畫月明撅笛臺、萱蘇徑，皆小築中勝處也。

其四十五

鸕鷀艥子小于萍，販得鮮回盡入城。青鯽白鰕充饌好，登盤須遜女兒鯹。裙帶鯹、女兒鯹，俱

產泥沽、葛沽等處。

其四十六

生計惟憑舊釣車，魯魚網罷網羊魚。更臨葦岸烹回網，便嗽西施乳不如。回網魚不受釣餌，遇網即回，漁人以叉得之，味腴美冠水族。

其四十七

蘆芽茁岸，河純壓擔，長安貴人每急致之。

故人多感促南轅，旅味緘書僂指論。二月河豚十月蟹，兩般也合住津門。津門蟹肥美甲天下，亦藝林之一助。

按：徵士此作，隨意撿拾，雖無足觀，截録之，以備考據邑中故實，

劉文煊一十七首

文煊，字紫仙，號雪柯，山陰人，貢生，乾隆丙辰舉博學鴻詞，著有《雪柯詩鈔》。

按：雪柯居日下最久，當道重其文名，多思招致門下。公性峭峻，不屑干謁，且落落少所許可，以是遭忌，凡七中副車，而卒未酬其志，投老纔爲末吏，交游皆一時名士，如周蘭坡、恥詭遇取榮。

萬循初、余元平諸徵君，時共吟和。商寶意先生爲公之甥，晚年與查蓮坡老人交最契，贈答最多，壽八十餘，卒于天津。

丁巳六月終，與山陰余元平徵君崝相別，經兩月，中秋對月，漫成二絕卻寄

其一

百里關山尺五天，相思秋月兩回圓。乾坤既有盈虛象，爾我徒分上下弦。

其二

君似上弦我下弦，兩心相合總難圓。冰輪未滿何妨待，秋老嬋娟不復妍。

中秋對月懷笠山

尋常三五尚如規，豈到中秋魄反虧？風雨他鄉難得見，關山何處不相思？要知徐福懷歸日，正是吳剛被謫時。直待浮雲澄碧落，刀環無限惜分離。

寄懷王柳東

三年惜別忽忽三年，瘦馬春山又策鞭。皂帽虛懸斑旅鬢，青衫無恙聳吟肩。折腰且學陶彭澤，多病纔歸孟浩然。寄語風流王內史，漫誇負郭有瓜田。

周蘭坡調廣文，由鴻博復館職，丁艱歸里，慨然有寄

三翰詞壇顛倒過，五雲流處復鳴珂。起眠何似隋堤柳，又聽傷心廢蓼莪。

余平野一別三年，丁巳夏杪，來津相訪，留住十日，雖廚餐寒素，而交在忘形，彼此均不覺也，

因賦志事

人生白髮幾心知？客裡猶堪此別離。百里關河雖在目，三年魂夢自相思。單衫策蹇津門路，茅

屋聯床夏雨時。且喜墻頭過雞酒，老妻十日得成炊。

晚晴和余元平原韻

雲漏清輝鑑復明，園亭更喜晚來晴。三更尚覺青氈冷，曲徑還須紅屐輕。煙織柳絲無俗態，珠

傾蓮葉有餘聲。流光頃刻成今昔，杜老空懷舊雨情。

立秋日和余元平韻

歸雁與賓鴻，更番度太空。往來謀祿食，南朔頌王風。壯志灰顏觸，丹心邁左雄。高堂有母在，

七十諱稱翁。

己巳歲暮病中柬余千子二絕

其一

望八年華號更生，通家兩世話交情。可憐聚散猶萍梗，歲暮孤征一雁鳴。

其二

思慮傷脾死復甦，天涯回首故人無。雷陳膠漆當年事，老病誰云德不孤？

書懷二律

其一

人間誰道遍風波？好履平途莫近魔。百歲生涯閒日少，三春陰雨悶懷多。狙緣伐巧弓相難，魚

不貪求餌奈何？試看高飛雲外鳥，小山南北任張羅。

其二

四海茫茫寄一身，月中花影幻中身。同心寧論人今古，合眼須參夢假真。陌巷時尋顏子樂，穿

盧遠避庾公塵。未能盡化騷人態，朝日吟聲聒比鄰。

平泉 在八溝

山肝地肺腫邊荒，劃破平原漲碧潢。腥起浴龍連夜雨，寒霑洗月五更霜。雲拖柳艷交山色，風

度書聲上水光。一綫遠從天際落，應教流育到遐方。

自題坐隱圖照冊

其一

斯人蕭散不知憂，八九光陰似水流。那得駐顏能久視，松風吹我一秾秋。

其二

坐隱松陰已六年，不知黑白讓誰先？贏輸漫向楸枰博，無限榮枯在眼前。

按：雪柯先生後裔式微，所遺詩編都歸散落，數詩俱得諸余階升孝廉家藏，與其曾大父元平徵君唱和之作，并《坐隱圖》亦在孝廉家。蓋四代通家，因劉氏無人，代爲寶存，其風誼可謂近古矣。

送朱稼翁徵士還秀水

木葉下亭皋，西風吹綌袍。九衢淹旅食，三板急歸艘。芸閣遺書在，荷池結屋牢。還家一杯酒，揮手謝群豪。

商寶意先生盤選《越風》評云：『舅氏雪柯先生，工詩善畫，筆墨絕塵，兼倪黃之勝，年登大耋，神明不衰。昔人謂畫家得山水煙雲供養，如沈石田、文衡山輩，多享遐齡，晚歲僑居津門，與查澹宜、萬柘坡、汪師李爲文酒之交，有《沽上題襟集》行世。』

齋夜得汪西顥札，知以五月當抵津門，喜而有作

鳴鳥各就樓，乃知群動歇。徑竹隱疏星，林花上新月。素書千里來，西泠夢中越。命駕云不遙，

披衣待明發。

陳皋六首

皋，字江皋，錢塘人，詩見《沽上題襟集》。

初夏遊水西莊，和查魯存《秋日雨中雜詠》

其一

暮煙已斂夕陽樓，襆被還期信宿留。無限青蘆吟似雨，麥寒也作十分秋。

其二

疊石疏泉就淺沙，山亭小樣勝倪家。揭來尚帶春風眼，看遍梢頭繭栗花。

其三

門外清流艇可呼，渺然客思動江湖。他時三板裝書畫，寫我《歸帆天際圖》。

屋南小築落成，次查心穀韻

蘭草新移翠影含，板輿時奉到陔南。柳遮屋角張風幔，蘚剔雲根簇畫嵐。午枕覺時呼茗椀，衆香薰處坐芸函。年來更得逃禪味，繡佛長齋醉裡參。

觀打棗

秋光如水啼畫胡，隔牆紅皴垂扶疏。群兒歡躍集其下，長竿裊裊搖庭隅。撲撲欵欵擾樹影，須臾亂落紛階除。草根糞壤已遍及，餘散鄰瓦猶跳珠。小童卻走大者疾，強者劫奪弱者呼。當門中婦抱兒立，懷間出手聲呱呱。藤筐竹篝盡盈積，手提肩舁爭收儲。全家婦子有娛色，嬉嬉相告無艱虞。來朝摒擋入城市，易以錢刀輸其租。餘者亦可助釀用，醉飽今歲稱樂胥。聞之頗為三歎息，倚樹翹首心踟躕。我無寸田并尺塊，終歲碌碌風塵驅。焉得安邑三百戶，不羨江陵千木奴。

夏日澹宜書屋觀黃遵古倣沈石田為陳醒庵作廬山高圖

石田藝事世無匹，有明一代稱第一。零縑片紙人爭藏，異世繼者江夏黃。空齋六月燠如火，白汗翻漿無一可。主人為掃青琅玕，招我東廂搴幔坐。牙籤溢目重錦韜，中懸大幅廬山高。淋漓墨瀋尚帶濕，似法黃鶴皴牛毛。嵯峨五老插天際，香爐雲氣騰神罍。玉龍直下濺飛雪，堂上不合生波濤。

松林颯沓風怒號，老者于思稚者羔。瑣屑雜出花藥嬌，參差一一紛纖毫。澗邊二老疑有語，自是當

年蓮社侶。對畫令我開心脾，白苧生涼不知暑。平生看畫如嗜漿，看山更得山之強。二者一夕落吾

手，不啻扁舟彭蠡杭。此幅始自沈長洲，作與吾宗醒庵老。流傳二百有餘年，復起廬山重脫稿。想

見經營慘淡時，五日十日窗間掃。唐摹褉帖肖逼真，神品真堪爲世寶。觀之不足心如抽，以火相繼

窮雙眸。安得日夕臥其下，又向吾家百尺樓。

萬光泰六首

光泰，字循初，浙江秀水縣人，乾隆丙辰舉博學鴻詞。

按：萬徵君久客于斯堂查氏，與蓮坡、儉堂兄弟、劉公雪柯、周公月東結社聯吟，詞章最富，

津門旗鼓相當者，惟查公次齋爲一時瑜亮。

橋亭卜卦硯歌爲周月東賦，硯係宋謝文節公物，有程雪樓題字

寶峰山下兵如蟻，赤羽無光鼓聲死。天塹長江渡若飛，何況弋陽半溪水。疊山先生飲聲泣，麻

衣草屨空城裏。賣卜聊從季主謀，食薇不索長安米。一代冰霜兩鉅臣，信州信國東西峙。天跳地踔

頻翻覆，虎困龍疲幾終始。遺石模糊世不磨，貞魂鬱栗呼難起。周君愛古搜奇僻，野廟荒涼憩遊屐。

手拾空壇一片磚，中含南宋千年碧。行押書多半莫辨，楚公題處猶堪識。聞道蒲輪下詔初，薦章實自楚公迫。卻聘書成命已孤，受辛碑在憂誰釋。周君愛硯勤藏弄，不寫風雲寫經籍。什襲文綈扃鐍深，三楹草屋莓苔積。由來正氣難銷黯，隨處榮光滿山澤。臨池勿寫《卜居》篇，恐有蟾蜍淚長滴。

紅毛劍子歌

秋螢如燐夜月靜，涼露侵衣薄羅冷。罷酒思爲斫地歌，吹燈忽喚飛龍影。芯布之裝翠毛疊，䫆縱不學馮驩鋏。疑是空山霧雨中，一莖折得紅蘭葉。鯤海風波歲不揚，諸蠻入貢受冠裳。橐弓臥鼓鈔潯靜，佩犢驅牛龍戶良。蠻君拊劍重三歎，未忍銷鋒付錘鍛。偶隨賈客上樓船，載得星文燦雲漢。精華不竭至今明，掛壁時聞風雨聲。群道儒生能說劍，敢邀豪士共論兵。紅毛之國白丹穴，海水遙遙積如雪。當時赤堇無遺金，此日生鼃有殘血。斂影收光斂篋中，土痕蝕繡春花融。由來遠物稱難得，莫遣餘威吐焰紅。

都盧曲

高臺簇簇層雲高，連床疊案如山牢。紅妝女兒逞身手，捷于飛猱健于柳。五五三三聯雅步，不縛長裾縛窮袴。煙綃霧縠飄輕颭，錦韈丹鞋束裝固。翻身伏地還向天，須臾已出高臺巔。爬沙兩手秋菰植，卻月雙跌倒鏡懸。小甕團團易輕重，拋來恰受祥雲涌。下坂群疑金彈空，回空仍屬驪龍捧。

忽看擁背有昭儀，十二重樓轉柘枝。蜻蜓翼小頻教展，蛺蝶風多不自持。周遭欄楯相鉤帶，東躍西跳俱迅邁。魚戲蓮池出沒多，蛇盤斗栱迴旋快。別有長竿百尺長，踆踆脉脉如緣墙。竿頭進步禪堪味，木末騰空劍欲揚。下來靜立雲階畔，檀靨微渦無點汗。多少牽裾持履人，愁他飛去昭陽殿。聲價直堪百琲珠，無須重買石家姝。薌騰春夢羅窗晚，纏臂金曾壓扁無。

合子燈詞

春湖晝釀青葡萄，春樓夜值燈竿高。白玉簫停擊連鼓，杖輕鼓急燈如雨。始訝輕冰脆膊鳴，旋看列宿縱橫明。也知彙玉駢珠裹，大有叢鈴碎佩聲。看場壓倒人如綺，十二闌干簾盡起。映竹么鳳掛緑毛，開屏孔雀拖紅尾。人間火樹水中龍，水底人間一色同。誰將牛渚文犀燭？照徹馮夷珠貝宮。櫻桃風緊迎春小，百五韶光疾于鳥。翻憶當年水暖初，舊痕緑到橫塘草。夜深重啓藏春塢，蓓蕾叢叢花楚楚。蝴蝶成團宿芳雨，小鬟私致花前語。願留白日停天末，願買黃金鑄花骨。莫學燈前一餉紅，酒闌但剩三更月。

三月三日，遊稽古寺，登藏經閣，晚過查氏水西莊，飲丁香花下

採蘭拾翠芳洲暄，江南此日嬉遊繁。天津塵高沒馬首，亦有韶光在楊柳。東家西家爭早出，細綺輕紈嬌婥質。未能免俗聊復然，不使山花笑遲日。稽古寺前春鳥鳴，駊騀丹閣高傾城。貝多葉細如山

疊，《寶積》《阿含》紛四楹。頭陀晏坐同饑鶴，清磬數聲花雨落。多少魚須玉珮聲，清幽不到檐間鐸。回首西園咫尺餘，丁香幾樹又芳腴。蘭亭少長咸來集，何似風涼出舞雩。京華昨歲聽春雨，撥火添香喧夜語，座客俱能唱越吟，少年尤屬袁臨汝。雙輪輾轉還一年，置身猶在瀛海邊。江南路長歸不得，酒闌數視珊瑚鞭。舍前綠水明浮蟻，蓮葉舟輕蕩洲尾。笋芽穿泥荇葉紫，明歲春歸吾歸矣。

過慶國寺商寶意《越風》作柴育孝詩

去國無百里，河流何滔滔。午風既云息，晚潮亦已高。精藍濱水涘，訪古恣搜撈。山僧不解事，斷石填牆濠。呼群曳碑出，春蚓迷秋毫。聱牙交口讀，汩洳澄泉淘。嗟嗟古遺籍，幾輩埋蓬蒿。唐宗昔雄武，跨海橫征艘。寺係唐太宗征高麗回息士處，俗名掛甲寺。青萊沸雷鼓，平壤鳴霜刀。幸也得勝返，虎旅辭伏弢。不然亡隋續，世事紛牛毛。國家耀文德，箭簸弓亦櫜。不懸魚門胄，寧試楚練袍。寄語太平民，無棄耕桑勞。

余尚炳一首

按：犀若詩見《沽上題襟集》，與查蓮坡、茶坨昆弟同社詩人，工繪事，沈苑遊先生《誦芬堂

尚炳，字犀若，號月樵，原籍紹興，後家天津。

《詩稿》有犀若題詞。

正月四日，飲查氏香雨廔梅花下，以「竹外一枝斜更好」分韻得外字，與吳中林內翰同作

歲首塵事閒，置酒日高會。朝來風雪晴，頗厭絲竹汰。摳衣走高齋，入戶聚宿靄。始知枯梅開，擘
孤幹如折帶。稀疏點晨星，歷落綴文貝。宛憶江南時，橫枝出籬外。座中褒衣士，一一南國最。譬
賤賦新詩，捷若船下瀨。宏聲大呂奏，清思秋蟬蛻。同調忝及余，芝蘭雜蕭艾。飲酣杯不醱，回首
向花酹。明日斜川遊，還來萃飛蓋。

附：厲太鴻鶚《沽上題襟集序》云：「查君心穀、魯存昆弟，詩品皆清警拔俗。負郭有水西莊，
軒檻虛敞，坐挹風帆雲樹於無際。主其家者，若劉紫仙、胡文錫、萬循初、吳中林、陳江臯、汪西
顥，各張一軍，合晨夕往還之作，釐為八卷，目之曰《沽上題襟集》。夫《漢上題襟集》者，唐段
成式、溫庭筠、周繇、余知古輩，幕府追遊之作也。觀花狎燕，僅步齊梁之後塵，以視是集，粲如
球貝，和若笙簧，如松風澗水之相答者，爲近古乎？」王戧翁云：「章襄華比部云：『查君心穀歿，
月樵題輓額云：「詩卷常留」。蓋不無隱辭焉』」。襄華先生名錦，乾隆癸酉拔貢，庚寅舉人，由廣
西定明知州升刑部員外郎，卒，亦能詩。

余崢四首

崢，字元平，號高妙，浙江山陰人，乾隆丙辰舉博學鴻詞，著有《清風草堂詩集》。胡竹巖先生峻《清風堂詩序》云：「胸羅星斗，不受埃塵；腕脫典墳，妙空諸有。讀荒經于玉鸞舞戚，何妨別景之扶疏，識古器于銅馬懸莖，不障高情之蕭散。」查儉堂中丞爲之序云：「近體如百寶流蘇，千絲鐵網；古體如屈注天潢，倒連滄海。」皆可謂知公深際者矣。

商寶意先生盤選《越風》，采先生《西荊門》詩，其評云：「山人性情如寒巖枯木，詩肖其人，當其思入杳冥，遂覺跡無畦町。」劉彥和云：「詩有恒裁，思無定位。」若山人豈有恒裁耶？

按：徵君爲余階升孝廉堂之曾祖，與徵君懋橋、司寇文儀同宗，就舉來京，才名騰于日下，少作鴻麗奇肆，浩無涯際，晚年詩骨一歸清堅，蹊徑幽遠，不落言筌，初刻《兼葭亭詩稿》，燬于火。

銅雀臺

水渾土埴久難夷，數里連綿有舊基。棘刺秋深狐兔窟，楊花吹入鷓鴣詞。泉臺直取蛟宮穩，金盌爭教獵客知。柳季無非三尺壟，一生坦率更無疑。

西荆門

蒼山對峙夾青霄，獨放江流萬里遙。中夜猿聲連石隙，九秋樹色禁霜凋。寒村無主明妃別，荒壘多年白起燒。誰見一方煙月裏，商舟數點度清寥。

觀造洪鐘

霜降木脫天氣清，來觀大林無射成。應有景陽好結構，正待千古懸高明。是日畍闐荒皋右，幾歲採儲紙緼已受形。胚胎已結元資土，蒲牢無種安托生。是惟橐籥關噫氣，鑠堅流金赴谷阬。此時土上無所見，不知若耶英。此時土上無所聞，不知鼓舞方用情。精液既貫神自足，要使罅隙疵類瑩。頃之刨土劃然出，氣挾洪纖含其鳴。即如古鼎與法物，積年沉埋今始升。又如蛟龍蟄泉壤，當春躍起煙雲幷。宜幷椎牛爲高會，一洩底蘊撼華鯨。乃者徒讀兒氏文，未就物曲觀經營。甄陶自可通大造，推暨顯晦無徑庭。不宜不器誰鑄我，祗今袖手空征行。天風矯矯吹廣莫，可復闈韐滿都城。夜闌有夢在千里，江天一葉歸渠能。

醫院銅人歌

元氣一嘘萬流形，歷歷不煩點次成。我有衆竅不自鳴，金人示我無隱情。天然儀表含至精，少壯已閱幾千齡。爲解霞衣見珠瓔，摩放頂踵猶列星。其間節節字且名，合符一部《靈樞經》。五百餘穴身發明，十二經絡豈無徵。試蒸綫香觀煙縈，表出條理河漢清。始知中臟劇玲瓏，力殫毫髮妙

枝撐。位置似有真宰憑，思議不得惟歎興。古人壽世心靡勝，南山石滅艾草零。知君兀立獨哀矜，

直憂造物無典型。我欲久視宗黃庭，羞與草木爭枯榮。渾沌難存意冥冥，詎得不死亦不靈。何如返

觀契無聲，子我修短終妗娉。要知分寸無妄呈，中有一點可與貞。

余杰四首

杰，字千子，號松崖，山陰人。元平徵君季子，階升孝廉祖，著有《夢裏吟詩草》一卷。

按：松崖先生少隨徵君北來，締姻徐氏，遂家津門，與劉雪柯、金芥舟、周大迁諸前輩，多有

賡和，樹品清潔，力敦古處。

黃金臺

燕地雄圖遠，荒郊剩舊臺。招賢先市駿，謀國敢遺才？壯士悲歌去，風塵蒼莽回。依然易水在，

樂毅不重來。

過周蘭坡太史看芍藥

得閒蠟屐偶尋芳，風度瑤階小試妝。金帶匝圍開曉牖，檀心輕點暈深黃。水邊鄭女誰持贈，天

末離人孰寄將。却喜先生能慰我，北窗茶話足清狂。

己巳夏杪出古北口至八溝途次

塞上群峰歷歷觀，青梁紅石二山名入龍蟠。重煙疊翠千山道，霳雨微風六月寒。暮過荒村人影少，危登峭壁馬蹄難。滄江回首家何在，數載風塵指一彈。

會州城在八溝東南三十里，建自遼，圍十數里，今僅存土垣，無人煙矣。

參破興亡一色空，誰言基業古今同？繁華想像荒城裏，殿宇虛無敗黍中。綠水長流深淺渡，青山環抱往來通。行人爲問前朝事，草長邊林颯颯風。

余懋檣二首

懋檣，字荊帆，號楓溪，浙江諸暨人，以布衣舉鴻博。

按：楓溪與月樵俱久客天津，後又移居滄州，與劉雪柯、萬柘坡、陳香泉、查蓮坡兄弟，爲秘阮之遊，壽登大耋，金芥舟先生猶及與之唱和焉。

五月二十七日同集水西莊看荷

蓮花山水自亭亭，沾柳欹風列翠屏。賤子不歸頭已白，先生相對眼常青。筆追秦漢留生氣，詩學蘇韓適性靈。醉臥北窗堪送暑，五千道德有真經。

那能再問上皇安，一夕形銷玉鏡寒。魂向隴山空色相，客從易水借衣冠。靈心已化隨黃鶴，素

性何曾逐彩鸞？腸斷雪娘無覓處，空餘香稻倚欄干。

弔白鸚鵡

朱岷五首

先外祖，字導江，號客亭，又號七橋。原籍江蘇武進縣人，查蓮坡居士延請來津，遂家焉，著

有《懷南草堂詩稿》《田盤紀遊》《唱和詩鈔》。

按：公少孤廢學，稍長肆力于書畫。隸摹中郎，草摹懷素，行書學黃庭堅，無不追其神骨。畫

在陳白陽、籃螟叟之間，竹石花木，濃奇蒼秀，各盡其致，尤善指寫鐘馗，意態如生，同時以畫遊

津門者，如邢江胡峻、吳門徐雲、高南村鳳翰、劉雪柯文煊、陳方來元復、惲鐵簫源濬、紅薑和尚，

胥推尊公爲畫中禪伯，公性恬淡，如秋林寒菊，絕情聲利，與一時名宿結社聯吟，清聲馳著，遠近

求書者絡繹踵門。最精賞鑒，金石圖軸收藏皆希世之珍。所居曰『展蕉軒』、曰『懷南草堂』，人

比之雲林、石田一流，生女八人，先慈爲公之最幼女。

潘秋田世仁《正月二十七日，朱七橋先生招飲展蕉軒詩》云：『春色正澹宕，入門簾影重。古

香浮曲几，雪壁生奇峰。交聚常情友，酒傾不落鐘。清吟猶未已，歸路晚煙封。』

胡炅齋睿烈《人日立春同人集午晴樓調寄一萼紅，呈朱七橋先生顧誤》云：『峭寒天，有含枝殘雪，晴壓畫樓偏。竹葉分杯，芹芽改席，宜春帖子頻粘。憶此日，鏤金人瘦，綴釵梁錦，石小如錢。最是關心，何堪重賦，雁後花前。羯骨聲聲清晝，漫情留湘管，調寄紅弦。積水雲輕，擘絲風細，早又深院祈蠶。悵倚遍闌干十二，溯往事都付夢中煙。欲譜新詞折柳，怕到啼鵑。』

劉秋埜文煊《甲子初春同人集飲朱七橋展蕉軒》云：『春入幽齋裏，朋簪盍素心。梅飄羈旅色，雁度欲歸音。觴詠輸蘭渚，情懷勝竹林。故人遺墨在，展卷一登臨。』

陳香泉奕禧《春日同朱七橋飲季氏池亭》云：『百樹高雲拂雉墻，一泓碧沼即滄浪。幾人自得寰中趣？此會寧知客裏忙。紅泛小桃含宿雨，綠迎荷葉透斜陽。當前有景渾忘俗，暫放狂夫半日狂。』

玩諸公詩，則當日水酌山尌，文酒之讌，其盛可想。

僧房即事

藤榻足堪放，松窗月不扃。試茶烹石乳，把酒著山經。花事通幽澗，泉聲達草庭。心清塵夢少，竟夜聽風鈴。

與蓮坡遊西山玉皇寺

山寺蕭蕭古木存，重尋舊侶到僧門。一源活水流蒼砌，數點幽花上古垣。地僻久知人跡少，巖

深惟聽鳥聲喧。攜樽不負春來約，踏破茅堂碧蘚痕。

初到津門

潞衛交流入海平，丁沽風物久聞名。京南花月無雙地，薊北繁華第一城。柳外樓臺明雨後，水邊魚蟹逐潮輕。分明小幅吳江畫，我欲移家過此生。

夢純陽祖師爲繪像題句

藍巾珠履淡黃裳，瀟灑鬚眉璧月光。相顧斯須應有意，可能垂擲大丹方。

半畝園感書

風流回首歇繁華，酒國詩場謝傅家。數點海棠秋院閉，無人愛惜尚開花。

查心穀《蓮坡詩話》云：『計甫草東自海陵歸，渡江，會大風雨雪，舟不得發，同行者垂首歎愧。計坐舵樓下，手阮亭詩讀之。至論鄭少谷絕句，哭失聲。既乃大喜，拭涕起坐雪中，觀江濤澎湃，吟嘯自樂。阮亭論少谷山人死，獨有平生王子衡。王廷相子衡銳意詩文，見善如不及。少谷山人鄭繼之與王未謀面，乃有詩云：「海內談詩王子衡，春風坐遍魯諸生。」王見之有知己之感，于鄭死後，

數千里入閩經紀其喪。甫草生平奇事最多，余友朱導江岷久居江左，備述其顚末。」

查恂叔《銅鼓書堂集・人日過周月東卜硯山房，觀鄭簠八分小篆册子歌》云：「春冪初報布七葉，春冰漸薄如秋雲。盡說今年春暖早，疏梅已放香三分。呼朋共走卜硯宅，主人好古徵博聞。叢聚蟲書似蝌蚪，眼明贋本留其真。就中篆隸擅造化，夜應泣鬼書駭神。開函已識谷口筆，徐觀愈覺心魂親。想當揮灑日，特立無與鄰。風流既往不復得，至今緜帛思其人。近來嗜好多皮相，燕瘦環肥異趣向。莫若吾友衡鑒精，是否加之項誰強？直沽水黑孰並肩，朱大導江墨跡壯。二子風力咸豪宕，與鄭誠堪稱輩行。斜陽忽在戶，飲酒還高歌。歌成聊復就君問，問我詩中意如何？」

導江先生與河間紀文達公爲文字交，《閱微草堂筆記》載先生語數則。一，王崑霞作《雁宕遊記》一卷，朱導江爲余書掛幅，摘其中一條云：「四月十七日晚，出小石門，至北磵，躭玩忘返，坐樹下，待月上，倦欲微眠，山風吹衣，慄然忽醒。微聞人語曰：「夜氣澄清，尤爲幽絶，勝菴畫圖中，看金碧山水。」以爲同遊者夜至也。俄又曰：「《古琴銘》云：『山虛水深，萬籟蕭蕭，古無人踪。起坐惟石巉嶢。』真妙寫難狀之景，竟不能下筆。」竊訝斯是何人？乃見荊浩。起坐聽之。又曰：「頃東坡爲畫竹半壁，分柯布葉，如空見秋净，煙水渺然，老鶴長唳，清飆遠引，意態自然，無杈枒怒張之狀。」又一人曰：「近見其西天目詩，如春雲出岫，疏疏密密，亦消盡縱横之氣。緣才子之筆，務殫心巧，飛仙之筆，妙出天然。境界故不同耳！」知爲仙人，立起仰視，忽撲簌一聲，

山花飛落，有二鳥冲雲去。』其詩有『躡屐頗笑謝康樂，化鶴親見徐佐卿』句，即記此事也。』

萬檻坡光泰《題朱客亭先生新居》詩云：『朱君與我別來久，我至天津重聚首。興酣落筆起雲煙，顏貌依然惟戒酒。數椽老屋遷已三，石橋之巷南復南。昨朝邀我坐長畫，石榴繞室紅堪簪。自言思作一幀畫，便當移居圖子掛。畫中轆轆驅三車，一車載花一載書。其外一車載醇酒，滿堂賓客樽無虛。我謂先生恐烏有，戒酒焉能飲人酒，昨朝忽遣長鬚來，遍請同人共濡首。人生痛飲亦自奇，淵明止飲何其癡。歸來乘醉作長句，句好還以醉得之。却聞群書藏宛委，何年載出王充市。君能堂下老斷輪，我亦思爲執鞭士。』

高五雲藹《朱導江先生移居詩》云：『我聞雲海六六峰，倚天匼幣青芙蓉。又聞沽水七十二，倒挽銀潢瀉平地。地北天南有異人，胸中邱壑生奇致。我昔頻遊過直沽，見君逢掖稱潛夫。畫裡書聖兩無敵，解頤折角驚群儒。子雲草閣懷鉛槧，公超霧市趨生徒。一別津門逾七載，重來賈勇摩詩壘。碧柳門前逕已荒，青楊巷裏人斯在。冶竹佳花自灌園，牙籤湘帙環稗海。歷落嶔崎千丈松，古色蒼顏渾未改。相逢握手問何如？烏有先生嘲子虛。君胡不效鴟夸子？君胡不畜廣柳車？胡爲足躅處士屩，未窺濠濮徒睢盱。君言此中有真樂，子固非我安知魚？東方自昔工長嘯，南郭當年亦濫竽。腰間況有鹿盧劍，篋中尚有驢唇書。以頭蘸墨指爲筆，天地大文從此舒。山長水遠祇方幅，檥身碧落騎蟾蜍。坐久不聞地上語，吾忘吾答徒區區。』

棟嘗於及門陸蓮浦家，見先外祖所繪《八椿圖》，樹石蒼秀，生氣淋漓，雖石田復生，無以過之。

又嘗於朱啓堂家，見畫石八幅，塊塊具有奇致，一石全以濃墨烘染，略以淡筆鈎勒，題曰『老僧半間雲半間』，真有天然之妙。

高綱四首

綱，號薑田，鐵嶺人，且園尚書其佩子，歷官湖北、廣東知府。

按：公解組後，即僑居天津，與金金門太守文淳、劉公雪柯、查公次齋、金公芥舟聯詩酒之歡，提唱風雅。一時沽上老輩如耆英社故事，壺榼樽罍，從無虛日。公清廉有守，卒後室如懸磬。因事籍沒，邑侯入公家時，見兩公子方醉吟，案無長物，塵卷蕭然，歎息而去。

題劉雪柯徵君坐隱圖

奉饒天下漫矜誇，袖手何如靜勝譁。且省累妻頻畫紙，底須敲子落梅花。披圖却訝垂垂老，引興偏能日日嘉。此味坡公渾不解，祇輸詩膽與劉叉。

鰲山燈

初疑月上萬峰巔，轉訝嵐光夜燭天。太乙山寧無捷徑，芙蓉城果有群仙。蜃樓噓氣驚殘夢，雪

哭座主趙恭毅公

兩檻入夢劇增悲，天下蒼生失望時。夏日照殘人尚畏，夜香焚罷帝應知。紫宸鄭重頒恩誄，青

史芬芳著令儀。甚欲勒銘難殫述，千秋無字謝安碑。

送殿輝還陳州

纔唱驪歌意已馳，桐山如黛柳如絲。安排後夜高人榻，好誦蓮鬚聽雨詩。

蘭陽懷古

蘭陽傳是古東昏，萬壑奔騰赴海門。漢相已無留烏在，秦皇空有舊臺存。荒煙野樹迷韓塚，零

雨凄風暗馬村。為憶興衰千載事，白雲山下一銷魂。

舟次衛源

衛源今日始經過，解纜揚舲景若何？兩岸柳陰春雨細，四圍山色暮雲多。行瞻箓竹思風雅，地

近蘇門憶薜蘿。徙倚扁舟無限意，傷心千載說朝歌。

朱導江先生移居 名岷，工書善畫

杜甫歸舟曾卜宅，陶潛栗里亦移居。鶯緣出谷聲偏滑，花為分畦葉乍舒。蠹載數升高鳳米，車

堆幾卷鄴侯書。舊時鄰叟休相惜，祇在前村半里餘。

津城夜雨不寐

滴瀝聲中臥未安，一更更數到更殘。花疑雨急飄芳逕，春爲風多釀峭寒。已覺世情含藥苦，那堪人事入梅酸。三津檐景空濛外，何處青山捲幔看？

昌平寄內

憶自清和催上道，秋來轉眼薄寒侵。半生苦味嘗應遍，一種離懷繫轉深。壁立徒勞無米婦，箱空猶費寄衣心。雙魚爲報西風急，白髮新添午夜吟。

贈傅子清隱士

荆北嵩南水一灣，投歡禮數已全删。吟成疏雨微雲裏，人在希夷靖節間。老我半生空碌碌，多君十畝自閒閒。從茲擬結耆英社，任是無錢亦買山。

留別查集堂

憶得論文總角時，長安幾載共敲詩。君逃宦海能將母，我向深林祇課兒。夢感元方春有恨，謂令兄蓮坡即世。神傷德曜淚空垂。集堂新有悼亡之痛。年過半百頭俱白，珍重耆英後會期。

葛明府爲葺山齋，賦二絕句謝之

其一

朝市樊邱總不如，數行煙柳映清渠。近來筆硯全無用，短詠長吟漸漸除。

其二

湖山屏跡已三年，秋月春花盡可憐。好是東溪新卜築，鄭公親餽草堂錢。

感舊詩百韻

由來重衿契，終古憶心知。霄壤無須計，彫傷劇可悲。舊溪常泛梗，前路每臨歧。塵世餘膠葛，浮生足巇巉。愁多填我臆，快少解人頤。遣興憑僚友，聞非藉耆耆。已甘居寂寞，祇恐蹈瑕疵。念厥泉臺侶，縈將噩夢思。避人牢鍵戶，剪燭悵題詩。瀛海瞻豪儁，陳生挨麗詞；五車容易盡，一第最難期。陳翼侯。縹渺濂溪裔，繽紛繪事奇；雲山增氣象，花草見葳蕤。周冶臣。炳蔚關西彥，騰驤冀北騏；賢書初薦達，塞運竟阽危。楊次躬。難弟駒千里，雕章玉一枝；可憐虛校閱，未得綰絲。楊聘來。劍水津門選，文名藝苑垂；其誰齊幕府，所到列賓師。于劍水。怪得求仙伴，飄然赴小湄。棄家經歲月，隱跡痛妻兒。莊鑿音。事業東山重，忠誠北海披；半生依輦下，薄宦各天涯。馮玉圖。謝式南。粵海神明宰，居庸胄子司；論懷傾肺腑，跬步慎威儀。戚誼符生最，孩提里巷隨；

聯吟毫燦爛，共飲袖淋漓。　符又虞。好是雲龍契，頻通藥石規；洛陽花滿境，沽水柳遮籬。王舜臣。子野風騷主，觀津絳帳宜；法書青玉案，聲價碧琉璃。張儀伯。積學功常礪，修身志不欺；科名三世繼，喬梓一時摧。丁楚材，子名楊。瀟灑年華盛，清閒官職卑；詩書供夜讀，菽藿備晨炊。方又增。淡墨題名日，瓊林赴宴時；鳴驪辭魏闕，指斾到荊夷。于用允。弱冠登三事，高才借一麾；大河占浪靜，臨邑覺風移。孫亞封。有客稱雙鳳，何人比六蓂；六場嗟敗績，令子喜搴旗。孫稼升，弟紫芝。著書聊自賞，失志總難追。查心穀。滇南萬里夢，江右一驪馳。周雲上、王完璞。幽境迴青靄，深山問垣。觀察來青瑣，臺垣待赤墀；供奉清華望，元方行省推；花村懷士庶，櫟社靜狐狸；不負君恩渥，寧嫌眾論訾；松楸看弟鬱，風雨助淒其。李佩五、陳密山。登臨行近癖，嘯傲性成癡。杜紫綸。廣武才堪羨，青雲志不隳；明刑司職重，退食直廬遲。馮次南。慧業騰三省，賢聲達九逵；問年同李賀，抒藻似湘纍。舒子展。冠冕凌多士，瓊瑤擅美姿；經筵榮籌輸納，梯航盡悅怡；不教人淡食，賴有政平劑。王寶傳。落紙珠璀璨，驚人綵陸離；汾陽曾佐部，綿上舊褰帷。楊渭夫。轉運拔俊在無私；潔白連城璧，廉平萬口碑；居然分美刺，到底是塤篪。陳賡載。州牧趨鰲禁，文衡久鳳池；掄才元有鑒，俞尹恩，弟麟一。公子箕裘拔，承明翰墨摛；論交方總角，懷友數登陴。王能四。毗郡饒鱗甲，瀛津聚虎螭；登科羅美譽，考績占優資。黃舜山。人憶霓裳曲，家居潞水陂；胸襟真磊落，嗜好豈參差。錢雨滄。季札雲礽系，州來

父母慈，去思翻輾轉，遊憩却逶迤。吳季朗。太守施霖雨，中丞照赫曦；南溪穿竹徑，西域駐茆茨。

汪千波，弟荇洲。鰲首文爭耀，螢窗樂不疲；同朝應共許，聖主復奚疑；吟詠青龍闈，經行元菟陲；

監司能繼述，裕後有根基。趙侯赤。徵士推何遜，宗工數項斯；河渠勞幹濟，凜飆戒虛廔；筆陣千

言就，名場十載羈；孝廉通史鏡，仙吏念民脂。萬循初、許渭符。醇酒犀杯飲，寒飆雁序吹；詩篇

七子續，鈎畫二王遺；淮上林泉好，梁園絲竹嬉；旗槍浮玉椀，華蕚映文楄。周嘉令、家風衣。硯

席鬢年接，宮墻共日窺；一官猷未展，萬事老何爲。陳萬求。群益多淹泊，吾生半阻飢。梅山橫靉

靆，湖水浴鸂鶒。消夏開三徑，登高矚四維。花能醒眼界，泉可沁心脾。雨歇栽新竹，吟成對病梨。

彩雲時聚散，皓月幾盈虧。悶極惟搔首，憂來自蹙眉。芝蘭諳臭味，道義約肩仔。訣別今如是，傷

懷夙在茲。幽明暌爾我，賞晰向伊誰。賦就西風裏，閒居灑涕洟。桑調元跋云：『抽思糾結，吐韻

纏綿，郢上禮魂之篇、山陽懷舊之賦，不啻過之。其工麗警拔，有目所共賞，亦有心所同悲也。』

感懷四首

其一

陳蔡棲遲久，常吟行路難。三冬愁敝絮，八口計朝餐。木石憐岑寂，風花笑懶殘。前宵寒釀雪，

僵臥效袁安。

其二

長夜難成寐，消閒借一鐙。起予人絕少，開卷益何曾？閱世思行恕，平生未去矜。放懷吾計得，濁酒任憎騰。

其三

零落停雲侶，于今憶晤言。拈杯同綺席，分韻在名園。余同年友查心轂昆季各擅詩才，往年與傅閬林、吳東壁、萬循初、張眉洲諸名宿，屢集水西莊墓園，今一追憶，不勝聚散存亡之感。把臂情無間，忘年義自敦。京華兼故國，白髮幾人存？

其四

高樓時眺遠，雲氣淡長空。潦水經霜白，彤林帶日紅。愁多人易老，病慣藥無功。忽憶迴文錦，青天碧海風。內子歿十三年矣，不覺憶及。

徐雲一首

雲，字稼若，號文山，蘇州人。

按：先生行草書得晉唐人筆意，每書必署吳門徐雲，不忘其本之意也。間畫花卉竹石，皆生動有逸趣。津門廟剎楹帖匾額，往往是公手筆。與金芥舟、張竹房、查次齋結詩酒交，津人高之，稱

曰徐四先生。

題黃竹山房

一座草亭裏，煙霞與世忘。簾垂竹影暗，花夢蝶魂香。酒意饒春興，棋聲動夜涼。月明人静後，幽怨起瀟湘。

金芥舟《黃竹山房稿》有《哭徐文山詩》序云：『乾隆十四年十二月二十八日戌時逝世，壽五十一歲。名雲，字稼若，又號宿巖居士。其貌如柴門霜月，其意如野水閒雲。詩曰：「黑首相知鬢已霜，孤雲病鶴歎行藏。庸兒溫飽渾閒事，浮世飢寒喜備嘗。斑管已消文字業，瓦盆猶在墨花香。清樽共吃黃精夜，月落松枯未敢忘。」文山嘗以瓦盆代硯，以供揮翰。與余初訂交時，坐雪中松樹根下，共吃黃精酌綠酒，樂甚。今此松已枯，而此意未忘也。』

謝周九首

周，字仲源，號默夫。江西南昌人，布衣，著《南沙草》一卷。

按：仲源主天津徐鞠圃孝廉家，孝廉敘其詩云：『先生幼失怙，家貧無以養母，未弱冠即謀食四方。兄弟九人皆糊口于外，不獲相見。娶未數年，遽賦悼亡。人世骨肉之慘，無如之者。

宜先生以窮愁抑鬱之思，發之于詩，人悲其詩，不知其遇之窮也，徐梅膝延閣序云：先生嘗之楚、之粵、之黔、之滇，凡其所歷，發之于詩，勃如岸如，如魯公筆法，鋒鋩意正。其自題《南沙草》云：「羈離易老苦吟身，敢說推敲句有神。留得南沙詩一卷，他年誰是揀金人。」其意亦可慨矣。」

信陵君

戰國誰堪第一流？信陵傾士冠千秋。指揮再落秦軍膽，涕泣終傷晉鄙頭。蠶食幾年悲社稷，龍興他日護松楸。輕裝欲問夷門道，何處從君執轡遊？

鄭侯

相國崇班冠列侯，淮陰疑案慨千秋。何人解畫全身策？有客徒陳相背謀。第一功臣原不忝，無雙國士故難求。增封不在追亡後，鍾室偏酬恨血流。

金陵詠古

百戰經營郊鄌同，屏王又見棄吳宮。曾誇峻堞金甌固，不道長江鐵鎖空。王氣湮沉餘間氣，大風銷歇剩悲風。興亡浪涌年三百，欲向寒潮問始終。

高陽詠古

其一

短褐曾經碣石秋，蕭蕭殘壘訪前猷。登壇再變風雲色，露布重銷社稷憂。四海煙塵清有志，兩朝煬蔽破無謀。歸來正繫蒼生望，浪說廉頗老欲休。

其二

絕塞空屯大將營，海東戈戟漫縱橫。全家碧血淋漓濺，萬里長城取次傾。石表秋高無鶴語，金臺春盡有鵑聲。滄桑誰致千年恨，魚水相逢九地情。

其三

成仁取義慨當時，古帝城邊酹一巵。朔漠寒風來獵獵，西莊殘照下遲遲。空拳已恨徒穿爪，杇草猶悲未裹屍。誰使大弓藏貝錦，任他鵬變到天池。 孫公故里在西莊。

其四

祠門欲拜又逡巡，鼎甲坊前問後人。慘黷至今餘涕淚，雲霄終古想精神。禹糧無復耕耘舊，孔思猶藏著作新。一自塵飛滄海後，雲礽奕葉誓沉淪。

題吳念湖太守畫秋海棠

有女懷人重感傷，遺春八月麗南牆。血凝碧葉絲絲艷，腸斷紅冰薄薄妝。鬢亂釵橫憐舊夢，煙愁雨泣怨秋陽。柔情幸托徐熙筆，寫得檀心別有香。

古意

綠窗人靜怨無端，一曲思歸不忍彈。鸚鵡教成聊共語，鴛鴦繡出竟誰看。雲鬟艷菊專秋色，翠袖疏筠倚暮寒。半臂重添眉淡掃，素娥青女待盤桓。

聞仲源卒於天津，徐鞠圃孝廉葬之。爲藏其《南沙集》，屢索觀不得。孝廉故後，賢嗣聲仲出孝廉詩並《南沙集》囑人鈔，得周覽一過。詠古詩雄肆悲壯，美不勝收，並取其《古意》一首。讀之者，味其詩，亦可想見其自命矣。

徐壽保五首

壽保，字鏡堂。原鐵嶺人，久寓天津，諸生。

按：公子鐕，乾隆壬子舉人，貴州銅仁縣知縣，以軍功升同知卒。鏡堂家居，以詩自娛，壽七十餘。

冬夜感懷 時丙午下第

獨抱陳編類蠹魚，平生空自惜三餘。何須富貴方行樂，且趁窮愁好著書。過眼雲煙供俯仰，填胸塊壘解消除。雞蟲莫漫爭無已，得失紛紛總是虛。

客中書懷

心憶故園薇。

路轉川原曠，斜陽散遠暉。巖花隨意折，山蝶近人飛。景物塵懷遣，閒關客思違。林邱成久別，

山中早行

何勞撫劍難。

涼秋看物候，楓葉尚如丹。嶺峻日遲上，林深風早寒。嵐煙蒸遠岫，澗石漱奔湍。吾老能加飯，

馬嵬絕句

無端辭輦驛亭荒，尺組匆匆忍賜將。一騎飛來人不見，可憐腸斷荔枝香。

遊牛頭寺 在西安城南

山含遠翠樹含煙，平野坡田間水田。走馬不知蘭若近，松陰滿徑但聞蟬。

李承鴻二首

承鴻，字雲亭，號秋帆，別號三一老人。浙江山陰人，州同知。

按：雲亭老人自浙來津，起家鹽莢。耽詩好客，築寓遊園，有半舫軒、聽月樓、棗香書屋諸勝。康達夫館其家，創興詩社，一時如郝石臞、金野田、吳念湖、馮岷山諸先輩，文酒之會，爲一郡提唱。公之姪泉，乾隆乙卯進士，山西屯留令。源，乙卯副車，廣西太平府。孫雲楣，道光乙酉舉人，皆公培養之澤所致。

詠園中十景録一首

半舫迎秋

不作升沉計，胡爲半舫名？山陰思放櫂，沽上歎浮萍。紅蓼窗前色，黃花檻外英。五湖秋景好，坐此若遙迎。

構寓遊園成，同人以十景詩見貽，賦此爲答

删草開三徑，成園未許寬。故山遙寄興，異地老追歡。花柳天然合，迴環地勢難。何期來妙詠，爲我壯奇觀。

附李雲楣一十三首

雲楣，字采仙，雲亭老人孫，入籍天津。道光乙酉科舉人，著有《及時書屋集》《黔遊集》。

按：采仙少受學于同邑康達夫先生，得其詩傳。時乃祖雲亭老人起築寓遊園于城東，集沽上詞人，聯吟結社。采仙親炙其風，夙具磊落不羈之概。喜縱談先輩風流，人反呼以「李癡」。然詩主性靈，邑侯凌謙齋最優賞之。吳雲樵、吳簡庵、杜石樵諸學使古試，無不優等。後遭式微，鬱鬱不自得，遂浪遊大江之南，窮幽探奇，遍歷楚黔山水，其識愈廣，其詩亦愈進，實後學中翹楚也。其童試《詠梅花》詩云：『何人橋畔騎驢過，有客山中抱雪眠。冷月半簾香半榻，不須修到亦神仙。』往往爲人傳誦。

登岱

石闕天門撲面迎，登山人似御風行。嵐光不斷趨東海，浩氣無邊接太清。但覺此身依日月，頓忘下界有陰晴。何當掃却間雲霧，歷歷青徐指掌明。

秦淮

其一

綠楊橋畔夕陽沉，王謝風流何處尋？畢竟美人名不没，渡餘桃葉到于今。

其二

輕舟來往夜將分，水上歌聲十里聞。一片清溪明月裏，更於何處覓香君？

次北固山下

客行日暮暫收篷，獨坐船頭愛晚楓。歸雁一聲江月白，老漁幾處夜燈紅。何人吹笛高樓上，有

客思鄉短棹中。惆悵不堪頻北望，燕磯山下遠煙籠。

金山

不識山中寺，遙瞻水上樓。鐘敲京口月，勢控海門秋。孤塔煙雲上，長江日夜流。亂帆深泊處，

仿佛見瓜州。

解嘲 予性恓疏，人皆目爲傻。世皆智者，予烏得而不傻。故作《解嘲》

尊有酒兮案有詩，人生不樂復奚疑。有客自安於樸拙，性情不與時人宜。食不希粱肉，衣不希

帛絲。有時乘興步郊野，雖風雪而不辭；有時兀自坐一室，雖寂寞而神怡；有時樽酒對良朋，高談

不問夜何其；有時興酣搖筆自揮灑，坦然任意長歌短句匪夷思。仰天長嘯對今古，其間作者何離

奇！我聞在昔顏子自得簞瓢樂，不違尚待省其私；又聞柳州自爲愚溪集，一切山亭泉石樹木皆愚之。

古人之智豈不翅後世，誠以智者鑿水不如愚者之愚山可移。吁嗟乎！德不如皋陶，知不若貢蠡。富貴窮達皆有命，而乃奔走名場利地欲何爲？腐鼠唧何嚇，雕蟲技可嗤。我無人詐，人無我欺。黃鵠一舉，見笑蹲鴟。既不合乎時宜，尚如之何勿癡！

梅花

梅花夙世有前緣，靜對幽姿一灑然。茆舍春寒新破笑，紙窗日暖淡橫煙。何人橋畔騎驢過，有客山中抱雪眠。冷月半簾香半榻，不須修到亦神仙。

梨花

幽香馥馥繞迴闌，疑雪疑雲夢裏看。最是閉門人獨坐，一庭風雨散春寒。

送張也癡延祐

極浦少人行，晴空斷雁鳴。茫茫秋色裏，之子欲長征。山盡層雲陡，灘流亂石撐。黔陽無限路，望遠不勝情。

固原道中

北風吹水河氣凉，客行不行路且長。浮雲掩智日淒冽，立馬四顧心茫茫。瞥見巋然廟貌古，古

樹杈枒枝半腐。壞垣頹壁曠無主，老鴉啞啞作人語。

桑乾河待渡

客行行復止，日暮薄寒增。擊楫心雖壯，長河不可馮。夕陽橫古岸，昏鵲啄寒冰。幾度船遙喚，前村已上燈。

寄懷趙二川

憑几思無限，蕭蕭夜雨零。西風曾幾日，秋色滿中庭。之子三千里，雲山入望青。何當重翦燭，共向小窗聽。

二川和詩云：『半載新離別，相思淚欲零。西風吹落葉，蕭瑟滿空庭。舉世無相識，斯人眼獨青。陽關歌一曲，凄切不堪聽。』

雨後晚歸

一雨忽然止，言歸趁晚晴。濕雲昏野色，流水壯溪聲。路自崎嶇轉，人因彳亍行。斜陽收不住，隔岸一村明。

其他五言如：『輕沙沉曉露，初日隱遙山。』七言如：『事無足怪聊從俗，人縱忘形莫妄談。』

二語深于閱歷，誰謂采仙癡哉！

附李雲章一首

雲章，字子文。嘉慶戊寅科舉人。

題李思訓海天落照圖

虛堂白晝生天風，眼前顥氣飛青紅。驚濤浴日十萬里，置身突倒扶桑東。小李將軍富邱壑，大
筆一洗乾坤空。海天落照見遺畫，使我氣吞衡華嵩。茫茫一碧不知處，半規浸入中流中。雲霞鬱蒸
海水沸，萬火迸發燒鴻濛。斯時大地不敢夜，百靈拜舞驅魚龍。尺幅巨觀乃有此，傾聽似覺聲洶洶。
我家丁沽連渤澥，奇景瞥見稱豪雄。愧無壯句寫瑰異，豈知古人造化填心胸？安得跨鰲飛上蓬萊宮，
手捧赤日開天聰。

傅有光二首

有光，初名昀，字在東。原籍金華縣人。國學生。

按：在東與李采仙、康掌卿、王在廷爲同社友，吟興最豪。卒年二十七。同人葬城南海光寺旁，

為樹碣冢，標曰『詩人之墓』。

秋塘

秋風秋雨過秋塘，秋水盈盈劇渺茫。犀弩千年成往事，菱歌一曲起中央。近來尋夢無春草，前度垂綸有綠楊。消減蓮花與蓮葉，空餘三十六鴛鴦。

秋浦

送君南浦最凄涼，舊地重來足斷腸。日暮幾人歸洛下，霜高有雁到衡陽。詩情極目楓初落，風味關心橘半黃。欲寄相思隔秋水，蒹葭惆悵已蒼蒼。

黃掌綸一首

掌綸，字吟川。福建閩縣人，入籍順天。學博，署天津府教授。

按：吟川工書畫。書學山谷，瘦峭多姿，求書者踵門，津人多收藏之。畫不輕作，一樹一石，亦遒逸不俗，人謂似張雪鴻。纂修《長蘆志》。

題雪中送炭圖

清寒枯槁士常耳，肯向膏粱乞甘美？閉門殭臥守梅花，嘯歌自適而已矣。不信高情動故人，能

遣春風惠知己。畫師命意自幽深，古道於今尚如此。

崔振緒三首

振緒，字初庵。山西人。乾隆庚辰恩科舉人。詩見張楚山先生《竹床記》。

竹床引

序：「楚山五兄令餘千三年，既歸而貧轉甚。暇日過訪，偶指所坐竹床，謂余曰：『此西江竹友也，相依近十年矣。』余喜爲作七言長引。」

溢湖春水高接天，逐客鼓棹凌蒼煙。波濤萬里睡自穩，據此八尺青琅玕。入門便掃北窗下，位置天然自瀟灑。霜脊稜稜凛若秋，清颸直向高齋瀉。數卷殘書客拂塵，黑甜一枕紗巾墮。三載風塵了俗緣，十年安臥直天假。雁門野老性自便，懶散無事惟高眠。家人走告甕無米，瑣屑胡爲驚遊仙？嗟余愛睡兼愛竹，三年楚水窮林巒。時過君家下君榻，清凉爲我洗煩煎。箕踞不嫌叔夜慢，狂吟擊節聲琅然。坐君此榻意忽遠，恍如移我瀟湘間。瀟湘渺渺開文黻，斑竹森森戞鳴玉。昔年江上弔屈平，此日海邊隨雁鶩。勸君莫怨寒無氈，勸君莫惜坐將穿。眼前萬事且休說，身後榮名亦可憐。倦來便臥茅簷下，起看門外日三竿。

丁貞女詩二首

其一

蘭蕙期同秀，吾生何不辰。未為比翼鳥，便作未亡人。成此百年信，來塞繐帳新。哀哉慈母別，忍淚向蒼旻。

其二

未識夫君面，誰言恩愛榮。守身惟見義，大節不關情。休道九泉隔，應憐太璞貞。清風傳海宇，萬里達蓬瀛。

《長蘆貞女志》：『丁女父萬鐘，許字全州州同天津宋懋敬子文鳳。女幼孤，依嬬母朱氏，勤針黹，嫻禮義。文鳳以攻讀積勞卒。女年十九，聞之啜泣絕粒，投繯者再。母曲諭之，不可。晝夜攜持之，相對而泣。戚黨咸來相勸慰，女堅操不可奪。母無如何，乃告于宋，聞諸邑宰。宰以輿簿送歸焉。繼猶子為嗣。女撫文鳳樞哀痛。成禮日，侍孀姑側，貞靜寡言笑。數年不出閨闥。雖女串往來，罕覿其面。』

潘逢元三首

逢元，字茗庵。揚州人。選拔貢生。

按：茗庵遊幕津門，擅填詞，落魄江湖，懷才不遇，嘗自鎸印石曰『不堪回首』，坎壈以終，鄉人爲返其柩。

過滄州朗吟樓

扶童攜杖作閒遊，楊柳風寒五月秋。瓦礫一堆墻半壁，居人説是朗吟樓。

沽上送別

其一

丁字沽邊舊板橋，一回送別一魂銷。這回更覺傷心甚，我亦將吹市上簫。

其二

飄蓬無計逐歸帆，綺思柔情一例芟。却怪潯陽白司馬，琵琶容易濕青衫。

楊雲珊四首

雲珊，楊之號，逸其名。江西人。

落花

其一

閬苑層城五夜風，彩霞千片散西東。數聲羯鼓催凝碧，十幅蠻箋恨比紅。香霧影沉深院靜，玉笙吹徹小園空。如何選佛場中品，長短亭邊似轉蓬。

其二

細把重吟日幾回，籬間石畔已成堆。綠珠墜後春光減，絳樹歌殘客興頹。藉草忽來增景色，因風猶復上樓臺。繁英掃後成新釀，欲向花魂奠一杯。

其三

江南草長亂鶯飛，回首園林綠漸肥。簾底豔沾詞客硯，欄邊紅上美人衣。玉驄踏去香猶在，粉蝶重來夢已非。最是酒醒驚簌簌，一窗煙雨正霏微。

其四

休論開早與開遲，忽向東風詠別離。相送卻懷前度恨，重逢須得隔年期。色香觴處都成感，茵溷飄來總未知。寂寂瑤臺春去晚，含愁欲墜夕陽時。

黃鍾山二十四首

鍾山，字子雷，湖北江夏人，著《萍遊小草》。

按：子雷久客天津，主于徐鞠圃舍人家。性好苦吟，困躓不輟。自敘其詩格凡四變，亦可謂甘苦其中者。有句如『清磬落空翠，遠峰橫夕陽。』『一路白雲多，松花滿層麓。』『山光多抱水，樹色不離村。』往往爲人所誦。瀕老境愈苦，飢寒不免，而吟卷充然。其人亦可想已。

秀州發棹

自笑浮生到處遊，去留幾度仗空舟。春風又送天涯客，滿渡桃花出秀州。

惠州松風亭泛舟

領略煙波趣，春遊繫我情。萬山橫古翠，一櫂入空明。野渡無人語，篷窗但水聲。最憐芳草色，偏惹客愁生。

午日登觀音巖

尋得謝公展，登臨一望中。酒旗村路近，漁艇野橋通。水草蜻蜓雨，山花黃雀風。家家蒲艾節，榴火迸新紅。

白石庵

行到松深處，荒庵水一灘。　雲蒸花塔古，山壓石樓寒。　潭鏡空僧舍，經幡冷佛壇。　得饒清淨地，

直覺旅懷寬。

萬安縣舟次

人唱浪花歌，風帆葉葉過。　石高知水涸，木落見山多。　古戍橫深塢，孤亭插翠螺。　扁舟一篙晚，

紅日墮長波。

東昌夜泊寄懷岫屏大兄

明月動煙浦，秋風生野塘。　雁聲何處到，今夜宿東昌。　滄海人千里，青山淚一行。　家園望不見，

遙夢入蒼涼。

過揚子江

北接瀟湘路，西吞巫峽秋。　斷山平野闊，落日大江流。　風雨添新淚，關河憶舊遊。　回看放舟處，

煙樹兩悠悠。

秋日曉起

開戶見秋色，秋風來幾時。　鴻聲過檐早，蛩語出階遲。　舊事雙眉覺，新涼一葉知。　天涯無箇事，

閒讀《四愁》詩。

丁字沽閒步

春風丁字水，兩沚綠分聲。　古寺無人到，青苔滿院生。　樓頭雙燕在，村落早暾明。　指點長安路，

西山一望平。

村遊寄友人

韶華幾度感芳菲，又過田家白板扉。　楊柳山橋雙燕在，杏花春水一鷗飛。　寺門種竹僧初老，石

壁題詩事已非。　回首故人雲外遠，昔年觸詠記依稀。

寒食郊外

韶光又到畫橋邊，景物依然似去年。　野店東風寒食節，小園春雨落花天。　溪頭燕剪裁新浪，柳

外鶯簧破綠煙。　眼底生機多活潑，竹樓深處任留連。

郊行

東風適然來，邀我出城市。宛轉送我行，迤邐過沙嘴。郊原何蔥茜，春色殊旖旎。花草爭媚人，采之竊心喜。不意寂寥中，此處拾青紫。大化豈弄人，何戲乃爾爾。誘我以虛無，富貴等閒視。不覺心田開，性悟生至理。回頭問東風，東風吹不止。依然偕我歸，夕陽滿春水。

柳堤漫詠

瀰瀰煙浪疊。雞聲出紅樹，人家隱樓堞。畦圃繞籬門，野菊飛黃蝶。不覺落殘陽，歸路躡秋葉。

立秋

萬事過如夢，一愁生到秋。有身終負累，無地可埋憂。舊雨誰青眼，新霜自白頭。砧聲聽又到，數口復何謀？

其他句如：『晚風花港笛，秋雨竹樓燈。』『落日漁家酒，青山野客詩。』『花港魚噞月，松窗鶴聽棋。』俱有逸致。

查潞一首

潞，字笠亭，浙江海寧人，乾隆己亥舉人。

按：笠亭，查初白老人從孫。嘉慶壬戌禮闈後來津，主金亦吟家。沉默寡言笑，性耽於學，與

余締交。

寄和梅樹君先生見懷之作

西沽咫尺渺瀛洲，葭蒼露白溯無舟。合離變幻海蜃氣，思君欲起竹間樓。樹君樓名。卅年物色風塵老，
梅花的是仙人草。萍浮梗泛賸枯查，芙蓉賦罷平津道。模糊記得同遊處，海光古刹巋然樹。片帆風順駕南湖，
晴雪鷗盟謝鶼鷺。入門突兀殿宇荒，殘僧一一出兩廊。法炬初然飛錫地，清談各據局腳束。雪泥鴻爪偶然到，
去住無端我何悼？懷人書到富琳瑯，破曉簷前乾鵲噪。寺樓重上路非迢，詩思依稀認灞橋。天高雲凈澄秋
月，市遠人囂知落潮。階不鋤門種柳，人海藏身君信否？重陽風雨且登樓，指點東南空矯首。

何峇二首

峇，字酉峰，山陰人。

聞雁感懷

其一

兄弟飄零思不禁，客懷聽此劇驚心。雖然有字來千里，未必傳書值萬金。一片寒聲秋水濶，幾

行疏影暮煙沉。今宵何處樓頭笛，譜出嗷嗷哀怨音。

其二

蘆花楓葉露爲霜，水色迷漫草色黃。對月忽聞聲歷歷，感懷自歎髮蒼蒼。離情每易成歸夢，冷酒何堪到熱腸。愁向西風難奮翼，幾回搔首坐燈旁。

余廷霖二首

廷霖，字竹泉，自號白頭童，又號跳笑兒，又號老孩子，山陰人。

按：竹泉嗜酒，嗜硯，性酣嬉淋漓。草書出入百家。成邸嘗見其書，贊曰：『蒼老有姿，卓然成家。』詩不多傳，所得僅此。

舞蝶

舞蝶翩翩花欲笑，簾垂門閉晝初長。老夫讀慣《閒居賦》，白眼看他鎮日忙。

偶書所懷

人生何事樂，最樂是知音。爨下焦桐在，中郎何處尋？

竹泉老人嘗繪《慕雁圖》，以寓思鄉之意。題詠甚多，李石農觀察鑾宣詩曰：『商飆入林戛寒篠，

斜雁一繩人字小。石泉寫作琴筑聲，琴筑聲中秋易老。眼中之人嗟倦遊，少壯出門今白頭。蒼茫落日送去鳥，顧影不覺生羈愁。羈愁萬種向誰訴？此意非關弋者慕。賓鴻歲歲有歸期，鄉夢年年無覓處。勸君勸君心莫哀，樽酒猶足供歡咍。人生百年真過客，醯雞守甕何爲哉！祇今雪打黃蘆折，北風敲冰冰坼裂。待得明年春雁來，重與羈人話離別。』蒼凉頓挫，最爲出色。

陳詩七首

詩，字石生。浙江會稽人，道光壬午舉人，著有《拜石山房詩草》。

按：石生應道光癸未公車來津。見余題余竹泉老人《慕雁圖》詩愛之，因締交。與崔念堂旭、陸秋生鈞、高寄泉濬璜、李采仙雲榴，雅集于竹泉之十研廬，訂爲竹泉七友，分吟成帙，津人艷之。

晚歸駝峰

日落暝煙生，空山怯獨行。古藤纏虎穴，怪鳥變人聲。澗静泉初響，巖危石欲傾。書樓遙可指，樹杪一燈明。

山樓曉起

獨夜山樓上，鐘聲攪客眠。海明雲化水，村遠樹生煙。一鳥下空際，亂帆來日邊。倚欄頻俯仰，

愁思又茫然。

南鎮春詞

其一

巧製宮鞵爲踏青，香輿多傍柳陰停。春來到處宜男草，不上南山窆石亭。

其二

暖鶯啼樹柳煙和，十里春山映綺羅。絕似西湖天竺路，年年二月麗人多。

其三

野店青帘竹半藏，杏花天氣酒初香。山家少女當鑪坐，親酌鵝黃勸客嘗。

其四

絕代名姝憶浣紗，朝爲村女暮宮娃。遠峰依舊橫眉黛，知有溪流近若耶。

宋六陵

鎮南築塔妖僧謀，荷鍤曉渡西陵舟。發掘攢宮利金玉，陵鬼夜哭山陵愁。一百一所成灰土，龍蛻難飛鶴罷舞。風雨崖山共愴神，魂魄何年來隧戶。傑哉林唐兩義士，憤淚填膺怒嚼齒。不惜揮金召市徒，終教收骨埋山趾。自是趙家流澤深，遺民猶歔抱孤心。犬年羊月不復識，鳳巢龍窟難重尋。

落日荒原竄雌兔，天章寺古冬青樹。杜宇聲聲啼血枯，我來麥飯澆何處？

陸鈞二首

鈞，字秋生，浙江錢塘人，道光壬午舉人，著有《晚香草堂詩草》。

按：秋生少年美才，在陳石生處見余題《琵琶一夢圖》七絕，愛之。介石生定交，聯竹泉七友研廬雅集之會。善畫事，因繪《研廬雅集圖》七幅，分贈同人，聯吟成卷。

簾鈎

夕陽樓畔暮秋天，小影彎彎欲上弦。雙縮漫憐纖手揭，一聲斜墜晚風牽。高籠檐角邀新月，低觸搔頭響玉鈿。多少相思抛未得，蛛絲愁冒記年年。

有贈

迢迢秋水易銷魂，丁字沽頭月有痕。爲問伊人消息好，虹橋西是舊籬門。

高濬璜一十六首

濬璜，字寄泉，原籍遷安，寄籍寶坻。嘉慶戊寅恩科舉人，著有《蝸寄廬草》四卷。

按：寄泉少孤，隨母太夫人鞠于舅氏竇坻王宦巖先生家。天姿秀出，好學能文，早占科名。遊天津，主徐鞠圃舍人家，一時沽上知名，無不締交。慶雲崔曉林稱其才力宏富，七律尤擅長。余極愛其五言《田盤雜詠》諸作。

邦均道上

雲樹影蒼茫，松林漏夕陽。山如迎客笑，人爲看花忙。漸覺心塵斷，從今夙願償。一鞭風力緊，生恐負春光。

入玉石莊山口望少林寺

曲逕漸逼仄，盤旋入翠微。落紅埋客屐，新綠上人衣。佳境妙于轉，群山相合圍。宮墻環繞處，塔影認依稀。

少林寺望雨

不辨松濤韻，聲聲雨叩扃。雲拖龍尾白，山洗佛頭青。急照飛花雪，餘音雜塔鈴。扶筇知欲霽，乾雀亂梳翎。

嶤� 嶺峰

瘦削插天碧， 田盤第一峰。 何年遭劫火， 煉出此芙蓉。 怒茁萬株笋， 倒懸千樹松。 我來數膜拜，

願步米顛蹤。

過侯家山

小嶺通西澗， 橫抄一徑斜。 路如螺轉殼， 人似蟹爬沙。 石滑常攀樹， 鞋穿爲避花。 買山如有日，

奉母願移家。

雲淨寺

怪底雲山淨， 危樓剩幾椽。 碑經苔暈蝕， 鐘就樹枝懸。 地僻僧無伴， 梁穿佛見天。 倚欄人小憩，

枯柳拂茶煙。

天津城内費家衚衕， 傳是前明費宮人故里， 感而賦之

其一

垂楊門巷夕陽多， 蕙質筠心古不磨。 自數青錢沽墨露， 落花風裏弔貞娥。

其二

胸填義氣鬢揉藍，強學鴛鴦虎穴探。頸血淋漓膏匕首，至今片土壓燕南。

哭天津劉韻湖錫

其一

說著名場心暗悲，青衫困頓骨支離。可憐阿弟凌雲去，魂斷泥金報捷時。乃弟錕，捷癸未南宮日，韻湖卒。

其二

一從錦瑟斷朱絃，忍把鸞膠續舊緣。今日鴛鴦築成塚，廣陵散絕悼亡篇。韻湖喪偶後，不再娶，多悼亡詩。

寄懷天津徐筠莊孝廉瑋時遊商邱

其一

睢陽千里繫相思，夢繞嵩雲望欲癡。憶別怕過垂柳渡，懷人最是落花時。三年真意聯鷗約，兩地深情有雁知。擬贈寒梅無覓處，且尋驛使寄將離。

其二

去年曾作一山雲，香火緣從幾世焚。共買烏絲朝肄字，互評黃絹夜論文。蒹葭倚玉涵秋爽，蘭蕙無塵吐靜芬。把臂渾忘歡聚樂，祇今空自悵離群。

其三

遙聞講座得吾徒，桃李新陰種幾株。坐我有風開絳帳，鑄人如雪點紅鑪。購材多積豐年玉，圓悟應求照夜珠。漫把光陰隨逝水，相期努力到蓬壺。

其四

天涯一樣學依人，爲絮爲萍盡夙因。窮況備嘗青尾蔗，鄉心遙戀紫絲蓴。家如無累誰甘旅，人果多才豈患貧？記取他年蓉鏡下，低回同認舊吟身。

其一

津門秋來多雁，弋者時其宿中，以佛浪機所傷既衆，遂獨其群。嘹唳之聲，聞之酸耳。梅樹君孝廉鳴於官，著爲禁，旅雁獲安，感而賦之

鴛鴦銃發激連珠，訇磕聲中聽慘呼。鍛羽遺音殊曳櫓，避繒無術枉銜蘆。雲頹月黑埋機械，露冷風酸澀主奴。賴有詩人能造命，哀鴻十萬一齊蘇。

其二

驚魂安穩渚仍遵，護法今逢梅子真。此日一心悲塞雁，他年百堵惠蒸民。漸逢勢卜風毛順，集澤痕留雪爪新。我替飛鴻深感戴，羈栖同是客中身。

魏紹淦五首

紹淦，字杏樵，通州人，文學。

將之潤州，誌別李夢厓孝廉

其一

生憎人詠少年行，心似寒潭澈底清。故國田園牽蝶夢，異鄉風浪慎鷗盟。數椽茆屋難棲跡，一葉扁舟且問程。莫說江南煙景好，杜鵑不爲客無聲。

其二

離情惻惻寫烏絲，非是工吟折柳詞。丁字煙沽歧路酒，桃花潭水故人詩。二千里外相思重，念四橋邊結夢痴。莫對刀環傷久別，黃梅三熟不多時。

癸酉夏日，自棲霞渡江北上，舟中口占

旅況鄉愁一筆删，棲霞峰下買舟還。歸途眼界三千里，看到燕支塞外山。

題窗下折梅圖

昨宵春信逗簾鈎，香夢模糊一枕收。衹爲惜花貪早起，曉窗風靜不梳頭。

舟中

樓臺兩岸望參差，紅樹斜陽放棹時。記得掛帆瓜步口，一江秋色冷於詩。

郭昺曜三首

按：東山先生少受學于襄陵盧性香、梅山夫兩先生，讀書于別業之繪聲園，有閣曰『來青』，吟詠其中，淡于榮利。乾隆庚寅、辛卯間來天津，與張公拱之、牛公師竹相善，時共唱和于二氏園亭間。

昺曜，字東山，山西平陽府臨汾縣人，候選運同，著有《來青閣詩鈔》一卷。

秋夜繪聲園

雲移月影動，桂繞水亭香。竹密常疑雨，松高不礙墻。山光供畫活，秋思入詩涼。酒力分賢聖，

吾儕飲自狂。

懷人偶賦

園林月色照清秋，夢繞淮南蘆荻洲。細雨漁灣連浦暗，微風荷港抱村流。孤舟自信乾坤濶，身事何妨雲水浮。此境分明常在目，舊時儔侶遠懷愁。

阻雨晚泊

已見秋蕭瑟，那堪積雨中。水聲亂風樹，客路滿煙篷。家遠計歸日，愁多數去鴻。不眠知夜永，盼望旭昇東。

郭汝騏四首

汝騏，號稚山，山西臨汾縣人。

按：稚山世居天津，性嗜學，不利名場，嘗屬李桐圃繪《郊獵圖》以寄意。

以劍贈小陶弟

三尺青萍失路時，無人拂拭辨雄雌。贈君聊當吳剛斧，折取蟾宮桂一枝。

爲范春皋作

天涯潦倒竟何如，枯槁誰能認故吾？詞賦江淹消別恨，風流阮籍泣窮途。主恩深處憐疲馬，家運衰時出叛奴。腰下龍泉囊底筆，夜窗風雨伴狂夫。

簪花圖

靈蛇學挽曉妝妍，斜倚芙蓉寶鏡前。纖手拈花頻顧影，一輪明月兩嬋娟。

撲蝶圖

鳳子輕盈五色飄，隨風穿過美人蕉。賺人紈扇花間撲，誤墜垂珠金步搖。

郭汝驄十首

汝驄，字小陶，一字瞿仙，稚山弟，著有《小陶吟草》。

按：小陶幼聰慧，豐度秀美，受學于陳石士侍御用光，葉筠潭廉使紹本，許爲一時之秀。袁玉堂來津，聞名相結，稱小陶、韻湖爲津門後俊，比之秣高馬，先鳴雞云。

中秋日懷梅樹君先生

對月懷高士，秋風酒一觴。病應花共瘦，時抱病詩比姓還香。惟達能供懶，非才不解狂。停雲

看咫尺，君外一蠡莊。謂袁公玉堂。

和梅樹君先生見贈原韻

薄俗相違炭與冰，疏狂甘自百無能。瘦因病豎君如鶴，悟到詩禪我亦僧。把酒磨殘三尺劍，看花倚老一枝藤。他年如遂遊山約，同向峨眉嶺上登。

京邸與繆星池先生夜話，因懷樹君先生

客中又送一年秋，不爲看花不遠遊。知否別來三十日，夢魂夜夜到羅浮。

與星池先生言懷作

其一

青衫一樣著風塵，同坐寒氈劇苦辛。交到忘年無世故，狂雖忤俗近天真。不諳生理多閒日，肯墮名場爲老親。知否怕聞人一語，韶光禁得幾因循。

其二

世味初嘗真似蠟，華胥境裏暫爲家。肺將成病猶躭酒，魂豈禁銷亦愛花。不惠不夷形自放，學仙學佛計全差。何時禽向能攜手，行遍天涯又水涯。

癸未春闈，梅樹君先生下第，詩以慰之

一第無須戀不休，任憑振作是千秋。忌才天比憐才甚，榮世名如壽世不。時有方干應共賞，遇

非賀監更何尤。金風回首同搖落，曾把君詩爲破愁。

排悶步樹君韻

此身原爲讀書生，辛苦頻年據管城。敢向魚腸論劍術，可知雞肋是詩名。飛蠅過耳成虛譽，天

馬橫空羨遠行。何日花前同一醉，雲中五老笑相迎。

舟中

其一

竹籬槿舍兩三家，淺水灘頭月影斜。小艇自橫人自睡，西風吹冷白蘆花。

其二

霧槳雲帆傍岸行，苦吟人坐夜三更。歸心已順東流去，七十二沾秋月明。

贈梅樹君先生

一家風雅久傳聞，世有清才迥出群。繼起詩名歌白雪，先生令嗣《詠柳花詩》，以『素飄千點雪，

白滚一團珠』句舉茂才，爲學使杜石樵先生所賞。深閨韻事典紅裙。先生有『典到紅裙事可知』句。

當年蘇轍稱賢嗣，此日林逋有細君。最是賞心真樂事，梅花文草總芳芬。先生自撰《春聯》云：『文

草不如詩草富，梅花香到杏花時。』

温予巽五首

予巽，字東川。陝西興安府漢陰廳人。嘉慶癸酉選拔，丙子科舉人，道光丙戌大挑二等。

按：東川，關中學秀，風期閒雅，與王簣山孝廉自策，俱以文品重于時。來津門，與袁玉堂、劉韻湖、

郭小陶同締交。韻湖故後，爲悲愴不釋，自都來津，到韻湖停柩處大痛，其友誼最摯云。詩工近體。

癸未下第，訪劉韻湖話舊，聞已蓋棺數日，成輓律四章，聊以誌痛，示梅樹君孝廉

其一

我逐春風觑觑來，滿懷愁緒待君開。那期訪舊情偏切，忽報修文召已催。一別迥殊今古夢，相

知各抱死生哀。撫棺痛灑無窮淚，造物何心總忌才。

其二

晉嶺秦川溯壯遊，一編風雨苦搜求。因耽夙好翻成癖，致起沉疴竟不瘳。爲改易前稿致病。空

谷幽香經幾稔，名山遺卷足千秋。予懷渺渺丁沽水，嗚咽寒聲不斷流。

其三

半生淪落竟如斯，不信才高竟數奇。嗜酒長庚鯨化早，看花小宋馬歸遲。時令弟仲於捷南官，未歸。十年久抱安仁痛，時鰥居十載。一世空含伯道悲。最是傷心慈竹老，風前倚徙淚長垂。

其四

論文三載許知音，相見無多結契深。夜月三更參妙諦，秋風七夕坐清吟。作七夕雅集，有袁玉堂、梅樹君兩先生賦詩，余亦同社。古梅閣冷芳蹤絕，新笋厨開客思沈。韻湖薦同人，自署其筵曰『櫻笋』。欲話素心煙水隔，茫茫泉路淚沾巾。

甲申重過津門弔韻湖

行行且往復來斯，把酒聯吟感昔時。掛劍竟成千古恨，圍鑪那得九原知。驚聞社鼓腸先斷，頻檢詩筒淚並垂。無限情懷惟一哭，經春宿草漸離離。

李佛桐二首

佛桐，字北癡，號琴溪。諸生。河間縣人。著有《愈愚蓬舍詩稿》八卷。

按：北癡少負文譽，遊日下者二十年，以任俠揮洒萬金，坎壇名場，未償所學。中年逃禪，悉心佛理，焚修淨土，志行甚堅。蓋亦老不得志，而爲窮愁之詩者歟？

元宵遣興

對酒強排悶，停杯懶自斟。孤燈半窗影，明月一生心。春想華堂早，寒疑陋巷深。莫嗟天困我，命固有升沉。

寒食

已分閒中老，何驚歲月馳。天心無厚薄，人意有偏私。連日炊煙斷，今朝寒食宜。鶯花太漂蕩，啼笑勸吟詩。

張勤一首

勤，字魯觀，號秋圃，白下人，布衣，著有《一葉詩鈔》。

按：秋圃《弔淮陰侯》云：『國士窮途猶乞食，英雄末路竟如斯。』道光乙酉過津，蒙其贈句云：『竹間樓說孝廉家，玉笋排班侍絳紗。高論未曾親講席，香名早已識梅花。文章預定千秋價，著述

無慚一代詩。如此風裁如此筆，肯容林壑老生涯。」其《舟中有感》云：「枉說生花筆，煙波任所之。壯歲猶如此，前途事可知。挑燈問黃卷，何處鳳凰池。」其《詠柳五絕》云：「十里春風路，柔條舞不停。江湖多白眼，獨爾尚垂青。」

春風舟一葉，江岸柳千絲。

寄津門梅樹君先生

飄然一葉過津門，阿里無緣暫詣君。寄贅小詩慚草草，曾吟大集拜殷殷。錦囊翰墨三生契，素業名山一代勳。倘許選樓參末座，方干榮比入青雲。

趙泌三首

泌，字若侯，江寧府上元人，著有《瓣香軒詩集》。

按：若侯于嘉慶癸酉、甲戌來受業，主李采仙家。詩才清妙，愛摹唐賢格調，與采仙唱和最多，《沽上秋吟集》多采其作，後遊粤西。

晚步

老樹亂雲封，寒山露一峰。秋風黃葉逕，落日寺門鐘。霜意林端重，嵐光雨後濃。何當攜白酒，江上看芙蓉。

秋日即事

楓葉落紛紛，　長空雁一群。　草荒難辨路，　山小不生雲。　漁唱喧前浦，　炊煙斂夕曛。　遠村吹牧笛，　風送嶺頭聞。

沽上

信步踏郊畦，　青青麥隴齊。　池塘晴泛鴨，　村落午聞鷄。　芳草春三月，　東風柳一堤。　歸途何處好，　斜日小橋西。

津門詩鈔卷二十九附見流寓、職官二十八家，不在寓賢之列

李梅賓一首

梅賓，廣西桂林人。康熙辛丑進士，官天津府知府。《秋坪新語》：「天津李太守由詞垣出守滇南，後調任天津。其初任滇省也，假館于城外龍神廟，即其中接篆任事。郡中六十年前，盛夏苦旱，禾稼盡槁，民心惶惶，太守某為禱雨于龍神，數日無驗，守急，乃以大鐵索鎖龍神頸與已兩手，誓曰：「三日不雨，當毀其廟。」其夜即齋宿神座前，夢神謂曰：「凡雨一滴一點，皆有定數，吾非不感公誠，俾致甘澍，以不得上帝命，故不敢耳！正如公倉粟庫財，皆有管鑰，而不得君命，亦毋能擅發也。公如能不俟命，而賑貸斯民，吾亦不待玉敕，為大霈雨澤矣。」守遂醒。翌日早，竟開倉大賑，老幼歡呼，額手稱慶。是日，日色晴瑩，嘆暍方甚，至夕陰雲四合，甘霖大沛，四野沾足。不浹旬，而太守以不經詳報，擅發官項得罪去官矣，守處之怡然。比行李將發，乃至龍神致奠，若與告別。夜夢神來慰唁曰：「君固獲譴去矣，即某亦受天庭罰，向陰山待罪。然我與

公之所以獲罪，其事同出于愛民，上帝推好生之心，終加憐憫。今乃先議罰而後議賞，甲子一週時，公爲此地神，我爲此地守，陰陽正不無輪轉耳。」至是，公果于此廟任事，土人頗有能言之者，無不嘖嘖稱奇，但未知龍神果易前守否耳。公之守天津也，不攜眷屬，不延幕友，惟一戚某掌書記，一童供役使，襆被蕭然。日市肉一勺，豆腐二勺，白菜三四勺，炊餅十餘枚。袖有清風，按無留牘，清介勤敏，稱天下第一。後擢山東運使。甘棠餘韻，遍滿津門云。公額中有肉突起，高寸許，腹與兩股皮粗如鱗甲，每大雷雨，輒神致飛揚，有凌空之想，神龍轉身，或不誣云。

浮槎散人曰：『天地之大德曰生，豈忍而坐視斯民之死哉！然水旱兵燹，骸骨撐拄，往往而然，毋真數不可逃，即上帝亦付之無可如何歟？卒之愛民甘罰，罪在一時，而賞延異世，帝亦何嘗不許其變通，以濟物哉！彼藉詞守法，隱以自便之徒，清夜捫心，寧不愧死？』

懷舊山讀書處

翠巒峭壁簇峰齊，細草閒花隔岸迷。幾處留題存墨瀋，不堪回首憶幽溪。半林黃葉自秋色，一片白雲空鳥啼。欲買青山渾未得，明年理繭學雞棲。

魯之裕七首

之裕，字亮儕。鄉貫俟考。袁簡齋《小倉山房文集》云：「己未冬，余謁孫文定公於保定制府，坐甫定，閽啓，清河道魯之裕白事。余避東廂，窺偉丈夫，年七十許，高睅大顙，白鬚彪彪然，口析水利數萬言。心異之，不能忘。後二十年，魯公卒已久，予奠于白下沈氏。縱論至于魯，坐客葛聞橋先生曰：「魯字亮儕，奇男子也。田文境督河南嚴，提鎮司道以下，受署惟謹，無游目視者。魯效力麾下，一日命摘中牟李令印，攝中牟。魯爲微行，大布之衣，草冠騎驢入境。父老數百扶而道苦之，再拜問訊曰：「聞有魯公來代吾令，客在開封知否？」魯謬曰：「好官去，可惜！伺魯公來，盍訴之？」曰：「若問云何？」曰：「吾令賢，不忍其去故也。」又數里，見儒衣冠者簇簇然謀曰：「咄！田督有令，雖十魯公，奚能爲？且魯方取其官而代之，寧肯捨己從人耶？」魯心敬之而無言。至縣，見李貌溫溫奇雅。揖魯入曰：「印待公久矣。」魯拱手曰：「觀公狀貌被服，非豪縱者，且賢稱噪于士民，甫下車，而庫虧何耶？」李曰：「某滇南萬里外人也。別母遊京師十年，得中牟，借俸迎母，母至被劾，命也。」言未畢泣，魯曰：「吾喝甚，具湯浴我。」徑詣別室。且浴且思，意不能無動。良久，擊盆水誓曰：「依凡而行者，非夫也。」具衣冠辭李，李大驚曰：「公何之？」曰：「之省。」與之印，不受。強之曰：「毋累公。」魯擲印鏗然厲聲曰：「君非知魯亮儕者。」竟怒馬馳去，合邑士

民焚香送之。至省，先謁兩司告之故，故皆曰：「汝病喪心耶。以若所爲，他督撫猶不可，況田公耶？」

明早詣轅，則兩司先在，名紙未投，合轅傳呼魯令入。田公南向坐，面鐵色，盛氣迎之，旁列司道下

文武十餘人，睨魯曰：「汝不理縣事而來，何也？」曰：「有所啓。」曰：「印何在？」曰：「在中

牟。」曰：「交何人？」曰：「李令。」田公乾笑，左右顧曰：「天下摘印者，寧有是耶？」皆曰：「無

之。」兩司起立謝曰：「固也。待裕言。裕一寒士，以求官故來河南，得官中牟，喜甚，恨不連夜

魯免冠前叩首，大言曰：「某等教敕亡素，致有狂悖之員，請公并劾，魯付某等嚴訊朋黨情弊，以懲餘官。」

排衙視事。不意入境時，李令之民心如是，士心如是。見其人，知虓䝟故，又如是。若明公已知其然

而令裕往，裕沽名譽，空手歸，裕之罪也。若明公未知其然，而令裕往，裕歸陳明，請公意旨，庶不

負大君子愛才之心，與聖上孝治天下之意。公若以爲無可哀憐，則裕再往取印未遲，不然，公轅外官

數十，皆求印不得者也。裕何人，敢逆公意耶？」田公默然，兩司目之退。魯不謝，走出，至屋霤外。

田公變色，下階呼曰：「來！」魯入跪，又招曰：「前！」取所戴珊瑚冠覆魯頭。歎曰：「奇男子，

此冠宜汝戴也。微汝吾幾誤劾賢員。但疏去矣，奈何？」魯曰：「幾日？」曰：「五日，快馬不能追

也。」魯曰：「公有恩，裕能追之。裕少時能日行三百里，公果欲追疏，請賜契箭一枝，以爲信。」公

許之，遂行，五日而疏還。中牟令竟無恙。以此魯名聞天下。先是亮儔父某，爲廣東提督，與三藩要

盟，亮儔年七歲，爲質子于吳。吳王坐朝，亮儔黃袟衫，戴貂蟬侍側，年少豪甚。讀書畢，日與吳王

帳下健兒學贏越勾卒擲塗賭跳之法，故武藝尤絕人云。」

乙巳秋，賞菊于顧顧齋，因次蓮坡韻

其一

露菊香園小院清，澹妝偎暖雪千莖。延陵何必棲金谷，秀色餐來眼倍明。

其二

秋英簇簇九層臺，自是凌雲妙手栽。不厭狂如詩酒後，抱琴一日一回來。

其三

坐擁花城賦好詩，詩成呼酒一酬之。花神解助詩人興，細細寒香出眾枝。

其四

紅燈素壁影闌干，許我多情耐醉看。鬌髴玉樓明月夜，翠屏風外舞端端。

津門苦雨行

女媧石古天痕漏，六月愁霖失昏晝。百川匯海襄大陵，千里滔天沒封堠。天津市廛萬竈沉，兼日百謀一薪樵。天子命下官祈晴，秋朔金烏晃然覯。哉生魄後復傾盆，屋側牆欹徑苔繡。贏癃稚弱淪驚波，妖鯨毒鱷衝衢鬪。鮺使蒿目蒼黔魚，繪圖直向彤庭奏。捐珠釀桂療飢鴻，千百殍殖什一救。

江南遊子對思鄉，淚眼當天濕襟袖。

玉皇閣

直在雲霄上，蓬瀛望可通。萬帆風匯午，一鏡水涵空。刺目談珠桂，酸心繪雁鴻。白頭當聖世，愧作囁嚅翁。

環水樓在鹽使署

鎖鑰津門柏府雄，牙旂秋漾碧波中。河通大海聲彌壯，人上層樓眼愈空。跋浪鯨鯢驪得雨，濟川舟楫快乘風。堯天猶自憂昏墊，倚檻誰思度土功。

高斌三首

斌，字東軒。滿洲人。累官大學士，謚文定。詩見《熙朝雅頌集》。

秋九日，行青縣，過九華庵，訪恒中和尚

運河東岸上人家，暮鼓晨鐘靜不譁。舊識老僧原白首，重來古寺對黃花。十年幻夢經三宿，一逕清幽入九華。坐久渾忘秋夜永，半窗明月欲西斜。

秋日津門漫興

蕭蕭楓葉冷津門，曲岸潮中海氣昏。衰柳煙籠蘆荻港，潦河水浸蓼花村。淒涼夜雨霄征雁，領略秋風旅客魂。紅樹白雲驚歲晚，長隄立馬默無言。

夜渡津門疊前韻

輕舟一櫂下津門，雲淨天空夜不昏。雁影橫斜秋水岸，鐘聲遙度月明邨。莫辭冷露侵衣袂，喜有清光醒夢魂。車馬塵氛應暫遠，此中真意欲忘言。

毓奇二首

奇，字鍾山，一字竹谿。滿洲人。累官漕運總督。

舟過靜海即景

輕帆高掛雉城東，收盡殘霞片片紅。淺水人看篙打月，逆流船與浪爭風。三更入破戍樓笛，一字驚寒沙渚鴻。極目詩情最蕭散，漁燈明滅亂流中。

九日舟泊津門

海天秋色雨茫茫，獨坐蓬窗客夢長。半部《離騷》傷《九辯》，一帆風雨過重陽。鏡中每苦繁

霜落，杯底偏驚駭浪狂。回首家鄉舊遊處，茱萸紅對菊花黃。

那達納一首

氏李，字伯言。漢軍庠生，襲封三等男。詩見《熙朝雅頌集》。

天津道中夜行

匹馬長堤宵欲闌，春風吹面客衣單。柳陰杳靄疑村近，星影微茫識路難。遠港波聲來耳畔，離宮燈火隔雲端。平生壯志今差遂，不憚馳驅五夜寒。

英廉一首

英氏馮，號夢堂。漢軍。雍正壬子舉人，累官保和殿大學士。諡文肅。詩見鐵冶亭先生選《熙朝雅頌集》。

按：公初仕天津海防同知，又提督長蘆鹽政。右文愛士，與黃竹老人金玉岡、查公次齋訂布衣交，嘗共讌詠。公《在津九日河橋即景》句云：『酒沽雙屐雨，菊賣一肩秋。』人多誦之。次齋中年貧困，入都，以詩上公曰：『萬間大厦連雲起，多少孤雲望庇來。』時公已大拜，念故交之誼，

津門詩鈔

九八八

即薦于翰林吳公裕德，亦憐才之一端。

宿楊柳青

孤村倚長河，客枕臨秋浦。知有南船來，煙中聞吳語。

許佩璜三首

佩璜，字渭符。浙江仁和人。河南開封府同知。

贈查心穀年丈

其一

憶昔敦盤會，交游集四方。庇人孫北海，置郵鄭南陽。惠好情無極，風規誌勿忘。相思歲將晏，

青女正吹霜。

其二

鑿沼通瀛海，為山擘岳蓮。胸能貯丘壑，性本嗜林泉。家有珊瑚網，居稱書畫船。愛君吟嘯處，

何異小遊仙。

愛日共長春。

其三

皇覽逢初度，詩歌燕喜辰。車屯三里霧，坐列九州賓。煒矣圭璋望，環哉廊廟珍。斑衣方仕養，

《秋坪新語》：『許太夫人徐德音，開封司馬佩璜之母也。家仁和，少寡，司馬讀書，即所教成。
雖系出閥閱，不廢綺羅，而風神高澹，灑然有林下風。工詩善畫，尤長花鳥草蟲，著有《淨綠軒詩》
刻行世。所役婢十二，取名古雅，皆美儀容，善詞令。每值添香、更衣、捲簾、侍坐、鳴環動珮，
望若仙人。司馬官中州時，先從父兼山公守開封，爲同僚。得其所繪《芳草蝶飛圖冊》，並題十絕
句于上。金粉璀璨，栩栩欲活，點綴幽花小草，運筆設色，無一俗韻。其詩曰：「紅絲小硯畫眉螺，
寫出青郊一幅莎。日照蝶衣齊曬粉，春寒鶯谷未聞歌。」「香鬢花板太風流，新倚青皇拜粉侯。取次
百花都不戀，惟憐衙社在芳洲。」云云。』

周元木二首

元木，號蘭坡。翰林改教，舉鴻博，復入詞垣。久寓天津。

贈余元平同徵就保陽方藩伯幕聘

其一

料峭春寒匹馬衝，魂銷南浦動離惊。千年俊骨金臺老，一劍雄心玉匣封。池近蓮花邀庾杲，人如楊柳識王恭。劇憐書記翩翩去，誰共楸枰傍古松？

其二

詩牌酒榼約東鄰，最愛嶔崎歷落人。負米心惟供白髮，鋤經身不染黃塵。那堪折柳當歧路，纔過傳柑屆早春。上谷近連三輔地，相思有句託魚鱗。

金文淳一十四首

文淳，字質夫，號金門。杭州人。乾隆己未進士，知天津府事，因事罷官譴戍，後主講天津問津書院。著《垤進齋詩草》。

按：公在津惠政甚多，崇尚文士，課生童如子弟，獎勵激勸，殷殷造就，所刮目者，無勿騰達。最重金芥舟先生，誼同手足。故公譴戍時，芥舟隨之出關，作長白鴨綠之遊。

乾隆乙亥五月初七日五十初度，詩呈津門諸公教和

其一

流光出蟄走修蛇，客路俄驚暮景斜。風暖不消髭上雪，春歸偏剩眼中花。雲迷親舍知非遠，日近長安望轉賒。留得此身恩未報，旗亭釃酒祝年華。

其二

回首觚棱夢影徂，閒思往事一長噓。曾沾清禁金莖露，還佩留都竹虎符。日月帝鄉瞻鉅麗，神仙瑤闕快承趨。而今孤負莊周蝶，春睡東坡已醒無。

其三

杯酒何知身後名，更從噩夢悟餘生。長居覆載偏忘大，得免顛危轉自驚。有業不知何日滿，無官敢說此身輕。詠歌渥澤難終盡，遺唱睢陽亦善鳴。築城相杵者，始于梁孝王築睢陽城，後謂此為睢陽唱，見《宋書》。

其四

登登百堵響城闉，捄度真為版築人。輸產不留家四壁，程工敢懈日三巡。從來妄笑長輿癖，到此方悲原憲貧。屈指六年齟口地，連雲雉堞一時新。自修望都城後，庚午新安，辛未唐縣，壬申定興，癸酉東安，甲戌清苑，皆奉監理。

其五

纔離畚鍤息勞肩，復理琴書願假年。蜀日照人嗤下士，春風入座愧前賢。英才教育吾何敢，舊學商量爾共傳。待得冰寒青又謝，老夫相對更欣然。

其六

著書仰屋願終違，握管臨文鷁退飛。才盡也隨年共逝，時移始覺事皆非。登樓作賦鄉心切，陟岵裁詩客淚揮。坐擁皋比羞博士，後堂絲竹漫成圍。

其七

老屋東頭恨最長，墓門南望路茫茫。小池猶自春生草，細雨空孤夜對床。臣朔可憐飢竟死，次公何事醒猶狂。平生兄弟兼師友，灑盡天涯淚兩行。

其八

折簡何人致賀書，無多長物也焚如。那堪柱腹撐腸外，盡付焦頭爛額餘。揚季一區終已矣，陶潛三逕得歸歟。西湖舊日漁兄弟，可許浮家賦卜居。

其九

五方百貨聚紛唖，估舶帆檣遍近郊。繞郭雄風真樂土，到門今雨衹貧交。韓公進學憑誰解，揚子談元任客嘲。寡過未能還學易，曉來占得益初爻。

其十

百年强半問誰同，身世難諧類敬通。歲月不回江漢水，功名相背馬牛風。挽鬚兒女催人老，把臂知交漸雨空。多謝異方群祝祜，文成十賚亦徒工。

春柳

其一

東君欲到逗先幾，隄樹朝來綠漸肥。斜抹遠天新雨足，亂垂平野暮煙圍。何人樓上迷春夢，是處花前拂舞衣。有底風情無限恨，年年三月絮紛飛。

其二

黛眉初染細腰橫，嬝嬝東風便有情。蘸水碧連芳草嫩，隔花紅漏夕陽明。愁臨曉岸三分月，閒送清歌一曲鶯。爲問柔條千萬縷，可能長此鬪輕盈？

其三

玉欄干外雨初收，婀娜臨風不自由。煙態一時無不媚，畫船終日爲君留。襯他前度桃花艶，惹得深閨少婦愁。却爲顛狂減才思，半絲輕搭在簾鉤。

其四

小橋曲折路東西，業業牽風樹樹迷。垂手舞工金縷颶，畫眉人去玉驄嘶。碧天無際長留影，野水初生自拍隄。偏是冶游知愛惜，可堪妍雪易粘泥。

查儉堂中丞《銅鼓書堂集·宿東安莊舍懷金質夫太守》云：『推户詩黏壁，誰兹訪敝蘆？秋風吹樹老，殘照入窗虛。簷際城陰合，階前菊色舒。故人曾住此，蹤跡近何如？』

孟淦五首

淦，字虛舟。山西太谷人。貢生，官長蘆分司。

按：長蘆分司，原名青州運同。雍正八年，孟周衍，山西太谷人，監生，爲青州運同。至乾隆四十四年，孟淦來蒞此任，次年改爲天津分司。淦即周衍子。周衍在天津德政甚多。《長蘆志》：『鹽關浮橋，在天津城東門外鹽關口。初僅一小舟渡，海河水勢影疾，濟河者往往覆溺，青州運同孟周衍捐俸倡首，眾商捐造外大渡船一隻，人皆感之，遂呼「孟公橋」』。

孟公橋 家大人佐鹺務時所創

昔年我作津門游，津門滔滔津水流。中有長橋偃波卧，天嬌宛若遊龍遊。橋長水長勢摩蕩，石澗

金堤光瀲灩。煙蘆水竹秋滿前，千村萬落背還問。平湖油油碧於醅，瀠洄十里橫畫舫。津門士女來橋頭，橋頭如市壹何壯。大車小車絡繹行，我時下馬歇郵亭。試問此橋創誰氏，津門父老群誇稱。詩說此橋非從古，太谷孟公所落成。落成到今三十載，此橋即以公爲名。君不見：橋之東南嶐嶒第一碑，仁風惠政誰所遺。又不見：河之西北兩岸木無縫，鬱鬱葱葱誰所種。而我聞之絕不言，徘徊徙倚橋之闌。縱酒放懷游十日，二三知己從追攀。歸來登堂告我父，津門勝事從頭數。我父聞之笑不應，扶筇極目臨煙浦。

帶經堂自題

陋室非新構，從今額小堂。鐘聲半戶月，雁跡一簾霜。石古塵封墨，書殘蠹滿囊。尚遺琴在抱，分付好收藏。 堂前「亦可鳴琴」，即先大夫手額也。

庭樹 樹在北司垾旁，先大夫手植也

森然喬木已成林，爲愛青葱坐小岑。卅載向榮非有意，一枝庇陰到于今。漫趨庭下慚寒歲，偶過階前趁午陰。 昔日鳴琴曾對此，不知果否是知音？庭即先大夫鳴琴處。

鹹水沽聞蟬

淺深沾上雨初收，特向津門放小舟。借得半帆風正好，緑陰濃處一聲秋。

孟公橋夜眺

信步浮橋上，茫茫眼界清。月殘村舍暗，風定海潮平。穩渡先公跡，安瀾赤子情。坐聽垂釣者，還說舊家聲。

董元度二首

元度，字曲江，號寄廬。山東平原人。乾隆甲戌翰林。著《舊雨草堂集》。

天津雜詩

其一

雄鎮畿南傍海涯，百年生聚競繁華。遙通漕運三千里，近集魚鹽十萬家。鈴閣夕陽喧竹肉，戍樓夜月息鐃箛。欲尋碣石當時跡，莽莽桑田漠漠沙。

其二

角飛城外木蘭舟，丁字沽邊罷畫樓。活活街泥沾屐齒，淵淵羯鼓促歌喉。河豚入市思拚命，滄酒盈樽不遣愁。一夜西風鳴蟋蟀，海門容易是驚秋。

管幹珍三首

幹珍，字松崖。江南陽湖縣人。乾隆丙戌進士，由編修轉御史巡視津漕，歷任漕運總督。

析津晚泊憶舊

一帆又約雁南飛，雲水空濛暮濕衣。潮影欲沉知海近，月弦將滿入秋肥。桃花紅盡誰歸寺，楊柳青蕪自掩扉。遺事鎮尋無故老，雕梁如昔燕巢非。

楊柳青晚泊

青青楊柳拂官河，小泊輕航繫樹多。紅蓼一汀魚結隊，白蘋雙槳鴨衝波。坐窮暮雨當窗至，目送風帆竟海過。芳草王程心自凜，敢將幽意問煙蘿。

舟發桃花口

綠齊芳草雨過時，帆落丁沽轉棹遲。恰好尺波通潞下，桃花口外碧連漪。

其句如『樹外斜風楊柳寺，水邊寒食杏花墳』皆可誦。

錢楳一首

楳，字讓山。婁東人。著有《鋤月樓詩》一卷。

之津門留別婁江諸子

三月東風去燕遲，薊門煙樹重迷離。紅飛水驛花千點，綠裊津亭柳萬絲。衣上舊痕清夜酒，袖中新本異鄉詩。匆匆行色憑誰語，苦憶雲停月落時。

張問陶一首

先師，字仲冶，號船山。四川遂寧縣人。大學士鵬翮之孫。乾隆戊申舉人，庚戌進士，翰林院檢討，轉御史，左遷吏部員外郎，知山東萊州府，引疾南遊，卒于蘇州。著有《船山詩草》。

懷天津舊遊

記曾孤艇送殘秋，潞水盈盈繞郭流。十里魚鹽新澤國，二分煙月小揚州。衣冠誰醒繁華夢，江海遙通汗漫遊。欲指三山揮手去，祇愁風力引飛舟。

吳省蘭六首

宗師，字泉之，號穭堂。江南南匯縣人。乾隆戊戌進士，由編修大考一等，歷任內閣學士，兼禮部侍郎、順天學政。

按：公博通鴻覽，取士以經籍爲先，凡所甄拔，多致騰達。棟受先生知，取入泮，蒙賜《小帆初稿》一卷，謹摘數首入鈔，以誌勿忘。

春草

其一

江南草長怯春芳，後雁前花祗斷腸。拾翠未妨經野火，踏青容易送斜陽。馬蹄篤速平沙暖，烏

其二

芊芊藹綏邊簾櫳，一種青袍妬欲同。遠映輕陰兼映水，略宜細雨不宜風。攜將鶗鴂催湘畹，判

夜凄迷小店香。惟有閉門張仲蔚，綠痕肥到儘蒼涼。

其三

裙腰一道綠周遮，也傍垂楊也傍花。風信微薰遊屧軟，露華勻灑酒帘斜。蘼蕪影接佳人路，苢

與金錢賭漢宮。何似旗亭吟望好，煙光撩亂五花驄。

蓿香生戍士家。掩冉春陰重回首，王孫蹤跡尚天涯。

其四

寒食棠梨火又停，姹媒嬌處舞玲瓏。別當南浦濃如畫，夢近西堂暗欲青。三月鶯花新莨苕，六

朝裙屐舊飄零。碧蕪易老華滋淺，愁殺勞勞送客亭。

袁將軍崧墓

滬瀆峨峨倚壁開，孫盧往事重轟礧。一身戰血霾雲入，八月飛濤帶雨來。良史有才青簡盡，將

軍無樹白楊哀。李祥便是田橫客，鬼火燐燐照夜臺。

題禹鴻臚太真上馬圖

驪山高高溫泉紆，鸞旗風蓋紛在途。三千宮女竟無色，就中一人嬌且姝。錦韉玉勒春雲擁，控

鞍無力須人扶。當日風流樂莫樂，承恩夜夜朝元閣。琵琶玉笛奏霓裳，一斛珍珠空寂寞。樂遊原上

冶遊天，遺鈿墜舃夾城邊。犢車競飾何都閒，銅街調馬珊瑚鞭。此時六駿來西域，五家一色齊連錢。

漁陽鐵騎一朝至，暗塵隔斷明駝使。劍門迢遞走青騾，鳥啼花落傷心事。應悔歌傳得寶時，墮馬拋

家由義髻。鴻臚藝事能通神，直作千秋金鑒陳。可惜開元聖天子，竟無辭輦漢宮人。

宋潢一首

薦師小嵐夫子，山東蘭山縣人。乾隆甲寅舉人，嘉慶己未進士，辛酉補殿試，授戶部主事，擢雲南司員外郎、江南廬州府知府、四府督糧道。

按：小嵐夫子，棟丁丑會試薦卷師也。闈中獲棟卷，歎賞擊節，力薦未售，蒙批云：『其神奕奕，其光熊熊，具此才思，他年定當獨出冠時。』嗣後兩科，皆以丁憂未就公車。庚辰年，夫子領郡出京，闈前盼余一見，遣人各逆旅廟院，遍覓無蹤，爲悵惜久之，不知棟實未來都也。及道光五年，夫子督運過津，始得謁見于舟中，蒙獎借余詩集，攜之通州，周覽一過，贈以題詞。知己之感，船山師外，無過夫子。款談時，蒙以六字心法見教曰：『立身當思「敬肆」二字，舉念當分「公私」二字，作事當辨「義利」二字。』佩服在心，恒不忘焉。

梅樹君孝廉詩集弁言

江南梅多春一色，玉照紅羅遍香國。薊北梅少遇者難，藐姑之仙冰雪寒。琑院沉沉夜燃燭，搴芳夢入梅花塢。彌望荒蘆臥葦中，一枝艷絕驚人目。當時頗喜得此材，移根健步黃金臺。大官未要和羹用，拗勒東風不讓開。編珠貽我長安市，洗盡鉛華謝紈綺。幽姿標領鼠姑風，如豹見斑佛現指。樹君闈中詩有『花膩鼠姑風』之句，後見貽詩集，讀之如傾萬斛珠，闈作特豹見一

斑耳。清清冷冷花上鈴，磊磊落落曙天星。霜淒月冷魂魄净，恍惚中有真娉婷。廬江作吏金陵客，屈指九載空相憶。雁迷魚渺路迢迢，驛使安從寄消息？此日逢君北海濱，峭帆流水接音塵。敢與梅花爲知己，愧無東閣繼前因。前樹君寄詩，有『不是廣平憐作賦，梅花知己亦無多』之句。于何相依竹與柏，老幹亭亭自貞白。夭桃穠李愛者多，梅兮梅兮奈若何。

吳錫麒四首

錫麒，號穀人。浙江錢塘人。乾隆乙未進士，翰林院編修，國子監祭酒，上書房供奉。

三岔河

衛白交流水怒盤，黃雲散盡海天寬。津門樹色三沽遠，碣石秋風萬里寒。清濁不聞歸壑異，堤防始信道河難。千年豆子航邊路，陳跡無多夕照殘。

津門雜詠録三首

其一

蘆雨生寒雁下汀，津門秋色好揚舲。片帆疑掛銀河水，來向天邊看女星。

其二

西浦清歌罷采菱，北斜暝色又收曉。一星欲滴露初白，涼殺前沾捕蟹燈。

其三

郎去蘆臺柳又秋，姜家柳口憶蘆溝。柳絲若綰郎心住，共守蘆花到白頭。

李鑾宣三首

鑾宣，字石農。山西靜樂人。乾隆庚戌進士，庶常改部，天津兵備道，歷任雲南巡撫。

按：石農先生觀察天津，重趙雪蘿之為人，締塵外交。雪蘿青鞋布襪，入署齋，了不拘文貌。公往往屏騶從，自提小燈叩雪蘿門，暢談竟夕。似此風概，于今少見。

崇效寺看花

丁香開後海棠開，古寺尋芳得得來。官味冷於寒食火，春光爛似錦雲堆。諸天樓剎多紅雨，七尺碑趺半綠苔。坐久但聞鈴鐸語，又添詩興入新裁。

羅山人手寫灤陽於役圖，送陸于石，赴熱河詳校三分書

一車兩馬渡灤河，柳眼初窺杏靨酡。細檢書籤驅綠蠹，飽攜詩卷看紅螺山名。三生文字緣重結，

二月春光晷半過。輸與山人閒潑墨，閉門淪茗伴維摩。

凉水河關廟市作

凉水河前廟市稠，青帘低掛樹梢頭。稻孫緑後鶯初老，杏子黄時麥已秋。隔岸歌聲喧似沸，繞堤行館泊如舟。濁醪到口都成醉，愛此風光爲少留。

李符清三首

符清，字海門。廣東合浦縣人，乾隆丁酉舉人，宰天津，能制强悍。重文學。著有《海門詩文鈔》。

贈沽上金野田先生

沽上知名士，如君第一流。六書褚登善，五字韋蘇州。有道貧何病，無田菊是秋。我懷存廣厲，文酒定交遊。

海光寺晚眺

三津風物似南天，徙倚高樓思渺然。七十二沽秋水闊，夕陽争放打魚船。

秋日登望海樓

縹緲孤城據上游，渡江人上倚江樓。三邊暮色漁陽樹，萬里悲風碣石秋。地盡魚鹽環估舶，河

交衛漯赴洪流。香林重到渾如夢，憑遍迴欄詠《四愁》。

楊暎昶五首

暎昶，字米人，安徽桐城人。官長蘆分司。著有《中隱軒詩鈔》。邑侯李戴園符清《跋楊米人不易

居詩集》云：『米人八歲能詩，有「寒月隱梨花，輕風落香雪」之句。年方冠應試，賦《鷺鷥則露》，有「此中天似水，

昨夜月初明」之句。二十三歲，刻《衍波亭初稿》二卷，又有《都門竹枝詞》百首。』

《念堂詩話》云：『楊米人《中隱軒詩鈔》，有云「官比畫師聊寫意，吏無公事可忘形。」「干卿何事風吹水，

與世無爭鳥在天」「芳草綠沾遊女屐，野花紅上故人墳。」似南宋人語。又「人各有能官愛冷，吾從所好富難

求。」「未能免俗聊云爾，小住爲佳亦偶然。」往往以此自喜，亦「身將隱矣文焉用，人不知之味更長」之類也。」

按：棟嘗見其《吊張睢陽》云：『健兒指墮眥猶裂，愛妾調羹血尚腥』句，何其壯！

津門夜泊

津門形勝舊爭稱，望海樓高最上層。子夜歌長迷鳳吹，丁沽水漲聚魚罾。沿堤官舫宵吹角，隔

岸人家夜有燈。試揭篷窗看明月，情懷真比六朝僧。

津門絕句

其一

魚鹽澤國繞汀洲，丁字沽前碧水流。記得船山曾有句，二分煙月小揚州。

其二

海國波濤接杳冥，趁風番舶正揚舲。東沽水合西沽水，楊柳青邊楊柳青。

其三

臨水人家傍岸居，門前秋水映芙蕖。臨流結得千絲網，網得雙雙比目魚。

其四

燈火樓臺一望開，放懷那惜倒金罍。朝來飽噉西施舌，不負津門鼓棹來。

杜堮五首

堮，字石樵。山東濱州人。嘉慶辛酉進士，官禮部侍郎、順天學政、浙江學政。

渡白河

黍谷寒原外，漁陽古塞西。長流環似帶，繡壤劃成谿。雨過沙猶軟，林遙渡欲迷。白檀山下路，

終日聽鳩啼。

懷柔道中

昔我經行麥始芽，今年已是菜生花。鵓鳩遷樹午聲暖，蝴蝶繞畦風影斜。百日春光爲客過，一川煙景向誰誇？臨橋照見星星鬢，欲借南流送到家。

自岔道至土木驛

太古山川異，經綸草昧存。日寒春失色，沙迴地無垠。白草迷人徑，紅樓識堡門。前朝遺戍壘，恐有未招魂。

度居庸關

金鴉破曉上征鞍，一一奇峰倒轉看。信有好書經百讀，從來新曲愛重彈。回頭但指雲橫塞，投足真隨水下灘。春色皇州無遠近，休將函谷論泥丸。

塞上勸耕詞

鳴鳩鳴過春山觜，耕人耕過長河尾。犖犖确确十頃田，前村後村鞭牛起。却説去年雪一尺，覆地蝗種没要卜。今年雨三寸，入土麥根活。勸農使者東方來，車騎數里生塵埃。手持斗酒勸爾飲，

努力官家租賦催。不見扶蘇城下路，至今猶有秦時灰。

崔曉林《念堂詩話》云：「石樵先生校士畿輔，作詩甚多，如《臨洛關》云：『去日通宵聽白雨，來朝一路省青山。』《贈張蔚州道渥》云：『作宦不離山水地，過關復見性情人。』《圓津寺》云：『滿院綠陰真供養，下堂清磬小聲聞。』」

按：先生嘉慶己卯年，視學天津，寶巖兒時年十四，應古試，先生奇之，賦題《浣花遨頭》，蓋時為四月初旬，又值學署初落成，人士轇集，公於是日下車，見衣冠如雲，喜而以少陵自況也。場中解題者少，巖兒賦中用少陵事甚多，有句云：『覽拾遺之舊宅，慕杜老之騷吟。花徑猶存，風景依然。似昔柴門宛在，流連直到于今。』為先生所賞，深加勸勉，亦想見先生愛惜人才之至意。

袁潔三首

潔，字玉堂，號蠹莊。江南桃源縣人。嘉慶辛酉選拔，知山東金鄉縣事。

按：玉堂于嘉慶十八年，在金鄉守城有功。因公落職，來游于津，遂締交焉。玉堂交遊遍海內，所著有《蠹莊詩話》。道光三年，謫成出關，士林惜之。

來天津喜晤梅樹君孝廉

騷壇新得上將軍，走筆能生落紙雲。此日津門非浪跡，既觀滄海又逢君。

去津舟中作

竟爾登舟去，行行別直沽。天難留節序，人易老江湖。對酒情無賴，耽吟興已孤。可憐秋柳色，

憔悴似今吾。

懷人詩六首之一，寄梅樹君孝廉

匆匆行色尚投詩，廉吏才人負所期。余行時，樹君遺人遺詩云：『才人命薄都成例，廉吏風高

不畏寒。』料得維摩新病後，梅花傲骨益清奇。

葉紹本四首

紹本，號筠潭。浙江歸安人。嘉慶庚申舉人，辛酉進士，翰林院編修，福建學正，直隸清河道，

長蘆鹽運使，廣西按察使。著有《白鶴山房詩稿》。

按：筠潭先生在長蘆，右文愛士，問津、三取兩書院整飭風教，文化蔚然。

蘆花四首，次朱虹舫學士同年韻

其一

銀雲一片繞塘鋪，滿耳秋聲聽轉孤。淺水迴汀行處有，淡煙涼月映疑無。迷離好殢眠鷗夢，蕭瑟誰摹《放鴨圖》？記得扁舟掠沙尾，西風瑟瑟響平湖。

其二

亂飄碕岸撲江船，獨夜孤槎人未眠。古戌剛聞悽朔管，大堤無賴拂征鞭。天涯冉冉催塵鬢，故壘蕭蕭感逝川。曾向滄波詠秋思，韶華彈指又經年。

其三

楓林相襯白紛紛，一色低迷了不分。有約年光吹暮雪，無邊涼意入秋雲。灘頭笒篊閒漁父，水上琵琶憶使君。客路漫生蕉萃想，芙蓉塘外伴斜曛。

其四

梨雲柳影似還非，堆去秋陰冒石磯。搖落不隨枯樹盡，飄蕭衹逐暗塵飛。春江曾憶河豚上，寒渚惟應野雁依。認取溯洄人在否？霜痕新點芰荷衣。

譚光祜四首

光祜，字受之。江西南豐人。主講問津書院。著《止止室草》。

春柳

其一

征袍待付侍兒薰，檢點衣香別緒紛。不信陽關真萬里，那堪春色又三分？岸餘殘月聞金縷，簾

蹙輕波漾碧紋。莫上高樓偷眼望，一番攀繫一憐君。

其二

客夢無端繞灞橋，東風吹折一條條。關心絕塞歸何日？回首天涯恨未消。寸草春暉忽虛負，少

年心事怕重撩。罷罷醉睡花成海，悔著宮衣鬭舞腰。

其三

記得湖邊卧晚煙，樓台深處綠陰連。半篙新水吹漁笛，幾曲長堤繫酒船。草縱忘憂聊爾爾，樹

猶如此況年年。等閒送過春歸去，如雪花飛亂白綿。

其四

英雄兒女總堪悲，走馬長楊待幾時？枉畫修眉對菱鏡，倦開青眼睇花枝。攀條亦覺傷春早，灑

露深慚作佛遲。祇合清涼伴禪榻，三眠三起鬢成絲。

斌良一首

良，號笠耕居士。滿洲旗人，官四府糧道。

庚辰八月，過芥園訪僧靜峰不值，借經寮小坐，因賦此留壁

入門生靜想，苔徑任欹斜。揮扇風當竹，籠詩雨暗紗。野僧疏似笋，殘客淡于茶。禪榻閒容借，蒲團著處家。

張道渥十九首

道渥，字水屋，又自號張風子。山西浮山人。仕天津海口同知。工畫、善書、能詩。莅天津未久罷去。

題騎驢圖

序：余自揚州夢醒，旅食京華。性憚車馬之險，出則跨一驢。舊友羅兩峰畫《張風子騎驢圖》，題詩以戲之。越數年，謫官西來，驢亦從之入蜀。一作俗吏，吟鞭便疏，驢被富兒所典，余亦即赴金門之役。

戊午春，余來成都，遇之于途，驢見故主，長鳴不已，如泣如訴，爲之悽然動懷，爲詩十九首以誌之。

其一

旅食京華七載餘，病多不患出無車。一從拋却揚州鶴，祇向金臺跨蹇驢。

其二

購得桓桓長耳公，六街來往抵追風。賺多俗子空疑訝，日雜香車寶馬叢。

其三

何似雲中公子狂，軟塵踏遍四蹄香。神仙俠客家風在，果老虬髥總姓張。

其四

未許逃名筆墨尊，累他常繫五侯門。無端欲了妻孥債，遂使吾驢怨寡恩。

其五

猶記西山策蹇回，長鳴官路晚煙開。灞橋風雪蘆溝月，一樣清寒送句來。

其六

風雅那能耐久貧，謫官蜀道共艱辛。前年經過華陰縣，不敢騎驢愧古人。

其七

崎嶇鳥道憶同經，歷盡艱危送險亭。身帶棧雲猶似濕，有人流盼愛飛星。

判也。

其八
金作雙眸玉作毛，一鳴聲徹碧雲高。可憐若个真英物，薄福詩人跨不牢。

其九
其貌其聲本太奇，烏紗隊裏不相宜。官貧莫與鶴同瘦，且試雕鞍問富兒。

其十
莫太清高自忍飢，人知鍾愛合相依。強如爾主頭將白，到處傷心識者希。

其十一
割舍那能心不酸，須知陶令跨驢難。年來怪事無如此，爾伴商人我作官。

其十二
送我西來萬里行，劍門煙雨動詩情。一官難免書驢券，悔煞折腰太自輕。 時爲蘭州車州

其十三
語必驚人我不能，吟鞭久已讓詩僧。騎驢仍合尊前輩，愧煞今番拜少陵。

其十四
酒國詩場杖爾尋，儘多王粲作知音。故人昨夜魚書至，問到驢兒有愧心。

其十五

舊雨青山喜再逢，濡毫爲我寫狂容。而今畫裏驢何在，未免無詞對兩峰。

其十六

面似子瑜猶在眼，不聽嚙草已三秋。何期陌路匆匆遇，牽過橋西尚掉頭。

其十七

不盡依依奈若何，難忘豢養舊情多。受恩僮僕今誰在？未必相逢得似他。

其十八

豈爲勳名萬古傳？者回準辦買山錢。他時贖爾同歸去，好戴黃冠續舊緣。

其十九

我又何嘗利宦途，舍驢依舊是狂徒。不愁他日齒加長，正好山林伴老夫。

李京琦一十五首

京琦，字周麟。崑山人。諸生。

按：周麟先生少受業于中憲葉嵋初、宗伯葉訒庵兩先生，深爲器重。生平寡言笑，慎交遊，善病。家最貧，數奇不偶，至三十方補邑弟子員。爲文直逼古大家。教授生徒，出其門者，悉成名士。

數入棘闈不售，賫志以沒，識者悼惜之。生子二：長宗揆、次攄友，矯矯出群，克副先志。所著《延古齋詩文稿》甚富，不能悉載。

青溪有高士

青溪有高士，山水愜所託。白雲指故居，朱弦縱娛樂。長髮垂兩肩，策杖出林薄。涼風散炎蒸，碧樹入秋落。偶與羽流期，日夕上高閣。零露垂明珠，空階長靈藥。不識漢與秦，安知有城郭？昨日丹邱生，偶然涉沙漠。為言金臺人，已化遼東鶴。

簡倪少槐先生

行不踏，縣治花；渴不飲，都會酒。拼將鬚鬢向荒村，貼水低茅蔭高柳。聖僧廟後月輪生公居聖僧廟之東偏，直放漁船到江口。歌婉轉，婉轉歌以哀。道人相見隔溪語，為道神罡館裏來。

懷友

散人獨不見，回首意難忘。夜月兼葭白，秋風桔柚黃。論文歌杜若，漉酒憶柴桑。不靳登樓興，還應過草堂。

秋初吳門晚眺

金閶停棹處，長嘯氣何雄。

孤鳥晴霞外，千峰夕照中。

帆開村郭曉，人靜水煙空。

寄語吟詩伴，江頭好御風。

沈安淫晚眺因傷萬年

湖上秋風起，偏教詩思雄。

草堂疏樹裏，落日亂流中。

野曠雲光薄，天高霽色空。

人琴還可問，蕭寺立東風。

東歸

山城初返棹，回首望吳關。

樹樹煙波外，村村夕照間。

雀聲喧暗竹，花氣醉春山。

借問腰鐮客，誰家放白鷳？

元日次邱近夫韻

問道群公覲紫宸，京華雲物引蒲輪。如何函谷攜書客，猶是荊山抱璞人。山鳥報春偏婉轉，庭梅含臘尚逡巡。文章雅負曹劉目，不敢終爲草莽臣。

元夕有懷

其一

三五銀蟾下碧空，那堪把酒坐東風？高情合在歌吟外，離思空勞魂夢中。何處晴煙籠樹白？幾家燈火隔溪紅。年華已是駒過隙，得失何須問塞翁。

其二

梅花飛雪到巖阿，惆悵懷人阻嘯歌。風雪吳中書不到，煙花江上夢頻過。總無淑氣催黃鳥，剩有春光到碧蘿。欲把《南華》問莊子，養生消息意如何？

乙巳秋，唐爾成過訪

寂歷空林一徑開，青春車馬竟誰來？忽看紫氣青牛到，報道青松白鶴迴。出水芙蓉含夕照，刺天梧竹暗層臺。秋光如此莫歸去，籬下須傳濁酒杯。

送葉嵋初夫子司理貴陽

其一

縱目黔陽萬里天，風塵裘馬亦凄然。那堪赤水平刑日，轉憶黃門待詔年。箬笠雲帆開瘴癘，牂牁晴樹隔烽煙。歸家自有蘭台績，指顧思榮下日邊。

其二

虞翻去後事浮沉，極目天南思不禁。江漢且隨三楚斷，海天還向百蠻陰。霜清花作深秋色，雨過雲牽薄宦心。問道呂虔刀足贈，驪駒清唱愧知音。

簡徐昭法先生

萬山深處草堂幽，嘯傲煙霞守故邱。荒草銅駝悲故國，空山石馬弔通侯。秒秋菊圃連三徑，絕壑漁燈隔一洲。却笑嚴陵爲名利，富春山下釣竿收。

大風篇

鄧尉梅花白未消，林風和夢過僧寮。若教此際居巖下，十里松聲壓暮潮。

懷葉認庵夫子

策足高臺鳥不知，萬重雲樹隔相思。休書却寄長安道，月在梧桐第一枝。

倪永清曰：『馭鹿孫子以周麟遺稿見示，余以實從雜杳，未獲一加評騭，經今三閱月矣。昨于燈下朗讀之，清秀俊逸，仍復高華茂美，真唐音也。我聞其令嗣宗揆、攄友，仁孝性成，善承先志，

行文作事，綽有父風，竟其未竟之志，有二公在，于戲！如周麟者何曾死哉！」

按：宗揆、攄友二公，係燾之高祖。宗揆公諱大經，少亡崑山。攄友公諱大綸，康熙年間始遷天津，改攄友，字爲舒獸，行二，崑山貢生。裔孫文燾謹識。

棟與李亭午茂才文燾家，三世交遊，知其累代以忠厚相傳，而詩書之澤不絕。今年亭午聞有詩鈔之役，出其家周麟公集一卷見示。公雖未來津，而公之子孫家天津者，已五代，且詩有可傳，聊爲識其世澤云爾。

蔣詩二十八首

詩，字秋吟。浙江仁和縣人。嘉慶乙丑進士，翰林院編修，歷官侍御。著有《秋吟詩鈔》。

沽河雜詠錄二十八首

其一

石勒稱雄僅一隅，煮鹽遣使到丁沽。角飛城外煎如昔，灶戶猶知王述無？《水經注·趙記》：

『石勒遣使王述煮鹽于角飛城。』

其二

燕山府裏界河橫，遼宋分疆是武清。海口叉連三女砦，古來天塹最分明。《宋史·地理志》：「金人滅契丹，以燕京及涿、易檀、順京、薊六州來歸。宣和四年，改燕京爲燕山府。」《靜海縣志》：「界河即天津河，以遼宋分界，故名。」《宋史·河渠志》：「王亞謂海口闊六七百步，深八九丈。三女砦以西闊四百步，深五六丈，此天之所以限契丹。」《方輿紀要》：「三女砦，即今小直沽。」《宋史·地理志》：「武清地有泥沽、乾符、巷姑、三女、小南河五砦。政和三年，改「三女」曰「三河」。」

其三

司農司設至元年，輯要農桑戶一編。至大課耕沿海口，五千軍士給屯田。《農桑輯要》：「司農司設于至元七年，專掌農桑水利。」於是頒《農桑輯要》之書于民。《元史帝紀》：「至大二年，摘漢軍五千，給田十萬頃于直沽，沿海口屯種。三年，市耕牛牧具，給直沽酸棗林屯田軍。」

其四

出沒波濤與鬼鄰，認來海道簇新新。金符招運江淮米，十日風帆到淀津。《廣輿圖》：「朱清、張瑄者，海上亡命也，出沒險阻，若風與鬼。伯顏建議海運，乃招二人，授以金符千户，押運糧三萬五千石。」《浩然齋視聽抄》：「朱張海餉，自三山大洋，徑至燕京，且言自古所未嘗行，此道昉

自今始。』《草木子》:『元海運自朱瑄羅壁始,歲運江淮米三百餘萬石,得便風,十數日即抵直沽

交卸,朝廷以二人之功,立海運萬户府。』

其五

海子西山眾水多,大通流自玉泉過。白桴村與黃花鎮,處處泉都入白河。《畿輔通志》:『積水潭、

西海子,西山諸水所匯,由都城東,至高麗莊入白。又通惠河,亦名大通河,源出昌平州白桴村神

山,經玉泉入都城,歷通州入白。黃花鎮川出塞外,入鎮口,經昌平入白。』

其六

衛河源出自河南,要到蘇門山裏探。先逕漂榆繞入海,況教淇水又相參。《畿輔通志》:『衛

河源出河南衛輝府蘇門山。』《水經注》:『淇水合淇沱別瀆無棣溝,逕漂榆入海。』《禹貢錐指》:

『漂榆津在鹽山縣東北百里。』

其七

廟貌權輿泰定中,今年卜得順帆風。劉家港裏如雲艘,都禱靈慈天后宫。《元史‧本紀》:『泰

定三年八月,作天妃宫于海津鎮。』《寰宇通志》:『元臧夢解《直沽謠》:「今年吳兒求高遷,復

禱天妃上海船。北風吹兒渡黑水,始知溟渤皆墓田。」《玩齋集》:「萬艘如雲,畢集海濱之劉家港,

於是齋戒卜吉於天妃靈慈宫。」』

其八

荒郊無復呂彭城，兵氣銷沉祇剩名。若不抗懷千載上，誰知古戍有金鉦？《畿輔通志》：『呂彭城在縣西北二十五里，相傳呂布、彭越屯兵于此，故名。』徐石麟《可經堂集·夜發靜海抵直沽詩》：『靜海金鉦傳古戍，直沽牙閫駐新軍。』

其九

津淀城西稽古寺，嵯峨高閣是鈴鐺。艤舟祇覺風鈴響，誰辨鈴聲替戾岡？朱竹垞《曝書亭集·天津稽古寺藏經閣記》：『城之西門，有稽古寺藏經之閣峙焉。地近海多風，飛沙晦冥，歲久閣圮。浮屠舍光者新之，予艤舟道此，登焉。夕陽在衣，風鈴鏗然。』《天津縣志》：『藏經閣，一名鈴鐺閣。』

其十

垂楊夾岸溜潺湲，檣影波光掩映間。但覺漕河多曲折，不知身在信安灣。《方輿紀要》：『信安灣在天津西北，即漕河曲折處也。明正德中，畿輔賊劉六等犯天津，守將賀勇遏之于此。』

其十一

十畝清池一塸臺，郎中扶病剪蒿萊。未知浣俗亭何在？空自分司署裏來。《天津縣志》：『浣俗亭在戶部分司署內，明正德間，戶部郎中汪必東建。賦詩云：「十畝清池一塸臺，病扶親與剪蒿萊。泉通海汲應難涸，樹帶花移亦漸開。小借江南留客坐，遠疑林下伴人來。方亭曲檻雖無補，也

備繁曹浣俗埃。』」《志》又云：「必東，崇陽縣人。進士，正德十一年任。」

其十二

纔開水利復營田，厪念農桑到萬全。刈稻已多三穗瑞，北倉還備歉收年。《天津縣志》：「查修水利，四年營田天津，成稻田六百餘頃。逾年稻田內，有一莖三穗之瑞，特疏進呈。又二年，建北倉于天津，水溠截漕。」

其十三

城南二十五里近，自漢傳來孝子門。董永葬親人共識，誰知地是富家村？《天津衛志》：「富家村在城南二十五里，俗傳漢孝子董永賣身葬親處。」

其十四

環水高樓得大觀，俯窺全郡此憑欄。眼光直到波臣舍，一望平疇分外寬。沈儼《登環水樓》詩：『波臣退舍皆膏壤，一望平疇眼界寬。』《天津縣志》：『巡按長蘆鹽課察院公署，環水樓三間。』

其十五

大悲院在北門外，河北窰窪樓一層。幾度登樓抬眼望，開窗但見滿河燈。《曝書亭集·大悲院記》：「僧世高結茅天津之衢。夏以水，冬以茗，施往來之人。築室三楹，題曰：「大悲禪院」。」《天津縣志》：『大悲院在北門外河北窰窪，一層樓，〔在〕大悲院後。』

津門詩鈔

其十六

東王公本異西王，第宅尤爲桑梓光。御馬監遷督五廠，『臥松雲』額是宸章。《天津縣志》：『明御馬監王之俊，入國朝爲乾清宮五廠總督，家天津，都人呼爲東王公，以別于司禮監王承恩也。聖祖幸其第，賜「臥松雲」圖。』

其十七

車舁週遮響正酣，水田漠漠小江南。農人共說藍田跡，昉自將軍舊姓藍。《天津縣志》：『藍田，康熙間，總兵藍理所開水田也。河渠汙岸，周數十里，召浙閩間農人課種。插蒔之候，沾塗遍野，車舁之聲相聞，雨後新涼，水田漠漠，人號爲小江南云。』

其十八

桃花口裏桃花寺，寺裏桃花報兩春。桃爲迎鑾花特甚，枝枝紅映漂榆津。查慎行《敬業堂集·桃花寺》詩：『已過桃花口，再過桃花寺。』余尚炳《桃花口》詩：『來宿桃花口，還尋楊柳青。』御製《點絳唇》詞：『再見桃花津門，紅映依然好。回鑾纔到，疑似兩春報。』《方輿記要》：『漂榆津在鹽山縣。』

其十九

勝會連朝纔二月，刹那五月賽元侯。老嫗數典閒無事，戴七星花也出遊。《天津縣志》：『小

一〇二六

聖廟在河東鹽坨。」《長蘆鹽法志》：「小聖，海神也。舊有廟在河西，始封平浪侯，繼封平浪元侯。

每年五月初旬，遊人傾城而至。二月二十一、二、三日，有勝會，閨人咸集。津門婦女戴七星花，以

通草爲之。」

其二十

二十四日歲小除，家家祀竈上燈初。豆沙舊日稱農俗，好補《農桑輯要》書。《天津縣志》：

「二十四日備糕餌祀竈。」《沽上題襟集·汪西灝小除夜祀竈》詩：「豆沙農家俗，粉餌饗人造。」

其二十一

夕陽野飯烹魚釜，秋水蒲帆賣蟹船。睡起不知風浪惡，一篙撐出浪花圓。津門漁家最夥。明宋

訥《直沽舟中》詩：「旅思搖搖嗜晝眠，舟人報是直沽前。夕陽野飯烹魚釜，秋水蒲帆賣蟹船。時

有白鷗沙上宿，更無青鳥海東傳。老爲聲利閒驅遣，少讀《南華》四五篇。」

其二十二

不問虹蝦與綫蝦，沙虹對對已堪誇。漁翁陪客新撈得，輸與沽西賣酒家。《天津縣志》：「蝦

有虹蝦、綫蝦、對蝦。」虹沙，蝦名。唐六如詩：「佃馭挑柴出換酒，鄰翁陪客自撈蝦。」

其二十三

鯤鰵移來種已難，如何洋菊滿園看？孤清標格娃娃面，漸近繁華白牡丹。《沽上題襟集·吳東

璧澹宜書屋看洋菊分賦》云……『標格自孤清，繁華抑何憾？』查蓮坡分賦云……『有客番船來，贈我數枝菊。云從鯷鑿移，奇葩種所獨。』《天津縣志》……菊花有娃娃面、白牡丹等名。

其二十四

客有蕪湖宋舊山，性成純孝似君難。荷池任是開雙蒂，如雪麻衣淚獨潛。宋舊山，名真儒。江南蕪湖人。僑居天津。親死，廬墓三年，過者無日不聞哀號也。墓前池內，荷開並蒂，人謂孝感所至。

其二十五

印章自昔推文氏，鐵筆于今數所其。獨得漢銅香一瓣，不隨時好格尤奇。李釗，字所其，號勉庵。文安人，流寓天津。工摹印。性孤介，有不當意者，雖千金不應也。

其二十六

閒消一局子丁丁，吳老彈碁舊有名。歌到象碁誰解得，知音祇有老新城。吳來儀，江南人。善彈碁。徐蘭，字芝仙。虞山人。有《象棋歌》，極爲新城尚書賞譽。

其二十七

海不揚波潮自鳴，我來庵內聽潮聲。海潮庵自門臨海，未到三更潮已生。《天津縣志》……『海潮庵在城外西北隅板橋西。』顧琮《寓居海潮庵》詩……『萬事意何愜？三更潮自生。』

其二十八

城西清絕是宜亭，遺址猶留演武廳。空說丁沽多種柳，月堤無復柳條青。《長安客話》：「楊柳青地近丁字沽，四面多植楊柳，故名。」于文定慎行詩：「楊柳青垂驛，薜蘿綠到船。」《天津縣志》：「宜亭在西門外演武廳右月堤上，康熙間，天津道朱士傑建，四面環楊柳。」《沽上題襟集·胡炅齋過宜亭故址》詩：「清絕城西路，繁華幾日春。」

其二十九

小園相與大園鄰，艷紫嬌紅花朵新。七十二村鬬佳麗，相逢都是賣花人。《天津縣志》：「七十二沽草堂在鍋店街，後門臨大河，梁氏別墅。」

其三十

昔有詩人佟蔗村，放情雲水寓津門。樓中艷雪聯吟罷，不是悲秋也斷魂。《天津縣志》：「艷雪樓，詩人佟鋐妾趙氏，字艷雪，工詩，鋐築樓貯之，因名，俗呼佟家樓。」

其三十一

名流座上蔚如雲，折柬還推水部文。若使時無朱亥輩，不知誰識信陵君？《沽上題襟集·查茶坨過一畞園感舊》詩：「三千珠履盡能文，座上雄談蔚似雲。朱亥侯嬴俱老去，不知誰憶信陵君？」邵子湘《青門旅稿·張水部招隱一畞園》詩：「名流煩折柬，水部況能文。」

其三十二

科甲溯由成化始，泮池雙鯉撇波跳。衛劉秋賦同膺薦，三百年來魚化橋。《天津縣志》：『魚化橋在衛學櫺星門內。明成化乙酉，泮池內有雙鯉躍過，是年劉鈺、衛林中式，故名。』按：《志》：『劉鈺，丙戌進士，入翰林，爲津門甲榜之始。』

其三十三

船塢在天津閘口水園。

皇船塢口是漁家，楊柳青青一路遮。絕似西湖好風景，二分煙水一分花。《長蘆鹽法志》：『皇

其三十四

海樓在河北望海寺前。

高樓臨海氣蒼蒼，百尺危梯接大荒。雲海不教心自蕩，雙眸豁處已扶桑。《天津縣志》：『望

其三十五

縞袂仙人看試燈，黃河九曲彩霞蒸。衰延十里然如畫，草把枝枝繫彩繪。《沽上題襟集‧吳東璧于斯堂燈詞》：『大庾花開冷不勝，松風亭子及時登。放香最好黃昏後，縞袂仙人看試燈。』《日下舊聞》：『有黃河九曲燈，即津門草把燈也。草把燈築場數畝，縛草爲之，高下然炬如畫，盤旋可十餘里。』

其三十六

攜得筌笒計恐疏，若逢回網又何如？叉魚春岸中宵興，不止羊魚與魯魚。《天津縣志》：『回網魚不受釣餌，遇網即回，魚人以叉得之，味腴美。』《畿輔通志》：『羊魚，天津出。形圓，尾似牛尾，多刺，手不可觸。魯魚，天津四月以後出海。』

其三十七

津門三月便持螯，海蟹堆盤興儘豪。轉瞬又看秋稻熟，重陽時節好題糕。《天津衛志》：『蟹，秋間肥美甲天下。』又，三月食海蟹。

其三十八

魚經名號試搜羅，鉅細無遺卅種過。多水紛紛誇澤國，食單還索到蜫螺。《天津縣志》：『津邑瀕海區也，民以鹽為業，魚利與鹽同，捕魚不下三十種。』《沽上題襟集·汪西灝午餐》詩：『天津古澤國，水族紛駢羅，鉅細魚卅種，下逮蜫蛤螺。』

其三十九

拆拆洗洗試秋聲，自自回回樹底鳴。《爾雅》蟲箋應補，不惟銕甲與姑丁。《天津縣志》：『拆拆洗洗秋蟲鳴。』《畿輔通志》：『靛雀，大似瓦雀，土人呼為自自回回。』《天津縣志》：『姑丁、銕甲，雀名。』

其四十

小譜鷗盟記蕊娘，新荷出水好相方。若無十月詩傳播，閨秀誰知許海棠？《海漚小譜》，趙秋谷客天津時，北里遊記也。蕊枝才色冠儕輩，秋谷有：「新荷出水，飛高依人」之目。又《贈蕊》句：「如何兩渡臨滄海，不見青泥蘸客襟。」許雪棠，津門閨秀，過時不嫁。工詩文，閟不示人，傳播人間者，惟《十月》《海棠》二首而已。

津門詩鈔卷三十方外仙鬼

成衡四首

《天津縣志》：『成衡，字湘南。嘉興錢氏子。幼耽禪悅，薙染後，力參上乘。康熙丙戌，天津總兵藍理建普陀寺于城南，延衡爲主席。己亥，衡謁聖祖于西淀，書「海光寺」額給之，尋賜紫衣，恩渥甚深，衡書畫俱入逸品，所作詩不下數千首，絕類大蘇。又輯《海光寺志》八卷。晚歸天童以終。』《國朝畫徵錄》：『成衡善山水，康熙間，嘗供事內廷，上賜大臣書扇，後面多衡畫，款題「臣僧成衡謹寫」，筆亦古雅，蓋取法于王少司農。』

沽墅停帆 海光十景之一

海潮來屋端，沽水出簷下。喬木數百株，古藤兩三架。中有肥遯君，倚溪結茅舍。斜風細雨時，撐篙深柳灣，曬網叢蘆罅。收時枉高人駕。載艖多巨商，乘風去如瀉。我廬望東南，不用矢三射。帆並放帆，董巨畫圖借。

葛沽宿洛迦方丈

一鞭東去海天寬，白雁橫秋草樹寒。千里尋山原有約，二毛爲客太無端。裹鹽人散蒼煙淡，掛網船歸夕照殘。獨夜孤村苦無寐，時回吟首望長安。

偶過八里臺有懷藍參軍

去城官路無多里，一堠才過一堠來。深巷無人惟閉戶，夕陽有我獨登臺。煙波寂寂傷今事，風雨蕭蕭感舊醅。天柱峰頭少相識，不知懷抱爲誰開？

舟行丁沽

放溜下丁沽，人家半水居。淺沙分井竈，小市集樵漁。榆柳栽成巷，茄瓜載滿輿。波光浮岸闊，星影入林疏。土釜炊紅蟹，青絲釣白魚。帆收晴過舾，燈上夜翻書。雲臥人爭得，鷗閒我不如。輕煙遙拂岸，細雨不沾裾。涌沫飄行斾，狂波撼太虛。荒荒千里外，祇此亦吾廬。

元宏六首

《天津縣志》：『元宏，字石庭。會稽人。姓姚氏，孝子諱崇明者，弘六世祖也。母嚴夢服金伽衣僧而娠。十七，祝髮大善寺，爲盟石息法嗣。越七年，遍參諸方，熟精內典，若爲則範，

寒泉畫諸耆臘，皆自謂弗及也。康熙庚辰，孝子墓爲勢家所占，弘杖錫上長安，力謀復之，安郡王及弟紅蘭主人延主彌陀寺席。霽崙永法師薦入內廷，召對暢春園，賦《初春瑞雪應制》詩，稱旨。丁亥，掛瓢天津之海光，與湘南衡鍵關結廈，箋疏楞嚴全部。乙酉，聖祖南巡，召對杭州之西湖行官，賜御書《心經》。弘精于書畫，尤工詩。尋以不樂塵坌，歸老高雲，晚著《杜鵑集》，又號杜鵑和尚云。』

按：弘又號紅薑老人，與天津查蓮坡唱和投贈最多，蓋蓮坡在圍扉時，曾延紅薑課業三年，遂稱通品。嘗見其往來手扎，師弟之情最契云。

命

命是何如物？而能顛倒人。夷齊成槁餓，顏閔各清貧。任有通天手，難逃入世身。空空思我佛，打破一微塵。

秋懷

彈指流光又一年，行蹤滯我望南天。馬藏天厩難超逸，鶴出雕籠得自然。老去諸方畏後學，年來吾道失真傳。一堆殘雪無人掃，獨對空庭月正圓。

秋日將還故山留別蓮坡

其一

檢點來時舊衲衣，秋風蕭瑟雁南飛。天涯白髮人還在，故國青山我欲歸。幾卷詩篇存漫興，百年心事且忘機。茅庵無恙從歸老，此計于今未盡非。

其二

擬盡行期笑未成，黃花開後準將行。囊空祇剩冰霜重，人老猶難離別輕。鴻雁秋來常有信，杜鵑春去自無聲。夜深幾度還山夢，蕉雨桐風一枕清。

留別查蓮坡談半村

其一

草衣木食分相便，懶向風塵去乞憐。佛法無憑隨造化，窮通不必問因緣。晚年書覺從新變，近日詩能得自然。祇有青山情未斷，石帆桐塢夢懸懸。

其二

幾回清嘯自狂呼，對月高吟興未孤。清影依然留玉宇，寒光猶覺滿金樞。傷心兩度桑乾水，涸跡三年燕市徒。未了木蘭龕下夢，夜深霜落聽啼烏。

附：蓮坡和韻云：「繫舟誰許往來便，杯渡中流祇自憐。鏡水偏縈千里夢，木蘭已續再來緣。散似晨星幾點孤。我恐波瀾無砥柱，師真風雅有機樞。打包去作繙經客，分衛難隨擊鉢徒。持帚何時參妙偈，長繩無計繫金烏。」

兩番留別真無奈，太上忘情卻未然。從此詩篇誰印可？心旌常似夜燈懸。』『瑟居十笏向誰呼？散似

按：數詩俱得諸蓮坡所梓《蔗塘外集》，酬答之作甚夥，姑摘一二，見蓮坡、高雲交誼云。

錄高雲致蓮坡扎二則：『別來忽又七日，與雪珂念之，亦不能忘。雪晴風靜，正相憶而尊伻持好詞至，亦同雪柯共談，抵掌歎賞。雲光花影，愈令人不能去諸懷抱耳，此又促老僧之歸信也。《杜鵑集》可即乞長沙公一序，恐月初便趁南帆矣，囑囑。伯岳、鏡堂、雪齋三老宿，劇欲進晤，有期再爲通知。二十七日辰刻，鴻僧合十。』『自十七日別來，冒寒淹淹至今，惟與雪老垂簾相向，然吾兩人之心，固無日不在白雲花影間也。接手扎知動靜佳勝，且知花影白雲風韻天然，酷似淮海。老僧不自量，次原韻以博一笑，何如？極欲再披花影，作數日歡聚，重話別懷，奈亦有臨去纏綿。江雪南行不果，老僧祇好別行一路。今結伴萬柳堂主人，彼訂初十或準在望心亦在琉璃世界也。詩扇俱領到，讀之灑然清芬，可以出入懷袖，如同晤對。前所寄《瀟湘夜雨》詞，之前後，所謂再見何時，實有同心耳。諸容晤不宣。』

盤山昭然和尚致蓮坡扎云：『前雪樵入山，荷惠翰教並《花影庵詩》。讀之，覺幻境一空，竿頭更進矣，羨服！羨服！知半村尚在西曹。兩先生之人品心術，豈合爲此中人哉！儒者往往有不平處，未解處，佛家所云宿業也。移形換影，此張彼李，不知此軀雖異，舊案未清，果報之說，豈盡誣哉！先生近拜高雲和尚爲師，聞之喜氣躍躍。何者？天下自有禪教以來，多少英雄豪傑信受奉行，豈盡詘于才而闇于識歟？非有實見性地，可以悟徹死生，諸君必早斥。其蔓延不絕者，可爲愚不肖者懲儆，亦可爲賢智之士另闢一洗心滌慮之境，並可爲思婦勞人、孤臣孽子不得志于時者，有托而逃焉。原不僅以制虛守寂爲了事也。朽衲已矣，一龕終老，復何所冀？憶初入山時，諸凡強制，壯心未息，時或有無名之焰，偶然觸撥，不覺泣血呼天，恨死已晚。二十年來，其氣漸平，實荷經典之力。試舉其書而讀之，自淵淵乎，咀味甚長，知老朽之言爲不欺也。今歲昏瞶愈盛，惟有閉目念佛，承臺意諄切，勉爲步韻，潛修淨土，花月情疏，詩文緣盡，即強拈之，索然似槁木死灰，以此擱筆。祇可作夢囈觀，原不足以詩律之也，盤山衲明潛頓首。』

釋願來五首

願來，號損堂。

按：金永和云：『和尚高青壽先生爲其座下高第子，手錄其五言律詩數十首，英夢堂相國爲加

評定。」

移菊

故園秋草遍，寒菊苦爲姿。

以此移相對，因之感歲時。

人能留晚節，天不死霜枝。

多少東籬下，

爭開不自持。

閉門

閉門常不出，風雨過殘春。

萬事成孤立，中年作老人。

心隨流水淡，日與白雲親。

大道高天在，

吾生甘隱淪。

送人歸花橋

花橋歸隱處，天與一柴荆。

流水發幽興，白雲生遠情。

製衣荷葉嫩，午食荔枝明。

自古高人趣，

深居不用名。

送友返高凉

十年不相見，相見即相離。

縱有重來約，殊非少壯時。

流雲多逐影，落葉不歸枝。

又作南飛雁，

青山何處期？

蟬

樹樹寒蟬噪，空山最早聞。秋風一相送，落葉自紛紛。日月東西客，乾坤一片雲。人生竟何尚？

不與爾爲群。

王聰七首

聰，字玉笈，號野鶴。結茅三汊河之香林院，所居幽潔。老樹古藤，奇花異石，錯置庭戶。與張帆齋、龍東溟、周月東諸名士過從，廊廡戶壁，粘詩箋無隙地，人謂其齋曰『詩廠』。

遊盤田雲罩寺

不見雲中寺，但逢雲外林。泉香知土厚，花暖覺山深。步步入嵐影，行行聞梵音。碧桃紅盡處，

一衲撫孤琴。

盤山雪

一夜天如墨，萬山忽似銀。青峰全匿影，濁世竟無塵。鳥入梨花夢，人迷柳絮春。誰從雲外立，

悟此不埋身。

登崆峒山

崆峒山最險，盤路亦何平。幽谷埋仙墓，高峰壓薊城。詩因采藥得，眼為看花清。幾向清溝壑，煙深辨不明。

入盤山

山遊將月半，纔見碧桃開。問路穿林出，折花插鬢來。沙溝平似水，峰樹碧於苔。若到中盤上，先登舞劍臺。

青溝夜，同龍文雷、胡致中對月，兼憶草堂諸友

好是青溝月，能開衆壑煙。晴暉照素壁，冷露濕冰弦。鳥宿三盤樹，鴻歸萬里天。春山雖有句，誰寄草堂前？

天成寺

天成寺倚翠屏峰，少見嵐陰多見松。五百善蛇聞夏出，三千花雨喜春逢。涓涓泉滴佛光塔，小僧鳴日午鐘。遍處空香皆自放，池中怪不種芙蓉。

寄答青溝老人歌

去年山遊春事暮，到處山花未著樹。山中無花不覺枯，萬壑蒼松濯新露。三盤遍遊逢僧多，青溝老人獨知遇。卜地結庵二十年，田盤志書始一著。年高性爽才且逸，一山名跡入詩賦。我因采芝來山中，見我喜我忘世故。留我峰頭住幾日，日日雲巖觀瀑布。別來東海棲舊廬，歲月如流馳烏兔。昨喜老人遣僧來，高意殷勤感存注。他日重來叩庭柏，柏下依師結茅住。

《越風》載：山陰劉雪柯文焜《遊香林院憩抱甕園，贈王鍊師》云：「香林院寂靜，道人亦無心。古壁剝粉惡，方池同陸沉。去來有何意，偶應門逢老鶴。施食來山禽。循廊一逕轉，紛敷花木深。」梁芟梁先生洪《王道士松房分賦》詩云：「閉門道士自蕭然，然遂幽尋。松風遠相贈，為我清塵襟。」松逕雲晴逈已半，梅檐雪壓補初全。棲心祇在冰壺內，結客常于丹竈邊。世事浮沉原有定，滄溟坐對起寒煙。」又《與野鶴道士登舍利塔》詩云：「穿雲無數高低松，香林道士欣相從。拄杖來登舍利塔，看雲直接蓮花峰。中盤下盤不見寺，前嶺後嶺却聞鐘。回頭却問彌勒佛，誰教此地通人蹤？」

方洗心一首

洗心，未詳其名。香林院道士，善畫山水，多自題其詩。

題畫

上山路固難，下山亦不易。莫怖上山難，即便下山去。

按：同邑張念藝先生《方洗心簪冠序》云：『井如方翁，歡之孝弟鄉人也。挾藝北遊，遂家于津垂三十年。性愛畫，生丈夫子三，長，次守其藝，三業儒，即洗心方子也。方子生而穎異，八九齡時，讀書過目不忘。輒超然有出世之想。識者謂其身有仙骨，殆非富貴中人，乃神仙中人也。方翁聞而色喜曰：「有是哉！吾向夢金華山，每畫三山五嶽、人物及瑤草琪花、青鸞白鶴之屬以自娛。嘗讀書至「富貴于我如浮雲」語，之兒果神仙中人耶？當即使其垂髫時從白雲遊。勿似老夫一生碌碌塵世間，聞揮鞭叱羊聲，驚覺，遂生是兒，求富貴不得，以至白髮蕭蕭，始有懷仙之志也。」且謂童子入道，未學道先學律，津之律師無有過于香林扶陽倪尊師者。因而引拜門下。道家規例，凡童子入門，先習供承簪事，必至十餘年後，觀其身心謹敕，乃議簪冠禮。今方子入香林不一年，而遽許其簪冠，則方子之品行不凡，亦大可見矣。一時往來鄉友莫不稱慶香林得人，而屬序于余。余謂香林得人固可慶，至于方翁教子不欲其慕富貴，而欲其學神仙，而且出于自然，絕無強迫，則凡世之所希有者。何也？凡人非有大不得已于胸中，而其身斷不肯出家入道，

況其愛子乎？人爲香林慶，吾爲方翁慶也。方翁嘗改服黃冠朱履，儼然一世外老仙遊息香林中。每禮斗歸，

即訓方子曰：「汝善事者，不惟汝師扶陽子。上而師祖就山馬先生，叔祖野鶴王先生，汝當盡孝道，下而

大兄鏡心劉子，二兄友心田子，汝宜盡弟道。」方子唯唯。夫方翁孝弟人也。子在家，教以孝弟；出家，仍

教以孝弟。方翁！方翁！其真不愧孝弟鄉之名也與！語云：「天上無不孝弟神仙。」方子其勉之哉！

智方五首

方，號雪笠。嘉興人。寓海光寺，圓寂。著《雪笠山人詩集》，蓬萊張振德爲之序云：『智方

上人夙歸浄果，獨證元言。即遁跡于桑門，猶眷情于藝苑。經行之暇，浩唱爲高』云云。道光四年梓

幽居

柴門修竹槿圍籬，芳草幽蘭自可怡。筆禿常臨摩詰畫，燈明隨讀少陵詩。籬盆種菊憐霜節，引

水栽蓮愛綠漪。高卧北窗清夢醒，梅疏松冷日遲遲。

贈繡里張逸蘭先生

苦學不求名，甘貧境自清。抛書成午夢，敲句愜幽情。亭映遠山碧，窗臨秋水明。悠悠真樂在，

何必覓公卿。

仲秋輓雲竹房不違槎禪師

碧蓮放盡冷幽棲，撒手飄然隻履西。露滴藥欄秋氣靜，風吹禪帳白雲低。詩囊有句人難和，丹竈無煙鶴不啼。惆悵空山殘夜月，寒光寂寂照清溪。

題畫

其一

春去風生柳岸斜，隔溪茅屋兩三家。白雲遮斷橋西路，不許人來問落花。

其二

草閣清吟望月明，無端宿鳥滿林驚。風吹葉落寒山外，散作江城秋雨聲。

句如『桃花流水帆千片，楊柳輕風月一林。』『霜酣楓葉蟬吟晚，風折蘆花雁報涼。』『桃花見處根源澈，梅子熟時性地圓。』皆可誦。

虎臥老人二十八首

按：老人乩仙，不署名字，自稱五百歲。與張笨山先生唱和最多。能擘窩大書，遒肆類張二水。詩灑灑有仙氣，余最喜其『賣花小市通春水，種柳高樓背夕陽』句，清麗近樊川。故人黃藕村壽占

藏有老人詩一卷，後卒于都門，不知流落何所。

中秋

銀漢無槎澹欲流，淮南招隱小山幽。擣衣聲裏團圞月，此夜誰人不倚樓？

初過張笨山居

揮毫盡日閉松關，一帶殘陽覆遠山。渡口折梅孤衲去，楓根吹火老漁還。欲憑醉眼留雙管，未

許狂書見一斑。坐向清齋情更遠，高蹤能得幾人攀？

擬書

簾倦無塵人，幽閒是此家。比來春事少，潑墨自成花。

爲張緑宜書屏

其一

斜陽亂入水邊樓，早向春山泊釣舟。看到落紅輕似雨，東風吹上老人頭。

其二

露葉垂垂襯碧苔，輕盈宜傍畫欄栽。分明江上芙蓉粉，不是春風蝶不來。

其三

染盡濃霜樹不知，千層萬葉裹茅茨。前山一半留殘照，正是停車欲坐時。

讀笨山句有贈

晴煙和月下平蕪，得句誰知鄭鷓鴣？流水有香花有色，不知身在《輞川圖》。

歸山

敲詩過二更，歸去踏煙露。林鳥忽驚飛，青猿爲叩戶。

春日過問津園，贈張笨山，並寄令兄甜雪

一徑斜陽樹裏橋，依稀雪鬢見歌樵。當窗積雨垂藤蔓，隔浦分煙上柳條。碁局高風贏別墅，枕函清夢逼歸潮。因君兄弟忘晨夕，不爲林園興獨饒。

山中春課

其一

小築新泥六尺墻，亂峰過去是山房。可堪半日東風入，掃落藤花一徑香。

其二

春日沙塵遠蔽空，張郎詩酒興相同。不知花信從何覓，二十四番都是風。

爲竹侶書屏

遲遲春日小如年，又見桃花露欲然。折向銅瓶纔貯水，山峰喧到硯池邊。

贈馮貞庵

一層松葉一層關，詩卷能銷半世閒。北地絕無遊覽處，欲從腕下乞名山。

玉蘭花

蕙茝流香質不同，玲瓏素影綴春風。如何亦有冰霜性，不入《離騷》佩帶中。

題畫

其一

千尋石壁鎖雲根，孤磬遙遙出寺門。忽有清歌隨意得，墨花吹雨上苔痕。

其二

幾處關河雪未消，萬峰青影失岧嶢。客來爲探梅花信，帶鶴衝寒過板橋。

其三

遠徑嵯峨駐畫輪，幽人拂石坐雲根。試看楓葉秋多少，略似桃花一兩村。

其四

濃陰漠漠散春寒，捲幔垂楊拂畫欄。最愛此中人獨坐，日斜猶檢道書看。

白梅

二月過將半，幽香始一親。每經無意雪，不作有心春。寒許留孤鶴，清宜對野人。墨華濃似雨，爲爾助精神。

清事園

一徑迴環過小橋，構來茅屋傍城遙。林邊試火諳泉性，石上鋤雲護藥苗。長夜裁歌驚鸛鶴，短墻呼酒對漁樵。山翁亦復餘清事，早晚期聽赤海潮。

與黃六吉話舊

揮手彤扉憶隱緣，柴門歸處鎖寒煙。鐺邊海月支三足，琴上春風折一絃。漫有歌詩延落景，絕無書札報新年。白頭自昔分攜日，渴馬奔濤思惘然。

贈陶訥言

門落寒濤徑剪萊，可能無夢反天台。山中已遂懸冠志，杖下還虛運斲才。細律吟成如石髮，清

懷老去比珠胎。欲尋投隱棲真訣，明月一天手自栽。

來去

來去輕如此，山蔾下翠微。雲浮青綺鳥，花落紫綃衣。入世杯頻把，求書客未稀，何勞謝塵網，

到處便忘機。

柳色

日暗高城朔氣涼，北來春事尚微茫。縱教柳色春如許，不及山中麝草香。

口號

手種青松半嶺長，驚濤捲雨落蒼茫。他時化作窗前石，自有風吹琥珀香。

洞口

洞口春煙散石矼，長松低映碧金幢。紫姑壇上步虛處，雲鳥初更第二雙。

贈王絃五

竹杖行歌到野塘，東風吹得酒人狂。賣花小市通春水，種柳高樓背夕陽。

揮毫

長爲揮毫到夕曛，半春花月紀新聞。醉來翻藉烏皮几，歸去還留白練裙，更啓松扉親古雪，爲封芝檢護晴雲。有時一笑過林外，又見松巔紫鶴羣。

張有光一首

有光，字星燦。江蘇太倉人。前明進士，官工部員外郎。甲申殉國難，史逸其名。上帝憫其忠義。現爲冥曹巡環使。嘉慶辛酉，天津大水，來護郡城。降乩于陳惺園先生家，留詩甚多。云與惺園夙世文字交。有《自述七古》一首，歷言殉國節略，其起句云：『天地由來似逆旅，誰能健翮凌雲舉？張居千行在所。』並云：『大災之地，神靈無算，頗煩衛護。張居千行在所。』惟有正氣始無磨，聽我與君細細語。』惺園先生名居敬，乾隆丁酉舉人。

十月朔日即事

滿腔宿恨幾時消？令屆冬初更寂寥。萬井風高飛木葉，三津水冷送歸橈。閒思訪友幽明隔，悶

欲還鄉故舊凋。幸遇知音不我棄，殷勤杯酒又相招。

梅石道士二首

道士不言其姓氏，住香林院，語似楚人，善畫梅石，人即以所畫呼之。終日危坐，寡言笑。後不知所終。

題畫

畫石畫其頑，寫梅寫其冷。意中所自得，尚非筆所領。問石石不言，問梅梅不省。拈筆自尋思，山窗顧寒影。

登清虛閣

高閣自清虛，神向清虛落。日日撥寒雲，天際盼歸鶴。

郭和尚一首

名理通，字明遠。本不能詩，臨死忽作偈語，擲筆而寂。

偈語

盡力爲將去，放下無不可。那管皮囊後，事事都能妥。要得如我意，還得一個我。

棟爲郭和尚立傳云：「禪理曰空，聖學曰誠，二氏斷斷辨争，余曰一也。空者，空其人欲，誠者，誠其天理，未有人欲勿盡而天理可純者。觀郭和尚事，此言可信。僧理通，字明遠，俗姓郭，城東南隅人也。少孤貧，手鏝力食，以養其母。性誠篤，人多傭之。年四十餘，一妻一子，先後病亡，郭毅然有出世想，以母在，未果。未幾，母卒，喪葬之費，貸人數十千，自歎負而未償，不可行也。又鏝二年，盡償所負訖，詣親墓痛哭曰：「兒非忍絕宗緒也，妻子强壯而不獲存，非天扼我乎？」棄其家，削髮于香山臥佛寺中。居六年，受戒於都城法源寺。彼法受戒後，况僧之食四方者乎！城南舊有一道，長大悲僧，其姪行也，留之。郭念食焉而弛其力，必有天殃，持畚一、鋪一、鑱一、躬掘土培之，風雪無間。如是十二年，遂成通衢，行人便焉。道盡處結一庵，祀關帝，遂涅槃其中。嘻！僧之誠也。當其初修，人難之，咸嘆咜曰：「窪潦中突起高塗，呆和尚此何成乎？」郭不顧，日事培築，腹飢不可忍，行乞市，得數文，未飽，又築之。行腳僧有高其行與盤道者。郭曰：「我何道哉！此所築者，我道也。我勿潤公，公亦勿潤我也。」築不輟，久之，有憐而施者，遂得終其願。嗚呼！是非誠能動物，不

息其心，而致其行者乎？是非程功積事，久相待，遠相致，患難死生所不顧者乎？夫朝廷用人，用其智，尤用其愚。惟愚故誠，誠無廢事，而致治平不難。孔子曰：「愚不可及。」僧之愚，僧之誠也，若夫食其祿而不終其事，亦有愧此僧也乎？」

按：郭和尚之爲人，得之陳耕梅。道光壬午十月三日，耕梅約余訪之，時僧已病危垂絕。視之，貌偉怪，魋顏蹙齃，而語言朗朗然。余曰：「師積行若此，胡以不起？」曰：「命也！倘僧再活數年，此道加高三尺，無水患矣。願未卒而天撥之，命也！」余曰：「汝徒可承志乎？」搖首曰：「大難！大難！欲得如我意，還得一箇我！」微笑而罷。遲二日，遂示寂去。棟喜與僧竟有一面之緣，故約其生平而爲之記。

石僧一首

不詳其姓氏，棟爲之立傳曰：『石僧者，學無師，居無剎，食無鉢。貌清癯玉膚。往來城市間，亦不乞化。懷持一硯，終日玩摩，似甚愛之。飢則舐硯，倦則枕硯眠。眠就潔地古樹茂陰下，冬或臥雪中。髮經年不梳，蓬如葆，積垢生虱，人憫而毦之，遂相呼爲石僧云。敝衣草履，行歌于途，罕所交言。闃闃踽僧，交手揶揄之，即至詆訶，憨然笑不休。春嬉于郊，遇花嬌柳媚處，盤桓久之。或臨流弄水，自滌其硯，硯出五色紋。風清月白，走入敗寺中。置硯于地，以敗絮濡墨，就墻壁淋

漓大書。了草旁斜，迫不可省識。且書且吟，狂發叫舞，人迫而觀之，用絮塗抹，抱硯以去。人知

其如此，俟伊書畢，興盡去後，徐出辨視，往往有奇句。津門梅子吟齋素好奇，物色奇士，人告之，

未信。一日遇僧于途，拉歸家。與論詩，初不言。出其集示僧，僧一覽輒了然，笑曰：「君亦深于

此道者。」再叩之，默然謝去。久不見。或有謂遇諸羅浮山，蓋未知所終云。」

里有抄得僧詩者，率斷句不成完什。附記于左：「花影自閒風不許，流雲能走月纏孤。」又，「日

月兩丸忙甚事，神仙半點不如人。」又，「寒雲怪雪無如我，冷月空山少個僧。」又「前山有雨後山月，

昨日方春今又秋。」又，「舔來石瀡甜于雪，覷得心香勝似花。」又，「一樓明月鐘敲去，滿口春雲硯

送來。」又，「袖中月好人難見，骨裏詩香世莫聞。」又，「花隱髑髏人見笑，月藏魂魄佛耽憂。」又，

「無情大地雲埋我，多事空山月照人。」如此類甚多，意超忽，多未可解。

題某寺壁

一身臥起任煙霞，天地無情那是家。流水間雲雲外路，亂山何處不梅花。

眼覺三首

覺，字大空，俗姓楊，青縣人。住錫楊柳青之白衣庵。

按：大空醫年落發。性明慧，日讀百行，通儒書，遍閱梵典，學爲吟詠。自以文翰爲僧家餘事，

不肯炫飾。日參禪理，貧無妄求，人欽重之。

爲静峰師敬賦

自覺從前念世輕，老來任運樂閒情。芒鞋竹杖春三月，紙帳梅花夢五更。求佛求仙皆妄想，無

憂無慮即修行。松風昨夜熾然說，祇是聾人不肯聽。

酬贈慈珍上人

彼來非妄動，爲道訪名師。性地果無垢，心花開有時。斷常見俱泯，動靜總相宜。惜我荒文業，

難酬君賦詩。

悼均實和尚化去

曾開覺苑種奇花，賢首門中老作家。獅子騰身無定跡，從今誰是指南車。

聞法五首

僧，滿洲人，繙譯舉人。俗名文捷。前削髮天津城南大悲庵。善填詞。

重陽前一日月夜聞雁，用梅樹君孝廉韻

天邊初月掛冰痕，老衲無求靜掩門。松影半簾侵草榻，雁聲一一過蘆村。

即事

預暖床頭酒半壺，照人清影月輪孤。傳神最是松窗上，絕妙《秋燈補衲圖》。

丁沽道上

茅舍小橋西，疏籬半近堤。隔花村犬吠，棲柳野禽啼。水净魚吹浪，圃荒人灌畦。青帘謀一醉，前路晚煙迷。

山中得句

閒步空山裏，倚松枕石頭。乾坤一廬幕，天地幾春秋。短髮年華老，長溪日夜流。浮生原夢幻，且此夢中遊。

庵中早秋

自隱招提訪尋，松榆漸漸種成林。敢云已破浮生夢，暫覺能空出世心。古竹種秋添嫩翠，曉鐘過雨發清音。蒲團坐穩無餘事，花落蒼苔任淺深。